Lady Mary

LIBRI DI LUCINDA BRANT

— La saga della famiglia Roxton —
NOBILE SATIRO
MATRIMONIO DI MEZZANOTTE
DUCHESSA D'AUTUNNO
DIABOLICO DAIR
LADY MARY
IL FIGLIO DEL SATIRO
ETERNAMENTE VOSTRO
CON ETERNO AFFETTO

— I gialli di Alec Halsey —
FIDANZAMENTO MORTALE
RELAZIONE MORTALE
PERICOLO MORTALE
CONGIUNTI MORTALI

— Serie Salt Hendon —
LA SPOSA DI SALT HENDON
IL RITORNO DI SALT HENDON

'Occhialino e penna d'oca, e via nella mia portantina—il 1700 impazza!'

Lucinda Brant scrive romanzi e mistery ambientati nell'era georgiana, famosi per la loro arguzia, l'atmosfera drammatica e il lieto fine. Ha una laurea in storia e scienze politiche ottenuta all'Australian National Universiry e una specializzazione post-laurea in scienza dell'educazione della Bond University, che le ha anche assegnato la medaglia Frank Surman.

Nobile Satiro, il suo primo romanzo, ha ottenuto il premio Random House/Woman's Day Romantic Fiction di 10.000 $ ed è stato per due volte finalista del Romance Writers' of Australia Romantic Book of the Year.

Tutti i suoi libri hanno ottenuto riconoscimenti e premi e sono diventati bestseller mondiali.

Lucinda vive in quella che chiama 'la sua tana di scrittrice' le cui pareti sono ricoperte da libri che coprono tutti gli aspetti del diciottesimo secolo, collezionati in oltre 40 anni… il suo paradiso. È felice quando i lettori la contattano (e risponderà!).

lucindabrant@gmail.com	lucindabrant.com
pinterest.com/lucindabrant	twitter.com/lucindabrant
facebook.com/lucindabrantbooks	youtube.com/lucindabrantauthor

MIRELLA BANFI

Quando non sto leggendo, passo il tempo libero traducendo i libri che mi sono piaciuti, per dare anche ad altri la possibilità di leggerli in italiano. I vostri commenti sono importanti, mandatemi un messaggio a:

mirella.banfi@gmail.com

Lady Mary

UN ROMANZO STORICO GEORGIANO

Quarto volume della saga della famiglia Roxton

Lucinda Brant

TRADUZIONE DI MIRELLA BANFI

A Sprigleaf Book
Pubblicata da Sprigleaf Pty Ltd

Lady Mary
Copyright © 2019 Lucinda Brant
Originale inglese: Proud Mary
Traduzione italiana di Mirella Banfi
Revisione a cura di Marina Calcagni
Progettazione artistica e formattazione: Sprigleaf e GM Studio
Modelli di copertina: Megan Channell e Paul Marron
Gioielli personalizzati: Kimberly Walters, Sign of the Gray Horse
reproduction and historically inspired jewelry
Tutti i diritti riservati

Immagini di copertina: Stanway Manor House Immagine © Laura Facchini, usata su licenza. "Child hoop rolling at Colonial Williamsburg" © Emanuel Tanjala, usato su licenza.

Il disegno della foglia trilobata è un marchio di fabbrica appartenente a Sprigleaf Pty Ltd. La silhouette della coppia georgiana è un marchio di fabbrica appartenente a Lucinda Brant

Disponibile come e-book, audiolibri e nelle edizioni in lingua straniera.

ISBN 978-1-925614-86-2

10 9 8 7 6 5 4 3 2 1 (s) I

per

Marguerite & Wendy

*E un grazie speciale a Caz, Karen, Marcy, Mari, Marguerite,
Mirella e Séona per i vostri occhi d'aquila e i saggi consigli.*

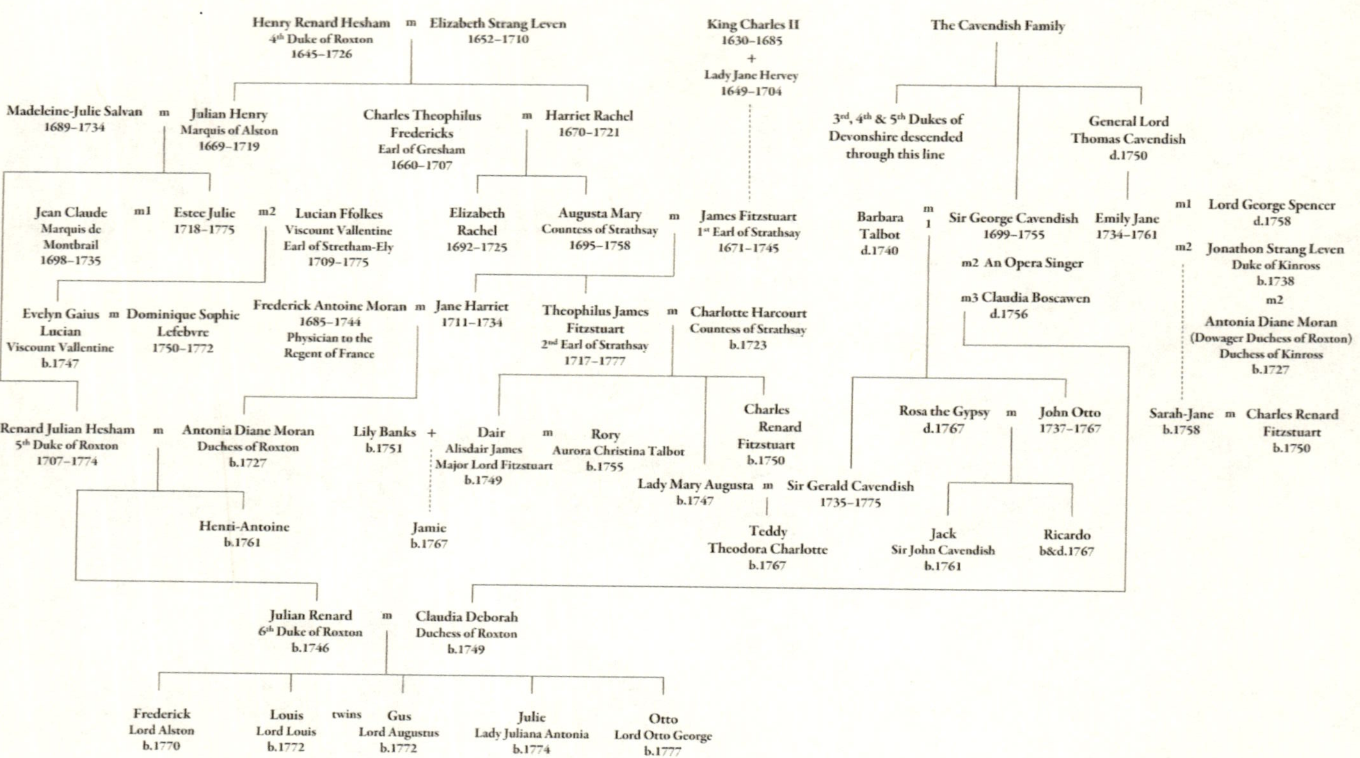

Henry Renard Hesham   m   Elizabeth Strang Leven
4th Duke of Roxton   1652–1710
1645–1726

King Charles II
1630–1685
+
Lady Jane Hervey
1649–1704

The Cavendish Family

Madeleine-Julie Salvan   m   Julian Henry
1689–1734   Marquis of Alston
                               1669–1719

Charles Theophilus   m   Harriet Rachel
Fredericks   1670–1721
Earl of Gresham
1660–1707

3rd, 4th & 5th Dukes of
Devonshire descended
through this line

General Lord
Thomas Cavendish
d.1750

Jean Claude   m1   Estee Julie   m2   Lucian Ffolkes
Marquis de   1718–1775   Viscount Vallentine
Montbrail   Earl of Stretham-Ely
1698–1735   1709–1775

Elizabeth
Rachel
1692–1725

Augusta Mary   m   James Fitzstuart
Countess of Strathsay   1st Earl of Strathsay
1695–1758   1671–1745

Barbara   m   Sir George Cavendish   Emily Jane
Talbot   1   1699–1755   1734–1761
d.1740
          m2 An Opera Singer

          m3 Claudia Boscawen
              d.1756

m1   Lord George Spencer
     d.1758

m2   Jonathon Strang Leven
     Duke of Kinross
     b.1738

     m2

     Antonia Diane Moran
     (Dowager Duchess of Roxton)
     Duchess of Kinross
     b.1727

Evelyn Gaius   m   Dominique Sophie
Lucian   Lefebvre
Viscount Vallentine   1750–1772
b.1747

Frederick Antoine Moran   m   Jane Harriet
1685–1744   1711–1734
Physician to the
Regent of France

Theophilus James   m   Charlotte Harcourt
Fitzstuart   Countess of Strathsay
2nd Earl of Strathsay   b.1723
1717–1777

Charles
Renard
Fitzstuart
b.1750

Rosa the Gypsy   m   John Otto
d.1767   1737–1767

Sarah-Jane   m   Charles Renard
b.1758   Fitzstuart
                 b.1750

Renard Julian Hesham   m   Antonia Diane Moran
5th Duke of Roxton   Duchess of Roxton
1707–1774   b.1727

Lily Banks   +   Dair   m   Rory
b.1751   Alisdair James   Aurora Christina Talbot
                 Major Lord Fitzstuart   b.1755
                 b.1749

Lady Mary Augusta   m   Sir Gerald Cavendish
b.1747   1735–1775

Henri-Antoine
b.1761

Jamie
b.1767

Teddy
Theodora Charlotte
b.1767

Jack
Sir John Cavendish
b.1761

Ricardo
b&d.1767

Julian Renard   m   Claudia Deborah
6th Duke of Roxton   Duchess of Roxton
b.1746   b.1749

Frederick
Lord Alston
b.1770

Louis
Lord Louis
b.1772

twins

Gus
Lord Augustus
b.1772

Julie
Lady Juliana Antonia
b.1774

Otto
Lord Otto George
b.1777

PARTE I

IL FANTASMA

UNO

GLOUCESTERSHIRE, AUTUNNO, 1777

IL SIGNOR CHRISTOPHER BRYCE ERA SEDUTO ALLA SUA SCRIVANIA nell'ufficio del sovraintendente e stava leggendo una lettera. Com'era uso fare dopo essere venuto a cavallo ad Abbeywood Farm dalla sua tenuta nella valle vicina, si era tolto la redingote e l'aveva appesa a un gancio dietro la porta. Il suo assistente teneva sempre la stanza troppo calda. Restare seduto in maniche di camicia era preferibile a dover guardare l'ometto magro raggomitolato in fondo alla scrivania che tremava per il freddo.

Senza rendersene conto, si passò le lunghe dita tra i riccioli scomposti e sentì il nastro che li teneva sciogliersi tra le dita. Senza distogliere lo sguardo dalla lettera, tirò indietro i capelli lunghi fino alle spalle e legò nuovamente il pezzo di seta nera stropicciato. Anche la cravatta, come il nastro, era stropicciata e le pieghe del tessuto erano avvolte molli intorno al collo forte. E anche se aveva raschiato le suole degli stivali prima di entrare in casa dall'entrata di servizio, il cuoio era schizzato di fango e sporcizia per aver condotto la sua cavalcatura fino alla scuderia. La giumenta aveva perso un ferro.

Ma non poteva incolpare quella disavventura per il disordine del suo abbigliamento. Lo Squire Bryce sembrava sempre essersi vestito in fretta e furia, afferrando quello che era a portata di mano, senza mai guardarsi nello specchio prima di salutare il mondo.

Trasandato era la parola che si sentiva spesso dire dalle matriarche della piccola nobiltà e della borghesia locali. Se fosse stato qualunque altro proprietario terriero del distretto, non avrebbe subito uno scrutinio così attento. Ma lui non era come tutti gli altri Squire, tutt'altro. Era il padrone di una villa giacobiana, un luogo storico in effetti: Brycecomb Hall, e possedeva parecchie tessiture. Inoltre, era tornato recentemente (otto anni erano considerati 'ieri' dagli abitanti di quell'angolo remoto delle Cotswold) dopo più di una decade passata all'estero. E, cosa ancora più importante, non era sposato.

Poco importava ai genitori delle ragazze nubili che il signor Bryce si stesse avvicinando alla quarantina o che, una volta conosciuto, si rivelasse una delusione. Non perché non avesse un profilo degno di essere immortalato sulla tela, perché era eccezionalmente bello. Aveva un bel naso, un mento deciso e un paio di umidi occhi castani che gli davano l'aria di un cucciolo. E i suoi riccioli color tiziano erano così folti da essere l'invidia di molte donne. Le fanciulle a volte si erano sentite le ginocchia molli vedendolo. Particolarmente quando era in sella al suo cavallo, spettinato dal vento, con le lunghe gambe muscolose messe in evidenza dai calzoni da cavallerizzo che sembravano frutto del lavoro di un pittore invece che di un sarto. Le madri rimproveravano le figlie per le loro occhiate poco consone a delle gentildonne, eppure, segretamente, sospiravano pensando a ciò che sarebbe potuto essere, se avessero avuto l'età delle loro figlie.

Non era l'aspetto di Christopher Bryce, ma il fatto che non legasse con i suoi vicini, in particolar modo le femmine in età da marito, la causa della loro delusione. Che fosse bello e scapolo rendeva solo più evidente il suo distacco. Era impervio alle attenzioni delle padrone di casa più affascinanti, che facevano del loro meglio, ma non riuscivano a suscitare l'interesse dello Squire per le loro parenti nubili. Non era sgradevole, ma nemmeno gradevole. Poteva sorridere e rispondere educatamente a tutte le domande che gli venivano poste ma non cercava di continuare la conversazione, che si concludeva prima ancora di cominciare. Non era il tipo di Squire che la piccola nobiltà e la borghesia locali si aspettavano di trovare a Brycecomb Hall.

Henry Bryce, il padre dello Squire attuale, era stato il più affabile degli uomini e quando era viva sua moglie, nella villa giacobiana c'erano stati ricevimenti mondani, feste e battute di caccia. Quelli abbastanza anziani da aver conosciuto i Bryce e aver partecipato a quegli eventi, sapevano anche che il loro unico figlio, in gioventù, era stato socievole come i suoi anziani genitori. Ma tutti quegli anni passati dall'altra parte della Manica, in mezzo a quei tipi stranieri, lo avevano cambiato.

Christopher Bryce aveva passato talmente tanti anni nei paesi stranieri che i suoi vicini si erano aspettati che tornasse alla valle con una montagna di storie sulla gente che aveva incontrato e i posti che aveva visitato. Ma il signor Bryce non raccontava nulla dei suoi viaggi, né spontaneamente né quando glielo chiedevano. Era come se non fosse mai stato oltre Stroud, e anche allora, si fosse avventurato in città solo nei giorni di mercato. I suoi argomenti di conversazione restavano decisamente provinciali. E questo bastava ai suoi colleghi agricoltori, ma non alle loro mogli, ai loro figli e certamente non alle loro figlie, che desideravano ardentemente un po' di eccitazione nella loro routine quotidiana. Toccava alla loro fertile immaginazione domandarsi che tipo di vita avesse vissuto lontano dalla valle, da non desiderare di discuterne nemmeno in parte.

E la loro immaginazione si scatenava, nelle conversazioni sussurrate quando capitava che passasse davanti a loro nelle strade del villaggio in sella al suo cavallo, salutandoli con un cenno del capo, senza mai fermarsi. O quando si sedeva, in silenzio, nel banco della sua famiglia per la funzione domenicale, senza guardare né a destra né a sinistra, con il vicario che si fermava a metà della frase quando l'intera congregazione sbirciava in direzione dello Squire Bryce. Si diceva che perfino la moglie del vicario avesse fatto notare a un gruppetto di parrocchiane, mentre il signor Bryce se ne andava sistemandosi il tricorno, che lo Squire era un enigma. I suoi sforzi sartoriali lasciavano parecchio a desiderare, ma guardarlo in movimento era qualcosa di straordinario. Era la somma impressionante delle sue straordinarie parti. Ognuna delle donne aveva annuito con entusiasmo, con il polso che batteva forte.

Perché era quando era in movimento che emergeva la vera bellezza mascolina di Christopher Bryce. La popolazione femminile del villaggio aveva puntato il dito su che cosa c'era precisamente nei movimenti dello Squire che lo differenziava dai suoi colleghi: era tutto nel suo portamento. Non si muoveva lentamente o a scatti come un giovanotto, e di certo né arrancava né camminava con passo stanco. Né teneva le spalle curve o metteva le mani nelle tasche della redingote. Si muoveva con un'eleganza e un agio senza fretta, eretto e disinvolto. Evidenziava gli anni che aveva passato tra gli stranieri, esattamente come il fatto che non parlasse più nel dialetto delle Cotswold della sua gioventù.

Christopher Bryce poteva fingere di rimanere insensibile all'effetto che facevano i suoi vestiti, la sua persona, il tempo passato all'estero e il suo portamento sui suoi vicini, in particolare le femmine, ma era acutamente conscio delle conseguenze che le sue decisioni e le sue azioni avevano sugli altri. Quindi, all'apparenza poteva anche fingere di essere completamente assorto nella lettera davanti a lui, ma aveva sentito le voci alterate dall'altra parte della porta del suo ufficio e aveva un'idea abbastanza precisa di che cosa le stesse provocando, e sapeva che il suo assistente ne era stato distratto abbastanza da lasciar perdere i suoi conti.

La penna dell'ometto restava sospesa sopra il calamaio.

"Sarà meglio che la invitiate a entrare, signor Deed," disse Christopher senza alzare gli occhi.

"Chi, signore?"

"Lady Mary."

Il signor Timothy Deed era scettico. Non solo perché non aveva riconosciuto la voce di Lady Mary in mezzo al trambusto, ma perché nei due anni da che era impiegato in quella casa, lei non aveva mai visitato l'ufficio del sovraintendente. Se la piccola, imperiosa signoria desiderava parlare con il signor Bryce, lo convocava in salotto, ed era la cosa giusta da fare. Certamente non invadeva il dominio dei servitori, né alzava la voce nei corridoi mal illuminati. Quindi il signor Deed esitò a fare ciò che gli era stato chiesto, dando voce alla sua sorpresa.

"Lady Mary, signore? Qui? Perché?"

"Lo scopriremo quando aprirete la porta e la farete entrare." Quando dopo la sua risposta tranquilla ci fu silenzio, lo Squire alzò gli occhi sull'espressione interrogativa del suo assistente. Gli diede una spiegazione. "Forse avete dimenticato che John Twisell, Jethro Tanner, e i Blandford avevano fino a oggi per accettare le loro nuove condizioni?"

Nel sentire i nomi dei quattro servitori che erano ad Abbeywood fin da prima della morte del suo proprietario, Sir Gerald Cavendish, il signor Deed capì, e le sue sopracciglia scattarono verso l'alto.

"Nessuno di loro ha accettato?"

"Mancano ancora alcune ore alla fine della giornata. Ma visto il baccano, sembrerebbe così."

Le sopracciglia del signor Deed tornarono al loro posto e lui digrignò i denti. "Allora non sono solo pigri, sono anche stupidi!"

"Ma forse qualcuno ha dato loro delle false speranze…?"

Lo sguardo del signor Deed andò alla porta. Anche se sembrava ci fosse una banda di gente arrabbiata raccolta fuori, non riusciva ancora a sentire la voce della padrona di casa.

"Da sua signoria…?"

Christopher Bryce non rispose alla domanda, ma il suo silenzio diceva tutto. Mise da parte la lettera e ne prese una con il sigillo ancora intatto dal mucchietto accanto al calamaio. Proveniva da Sua Grazia il nobilissimo duca di Roxton, lo stesso corrispondente che aveva scritto a lui e la cui lettera aveva appena letto. Quella che aveva in mano ora era indirizzata a Lady Mary Cavendish. Era sicuro che le due lettere non potevano essere più diverse nel tono e nel contenuto, e gli prudevano le dita dal desiderio di gettare la corrispondenza non ancora aperta tra le fiamme del camino. Non lo fece. Invece la nascose sotto la lettera del duca per lui, si tolse dalla mente quel nobiluomo e guardò il suo assistente, trovandolo che lo fissava. Sperava che la sua espressione non avesse rivelato i suoi pensieri quando disse con calma: "La porta, signor Deed."

Timothy Deed annuì, mise in fretta la penna nella boccetta dell'inchiostro e tirò indietro la sedia. Tirando le punte del suo semplice panciotto fatto a maglia attraversò la stanza, raddrizzò le spalle quando fu accanto alla porta, come preparandosi per ciò e chi c'era oltre, poi la spalancò.

Una ventata di aria fredda e il clamore di un gruppetto di servitori rissosi, gli fecero fare un passo indietro. Il rumore cessò immediatamente, sostituito dal silenzio dell'ansia e del timore di ciò che sarebbe successo ora che avevano provocato lo Squire Bryce, senza che nemmeno uno di loro avesse avuto le buone maniere e il coraggio di grattare alla sua porta per chiedere udienza. La diceva lunga sullo Squire e su di loro che tutti quanti, eccetto una, facessero un passo indietro quando dal fondo della stanza arrivò la voce gradevole da baritono del signor Bryce.

"Signor Deed, non fate aspettare sua signoria."

Fu allora che il suo assistente notò Lady Mary, l'unica nella stanza che era rimasta al suo posto. Lo stava guardando, in silenzio, sicura che lui si sarebbe spostato senza che lei dovesse chiederlo, cosa che lui fece, e con un inchino. E quando lei fu entrata nella stanza, senza guardare né a destra né a sinistra, il signor Deed riprese il controllo di sé abbastanza da ordinare al gruppetto di servitori scoraggiati di non attardarsi e di andare a svolgere il loro lavoro. E lo fece con un gesto imperioso della mano sottile, prima di chiudere loro la porta in faccia.

Christopher fu in piedi prima che Lady Mary arrivasse davanti alla sua scrivania con passo sicuro, le mani unite davanti a sé sopra il grembiulino di organza, il mento alzato imperiosamente. Lui si chiese quante ore aveva passato a rimuginare e chiedersi se dovesse convocarlo o andare lei da lui. E dalla sua espressione cocciuta, fare il gran passo di andare da lui era stata una lotta interiore di proporzioni epiche.

Dopo tutto, e lui sapeva che lei lo credeva implicitamente, attraversare il confine che separava il padrone dai servitori non era la cosa corretta e giusta da fare per la signora della casa, oltre a tutto la figlia di un conte. C'era un giusto ordine nella vita. Tutto e tutti avevano il loro posto. E il posto giusto di Lady Mary era in cima, tra la nobiltà, quelli che governavano e davano ordini. Tutti gli altri, incluso il signor Christopher Bryce di Brycecomb Hall, appartenevano alla periferia di quel mondo elegante e abbagliante, lontani dagli occhi e dalla mente finché non erano necessari e venivano chiamati.

E, poiché Christopher Bryce non dubitava che la certezza che Lady Mary aveva che quelli che vivevano alla periferia sarebbero arrivati quando chiamati fosse naturale in lei come respirare, era pronto a essere flessibile e a perdonare la sua ignoranza di una visione più illuminata del mondo. Dopo tutto, non la considerava intrinsecamente intollerante o scortese. Era solo il modo in cui era stata educata dai suoi nobili genitori, un'educazione rigida, potenziata quando era diventata la moglie di un pomposo bigotto pieno di sé. Ma questo non voleva dire che lui si sarebbe adeguato o che le avrebbe permesso di interferire con le sue decisioni. Tutt'altro. Ciò di cui aveva bisogno sua signoria, e che lui era fin troppo desideroso di fornire, era, ogni tanto, una bella scossa alla sua visione del mondo.

Ma era consapevole che non era una delle sue piccole scosse che l'aveva portata alla sua porta quel giorno, ma qualcosa che doveva averla fortemente sconvolta. E quindi chiese al signor Deed di prendere una sedia e aspettò che lei si sedesse. Ma lei ignorò la sua offerta e la sedia e si mise davanti alla scrivania, dicendo, senza preamboli: "È vero che avete licenziato altri quattro servitori?"

"No, milady, non li ho licenziati."

"Oh?! Pensavo…" Lady Mary rilassò le spalle ed emise un sospiro di sollievo senza rendersene conto. "Allora c'è stato un malinteso. I Blandford dicono di aver ricevuto il preavviso e anche il vecchio Jack Twisell e il giovane Tanner."

"Non avrebbero dovuto infastidire voi. Non volete sedervi, milady?"

Lei ignorò di nuovo la sua offerta, pertanto lui e il suo assistente restarono in piedi.

"Non l'hanno fatto, signor Bryce. Hanno giustamente parlato con la signora Keble e, quando lei non è stata in grado di trovare una soluzione, è venuta da me, ed era la cosa giusta da fare."

Christopher alzò leggermente le sopracciglia sentendo menzionare la governante. Sospettava che Susanna Keble incitasse i servitori contro di lui tutte le volte che ne aveva l'opportunità. La donna aveva un'errata fiducia nella propria autorità. La signora Keble si illudeva che la sua relazione illecita con Sir Gerald, della quale Christopher era al corrente ma era sicuro che Lady Mary non ne sapesse niente, e il fatto che Lady Mary non voleva sentir dire una parola contro di lei, le desse uno status speciale e dei privilegi ad Abbey-wood. Lui le aveva tolto in fretta quell'illusione. La donna aveva perfino tentato di sedurlo, ma lui si era mostrato deliberatamente cieco davanti ai suoi squallidi tentativi. Non sarebbe stato un uomo se non avesse notato che era carina, ma era una bellezza superficiale che nascondeva un cuore gelido e un'indole calcolatrice. Era abbastanza furba da relegare al piano della servitù le sue macchinazioni per minare l'autorità di Christopher e in sua presenza era sempre docile. Anche i giorni della signora Keble in quella casa erano contati.

"La signora Keble non aveva il diritto di infastidirvi, milady," rispose tranquillamente Christopher. "Mi dispiace, ma in questa faccenda non ci sono alternative da discutere. Non ho intenzione di cambiare idea."

Lady Mary batté gli occhi, sorpresa e poi sorprese anche lui.

"Perché pensate che sia venuta qui per persuadervi a cambiare idea, signor Bryce? Non mi aspetto di essere consultata su faccende che vengono considerate *importanti*. Non è mai successo in passato. Nessuno ha mai chiesto la mia opinione, quindi non si tratta solo di voi."

Anche se avevo sperato, in effetti lo avevo pensato la prima volta che ci siamo incontrati, che foste diverso... disse una voce nella testa di Mary. Lei si liberò in fretta di quella speranza e continuò.

"Quindi, quando dite che non cambierete idea, lo do per scontato. Sir Gerald non mi ha mai consultato, si limitava a *dirmi*. Esattamente come state facendo voi ora. Ma questo non significa che, solo perché non ci posso fare niente, io non abbia un'opinione, o dei sentimenti o che non desideri un risultato diverso."

Quel discorso suscitò solo silenzio nei due uomini che non erano in grado, o non volevano, aggiungere inutili osservazioni perché non c'era niente da aggiungere alla verità. Eppure, il suo commento finale suscitò una reazione in Christopher, che disse sottovoce: "Se può servire a tranquillizzarvi, milady, non li ho buttati fuori, senza amici e senza un soldo. Hanno un impiego e un tetto altrove."

"Un impiego e un tetto... *altrove*?" Ripeté. "Ma... I Blandford erano ad Abbeywood da prima che arrivassi io da sposa. La lealtà non conta qualcosa?"

"Serve che me lo chiediate? È altrettanto importante avere un lavoro pagato. Cosa che i Blandford, il giovane Tanner e il vecchio Jack non avevano. E che ora avranno, e un tetto. Per favore, sedetevi, milady."

Lady Mary rimase in piedi.

"E gli otto servitori che avete licenziato mentre ero via, al matrimonio di mio fratello? Hanno anche loro un lavoro e un tetto altrove?"

"Sì. Loro..."

"La signora Keble mi ha detto che li avete messi a lavorare nelle vostre fabbriche. È vero?"

"Ho offerto loro un impiego nelle mie manifatture, e hanno accettato. E mi scuserete se vi correggo. Quegli uomini non erano vostri servitori. Li aveva assunti Sir Gerald. Gli incarichi che avevano in questa casa erano inutili, uno spreco. In effetti stavano conducendo una vita senza scopo e le loro menti stavano stagnando. Un servo muto aveva più vita e lavoro da svolgere di quegli uomini. E come voi ben sapete, la situazione finanziaria di Abbeywood, così com'è, non permette di pagare il legno e la vernice di cui sono fatti quegli oggetti."

Christopher diede un'altra occhiata al suo assistente. L'uomo anziano si era aggrappato a un angolo della scrivania per restare in piedi, quindi Christopher disse, in modo più brusco di quanto intendesse: "Sedetevi, milady!"

"Non ho voglia di sedermi, signor Bryce. E non capisco perché insistiate che mi segga." Lady Mary si sentì di colpo scomodamente calda sotto lo sguardo fisso dello Squire, si guardò attorno, vide le fiamme nel camino e fece una smorfia. "Né capisco perché questa stanza debba essere calda come una cucina nel giorno di panificazione quando, come dite, questa casa non può permettersi sprechi. E non ditemi che non è troppo caldo qui dentro perché voi, signor Bryce, vi siete spogliato fino a essere in... in *maniche di camicia*, che è un modo estremamente scortese di ricevere i visitatori..."

"Non mi aspettavo una vostra visita, milady," la interruppe gentilmente Christopher, anche se dovette nascondere in fretta un sogghigno davanti all'espressione oltraggiata della donna per quella scorrettezza sociale. "Forse, se mi aveste preavvisato della vostra visita mi sarei preso la briga di mettermi la redingote per restare seduto a sudare, in attesa del vostro arrivo."

"Come siete divertente, oggi, veramente, signor Bryce."

Christopher inclinò la testa. "Un'occasione rara, milady. Non quanto vedermi su una pista da ballo, ma oggi non è nemmeno un giorno per ballare."

O guardarmi nuotare nudo in uno stagno. Anche se sospetto che una cosina corretta come voi, mia cara Lady Mary, perderebbe i sensi alla vista di tanta virilità provinciale gloriosamente in mostra.

Christopher non era tipo da scommettere, era troppo cauto con i suoi soldi, e ancora di più con ciò che apparteneva ad altri, ma avrebbe scommesso che il defunto marito, Sir Gerald, non aveva mai avuto le cattive maniere, o la spavalderia, di togliersi la camicia da notte in presenza di sua moglie, anche nella più intima delle situazioni, e restare nudo davanti a lei. Dopo tutto, adempiere il suo dovere coniugale era solo uno dei compiti che Sir Gerald, essendo un baronetto, era obbligato a svolgere. Così aveva confidato a Christopher dopo una lunga notte di bevute.

Per Christopher c'erano state parecchie di quelle lunghe notti nello studio del suo vicino, ad ascoltare Sir Gerald dilungarsi sulla propria importanza, il suo posto nel "grande schema delle cose", e su come intendeva lasciare la sua impronta nel mondo, sorprendendo i famigliari di sua moglie e lasciandoli tutti, il duca di Roxton in particolare, senza parole.

A Christopher era stato affidato il compito di scoprire esattamente come Sir Gerald intendesse lasciare la sua impronta, sapendo che doveva avere a che fare con la guerra nelle colonie americane. Il capo dello spionaggio inglese, Lord Shrewsbury, sospettava Sir Gerald di alto tradimento per aver passato segreti di stato ai francesi per aiutare i loro recenti amici, i patrioti americani, a vincere la guerra contro i loro padroni inglesi. Christopher doveva raccogliere le prove di questo tradimento, passando più ore di quante volesse ricordare a tenere compagnia a quell'ubriacone del suo vicino.

Le informazioni raccolte in quelle conversazioni erano state scritte nei rapporti inviati al capo dello spionaggio. Ma c'erano alcuni particolari che Christopher aveva tenuto per sé. Particolari che avrebbe preferito non conoscere, particolari intimi sul matrimonio del suo vicino e su Lady Mary. E che confermavano l'opinione privata di Christopher: una piccola testa rossa carina come Lady Mary era sprecata per uno zotico come Sir Gerald. A che cosa serviva fare l'amore se non erano coinvolti tutti i sensi? Andare a letto con lei avrebbe dovuto essere un onore e un piacere...

Guardarla, denudata dal corsetto e dalla chemise, con le sue curve femminili bagnate dal morbido bagliore giallo delle candele, con i meravigliosi capelli rossi che ricadevano fino in vita... I suoi fianchi che si muovevano con desiderio mentre lui...

"Signor Bryce, signor Bryce, mi state ascoltando?" Gli domandò Lady Mary, avvicinandosi di un passo alla scrivania quando lui non reagì né rispose immediatamente. "Sapevo che venire qui avrebbe causato parecchia curiosità, ma non sono riuscita a pensare a un altro modo per parlare con voi in privato perché io... Signor Bryce?" Lady Mary lo fissò, aggrottando la fronte, rendendosi conto che i pensieri dell'uomo erano ovunque ma non lì. "Siete sicuro che non faccia troppo caldo qui dentro? Perché avete il volto arrossato e sembrate..."

"No. Non fa troppo caldo!" Sbottò bruscamente Christopher, con la concupiscenza e il senso di colpa causati dai suoi desideri illeciti che rendevano il suo tono più duro di quanto avesse inteso. "Posso o no tenere il mio ufficio caldo come voglio *e* lavorare in maniche di camicia... o-o in *camicia da notte*, se lo desidero!?"

"Sì. Sì, certo che potete," balbettò Lady Mary, sbalordita per la sua inaspettata e insolita maleducazione.

Eppure, quando lei continuò a fissarlo, il rimorso crebbe, mentre si chiedeva se in effetti la sua espressione non avesse, in qualche modo bizzarro, rispecchiato il più profondo e irraggiungibile dei suoi desideri. Così ridicolo da essere risibile, e patetico, perché a lei non sarebbe mai venuto in mente, nemmeno in mille lune piene, che i sogni a occhi aperti di uno Squire delle Cotswold fossero pieni di pensieri lascivi su di lei.

Ma dato che il signor Deed lo stava fissando come se lui avesse avuto un momentaneo scivolone mentale, diede una spiegazione contorta, fatta non solo per permettergli di riprendere il proprio equilibrio, nel corpo e nella mente, ma anche per ristabilire, anche se erano stati solo i suoi pensieri a superare lo spartiacque sociale, la distanza necessaria tra il sovraintendente e la figlia di un aristocratico; lo richiedevano la loro nascita diversa, il rango di Lady Mary, e la propria posizione. Quindi dichiarò ciò che era ovvio, e che lei sapeva già e che avrebbe sicuramente ricostruito quel muro di pietra metaforico di gelida cordialità e formalità che doveva esistere tra di loro.

"Non vorrei dovervi ricordare che questa tenuta è in condizioni finanziarie disastrose..."

"Sono perfettamente conscia delle sue, delle sue... *condizioni*, signor Bryce. Me lo ricordate a ogni occasione..."

"... perché Sir Gerald viveva ben oltre i suoi mezzi," continuò Christopher in tono inespressivo. "I desideri di vostro marito eccedevano di molto i suoi bisogni e i suoi introiti. Spendeva troppo per tutta una serie di oggetti privi di utilità, come tabacchiere, porcellane di Sèvres e costosi orologi da carrozza, oggetti inutili per la gestione efficiente di questa tenuta. Aveva inoltre un gran numero di servitori, assunti per svolgere i compiti più modesti. Un'affettazione inutile, che non poteva veramente permettersi. Senza dubbio la nuova tassa governativa sui servitori maschi, per pagare la guerra nelle colonie, inciderà poco sul personale domestico di Sua Grazia di Roxton. Il peso maggiore di quella tassazione, come sempre, ricadrà su quelli probabilmente meno in grado di sopportarlo. So che non volete che vostro nipote riceva una tenuta gravata di debiti quando diventerà maggiorenne."

"Signor Bryce, avete ragione. Non voglio che Jack erediti una rovina economica. Né mi serve un'altra predica sugli eccessi di Sir Gerald. Ma forse voi avete bisogno che vi ricordi che, in qualità di sovraintendente, il vostro compito è far quadrare i conti, non giudicare il carattere di mio marito. Né capisco perché abbiate scelto di censurare proprio Sua Grazia di Roxton. Il duca vi ha generosamente concesso di fare ciò che volete quando si tratta di questa tenuta, anche se potrebbe, se lo volesse, togliervi questo incarico e affidarlo ad altri."

Christopher aprì la bocca per commentare quando il tonfo di una sedia che colpiva la parete richiamò la sua attenzione verso il suo assistente. Il signor Deed era barcollato all'indietro ma in due passi Christopher lo raggiunse, afferrandolo per il gomito ossuto e rimettendolo in piedi. Raddrizzò in fretta la sedia e fece sedere gentilmente l'uomo anziano, dicendogli sottovoce di restare seduto. Poi tornò dietro la sua scrivania e indicò la sedia messa lì apposta per Lady Mary.

"Sedetevi. Non ve lo sto chiedendo. Insisto. Quando lo farete, potrò sedermi anch'io. E il signor Deed potrà restare seduto e alleviare il dolore alle sue ginocchia artritiche. So che non volete essere *scortese*. Né vorrete negargli il calore di un bel fuoco di modo che possa fare il suo lavoro a favore di questa tenuta senza soffrire."

Lady Mary si sentì immediatamente contrita e si sedette come le aveva chiesto. Allargò le sue sottane imbottite e si appollaiò proprio sull'orlo della sedia, con la schiena diritta e le mani in grembo. La sua occhiata e il piccolo cenno con la testa verso il signor Deed ammorbidirono la bocca di Christopher che si chinò in avanti sulla sedia, con le mani sulla scrivania e si rivolse a lei come se fosse l'unica persona nella stanza.

"Non voglio discutere con voi, milady," disse con calma. "Ma siete male informata se credete che il duca di Roxton abbia un qualche potere su di me. Ho assunto il ruolo di sovraintendente perché Sir Gerald, nel suo testamento, mi ha assegnato questo compito e io l'ho accettato. Se volete controllare il documento..."

"No. No. Non lo sopporterei. Non di nuovo. È già abbastanza umiliante che mio marito abbia ritenuto giusto redigere un testamento così spregevole. Che mia figlia e io siamo state lasciate alla mercé di un estraneo..."

Gli occhi di Christopher si spensero e lui si tirò indietro.

"Un estraneo? Non proprio. Certo, come vostro vicino, non sono stato un estraneo negli ultimi otto anni. Ma, prego," aggiunse mellifluo, con il metaforico muro sociale tra di loro tornato definitivamente al suo posto, "ditemi, in che modo siete alla mia mercé?"

"Sapete perfettamente ciò che avete fatto!" Ribatté Lady Mary, e dovette immediatamente spremersi le meningi per trovare almeno un esempio plausibile dell'interferenza dello Squire nella sua vita quotidiana che non la facesse sembrare meschina e ingrata.

Dopo tutto, lei e Teddy restavano ad Abbeywood grazie a lui e, a essere sincera, le loro vite erano cambiate pochissimo dopo la morte di Sir Gerald. Eccetto forse per ciò che riguardava la loro libertà di movimento, in particolare quella di sua figlia. Quindi si aggrappò a quell'esempio tangibile, quello che continuava a frustrarla e a sconcertarla.

"È un mistero per me, e in effetti per la mia famiglia, il motivo per cui Sir Gerald abbia nominato *voi* come tutore legale di Teddy, e non un membro della sua famiglia. Mio fratello, *suo zio*, sarebbe stata una scelta più consona. Teddy adora suo zio Dair e hanno un temperamento simile. Entrambi preferiscono stare all'aperto ed essere fisicamente attivi. Certo, ammetto che Dair non era sposato al momento della morte di Sir Gerald, ma anche voi siete scapolo, signor Bryce. E da più lunga data di mio fratello, che si è appena sposato. E sua moglie, Lady Fitzstuart, è la creatura più dolce che si possa immaginare. E a prescindere dal suo stato di uomo sposato o scapolo, avrebbe accettato volentieri l'opportunità di essere il t..."

"In questo momento Lord Fitzstuart è in viaggio per l'isola di Barbados. Quindi non solo è un marito assente, ma sarebbe stato anche un tutore assente."

"Non ha abbandonato la sua sposa per andare a Barbados per scelta! Come vi ho comunicato nella mia lettera da Treat, è andato a cercare nostro padre. Il conte è scomparso da quando un uragano ha devastato l'isola. Si dice che ci siano stati migliaia di morti e che ogni struttura e alloggio siano stati ridotti in briciole! È la più orribile delle circostanze e con tutta probabilità nostro padre è... nostro padre è... *morto*, e lui... Dair... avrà il macabro compito di identificare un cadavere putrescente! E voi avete l'*impertinenza* di suggerire che poiché sta facendo il suo dovere non sarebbe un tutore adatto per mia figlia?"

"Sì. E mi dispiace," rispose Christopher, chinandosi sopra la scrivania e offrendole il suo disadorno fazzoletto di lino.

Mentre parlava, Lady Mary si era agitata sempre più, infilando le mani sotto il grembiule, nelle aperture delle sottane, cercando nelle due tasche, presumibilmente, il fazzoletto. Quindi Christopher fu lieto quando prese il suo e si asciugò gli occhi. Detestava vederla in lacrime e si odiava per averle causato angoscia.

"Non era mia intenzione sconvolgervi, solo farvi comprendere che se il maggiore Lord Fitzstuart fosse stato il tutore di Teddy, essendo lui ora assente dall'Inghilterra, non avreste avuto la sua guida nel caso vi servisse. E lui non ha bisogno dell'ulteriore responsabilità, mentre sta svolgendo il suo dovere nei confronti di suo padre, di doversi preocccupare per sua nipote. Perlomeno può respirare liberamente, sapendo che c'è chi si occupa degli interessi di Teddy, e concentrarsi sul compito doloroso che lo aspetta. Che abbia dovuto lasciare la sua giovane sposa un mese dopo la loro luna di miele è certamente più di quanto un uomo dovrebbe sopportare."

Lady Mary annuì, molto più calma, e piegò il fazzoletto che ora aveva in grembo.

"È vero, signor Bryce," ammise. "Ma se non Dair, allora Sir Gerald non doveva cercare oltre mio cugino Roxton. Il duca è il capo della mia famiglia. In effetti è il capo di molte grandi famiglie collegate al ducato per nascita o per matrimonio. È il tutore del nipote ed erede di Sir Gerald, Jack, da quasi dieci anni. Ed è un padre eccellente e amorevole per i suoi stessi figli. Capirete certo che Roxton era la persona giusta e consona da nominare tutore di Teddy."

"No, milady, non lo capisco."

Christopher non aveva mai incontrato il duca e sperava di non avere mai un motivo per farlo. Tra le varie confidenze di Sir Gerald, alimentate dall'alcol, c'erano stati molti aneddoti riguardanti il cugino di Lady Mary, nessuno dei quali lusinghiero. Aveva saputo che Roxton era la ragione per cui Sir Gerald si era ritirato dall'alta società. Anche se aveva ben poco rispetto per quell'uomo, ed era certo che l'alta società non sentisse la mancanza del pontificare presuntuoso di Sir Gerald, provava una certa compassione per il meschino trattamento riservato al baronetto da parte dei parenti di sua moglie. Le confidenze di Sir Gerald sul comportamento lascivo di Roxton e di quelli come lui non erano state una sorpresa, ma Christopher non aveva creduto per un solo momento alla voce più salace che il duca, e non Sir Gerald, fosse il vero padre di Teddy. Se non altro perché non riteneva Lady Mary capace di slealtà, carnale o di altro tipo. La sua arroganza non le avrebbe mai permesso di abbassarsi a essere l'amante di un uomo, nemmeno se quell'uomo era un duca. Era solo l'ubriachezza di Sir Gerald che parlava. Anche se era assolutamente sicuro che Sir Gerald era stato completamente sobrio quando aveva stipulato nel suo testamento che la sua unica figlia, Theodora Charlotte Cavendish, doveva passare gli anni fino al suo ventunesimo compleanno, oppure fino al suo matrimonio, ad Abbeywood, sotto la tutela del suo vicino, il signor Bryce, o rinunciare alla dote di quattromila sterline conservate in un fondo fiduciario.

"Se accettaste l'invito del duca di visitare Treat," argomentò Lady Mary, "e se permetteste a Teddy e a me di accompagnarvi, sono sicura che sareste d'accordo che la tenuta è il posto più adatto dove vivere, per lei... per noi."

"Voi siete libera di vivere dove vi piace, milady. Ma Teddy resterà qui, come desiderava Sir Gerald."

"Se foste un genitore, capireste che *non* sono libera. Né desidero essere libera, se significa essere separata da mia figlia. Sono sua madre, e anche voi sapete che le voglio un bene immenso, quindi devo vivere dove vive lei."

"Allora siamo d'accordo, milady. Rimarrete entrambe ad Abbeywood. E se mai desideraste visitare i vostri cugini, siete libera di farlo. Ora, se è quello il motivo per cui siete venuta qua, per cercare di persuadermi, ancora una volta, a permettere a Teddy di andare a vivere con i suoi cugini Roxton, allora, ancora una volta, devo deludervi."

Estrasse la lettera sigillata del duca di Roxton da sotto quella che stava leggendo prima che Lady Mary interrompesse il suo programma per quel mattino, e gliela porse. Sperava che sarebbe servita a far sparire l'espressione cocciuta e qualunque rancore stesse ancora provando per ciò che lei senza dubbio considerava la sua prepotenza. Poi fece per alzarsi.

"Questa lettera è arrivata oggi, e proviene dal vostro illustre parente. Senza dubbio contiene le notizie che stavate aspettando di sentire. Ora, vi prego, scusatemi; ci sono parecchie persone che aspettano di vedermi."

La diceva lunga su quanto Mary fosse assorbita dai suoi pensieri quando scambiò il fazzoletto con la lettera con un frettoloso 'grazie', e poi se la infilò in tasca. Quindi lui aspettò pazientemente che parlasse, sorpreso per la mancanza di reazioni. Normalmente, quando le consegnava della corrispondenza dai suoi parenti, Lady Mary era tutto un sorriso e talmente ansiosa di leggere le loro notizie che riusciva a malapena ad aspettare che lui se ne andasse per poterla leggere in privato.

Non quel giorno. E quindi Christopher aspettò in silenzio che gli dicesse perché aveva fatto il viaggio fino al suo ufficio sul retro della villa.

"Signor Bryce, avevo sperato di parlare con voi completamente da soli, ma non voglio nemmeno scomodare il signor Deed chiedendogli di lasciare il calore di questa stanza, quindi se lui può assicurarmi che ciò che ho da dire non uscirà da qui, allora mi confiderò con voi. Non ho voglia di sconvolgere i servitori..."

"Milady, la mia discrezione è assoluta!"

"Grazie, signor Deed," disse Christopher allo sfogo del suo assistente, e annuì verso Lady Mary. "Come posso... come *possiamo*... esservi d'aiuto?"

Lady Mary restò seduta, rigida per un attimo prima di chinarsi in avanti, come se non desiderasse che l'ascoltassero per caso. Sgranò gli occhi viola e le tremò la bocca. Christopher non poté fare a meno di chinarsi in avanti anche lui, guardando non i bellissimi occhi, ma il labbro inferiore pieno e quel tremore. La voce di Lady Mary era un sussurro e lui dovette sforzarsi per sentire ogni parola.

"Signor Bryce, c'è… cioè… sono sicurissima… che la stanza di Sir Gerald sia *infestata*. C'è un fantasma!"

DUE

"Un-un... *fantasma*? Avete visto un fantasma?"

Christopher resistette al desiderio di alzare gli occhi al cielo e sbuffare per l'incredulità. Un fantasma!? Santa pazienza. Aveva interrotto la sua pressante routine mattutina per quello. Correzione. L'aveva interrotta per *lei*. Ma lei stava dicendo stupidaggini fantasiose.

Eppure, in tutti gli anni da quando la conosceva, *fantasiosa* non era una parola che avrebbe associato alla figlia del conte di Strathsay. Corretta e pratica, sì. E orgogliosa... oh sì, Lady Mary era *molto* orgogliosa. Ma fantasiosa? Mai. Quindi ci doveva essere qualcosa alla base della sua convinzione che ci fosse un fantasma e glielo diceva la paura che vedeva nei suoi occhi. Lei lo credeva veramente. E lui credeva a lei. Solo che lui non credeva che la casa fosse infestata dai fantasmi.

Quindi si prese un momento per ricomporsi, per non apparire arrogante, e aspettò ulteriori spiegazioni.

Lady Mary prese il suo silenzio per incredulità condiscendente.

"Non l'ho *visto*, signor Bryce. L'ho *sentito*."

Mary capì nel momento in cui pronunciò la parola *fantasma* che il signor Bryce non le credeva.

Non fu tanto il tono, ma il modo in cui la mascella quadrata si chiuse, le narici si dilatarono e lui strinse le labbra, come per impedirsi di ridere. Fu sorpresa che non avesse sottolineato la sua incredulità alzando i begli occhi al cielo. Doveva aver usato tutto il suo autocontrollo per non scoppiare a ridere.

Ma non si lasciò scoraggiare dal suo scetticismo. Se l'era aspettato; sarebbe stata sorpresa se avesse reagito in altro modo. Era stata incredula anche lei. Ma era l'unica spiegazione che avesse un senso. Dopo tutto, nessuno usava le stanze di Sir Gerald da quando era morto, due anni prima. E se qualcuno entrava, erano i servitori durante la pulizia autunnale, in preparazione dell'inverno, per spolverare tutto ciò che non era coperto da tela d'Olanda, e controllare che i camini, quello nella stanza da letto e quello nello spogliatoio, non ospitassero roditori o uccelli. E poi la porta di servizio dalla quale erano entrati veniva nuovamente chiusa a chiave, consegnata poi alla governante. La porta principale della camera, che dava sul corridoio, era stata chiusa, e la chiave era stata consegnata a Lady Mary, il giorno del funerale di suo marito. Non era più stata aperta da allora.

La pulizia autunnale aveva avuto luogo un mese prima. E non c'era motivo perché un servitore entrasse nuovamente in quelle stanze, né lo avevano fatto. Aveva controllato con la governante. E di certo nessuno di loro sarebbe entrato di notte, quando lei aveva sentito i rumori. E così disse al signor Bryce, facendo del suo meglio per far sembrare che stessero discutendo di banalità e non di qualcosa di incorporeo. E perché stava rimandando il più possibile confidargli ciò che temeva di più.

"E dove avete *sentito* questo spettro, milady?"

"Ero nella mia camera. I rumori provenivano dallo spogliatoio di Sir Gerald."

"Grazie per la precisazione. Che ora era?"

"Era notte, tardi."

"Non stavate… *sognando*… per caso?"

"No. Lo pensavo anch'io all'inizio. Pensavo fosse un incubo. Ma poi, una volta completamente sveglia, capii che non stavo sognando e fu molto più inquietante di qualunque incubo."

"Avete sentito questi… *rumori*… solo quella volta?"

"No. Fui nuovamente svegliata più tardi quella stessa notte da rumori simili. Ed è il motivo per cui ho deciso di venire da voi."

"Pensate sia possibile che ciò che avete sentito fosse un gatto sul tetto, o un uccello che faceva il nido fuori dalla vostra finestra? O magari il ramo di un albero che strisciava contro il vetro?"

Mary ci pensò per un momento e poi scosse la testa.

"No, signor Bryce. I rumori non potevano essere prodotti da quelle cose. I suoni erano completamente diversi. Ed era una notte senza vento… è tutta la settimana che non c'è vento. Quindi non c'era niente che potesse scuotere i rami o che fischiasse attraverso gli infissi."

"Che cosa avete sentito di preciso, milady?"

"Il mio primo pensiero, quando ero ancora mezzo addormentata, fu che Sir Gerald stesse venendo dalla sua camera per farmi visita. Per farlo, doveva attraversare il suo spogliatoio, che è la stanza che divide la sua camera dalla mia…"

"Quindi avete sentito dei passi?" Le suggerì gentilmente Christopher quando Mary smise di parlare e abbassò gli occhi in grembo.

Mary scosse nuovamente la testa, poi alzò lentamente lo sguardo fissando i suoi occhi castani.

"No, non passi. Era stato lo sbattere di una porta che mi aveva svegliato. Ripensandoci, deve essere stata l'anta di uno degli armadi. E il secondo suono fu un tonfo, come una sedia urtata che colpisse il pavimento. È questo che mi aveva svegliato la prima volta. La seconda volta è stato quando qualcuno o qualcosa si era mosso nello spogliatoio. Solo che questa volta erano i cassetti che si aprivano e si chiudevano, parecchie volte, come se stessero cercando qualcosa. Nel mio stato di dormiveglia pensai che fosse Sir Gerald… sapevo sempre che stava arrivando… ero sempre sveglia prima che aprisse la porta di collegamento."

"Perché aveva sbattuto contro i mobili e rovesciato una sedia?" Christopher fu così sorpreso da quella rivelazione che espresse i suoi pensieri a voce alta. "Ma era il suo spogliatoio. Certo sapeva come muoversi nelle sue stanze senza inciampare. O forse il suo valletto aveva lasciato spegnere il fuoco senza lasciargli una candela?"

Mary pensò che quel tipo di domande fosse troppo personale, ma si rese conto quando lo vide aggrottare la fronte che era sinceramente perplesso. Era lieta che non avesse capito. Eppure, una piccola parte di lei avrebbe voluto spiattellare come si sentiva veramente. Che si accollasse la sua parte di responsabilità per l'ubriachezza di suo marito. Nei mesi che avevano preceduto la morte di Sir Gerald, c'erano state parecchie occasioni in cui i due uomini erano rimasti alzati fino alle ore piccole, a parlare bevendo porto. E se in quelle notti Sir Gerald non avesse bevuto fino all'eccesso, non sarebbe entrato nella sua stanza, sudato e puzzando di alcol, a pretendere i suoi diritti coniugali, senza riguardi per i suoi sentimenti o la sua persona.

Ma un attimo di riflessione e il pensiero delle loro relative posizioni, fecero capire a Mary che anche se poteva incolpare Christopher Bryce per la sua parte nel far ubriacare Sir Gerald, non poteva incolparlo per l'umiliazione che aveva sofferto per mano del marito ubriaco. Sua madre le aveva detto senza mezzi termini, il giorno delle sue nozze, che il suo compito nella vita era di essere una moglie obbediente. E questo significava accettare con buona grazia le richieste sessuali di suo marito, quali che fossero e tutte le volte che lui voleva servirsi di lei. Non doveva lamentarsi. Doveva fare ciò che le veniva chiesto. E, soprattutto, doveva nascondere il suo disgusto. Mary non aveva idea di che cosa parlasse sua madre. Ed era meglio così. La sua notte di nozze e ogni altra notte in cui suo marito si era *servito di lei*, Mary aveva seguito l'editto di sua madre, anche quando le richieste di Sir Gerald andavano oltre ciò che lei sapeva una moglie avrebbe dovuto tollerare.

Aveva passato la vedovanza cercando di far diventare la sua vita da sposata un lontano ricordo. Eppure era lì a rivangarla, nel tentativo di convincere Christopher Bryce che credeva che le stanze di Sir Gerald fossero infestate. La aiutava il fatto che stessero discutendo di quella faccenda nell'ufficio del sovraintendente, motivo per cui era andata lei da lui e non l'aveva convocato nel suo salotto; quell'ambiente sarebbe stato troppo personale. Non si sarebbe certamente confidata con il suo vicino di casa, lo Squire scapolo. Ma nel suo ruolo di sovraintendente, sapeva che qualunque cosa lui potesse pensare delle sue paure, avrebbe trattato la faccenda, e lei, con rispetto. Era suo dovere farlo.

Non avrebbe avuto il coraggio, né avrebbe ricevuto lo stesso trattamento, se avesse rivelato i suoi sospetti a sua madre, che l'avrebbe derisa; o ai suoi due fratelli, che l'avrebbero presa in giro; o ai suoi cugini Roxton, che le avrebbero tutti sorriso indulgenti come se lei avesse il cervello di una gallina. Nessuno l'avrebbe presa sul serio.

"C'era sempre il fuoco acceso nello spogliatoio di Sir Gerald e molta luce. Come voi ben sapete, Sir Gerald non ha mai lesinato sulla cera."

Christopher lo sapeva bene. Sir Gerald aveva speso una fortuna per le migliori candele di cera d'api. Ma era ancora perplesso sul motivo per cui il baronetto inciampasse nelle sue stanze, sbattendo contro i mobili a un'ora così tarda, e perché fosse così maleducato e rumoroso da svegliare sua moglie, come un rozzo zotico ubriacone di ritorno dal *Bear Inn*. E perché poi andare nelle stanze di sua moglie in quello stato...

E poi capì.

Quella rivelazione lo colpì come un pugno nello stomaco. La sorpresa bruciante per un momento gli rubò le parole.

Tutte quelle notti passate a bere... Tutte quelle volte in cui era sicuro di aver lasciato il baronetto stravaccato sul sofà nel suo studio, a farsi passare la sbronza dormendo, per svegliarsi poi con la testa che martellava e la schiena dolorante per una notte di sonno scomodo, e nessun ricordo della conversazione della sera prima... Non una volta aveva pensato alla possibilità che quell'uomo non fosse così ubriaco da non essere in grado di trascinarsi barcollante per andare a disturbare la moglie con le sue attenzioni amorose.

Si era solo concentrato sulle loquaci confidenze di Sir Gerald, intento a estrargli la confessione di aver commesso un atto di tradimento come spia a favore dei francesi o dei ribelli americani, o entrambi. Non aveva mai rivolto un solo pensiero a Lady Mary, beh, non allora. Non perché non avesse voluto, ma perché era meglio per la sua salute e la sua pace mentale non farlo. E certamente non si era mai permesso di pensare a lei mentre beveva con suo marito. Ma ora questo...

Non c'era bisogno che Lady Mary dichiarasse l'ovvio, e lui non le avrebbe rivelato che aveva capito tutto. Meglio restare impassibile. Quindi, nonostante fosse disgustato, abbattuto e furioso con se stesso, per il suo bene riuscì a mantenere un'espressione e un tono neutri.

"E quando avete deciso che eravate stata svegliata da un... mhmm... *fantasma*, che cosa avete fatto, milady?"

Mary fu così sollevata che non avesse chiesto altre spiegazioni sulle maldestre peregrinazioni notturne di Sir Gerald, che disse con una vivacità che contrastava con la trepidazione e la paura che aveva provato in quel momento: "Ho appoggiato l'orecchio alla porta di collegamento per sentire se ci fossero altri rumori. Volevo essere sicura, per potervi dire esattamente che cosa avevo sentito."

"E che cosa avete sentito?"

Mary lo guardò confusa.

"Ve l'ho detto, signor Bryce. Sbattere una porta, una sedia caduta sul pavimento la prima volta, e l'aprirsi e chiudersi di cassetti la seconda volta."

"Sì, sì. Certo. L'avevate detto," si scusò Christopher, con la mente che gli mulinava ancora per il comportamento sconvolgente di Sir Gerald. "E siete sicura di non aver sentito dei passi quando avete messo l'orecchio contro la porta?"

"No. Nessun passo. Sto solo riferendovi i fatti. Mi manca l'immaginazione per inventarmi cose simili. Ed è per quello che sono sicura che deve essere il fantasma di..."

"La porta di collegamento ha un chiavistello?"

"Sì, ed è chiuso fin dalla morte di Sir Gerald."

"Avrebbe dovuto essere chiuso quando era vivo," borbottò Christopher tra i denti.

Fissò immediatamente Lady Mary per vedere se l'aveva sentito. Era così. Glielo dicevano il rossore sul suo volto e gli occhi che si erano spalancati prima che distogliesse lo sguardo. Si sentì gelare e diede un'occhiata al suo assistente. E, com'era prevedibile, le orecchie di

Timothy Deed erano spalancate ed era rimasto a bocca aperta. Quindi anche lui aveva colto il desiderio borbottato di Christopher. A quel punto poteva solo salire nella loro stima, scendere più in basso non era possibile. Ma per risparmiarle l'imbarazzo di sottolineare la sua indiscrezione verbale, disse, dopo essersi schiarito la gola improvvisamente chiusa: "Meglio… meglio tenere la porta chiusa con il chiavistello… come precauzione. Per restare al sicuro."

"Ma… signor Bryce, che senso ha un chiavistello alla porta? Un attrezzo simile è sicuramente superfluo. Non impedirebbe a un essere etereo di entrare nella mia stanza, no? Lui potrebbe tranquillamente passare attraverso un muro come attraverso una porta sbarrata."

"Uno spettro potrebbe essere in grado di farlo, è vero," ammise Christopher, nascondendo un sorriso al concreto senso pratico di Lady Mary, che aveva momentaneamente represso ogni paura che poteva avere che il fantasma entrasse nella sua stanza. "Ma dato che questo-questo… *fantasma*… non è passato attraverso la parete per entrare nella vostra stanza, ma è rimasto dall'altra parte della porta, dubito che intenda…"

"Come potete esserne certo? E come fate a conoscere le sue intenzioni?"

Due domande cui Christopher non poteva rispondere. Ma era certo che qualunque cosa stesse facendo cadere le sedie e sbattere le porte nello spogliatoio di Sir Gerald poteva essere molte cose, ma di sicuro non un essere etereo. Avrebbe potuto fornirle una miriade di alternative a un fantasma che creava scompiglio nello spogliatoio, da una finestra lasciata socchiusa da un servitore disattento, che lasciava entrare gli elementi e forse un uccello, magari un gufo, un roditore o uno scoiattolo che ora era intrappolato nella stanza. E c'era un'altra possibilità… che il fantasma fosse in effetti un intruso della varietà in carne e ossa, forse un servitore malcontento, intento a rubare. Una spiegazione molto più probabile, che intendeva esaminare, ma che non voleva confidare a Lady Mary, causandole inutili preoccupazioni. Da lì la sua domanda se la porta di collegamento poteva essere sbarrata.

E poi ebbe improvvisamente un'idea sconcertante.

"Milady, non avete detto *il fantasma* ma *lui*, come se ne conosceste l'identità."

Lady Mary piegò di lato il capo, guardandolo come se avesse perso la testa e quando Christopher continuò a guardarla come se avesse perso il senno, disse, con un'ombra di paura nella voce: "Signor Bryce, vi ho appena spiegato le cose nei termini più semplici possibili. Chi altro potrebbe essere il fantasma? Non so perché Sir Gerald sia apparso all'improvviso, ma posso solo pensare che il suo spirito sia inquieto e che troverà pace solo quando avrà trovato quello che cerca nel suo spogliatoio."

"Sir Gerald? Pensate che… il fantasma… Voi pensate che il *vostro defunto marito* stia infestando la casa?"

"Sì, signor Bryce, esattamente."

Christopher non sapeva se scoppiare a ridere oppure offrire qualche scettica banalità adatta alla circostanza sperando di calmare le paure di Lady Mary, quindi disse, in un tono più burbero di quanto avesse inteso: "Nel nome di tutto ciò che è sacro, perché mai Sir Gerald dovrebbe tornare dal mondo dei morti? E per che cosa?"

"Se lo sapessi non sarei qui a chiedervi di scoprirlo, no? Ma vedo dalla vostra espressione che pensate che stia solo dicendo stupidaggini. Quindi forse sarebbe meglio che richiedessi l'assistenza del vicario. Lui almeno mi crederà e…"

"Per favore, milady. Io vi credo. E chiedere l'aiuto del vicario potrà essere necessario se dovremo esorcizzare un fantasma e scacciarlo da questa casa. Ma forse, per evitare di sconvolgere il personale con discorsi di fantasmi, non volete che prima faccia qualche indagine?"

"Sì, grazie. Lo preferirei," rispose Lady Mary con un sospiro di sollievo. "Sono sicura che se c'è una persona che può aiutare Sir Gerald a trovare ciò che sta cercando siete voi, signor Bryce."

Christopher era lieto che a Lady Mary mancasse una vivida immaginazione perché la verità poteva rivelarsi molto più paurosa del fantasma di quell'ubriacone di Sir Gerald. Quando Lady Mary si alzò, scuotendo le sottane imbottite, Christopher spinse indietro la sedia e si alzò anche lui, facendo segno al signor Deed di restare seduto.

"Spero che restare questa notte non sarà un inconveniente troppo gravoso per voi, e per vostra zia," disse educatamente Lady Mary. "Ma prima sapremo che cosa vuole Sir Gerald, prima potrà riposare in pace."

"Sì, milady. E no, non sarà affatto un inconveniente. Mia zia può sopportare la mancanza della mia compagnia per una sera." Poi Christopher aggiunse freddamente: "Meglio placare il fantasma appena possibile. Non vogliamo che i servitori scappino a cercare un lavoro nelle mie manifatture, vero?"

"Certamente no! Come farebbe la signora Keble a gestire questa casa senza abbastanza domestici, mi…"

"Milady, era solo un tentativo poco riuscito di fare dell'umorismo," la interruppe con calma Christopher, senza riuscire a nascondere un sorriso per l'abilità che aveva di irritarla così in fretta. "Non ci sono posti di lavoro liberi nelle mie fabbriche."

"Oh? Ah! Chiedo scusa per non aver riconosciuto il vostro spirito. Ma è una buona notizia, quella riguardo alle vostre fabbriche. Per voi, e per questa casa. Sono sicura che non avete dimenticato che il segretario del duca arriverà da un giorno all'altro," continuò a blaterare quando il sorriso di Christopher si fece più ampio, e sentì il calore pervaderle le guance. "E anche se porta con sé il suo servitore, la signora Keble dice che le sue visite causano parecchio lavoro extra per il personale di cucina e di lavanderia, per non parlare degli uomini che devono seguirlo quando fa le sue ispezioni più lontano."

"Non l'ho dimenticato," rispose seccamente Christopher. Considerava il pomposo segretario dei Roxton, il signor Audley, una noia mortale e un'interferenza esageratamente invadente. "Come potrei, quando la recente lettera di Sua Grazia di Roxton includeva un accorto promemoria della visita del suo segretario, anche se il suo umilissimo servitore mi ha scritto lui stesso e la visita è segnata sul calendario da quasi tre mesi?"

Il sarcasmo di Christopher sfuggì a Lady Mary che, ricordando di colpo la lettera del suo ducale cugino, mise la mano in tasca per cercarla. Ruppe il sigillo con le dita tremanti e ricadde sulla sedia per leggerla. Ma prima di dispiegare l'unico foglio di pergamena, ricordò le buone maniere e alzò gli occhi sullo Squire.

"Scusatemi, signor Bryce. La lettera di Sua Grazia conterrà notizie che aspetto da..."

"Non scusatevi. Leggetela."

Mary sorrise, annuì e abbassò gli occhi sulla lettera. Christopher la osservava. E il signor Deed osservava lui. Lo Squire era talmente assorbito che quando Mary finalmente alzò gli occhi sorridendo, con gli occhi umidi, fu lento a reagire. Ma Mary non notò la sua distrazione perché i suoi pensieri erano tutti per i suoi cugini, in particolare la duchessa. Era tale la sua felicità e il sollievo per la coppia ducale che incluse lo Squire e il suo assistente nella sua gioia e annunciò tra le lacrime: "La duchessa ha felicemente partorito il suo quinto figlio e madre e figlio stanno splendidamente. Un tale sollievo... Roxton scrive con l'entusiasmo di un padre il cui quarto figlio maschio avrebbe tranquillamente potuto essere il primo! E oserei dire che se Otto fosse stato una bambina, ne sarebbe stato altrettanto felice."

"*Otto*?"

Christopher fece una smorfia e Mary sorrise.

"Otto George Hesham. Otto dal nome del defunto fratello della duchessa, il suo preferito," spiegò Mary. "E George, presumo, per suo padre, Sir George Cavendish."

"Quel povero piccolino! Per entrambi i nomi. Mi dispiace, milady, ma anche voi sarete d'accordo che Otto è un nome alquanto sfortunato per qualunque bambino. E quanto a dare il nome di un reprobo come

Sir George Cavendish a un neonato, il duca deve avere le pigne in testa!"

"Siete molto pronto e disinvolto con le vostre opinioni oggi, signor Bryce," dichiarò freddamente Mary, di nuovo in piedi mentre ripiegava frettolosamente la lettera. "Forse dimenticate che Sir George non era solo il padre della duchessa di Roxton, ma anche quello di Sir Gerald, e il nonno di Teddy."

"Non avete bisogno di rammentarmelo, milady," disse sommessamente Christopher. "Ha vissuto qui, in questa casa, per un certo periodo quando ero un ragazzo, e lo ricordo bene, molto bene. Voi, d'altro canto, non l'avete mai conosciuto, vero?"

"No, non ho avuto quel piacere. Ora, se volete scusarmi, è quasi ora di cambiarmi per la cena e Teddy..."

"Mi scuso per aver denigrato la scelta del duca dei nomi per il figlio neonato, milady, ma non per il mio commento su Sir George. Credetemi, è un bene che non abbiate mai avuto il... mhmm... *piacere*. Buongiorno."

Christopher inclinò la testa e non disse altro. Quando Mary si voltò per andarsene, si sedette e prese la lettera di fronte a lui, ma non la lesse, irritato con se stesso per aver abbassato ancora una volta la guardia, prima riguardo al duca, e poi su Sir George Cavendish.

Mary rimase lì per almeno cinque secondi, a chiedersi che cosa sapesse Christopher Bryce di Sir George Cavendish, tale era stata la sua espressione ostile, poi decise che non erano affari suoi e che era meglio lasciar perdere. Si chiese, non per la prima volta, quale fosse la storia del signor Bryce. Quell'uomo era un enigma. Il proprietario di terreni e di fabbriche, che aveva accettato di perdere due giorni ogni due settimane per agire da sovraintendente della tenuta del suo vicino, era un vero mistero. La incuriosiva anche di più che restasse scapolo all'età di quarant'anni, quando le sue esperienze di vita gli avrebbero fornito ampie opportunità per trovare moglie.

Se non una moglie, perché non un'amante? Agli uomini tali indulgenze erano concesse nell'alta società. Ma sapeva che un tale comportamento non sarebbe stato tollerato in quell'angolino provinciale del Gloucestershire. Se lo Squire aveva in effetti un'amante... e perché non avrebbe dovuto? Dopo tutto era un uomo attraente... lei non viveva vicino, ma altrove, a Cheltenham magari, o più lontano, a Bath. Ma sembrava improbabile, dato che lo Squire arrivava raramente più a sud di Stroud, e divideva la sua casa nella vallata vicina con una zia anziana... Quanto ai molti anni che aveva passato nel continente... Mary era curiosa. L'unica volta che aveva chiesto a Sir Gerald se il loro vicino avesse mai menzionato i suoi vagabondaggi per il continente, lui aveva risposto compiaciuto che ciò che sapeva sul signor Bryce non era adatto alle orecchie di sua moglie o, se era per quello, di qualunque gentildonna. Era sicuro che le sue piccole orecchie sarebbero diventate scarlatte.

"Posso aiutarvi per qualcos'altro, milady?" Le chiese Christopher in tono calmo, senza alzare gli occhi dall'elegante grafia del duca di Roxton.

"N-no. Nie-niente," rispose Mary, riscuotendosi e dicendosi di smetterla con quel sogno a occhi aperti dello Squire con una possibile amante a Bath e innumerevoli amanti lasciate indietro sul continente. "Visto che resterete fino a tarda notte, informerò la governante di mettere un altro coperto per la cena, Teddy sarà contenta di avere la vostra compagnia, e di arieggiare la stanza da letto del sovraintendente."

A quel punto Christopher alzò gli occhi. "Grazie, milady. Lo apprezzerei molto."

Mary annuì e lui tornò a leggere. Lei sollevò con una mano le sottane e si voltò per uscire quando la porta si spalancò, facendola barcollare indietro per la sorpresa. La porta sbatté contro la pannellatura di legno e la redingote dello Squire scivolò dal gancio ammucchiandosi sul pavimento, mentre un grande pastore irlandese bianco e beige si precipitava nella stanza. Aveva un fagiano morto tra le mascelle e lasciava una scia di impronte fangose dietro di sé.

Mary conosceva quel cane. Apparteneva a Christopher ed era sempre in sua compagnia. Teddy lo portava con sé nei campi e nel bosco tutte le volte che poteva. Eppure, saperlo non impedì a Mary di ritirarsi dietro la sedia sulla quale era stata seduta. L'idea del fantasma del defunto marito che infestava le sue stanze la spaventava, ma un cane non al guinzaglio la terrorizzava. E anche se sapeva che era una paura irrazionale, non riusciva a controllarla né a nasconderla. Tutti nella sua famiglia amavano i cani, i più fedeli dei compagni, sia che fossero cani da caccia o da compagnia. E anche se la sua famiglia tollerava la sua avversione, non così sua madre. Lei si rifiutava di riconoscere qualunque tipo di debolezza nei suoi figli, e questo nonostante sapesse che, da bambina, Mary era stata aggredita da uno dei terrier della contessa. Le aveva afferrato la mano destra tra i denti senza lasciarla andare. Portava ancora le cicatrici di quell'incontro. Da allora, si ritraeva istintivamente da tutti i cani, qualunque fosse la loro razza o la grandezza.

E quindi non era una cosa che potesse controllare quando il respiro si fece corto e superficiale. Si affrettò a inginocchiarsi sulla sedia, con le mani strette sullo schienale, come se in qualche modo quello potesse risparmiarle di essere avvicinata da Lorenzo.

Christopher aveva alzato la testa quando la porta aveva sbattuto. Vide il suo compagno a quattro zampe, vide Mary che si arrampicava sulla sedia e in due passi si mise tra la sedia e il cane da caccia prima che questi potesse orgogliosamente offrirle il suo bottino.

"M-mi dispiace," balbettò Mary. "So che è un bravo cane. Solo non r-riesco…"

"Uno o due respiri profondi e tornerete a essere voi," dichiarò Christopher, dandosi un'occhiata alle spalle. "E tu, mio buon amico," aggiunse in un tono completamente diverso, rivolgendosi affettuosamente al cane da caccia quando questi lasciò cadere il fagiano davanti alla punta del suo stivale, "non hai delle buone maniere. Ma apprezzo il regalo. Seduto, Lorenzo! Ora, dov'è la tua socia in questa impresa, mi chiedo…"

Lorenzo aveva appena obbedito all'ordine del suo padrone quando nella stanza si precipitò una ragazzina dalle spalle sottili, con un visino a forma di cuore punteggiato di lentiggini e una lunga treccia disordinata di capelli rosso ciliegia. Theodora Charlotte Cavendish, Teddy per tutti eccetto sua nonna, che insisteva a chiamarla Theodora, aveva dieci anni ed era un maschiaccio. Aveva un sorriso pieno di denti e brillanti occhi castani. Nonostante la straordinaria tonalità di rosso dei suoi capelli ondulati, non assomigliava a nessuno dei suoi genitori. Ed era un sollievo per i suoi parenti, dato che suo padre non era attraente in nessun senso, ma anche una delusione, perché pur non essendo ritenuta una grande bellezza, Lady Mary assomigliava abbastanza a sua cugina Antonia da essere considerata una bella rossa.

E dato che Teddy era un maschiaccio, indossava una giacca da cavallerizza, allacciata sopra un corpetto e una sottoveste, e sotto le gonne portava un paio di calzoni, cuciti apposta dalla madre che stravedeva per lei. E quelli, insieme a uno spesso paio di calze lavorate a maglia erano infilati in stivali da cavallerizza, per tener lontano il freddo ma, specialmente, per permetterle di arrampicarsi sugli alberi e cavalcare come un ragazzo, non all'amazzone, senza problemi e lasciando intatto l'orgoglio di sua madre.

Aveva gli stivali schizzati di fango, l'orlo fradicio e le mani e il volto avrebbero beneficiato di una bella lavata prima della cena. Ma, nonostante tutto, sua madre e Christopher la salutarono con sorrisi di benvenuto, senza dire una parola sul suo stato. Teddy andò immediatamente dal cane e gli mise le braccia intorno al collo, ricevendo una leccata sul mento per il suo gesto affettuoso.

"Bravo Lorenzo! Bravo ragazzo!" Alzò lo sguardo sullo Squire. "Vi piace il regalo che vi ha portato, zio Bryce? È stato *molto* ben educato durante la nostra passeggiata, fino a quando ha incontrato il signor

Owens e i suoi due segugi. Stavano facendo uscire gli uccelli dalla siepe sul retro del frantoio per il sidro di Elwood. C'è un fossato profondo come uno stagno… Mamma!? Siete qui!"

Teddy aveva visto sua madre quando Christopher si era fatto da parte, tenendo però una gamba vicino al cane. Pensò che fosse strano che fosse inginocchiata su una sedia, ma poi si rese conto del motivo e si affrettò ad alzarsi, dicendo in fretta: "Mi dispiace di aver permesso a Lorenzo di precedermi. Era per fare una sorpresa allo zio Bryce. Avrei dovuto fargli lasciare il fagiano in cucina. Non sapevo che foste qui, mamma. Sono entrata dal retro per via del fango…"

"Non potevi saperlo, Teddy," la interruppe Mary con un sorriso, scendendo dalla sedia e spazzolandosi le sottane, tenendo d'occhio Lorenzo che restava di fianco al suo padrone e che mosse appena la testa quando lei si spostò. Mise un braccio sulle spalle della figlia e le scostò gentilmente qualche ciuffetto di capelli ricci dagli occhi. "Avrai giusto il tempo per lavarti e cambiarti d'abito prima di cena. Il corpetto e le sottane fatte per il matrimonio dello zio Dair…"

"Ma, mamma, preferirei indossare…"

"Abbiamo un ospite a tavola stasera, e tu potresti far pratica delle tue migliori maniere a cena, indossando il tuo miglior vestito, per prepararti al tuo soggiorno dalla nonna."

"Ospite?" Teddy aggrottò la fronte. "Ma noi non abbiamo mai ospiti."

"Il signor Bryce cenerà con noi."

Teddy alzò in fretta gli occhi e la fronte si spianò.

"Veramente? Resterete? Resterete veramente a cena, zio Bryce?" Quando Christopher annuì, Teddy batté le mani e poi chiese alla madre: "C'è qualche motivo speciale o lo zio Bryce resterà per catturare il fantasma?"

TRE

Sorpresi, Mary e Christopher si guardarono in faccia.
Toccò all'assistente del sovraintendente, dimenticato nel suo angolo
caldo dell'ufficio, rompere il silenzio.

"Un fantasma, signorina Teddy? E adesso chi si è inventato queste
storie per spaventare le giovani fanciulle?"

"Oh, io non ho paura, signor Deed," rispose la ragazza, tranquilla,
senza quasi riuscire a contenere l'eccitazione, con gli occhi castani che
diventavano più rotondi. "E c'è davvero un fantasma! Infesta la cucina.
Così dicono Jane e Jenny, che non vogliono più entrare nella dispensa.
La signora Keble dice che ne andrà del loro impiego se non la smetteranno di comportarsi come stupide ochette e non ricominceranno a
fare il loro lavoro. Ma Jenny dice che niente la convincerà a entrare là
dentro. E Jane dice che, se lo farà, perderà i sensi e non servirà a
nessuno. Quindi nessuno fa *niente* e la cuoca voleva togliersi la cuffia e
pestarla sotto i piedi *tanto* era furiosa. La signora Keble ha mandato
Luke nella dispensa a prendere i barattoli di confettura perché Jane e
Jenny li contassero. Li hanno contati due volte. Ed era proprio come
aveva detto Jane. *Mancavano* due barattoli…"

"Spero che il fantasma sia stato così gentile da prendere la marmellata di limoni e lasciare quella di arance," commentò Christopher.
"Quella di limoni è troppo amara per i miei gusti. Frutti raccolti troppo
presto, secondo me."

"Marmellata di limoni? Sì, è piuttosto amara…" Disse Mary e poi
rivolse un'occhiataccia a Christopher. "Come potete preoccuparvi per
l'amaro…" Cominciò a dire, interrotta poi da sua figlia che disse, ridac-

chiando: "Siete uno scioccone, a volte, zio Bryce! I fantasmi non possono *sentire* i sapori, no?"

Quando Christopher fece una smorfia e si batté sul lato del naso come per dire che stava pensando esattamente la stessa cosa, Teddy sorrise, ma Mary, ancora accigliata, chiese: "Allora perché prendere la confettura?"

"Per dispetto, così dice la signora Keble," rispose Teddy.

"Sarebbe troppo sperare che abbia anche detto ai servitori che non esistono i fantasmi?" Chiese Christopher in tono asciutto.

"Sì, sarebbe troppo," confermò Teddy. "E la cuoca è d'accordo con la signora Keble e ha detto che avrebbe scommesso la vita che *non ci stanno ladri ad Abbeywood...*"

"Che non ci *sono* ladri," la corresse sua madre.

"Milady, credo che Teddy stesse citando la cuoca che parlava in vernacolo, vero Teddy?" La ragazzina annuì, d'accordo con lo Squire, poi procedette a imitare la parlata delle Cotswold della cuoca. "La cuoca ha detto che *a qualcuno non va proprio giù l'idea che ci stanno ladri qui a Abbeywood, così ci sta un fantasma che sta rubando quelle confetture lì, e tutto per disturbare la pace.*" Teddy alzò le spalle e sorrise. "Quindi, vedete, ci *deve* essere un fantasma!"

"Tuo zio Dair sarebbe impressionato, ma tua nonna inorridirebbe," commentò Mary.

"Lo zio Dair non ha paura di *niente*," rispose Teddy e poi si rivolse a Christopher dicendo orgogliosamente: "Un eroe di guerra non avrebbe paura di un fantasma, vero?"

"No, assolutamente. Ma penso che tua madre si riferisse al fatto che anche tuo zio Dair è un buon imitatore e avrebbe apprezzato la tua imitazione," le spiegò Christopher, "ma che tua nonna non sarebbe contenta del fatto che parli la lingua dei tuoi... mhmm... *inferiori*."

"Inferiori?" Teddy non capiva e quando né Christopher né Mary diedero spiegazioni, alzò le spalle e, senza cattiveria, dichiarò riguardo a sua nonna, la contessa di Strathsay: "La nonna inorridisce per *tutto* e *tutti.*"

"*Questo* è decisamente vero," disse Mary con un sospiro, rivolta più a se stessa che agli altri nella stanza, e aggiunse: "Non so perché lui... perché il fantasma dovrebbe voler sconvolgere la cuoca."

Mary era turbata al pensiero che il fantasma di Sir Gerald non fosse confinato nel suo spogliatoio. E, ora che ci pensava, era un'idea stupida. I fantasmi potevano andare dovunque volessero. Quindi la rincuorò doppiamente sapere che lo Squire avrebbe passato lì la notte. Con un occhio cauto verso Lorenzo, il cui sguardo stava seguendo Teddy che saltellava e piroettava in giro, e che si era messo seduto, restando però ai piedi del suo padrone, Mary tese una mano a sua figlia.

Che Teddy fosse incapace di restare ferma ricordò a Mary il maggiore dei suoi fratelli, Alisdair. Per la sua irrequietezza, e perché fissava fuori dalla finestra e non si applicava agli studi, era stato bacchettato dai suoi tutori più volte di quante lei amasse contare. Dair era sempre stato più felice quand'era all'aperto ed era ancora così, e anche Teddy.

"Abbiamo disturbato il pomeriggio del signor Bryce fin troppo a lungo con questi discorsi sui fantasmi che rubano la confettura. Forse mentre ti prepari per la cena potrai trovare un argomento di conversazione più adatto, qualcosa che tua nonna approverebbe. Sarà un buon allenamento per la tua visita a Cheltenham, cui mancano solo poche settimane," le rammentò gentilmente. "Non siete d'accordo, signor Bryce?"

Con quell'ultima frase, rivolse un'occhiata significativa a Christopher, e fu lieta quando lui si affrettò a confermare. Non fu altrettanto lieta, però, quando più tardi, a tavola, dopo aver reso grazie e con la zuppa di pastinaca e il pane davanti a loro, Christopher prese il cucchiaio e chiese con indifferenza a Teddy: "Che altro ha detto la cuoca di *un fantasma che si sta rubando le marmellate?*"

Teddy ingoiò in fretta una boccata di zuppa e guardò sua madre seduta in fondo al tavolo per avere istruzioni. Lavata e strofinata tanto che il mento e la fronte brillavano, i lunghi capelli rossi ondulati della ragazzina erano stati spazzolati, liberati dai nodi e tenuti lontani dal viso con un nastro di satin azzurro, intonato al colore delle sottane di seta e del corpetto ricamato. Indossava scarpine nuove di satin e calze bianche, e faceva del suo meglio per restare diritta, anche se le stecche e la chiusura centrale del corpino avrebbero comunque reso impossibile una postura cadente.

Quando Lady Mary continuò a mangiare la zuppa senza fare commenti, Teddy lo prese come un segno che era libera di rispondere alla domanda dello Squire. Guardò Christopher, seduto davanti a lei e disse seriamente: "Gli piacciono anche i sottaceti."

"Sottaceti? Davvero? Che tipo di sottaceti?"

"Che tipo?" Teddy ci pensò un momento. "Noci. Sono le noci sottaceto che mancano."

"Noci sottaceto? Scelta eccellente. Anche se io preferisco i cetrioli sottaceto della cuoca. Sono lieto che abbia preso le noci e lasciato i cetrioli."

Teddy ridacchiò.

"È un fantasma molto premuroso, vero, zio Bryce?"

"Molto premuroso, nei miei confronti. Ma non nei confronti della cuoca, o della signora Keble, o Jane o Jenny. A proposito, che tipo di confettura ha rubato?"

"Quella di fragole. E un barattolo di marmellata."

"Pensi che questo fantasma mangi le noci sottaceto con o senza la confettura di fragole, o magari con la marmellata?"

"Noci sottaceto e confettura di fragole mangiate *insieme?*" Teddy fece una faccia disgustata. "Puah! Avrebbero un sapore *orribile.*"

"Sì, ma hai detto tu stessa che i fantasmi non sentono i gusti, quindi come farebbe a saperlo?"

"Oh, zio Bryce, non ha bisogno del senso del gusto per rubare…"

"Teddy, le giovani donne e i gentiluomini non usano la parola *puah*, mai, e certamente non a tavola," la rimproverò gentilmente Mary. "La prossima volta, per favore, trova una parola più educata per esprimere il disgusto. E un argomento più adatto per la tavola, possibilmente uno che non disturbi tua nonna. Ora mangia la zuppa prima che si freddi."

"Sì, mamma. Mi dispiace, mamma," mormorò Teddy, adeguatamente pentita, e abbassò il mento, ma non prima di aver colto la schiacciatina d'occhio di Christopher ed essersi scambiati un sorriso.

I tre commensali finirono in silenzio la zuppa. Gli unici suoni erano il ticchettio dell'orologio sulla mensola del camino, il tintinnio dei cucchiai d'argento nelle ciotole di porcellana e i tacchi delle scarpine di satin di Teddy che strusciavano contro la traversa della sedia mentre dondolava le gambe avanti e indietro. Il vestito nuovo e i capelli in ordine potevano darle l'apparenza di una signorinella, ma il maschiaccio non si lasciava reprimere, né sembrava fosse possibile reprimere l'interesse dello Squire nel discutere del fantasma.

Anche lui aveva fatto uno sforzo per apparire al meglio. Mary lo aveva notato immediatamente quando era arrivato passando dalla porta di servizio, appena prima che venisse annunciata la cena. Gli stivali da cavallerizzo erano privi di fango e lucidi. La cravatta riannodata e aderente al collo e la criniera di riccioli tirata indietro e legata con un bel nastro di satin. Indossava la redingote slacciata sopra la camicia e il panciotto. Il taglio curvo, che lasciava scoperto il torace per mettere in risalto il panciotto sottostante, era molto piacevole negli uomini giovani che indossavano panciotti ricamati alla moda.

Sugli uomini di mezza età, come suo marito, quel tipo di taglio attirava un'attenzione indesiderata sul girovita in espansione ed era raro che i bottoni d'argento o di corno restassero piatti; spesso non si allacciavano del tutto. Sir Gerald, come molti uomini di mezza età che godevano di benessere, aveva la pancia, trofeo di una vita di buon cibo, molto sidro e birra fatti in casa, e uno stile di vita sedentario promosso dal successo delle loro varie imprese, mercantili, commerciali, industriali o agricole che fossero.

Il signor Christopher Bryce però non si conformava a quel modello. Nonostante fosse di mezza età, non vantava la tipica pancia. In verità aveva la figura e il portamento di un uomo più giovane. Non fosse stato per le rughe agli angoli degli occhi e ai due lati del naso diritto, che venivano con l'età, sarebbe tranquillamente potuto passare per un uomo con molti anni in meno. Certo, un giovane uomo severo, austero con lei e con quelli al suo servizio, e che si teneva molto sulle sue nelle occasioni sociali, ma che era raramente, se non mai, solenne in compagnia di Teddy.

Mary colse l'ammiccamento e il sorriso che aveva scambiato con Teddy e scelse di restare cieca. Lungi dal preoccuparla che stesse minando la sua autorità genitoriale, trovava adorabile il legame tra di loro. Sir Gerald era stato amaramente deluso nell'avere una figlia e non il maschio tanto desiderato, e aveva trattato Teddy come un fastidio. Christopher Bryce, al contrario, non era mai stato sprezzante né aveva mai dato l'impressione che, per il fatto di essere una ragazza, Teddy valesse meno che se fosse nata maschio.

E quindi, anche in questo, lo Squire non si conformava al modello. Mentre le famiglie più importanti della valle avevano espresso le loro condoglianze a Sir Gerald per la mancanza di un figlio maschio, e perfino offerto a Mary le loro sentite preghiere perché avesse un erede alla sua prossima gravidanza, Christopher Bryce non aveva mai fatto commenti in tal senso. La trattava per ciò che era. Semplicemente Teddy. E anche solo per quella ragione, Mary era pronta a tollerare i suoi modi franchi e dittatoriali e il suo testardo rifiuto di permettere a Teddy di far visita ai suoi cugini Roxton.

Quanto al fatto che Teddy passasse del tempo in compagnia dello Squire, e che lui cenasse alla sua tavola, Mary accettava volentieri anche quello, anche se sua madre sarebbe inorridita a una tale scorrettezza sociale. Com'era stata diversa la sua educazione! I dettami sociali che le erano stati inculcati durante l'infanzia l'avevano resa istintivamente docile in presenza di sua madre e di quelli socialmente suoi superiori, e anche all'età di trent'anni continuavano a influenzare le sue scelte. Non aveva mai pronunciato una parola fuori posto a tavola o in compagnia quando era presente sua madre, per timore di essere messa in ridicolo.

Era decisa a far sì che sua figlia non avesse nessuna delle paure o pregiudizi che erano stati instillati in lei. La vita di Teddy sarebbe stata diversa. Quindi era felice di lasciare che lo Squire e sua figlia si scambiassero battute come due habitué di taverna, con lei consegnata al ruolo di spettatore interessato e arbitro sociale. Li ascoltava mentre chiacchieravano tra un boccone e l'altro di trota al forno e carni arrostite con verdure di stagione, con una luce nei suoi occhi violetti e un sorriso che aleggiava appena al di sotto del suo educato portamento di padrona di casa. Avevano entrambi obbedito alla sua richiesta e Christopher stava ascoltando Teddy che parlava della fuga e ricattura della pecora da primo premio di Will Bisley, che aveva dato alla cuoca, che era cugina di Will, *un mondo di preoccupazioni*. E poi erano tornati alla conversazione sul fantasma e i generi alimentari mancanti. Mary se ne chiedeva il motivo. Ci doveva essere una buona ragione perché Christopher insistesse. Il signor Bryce non era incline alla stravaganza.

"Il nostro fantasma ha rubato qualcos'altro dalla dispensa?" Chiese Christopher mentre si riempiva il bicchiere di vino. "O questa è la sua prima e unica visita in cucina?"

Teddy si chinò in avanti e disse, eccitata e in tono da cospiratore: "Non è la prima volta. È sparita una pagnotta. Non una intera. Solo la parte che era rimasta dopo la cena. La cuoca aveva intenzione di usarla per fare il budino di pane."

"Pane?" Chiese Mary, e si ritrovò a essere ignorata dalla figlia e dallo Squire, anche se lui le aveva dato un'occhiata.

"Qualcos'altro?" Chiese Christopher a Teddy, in tono indifferente, sorseggiando il vino.

"Due bottiglie di vino di sambuco. Luke dice che era una, ma Jane è sicura che siano due."

"*Due* bottiglie di vino di sambuco?" Ripeté Christopher stupito e si rilassò. "Bene!"

Teddy si accigliò. "Bene? Pu..." Ringoiò in fretta l'esclamazione volgare, con un'occhiata a sua madre, e aggiunse: "Ma a voi non piace nemmeno il vino di sambuco, zio Bryce."

"Vero. Spero che il fantasma prenda *tutto* il vino di sambuco. Meglio quello dell'ottimo bordeaux che stiamo bevendo."

Mary si sentì di colpo a disagio. "Vi chiedo scusa, signor Bryce. Avrei dovuto chiederlo... Pensavo che, con voi qui a cena, non vi sarebbe dispiaciuto che prendessi la libertà di farne portare una bottiglia."

"La mia non era una critica, milady," dichiarò tranquillamente Christopher. "Potete bere il vino a tutti i pasti, se lo desiderate."

Teddy era curiosa. "Perché dovete chiedere il permesso dello zio Bryce, mamma? È la nostra cantina."

Mary guardò Christopher e poi disse: "No, Teddy. Tutto, dal cucchiaino per lo zucchero alla scopa nelle scuderie, appartiene all'erede di Sir Gerald, tuo cugino, Sir John Cavendish, Jack. Te ne ho già parlato," le spiegò Lady Mary. "Noi viviamo qui con il permesso del suo tutore. E un giorno, quando sarà grande abbastanza da occuparsi della gestione di Abbeywood, lui vivrà qui per una parte dell'anno e senza dubbio il resto dell'anno a Londra."

"Noi possiamo restare qui con il cugino Jack?"

Dato che Christopher stava sorseggiando il vino e non fece alcuno sforzo per commentare, Mary disse: "Non credo che lo vorrebbe, Teddy. Lui porterà qua la sua sposa e oserei dire che, quando succederà, anche tu sarai sposata, quindi avrai una casa tua…"

"Ma io non voglio lasciare Abbeywood, *mai*. E non la lascerò," dichiarò decisamente Teddy. "Non può costringermi! Questa è casa *mia*, *non* sua. Inoltre, dove vivreste voi, mamma?"

"Io? Oh, non ci ho pensato molto, Teddy," rispose Mary in tono leggero e sorrise. "Non c'è bisogno di preoccuparsi, per ora. Possono accadere tante cose in una manciata di anni."

Non era vero. Aveva pensato a ben poco altro durante la sua vedovanza. Ma non era quello il momento o il luogo per discutere il suo futuro, o quello di sua figlia. Quindi si irritò quando Christopher fece un'osservazione franca e ancor più fu sorpresa dalla reazione di sua figlia.

"Tua madre ha ragione, Teddy. Ma se arriverai alla tarda età di ventun anni e sarai ancora nubile, cosa che dubito, e Sir John avrà preso residenza qui, sono sicuro che sarai la benvenuta a Fitzstuart Hall, con tuo zio Dair, se vorrai vivere là. Non è così, milady?"

Teddy arricciò le labbra, con il naso lentigginoso che fremeva, pensierosa. E poi scosse la testa. "No. Non voglio vivere con lo zio Dair. Gli voglio bene, ma voglio restare qui. Chi curerebbe i miei polli? E a Fitzstuart Hall non c'è il Puzzlewood. E voi e la mamma mi lasciate cavalcare *dappertutto*. E Lorenzo, poi, e voi, zio Bryce e Kate e Carlo e Silvia? Come farei a farvi visita se vivessi così lontano? No, resterò qui perché è il posto migliore in tutta l'Inghilterra, vero, zio Bryce?"

"Sì… in tutto il mondo," rispose gentilmente Christopher.

Mary sorrise a Teddy, per niente sorpresa del veemente sostegno da parte di sua figlia di quel pittoresco angolo d'Inghilterra. Lei si era innamorata delle Cotswold dal finestrino della carrozza, da sposa, cogliendo squarci del mosaico di dolci colline verdi punteggiate da boschetti e casolari di pietra color miele aggrappati ai pendii. Sir Gerald aveva chiesto al cocchiere di passare attraverso il villaggio locale e i suoi abitanti si erano allineati fuori dai loro casolari, lungo un sentiero collinoso serpeggiante, e avevano fatto una riverenza o si erano tolti il cappello, tutti desiderosi di dare un'occhiata alla giovane sposa.

"Sì. È idilliaco, perfino in pieno inverno. Non esiste un posto più accogliente in tutto il regno in cui vorrei stare con te, Teddy. Ma non ti devi preoccupare di doverlo lasciare ancora per molti, molti anni," le assicurò Mary. "E anche se dovessi andartene, anche solo per poco, diciamo per andare a scuola, potresti tornare. Proprio come fai quando vai a trovare la nonna a Cheltenham. Il signor Bryce ha passato la sua infanzia e la sua giovinezza qui, proprio come te, poi è andato via per un po', ma poi è tornato. Non è così, signor Bryce?"

"Sì, milady."

Teddy non era convinta.

"Lo zio Bryce è tornato perché poteva farlo. È un maschio e suo padre gli ha lasciato Brycecomb. Le ragazze non ereditano le case. Sir Gerald ci ha lasciato solo un gran mucchio di debiti. Così ha detto la nonna. Ha detto che siamo un peso, che le ragazze non sono altro che fardelli sulle spalle dei loro parenti maschi."

Mary sapeva, con deprimente certezza, che sua madre aveva veramente espresso quelle opinioni. Le aveva sentite fin troppo spesso. La contessa di Strathsay era stata sconvolta quando Mary, la primogenita, non era stata un maschio e l'erede di cui aveva bisogno il conte di Strathsay, e non aveva mai permesso a Mary di dimenticare quella delusione. Per Mary, la nascita di Teddy era stata una benedizione e un risarcimento per un matrimonio senza amore. Per Teddy non c'erano state le ore che lei aveva passato seduta con indosso tessuti rigidi e stecche di balena, con un libro in equilibrio sulla testa per tenere diritta la spina dorsale e le spalle aperte, senza nessuna considerazione per la sua salute o la sua felicità.

Mary era determinata a far sì che l'infanzia di Teddy fosse diversa. Quindi, se arrampicarsi sugli alberi e non cavalcare all'amazzone e restare all'aperto tutto il giorno la rendevano felice, allora lei, sua madre, avrebbe fatto del suo meglio per assicurarsi che potesse fare tutte quelle cose. E il posto migliore per farle era lì, nascoste nelle terre selvagge delle Cotswold, dove avevano pochi vicini e ancor meno visitatori e nessuno poteva mettere in ridicolo lei per come svolgeva il suo compito di madre, o sua figlia perché era se stessa.

E ora ecco Teddy, seduta scomposta sulla sua sedia, per quanto era possibile stare ingobbita con un corsetto con le stecche di balena, e con un'espressione di chi aveva un brutto presentimento, così diversa dalla ragazzina felice che aveva parlato di fantasmi che rubavano nella dispensa e tutto perché sua nonna l'aveva turbata dicendole che avrebbe dovuto lasciare Abbeywood. Per la prima volta da quando aveva osato menzionare la presenza eterea, Mary desiderò che apparisse il fantasma, proprio in quel momento, per distrarre Teddy da un'inutile preoccupazione.

Lo Squire sembrò averle letto nel pensiero perché poco dopo riuscì a spostare nuovamente la conversazione sul fantasma, ma non prima di aver personalmente rassicurato Teddy.

"Tuo padre mi ha nominato tuo tutore legale, Teddy. Questo significa che non puoi essere portata via da qui senza il mio permesso. E tua nonna o tuo cugino Jack o tuo zio Dair non possono farmi fare ciò che tu non vuoi che io faccia. Ti fa sentire meglio?"

Teddy annuì, ma non sembrava completamente convinta.

"Può restare qui anche la mamma?"

"Certamente."

"La nonna dice che quando la mamma troverà un nuovo marito, lui la farà andar via da qui."

Mary deglutì il nodo che aveva in gola, senza guardare nella direzione di Christopher, a disagio per la domanda rivolta a lui, di fronte a lei. Ma non voleva turbare ulteriormente sua figlia con discorsi sul lasciare l'unica casa che conosceva, quindi disse, con tutta l'indifferenza che riuscì a fingere, sperando di sembrare spensierata: "Oddio, la nonna aveva di certo un'ape che le ronzava vicino all'orecchio quando l'hai vista l'ultima volta."

Teddy si chinò e disse confidenzialmente a Christopher: "Lo zio Dair lo dice *continuamente* della nonna." Poi si rimise diritta e disse a sua madre: "La nonna ha detto allo zio Dair che non potevi continuare a essere un fardello, e poi gli ha detto di smetterla di rovinare il tappeto camminando avanti e indietro. Ma lui ha risposto che dato che il tappeto era suo, lui poteva rovinarlo, se lo voleva. E poi mi ha portato a cavalcare, e il suo umore è migliorato."

Mary tese una mano a sua figlia e le strinse dolcemente le dita quando Teddy le posò nelle sue.

"Teddy, la nonna dice quelle cose perché si preoccupa per noi e vuole che tutto sia come si deve. Ma a volte, *la maggior parte delle volte*, diventa sgradevole quando qualcosa o qualcuno non fa ciò che lei si aspetta. Particolarmente quando la sua testa non ha altro cui pensare. Capisci?"

"Io credo… *credo* di sì… la nonna non ha niente di meglio da fare che preoccuparsi di cose che non la riguardano, così dice lo zio Dair."

"Sì. Sì, giusto."

"Quindi non devi trovare un nuovo marito?" Le chiese ansiosa.

Mary represse un sospiro e sorrise, prendendo il bicchiere e bevendo un sorso di vino per poter formulare una risposta. Ironicamente, in quel caso sua madre aveva ragione. La contessa l'aveva tormentata dal Buckinghamshire fino all'Hampshire. Rinchiuse in una carrozza era il posto perfetto, e il viaggio per andare al matrimonio di

Dair l'occasione perfetta per sua madre di farle la predica sul suo dovere e dirle di smetterla di essere egoista e pensare alla famiglia, al loro buon nome e al futuro di Teddy. Era indispensabile che si risposasse. Due anni nelle lande selvagge del Gloucestershire erano un tempo sufficiente per il lutto. E Mary non era più una ragazzina. Presto, quel poco di bellezza che possedeva sarebbe svanita del tutto e nessun uomo l'avrebbe più voluta.

La contessa aveva suggerito che forse un uomo più anziano, che avesse già dei figli adulti, le avrebbe chiesto di sposarlo. E se lei era eccezionalmente fortunata, il suo nuovo marito sarebbe stato incapace di montarla e avrebbe solo voluto una compagna per la sua vecchiaia. Ma ne dubitava. Gli uomini erano bestie e i loro appetiti carnali adatti solo a...

A quel punto Mary aveva smesso di ascoltare, anche se aveva resistito al desiderio di guardare il panorama fuori dal finestrino e aveva tenuto lo sguardo fisso sui lineamenti stanchi di sua madre. Per la centesima volta, se non per la millesima, si era chiesta che cosa avesse preso a suo padre per sposare una creatura così bigotta. Ma sua madre aveva ragione almeno in una cosa. Doveva fare il suo dovere nei confronti della sua famiglia e di Teddy, e risposarsi. Sapeva che avrebbe solo dovuto chiedere l'aiuto di Roxton e lui le avrebbe trovato tutta una serie di possibili mariti tra cui scegliere. Poteva anche non avere un soldo, ma era sempre la figlia di un conte e la pronipote di Carlo II. E, per la nobiltà, il lignaggio contava più di tutto il resto.

"Forse Jack non vorrà venire a vivere qui, ora che abbiamo un fantasma residente?" Suggerì Christopher per alleggerire l'atmosfera e spezzare il silenzio, con lo sguardo fisso su Teddy. Non aveva più guardato Mary da quando la ragazzina aveva menzionato la necessità che sua madre si risposasse. "In particolare, uno incline a razziare la dispensa. Vediamo... Che cosa è riuscito a prendere finora il nostro amico incorporeo. Dimmi se dimentico qualcosa: confettura di fragole, noci sott'aceto, un barattolo di marmellata di limoni, i resti di una pagnotta e *due* bottiglie di vino di sambuco." Quando Teddy annuì, confermando che aveva elencato tutto correttamente, aggiunse soddisfatto: "Direi che sta organizzando un banchetto, forse un picnic." Si chinò in avanti, guardò a sinistra, poi a destra, e sussurrò forte: "Pensi che questo fantasma ci inviterà al picnic se porteremo una ruota del formaggio di Abbeywood e qualche affettato?"

Teddy incassò la testa nelle spalle, sorridendo e annuendo vigorosamente.

"Immagino che vorrete che forniamo noi anche i piatti, i coltelli e i tovaglioli, vero, signor Bryce?" Chiese Mary con un sorrisino, uscendo dalle sue rimuginazioni, lieta di unirsi a una conversazione che era nuovamente virata verso l'assurdo.

"Possiamo, mamma? E un cestino per metterci il tutto!"

"Un'idea favolosa, Teddy," confermò Christopher, e poi aggiunse, e le parole gli uscirono di bocca prima di averle ben ponderate: "È evidente che non hai ereditato da tua madre solo la sua avvenenza dai colori autunnali, ma anche la sua generosità d'animo."

Seguì una pausa pesante nella conversazione, quando nessuno disse niente perché non c'era molto da dire. Tra gli adulti ci fu un silenzio imbarazzato. A Christopher bruciava la gola. Mary tirò il fiato, con il viso inesplicabilmente caldo. Entrambi fecero il consapevole sforzo di non guardarsi, eppure erano più che mai acutamente consci della presenza dell'altro. Ed entrambi si resero conto che era accaduto qualcosa di epocale, che ora non avrebbero potuto ignorare o cancellare.

QUATTRO

AVVENENZA DAI COLORI AUTUNNALI...? DA DOVE ERANO USCITE quelle parole fiacche? E perché quelle parole? Non avrebbe potuto scegliere meglio, dopo tutti quegli anni? Come si era permesso di abbassare la guardia in quel modo, e blaterare come uno scolaretto? Lui, che era sempre stato circospetto alla presenza di Lady Mary, talvolta fino al punto di decidere di non parlare affatto. Come la prima volta in cui l'aveva vista. Era autunno, come adesso. Le foglie avevano cambiato colore. Non più tonalità di verde, ma gialli vibranti, arancioni e rossi profondi. Alcune erano cadute. Altre si aggrappavano ancora, angoli di foresta punteggiati di lampi vivaci nella luce morente. Aveva conservato una foglia rosso cupo da quel giorno, perché era dello stesso colore dei suoi meravigliosi capelli. L'aveva pressata tra le pagine della bibbia di famiglia dei Bryce.

Sir Gerald lo aveva invitato ad Abbeywood parecchi mesi dopo il suo ritorno dal continente. Kate era appena arrivata ed era immersa fino alle ginocchia nella paglia da imballaggio. Ma non l'avrebbe accompagnato nemmeno se l'avessero invitata. In verità, Kate non voleva più lasciare la sicurezza e l'anonimato di Brycecomb Hall. E là, ad aspettare di salutarlo nel foyer di Abbeywood Farm c'era Lady Mary, con i capelli acconciati com'erano ora. Una spessa treccia avvolta stretta intorno alla testa, come una fascia, e il resto raccolto in una retina sulla nuca.

Ricordava come mentre camminava sul lastricato per salutarla, il suo respiro avesse rallentato e il battito del suo cuore fosse risuonato nelle sue orecchie, cancellando le esuberanti presentazioni di Sir Gerald.

E se la sua bellezza dai capelli rossi aveva influenzato il suo respiro e fatto accelerare il suo cuore, i suoi occhi viola, del colore delle campanule selvatiche, gli avevano fatto dimenticare le buone maniere e fissare apertamente. Più tardi, ripensando a quel momento, non era stato tanto il loro colore insolito ma il modo in cui si erano scuriti vedendolo. Quello sguardo, il loro scambio silenzioso, era durato solo qualche breve secondo, ma lui aveva capito in quel momento, con la stessa certezza con cui conosceva il proprio nome, che tra Lady Mary Cavendish e lui si era creato un legame duraturo.

Da allora, nessuno dei due aveva parlato di quel primo incontro. Era come se non fosse mai successo, e dato l'abisso che c'era tra le loro diverse condizioni sociali, era la cosa migliore. Lei era la pronipote di un re Stuart e la cugina di secondo grado del duca di Roxton. Lui era uno Squire delle Cotswold, con un passato così spregevole che se Sir Gerald ne avesse avuto idea non avrebbe mai permesso a Christopher di entrare in casa sua, né tanto meno gli avrebbe permesso di inchinarsi a Mary. A parte tutte le altre considerazioni, c'era il fatto insormontabile che lei era sposata.

Eppure, quel primo incontro e i sentimenti che aveva risvegliato restavano appena sotto la superficie delle loro interazioni quotidiane. Sobbollivano soppressi, proibiti, indimenticabili, innegabili. E adesso quello...

COME OSAVA FARE UNA DICHIARAZIONE COSÌ PERSONALE? NON NE aveva il diritto. L'aveva messa in una posizione imbarazzante. Lui fungeva da sovraintendente della tenuta, quindi era un servitore, un gradino al di sopra della governante. E quando non era il sovraintendente, era solo lo Squire di una piccola proprietà nella valle vicina. E quando non si occupava di agricoltura, era impegnato nel *commercio*... nientemeno che un proprietario di fabbriche. E Christopher Bryce non sarebbe mai stato un suo pari, socialmente parlando. Il divario sociale tra di loro era così ampio che tanto sarebbe valso che lui fosse da un lato dell'Atlantico e lei dall'altro, senza incontrarsi mai.

La società avrebbe potuto accettare nei suoi ranghi la figlia di uno Squire o di un mercante se avesse sposato un nobile (anche se non sarebbero certo mancati i risolini alle spalle della povera ragazza), ma la stessa cosa non succedeva per il contrario. Le figlie della nobiltà non si sposavano al di sotto del proprio rango. Causava uno scandalo dal quale una donna non si riprendeva più, né la sua famiglia sarebbe mai stata in grado di togliersi quella macchia. Matrimoni simili non erano sconosciuti. C'erano stati casi di matrimoni segreti e unioni clandestine, ma causavano sempre scandalo, patemi ed esclusione. Quelle figlie ribelli di nobiluomini diventavano paria della loro classe. Come se avessero la lebbra. Per Mary, un'unione simile era impensabile.

La madre di Mary riteneva già abbastanza umiliante che lei dovesse rispondere a Christopher Bryce della sua vita quotidiana, ma che Sir Gerald avesse lasciato la tutela della sua unica figlia, sua nipote, a un uomo simile... era una disgrazia. E quel burino aveva la sfrontatezza di negare a un duca, nientedimeno che a Roxton, l'accesso alla sua stessa nipote. Chi pensava di essere quel *parvenu*?

Incitata a una frenesia emotiva dai costanti rimproveri di sua madre e dal fatto che i suoi cugini Roxton si opponevano a che un estraneo avesse la tutela di Teddy, Mary si era dichiarata d'accordo con loro. Aveva denunciato pubblicamente Christopher, chiamandolo demonio e bruto. Di fronte a sua madre, a suo fratello, al duca di Roxton e alla cugina duchessa di Kinross, lo aveva accusato di essere intransigente, testardo, spietato e prepotente. Di tenere sua figlia prigioniera ad Abbeywood e, in virtù del fatto che lei era la madre, di tenere lei stessa prigioniera. Non vedeva l'ora che Teddy compisse ventun anni o, ancora meglio, che si sposasse prima in modo che la tutela legale del signor Bryce finisse. E quando Jack fosse stato maggiorenne, lui avrebbe nominato una persona più consona a fungere da sovraintendente, e il signor Bryce sarebbe tornato nella sua valle e nella sua tenuta e sarebbe rimasto lì, senza avere più motivi per avere a che fare con loro o con lei, o con Abbeywood.

Una volta calmatasi e lontana dall'influenza malefica di sua madre, lontana dai suoi cugini Roxton, che erano tutti così arrogantemente sicuri del loro posto nel mondo, e tornata nella tranquillità della valle, con solo sua figlia per compagnia, aveva rimpianto il suo sfogo. Le sue accuse nei confronti del signor Bryce erano sfoghi emotivi che desiderava non aver mai pronunciato.

Idealmente, avrebbe preferito che il duca di Roxton fosse il tutore legale di Teddy. Dopo tutto era lo zio di Teddy. Ma se non il duca, a dire il vero, era contenta di avere il signor Bryce, perché Teddy amava suo zio Bryce tanto quanto amava i suoi veri zii, i fratelli di Mary, Dair e Charles.

Quella sera, Christopher Bryce sedeva alla sua tavola non nei panni del sovraintendente, ma come lo Squire Bryce, suo vicino e tutore legale di Teddy. In quei ruoli, era socialmente perfettamente accettabile che fosse lì e fino a qualche momento prima, lui aveva recitato bene la sua parte. In effetti, in tutti gli anni da che si conoscevano, lui era sempre stato inappuntabile, e non aveva mai deviato dalla formalità sociale nei suoi rapporti con lei. E ora, con una frase, aveva cambiato tutto. Lei non avrebbe più potuto sentirsi a suo agio in sua compagnia…

"La mamma non è solo carina, zio Bryce. Lei è bella," annunciò Teddy nel silenzio pesante, servendosi una porzione generosa di fagottini di mele. "Lo zio Dair dice che crescerò sicuramente proprio come lei, ma che non dovevo dirlo perché ai fratelli minori piace prendere in giro le sorelle maggiori, non far loro i complimenti. Ho detto allo zio Dair che lui non è un fratellino e che la mamma e io non abbiamo segreti. La nonna dice che è un vero peccato che io assomigli alla mamma, con i miei orribili capelli rossi e le lentiggini, perché non cambieranno mai per quanto diventi grande o per quanto succo di limone mi metta. E che è un bene che abbia dei parenti potenti che curino i miei interessi… A volte, la *maggior parte* delle volte, non ho idea di che cosa stia dicendo la nonna! Ma a voi piacciono i nostri capelli rossi e non pensate che sia un colore orribile, vero, zio Bryce?"

"Sì, mi piacciono, e no, non lo penso," rispose Christopher senza esitare con lo sguardo fisso su Teddy. "Tu non saresti la stessa in un altro modo, no?"

"E la mamma non sarebbe la mamma. Ma credo che voi stiate raccontando una frottola quando dite che le lentiggini sono i baci di rubino lasciati dalle fate."

"Oh? Che concetto meraviglioso!" Mary sorrise, riscuotendosi, decisa a ignorare e dimenticare che il complimento incauto dello Squire fosse mai stato pronunciato. "Non ho mai sentito descrivere le lentiggini in un modo tanto delizioso."

"Non posso prendermene il merito, milady. Una fata diceva qualcosa di simile nel *Sogno di una notte di mezza estate* del Bardo, e me ne sono ricordato per caso…"

"Perché vi piacciono i capelli rossi e le lentiggini," dichiarò Teddy. "Devono essere piaciuti anche al signor Shakespeare."

"Sì. Sì, qualcosa del genere," mormorò Christopher e trovò di colpo estremamente interessanti i fagottini di mele di fronte a lui.

"Dopo il dolce, Teddy e io di solito ci ritiriamo in salotto per una partita al gioco dell'oca, oppure lei legge per me mentre io ricamo." Mary guardò sua figlia. "Ma forse oggi preferiresti giocare ai birilli nel salone?"

"Possiamo? Giocherete con me ai birilli, zio Bryce?"

"Sì. Mi piacerebbe," rispose Christopher. Appoggiò il cucchiaio e finalmente si voltò a guardare Mary. "Milady, vi chiedo perdono per la mia ammissione indiscreta. Non intendevo offendervi, né mettervi a disagio. Ma…"

"Non ha importanza, signor Bryce."

"… dato che era un complimento, non ho intenzione di ritrattarlo. Non posso."

Mary spinse indietro la sedia e si alzò. Christopher e Teddy seguirono il suo esempio. Lei appoggiò il tovagliolo sul tavolo, si lisciò il davanti del vestito di damasco e solo allora guardò lo Squire. Alzò leggermente il mento e disse in un tono imperioso che sua madre, la contessa, avrebbe approvato: "Dato che siete un ospite alla mia tavola, signor Bryce, accetterò il vostro complimento. È tutto ciò che intendo dire a tale proposito." Tese la mano a sua figlia e disse, in un tono completamente diverso: "Mentre preparano i birilli, andiamo a prendere il tè accanto al camino nel salone, va bene?"

BEVVERO IL TÈ E MANGIARONO I BISCOTTI ALLO ZENZERO DI fronte al camino principale nel lungo salone e fecero una partita al gioco dell'oca, perché lo zio Bryce era rimasto a cena e tre giocatori erano meglio di due. E mentre giocavano, due cameriere avevano spostato il più grande dei due tappeti turchi su un lato della lunga stanza che aveva sulla parete rivestita di legno una fila di ritratti degli antenati minori dei Cavendish. Poi misero i nove birilli di legno a un'estremità del tappeto e tre palle schiacciate dall'altra. Una delle cameriere restò accanto ai birilli per raddrizzarli quando venivano abbattuti, mentre l'altra aveva il compito di restituire le palle di legno ai due giocatori.

Teddy e Christopher fecero tre partite, con Mary più che soddisfatta di fare da spettatrice e segnare i punti. Vinsero una partita ciascuno e, alla terza, lei vide Christopher ruotare deliberatamente il polso e mandare la palla lontano dai birilli che avrebbe facilmente potuto abbattere. Questo permise a Teddy di avere la possibilità di vincere la partita e, visto che era un'avversaria instancabile e le piaceva moltissimo vincere, lei si prese tutto il tempo di studiare il colpo prima di tirare la palla, che fece cadere il restante birillo, e tutti nel salone applaudirono, mentre Christopher faceva un inchino esagerato, concedendole la vittoria.

"L'avete lasciata vincere," dichiarò Mary un po' più tardi, quando lei e Christopher erano rimasti da soli, dopo che la bambinaia era venuta a prendere Teddy per prepararla per andare a letto, e le ore passate avevano permesso alla coppia di tornare a una parvenza di agevole formalità.

"Le ho dato la possibilità di vincere. C'è differenza."

Mary era seduta accanto al fuoco con il suo ricamo in grembo e la scatola del cucito ai piedi, e tentava di infilare un ago mentre Christopher era in piedi di lato all'enorme camino e la guardava, bevendo una tazza di tè. Nessuno dei due aveva parlato da quando Teddy aveva augurato loro la buonanotte. Eppure erano entrambi acutamente consci dell'altro, il che rendeva quasi impossibile infilare l'ago, quindi Mary si mise le mani in grembo e alzò gli occhi su di lui.

"Grazie. E grazie per aver discusso con leggerezza la faccenda del fantasma in modo che non avesse paura di andare a letto stasera."

"Ah, avrei dovuto rendermi conto che vi sareste accorta del mio piano geniale."

"Non subito," confessò Mary. "Ma tutte quelle chiacchiere sui gusti culinari del fantasma erano piuttosto assurde e mi hanno fatto pensare..."

"E ora, dopo aver sentito dei furti nella dispensa, credete probabile che sia un fantasma che fa delle incursioni in cucina in cerca di cibo?"

"Ma... certo potrebbe essere una coincidenza che io senta dei rumori nelle stanze di Sir Gerald e la cuoca annunci che deve essere un fantasma e non un ladro che ruba in cucina?"

"Non credo che sia una coincidenza, né un fantasma."

"Allora che cosa credete, signor Bryce?"

Christopher finì il tè, appoggiò la tazza sul piattino e mise entrambi sulla mensola.

"Che chiunque ci sia nelle stanze di Sir Gerald è corporeo invece che etereo e che sia in effetti un ladro, ma non solo di cibo."

Mary si sedette un po' più eretta. Si sentì l'allarme nella sua voce. "Un la-ladro? C'è un ladro che occupa le stanze di Sir Gerald?"

Christopher trovò ironico che fosse più agitata alla prospettiva che l'intruso fosse un malvivente invece di uno spettro, ma riuscì a dire senza tradirsi: "Sì, milady. Un ladro affamato."

"Perché?"

A Christopher tremò l'angolo della bocca.

"Perfino i ladri hanno bisogno di sostentamento."

"Oddio, siete spiritoso oggi, signor Bryce," ribatté Mary. "Perché un ladro ha scelto di nascondersi nelle stanze di mio marito tra tutte le stanze di Abbeywood? Ci sono altre camere, lontane dalla mia, che sarebbero state più adatte. Specialmente se decide di fare abbastanza rumore da svegliarmi nel bel mezzo della notte, vanificando lo scopo di nascondersi. La vostra supposizione non elimina la possibilità che abbiamo due intrusi. Quello nella stanza di Sir Gerald, un essere etereo, e quello in dispensa che possiede decisamente almeno uno stomaco umano!"

Christopher nascose una risatina, dovuta più all'indignazione di Mary che alle sue teorie, e inclinò la testa. "È una possibilità, ve lo concedo, milady. Ma non è plausibile. Come ho detto, non credo nelle coincidenze. Ma sul perché questo individuo sia un ladro particolarmente rumoroso non ho le idee più chiare di voi."

Almeno quello era vero. Ciò che non rivelò era che era sicurissimo che il ladro non avesse scelto a caso le stanze di Sir Gerald. C'era qualcosa di particolare valore tra i beni personali di Sir Gerald che il ladro voleva, o che era stato mandato a cercare per conto di persone sconosciute. Qualunque cosa fosse ciò che il ladro stava cercando, Christopher si chiedeva se avesse a che vedere con il coinvolgimento di Sir Gerald nella rete di spionaggio che operava da Stroud.

Il capo dello spionaggio era convinto che Sir Gerald fosse la mente di questa rete di spie. Christopher era scettico. Non che Sir Gerald non fosse capace di azioni subdole. Tutto il contrario. Quell'uomo aveva ingannato la piccola nobiltà locale, sua moglie e i suoi creditori facendo loro credere di possedere una grande ricchezza. Si era anche vantato con i gentiluomini di mezzi e altolocati nel Gloucestershire del fatto che con il suo matrimonio con la figlia di un conte e per diritto di nascita come membro della famiglia Cavendish, aveva dei legami potenti con il governo e i circoli politici che avrebbero favorito il successo dei programmi e delle cause degli Squire locali.

Sulla base di quelle dichiarazioni, Sir Gerald era stato nominato sceriffo del Gloucestershire. Una carica che aveva ricoperto con tutta l'alterigia possibile, così avevano confidato i suoi vicini. E dato che gli uomini del Gloucestershire possedevano una reticenza leggendaria, Sir Gerald come sceriffo doveva essere stato veramente insopportabile. Il che portava Christopher a chiedersi perché lo avessero sopportato.

La brava gente di Gloucester non poteva aver saputo, come invece sapeva Christopher, che l'enorme presunzione di Sir Gerald era una nuvola di aria calda che nascondeva una tempesta di bugie. Sir Gerald era indebitato fin sopra le orecchie ed era stato isolato da molti anni dai membri dell'alta società con una qualche influenza politica o sociale. Non poteva mettere il suo piede ben calzato nelle case dei nobili famigliari di sua moglie, per non parlare dei loro amici e parenti influenti.

Ed era il motivo per cui Shrewsbury aveva creduto che Sir Gerald fosse maturo per voltare le spalle e tradire il proprio paese: aveva bisogno di soldi e aveva bisogno di sentirsi importante. Spiare per conto dei francesi era un affare lucrativo, specialmente ora con il governo di Luigi sul punto di dichiarare apertamente il suo sostegno per i ribelli americani, ma nonostante tutte le ore che aveva passato in compagnia di Sir Gerald, Christopher aveva ricevuto solo la fortissima impressione che il baronetto fosse ferocemente fedele al suo re. Non solo, ma Sir Gerald odiava i francesi con una passione che sfiorava l'ossessione e questo gli veniva dal suo odio per i cugini per metà francesi di sua moglie, i duchi di Roxton. Tale era l'odio di Sir Gerald per il duca di Roxton e la sua famiglia che Christopher credeva che avrebbe fatto tutto ciò che era in suo potere per causare la caduta di quella famiglia.

Era opinione di Christopher, e lo aveva detto a Shrewsbury, che se Sir Gerald faceva parte di una rete di spie, o aveva qualcosa a che fare con i traditori del governo di Sua Maestà, era perché era stato ingannato e portato a credere di aiutare la causa britannica, quando, in effetti, stava inconsapevolmente aiutando il nemico. Sir Gerald non aveva il cervello per essere un traditore di successo, men che meno l'architetto di un'elaborata rete di spie. Shrewsbury aveva incaricato Christopher di fornire le prove per convalidare le sue accuse e scoprire chi erano stati i contatti di Sir Gerald. Christopher credeva anche che uno di quei contatti fosse, proprio in quel momento, rintanato nelle stanze di Sir Gerald, a godersi le noci sottaceto della cuoca.

Non disse niente di tutto questo a Lady Mary, anche se avrebbe desiderato potersi confidare con lei, abbastanza da alleviare le sue paure che il fantasma di Sir Gerald fosse tornato a tormentarla. E se il ladro della dispensa era un traditore al soldo della Francia, lui se ne sarebbe occupato celermente. Ma per il momento, spostò la conversazione dai fantasmi e dai ladri verso un argomento che, ne era certo, l'avrebbe distratta.

"Posso chiedervi che cosa state ricamando?"

Mary fu stupita da quella domanda. Nessun uomo che non fosse un parente stretto aveva mai dimostrato abbastanza educato interesse da farle quella domanda, certamente non suo marito, in tutti gli anni del loro matrimonio. Quindi ne fu talmente lieta che sorrise radiosa.

"Oh! Sì! Si, certo che potete," rispose con calore sincero. Sollevò il cerchio da ricamo usando il sostegno da grembo in modo che Christopher potesse vedere i punti: la foglia ricamata a metà, con le sue volute e le sue spirali. "Questa è una delle tre foglie d'acanto."

Christopher si avvicinò per guardare meglio. "E se non mi sbaglio, il fiore giallo è un botton d'oro, il bianco un fiore di fragola e avete anche un bel tralcio d'edera."

"Sapete il fatto vostro sulla flora fatta di filo, signor Bryce!"

"Solo quando è ricamata con tanta cura delicata, milady. Ma intendevo anche dire: che articolo state ricamando?"

"Una volta cucito, sarà una cuffietta per il battesimo."

"Posso?"

Christopher tese una mano e dopo aver assicurato l'ago nella seta rosa, Mary gli porse il cerchio da ricamo. Passando leggermente la punta delle lunghe dita sopra i punti, Christopher ispezionò il lavoro, poi si fermò alla voluta metallica della foglia d'acanto non ancora finita e alzò gli occhi.

"Io credo che questo indumento squisito non sia per un infante qualsiasi."

"Avete ragione, signor Bryce. Questa cuffietta andrà al bebè della cugina duchessa, che nascerà nel nuovo anno."

"La cugina duchessa? Non l'ultimo figlio della duchessa di Roxton, allora?"

"No, non per il piccolo Otto. I Roxton usano ancora la cuffietta che ho ricamato per il battesimo di Frederick, il loro primo figlio ed erede. Hanno deciso di usarla per tutti i figli che sono venuti dopo. Ed è una cosa di cui vado molto fiera," aggiunse in fretta, in modo enfatico, come se avesse bisogno di elevare il suo lavoro al di sopra della banalità.

"Ed è giusto che ne siate fiera. Avete una bella mano e l'ombreggiatura dei vostri punti è insuperabile."

"Oh! Pensavo…"

"Che, essendo un uomo, non avrei riconosciuto la cura, l'attenzione e l'abilità, per non parlare dell'amore, che vengono riversati in un ricamo simile?"

"Sì," confessò Mary con aria colpevole e arrossì perché non riuscì a farne a meno e le sue parole l'avevano toccata profondamente. "Ho sempre pensato, privatamente, è ovvio, di essere una brava ricamatrice, decisamente migliore con ago e filo di una qualunque delle mie bambinaie. Ma nessuno l'ha mai detto, eccetto la mia famiglia. E ho sempre immaginato che i loro complimenti provenissero più da un senso del dovere e buona educazione che dal fatto che considerassero i miei ricami al di sopra della media."

"Vi sottovalutate. Per produrre un simile delicato disegno floreale non dovete solo avere una tecnica sopraffina con il punto piatto, ma anche comprendere le sfumature di colore. Dovete anche avere la capacità di combinare i colori per dare alle vostre creazioni un aspetto naturale. Non è così?"

Mary annuì, senza riuscire a parlare, stupita da quanto sapeva Christopher di ciò che lei presumeva interessasse e fosse compreso solo dal suo sesso.

"Ho ragione se penso che disegniate voi anche il motivo prima di cominciare?"

"Sì, certo. Disegno io tutti i miei modelli."

"Quindi non siete solo una ricamatrice esperta, ma anche un'artista."

"Una disegnatrice piuttosto che un'artista. Riesco solo a riprodurre ciò che vedo. Mi manca l'immaginazione per evocare delle immagini."

"Allora almeno ammettete di essere brava nel disegno. E poi dipingete con ago e filo ciò che avete disegnato."

"Dipingere con ago e filo…" Ripeté Mary e sorrise soddisfatta a quella descrizione. "È verissimo. Grazie." Riprese il suo cerchio e se lo appoggiò in grembo. "Posso presumere che abbiate visto un gran numero di ricami?"

"Probabilmente più di qualunque altro uomo al mondo, eccetto quei pochi che scelgono di ricamare loro stessi."

"Vi riferite agli artigiani che lo fanno per lavoro, per profitto, non come lo faccio io, per passare il tempo e per regalarli ai miei famigliari e agli amici."

"Sì, ci sono anche quelli. Ma no, intendo gentiluomini che ricamano solo per rilassarsi."

Mary si chinò in avanti, incredula. "Chiedo scusa. Un gentiluomo che *ricama*? Non vi credo!"

"Oh, ma dovete credermi, milady. Li ho visti seduti ai tamburelli e con cerchi da ricamo in avorio e legno, come i vostri. Alcuni si dedicano anche alla maglia e all'uncinetto." Quando Mary continuò a guardarlo a bocca aperta per l'incredulità, aggiunse con un sorriso: "Mia zia può confermare ciò che dico, e se i suoi occhi non fossero diventati troppo deboli, sarebbe senza dubbio d'accordo con me nel valutare le vostre capacità."

"E dove avete ottenuto tutta questa conoscenza nell'arte del ricamo, voi e vostra zia?"

"Qui e… mhmm… là. Ma più che altro là."

"Sul continente?"

"Sì."

"Dovete aver esaminato una quantità infinita di ricami per poter fare queste affermazioni sul mio… se siete veramente sincero."

La smorfia di incredulità di Mary ricordava così tanto quella di sua figlia che Christopher sorrise. Desiderava talmente che Mary tornasse a crederlo sincero che aveva abbassato nuovamente la guardia, questa volta sul proprio passato, ed era la prima volta che era stato così aperto al riguardo dal suo ritorno in quella sonnolenta vallata.

"Sincero? Con voi… sempre. E sì, potete credermi quando vi dico che ho ispezionato, valutato, lodato, commentato e offerto critiche costruttive quando mi sono state richieste, su un gran numero di ricami. Quindi riconosco un bel lavoro quando lo vedo."

Mary fece un sorrisino appena accennato. Sorprendendosi da sola, borbottò ironicamente, abbastanza forte da farsi sentire: "Tutti pezzi fatti da vostra zia, sicuramente."

Christopher rise forte a quella battuta.

"Se solo fosse vero! Mi avrebbe risparmiato un bel po' di tempo e fatica. Ma non lo rimpiango," aggiunse seriamente. "Perché quella strada mi ha portato qua… e da voi…"

"Signor Bryce, qualunque strada abbiate scelto di percorrere riguarda solo voi," lo interruppe Mary, con la gola e le guance tanto arrossate da fare pendant con le sue trecce fiammeggianti. Abbassò la testa. "Certo non riguarda me…"

"… e da Teddy. Non ho figli miei, ma almeno ho il privilegio di fungere da zio per Theodora, e per quello vi sarò eternamente grato."

Mary alzò gli occhi, sparito tutto l'imbarazzo alla menzione di sua figlia.

"A me? È stato Sir Gerald che vi ha nominato tutore di Teddy, non io. E io dovrei ringraziare *voi*, signor Bryce. Non credo di averlo fatto formalmente. E avrei dovuto farlo, per tutto ciò che avete fatto per lei, per esservi interessato a lei, ed è stata una mancanza da parte mia."

"Non ce n'è bisogno, milady. Mi piace la compagnia di Teddy, per il puro piacere di starle vicino. Mi ricorda che cosa significa essere giovani e spensierati. Teddy trova gioia nelle cose di tutti i giorni e prova un amore profondo per questa valle. Dovremmo tutti sforzarci di essere come lei. La maggior parte di noi lo perde di vista con l'età."

Mary sospirò senza rendersene conto. "Sì e ci sono quelli che non lo vedono mai, a qualunque età."

A Christopher tremarono le labbra. Fu sul punto di sorridere, ma riuscì a costringersi a restare serio.

"Perdonatemi se ve lo dico, milady, ma Sir Gerald aveva ben poco tempo per chiunque, eccetto se stesso. L'egocentrismo rende le persone cieche davanti alla miriade di possibilità che le circondano."

Mary non stava pensando a suo marito, ma a sua madre, ed era d'accordo con lui. Ma non lo disse. Alzò un sopracciglio per la sorpresa. "Sir Gerald trovava parecchio tempo per voi, signor Bryce."

Perché passava quel tempo a parlare di sé e delle sue sfortune, reali o immaginarie, e io ascoltavo pazientemente le sue egocentriche farneticazioni perché mi era stato ordinato, non perché lo desiderassi, avrebbe voluto rispondere Christopher. Invece disse tranquillamente, ignorando la critica insita nel tono di voce di Mary: "Passavamo il tempo a discutere dei nostri mutui interessi agricoli, i pesanti doveri di Sir Gerald come sceriffo del Gloucestershire e poi c'era il progetto Stroudwater, per un canale navigabile, del quale sia Sir Gerald sia io eravamo investitori."

Mary strinse le labbra e, anche se non sbuffò, Christopher era sicuro che lo stesse facendo mentalmente. Il commento educato, che intendeva mascherare la sua noia lo sottolineò e Christopher non riuscì a evitare di scoppiare a ridere quando lei dichiarò: "Affascinante. Adesso capisco perché voi due non riuscivate a strapparvi dal porto e dal camino." Aggiungendo poi con le guance in fiamme, quando lui rise: "Pensate che stia scherzando, signor Bryce?"

"Posso parlare liberamente, milady?" Quando Mary annuì, di colpo cauta, aggiunse, senza emozione: "Da un vicino all'altro…"

"Sì, certo."

"Ciò che penso è che voi siate brava a nascondere il vostro vero io dietro un velo di buone maniere. Perché non dite ciò che intendete: che siete lieta di non essere stata obbligata a sopportare il tedio di dover discutere di rese di lana, frodi sui tessuti, leggi scadenti e moderne costruzioni di canali."

"Ma non è ciò che intendevo, assolutamente," ribatté Mary, indignata. Quando fu il turno di Christopher di alzare le sopracciglia, come se avesse bisogno di essere convinto, spiegò: "Avrei volentieri discusso di tutti quegli argomenti se mi fosse stata data la possibilità di saperne un po' di più. Ritengo… no! Non è vero. Io *so* che Sir Gerald mi considerava incapace di comprendere con un certo grado di profondità qualsiasi materia erudita. Ed è vero perché ho ricevuto un'educazione deplorevolmente inadeguata, anche per gli standard femminili. Mi è stato palesemente ovvio quando, appena un po' più grande di Teddy, sono andata a vivere con i miei cugini Roxton. Più tempo passavo in compagnia della cugina duchessa, più mi rendevo conto di quanto fossi ignorante."

"La cugina duchessa? La cugina che deve partorire un nobile erede all'inizio dell'anno nuovo?"

"Sì, proprio quella. È la mia cugina più prossima, pur avendo una ventina d'anni più di me. Sì, signor Bryce, i vostri calcoli mentali sono corretti. Diventerà madre a cinquant'anni. Anche se non è la sua prima gravidanza. Ha due figli avuti dal suo primo matrimonio, con il vecchio duca di Roxton."

"Il duca attuale è suo figlio?"

"Sì. Ho un albero genealogico complicato, vero?" Rispose Mary con un sorriso davanti alla sua sorpresa, aggiungendo: "Ne sono molto felice, e anche per lei. Sua Grazia ha avuto un'educazione poco convenzionale: suo padre era un medico e come unica figlia ha ricevuto l'educazione di un maschio. Le ha dato la capacità di conversare di tutti gli argomenti e in tre o quattro lingue. Legge anche il latino e il greco e non ha mai paura di fare domande."

Christopher fece una smorfia.

"Non è una femmina rude e pedante, vero?" Le chiese, più per alleviare i sentimenti di inadeguatezza di Mary che come accusa verso una nobildonna che non conosceva, o, se era per quello, come obiezione a che una donna ricevesse un'educazione adeguata.

"No. No. Per niente! In effetti è la creatura più deliziosamente femminile che esista. Il vostro commento sul cercare di rimanere giovani dentro le si adatta perfettamente. Perché lei è così vivace, gentile e meravigliosamente bella che quando ero una bambina essere in sua compagnia era come essere alla presenza di una fata madrina. Gli anni che ho passato con i Roxton sono stati i più magici della mia vita."

"Avete vissuto con il vecchio duca e la sua duchessa…?"

"Quando avevo dodici anni, dopo l'*estraniamento* permanente dei miei genitori, quando mio padre si era trasferito a vivere nelle Bahamas. Dair e Charlie furono spediti a Harrow e poiché la salute di mia madre era così cagionevole si pensò che fosse meglio che passasse del tempo ad adeguarsi alla sua… alla sua *nuova condizione*. Per un po' andò a vivere a Cheltenham, dove non la conoscevano. Il posto cominciò a piacerle ed è tornata là tutti gli anni da allora, con una grande fanfara. Teddy mi dice che la nonna è la regina della società di Cheltenham."

"Sì," disse Christopher con un sospiro esagerato, sperando di far sorridere Mary. "Teddy l'ha detto anche a me."

Ma Mary non sorrise. Era a disagio e disse scusandosi: "Sospetto che Teddy vi abbia detto molte cose che non è il caso di ripetere."

"Oh, non temete, milady. Ciò che mi dice Teddy resta qui," disse e si batté sulla tempia. "Non spetta a me ripetere le molte massime della contessa, a nessuno." Quando Mary lasciò cadere le spalle, agitata, aggiunse gentilmente: "Non sarebbe sbagliato da parte mia presumere che mentre Teddy sentirebbe terribilmente la vostra mancanza se doveste separarvi, voi non avete sentito lo stesso senso di perdita quando siete stata mandata a vivere con i Roxton?"

Mary respirò a fondo e annuì. Non avrebbe mentito e, dato che Christopher era un buon ascoltatore, e lei aveva bisogno di un confidente (più tardi si sarebbe chiesta se la stanchezza non avesse contribuito a scioglierle la lingua), disse con insolita franchezza e più emozione di quanto avesse inteso: "Signor Bryce, quei quattro anni con la cugina duchessa e *M'sieur le Duc de Roxton* sono stati gli anni più felici che abbia mai vissuto. Il tempo passato in loro compagnia mi aprì gli occhi a uno stile di vita sconosciuto fino a quel momento, in tutti i sensi. Da allora non ho mai provato una tale felicità, salvo per la nascita di mia figlia…"

La sua voce si spense, turbata che fosse così facile per lei esprimersi con Christopher quando non lo aveva mai fatto con Sir Gerald, e sicuramente non con sua madre e quando si era aperta solo molto raramente con chiunque altro nella sua estesa famiglia. Ripensandoci, l'unica altra persona con la quale aveva conversato in quel modo libero e agevole era il vecchio duca di Roxton, che aveva un modo di ascoltare senza commentare e senza rivelare i suoi pensieri. Proprio come stava facendo Christopher in quel momento: la stava guardando attentamente, senza minimamente rivelare ciò che stava pensando.

Proprio come Teddy si fidava di lui e non veniva mai ridicolizzata da suo zio Bryce, la Mary dodicenne aveva chiacchierato di tutti gli argomenti, e il vecchio duca l'aveva ascoltata come se la sua conversazione fosse la più interessante che avesse mai sentito. Ovviamente ora, riandando con la memoria a quel tempo, si meravigliava della sua ingenua baldanza, specialmente con un aristocratico così anziano e formidabile. C'erano state perfino delle volte in cui lei chiacchierava a vanvera e lo coglieva a dare un'occhiata alla cugina duchessa, rannicchiata nella sua poltrona preferita a leggere. La coppia si scambiava un sorriso e lei, ragazzina di dodici anni, aveva la suprema audacia di chiedere a *lui* se *la* stava ascoltando. Il vecchio duca non perdeva mai un colpo e anche se i suoi sguardi erano tutti per sua moglie, era in grado di ripeterle le ultime frasi che aveva detto. E poi le chiedeva di continuare, per favore, che la sua conversazione era edificante. Ovviamente, anni dopo si era resa conto che il duca ironizzava e che il sorriso enigmatico e l'espressione dei suoi occhi mentre fissava sua moglie erano d'amore e completa adorazione.

I suoi genitori non si erano mai guardati in quel modo, e se mai erano stati innamorati, era stato prima che lei nascesse. Era stata allevata in una casa dove i suoi genitori raramente comunicavano, tale era l'odio gelido tra di loro. Né Sir Gerald l'aveva mai guardata con amore e adorazione perché non l'aveva mai amata. Ma, per essere giusta nei suoi confronti, nemmeno lei aveva mai amato lui. Il loro era stato un matrimonio combinato. Lei aveva accettato la sua offerta per sfuggire alla tristezza di sua madre. Forse se i Roxton fossero stati in Inghilterra e non nella lontana Costantinopoli, lei non avrebbe sentito il bisogno di buttarsi a capofitto nel matrimonio. Aveva disperatamente desiderato accompagnarli nel loro viaggio sul continente e anche loro l'avrebbero voluta. Ma sua madre aveva supplicato il vecchio duca, dicendo che non poteva sopportare di essere lasciata da sola, divisa dalla sua unica figlia. Nonostante le proteste di Mary, il vecchio duca aveva accontentato la contessa. Prima che quell'anno fosse finito, Mary aveva accettato la proposta di matrimonio di Sir Gerald Cavendish.

Dubitava che qualcuno l'avrebbe mai guardata nel modo in cui il vecchio duca di Roxton aveva guardato la cugina duchessa. Quando lui era morto, parte del cuore di sua cugina era morto con lui. Eppure sua cugina si era risposata, e con un uomo altrettanto innamorato e devoto, e ora aspettavano il loro primo figlio. E lei era vedova, aveva compiuto trent'anni, non era mai stata innamorata; né tantomeno aveva conosciuto l'amore e la devozione di un uomo buono e di valore, figurarsi di due; non aveva mai scambiato un bacio appassionato con un uomo, mai sperimentato l'intimità di cui erano capaci solo due persone innamorate...

Per favore, non permettere al mio cuore di avvizzire e morire, alla mia speranza di svanire poco per volta, alla mia capacità di amare di essere limitata a mia figlia.

Perché, all'improvviso, era così tremendamente egocentrica? Sua madre le predicava che doveva pensare al futuro di Teddy. L'onore e l'orgoglio della sua famiglia richiedevano che lei facesse un altro matrimonio combinato. Le donne della sua condizione sociale avevano una vocazione superiore e un dovere verso il loro lignaggio. La passione era transitoria; l'amore svaniva. I matrimoni d'amore erano per gli altri, gente di bassa nascita, funghi nati dal niente. Lei faceva parte della nobiltà. Aveva il sangue reale degli Stuart nelle vene. Lei...

Lei stava ripetendo parola per parola i dettami di sua madre... Oh Dio, stava diventando sua madre? Per favore, buon Dio, no...

"Milady, ecco. Prendete questo..."

Mary sbatté gli occhi liberando le ciglia dalle lacrime e guardò in basso, trovandosi un fazzoletto di lino bianco accartocciato nel pugno. Si chiese che cosa dovesse farci, finché si rese conto che non vedeva ancora chiaramente, che i suoi occhi erano accecati dalle lacrime e che quelle lacrime erano scese sul volto arrossato ed erano gocciolate dalle guance sopra il ricamo.

CINQUE

Mary balzò in piedi, tamponandosi in fretta gli occhi e le guance umide, mortificata per il proprio comportamento. Dimenticò il cerchio d'avorio col ricamo che aveva in grembo finché il sostegno non cadde sul pavimento. Christopher lo raccolse e lo mise sopra la sua scatola del cucito accanto alla poltrona. E quando lei rimase lì, con il fazzoletto umido in mano, ed era la seconda volta che lui era obbligato a darglielo, glielo tolse gentilmente e se lo infilò nella tasca della redingote.

"Perdonatemi, signor Bryce, non so che cosa mi ha preso," riuscì a dire con la voce ferma. Deglutì e si lisciò le sottane imbottite e poi strinse un po' troppo forte le mani davanti a sé. "È stato irrispettoso e..."

"Per favore, milady. Non c'è bisogno che vi spieghiate. I ricordi intensi a volte ci travolgono..."

"Non voglio più parlarne," disse Mary, imperiosa, e guardò ovunque ma non verso di lui. "Se non vi dispiace, sono sicura che abbiate delle faccende di cui occuparvi, e io devo prepararmi per andare a letto. Se volete dirmi che cosa desiderate che faccia. Vorrei potervi essere d'aiuto per catturare questo-questo ladro."

Christopher la fissò, con le labbra strette in una linea sottile e si prese un momento per raccogliere le idee. Sapeva che la loro intima informalità era finita e sapeva quando tenere a freno la lingua.

Sapeva anche come aspettare, e aspettare, e aspettare. Non aveva forse già aspettato otto anni? Sei senza nessuna speranza e poi, con la morte di suo marito, due anni ad aspettare che lei riflettesse su quel momento, quando si erano incontrati la prima volta, e capire che era il fato che lo aveva portato da lei.

Kate lo accusava di essere un sentimentale. Lo aveva avvertito che il rigido orgoglio di Lady Mary, e il suo, sarebbero state macine legate ai loro colli che li avrebbero visti morire affogati prima di poter trovare una felice soluzione alla loro difficile situazione. Non che l'*orgogliosa Mary*, come la chiamava scherzosamente Kate, avesse idea dei sentimenti di Christopher per lei, no? E anche quello non prometteva niente di buono per il futuro. Kate conosceva i Roxton e il loro milieu molto meglio di lui. Lui poteva aver passato dieci anni a stretto contatto con le spalle imbottite rivestite di seta della nobiltà italiana, ma allora non era Christopher Bryce di Brycecomb Hall, vero? Lo conoscevano semplicemente come 'Cristoforo' e nella professione che si era scelto era tutto ciò che serviva.

La nobiltà inglese era diversa da quella che si trovava all'estero. Nella società italiana, uomini belli ed abili potevano occupare una particolare posizione all'interno della casa di un nobile, senza sollevare questioni. Cristoforo veniva accettato perché era approvato dal marito e si occupava della moglie. Ma lì, sul suolo inglese, il suo paese di nascita, lui sarebbe sempre stato definito dalle condizioni della sua famiglia d'origine e dalla sua educazione provinciale, senza tener conto di cosa avesse fatto per ridefinire la sua vita durante il suo auto-imposto esilio sul continente.

Christopher non voleva ascoltare ciò che aveva da dire Kate, ma sapeva che lei aveva ragione. Dopo tutto, non aveva fatto anche lei la stessa cosa con la propria vita? Ma lei non poteva dare consigli quando si parlava di Lady Mary. Lui capiva Mary meglio di chiunque altro, meglio della famiglia di lei e di suo marito, meglio di Kate, che non l'aveva ancora mai incontrata, e certamente meglio della contessa di Strathsay.

Doveva solo persuaderla a guardare se stessa e il suo mondo in modo diverso, per spogliarsi della sua nobile armatura sociale e di tutti quei precetti soffocanti imposti dalla buona società, per vedere che la vera Mary era quella che viveva lì nella valle.

La vera Mary che provava gioia occupandosi delle sue api, facendo il formaggio e ricamando. Era stata una moglie buona e fedele, anche se per un marito presuntuoso e pomposo che non aveva meritato la sua dedizione. La vera Mary che faceva lunghe passeggiate su e giù per la valle e svolgeva i suoi compiti di moglie del proprietario terriero locale con dignità e impegno. Non mandava altri al suo posto, ma visitava personalmente i malati e gli infermi, i vecchi e i molto giovani tra gli affittuari di suo marito, portando loro cestini di cibo e ascoltando le loro storie e le loro lamentele come se avesse tutto il tempo del mondo.

La Mary che conosceva lui diceva a sua figlia che era bella e intelligente, che sarebbe riuscita in qualsiasi cosa avesse deciso di fare, e la lasciava essere il maschiaccio che era. Teddy credeva a sua madre e quindi era una bambina felice, sicura di sé e soddisfatta. A dieci anni, era tutto ciò che contava. E che dire dei talenti e della bellezza di Mary stessa? Era così modesta e così imbarazzata riguardo alla sua bellezza e ai suoi capelli rossi che all'inizio lui aveva pensato che fosse presunzione. Fino al giorno in cui Mary aveva fatto un commento impulsivo sulla cugina duchessa e su Augusta, la nonna paterna dai capelli fiammeggianti che avevano in comune, entrambe così straordinariamente belle che lei era considerata quella bruttina in famiglia. Lui aveva sbuffato, incredulo. Lei era sincera e quindi si era offesa.

Kate aveva sorriso e si era detta d'accordo con lui e Christopher era arrossito fino a diventare cremisi per l'imbarazzo di essersi permesso di essere così pubblicamente espansivo riguardo i suoi sentimenti. Ma Kate aveva capito. Anche se la sua vista compromessa significava che non poteva vedere la sua espressione, la sincerità e l'amore nella sua voce risuonavano forti e chiari. Eppure, lei temeva che il tempo stesse per scadere per lui, perché stava per scadere per Mary. I Roxton e gli Strathsay non avrebbero permesso a Mary di restare vedova per sempre. Era ancora carina, ancora fertile e quindi ancora adatta al matrimonio e dunque era una risorsa per il loro avanzamento politico e sociale. L'avrebbero maritata a un nobile che avrebbe portato via lei e Teddy dalla valle. Doveva cercare di inventarsi un piano, e presto, altrimenti avrebbe perso per sempre Mary e Teddy. Se in effetti aveva una qualunque chance. Aveva un piano…?

"SIGNOR BRYCE? IL VOSTRO PIANO?" CHIESE MARY PER LA seconda volta quando lui non rispose ma continuò a fissarla. "Dovete avere qualche idea su ciò che intendete fare per catturare questo ladro e io dovrei esserne a conoscenza in modo da potervi aiutare."

"Sì, sì, milady," disse Christopher con un cenno della testa, riscuotendosi mentalmente dal suggerimento benintenzionato di Kate per un futuro che sembrava probabile come la mucca che saltava sulla luna, nella melodia di Mamma Oca. "Una volta che avrò chiuso a chiave entrambe le porte che permettono l'accesso alle stanze di Sir Gerald, in modo che l'intruso non possa scappare dalla porta di servizio, o nel corridoio..."

"... presumendo che sia un ladro e non un fantasma."

"Sì. Presumendo che sia un ladro e non un fantasma," ripeté Christopher pazientemente. "Intendo aspettare finché sentirò del movimento nelle stanze di Sir Gerald. Poi sorprenderò il ladro, entrando dalla porta di collegamento con la vostra camera e lo prenderò con la forza."

Lady Mary spalancò gli occhi. "Senza l'aiuto di nessuno? Non dovreste avere con voi parecchi servitori nel caso questo ladro cerchi di sopraffarvi?"

"E avere questi uomini che aspettano con me nella vostra camera? No. Non ho intenzione di imporvelo, milady. E preferirei che fossero il meno possibile le persone che sanno di questo ladro. Inoltre," aggiunse, facendo un passo indietro, allargando le braccia e girando lentamente su se stesso in modo che lei potesse rendersi conto della sua prestanza, "vi sembra che abbia bisogno del loro aiuto?"

Mary lo ispezionò con tutta la serietà di una persona che stesse valutando uno stallone che stava considerando di comprare. Lo Squire non era altissimo ma comunque era sopra la media per statura, aveva le spalle e il petto ampi, i polpacci solidi, i piedi lunghi e quando fletté le mani per stringere i pugni, lei fu certa che potesse facilmente passare da parte a parte una parete con un colpo. Nonostante fosse atletico, aveva una figura snella, e il naso fine e gli occhi intelligenti di un patrizio, non di un bruto, in nessun senso. Mary scosse la testa, d'accordo con lui e dovette sorridere quando lui alzò le sopracciglia come per corredare la sua domanda di un punto esclamativo.

"Voi, sfortunatamente, dovrete sopportare l'inconveniente della mia compagnia nella vostra camera," si scusò, senza più sorridere. "Se ci fosse un altro modo..."

Mary abbassò le palpebre e sperò di non essere arrossita anche se sentiva scottare le guance. Deglutì e riuscì a dire con calma, guardandolo negli occhi: "È un piccolo inconveniente per ottenere il risultato voluto, signor Bryce. Ho intenzione di passare la notte sulla *dormeuse* nel mio spogliatoio..."

"Non vorrei privarvi del vostro letto, milady. Io..."

"Per favore, non preoccupatevi per me," lo interruppe bruscamente Mary per porre fine alla discussione. Gli rivolse un sorriso che sperava dimostrasse che non era turbata. "Sono sicura che catturerete questo ladro il più presto possibile... E quando lo avrete fatto, che cosa avete intenzione di fare con lui?"

"Rinchiuderlo fino a quando non potrà essere consegnato al magistrato."

Ciò che non disse era che mentre il ladro era rinchiuso, Christopher intendeva scoprire personalmente se il bastardo era veramente una spia e, se lo era, avrebbe estorto tutte le informazioni che poteva da quel demonio prima di consegnarlo agli scagnozzi di Shrewsbury che, sotto le spoglie di uomini al servizio del magistrato locale, lo avrebbero impacchettato e portato via perché fosse interrogato da Shrewsbury in persona.

"Forse posso aiutarvi in qualche modo, signor Bryce?"

Christopher nascose la sorpresa dietro un sorriso blando e la fissò, dalle scarpine con il tacco fino alla cuffietta bordata di pizzo fissata con le forcine in cima alla testa. Non era alta nemmeno un metro e sessanta, con i polsi che avevano la circonferenza di un manico di scopa. Se non fosse stato per un decolleté ben dotato, contenuto in un corsetto con le stecche di balena che agiva da contrappeso all'ampiezza delle sottane con il cerchio sopra i fianchi, sarebbe apparsa fragile come un guscio d'uovo. Come poteva pensare di poterlo aiutare... Ma non voleva spegnere il suo entusiasmo o spaventarla facendole notare che qualunque uomo, eccetto l'artritico signor Deed, avrebbe potuto facilmente sopraffarla solo mettendole una mano intorno al collo. Invece disse seriamente: "Forse potete, milady. Ma solo quando avrò il mascalzone saldamente in mano. Poi vi chiamerò attraverso lo spogliatoio di Sir Gerald perché apriate la porta di servizio sulla scala che conduce giù in cucina. Potreste anche farmi strada con una candela, oppure chiedere alla vostra cameriera..."

"No! Lo farò io. Intendo mandare a letto Betsy prima del vostro arrivo. Non voglio che si spaventi e urli..." Lo guardò brevemente negli occhi. "O che faccia domande cui non voglio rispondere."

"Siete molto saggia, milady," rispose tranquillamente Christopher, sapendo che si stava riferendo al fatto di avere lui, un uomo, nella sua camera e senza spiegazioni per la sua cameriera. La sua presenza avrebbe scatenato i pettegolezzi tra i servitori, e poi nel villaggio e nella comunità più ampia. Se sapeva qualcosa delle abitudini della lingua acida della signora Keble, era lei la fonte delle voci senza fondamento che già circolavano nella valle riguardo allo Squire e alla vedova Lady Mary. "Meglio ancora seguite la vostra regolare routine serale, in modo che Betsy non abbia sospetti."

Mary fece un respiro profondo e annuì.

"Se mi date un'ora, poi potrete arrivare dallo scalone centrale e lungo il corridoio fino al mio salotto, lascerò la porta socchiusa. Ci sarà luce a sufficienza per raggiungere la mia camera. Le porte di collegamento sono ripiegate, eccetto quella verso l'appartamento di Sir Gerald che, come vi ho detto, è chiusa da un chiavistello, quindi non avrete problemi a trovare la strada."

CHRISTOPHER CAMMINAVA AVANTI E INDIETRO ALLA BASE DELLO scalone, controllando e ricontrollando l'ora sull'orologio da taschino d'argento per assicurarsi che fosse passata davvero l'ora che lei aveva chiesto. E proprio mentre metteva il piede sul primo gradino, con una candela accesa in mano, la governante emerse dall'oscurità per chiedergli se, visto che avrebbe passato lì la notte, voleva il suo cane nella solita stanza o preferiva che lo portassero nelle scuderie?

La sua risposta fu più brusca del solito, visto il nervosismo per ciò che stava per fare. Le disse che Lorenzo sarebbe rimasto nel suo cestino, nella sua stanza. Le aveva poi chiesto di Luke, che aveva avuto l'incarico di occuparsi del cane finché Christopher non lo avesse mandato a prendere. La signora Keble non sapeva dove fosse, ma disse che si sarebbe informata. Poi si attardò, guardando intenzionalmente lo stivale sul gradino e poi alzando gli occhi verso la cima delle scale, come per dire che non rientrava nelle prerogative del sovraintendente usare quelle scale.

Christopher la congedò senza darle spiegazioni, poi aspettò finché fu sparita attraverso la porta di servizio, cosa che la donna fece, lentamente, e guardandosi alle spalle con un sorriso malizioso mentre chiudeva la porta. Christopher poi salì le scale due gradini per volta. Era già entrato nel salottino di Lady Mary prima di rendersi conto di non aver tirato il fiato una sola volta dal primo pianerottolo.

E Lady Mary aveva ragione. Aveva trovato facilmente la strada per le sue stanze. Il salottino della camera era sorprendentemente scarso di mobili, anche se lui era certo che ci fossero quadri alle pareti e che quelle pareti avessero una bella tappezzeria intonata alle tende. Ciò che non lo sorprese era che fosse freddo e buio. Non c'erano candele accese né fuoco nel camino. Per un breve momento si sentì in colpa perché era a causa dei suoi editti sulla necessità di fare economia per il bene della tenuta che solo nelle stanze occupate per la maggior parte della giornata o della notte erano concessi cera, carbone o legna da ardere e anche in quel caso, la quantità aveva un limite preciso. La stanza accanto, che sembrava essere uno spogliatoio, era scarsamente illuminata, ma non dal fuoco nel camino, perché anche quello era vuoto. Quindi la stanza era fredda come il salottino.

La sua smorfia di preoccupazione sulla ragione per cui Lady Mary non aveva un fuoco sostituì il nervosismo per il fatto di essere nelle sue stanze. E quindi non notò che quella stanza era occupata. Era a metà strada sul tappeto e diretto alla camera quando si rese conto di non essere solo. Si voltò e si fermò di colpo. Lady Mary era seduta davanti al tavolo da toletta. Un piccolo candelabro con quattro candele illuminava barattoli di vetro e vari oggetti da toletta, e lo specchio. Ma lei voltava le spalle allo specchio, era rivolta verso di lui e si stava spazzolando i capelli. Aveva portato la massa fiammeggiante davanti alla spalla sinistra. Stava sciogliendo i nodi, tenendo la lunga e folta chioma a una quindicina di centimetri dalle punte.

Lo sguardo di Christopher seguì la spazzola dal dorso d'argento su e giù quando lei riprese a pettinare le setose ciocche rosse con lunghi colpi regolari. Aveva paura di spostare lo sguardo. Eppure colse di sfuggita la visione delle caviglie sottili nelle calze bianche, capì che indossava una camicia da notte bianca con un piccolo bordo di pizzo all'orlo e che sopra portava una banyan di seta foderata di pelliccia con le maniche a tre quarti e polsini di pelliccia risvoltati. La vestaglia era aperta e le pendeva dalle spalle. Sul tavolino da toletta, accanto al candelabro, c'erano una cuffietta da notte bianca e parecchie forcine.

Quando Mary lo vide non si innervosì. Mise da parte la spazzola e si affrettò ad avvicinarsi a piedi nudi senza stringersi la vestaglia sul seno. Christopher deglutì, pensando che avrebbe potuto soffocarsi con la lingua asciutta.

"Signor Bryce, siete arrivato finalmente. Bene," sibilò sussurrando. "Vi aspettavo dieci minuti fa. Avete perso la strada?"

Christopher scosse la testa. Invece di chiederle se avesse sentito qualche rumore provenire dallo spogliatoio di Sir Gerald, deglutì di nuovo per sciogliere la lingua e disse bruscamente, con la voce roca: "Avete un fuoco acceso nella vostra stanza?"

Mary batté gli occhi, momentaneamente distratta: "Fuoco?"

"Non c'è... non c'è il fuoco acceso nel salottino o qui... qui nel vostro spogliatoio. È acceso nella vostra stanza?"

"No."

Lei lo guardò accigliata, chiedendosi perché doveva farle una domanda simile, e fraintese il desiderio represso nei suoi occhi scuri per un'espressione di disapprovazione, pensando che lui si aspettasse che lei rendesse conto dell'uso di ogni pezzo di carbone o ciocco di legno.

"Voi potete decidere la quantità di carbone assegnata a questa casa, signor Bryce," dichiarò, di colpo irritata, "ma una volta assegnata, posso decidere di fare ciò che voglio con la mia parte, no?"

"Ce-certo. Stavo solo chiedendolo perché..."

"Non preoccupatevi. Non spreco la mia parte. Perché poi dobbiate pensare che io..."

"Sono sicuro che non lo fareste, milady. La mia non voleva essere una critica."

Tutta l'irritazione lasciò la voce di Mary. "Oh? No? Allora perché l'avete chiesto?"

"Perché le giornate si stanno accorciando e diventando più fredde e se non avete il fuoco acceso per togliere il gelo dalla stanza, in particolare qui dove voi... dove voi... *vi vestite*... e, decisamente, quando voi... quando voi... *fate il bagno*... vi ritroverete con l'influenza."

"Secondo le disposizioni attuali, il fuoco qui viene acceso ogni tre giorni."

"Ogni tre giorni? E nella camera...?"

Mary strinse le labbra e poi disse, senza alzare gli occhi: "Non ho bisogno del fuoco. La trapunta di piuma e le tende intorno al letto mi tengono abbastanza calda."

"Non in inverno!"

"Vi assicuro che sono più che a mio agio. Inoltre ho il sangue particolarmente caldo quindi tollero il freddo meglio della maggior parte degli altri."

Lo sguardo di Christopher percorse la sua figuretta, dai piedi nudi nelle calze alla camicia da notte sottile, e sarebbe stato disposto a crederle, non fosse stato per un indizio importante che non aveva caldo come cercava di fargli credere. La camicia da notte era di cotone bianco semitrasparente, e quando il suo sguardo si attardò per un brevissimo momento sul seno, fu evidente che aveva molto più freddo di quanto fosse disposta ad ammettere. Christopher sentì nuovamente la gola inspiegabilmente asciutta, ma riuscì a dire in tono tranquillo: "Dovete avere il fuoco acceso qui, e nella vostra camera, tutti i giorni. Qualsiasi cosa abbiate fatto con la vostra attribuzione di carbone, dovete accertarvi che sia distribuita in modo più equo, così da soddisfare anche le vostre necessità."

La smorfia di Mary tornò al suo posto. Sentendosi obbligata a giustificare le sue azioni, la sua voce assunse un tono colpevole e petulante.

"Non riuscirete a persuadermi a cambiare la mia decisione, signor Bryce. Vi assicuro che sto bene. Se ho più freddo del solito stasera, è perché vi stavo aspettando, e ora siamo qui a parlare, mentre normalmente sono già al caldo nel mio letto. E Betsy usa lo scaldaletto per togliere il gelo dalle lenzuola, quindi almeno sono calde quando mi metto a letto."

Christopher capì di colpo. "Avete dato tutto il vostro carbone a

Teddy, vero?"

"Sì, ovviamente. Che cosa pensavate che ne avessi fatto? Che lo avessi venduto per un gingillo d'argento, o qualche nastro per i capelli? Non sono così frivola, né così sciocca anche se la gente della vostra condizione sociale sembra ritenere che sia la caratteristica predominante per le donne del mio ceto sociale…"

"Non avete bisogno di sentirvi in colpa. O, come mi avete giustamente fatto notare, di giustificarvi nei miei confronti. Ciò che volevo dire è che non c'era bisogno che soffriste o foste scomoda. Se aveste dimenticato il vostro orgoglio e foste venuta da me…"

Mary ansimò, indignata. "Il mio… il mio… *orgoglio*?"

"… avrei volentieri fornito alle stanze di Teddy, e alle vostre, più legna e carbone."

"Lo… lo avreste fatto?"

Christopher accennò un sorriso davanti alla sua incredulità.

"Sono severo ma non ingiusto, milady, né sono crudele. Non vorrei mai che voi o Teddy soffriste il freddo o prendeste l'influenza." Il suo sorriso si fece amaro. "E diversamente dalla maggioranza della gente della mia condizione sociale, qualunque cosa intendiate includere in quella definizione, sovraintendente o Squire, non sono pronto a giudicare un intero strato della società dalle dispendiose frivolezze e dai consumi eccessivi di uno sciupone vanaglorioso. Anche se lo farei volentieri, se foste voi il luminoso esempio."

"Signor Bryce, vi ho chiesto di non usare mio marito come… Oh!?" Aggiunse sorpresa quando comprese fino in fondo la sua ultima frase. Tirò il fiato e fece inconsciamente un passo in avanti. "Davvero? Non pensavo che voi… non volevo che voi consideraste *me* una spendacciona. Che non fossi capace di fare economia. Io, noi, Teddy e io, abbiamo fatto del nostro meglio per…"

"Dove sono le vostre pantofole, milady?" Chiese Christopher senza riflettere, sorprendendosi da solo. Non era quello che aveva voluto dire, ma la sua vicinanza gli aveva scombussolato i pensieri.

Lady Mary rimase sconcertata. "Le mie… *pantofole*?"

"Sì. Si, le vostre pantofole. Dovreste almeno cercare di tenere i piedi al caldo indossando delle scarpe."

"In circostanze normali è quello che farei. Ma, ripeto, queste circostanze sono tutt'altro che normali, non è vero? Fanno rumore, specialmente sui pavimenti di legno. Pensavo che, se volete catturare il ladro, dovremmo essere il più silenziosi possibile. Se indossassi le pantofole, e voi i vostri stivali, il ladro sentirebbe più di un paio di scarpe nella mia camera e potrebbe sospettare che abbiamo in mente qualcosa, e cercare di svignarsela…"

"Il cielo non voglia che pensi qualcosa del genere su di noi, milady," scherzò Christopher, riprendendo il controllo di sé e nascondendo un sorrisetto davanti alla sua franca ingenuità.

Non aveva veramente pensato alla correttezza, o mancanza di correttezza, della presenza di Christopher nelle sue stanze a quell'ora tarda, a parte ciò che i suoi servitori e questo ladro potevano pensare? Avrebbe dovuto sentirsi grato che non lo ritenesse capace di approfittarsi di lei, ma era anche tristemente conscio che il motivo era che non aveva mai pensato a lui se non nel duplice ruolo di sovraintendente e vicino di casa. Esattamente come non pensava al cavallo nella scuderia che la portava al mercato, per chiedersi se era uno stallone o un castrato, purché svolgesse il compito a lui assegnato.

E andava bene così perché, in quel momento, quando Mary si era chinata in avanti e aveva sfiorato il davanti della sua redingote, quel lieve tocco sarebbe tranquillamente potuto essere un ferro rovente che gli aveva bruciato il petto attraverso i vestiti. Si era irrigidito, con tutti i sensi amplificati da quel tocco appena accennato dei seni pieni che lo avevano sfiorato. E come aveva reagito lui? Era rimasto lì come un pezzo di legno, a sopportare la tortura della sua vicinanza senza muoversi, sputando stupidaggini su dove avesse messo le pantofole, e senza fare quello che desiderava di più. Prenderla tra le braccia e baciarla.

"Potrebbe facilmente saltare fuori dalla finestra," continuò Mary, e la sua indignazione era così acuta che non si rendeva conto delle mascelle serrate di Christopher, o di come stesse flettendo le dita e certamente non sentiva le sue parole. Ma notò quando la sua espressione di sopportazione si trasformò in confusione quando lei menzionò la finestra. Sorrise compiaciuta. "Ah! Avevate dimenticato l'albero, vero, signor Bryce?"

"Saltare fuori dalla finestra?" Ripeté Christopher, soffocando i suoi pensieri e guardandola confuso. "L'albero…?"

"I rami dell'albero fuori dalla finestra della mia camera si estendono verso la finestra dello spogliatoio di Sir Gerald. È un vecchio faggio molto robusto, facile da scalare. Teddy l'ha fatto e mi ha spaventata a morte apparendo alla mia finestra e salutandomi da un ramo. Come potete immaginare, sono quasi caduta dalla sedia! Ma ho fatto del mio meglio per sorriderle e salutarla perché sembrava così compiaciuta che non me la sono sentita di rimproverarla in quel momento."

"Certo che non potevate farlo," le rispose Christopher con un sorriso. "Per favore, continuate. Mi interessa la vostra teoria."

"Sono arrivata a questa sorprendente conclusione mentre mi spazzolavo i capelli, è il momento in cui rifletto sulla mia giornata, e a volte mi vengono le idee, cercando di immaginare come facesse il ladro, se non è un fantasma, ad andare e venire dall'appartamento di Sir Gerald senza essere notato da nessuno. Non poteva usare il passaggio di servizio perché lo avrebbero scoperto. E non poteva usare il corridoio principale perché ho io la chiave. E anche se avesse forzato quella serratura, avrebbe comunque corso un rischio enorme di essere visto. Inoltre, sembra che sia più interessato alla cucina e a procurarsi del cibo, quindi la porta di servizio o l'albero sarebbero la scelta più logica, non siete d'accordo?"

Christopher mise le braccia conserte e annuì. "Continuate, milady."

"Beh, nel vostro ufficio avete menzionato che la finestra nello spogliatoio di Sir Gerald potesse essere rimasta socchiusa, e questo avrebbe potuto permettere a un uccello o a uno scoiattolo o a qualcosa di simile di entrare, e che era quello il rumore che avevo sentito. E se la finestra fosse stata chiusa, ma non con il chiavistello, e nessuno avesse controllato dopo la morte di Sir Gerald? È facilmente accessibile dall'esterno da parte di qualcuno che si sporga dal ramo. E non ci vorrebbe molta forza per alzare il vetro e poi entrare."

Christopher la fissò, pensando a quello che aveva appena teorizzato e poi il suo volto si aprì in un sorriso e i suoi occhi luccicarono quando capì. "Sì, per Giove, penso che abbiate ragione! La finestra… Perché non ci ho pensato? Ovvio! Sta usando la finestra per andare e venire a suo piacimento. Siete intelligente."

"Davvero?" Rispose Mary meravigliata. Nessuno l'aveva mai definita intelligente, mai.

C'era un calore così sincero nel sorriso di Christopher che Mary si chiese perché fosse così parco con i suoi sorrisi. Le rughe severe intorno alla bocca erano sparite e sembrava molto più avvicinabile. Proprio come quando parlava con Teddy. Ma ciò che non aveva notato allora, e che notava adesso fu come fosse tremendamente attraente quando era a suo agio.

Anche se non era del tutto vero. Lei, come ogni altra donna nel raggio di cinquanta miglia, era consapevole del bell'aspetto del signor Bryce. Ciò che era decisa a ignorare, come aveva fatto al loro primo incontro, erano le sensazioni che lui provocava in lei. Quindi si obbligò a non far caso al battito dentro di lei innescato da quel sorriso e che pulsava in modo insopportabile tutte le volte che si permetteva il pensiero scandaloso di baciarlo.

"Penso… credo… di avere piuttosto freddo, ora," borbottò e, stringendosi la banyan foderata di pelliccia sul seno e ripiegando le braccia, passò davanti a Christopher con le spalle curve, andando verso la sua camera con la testa bassa.

S E I

Christopher la seguì portando con sé il candelabro dato
che sospettava che la camera fosse fredda e buia. Ed era così. L'unica
luce proveniva dalla luna piena che brillava attraverso la finestra con le
tende aperte, filtrando attraverso i rami del vecchio faggio e illuminando il sedile sotto la finestra e il pavimento di legno senza tappeto.
Appoggiò il candelabro sul comodino e andò a guardare fuori dalla
finestra.

E, poco ma sicuro, un robusto ramo centrale del faggio con le sue
molte diramazioni si estendeva dallo spogliatoio passando davanti alla
finestra della camera fino alla finestra dello spogliatoio di Sir Gerald.
Era abbastanza spesso da sostenere agevolmente il peso di un bambino
e, sospettava, anche quello di un adulto agile in grado di arrampicarsi
senza fermarsi troppo a riprendere fiato o ad ammirare il panorama
delle colline.

Voltò le spalle alla finestra guardando il letto. Le tende di velluto
erano tirate dal lato della finestra per evitare le correnti d'aria, ma le
coperte erano intatte. E poi ricordò che Mary aveva detto che intendeva
dormire sulla *dormeuse*, nello spogliatoio. Ora era accanto alla porta di
collegamento, con un orecchio appoggiato al legno, per sentire eventuali segni di vita, eterea o corporea, nello spogliatoio di Sir Gerald.

Christopher si attardò più di quanto fosse educato ai piedi del letto.
Non riuscì a farne a meno. Era paralizzato dai ricordi. Le colonne inta-
gliate del letto di mogano, le tende di velluto, la coperta trapuntata di
damasco e la serie di cuscini di piuma, tutto serviva a rimandarlo preci-
pitosamente alla sua vita precedente, una vita vissuta molte centinaia di

miglia lontano, negli Stati Italiani, in molti letti come quello, con molte donne diverse. Una vita che si era lasciato alle spalle e che non desiderava rivivere.

Non che quell'altra vita fosse piena di ricordi spiacevoli, tutt'altro. Gli piaceva pensare di aver svolto i suoi compiti con mutua soddisfazione di tutte le parti. Ed era stato bravo in quello che faceva, molto bravo. Ma la scelta della professione, per mancanza di una parola più appropriata, gli era stata imposta dalla povertà e dalla sua inesistente autostima. Era caduto così in basso che non c'era un altro posto dove andare, nemmeno la fogna. Quindi quando lo avevano avvicinato per proporgli di addestrarlo a diventare un cicisbeo, ossia un cavalier servente, non aveva rifiutato. In un anno era profondamente cambiato e aveva fatto il suo debutto nel salotto del *Conte Lucchesi*. E così era cominciata la sua terza vita, cavalier servente e spia per gli inglesi, in cui comprava e vendeva menzogne, diceva menzogne e viveva una menzogna.

E ora era in una camera completamente diversa, la camera della bella ma molto corretta Lady Mary Cavendish e cercava di non pensare a ciò che era successo in quel letto tra un marito e sua moglie.

Non erano affari suoi e fino a quel giorno non si era soffermato a pensarci. Non sarebbe stato educato, né giusto per la sua salute mentale. Aveva solo sperato che in quella camera, il presuntuoso Sir Gerald fosse meno egocentrico e interessato ai bisogni di sua moglie, oltre che ai propri. Ma ora che sapeva che quell'uomo aveva avuto le pessime maniere di andare nel letto di sua moglie ubriaco, poteva azzardarsi a ipotizzare il resto: il baronetto era stato egoista con le sue voglie sessuali come lo era stato con tutto il resto nella sua vita. E gli faceva ribollire il sangue. Con i pugni chiusi per calmare la rabbia crescente, voltò la schiena al letto e andò alla porta, dove Mary aveva l'orecchio premuto sul pannello di legno, per sentire eventuali rumori nella stanza accanto. Prima fosse uscito da quella stanza meglio sarebbe stato per la sua salute mentale.

Allungò la mano per aprire il chiavistello, posizionato sorprendentemente in alto sulla struttura, e fu in quel momento che Mary si gettò contro di lui.

"No! Non toccatelo!" Sibilò, in punta di piedi, con le dita che gli stringevano il polso per impedirgli di tirare indietro il chiavistello. "Non avete il diritto, nessun diritto di toccare quel chiavistello!"

Christopher non esitò. Spinse nuovamente il chiavistello al suo posto. Ma non si spostò, con Mary tra lui e la porta. Abbassò gli occhi per guardarla, sconcertato e disse con calma: "Non avevo intenzione di aprire la porta senza il vostro permesso, solo di tirare indietro il chiavistello, per essere pronto."

Imbarazzata per la sua insolita sfuriata, Mary abbassò la testa prima di trovare il coraggio di guardarlo negli occhi castani. "Scusatemi. Ovviamente non l'avreste fatto senza il mio permesso. È solo che... è solo che questa porta non viene aperta da due anni, e ho preso io la decisione di chiuderla con il chiavistello... L'ho chiusa io stessa in effetti... e farlo mi ha dato una certa soddisfazione... Quindi dovrei essere io ad aprirla."

Christopher non sapeva che cosa intendesse per soddisfazione, o perché era così importante per lei essere quella che l'apriva, ma guardando i gradini imbottiti accanto al letto, colse l'unico aiuto pratico che poteva fornirle.

"Volete che prenda uno sgabello in modo che possiate fare gli onori?"

Mary non sapeva il perché, ma la sua offerta le fece venire di colpo le lacrime agli occhi. Tirò su col naso, con le mani strette davanti a sé e si rimproverò dicendosi che era una piagnucolona. Forse era la concomitanza di avere freddo perché era senza scarpe in una stanza senza fuoco e il fatto che lo Squire fosse così vicino con lei inchiodata contro la porta che le dava la sensazione di avere la testa vuota e di avere caldo. Ma era quella pulsazione dentro di lei, che era tornata a nuova vita con la sua vicinanza, che più di tutto le toglieva l'equilibrio.

Non era tipo da permettere all'emozione di avere la meglio. La sentimentalità, e permettere al cuore di prevalere sulla testa, secondo sua madre, erano segni di debolezza di carattere. Un comportamento simile era indegno di una nobildonna, che doveva dare l'esempio, *essere* l'esempio per quelli di rango inferiore. Soprattutto, non si doveva essere una fonte di imbarazzo, per se stessi e il proprio marito. Beh, nessuno poteva accusarla di essere stata una fonte di imbarazzo per Sir Gerald o la sua famiglia nei dieci anni del suo matrimonio. Perfino ora, da vedova, era attenta a controllare le sue emozioni e le situazioni in cui si trovava, sempre... Quindi perché, di colpo, lo Squire e la sua vicinanza la facevano sentire ridicolmente vulnerabile?

"Lo sgabello...?" Ripeté Christopher nel silenzio che si stava protraendo tra di loro. Aggiungendo, quando lei lo guardò: "Perché ne avete bisogno?"

"Sgabello...?" Mary respinse le sue emozioni confuse, con una smorfia. "Pensavo che fosse ovvio. La mia statura. O, dovrei dire, la mia bassa statura. Non sono abbastanza alta da raggiungere il chiavistello, perfino con i tacchi."

"Ah! Questo mi insegnerà a essere ottuso! Volevo dire: per quale motivo il chiavistello è messo fuori dalla vostra portata, tanto da aver bisogno di uno sgabello?"

"In modo che io non potessi arrivarci," rispose semplicemente Mary.

Christopher nascose un sorriso alla sua abituale franchezza, ma continuava a essere confuso. "Perché non poteste arrivarci…?"

"Per essere precisi, ci sono due chiavistelli. Uno qui e l'altro là, sulla porta del mio spogliatoio."

Christopher si guardò dietro la spalla, ma la porta dello spogliatoio era stata ripiegata e il chiavistello non era visibile. La parte mobile almeno. La parte fissa, la gola, però era chiaramente visibile, attaccata allo stipite della porta e alla stessa altezza fuori misura. Era sconcertato.

"Non capis…"

"Perché dovreste?" Lo interruppe Mary, interrompendolo. "Voi eravate un amico intimo di Sir Gerald, non eravate sua moglie. Ora, se non vi dispiace, fate un passo indietro per lasciarmi respirare… mi gira un po' la testa…"

Christopher ignorò la sua richiesta. Aveva capito il perché dei chiavistelli. Era inorridito.

"Lui… Lui vi *chiudeva* qui dentro?"

Mary fece un respiro profondo e poi parlò come avrebbe fatto sua madre, come se stesse facendo la predica a un essere di intelligenza limitata.

"Signor Bryce, non mi aspetto che capiate. Ma quando ho sposato Sir Gerald, l'ho fatto con la consapevolezza che lo accettavo come marito, nel bene e nel male. Ero decisa a essere una buona moglie sotto ogni punto di vista… Non sono una codarda e credo di aver assolto i miei doveri di moglie al meglio delle mie capacità. Perché poi mi stia giustificando con voi, non lo so! E ora… ora sono una vedova e posso tenere una porta aperta, esattamente come posso tenere questa porta chiusa contro i ladri e-e i fantasmi e chiunque altro, se lo voglio. Posso scegliere. È una decisione mia, e solo mia da prendere."

"Sì. Sì, ovviamente," rispose Christopher senza esitare, cercando di mascherare il suo disgusto per le azioni di Sir Gerald e ignorare il tono condiscendente di Mary, per via del panico crescente, evidente nella sua voce.

Scoprire che andava nelle stanze di sua moglie ubriaco era già abbastanza sconvolgente. Sapere che chiudeva le porte con i chiavistelli di modo che lei non potesse sfuggire alle sue attenzioni amorose era mostruoso. Non sapeva che cosa dire che non suonasse trito, ma gli fu risparmiato di rispondere e le parole gli rimasero sulla punta della lingua, quando un tonfo proveniente dallo spogliatoio di Sir Gerald fece sobbalzare Mary, che gli strinse il braccio, fissando la porta con gli occhi spalancati. Entrambi premettero in fretta un orecchio sul pannello di legno e ascoltarono, stretti l'uno all'altro. Passò un minuto, poi due e tre, e il silenzio continuò.

Dopo, nessuno dei due fu in grado di ricordare per quanto tempo erano rimasti appoggiati alla porta ad aspettare un suono. Abbastanza a lungo perché a Mary cominciassero a chiudersi gli occhi, sopraffatta dalla stanchezza nonostante il freddo che le penetrava nelle ossa. Christopher si permise di studiarla, continuando ad ascoltare per rilevare segni di vita dalla stanza accanto, ora silenziosa in modo inquietante. Il suo sguardo andò ai riccioli abbondanti, che le arrivavano in vita passando sopra una spalla, in un fulgore color fuoco sullo sfondo bianco della sua camicia da notte di cotone. Aveva sempre avuto un debole per le rosse. Negli Stati Italiani del nord, bellezze simili risplendevano come fari in mezzo alla popolazione. Lo avevano incantato, attirato e qualcuna lo aveva bruciato, come una falena su una fiamma. Ma la rossa davanti a lui era molto diversa dalle sirene dai capelli ramati in Italia, che sapevano bene l'effetto che avevano sugli uomini. Avrebbe scommesso tutto ciò che possedeva che Lady Mary Cavendish era ignara del fascino che la sua bellezza fiammeggiante esercitava sugli uomini in generale, e su di lui in particolare. L'avrebbe sbalordita saperlo, e sapere che lui era la falena e lei la sua fiamma.

Mentre la ammirava, pensava che avrebbe dovuto guardare di nuovo fuori dalla finestra, forse perfino aprirla per vedere se era possibile scoprire se quella dello spogliatoio di Sir Gerald era veramente aperta. Perché se il ladro andava e veniva dall'albero e il vetro era sollevato, c'era la possibilità che fosse uscito e non fosse ancora tornato. Ma i piani migliori spesso falliscono, per quanto ben ponderati. La vita trovava sempre un modo per gettare sulla strada di una persona delle opportunità sorprendenti, che una volta che si presentavano dovevano essere colte, per timore che non potessero più ripresentarsi. Era quello che stava pensando Christopher quando colse l'attimo, ed aveva ben poco a che fare con la porta sbarrata. Più tardi si sarebbe meravigliato della propria impudenza.

Doveva essersi appisolato anche lui, perché Mary gli stava scuotendo il braccio, con una luce di trionfo negli occhi viola.

"Signor Bryce?! Non avete sentito?" Sibilò. "Era decisamente il rumore di mobili spostati! Potevamo non tener conto di un tonfo, ma non questo! Non so se ci sia un fantasma o un ladro nella stanza accanto, ma almeno adesso *voi* sapete che non l'ho sognato!"

Quando Christopher accettò il suo trionfo facendo un passo indietro per rivolgerle un inchino degno di un potentato ottomano, Mary reagì portandosi una mano alla bocca per impedirsi di ridere. Si era lasciata talmente prendere dal momento, tra nervosismo ed euforia alla prospettiva di scoprire un fantasma o catturare un ladro, che si avvicinò impulsivamente a lui e sussurrò: "Il vostro è stato un complimento più che giusto. Ma dato che era tutt'altro che umile, mi chiedo se in realtà non vi stiate prendendo gioco di me, signore?"

"Prendermi gioco di voi, milady? Come potete pensarlo?" Le chiese Christopher, alzando un sopracciglio.

"Oh, è proprio così!" Mormorò Mary, fingendo irritazione e dandogli uno spintone scherzoso, come per buttarlo da parte com'era solita fare con i suoi fratelli, in particolare Dair, quando la prendevano in giro. "Conosco quell'espressione! Non riuscirete a imbrogliarmi!"

Christopher le prese le dita e se le premette sul petto e lei lo lasciò fare, guardandolo con un sorriso interrogativo per quel gesto impulsivo, ma per niente offesa. Christopher fece per parlare, ma non ci riuscì e scosse la testa per la sua debolezza emotiva quando si trattava di Mary. Perché era la prima volta che lei abbassava la guardia e gli permetteva di vedere la vera Mary, quel lato giocoso di lei che lui sapeva esistere, e aveva visto parecchie volte quando lei era con sua figlia; ma con lui non era mai stata così, fino a quel momento.

"Io non... non potrei mai... voglio..." Borbottò, incapace di completare una frase.

"Volete, signor Bryce...?" Chiese sommessamente Mary, sparita tutta la giocosità. Non lo aveva mai visto turbato e di certo non gli erano mai mancate le parole con lei o con Teddy, nonostante la sua reticenza con gli altri. "Che cosa volete?"

Davvero non ne aveva idea? La mancanza di furbizia nell'espressione di Mary lo fece riflettere, e chiedersi se poteva dirlo. Ma non era un ragazzino imberbe. E aveva sempre saputo che cosa dire alle donne; era esperto nell'arte della seduzione. Ma quelle donne e quel mondo sembravano lontani una vita. E con Mary non avrebbe funzionato. Doveva essere sincero. Finalmente, dopo un'eternità di secondi, lo disse: "Voi. Siete *voi* ciò che voglio."

"Io?"

"Sì."

Mary si chinò, avvicinandosi, attirata dal suo calore, e lo guardò negli occhi, cercando qualche segno di insincerità. Era così vicina che i suoi seni sfiorarono leggermente il torace di Christopher, e con il mento alzato e il naso all'altezza della cravatta, colse il profumo speziato della sua pelle nuda e calda appena sotto l'orecchio, accanto alla guancia non rasata. Le fece fare una pausa e respirare a fondo. Era rimasta più sorpresa che colpita dalla propria reazione e osò consegnarsi a questa nuova e allettante esperienza.

Sapeva per istinto che il suo odore, piacevole e completamente virile, era autentico. Che era la sua essenza, non qualche creazione in bottiglia. Che anche se si fosse lavato e strofinato sarebbe rimasto lì. Era così inebriante e le era così necessario, che Mary chiuse gli occhi per respirarlo meglio. E mentre il tempo rallentava e lei si lasciava andare a godere di quel momento, quel certo qualcosa nel suo profondo tornò in vita e questa volta non voleva lasciarsi domare. Il controllo emotivo ed essere d'esempio agli altri scoppiarono come una bolla di sapone. Il suo desiderio irrefrenabile era di premere forte il corpo contro quello di lui. E lei, che non aveva mai baciato un uomo, né aveva mai desiderato farlo, e che aveva solo scambiato un bacio furtivo e goffo con suo cugino Evelyn quando avevano entrambi quattordici anni, desiderava, disperatamente, baciare quell'uomo.

E poi lui fece la cosa più naturale al mondo. Le prese gentilmente il volto tra le mani e la baciò.

Fu un bacio cauto, gentile, ma fu tutto ciò che Mary aveva sognato e di più. E lei voleva di più. Si mosse, con la bocca e il corpo premuti contro di lui mentre le braccia salivano intorno al suo collo e lo tenevano stretto. Non riusciva a respirare. Pensò che le ginocchia avrebbero ceduto. Aveva la mente in fiamme. Eppure, nonostante tutto, si sentiva più viva di quanto fosse mai stata.

Christopher la strinse a sé e infilò una mano dentro la banyan per mettergliela intorno alla vita, con le dita che spostavano la camicia da notte, la tiravano di traverso, mettendo in mostra le sue gambe nude sopra le calze al ginocchio, mentre la teneva premuta contro di sé. E intanto continuava a baciarla. E quando aprì la bocca sopra quella di Mary e lei sentì la sua lingua, ansimò e si tirò indietro, ma solo per un attimo, un tempo sufficiente per guardarlo negli occhi e fargli pensare che lei non era mai stata baciata, non così, non nel modo giusto, forse mai.

Si chiese se l'avesse sconvolta e se dovesse fermarsi. C'era sorpresa negli occhi di Mary. Christopher esitò. Non avrebbe continuato a baciarla se non era quello che desiderava lei. Avrebbe dovuto essere più paziente e rallentare. Ma dato che lei aveva trent'anni, si era aspettato che avesse un po' di esperienza di baci appassionati. Ma la sua reazione suggeriva il contrario. Ancora un'altra ragione per odiare il rozzo Sir Gerald. Decise di premerle gentilmente le labbra sulla fronte prima di staccarla da lui. Non era quello il momento o il posto per fare l'amore con lei. Quello poteva aspettare un altro giorno… Che cosa aveva pensato? Certo non con la testa…

Ma il momento di esitazione di Mary durò solo un momento. Una luce nuova, completamente diversa sostituì la sorpresa iniziale, fece brillare i suoi begli occhi e fiorire di colore le guance. Si alzò sulla punta dei piedi e mormorò, afferrando il davanti del panciotto in modo che lui restasse dov'era e non si allontanasse: "Di più. Voglio di più. Io voglio… anch'io vi voglio."

A Christopher non serviva altro incoraggiamento.

Qualunque cosa stesse succedendo, qualunque cosa ci fosse nella stanza accanto gli era supremamente indifferente.

La riprese tra le braccia e lei gli concesse la bocca. Christopher aveva aspettato otto lunghi anni per baciarla, e lei aveva aspettato una vita proprio per un bacio simile. Nessuno dei due si rese conto o si curò di quanto tempo rimasero così. In preda a una passione divorante, il tempo e lo spazio divennero irrilevanti. Tutto ciò che importava era quel momento, godere di quel momento e il più a lungo possibile. Lui, che aveva avuto più donne nel suo passato di quante volesse ricordare, non aveva mai voluto una donna quanto desiderava lei. E lei, che non aveva mai capito che cosa significasse desiderare carnalmente un uomo, fino alla follia, desiderava quell'uomo oltre ogni ragione. Presto un bisogno disperato travolse entrambi.

Lui rimase senza redingote e lei senza banyan ed entrambi gli indumenti finirono calpestati sotto i piedi mentre barcollavano verso il letto, senza interrompere i loro baci ardenti. Con un movimento rapido e fluido, Christopher la sollevò tra le braccia e la portò verso il letto a baldacchino. Mentre cadevano tra i cuscini e ignoravano beatamente tutto e tutti, eccetto loro due, i piedi di Mary urtarono il candelabro d'argento che Christopher aveva posato sul comodino. Il candelabro, con le sue quattro candele che fornivano una luce pallida alla stanza, si rovesciò e poi crollò sul pavimento. Ancora accese, le candele tremolarono, il sottile tappeto turco prese fuoco e cominciò a bruciare senza fiamma.

La diceva lunga sulla completa distrazione della coppia che non percepissero immediatamente il tonfo del pesante pezzo d'argento e l'improvvisa oscurità intorno a loro. E quando fu evidente che qualcosa non andava, ma non precisamente che cosa, fu il forte odore di lana bruciata, che aveva lo stesso puzzo acre delle penne bruciate, che li strappò al loro ardore smodato e li fece dividere ed entrare in azione.

Christopher scese in fretta dal letto. Vide che cos'era successo e raccolse il candelabro con le quattro candele, tre delle quali erano ancora accese, rimettendolo diritto sul comodino, e tutto senza farsi gocciolare addosso la cera né bruciarsi. Quando tornò la luce, si voltò e vide che c'era un piccolo buco nero che fumava nel tappeto. Lo schiacciò in fretta con il tacco per impedire al fuoco di allargarsi.

"Dannazione, dannazione!" Ringhiò.

Poi imprecò sottovoce e si tolse i riccioli tizianeschi dagli occhi. Il suo imprecare non aveva niente a che vedere con il tappeto danneggiato e tutto con l'interruzione. La pressione tra le sue cosce era così disagevole che fece un respiro profondo per riprendere il controllo. Si sistemò i calzoni ma lasciò pendere i lembi della camicia per darsi una parvenza di modestia. Raddrizzando il panciotto stropicciato, fissò il tappeto, con le mani sui fianchi sottili, riprendendo fiato e chiedendosi come fosse finito, lui, un uomo di quarant'anni, a perdere ogni senso di decoro. Non era da lui. Senza dubbio avevano contribuito gli anni di astinenza, troppi per contarli.

Ma dava la colpa a Mary, per la sua castità e il suo desiderio. Quando finalmente ritenne di essere sotto controllo, guardò verso il letto e il calore tornò a scorrergli tra le cosce, e lui chiuse brevemente gli occhi, gemendo.

Mary si era messa in ginocchio e lo guardava. La camicia da notte era scivolata da una spalla e metteva in mostra una bella parte di un seno tondo di alabastro, il bordo del colletto di pizzo teso che intersecava la tinta rosa scuro dell'areola. E con i suoi magnifici capelli che ricadevano sulle spalle, abbondanti e scomposti, il volto arrossato e la bocca leggermente aperta, era così bella e desiderabile che il suo disagio divenne straziante. La fissò negli occhi, grandi occhi viola che sbattevano guardandolo senza capire. Gli faceva battere forte il cuore e gli svuotava il cervello.

Prima che potesse dire o fare qualcosa, Mary si riscosse e gattonò verso il bordo del materasso, lasciando cadere le gambe. Quando tentò di tirarsi la camicia da notte sulla spalla, cercando allo stesso tempo di tirarla giù sulle gambe nude, si sbilanciò in avanti e cadde dal letto. Sarebbe stato comico se non avesse rischiato di farsi male.

Christopher la afferrò prima che finisse con la faccia sul pavimento, la sollevò e la rimise in piedi. Ma non la lasciò andare.

"Attenta, o non ne soffrirà solo il vostro orgoglio."

"Soffrire? Il mio-mio orgoglio?" Mary si allontanò di un passo, gettando la massa di capelli sopra la spalla, e lo guardò torva. "Non so da dove prendiate le vostre idee su..." Smise di parlare quando l'acre odore della lana bruciata le assalì le narici. Fece una smorfia, arricciando il nasino prima di guardare il tappeto turco da sopra il braccio di Christopher. "Oh no! È rovinato!"

Christopher scoppiò in una risata. "Oh, mia cara, il tappeto è l'ultimo dei nostri problemi!"

"Signor Bryce! Come stavo dicendo, non so dove…"

"*Signor* Bryce?" Christopher fece una smorfia e le scostò gentilmente una lunga ciocca annodata di capelli rossi dal collo e sopra la spalla. "Certamente, qui, nell'intimità delle vostre stanze potete chiamarmi con il mio nome di battesimo?"

"No, non posso. *Particolarmente* non qui, qui nelle mie-mie stanze."

Christopher arcuò un sopracciglio.

"Nemmeno dopo esserci scambiati un bacio?"

"No! Non-non sarebbe giusto chiamarvi… chiamarvi… *Christopher*."

La mano di Christopher si attardò alla base della gola di Mary, con un dito che accarezzava leggermente la curva del collo. "Aspetto da così tanto tempo di sentirvelo dire che vorrei quasi che fosse il mio vero nome…"

Mary si tirò indietro, fuori dalla sua portata e lo guardò, momentaneamente distratta dalla situazione in cui si trovava. "Christopher non è… non è il *vostro nome?*"

"Non il nome che mi era stato dato alla nascita, quello che ho avuto per i primi tre mesi della mia vita, ma Christopher è l'unico nome cui io abbia mai risposto."

La curiosità sostituì l'imbarazzo e la sorpresa.

"Perché non usate il nome che vi è stato dato alla nascita?"

"Perché quel nome è Cavendish."

"*Cavendish*? Non è un nome proprio."

"Beh, è il mio"

Non aveva mai rivelato a nessuno quella parte del suo passato, né lo aveva mai scritto da qualche parte. Aveva sempre usato il nome Christopher perché era quello il nome che aveva creduto di avere. Cioè finché Sir George Cavendish non gli aveva lasciato una somma sostanziosa nel suo testamento, a nome di Cavendish Bryce e ai suoi genitori non era rimasta altra scelta che rivelargli la verità. Una verità che lui aveva ignorato e che non aveva accettato e che lo aveva mandato sul continente a cercare risposte. Ma voleva che Mary conoscesse la verità, tutta, e quello era il primo passo.

Sapeva anche che i nomi di famiglia erano un argomento di conversazione consueto, con il tè e i pasticcini, non solo per quelli imparentati con la nobiltà per nascita o matrimonio, ma per qualunque famiglia con pretese di *grandeur*. E la famiglia Cavendish era una delle prime famiglie, e non solo Mary era imparentata per matrimonio a una branca di quell'illustre dinastia, ma sua cognata, l'attuale duchessa di Roxton, era una Cavendish per nascita. E come mai lui sapeva questo e anche di più, dei parenti di Mary? Kate era esperta della genealogia delle nobili famiglie perché una volta aveva fatto parte di quel mondo e quindi corrispondeva ancora con molti dei suoi membri titolati e influenti. E a causa della sua infermità, era diventato compito di Christopher leggerle quelle lettere e quindi sapeva parecchio dei parenti di Mary e dei loro legami famigliari.

Non riuscì a fare a meno di sorridere davanti alla smorfia di Mary, senza sorprendersi che mostrasse interesse, e che fosse abbastanza interessata al nome Cavendish da dimenticare il suo imbarazzo per ciò che era appena successo tra di loro. Senza dubbio la sua mente stava percorrendo l'esteso albero genealogico, cercando di decidere su quale ramo fosse seduto.

"Vi è stato dato quel nome perché la famiglia di vostra madre è imparentata alla lontana con i Cavendish?"

"No. Non la famiglia di mia madre." Christopher raccolse la banyan di Mary, la scosse e la tenne aperta per lei. "Meglio tenersi caldi."

Lei gli permise di aiutarla a indossare la vestaglia, mentre continuava a pensare all'informazione appena ricevuta riguardo al suo nome. Non aspettò che le rispondesse e fece un'altra domanda mentre si voltava a guardarlo. "È perché siete un lontano cugino di Sir Gerald?"

Christopher sistemò la vestaglia perché fosse diritta sulle spalle, poi le incrociò i lembi sul seno. "Cugino? No. E non così distante."

Inconsciamente, Mary strinse la vestaglia sul petto e ripiegò le braccia. "Che cosa vuol dire, *non così distante*?"

Christopher si chiese come spiegarsi nel modo migliore mentre raccoglieva la redingote, che era stata lasciata ammucchiata sul tappeto. La scosse e lisciò con la mano le maniche e le alette delle tasche, nel tentativo di togliere qualche piega. E quando se la mise, Mary fu svelta ad aiutarlo a trovare la seconda manica. Poi fece per lui ciò che lui aveva fatto per lei: gli sistemò la giacca sulle spalle, come se fosse la cosa più naturale al mondo da fare. Ma il suo aiuto con quel piccolo particolare così familiare lo stupì. Era così inaspettato eppure gli offriva una visione di un futuro con lei che aveva sognato spesso, tanto che riuscì solo a mormorare un grazie.

Quando Mary tornò a mettersi davanti a lui e aspettò, in silenzio, che rispondesse, finalmente Christopher ritrovò la voce.

"Ho sangue Cavendish nelle vene. Ma il-il *legame* è-è... *complicato*..."

"Complicato?"

"Sì. Così complicato che è una storia da raccontare un altro giorno. Un giorno in cui avrete abbastanza carbone e legna per entrambe le stanze."

Quando Christopher menzionò il carbone, l'interesse di Mary per il suo nome svanì, sostituita dall'indignazione.

"Se un bacio era tutto ciò che serviva per avere un bel fuoco in entrambe le stanze, mi meraviglia che non abbiate tentato di baciarmi prima!"

Lo aveva inteso come rimprovero. Invece fece ridacchiare Christopher.

"Mi piacerebbe averlo fatto. Otto anni fa, il giorno in cui fummo presentati al pianterreno, nel salone. Baciarvi fu il mio primo pensiero. Il secondo potete immaginarlo…"

Mary aggrottò la fronte, senza capire. "Il secondo? Immaginare? Cosa?"

Christopher incrociò le braccia e scosse la testa, sorridendo. "Questa è una delle cose che adoro di voi. Niente artifizi."

Mentre lui parlava, Mary aveva finalmente capito cosa intendeva dire con il secondo pensiero e arrossì. Non tanto perché lui volesse fare l'amore con lei, ma perché, a voler essere sincera con se stessa, ora si rendeva conto che quel calore che pulsava in fondo da qualche parte dentro di lei, era nato per la prima volta quando lo aveva incontrato. Il suo secondo pensiero era stato il primo per lei. Fu così sbalordita da quell'ammissione che la mascherò da rabbia.

"Non vi ho dato il permesso di-di… *adorarmi*, signor Bryce! Io… io…"

"Eppure avete permesso che vi baciassi…?"

Mary fece il broncio. "Non ho fatto niente di simile!"

Christopher aggrottò la fronte e inclinò la testa. Dentro di sé stava ancora ridendo. "No? Avete ragione. Ripensandoci, no, non l'avete fatto."

"No! Non l'ho fatto!"

Christopher si picchiettò la bocca con un dito, con le spalle che si scuotevano per le risate. Trovava adorabile la sua imbarazzata petulanza. "Mia cara Lady Mary, abbassate la voce o potreste svegliare il fantasma."

Mary fece una smorfia ma ubbidì. "Sapevo che stavate solo cercando di assecondarmi! Scommetto che non credete nemmeno che ci sia un ladro, men che meno un fantasma!"

"Ma… vi assicuro, io…"

Non disse altro, inghiottendo il resto della frase quando nella pausa tra due parole sentì un rumore leggerissimo, non diverso da qualcuno che grattasse sul legno. Anche Mary lo sentì e guardò la porta, poi di nuovo Christopher.

"Avete sentito…"

"Sì. Sì, ho sentito," la interruppe Christopher sussurrando, senza più traccia di umorismo.

Insieme, si avvicinarono alla porta senza fare rumore, come se fosse una cosa viva pronta a balzare loro addosso e appoggiarono l'orecchio al legno. Dovettero aspettare solo qualche momento e poi ci fu lo stesso suono. Qualcuno o qualcosa stava grattando con le unghie il pannello di legno. Fu evidente che lo avevano sentito entrambi quando si fissarono con gli occhi sgranati e la bocca aperta. Nessuno dei due parlò ed entrambi respirarono piano, come per non segnalare la loro presenza a chiunque ci fosse dall'altra parte. Anche se avevano avuto entrambi lo stesso pensiero: che la loro accesa conversazione, per non parlare del candelabro che aveva colpito il pavimento, aveva creato abbastanza confusione per allertare sia un ladro sia uno spettro.

E mentre si fissavano, chiedendosi se il rumore sarebbe continuato o se forse qualcos'altro li avrebbe messi in moto, successe l'inaspettato. Fu talmente raggelante e sorprendente che all'inizio non credettero che fosse vero. E non lo era. Non era possibile.

Una voce dall'altra parte della porta sibilò: "Mary? Mary! Sei tu?"

SETTE

Il tempo si fermò. Mary e Christopher inspirarono entrambi forte, sorpresi, fissarono la porta, poi si guardarono, e le loro rispettive espressioni erano lo specchio del gelido sbalordimento che provavano entrambi. Ma a nessuno dei due fu data l'opportunità di parlare, quando il momento che stavano condividendo fu frantumato dalla voce dall'altra parte della porta, che piagnucolò: "Mary, fai la brava ragazza e fammi entrare. Sono gelato fino al midollo!"

Invece di fare ciò che le ordinava la voce, Mary scappò indietro, per allontanarsi il più possibile dalla porta, finché il piede non inciampò nel tessuto della banyan e lei barcollò, sbattendo contro il letto. Con la faccia bianca, il respiro affrettato e poco profondo, scivolò sul pavimento. Tremava da capo a piedi e fissava Christopher, quasi accusandolo.

"Adesso *dovete* credermi! È un fantasma!"

"Lo sapremo presto," rispose Christopher con calma, anche se era insolitamente colpito dal fatto che lo spettro, o il ladro o qualunque cosa fosse, si rivolgesse a Lady Mary con tale familiarità.

Era diviso tra il voler aprire in fretta il chiavistello per scoprire una volta per tutte se era il fantasma di Sir Gerald o un ladro, e correre a prendere Mary tra le braccia per calmarne il tremore. Ma vinse il senso pratico e decise di aprire la porta. Di sicuro, a quel punto, Mary non avrebbe fatto caso a chi apriva il chiavistello.

"No! Aspettate!" Sibilò Mary, riscuotendosi e tornando al suo fianco. Fece un respiro profondo e raddrizzò la schiena. "Se apriamo la porta, lo facciamo insieme. Non voglio che Teddy pensi che sua madre è una codarda. Inoltre... ho appena avuto un'idea ridicola... Se i fantasmi non possono sentire il sapore della confettura di fragole, di certo non possono sentire il freddo ed essere *gelati fino al midollo*, no?"

"Ah! Esattamente!" Christopher sorrise. "Proprio il tipo di risposta che avrebbe dato Teddy! Quindi, siete pronta a lasciarmi aprire la porta?"

Mary annuì, anche se dovette deglutire il nodo che le si era formato in gola per l'apprensione.

"Ricordate la confettura di fragole," le sussurrò Christopher tirando indietro il chiavistello e poi abbassando la maniglia.

Istintivamente, Mary si appoggiò alla sua spalla e si allontanò con lui dalla porta che si apriva verso la sua camera. Per un attimo, nessuno dei due si mosse, poi Christopher diede per primo una sbirciata, Mary lo imitò, entrambi in silenzio e restando dietro la porta, come se fosse uno scudo che offriva protezione da qualunque forza fosse arrivata ad attraversare la soglia dalle profondità dello spogliatoio. Ma non ci fu nessuno scoppio di luce. Nessuna ventata di aria fredda. E nessun rumore. Era tutto mortalmente silenzioso.

Lo spogliatoio di Sir Gerald era al buio. Era impossibile vedere oltre una cinquantina di centimetri. A destra c'era il lucore appena accennato di una candela. La finestra, se era da quella parte che il ladro era entrato nella stanza, era a sinistra, e dato che non c'era brezza che arrivasse da quella direzione, o da nessun'altra parte, Christopher immaginò che fosse stata chiusa e le tende tirate per ripararsi dall'aria notturna. Quindi dov'era il proprietario della voce? Poteva appartenere a un essere etereo, come aveva suggerito Mary?

Entrambi erano disorientati. Entrambi indotti in un falso senso di sollievo perché non erano stati immediatamente affrontati da uno spettro fluttuante davanti a loro o da un ladro che brandiva un'arma e latrava pretese.

"Aspettate, ci serve un po' di luce," sussurrò Christopher. "Vado a prendere una candela."

Mary annuì e si voltò a metà per guardarlo andare verso il comodino per prendere il candelabro. Poi si voltò a guardare la porta aperta e fu in quel momento che lo vide, che appariva, enorme, uscendo dall'oscurità.

Una figura drappeggiata di bianco scivolava verso di lei. Non emetteva alcun suono sulle assi del pavimento e sembrava fluttuare. Aveva una sola candela tenuta vicino al petto, e la luce gialla si proiettava verso l'alto sotto il mento, illuminando un volto lungo, magro, da cui la fissavano due occhi impassibili. Intorno alla testa c'era un alone di capelli d'argento, in selvaggio disordine. Aveva un braccio teso, dentro una manica ampia, e la chiamava con un dito ossuto piegato.

Lo sguardo di Mary lasciò gli occhi feroci e seguì il braccio teso fino a quel dito. Due dita della mano sinistra, il medio e l'anulare, erano solo mozziconi. Una visione così macabra la pietrificò, ma invece di voltarsi e fuggire mentre la figura continuava ad avvicinarsi, restò sulla soglia, irrigidita dallo spavento. Una piccola parte di lei manteneva sufficiente controllo da voler urlare a Christopher che aveva avuto ragione fin dall'inizio... ecco la prova che c'era un fantasma che infestava lo spogliatoio di Sir Gerald! E la curiosità tenne in scacco il terrore. Lo spettro non era decisamente il suo defunto marito. Allora chi era? E perché risiedeva nelle stanze di suo marito? E come faceva a conoscere il suo nome? Quella era la domanda più spaventosa di tutte. E poi il fantasma parlò e confermò le sue peggiori paure.

"Devo avere un aspetto orribile, a giudicare dall'espressione del tuo dolce visino. Apparire in questo modo, senza preavviso, è stato imperdonabile, ma necessario, *ma chérie*. Capirai una volta che ti avrò spiegato. Era ora di tornare."

"Spiegare? Tornare?" Ripeté Mary, stupefatta.

"Identificatevi, signore!" Ordinò Christopher, mettendosi di fianco a Mary sulla soglia e alzando il candelabro per poter meglio ispezionare la figura drappeggiata.

"Mary sa chi sono."

"Restate dove siete!" Ordinò Christopher e poi diede un'occhiata a Mary, cercando risposte.

Ma lei fissò la figura e poi Christopher, alzò le spalle e scosse la testa come per dire che non aveva la minima idea dell'identità dello spettro.

"*Mon Dieu*," mormorò la figura. "Devo essere veramente uno spettacolo desolante se la mia carissima cugina non riesce a riconoscermi..."

"Ripeto, identificatevi!"

Lo spettro si era fermato all'ordine di Christopher, ma ora si avvicinò di un passo, con lo sguardo fisso su Mary. Con somma sorpresa, sua e di Christopher, scelse di rivolgersi a lei in francese.

"*Chérie*, se avessi potuto entrare dalla porta principale alla luce del sole, lo avrei fatto volentieri. Credimi, sono l'ultima persona su questa terra che vorrebbe causarti dolore e sofferenze. Avevo sperato, era il mio più grande desiderio, che il tempo e le circostanze non mi avessero cambiato al punto che *tu* non saresti riuscita a riconoscermi. Ma ora... ora, vedendo il tuo dolce viso per la prima volta in sette anni, un volto bello e amato come l'ultimo giorno in cui ci siamo divisi a Parigi tanti anni fa, temo di aver aspettato troppo a tornare."

Nel silenzio che seguì, Christopher guardò Mary, cercando una spiegazione, ma lei lo ignorò e si avvicinò alla figura, senza paura, guardandola attentamente in viso.

Era uno spettro o un uomo? Aveva una mascella forte e squadrata e zigomi un po' troppo prominenti, come se non facesse un pasto decente da mesi. Una cicatrice tagliava in due il sopracciglio sinistro, mancando appena l'occhio, e lungi dall'essere pallida, la pelle sul volto e sulle mani era abbronzata, del colore caldo del caramello, come se avesse passato molti anni in climi più caldi.

Ma fu solo quando fissò gli occhi azzurri, occhi azzurri pieni di tristezza e apprensione, e la bocca che tremava aprendosi in un sorriso esitante, che Mary capì con certezza l'identità dello spettro. Ma riconoscerlo servì solo ad aumentare la sua confusione. Sentì gli occhi riempirsi di lacrime indesiderate.

"Evelyn? *Eve?* Sei... Sei veramente tu?"

"Ah, *ma chérie*... Allora mi vedi!" Gridò lo spettro, spalancando le braccia per abbracciarla.

"State indietro! State indietro ho detto!" Ordinò Christopher, brandendo il candelabro come se fosse una spada.

La ragione diceva a Christopher che lì c'era un essere in carne e ossa, vestito con una camicia da notte di parecchie taglie troppo grande per la sua figura emaciata. Eppure aveva ancora un minuscolo barlume di dubbio che gli faceva dubitare che un essere soprannaturale stesse giocando loro uno scherzo, quando Mary si coprì il volto con le mani e poi si asciugò in fretta gli occhi prima di esclamare: "Com'è possibile che tu sia qui? Perché sei qui? Tu sei morto. Morto. *Monsieur le Duc* aveva ricevuto la notizia... I tuoi genitori... noi... *tutti noi*... abbiamo pianto la tua morte! E la piangiamo ancora. Evelyn, per noi sei morto da cinque lunghi anni."

"Sì, è vero. E sì, ero morto. Mi dispiace. Ma sono tornato dal mondo dei morti... perché devo fare ammenda."

"Tornato dal mondo dei morti?"

Fu in quel momento che Mary capì che la figura davanti a lei doveva essere un fantasma... il fantasma del suo cugino scomparso da tanto tempo, Evelyn Gaius Ffolkes, visconte Vallentine ed erede presuntivo del titolo di conte di Stretham-Ely, il cui corpo torturato e rigonfio era stato ripescato dal fiume Riga cinque anni prima. Avevano trovato un anello, un cimelio di famiglia, sulla mano destra. Con quella prova inviata al duca c'era stato un funerale ed era stata messa una bara vuota all'interno del mausoleo dei Roxton.

E lei aveva visitato il mausoleo solo tre mesi prima, durante il suo più recente soggiorno con i suoi cugini Roxton, per festeggiare il matrimonio di suo fratello Dair. Dopo il banchetto nuziale, Mary e la cugina duchessa avevano deposto mazzi di rose bianche dentro la tomba di marmo, e Mary aveva messo un'unica rosa bianca sulla bara vuota di Evelyn con una preghiera per la sua povera anima torturata, sperando che fosse finalmente in pace.

Ma ora lei avrebbe dovuto credere che quell'essere, in piedi davanti a lei, era suo cugino tornato per fare ammenda? Per che cosa? Si chiese. E perché adesso? E perché lì, davanti a lei? Non poteva essere fatto di carne e ossa, vero?! Doveva essere un fantasma, vero?! Era troppo. Sopraffatta ed emotivamente fragile, Mary tirò il fiato, tremante, le ginocchia si piegarono e lei crollò al suolo.

"IO NON PERDO MAI I SENSI, NON SONO UNA CHE SVIENE," borbottò pigramente Mary.

"No, è vero," confermò Christopher, con un bicchiere d'acqua in mano. L'aveva afferrata prima che colpisse il pavimento, poi l'aveva riportata nella sua camera e deposta gentilmente sul letto. "Non vi ho mai visto svenire, mai."

"No. No, mai…" Mary si spostò per sedersi e Christopher l'aiutò, sprimacciando i cuscini dietro la schiena per metterla comoda prima di porgerle l'acqua. Mary bevve un sorso e fissò Christopher. "Lui, Evelyn, non è un fantasma, vero?" Gli chiese, retoricamente.

Christopher mise da parte il bicchiere e le prese le mani. Mary stava tremando, ma non per il freddo. Era stato il colpo. Tutto ciò che sapeva lui dell'identità di quell'estraneo nella camicia da notte troppo grande era che aveva detto di essere il cugino scomparso da tempo di Mary, un cugino che Mary e la sua famiglia pensavano defunto e che, a quanto pareva, si chiamava Evelyn.

Christopher era perplesso quanto Mary, ma per il suo bene tenne per sé i suoi pensieri e le sue opinioni. Tutto ciò che gli interessava veramente era che lei non si preoccupasse ancora di più. Le strinse le dita e, quando Mary lo guardò negli occhi, capì che lei, quanto lui, aveva mille domande in testa e stava ancora cercando di dare un senso a tutto.

"No. Non un fantasma," rispose Christopher, aggiungendo con un sorrisino che sperava avrebbe aiutato a migliorare il suo umore: "Ma vostro cugino è un ladro, in un certo senso… di confetture e sottaceti…"

Mary sorrise, confortata dalla sua voce placida e le sue dita fredde cominciarono a scaldarsi nelle mani di Christopher, che erano sorprendentemente grandi e lisce. Rimasero lì, a guardarsi, solo per qualche secondo, come se fossero le uniche due persone nella stanza e non fosse necessario parlare per dirsi che stavano pensando la stessa cosa... quanto avevano apprezzato il loro bacio furtivo e appassionato e come quell'unico bacio avesse cambiato tutto tra di loro. Anche se nessuno dei due era pronto a fare ipotesi, per paura di rovinare quel momento. Poi un movimento sopra la spalla di Christopher fece ritrarre in fretta le dita a Mary e fiammeggiare il suo volto.

Christopher si alzò dal letto con una smorfia e la coprì per tenerla al caldo.

"Chiedo a Betsy di portarvi una tazza di latte caldo."

"Tè per me," disse vivacemente Evelyn il fantasma, passando accanto a Christopher per prendere il suo posto sul letto, con tutta la famigliarità di uno che fosse stato invitato a farlo. Disse allo Squire, voltando la testa: "E portate voi il latte e il tè. Nessuno deve sapere che sono qui." E aspettandosi tranquillamente che Christopher gli ubbidisse si voltò verso Mary e le disse, allegramente e in tono cospiratorio: "Un po' di pettegolezzi con il tè e il latte? Potrei fornire anch'io qualche bello scandaletto, ma conto su di te per sapere cos'è successo in città. Sarà come ai vecchi tempi!"

Poi scoppiò in una risata così chiassosa e acuta che Christopher fece una smorfia. Ma la particolare affettazione di Evelyn riscosse Mary, come se lo stesse vedendo veramente per la prima volta, e gli gettò le braccia al collo, così sopraffatta dall'emozione da faticare a parlare.

"Oh, Eve! Eve! *Sei* tu!"

"Certo che sono io, *mon petit lapin*. Beh, l'ombra di me stesso, ma comunque io." Si districò gentilmente dal suo abbraccio, la tenne per le spalle e la guardò negli occhi umidi. "Niente lacrime, mia cara," mormorò e le baciò la fronte. "Ti prego. Mai lacrime da te..."

Mary sorrise e annuì, poi tirò su col naso. Il suo carissimo cugino, creduto morto, era tornato! E aveva ragione. Era solo l'ombra di ciò che era stato, quasi un fantasma nell'aspetto, con una criniera di capelli selvaggi diventati d'argento prima del tempo. Ma i suoi occhi azzurri erano penetranti come sempre e il sorriso enigmatico, che aveva sempre nascosto i suoi veri sentimenti, ma non a lei, era proprio il suo.

Erano stati confidenti durante l'infanzia. Lui, figlio unico, coccolato e delicato e brillante musicista. Lei, unica femmina in una banda di fratelli e cugini scatenati, che non veniva mai inclusa nei loro giochi e nei loro piani. E avendo la stessa età, era naturale che fossero attratti l'uno all'altro. E mentre i ragazzi andavano a cavalcare, cacciare, sparare o anche solo vagabondare per la tenuta di Treat, Mary restava in casa con il suo ricamo o gli acquerelli, allenandosi a essere una signora perché era quello che facevano le figlie dei conti e perché i ragazzi non la volevano. Evelyn però tornava indietro e si univa a lei. Si nascondevano in una delle tante stanze non occupate nella casa, che era più un palazzo, del duca di Roxton, e lì passavano la giornata. Evelyn suonava la sua viola, Mary ricamava, la prima ad ascoltare e a lodare le sue composizioni.

Quelle giornate spensierate e meravigliose erano impresse nei suoi ricordi, per sempre...

Mise una mano sulla guancia di Evelyn e tracciò i contorni del volto scarno, e con quel tocco arrivarono le lacrime, lacrime che la accecarono e le fecero ingoiare un'emozione travolgente: era veramente fatto di carne e ossa ed era vivo!

"Oh, Eve, perché non mi hai mai fatto sapere niente? Perché non hai fatto sapere ai tuoi genitori inconsolabili che eri vivo? Come hai potuto lasciarci piangere così? Tutti quegli anni... tutte quelle lacrime..."

"Credimi, *ma chérie*, ci sono state molte, *molte* volte in cui avrei voluto scriverti. Ma... era meglio così. Meglio che nessuno sapesse la verità. Meglio che restassi... *morto*."

Mary era incredula.

"Sicuramente niente può essere così orribile da farti preferire di essere morto per la tua famiglia, per me, per quelli che ti vogliono bene?"

Evelyn sbuffò e alzò le spalle e poi alzò una mano. Dato che era quella con due dita mutilate, servì solo a sottolineare quanto doveva essere finita in basso la sua vita per fargli preferire di essere morto per la sua famiglia. Evelyn distolse gli occhi dallo sguardo fermo, pieno di lacrime, di Mary e scosse la testa.

Mary trattenne il fiato, chiedendosi se stesse per confidarsi con lei. Ma il momento passò e lui le prese una mano e la baciò, dicendo con un sorriso forzato e una scintilla negli occhi azzurri: "Adesso sono a casa. È tutto ciò che conta... Per favore, *ma chérie*, asciugati quei begli occhi e sii felice per me... per *noi*."

Mary annuì, sorrise e si asciugò in fretta la faccia con il dorso delle mani tremanti e fu allora che Christopher si fece avanti e le tese il suo fazzoletto. Mary lo prese senza guardarlo. Forse aveva dimenticato che era ancora nella stanza, tutta la sua attenzione era stata concentrata su Evelyn.

"*Sono* contenta. E hai ragione. Tutto ciò che conta è che tu sia vivo e sia tornato a casa. È... è un sogno diventato realtà!"

"Sì. Un sogno diventato realtà, *ma chérie*," rispose dolcemente Evelyn, prendendo il fazzoletto e asciugandole le guance umide.

Christopher avrebbe voluto strappare il quadrato di tessuto dalle mani di quell'intruso. Invece, si voltò e uscì dalla stanza per andare a prendere della legna, latte caldo e tè.

OTTO

Christopher ignorò la direttiva di Evelyn di tenere segreta la sua presenza. Lui non era un lacchè e il cugino di Mary non aveva autorità su di lui. Che cosa ci faceva quell'uomo lì, in una casa isolata, lontana miglia da qualunque posto, a nascondersi, perfino dai servitori? E perché aveva scelto di tornare dal mondo dei morti, e proprio in quel momento? Il tempismo per la sua miracolosa riapparizione non avrebbe potuto essere peggiore. Christopher aveva finalmente abbassato la guardia con Lady Mary e la sua reazione era stata tutto ciò che aveva sperato. Eppure si erano appena baciati e lui non aveva avuto il tempo di spiegarle i suoi sentimenti quando erano stati interrotti da Evelyn. Christopher aveva il dubbio insistente che Evelyn li stesse ascoltando attraverso la parete e avesse deciso il momento dell'interruzione. Quanto al loro evidente affetto, normale tra cugini, era la cosa che lo preoccupava di più. Ma non aveva un animo invidioso e quindi era lieto per Mary e la sua famiglia che il cugino fosse effettivamente vivo e stesse bene, e che lei fosse così contenta di vederlo.

Svegliò la cameriera che dormiva e prima che Betsy arrivasse in cucina, Christopher aveva riattizzato il fuoco, messo la pentola accanto al fuoco, preparato un vassoio per il tè e preso la scatola del tè dall'armadietto chiuso a chiave. C'erano una teiera d'argento con il suo filtro e la zuccheriera, ma erano stati messi via con le posate, i piatti e i calici d'argento, a disposizione di Sir Jack Cavendish quando fosse diventato maggiorenne. Lady Mary poteva usare la scatola del tè e il servizio di porcellana Worcester blu e bianco. Avevano fatto parte della sua dote e, al momento del matrimonio, erano diventati proprietà di suo marito.

E, alla morte di Sir Gerald, insieme a tutto il resto, erano diventati proprietà del suo erede; Lady Mary non aveva diritto a niente, perché Sir Gerald, egoisticamente, non le aveva lasciato niente.

Christopher giudicava insensibile da parte di Sir Gerald non aver lasciato a sua moglie almeno il contenitore del tè e il servizio Worcester, per non parlare di un introito con cui vivere. Avrebbe voluto avere la libertà di darglieli lui, non perché erano la testimonianza costosa e raffinata della sua posizione in società, ma perché una volta erano appartenuti a lei ed erano qualcosa di personale che Teddy avrebbe dovuto ereditare.

Mentre preparava la tazza e il piattino, il bricco del latte e la zuccheriera, ricordò per un attimo Lady Mary che mostrava gioiosamente alla figlioletta come usare le pinze d'argento per lasciar cadere una scheggia di zucchero nel tè con il latte senza creare schizzi. La ragazzina teneva le pinze con la mano paffuta e, con la guida paziente di sua madre, era riuscita a scegliere un pezzetto di zucchero e quando era caduto nel tè con un piccolo tonfo, Teddy aveva riso di gioia e aveva cercato l'approvazione di sua madre. Mary aveva sorriso e aveva baciato la testolina di riccioli rosso fragola della figlia, dicendole che aveva fatto uno splendido lavoro con le pinze. Sir Gerald, che era presente, aveva semplicemente grugnito e si era stropicciato il giornale contro il petto per accettare una tazza di tè da sua moglie, senza una parola di incoraggiamento o riconoscimento per gli sforzi della figlioletta. La prova che Teddy si era concentrata su quel compito era la punta della lingua all'angolo della bocca. Lo faceva ancora quando si concentrava su qualcosa, che fosse sellare il suo cavallo, o scrivere senza trascinare la mano sinistra nell'inchiostro e sbavarlo. Era un vezzo che aveva ereditato dal padre e rendeva la mancanza di reazione da parte dell'uomo ancora più deplorevole.

Eppure, se ci fossero stati ospiti su cui Sir Gerald desiderava fare buona impressione, Christopher sapeva che il baronetto sarebbe stato fin troppo esuberante con i complimenti e generoso con il tè e i pasticcini. In tutti i suoi anni a Abbeywood, Sir Gerald non aveva fatto alcuno sforzo per conoscere i suoi vicini che non avevano peli sulla lingua e che, nella loro totalità, non approvavano bere il tè, considerandolo la bevanda dei cittadini con più soldi che buon senso; e, nel caso di Sir Gerald, sia i soldi sia il buon senso erano carenti.

Non sorprendeva che in una contea dove operai e padroni bevevano il sidro, il tè e tutto l'armamentario cui si associava ricevessero occhiate critiche da parte dei piccoli proprietari terrieri che lavoravano la terra e occhiate furtive di desiderio da parte delle loro mogli. Le opinioni denigratorie erano state dichiarate a voce alta e con orgoglio a una cena alla quale Christopher aveva partecipato. Erano stati tutti d'accordo che bere troppo tè portava a sprechi non necessari e all'indolenza. Un certo baronetto che viveva tra di loro era stato citato come esempio primario di quel fatto. Quel baronetto si vantava dei suoi legami con l'aristocrazia e teneva il tè in una scatola d'argento, per l'amor del cielo!

Solo quando Christopher aveva tossito coprendosi la bocca con la mano chiusa a pugno, la compagnia lì riunita aveva ricordato che c'era anche lui, forse l'unico amico di Sir Gerald al mondo. Le conversazioni si erano fermate di colpo, a metà dei cenni di conferma. Scuotendo la testa al ricordo di quei volti spaventati alla tavola del vicario, Christopher aprì la scatola con il duplicato della chiave che teneva agganciato a una catena nella tasca dell'orologio. Lady Mary aveva l'altra chiave sulla sua *châtelaine*. Non era sempre stato così.

Le due chiavi una volta erano state affidate alla governante cui Sir Gerald aveva assegnato il compito di preparargli il tè. Christopher le aveva tolto entrambe le chiavi quasi subito dopo la morte del suo padrone perché la signora Keble non solo si era permessa di prendere illegalmente il tè dalla scatola tutte le volte che ne aveva voglia, ma c'era l'accusa, senza prove certe ma che Christopher credeva vera, che traesse un guadagno vendendo agli abitanti del villaggio le foglie usate e perfino la polvere del tè nei giorni di mercato. E la quantità di tè bevuta da Sir Gerald significava che la quantità di foglie usate venduta dalla governante aveva fornito alla signora Keble un notevole introito secondario.

Inspiegabilmente per Christopher, la donna si era aspettata che la quantità di tè fornita alla casa rimanesse la stessa di quando Sir Gerald era in vita e che lei avrebbe semplicemente continuato con la sua attività imprenditoriale senza ostacoli. Quindi, quando Christopher aveva sequestrato le chiavi, raccolto tutta l'argenteria richiudendola in una cassa, e si era fatto consegnare direttamente tutta la fornitura di tè, la signora Keble era stata furibonda. Christopher aveva sperato che la donna si sarebbe offesa abbastanza da rassegnare le dimissioni di sua volontà, o fare qualche dichiarazione incriminante che avrebbe smascherato le sue attività commerciali illegali.

Ma la signora Keble si era dimostrata più furba di quanto lui avesse pensato. Quando non era riuscita a sedurlo con il suo fascino, aveva cercato di ricattarlo, minacciando di riferire le sue accuse a Lady Mary. Per sua signoria sarebbe stato molto interessante sapere che lo Squire stava pagando di tasca sua il tè, i vestiti e le spese postali di sua signoria. Era tutto vero, ma come avesse fatto la governante a scoprirlo, quando era riuscito a nasconderlo al duca di Roxton, co-esecutore testamentario della tenuta, era un mistero. Non voleva che Mary scoprisse che era lui il suo benefattore, o che era molto più povera di quanto lei e la sua famiglia credessero.

Sir Gerald aveva lasciato sua moglie e sua figlia sul lastrico. Non c'era nessuna rendita, solo debiti, e così tanti che era solo grazie alla generosità di Christopher, che aveva prestato alla tenuta una somma notevole di denaro, da ripagare con gli introiti della vendita della lana e del grano, se il contenuto della casa e lotti di terreno non erano stati immediatamente venduti per pagare i creditori di Sir Gerald.

Kate lo aveva accusato di aver permesso al cuore di prevalere sulla testa. Non c'era la garanzia, nonostante tutto quello che faceva per lei, che Lady Mary lo avrebbe mai guardato come qualcosa di più di un vicino di casa. In effetti, *l'orgogliosa Mary* era risentita per la sua prepotenza e in particolare per la sua ostinazione nel non permettere a Teddy di far visita ai suoi parenti Roxton. Christopher aveva posto fine bruscamente alla conversazione con Kate con un'insolita dimostrazione di malumore ed erano state dette parole che non avrebbero dovuto essere pronunciate. Aveva salvato la tenuta, non solo per Lady Mary, ma per sua figlia e per l'erede di Sir Gerald, Jack. Loro erano le vittime innocenti di un uomo per il quale i sette peccati capitali erano uno stile di vita. Non aveva avuto bisogno di evidenziare le conseguenze di una vita simile sugli altri, perché Kate, come discepola, in passato, di almeno cinque di quei peccati, se ne rendeva conto fin troppo bene.

Le aveva immediatamente chiesto perdono per aver pronunciato quelle parole offensive, e lei l'aveva perdonato subito. Ma si era sentito comunque un idiota e gli ci era voluto un po' di tempo per perdonarsi.

"ZIO BRYCE, IL FANTASMA TIENE SVEGLIO ANCHE VOI?"
Christopher fu riportato al presente da Teddy, in piedi sulla porta della cucina, una banyan imbottita sopra la camicia da notte e la cuffietta di pizzo sbilenca. Alle sue spalle c'era la bambinaia assonnata con un candelabro, con una mano appoggiata leggermente sulla spalla della ragazzina per rassicurarla. Le disse di andare a mettersi accanto al fuoco per stare al caldo, mentre lei le preparava una tazza di latte caldo.

"Il signor Bryce ha il latte sul tavolo, pronto per noi," aggiunse in tono allegro e fece per riempire un pentolino.

"Meglio scaldarlo tutto," disse Christopher. "Betsy sarà qui fra un momento." Non c'era bisogno di aggiungere che il latte era per Lady Mary. Colse l'occhiata di sottecchi della bambinaia a Teddy, che gli fece capire che la bambina era agitata, e sospettò che si fosse svegliata dopo un brutto sogno, visto che aveva menzionato il fantasma. Le fece cenno di aver capito alzando leggermente le sopracciglia, prima di sedersi al tavolo.

Indicò a Teddy di avvicinarsi, dicendole con un sorriso: "Saresti delusa se ti dicessi che non c'è nessun fantasma?"

La manina di Teddy tremò dentro la sua. "Nessun fantasma, davvero?"

"Davvero."

"Ma... Come fate a esserne sicuro?"

Christopher sentì la nota di incertezza esitante e assunse un'espressione seria. Non rispose immediatamente. Voleva che Teddy capisse che aveva riflettuto sulla sua domanda. Era anche sorpreso per come era cambiata dopo la cena, quando aveva riso e l'aveva preso in giro per il supposto fantasma in cucina, e il suo amore per la confettura. Il pensiero di un fantasma che infestasse la casa doveva aver continuato a girarle nella mente mentre era al buio nella sua stanza; e chissà cos'altro le cameriere e la cuoca avevano detto sul fantasma di fronte a lei, che lei forse aveva ricordato solo mentre si addormentava.

"La verità è che non posso esserne assolutamente certo, ci potrebbero essere fantasmi dappertutto. La gente ti dirà che il Puzzlewood è infestato, ma noi ci passiamo a cavallo abbastanza spesso e non abbiamo mai incontrato un fantasma..."

"Ma noi ci passiamo di giorno, zio Bryce. E i fantasmi escono solo di notte."

"Ah, sì, è vero. Ma non qui, non in questa casa, né di giorno né di notte. Nessuno ha effettivamente mai visto un fantasma, hanno solo immaginato che ce ne fosse uno perché non riescono a spiegare come alcuni cibi siano spariti dalla dispensa."

Teddy si avvicinò a lui per poter sussurrare. La paura le faceva tremare la voce. "La confettura di fragole era quella preferita di papà."

Christopher rimase sorpreso. "Davvero?"

Teddy annuì. "Sì. La teneva tutta per sé. Nessun altro poteva mangiarla. Nemmeno la mamma."

"Capisco." Christopher sorrise. Privatamente stava ribollendo per quel comportamento egoista, che non lo sorprendeva. Era tipico di Sir Gerald. "Ma tu e la tua mamma preferite la marmellata di agrumi, quindi tutti avevano quello che gli piaceva di più, no?"

"Sì. È vero. Ma alla mamma e a me piace anche la confettura di fragole." Si strinse di colpo nelle spalle e disse, sussurrando in tono complice, chinata verso Christopher: "La cuoca me ne dava un cucchiaio qui in cucina. Ma non dovevo dirlo a papà. E io non glielo dicevo."

Christopher si stava chiedendo a cosa mirasse quella conversazione, e non avrebbe dovuto essere sorpreso da ciò che Teddy gli disse poi, ma si sorprese lo stesso e si sarebbe potuto prendere a calci da solo per non averci pensato da solo.

Teddy si guardò alle spalle e lì c'era Jane, che era uscita dal retrocucina, con gli occhi assonnati, legandosi diritta la cuffia, per prendere il posto della bambinaia, che stava mescolando il latte in un pentolino. Betsy, che era arrivata anche lei, era andata diritta al camino per controllare l'acqua calda per il tè. Sicura di non poter essere udita, Teddy si voltò verso Christopher e disse solennemente: "So che non è educato origliare. La mamma mi ha detto di chiudere le orecchie e di cercare di non sentire. Ma a volte è molto difficile quando i servitori parlano come se io non fossi nemmeno presente."

"Sì, capisco il tuo dilemma. Una volta sentita una cosa è veramente difficile dimenticare di averla sentita."

Teddy annuì. "È ciò che penso anch'io. Ma non voglio deludere la mamma. Posso dirvi quello che non posso dimenticare, vero, zio Bryce?"

Christopher sorrise. "Sì, qualunque cosa tu voglia."

La ragazzina annuì di nuovo, sospirò piano e confessò: "La cuoca dice che giurerebbe sulla tomba del figlio Timothy che il fantasma che infesta la casa *è il padrone morto*. Papà, cioè, no? La cuoca dice che la confettura di fragole che manca è la prova che *è proprio lui*. Dice che la sua anima *sta inquieta* e non può calmarsi per via di quello che ha fatto… che ha fatto a se stesso."

"Fatto a… *se stesso?*"

"Sì, papà infesta la casa perché non trova pace. Ed è ciò che sono i fantasmi: le anime di persone morte che devono vagare sulla terra finché hanno fatto ammenda per i loro peccati. Solo allora potranno andare in paradiso. La cuoca dice che qualunque uomo che *si toglie la vita* non è cristiano e dovrebbe essere sepolto in terra sconsacrata. I peccatori non sono sepolti nel cimitero della chiesa. E i peccatori non vanno in paradiso. La cuoca ha detto che papà *si è ammazzato da solo e che quello è proprio un peccato*, e quindi la tomba di papà dovrebbe essere a un incrocio. Ma la cuoca dice che gli è stata data sepoltura cristiana perché non *è una persona comune ma un baronetto…*"

"Non è vero, Teddy. Niente di tutto questo è vero," la interruppe Christopher. "La morte di tuo padre è stata un incidente. È morto quando è inciampato e il suo moschetto ha sparato, colpendolo. È una cosa triste, ma è comunque un fatto. Sir Gerald non si sarebbe mai ucciso." Christopher ne era assolutamente convinto. Quell'uomo era un egocentrico e troppo codardo per togliersi la vita. "E il vicario non avrebbe mai permesso che tuo padre avesse una sepoltura cristiana, che fosse o meno un baronetto, se avesse pensato per un solo momento che si era tolto la vita. Il reverendo Sanders risponde a Dio, e a nessun altro."

"Quindi la nonna non avrebbe potuto costringere il vicario a seppellire papà tra i cristiani per salvare il buon nome della famiglia, anche se lui non meritava di essere lì?"

"Avrebbe potuto cercare di persuadere il vicario a farlo," le spiegò Christopher, attento a mantenere l'espressione sotto controllo, anche se avrebbe desiderato sorridere all'ingenua supposizione di Teddy che la contessa di Strathsay fosse onnipotente. "Ma il reverendo Sanders non avrebbe fatto una cosa che andava contro la sua coscienza, e contro la volontà di Dio. E sono sicurissimo che è quello che ha detto a tua nonna; sempre ammesso che lei lo abbia avvicinato. Anche se non mi risulta che lo abbia fatto."

Teddy sospirò piano e sorrise. Le rughe create dall'ansia sulla fronte lentigginosa sparirono.

"Ne sono lieta. Mi piace il reverendo Sanders."

"Anche a me."

"Allora il fantasma non è papà?"

"No, in effetti non c'è nessun fantasma."

Teddy sembrò delusa e sollevata allo stesso tempo. "Ma allora se non c'è un fantasma, chi ha preso la confettura di papà e ha bevuto tutto il vino di sambuco?"

"Un'ottima domanda. E se ti dicessi che il cibo e il vino non sono stati rubati ma mangiati da un visitatore molto affamato?"

Teddy sgranò gli occhi. "Un visitatore? *Qui*? Ma nessuno viene mai a trovarci. Siamo sempre mamma e io che dobbiamo andare a trovare gli altri."

"Beh, il visitatore è qui per vedere la tua mamma e conoscere te."

"*Me*?"

"Sì. Ma sfortunatamente dovrai aspettare prima di conoscerlo, probabilmente fino all'ora di cena domani."

"Oh?" A Teddy caddero le spalle. "Non sarà a colazione?"

"Penso di no. Ha fatto un viaggio molto lungo e dubito che si alzerà al levar del sole come il resto di noi. Ed è un bene, perché Kate ci aspetta entrambi per il pranzo. Non vorrai deluderla, vero?"

Teddy scosse la testa, poi sorrise e disse in tono confidenziale: "Ho una sorpresa per lei."

"Davvero? A Kate piacciono le sorprese."

Teddy voleva sapere qualcosa di più del visitatore. "È un amico della mamma?"

"Sì. Penso che possa perfino essere un cugino che manca da tanto tempo."

Teddy era incuriosita e tutte le paure evocate nell'oscurità del suo letto riguardo al fantasma di suo padre che infestava la casa furono sgominate dalla curiosità.

"Un *cugino* che manca da tempo? La nonna lo conosce?"

"Sono sicuro di sì."

"E anche lo zio Dair e lo zio Charles?"

"Sono sicuro che i tuoi zii conoscono questo cugino da quando lo conosce tua madre."

"Quindi il cugino di mamma è il visitatore affamato che pensavamo fosse un fantasma?"

"Sì. Un cugino cui piace la confettura di fragole tanto quanto piaceva al tuo papà."

Teddy sospirò di sollievo e Christopher la ignorò dicendo: "La cuoca e Jane e Jennie *e* Luke saranno molto felici di sapere che, dopo tutto, non c'è un fantasma."

Fu allora che un giovanotto robusto di media statura entrò in cucina dall'orto. Era Luke e portava un carico di legna. Accanto a lui camminava il fedele pastore irlandese. Vedendo Lorenzo, il suo padrone ebbe di colpo un'idea. Si voltò verso Teddy e disse, con un'occhiata alla bambinaia, che si era avvicinata al tavolo con una tazza di latte caldo, per assicurarsi che stesse ascoltando: "Mi chiedo se mi faresti il favore di occuparti di Lorenzo stanotte? Luke e io dobbiamo occuparci di accendere dei fuochi e..."

"Oh sì! Sì, per favore!" Teddy lo interruppe eccitata e si mise in ginocchio per abbracciare il collo di Lorenzo quando il cane le strofinò il naso su una mano. "Può dormire con me!"

"Ora, signorina Theodora, non credo che sia una scelta saggia avere quell'animale..." Cominciò a dire la bambinaia ma fu interrotta da Christopher.

"Ai piedi del letto. Non sotto le coperte. Altrimenti poi si aspetterà che io faccia la stessa cosa." Fece un cenno con la testa alla bambinaia, poi si alzò e spinse la sedia sotto il tavolo, dicendo a Teddy, nel tono più casuale possibile, poiché era una frottola: "Ovviamente sai che ai fantasmi non piacciono i cani...?"

Teddy alzò in fretta la testa mentre accarezzava Lorenzo, spalancando gli occhi. "Davvero? I fantasmi... hanno paura dei cani?"

"Dev'essere così. Non ho mai sentito di un fantasma che infesti una casa dov'è presente un cane. Ah! E adesso cos'è questa storia?" Aggiunse con una risata, sorpreso quando Teddy lo abbracciò.

"Vi ringrazio perché permettete a Lorenzo di stare con me," mormorò Teddy, con la guancia premuta contro la sua redingote.

Christopher le restituì l'abbraccio, poi si accucciò, le prese la mano e la guardò negli occhi.

"Sarai sempre al sicuro con Lorenzo, e con me, Teddy. Lo sai, vero?" Quando la ragazzina annuì, le diede un buffetto sulla guancia e disse con un sorriso: "E mi farai un favore occupandoti di lui. Ora, via, a letto e assicurati di bere tutto il tuo latte. Domani mattina partiremo presto e non ho dubbi che Lorenzo ti sveglierà prima della tua bambinaia."

"È vero ciò che avete detto sui fantasmi e sui cani, signore?" Chiese Betsy nel silenzio che seguì l'uscita di Teddy. Versò l'acqua bollente sulle foglie di tè nella teiera di porcellana, scambiando un'occhiata con Jane, che stava attizzando il fuoco, e Luke, che aveva scaricato la legna nella sua cassetta, mentre entrambi i servitori aspettavano ulteriori istruzioni da Christopher che restava accanto al tavolo, pensieroso.

"Non ne ho idea…" Rispose Christopher, riscuotendosi.

La sua mente era tornata al colpo di scena del piano di sopra, il bacio scambiato con Mary, seguito dall'inaspettata apparizione del cugino. Sentiva che c'era qualcosa tra Mary e suo cugino che andava oltre i legami di affetto tra parenti. Lo riempiva di timore il pensiero che il tempo non fosse più dalla sua parte, e che questo cugino avrebbe potuto facilmente sconvolgere i suoi piani per il futuro, un futuro che aveva sempre sognato di condividere con Mary. Avrebbe preferito che fosse un fantasma a infestare la casa. Un fantasma sarebbe stata l'ultima delle sue preoccupazioni.

CHRISTOPHER RASSICURÒ I SERVITORI CHE IL FANTASMA ERA, IN effetti, un ospite che stava facendo loro uno scherzo elaborato. Il gentiluomo in questione era un cugino di Lady Mary, e un eccentrico. Aggiunse che non sarebbe stato sorpreso di scoprire che era un po' tonto e infantile, tratti che erano peculiari di certi individui, membri della nobiltà. Fingere di essere un fantasma e infestare la dispensa per rubare del cibo ne erano una prova. Christopher assicurò loro che buffonate simili non si sarebbero ripetute. E che non dovevano preoccuparsi che il gentiluomo invadesse nuovamente le aree della servitù. Lady Mary aveva tutto sotto controllo e lui avrebbe rispettato i suoi desideri.

Jane annuì vigorosamente con gli occhi spalancati per quella nuova informazione, lieta di obbedire alle istruzioni dello Squire. Né lei né

Betsy o Luke fecero capire di trovare poco plausibili le spiegazioni di Christopher, o di essere sorpresi di scoprire che il fantasma in realtà era un ospite. Luke grugnì segnalando che era d'accordo, che era tutto ciò in cui Christopher poteva sperare; il ragazzo era loquace come tutti, o quasi, gli uomini in quell'angolo d'Inghilterra.

Luke seguì Christopher, portando la legna su per le scale di servizio e lungo il passaggio verso lo spogliatoio di Sir Gerald. Dopo aver piazzato parecchie candele per avere un po' di luce, il ragazzo di mise al lavoro sulla grata del camino che non veniva usato da oltre due anni. Christopher guardò la stanza silenziosa e quieta da dove erano state rimosse tutte le vestigia dell'occupazione da parte del precedente proprietario. La fila di cassettoni di mogano era coperta da teli e, sulla parete opposta, i ganci nel rivestimento di legno dove una volta venivano appesi le redingote, le camicie e tutti gli accessori perché perdessero le grinze e per arieggiarli prima di indossarli, sembravano stranamente fuori posto.

Il tavolo da toletta era sgombro. Senza più i barattoli di cristallo di unguenti, pomate, spazzole di setole di cinghiale, tabacchiere e astucci d'oro. Tutto dalle fibbie d'argento per le scarpe alle camicie di lino, ai calzoni in tanti tessuti diversi, ai panciotti ricamati e redingote per ogni possibile stagione e occasione, era stato contato, pulito, piegato, raggruppato e annotato meticolosamente nei registri. Gli effetti personali di Sir Gerald Cavendish erano poi stati riposti in bauli, guardaroba e scatole. Tutta quella roba di valore ora apparteneva a Sir Jack Cavendish che, una volta che fosse diventato maggiorenne e avesse reclamato la sua eredità, avrebbe potuto fare degli effetti di suo zio ciò che voleva. Per ora, Christopher ne era il custode.

Un po' di quel lavoro meticoloso era stato disfatto dal cugino di Mary. Era facile vedere dove aveva disturbato la pace di quello spazio silenzioso. Il telo che copriva uno dei comò era stato tolto e parecchi cassetti erano stati estratti e pendevano dalle cerniere, con il contenuto in disordine. Una sedia era stata spostata dal tavolo da toletta e aveva lasciato segni nel leggero strato di polvere che copriva il pavimento di legno dov'era stata trascinata verso la *dormeuse*, da usare come tavolino provvisorio. Sul sedile imbottito c'era un barattolo aperto di noci sottaceto e i resti di un po' di pane. C'erano briciole intorno alla sedia e un paio di bottiglie vuote di vino di sambuco accanto a una delle gambe.

Il telo che una volta copriva la *dormeuse* era stato rimosso e la seduta era coperta di abiti. Pareva che fossero stati messi a strati seguendo un ordine particolare, e formavano una montagnetta cava; sembrava che il cugino di Mary si fosse scavato una tana sotto quella formazione per cercare di tenersi caldo di notte.

La stanza era fredda come una ghiacciaia e per l'intruso sarebbe
stato impossibile trovare un po' di calore, nonostante gli strati di vestiti
impilati sopra di lui. Gli angoli della bocca di Christopher si alzarono.
Bene. Stava assaporando l'immagine del cugino di Mary con i denti che
battevano e il corpo che tremava per il freddo. Era giusto che quell'uomo fosse stato scomodo. Christopher si stava chiedendo come poter
aumentare quella scomodità per far sì che se ne andasse il più presto
possibile. Il giorno dopo, se avesse potuto decidere lui.

Lasciò Luke davanti al camino e passò nella camera di Mary con un
secchio di carbone, legna e una candela accesa. Si mise al lavoro davanti
al camino, con un orecchio alla conversazione. Mary e il suo eccentrico
cugino erano esattamente dove li aveva lasciati, seduti sul letto, lei
contro una pila di cuscini, con la banyan foderata di pelliccia stretta
intorno al corpo, e lui che la guardava con la trapunta tirata sopra le
spalle curve. Stavano chiacchierando come due vecchi amici riuniti
dopo anni passati lontani, ed era esattamente ciò che erano. Eccetto che
non erano due donne in conversazione intima, ma un uomo, di cui non
si conoscevano i motivi, e una vedova che, fino a quella notte, non
aveva mai avuto un altro uomo, eccetto suo marito, nella sua camera e
che ora aveva baciato quello davanti al camino e stava conversando a
letto con un altro!

La mente di Christopher vacillò a quel cambio di circostanze. Tanto
più perché Mary stava conversando così liberamente, punteggiando le
parole con risate e lui si stava chiedendo se la conosceva davvero.
Ancora più sorprendente era il fatto che quella conversazione fosse
condotta interamente in francese.

Ma perché avrebbe dovuto sorprendersi? Sapeva che Mary parlava
francese. Tutti i suoi parenti Roxton lo parlavano. E aveva sentito Mary
parlare quella lingua straniera con sua figlia, come un'insegnante con la
sua allieva, ogni frase costruita e pronunciata con precisione. Ma non
c'erano state la vivacità, la spontaneità e l'intimità che stava esibendo
ora conversando con il cugino. La lingua francese dava alla sua voce
decisamente femminile un timbro delicato. Mentre continuava a occuparsi del camino, aspettando che il fuoco attecchisse, il suo orecchio
linguistico si sintonizzò con la lingua e la loro conversazione, e il suo
sorriso di apprezzamento si trasformò in una smorfia preoccupata.

NOVE

Mary era incredula. Si mise seduta.

"Un agente della Corona? *Tu*? Una-una *spia*?"

"*Ero* un agente della Corona, carissima. Prima negli Stati Italiani, poi a Istanbul e per qualche anno a San Pietroburgo. Ma come ho detto a tuo fratello, mi ero stancato del gioco e tutto ciò che desideravo era tornare a casa." Quando Mary batté gli occhi ma non fece commenti, fu il turno di Evelyn di mettersi seduto. Si portò una mano alla bocca per la sorpresa, con gli occhi azzurri spalancati, e poi rise e le afferrò la mano sopra la trapunta ricamata. "Accidenti! Oh, me lo sono lasciato scappare, vero? Non avevi idea che Dair fosse un agente."

"Un eroe di guerra, sì. Non una spia," confessò Mary. "Ma la notizia non mi sorprende. Dair si è sempre comportato come se la vita non contasse, solo la sua, però, mai quella degli altri. Ma sono sicura che non lo farà più adesso. Spero sinceramente che da uomo sposato ci penserà due volte prima di mettere in pericolo la propria vita…"

"*Dair*… sposato? Bene! Bene! Non finirò mai di stupirmi. Sei mesi fa passeggiava nei vicoli stretti di Lisbona, fingendo di essere un corsaro, con una ragazza sotto ogni braccio. Quella vecchia volpe!" Evelyn fissò Mary. "Non si è ficcato in qualche pasticcio da cui non può tirarsi fuori… o peggio, non si è rassegnato a una di quelle gelide signorine che tua madre approverebbe?"

"No. Non Dair. Ha sposato la ragazza più dolce che si possa immaginare e intende diventare un gentiluomo di campagna e gestire la tenuta."

"Buon… Dio! Si è innamorato?!"

"Sì, innamorato cotto. Rory è una meraviglia."

"Davvero?" Evelyn era scettico. "Mi chiedo che cosa ne penserà Shrewsbury… perdere i suoi due migliori agenti nel giro di pochi mesi…"

"Penso che Lord Shrewsbury sia contento," ribatté Mary sorniona, anche se non poté evitare di sorridere maliziosa. "Dopo tutto, Dair ha sposato *sua* nipote."

Evelyn scoppiò a ridere, sorpreso. "Davvero? Dannazione! Ma assolutamente appropriato! Non vedo l'ora di congratularmi con lui."

"Vorrei anch'io che fosse qui perché tu potessi farlo. Il mio povero fratello ha avuto un mese di matrimonio, poi è stato costretto a lasciare la sua sposa e a far vela verso l'isola di Barbados. Un uragano ha devastato l'isola. La maggior parte dei suoi abitanti, proprietari terrieri e schiavi insieme, è morta, e nostro padre con loro. L'anello di famiglia, il 'Fuoco e Ghiaccio di Strathsay', è stato inviato come prova che era morto insieme alla sua amante, i loro figli e gli schiavi. L'anello avrebbe dovuto essere sufficiente ma Dair, Roxton, *Madame la Duchesse* e, ovviamente, la mamma, vogliono una prova incontrovertibile della morte di nostro padre…"

"Chi può biasimarli?" La interruppe Evelyn, molto più controllato. "Dair non può andare avanti con la sua vita senza la certezza della sua eredità." Alzò le spalle e sembrò imbarazzato. "L'ultima cosa di cui ha bisogno è che vostro padre ritorni dal mondo dei morti. Non che lo voglia morto," aggiunse in fretta, nel caso l'avesse offesa. Ma non era così. Mary era notevolmente composta, quindi le strinse la mano e le chiese, pensieroso: "Non credi che tuo padre sia morto, *ma chérie*?"

Mary scosse la testa e tirò su col naso, ma non pianse.

"Ci credo, e sembra che io sia l'unica che ne è certa." Si premette al petto la mano libera. "Lo so, Eve. Nel mio cuore so che mio padre è morto in quell'uragano. Non gli auguravo la morte. Ma… per Dair. Per Charles. Per mia madre. Questo è l'unico risultato che assicurerà la loro felicità futura. Dair potrà ereditare il titolo e cominciare la sua nuova vita come conte di Strathsay con la sua sposa. Charles potrà nuovamente andare a testa alta, senza più il peso della vergogna di avere un padre che possiede degli schiavi. E non importa che lui stesso sia accusato di tradimento! E mia madre avrà finalmente una buona ragione per essere miserevole. Il grigio del lutto si adatta perfettamente alla sua personalità austera."

"Povero me! Non mi meraviglia che Dair sia partito di corsa verso le isole! Ma tu, *ma chérie*? Dici che è il solo risultato giusto per i tuoi fratelli e tua madre, ma per te…?"

Mary lasciò andare la mano del cugino e si appoggiò ai cuscini di piuma, guardandolo negli occhi. La sua voce conteneva una traccia di emozione. "Quando eravamo bambini ti ho detto che, per me, nostro padre era morto il giorno in cui aveva abbandonato la sua famiglia, e lo ribadisco."

"Lo ricordo," disse sottovoce Evelyn. "Eravamo stesi sotto il lampadario nel salotto di *Monsieur le Duc*, come facevamo sempre. Ricordi? Io ti avevo creduto… letteralmente. Era stata la mia cara mamma a togliermi quella convinzione nel suo solito modo criptico ma sempre melodrammatico, dicendo che il conte non era in effetti morto, ma poiché era un mostro di prim'ordine, era morto per la famiglia. Non avevo idea di che cosa stesse dicendo. Chi mai la capiva. Eccetto forse *mon père*, che, tra l'altro, mi chiarì le idee, come faceva sempre. Ah! *Mon père*," mormorò con un profondo sospiro. "Mi manca terribilmente… Ma! Non stavamo parlando di mio padre ma del tuo," aggiunse, riprendendosi abbastanza da sorridere.

"Preferirei parlare del tuo," replicò sommessamente Mary. "Tuo padre era un tale *gentil*uomo, Eve. Un'anima così gentile e amorevole. Un così buon marito e un pa…"

"Mary, No! Non adesso." La voce di Evelyn era tesa ma enfatica. Eppure non riuscì a nascondere la sua angoscia. "Non posso parlare di… di *lui*, o-o di *loro*… non ancora."

"Bene. Ma quando vorrai, sai che puoi parlare con me di tutto quello che vuoi. Io ci sono per te… sempre."

"Sì, lo so. Ci sei sempre stata."

"Adesso dimmi che cosa ti ha portato qua."

"Pensavo fosse ora di venire a casa."

"Stupidone! Non qui, in Inghilterra. *Qui*, ad Abbeywood, da me."

"Ho avuto una conversazione estremamente illuminante con tuo fratello mentre eravamo a Lisbona," rispose, evitando la domanda. "C'era parecchia storia famigliare con cui rimettermi in pari, non ultimo che Roxton e Deb adesso hanno quattro marmocchi…"

"… cinque. Ho ricevuto oggi la loro lettera che annuncia l'arrivo del piccolo Otto."

"Otto?" Evelyn sorrise. "Perfetto. Quanti anni sono stato lontano?"

"Sette. Cinque dei quali senza una parola a nessuno di noi," rispose Mary, senza un accenno di recriminazione nel tono di voce.

"Mary, ho una domanda specifica da farti. Non stasera. Buon Dio! Ti ho già sconvolto a sufficienza, presentandomi alla tua porta, tornato dal mondo dei morti, senza una parola di avvertimento. Ma voglio che sappia che ho parlato con Dair riguardo la tua situazione e lui sa che sono sincero. Ma io… noi… dobbiamo aspettare finché avrò incontrato Lord Shrewsbury. Avevo sperato che fosse già qui…"

Mary era nervosa. Era stata sul punto di chiedergli di che cosa avesse potuto mai discutere con suo fratello che la riguardasse, ma la menzione del capo dello spionaggio riportò la sua attenzione su preoccupazioni più banali.

"Lord Shrewsbury? Qui?! Non posso intrattenere Lord Shrewsbury, Eve. Non ne ho i mezzi, né i servitori. E metà della casa è chiusa e coperta da teli, e oh, vorrei che mi avessi avvertito."

Evelyn scosse la testa ridendo. "Mia cara Mary, a Shrewsbury non importerà assolutamente niente, e nemmeno a me..."

"Oh, ma tu sei abituato a vivere alla giornata, e nei posti più spaventosi, all'estero, ma qui, questa è ancora la mia casa. Mia madre inorridirebbe al pensiero che io possa intrattenere Lord Shrewsbury in condizioni così misere. E non posso invitare i nostri vicini a cena perché non ho i mezzi per farlo, anche se sono sicura che sua signoria si aspetterà una cena di gala tutte le sere e una buona compagnia a tavola..."

"*Ma chérie!* Mary. *Ascolta*," le disse gentilmente Evelyn gattonando sul letto per sedersi accanto a lei. Le scostò teneramente un lungo ricciolo sciolto dalla guancia arrossata, e la guardò negli occhi. "Stai tranquilla. Shrewsbury sta venendo per una visita privata. Non c'è bisogno che i tuoi vicini lo vengano a sapere. In effetti, meno gente sa della visita meglio è. Potrebbe perfino usare uno pseudonimo, come ho fatto io in passato, per non attirare l'attenzione su di sé. Se certe persone scoprissero che è qui, o che è stato qui, sarebbe un segnale per i nostri nemici che forse il capo dello spionaggio inglese non ha la situazione completamente sotto controllo con la Francia, paese con cui, temo, entreremo in guerra tra breve. Anche se questa notizia deve restare tra di noi e nessun altro..."

Mary lo fissò, sbalordita. "Pensi che qualunque persona qui, in questo posto lontano da tutto, sappia con chi siamo in guerra adesso, tanto meno con chi stiamo per entrare in guerra..."

"Potrebbe sorprenderti," la interruppe pazientemente Evelyn, "ma il tuo piccolo angolo di Inghilterra è un vero focolaio di intrighi e questo è uno dei motivi della visita di Shrewsbury."

"Beh, io non so niente di spie e spionaggio, o di guerre, se è per quello. Nessuno mi dice mai niente!" Brontolò Mary. "Ma quello che so è che Lord Shrewsbury si aspetterà una buona cena, sia che venga privatamente, usando uno pseudonimo, o che annunci il suo arrivo con le trombe! E gli uomini non sono ben disposti, e non discutono faccende importanti se non hanno mangiato bene." Arrossì e sorrise quando Evelyn scoppiò a ridere. "Forse se i francesi e gli inglesi si sedessero a tavola, tutto si risolverebbe da solo."

"Oh mia cara Mary! E suppongo che la guerra nelle colonie americane si riduca a una buona tazza di tè... o alla mancanza di una buona tazza di tè?" Le baciò il dorso della mano e disse in tono più ragionevole: "In effetti ci potrebbe essere qualcosa in quello che dici... Sei sempre stata la più assennata tra i cugini."

Mary sorrise. "E per ragionevole intendi dire quella senza immaginazione... no! Non ti permetto di pensare a me in altro modo. È vero. Sono ragionevole. Qualcuno deve esserlo. Quindi non posso negare che mi rincuori il fatto che sua signoria venga in privato. Le mie risorse sono così limitate che devo tener conto di ogni penny." Arrossì penosamente quando dovette ammettere: "Devi sapere che Sir Gerald ha lasciato questa tenuta piena di conti non pagati. Anche se Teddy e io viviamo sotto questo tetto, lo facciamo per buona grazia del sovraintendente della tenuta."

"Lo so, *ma chérie*. Me l'ha detto tuo fratello. Non ti sorprenderà sapere che io, come il resto della famiglia, ritenevo che Sir Gerald non fosse degno di te, sotto tutti gli aspetti. Perché tua madre abbia favorito un matrimonio così deplorevole..."

"Lui-lui era un Cavendish e Deborah è sua sorella," ribatté Mary con una vocina flebile.

"Sì, ed è la migliore di tutti loro! Senza dubbio ha preso da sua madre. Il loro padre, Sir George, era, a detta di tutti, uno zotico che ha disseminato la campagna con i suoi bastardi."

Mary aggrottò la fronte. "Come-come fai a saperlo, Eve? Sir George passava la maggior parte del suo tempo lontano da Abbeywood, a Londra. Sir Gerald diceva che suo padre veniva qua solo di rado."

"Davvero?" Evelyn fece spallucce e alzò una mano, indifferente. "Qualcosa che ho sentito tanto tempo fa... un pettegolezzo, forse. Ma ciò che dirò senza esitazioni è che l'unica decisione intelligente che Sir Gerald abbia mai preso in vita sua è stata sposare te!"

"E mi ha dato Teddy."

"Ah, sì. Tua figlia." Quando Mary annuì, e le vennero di colpo le lacrime agli occhi, Evelyn le strinse gentilmente le dita. "Non parliamo più di debiti e morti. Posso provvedere a mia cugina e sua figlia con tutta la generosità che voglio. Io non sono tenuto a rispettare i dettami di un cencioso sovraintendente. Mi meraviglia che Roxton lo permetta."

"Secondo i termini del testamento di Sir Gerald, può farci ben poco."

"Dev'essere una spina nel fianco per l'illustre duca," borbottò seccamente Evelyn. Diede un colpetto alla mano di Mary e disse, con la voce più alta: "Ma ora sono qui e ci penserò io. Questo sovraintendente non oserà rifiutarsi. Lo rimetterò in riga…"

Mary si lasciò sfuggire una risatina. "In camicia da notte, immagino?"

"Ah! Devi sapere che il mio uomo e i miei vestiti sono solo a una giornata a cavallo dietro di me. Ma avevo tanta voglia di vederti che non potevo aspettare e sono venuto prima. Ah! Sono arrivati il tuo latte e il mio tè," si interruppe Evelyn quando Betsy appoggiò il vassoio del tè e la tazza di latte caldo sul tavolino e fece una goffa riverenza per buona misura.

"Oh, il tè. Sì!" Disse Mary, un po' senza fiato e si strinse in fretta nella banyan, scendendo dal letto. Congedò Betsy, dicendo che non avrebbero più avuto bisogno di lei fino al mattino, senza dire una parola sul loro visitatore.

Betsy fece un'altra riverenza, ma non se ne andò immediatamente. Dopo ciò che lo Squire aveva detto in cucina, la sua curiosità ebbe la meglio. Diede un'occhiata al cugino di sua signoria e restò immobile per la sorpresa. Non fu la criniera di capelli grigi del gentiluomo, o la sua barba, e nemmeno il suo aspetto emaciato a far suonare un campanello di allarme, ma il fatto che fosse seduto a gambe incrociate in mezzo al letto della sua padrona, in camicia da notte, come se avesse il diritto di stare lì. Per una semplice ragazza di campagna che non era mai stata in un villaggio più grande di Bisley e che era un bel po' in soggezione della sua padrona perché era figlia di un conte, vedere un estraneo che non era il marito di sua signoria mettersi comodo tra i cuscini la sbalordì, rendendola muta e immobile.

La diceva lunga sull'apprensione di Mary, e il fatto che si aspettava che Betsy facesse senza indugio ciò che le veniva ordinato, che continuò a preparare la tazza di tè per Evelyn senza rendersi conto che le pantofole della sua cameriera sembravano inchiodate al pavimento.

Toccò a Christopher, che era rimasto accanto al camino, rammentare a Betsy il suo dovere, con una parola sussurrata alle sue spalle. E questo sottolineò solamente il fatto che anche lui si era attardato nella camera quando avrebbe dovuto andarsene appena il fuoco aveva preso. Betsy fece una riverenza affrettata e scappò in fretta per prendere altre lenzuola e una coperta per la *dormeuse* nello spogliatoio di Sir Gerald. Quanto a Christopher, non aveva intenzione di andare da nessuna parte finché Evelyn restava nella stanza di Mary. Si sarebbe accertato che la porta di collegamento fosse chiusa con il chiavistello prima di andarsene nella stanzetta del sovraintendente dall'altra parte della casa.

L'espressione di Christopher fornì uno specchio lampante dei suoi pensieri, quando Evelyn commentò distrattamente ma provocatoriamente, alzando la tazza di tè dal piattino: "Dovrei presentarmi o farai tu gli onori con il tuo cavalier errante armato di candelabro, *chérie?*"

Fu solo in quel momento che Mary si rese conto che Christopher era nella stanza. Aveva dimenticato la sua presenza, pensando che fosse uno dei servitori che si stava occupando del fuoco. Rendersi conto che era Christopher la sconvolse. Quella gioiosa riunione con Evelyn le aveva convenientemente permesso di respingere in fondo alla mente il suo insolito comportamento impetuoso e il fatto di aver condiviso un bacio appassionato con lo Squire. Che cosa le era venuto in mente? Che cosa l'aveva portata a dimenticare la sua educazione e a lasciar cadere le difese per gettarsi tra le sue braccia come una scolaretta vogliosa, con la testa tra le nuvole? Non avrebbe mai fatto l'impensabile da sposata, quindi perché da vedova rispettabile aveva gettato la cautela alle ortiche? Ma quel bacio... Non aveva mai provato niente di simile. Le sensazioni che le aveva provocato erano così travolgenti che fu sopraffatta da un acuto imbarazzo. Era sconvolta e incapace di mettere assieme una frase coerente. E per la prima volta in vita sua ignorò il protocollo e ciò che era giusto, abbassò la testa e si precipitò verso il suo spogliatoio, borbottando: "Hai bisogno di vestiti, Eve... io ho bisogno della mia *châtelaine*... c'è una chiave per il guardaroba..."

Christopher si voltò per seguirla, ma Evelyn lo fermò con una frase dura.

"Voi non andate da nessuna parte, *Silvano*. Dobbiamo parlare."

DIECI

"Signore," enunciò a denti stretti Christopher voltandosi a guardare il visitatore, "sono lo Squire Bryce di Brycecomb Hall. E voi siete…?"

"Davvero?" Disse Evelyn con un'insolenza distratta che urtò le orecchie di Christopher. Ignorò la domanda e sorseggiò il suo tè, imperturbato, e continuò con lo stesso tono di lieve arroganza che conteneva una sottocorrente di minaccia. "Potete anche essere lo Squire Bryce di Backwater Hall, ma sono sicuro che al servizio del vostro paese vi mascherate come il dio romano delle foreste e delle greggi… Silvano è particolarmente appropriato, date le vostre attività agricole. Comunque, se mi sbaglio, correggetemi."

Quando Christopher restò muto, Evelyn sorrise soddisfatto sopra il bordo della tazza, studiando apertamente lo Squire. E se avesse valutato Christopher solo in base ai suoi vestiti provinciali, lo avrebbe scartato come indegno di nota. Ma c'erano *nuance* nell'uomo che colsero la sua attenzione. Perché quando Christopher aveva sollevato Mary svenuta e poi le aveva parlato mentre si riprendeva, sul letto, Evelyn aveva avuto modo di osservare entrambi, Christopher in particolare. C'era qualcosa di straordinario in quel bel volto che lo rendeva memorabile. Forse erano gli occhi. Erano intelligenti e calorosi, con una certa triste reticenza. E poi c'era il modo in cui lo Squire si muoveva, con la grazia e l'agio normalmente esibiti sui pavimenti lucidi dei saloni da ballo della società, non nel fango della campagna. E quelle lunghe dita, appartenevano ai tasti di un pianoforte, o alle corde di una viola, come una volta quelle di Evelyn, prima che la sua mano fosse mutilata per aver fatto il doppio gioco con l'imperatrice di tutte le Russie. Ma fu quando parlò che Evelyn si convinse di aver avuto la fortuna di inciampare proprio nell'uomo che aveva bisogno di trovare. Perché non solo lo Squire aveva una voce morbida e piacevole, la cadenza era quella di un uomo che aveva passato più tempo lontano dalle sue radici che tra di loro.

Era di enorme aiuto che Evelyn fosse in posizione di vantaggio in quell'incontro, perché lui conosceva il nome con il quale l'agente di Shrewsbury operava in questa parte della nazione, e sapeva abbastanza della sua storia che, una volta postagli la domanda, Christopher poteva solo desumere che avesse ricevuto l'informazione da Shrewsbury stesso. Non gli costava niente usare il nome in codice dell'agente e gli aveva fatto ottenere tutto quando Christopher, non negando l'affermazione, si era inavvertitamente identificato.

"Ripeto, signore, e voi siete…?" Chiese Christopher, alzando imperiosamente il mento squadrato.

Evelyn appoggiò la tazza e saltò giù dal letto. Fece un gesto plateale, allargando le braccia a destra e a sinistra mentre si avvicinava a lui e tuonò, con voce baritonale: "Sono Apollo, dio del sole e della musica, mio valoroso Silvano!"

L'annuncio fu accompagnato da una risata acuta che portò Christopher, furioso, a un passo dal petto di Evelyn. Avrebbe voluto pensare che quell'uomo fosse un folle, ma un'occhiata a quegli occhi azzurri penetranti e capì che era vero il contrario. La sua irritazione scemò, e disse con rabbia controllata, abbassando la voce perché non voleva che Lady Mary lo sentisse dal suo spogliatoio: "Mettiamo in chiaro una cosa, non sono un burattino di Shrewsbury e non sarò il vostro, chiunque voi siate… il cugino scomparso da tempo di Lady Mary, una spia, o la machiavellica marionetta di Shrewsbury!"

"Allora *stavate* ascoltando dal vostro posto accanto al camino e quindi parlate correntemente il francese? Ma certo. E probabilmente lo parlate come uno del posto. Siete di sicuro uno Squire Backwater dalle insolite capacità!"

"Abbastanza da sapere che incautamente, e senza necessità, avete rivelato a Lady Mary che sia voi sia Lord Fitzstuart siete spie."

"Quindi la mia cara cugina non ha idea che anche voi siete una spia?"

Christopher sbuffò, ma la sua risposta dovette attendere quando Mary si precipitò nella stanza provenendo dallo spogliatoio, con la *châtelaine* in una mano e una piccola chiave d'ottone nell'altra. Aveva le guance leggermente arrossate e c'era una luce nei suoi occhi viola che ammorbidì la bocca di Christopher. Entrambi gli uomini si allontanarono di un passo cercando di non far capire che stavano conversando.

Ma non avrebbero dovuto preoccuparsi, perché Mary era agitata e stava facendo del suo meglio per non guardare verso Christopher mentre diceva a Evelyn: "Ero sicura di avere la chiave del tavolo da toletta di Sir Gerald nel contenitore di smalto attaccato qui." Scosse la *châtelaine* prima di lasciar cadere la mano, con la catena d'oro della *châtelaine*, normalmente appuntata sul corpetto, avvolta saldamente intorno al polso. "Se mi dai un momento, farò aprire il cassetto per trovare le chiavi che aprono i bauli dove..." Si fermò, colta da un pensiero improvviso e si voltò di colpo verso Christopher, dicendo, senza guardarlo direttamente negli occhi: "Signor Bryce, presumo che non avrete obiezioni a che apra il baule dove c'è l'abito di nozze di Sir Gerald, perché sono sicura che lì ci sono degli indumenti che potrebbero andar bene per mio cugino finché arriverà il suo uomo con i bagagli."

"Nessuna obiezione, milady. Se posso esservi d'aiuto..."

"No! Non ho bisogno di aiuto. Grazie," dichiarò Mary, e senza dire un'altra parola, o guardare nessuno dei due uomini, andò nello spogliatoio di Sir Gerald, dove c'erano luce e calore, per la prima volta in due anni.

Christopher la guardò andare con la schiena diritta e la testa alta. Fu il fatto che Mary avesse le guance rosse come mele e che non riuscisse a guardarlo negli occhi che gli rivelò il suo stato mentale. Lei stava pensando al loro bacio, e pensarci la metteva a disagio in sua presenza. Desiderò che il cugino scomparso da tempo fosse a mille miglia di distanza, per poterla seguire, spiegarle i suoi sentimenti, che erano profondi e baciarla di nuovo. Invece si voltò verso Evelyn e lo trovò che lo fissava con un sorrisino che gli fece allappare i denti.

"Per rispondere alla vostra domanda: no, non lo sa perché non sono una spia," dichiarò. "Ho accettato di svolgere un incarico per il capo dello spionaggio, e uno solo: scoprire se Sir Gerald era un traditore. Non lo era. Un folle presuntuoso, sì. Ma non un traditore."

"Davvero?" Rispose Evelyn come se non gli credesse. "Ma certo il fatto che passasse informazioni a un altro, informazioni cui i francesi erano estremamente interessati, per la causa dei patrioti americani, è un atto di tradimento e quindi lui è un traditore?"

"No, se credeva di aiutare la causa degli inglesi facendolo. No."

"Aiutare la causa degli inglesi facendolo?" Ripeté Evelyn trasalendo platealmente, in una mossa degna di un attore di teatro. Si portò una mano al petto. "Non capisco il vostro ragionamento, signor Bryce di Backwater Hall..."

"È *Brycecomb*," disse seccamente Christopher. "E voi, signore, avete un modo estremamente irritante di nascondere la vostra intelligenza!"

Evelyn scoppiò in una delle sue risate penetranti. "*Mon Dieu!* Avete la parlantina di un avvocato!" Esclamò in francese, prima di aggiungere, in inglese, e con un tono di voce completamente diverso, mentre si avvicinava a Christopher per non essere sentito: "Questo non è il momento né il luogo per ulteriori discussioni. Statene certo, Shrewsbury arriverà domani o il giorno dopo e lui... *noi*... ci aspetteremo piena assistenza..."

"Potete starne certo. Perché sarà la fine del mio coinvolgimento in questi affari di cappa e spada, perché non ho lo stomaco per sopportare i sotterfugi."

Evelyn piegò la testa, senza lasciarsi turbare dall'irritazione dello Squire, e disse, come riflettendo: "No, davvero? Eppure avrei pensato, vista la vostra storia e la vostra passata... ehm... *occupazione*, che l'artifizio sarebbe stata una seconda natura per un uomo della vostra... Calma!" Esclamò quando Christopher lo afferrò per la camicia da notte, stringendo il pugno e tirandolo verso di sé.

"Perché tu sei un esperto nell'arte, vero, inutile buffone," ringhiò Christopher, nel pesante accento delle basse Cotswold che gli tolse trent'anni e lo rimandò diritto alle sue origini. Lasciò andare Evelyn con uno spintone sprezzante.

Nella stanza scese un silenzio teso, punteggiato dal crepitio dei ceppi che bruciavano e dallo strisciare e dai tonfi dei cassetti aperti e chiusi nella stanza accanto. E poi Evelyn si riscosse, lisciando il davanti della camicia da notte, per togliere le pieghe lasciate dalle dita di Christopher nel lino, dicendo quasi tra sé, ma in modo da essere sentito: "Puah. Gerry deve aver messo su un bel po' di peso negli anni! Voglio dire, era bianchiccio e panciuto tanto per cominciare, ma questo è... *spaventoso*."

Christopher aggrottò la fronte, respirando più regolarmente dopo quell'esplosione così poco caratteristica, che l'aveva lasciato furioso con se stesso.

"Quell'uomo mangiava troppo, come spendeva troppo: come se il domani dovesse prendersi cura dei suoi debiti crescenti, della sua salute e al diavolo le conseguenze. Se non si fosse sparato accidentalmente, il suo cuore avrebbe comunque ceduto prima del tempo."

"Povera Mary." Evelyn sospirò, addolorato. "Era sprecata con un simile babbeo. Alla famiglia non è mai piaciuto." Guardò Christopher da sotto le ciglia. "Quindi che si sia sparato deve essere stato un sollievo per voi...?"

"*Cosa?*"

"Beh, guardiamo i fatti. A meno di alimentarlo a forza per accelerare la sua dipartita, ci sarebbero voluti ancora un paio di anni prima che il suo cuore cedesse. Quanto tempo eravate disposto ad aspettare?

O siete così ostinatamente leale e deciso come suggerisce il vostro mento virile?"

"Non ho idea di che cosa…"

"Oh! Penso proprio di sì, Silvano!" Disse Evelyn nel tono di un insegnante rivolto a uno scolaretto indisciplinato, agitandogli un dito in faccia. Si tirò la parte anteriore della camicia da notte in modo che si gonfiasse sul davanti, e arretrò verso il letto mentre lo faceva, dicendo, tra le risate: "Buon Dio! Quell'uomo era disgustosamente grasso, corpulento, obeso o in qualunque altro modo lo vogliate definire, e voi dovete esservi chiesto quando avrebbe avuto un attacco di cuore, per porre fine alle *vostre* sofferenze."

"Lo ripeto, signore. Non ho idea di che cosa stiate parlando o quale sia lo scopo di questa assurda conversazione. Ma se pensate che io abbia mai pensato…"

"Oh! Sì, sì che lo penso!" Annunciò Evelyn, fermandosi accanto al letto. Indicò il materasso con uno scatto della testa e disse malizioso, con un sorriso lubrico, sbilenco: "Gerry deve essere stato una massa di lardo sudata, comunque la si voglia mettere. Tremo al pensiero di una tale delicata bellezza a letto con quella rozza montagna di carne corpul…"

Christopher tornò in vita e si gettò contro Evelyn. "Basta con i vostri sporchi sproloqui!"

Con uno strillo, Evelyn raccolse la camicia da notte e saltò sul materasso, gattonando fino alla parte opposta e ridendo pieno di allegria. "Lo sapevo! Lo sapevo!" Sibilò forte. "L'ho capito la prima volta che vi ho visto guardare mia cugina! Ehi! Oh! Lo Squire Backwater prova dei sentimenti per Lady Mary!"

"Signor Bryce? Signor Bryce?" Era Mary che lo chiamava dalla stanza accanto.

Christopher aveva un piede sul letto e una mano tesa per afferrare Evelyn, che stava ancora ridendo e saltando su e giù sul materasso, senza temere per la sua vita o che lo Squire furioso, più alto e più robusto di lui, avrebbe potuto rompere il suo bel naso diritto. Al suono della voce di Mary si fermarono entrambi di colpo, come fossero due ragazzini colti a giocare a *Un, due, tre, stella!* Aspettarono un momento per sentire se avrebbe aggiunto qualcosa o, peggio, se sarebbe tornata nella camera.

Quando non lo fece, tornarono entrambi nuovamente in vita, Evelyn per cadere in ginocchio tra i cuscini, ridacchiando, e Christopher per saltare giù dal letto e lisciarsi la giacca, mortificato per il proprio comportamento da scolaretto. Ma ciò che lo preoccupava e meravigliava di più era che quell'ometto fragile, con la sua risata irritante e i vividi occhi azzurri che vedevano troppo, e che era stato in sua compagnia per la metà del tempo che gli occorreva per mettersi gli stivali, avesse messo a nudo i suoi sentimenti per Mary come avesse strappato la crosta su una ferita che non guariva mai.

"Via, forza, andate ad aiutare la cugina Mary, mentre io mi concedo una seconda tazza di tè e una dormitina," gli ordinò Evelyn con un gesto indifferente della mano e uno sbadiglio rumoroso. "Fa maledettamente freddo in questa casa e una notte sveglio a tremare è più che sufficiente. Ma attento a quello che fate. Lei è una dama per nascita e per reputazione e voi siete un suo servitore, nonostante possiate ritenervi il suo cavaliere errante. No! Non parlate! Lady Mary sta aspettando!"

Christopher fissava Evelyn come se fosse veramente pazzo. Dentro di sé stava ribollendo. Fece un respiro profondo, deglutì e disse a voce bassissima: "Non mi interessa chi siete… il re di Polonia per quanto ne so… o che siate il cugino di sua signoria. Sappiate che se farete ancora un commento avventato od osceno sul suo matrimonio, vi farò saltare tutti i denti. Capito?" Quando il silenzio si prolungò, Christopher si avvicinò di un passo al letto. "Mi capite, maestà?"

Evelyn si sistemò tra i cuscini e si tolse un lungo capello rosso dalla camicia da notte. Sostenne lo sguardo fisso di Christopher e poi, dopo un momento, alzò le spalle e disse con un broncio che faceva a pugni con il duro luccichio dei suoi occhi: "Perfettamente, Squire Worthy."

Con un brusco cenno della testa, Christopher voltò sui tacchi e scomparve nello spogliatoio di Sir Gerald.

E lì c'era Luke che teneva in alto una candela per far luce sopra un grande baule che aveva rimosso da una pila ordinata che fino a quel momento era stata coperta da un telo, ma che ora era solo un mucchio disordinato in un angolo. Mary era curva sopra il baule chiuso, illuminata dal bagliore della candela. Stava cercando di ruotare una chiave nella serratura, con i lunghi capelli che ricadevano sopra una spalla fino al pavimento. Non era mai stata così bella, o più inaccessibile.

UNDICI

"OH, ECCOVI QUI, SIGNOR BRYCE," DISSE MARY, SORPRESA quando lo vide apparire accanto a sé. Non alzò gli occhi. "Sembra che la chiave sia incastrata nella serratura."

"Lasciate che guardi io."

Christopher si accucciò e lei si raddrizzò immediatamente, allontanandosi e facendo segno a Luke di spostarsi per far luce a Christopher. Lui lavorò sulla serratura per qualche momento in silenzio prima che lei dicesse, come se Christopher le avesse chiesto una spiegazione: "Evelyn e io siamo cugini. Credo che siamo entrambi imparentati con il quarto duca di Roxton, che era il bisnonno di Evelyn e il mio bis-bisnonno. L'attuale duca è suo primo cugino e mio cugino di secondo grado."

"La chiave è incastrata nel meccanismo," rispose Christopher come se lei non avesse parlato. "Potrebbe volerci un momento. Non voglio forzarla altrimenti potrebbe spezzarsi."

"Potrebbe non essere la chiave giusta. Ce n'erano parecchie nel cassetto."

"Questo farebbe di voi cugini di terzo grado."

"Cugini di terzo grado? Oh? Sì. Sì, credo che abbiate ragione..." Sbirciò sopra la sua spalla, cercando di vedere che cosa stava facendo. "Lui, Evelyn, si è sposato di nascosto con una ragazza che la famiglia considerava inadatta, francese. Figlia di un esattore delle tasse. Morta di parto. Era molto giovane e molto carina... Una tale tragedia... La notizia della sua morte è stata l'ultima lettera che ho ricevuto da lui."

"Ha bisogno di essere lubrificata," disse Christopher, alzandosi. "Un po' di lardo dovrebbe servire allo scopo," aggiunse rivolto a Luke, prendendo la candela. "Chiedi a Jane." Appoggiò il candelabro sul baule e aspettò che Luke sparisse attraverso la porta di servizio. "Fatemi vedere che altre chiavi abbiamo." Quando si voltò, trovò Mary che lo fissava. Nascose un sorrisino quando lei distolse in fretta lo sguardo. La guardò frugare in un cassetto. "Mi dispiace per sua moglie."

"Vorrei che mio fratello mi avesse informato che Evelyn era vivo. Non riesco a capire perché tenerlo nascosto, a me e alla famiglia."

"Forse aveva ricevuto ordini precisi?" Le suggerì. Quando lei si allontanò dal cassetto con parecchie chiavi in mano e aspettò che continuasse, Christopher aggiunse: "È una spia, come vostro cugino e quindi entrambi sono obbligati a eseguire gli ordini."

"Ha senso," disse Mary, come se non le fosse mai venuto in mente, guardandolo finalmente negli occhi. "Dair ama il rischio ed è un eccellente soldato." Ebbe un pensiero improvviso. "Forse Evelyn ha dovuto fingere di essere morto per ragioni di stato?" Gli porse le chiavi. "Sono tutte etichettate, ma questa no."

"Grazie. Sì, forse vostro cugino aveva ricevuto quell'ordine," confermò con calma Christopher, nascondendo un sorriso davanti al candore di Mary. Una veloce valutazione del cugino Evelyn gli diceva che quell'uomo faceva ciò che era meglio per Evelyn e nessun altro, e al diavolo le ragioni di stato, e che suo cugino era decisamente l'opposto di suo fratello, il soldato eroe di guerra. Ma per il momento tenne per sé il suo giudizio. "Sono sicuro che vi dirà quello che può, prima o poi. Anche se... magari vorrà lasciarsi il passato alle spalle, e continuare semplicemente a vivere il suo futuro. Gli uomini che vivono di sotterfugi hanno segreti che è meglio che tengano per sé. Potrebbe non piacervi quello che ha da dire."

"La verità è sempre preferibile alle bugie e alla dissimulazione, signor Bryce."

"Consentitemi di dissentire, milady. La verità a volte porta alla delusione e al dolore, specialmente se chi riceve quella verità non è attrezzato per affrontare la confessione. In quel caso sarebbe meglio lasciare quella persona nella sua beata ignoranza."

"L'ho aiutato io a sposarsi di nascosto," sbottò a dire Mary, arrossendo colpevolmente.

Christopher fu sorpreso per un momento e si chiese perché Mary avesse sentito il bisogno di dirglielo. Poi si rese conto che lei aveva frainteso la sua spiegazione, prendendola come una critica nei suoi confronti, e capì che era proprio così quando la reazione alla sua semplice domanda fu una giustificazione.

"Davvero?" Le chiese affabilmente.

"Sì, è così," dichiarò Mary in tono di sfida, pensando che lui non le credesse. "Io sono convenzionale e sicuramente tutt'altro che una *ribelle*. Ho visto e sentito abbastanza veleno scambiato tra i miei genitori quando ero giovane da voler evitare una vita di dissidi. Ma questo non significa che resterei ferma, muta o che mi asterrei da ciò che ritengo giusto quando mi si chiedesse di dare il mio parere, o di agire per una giusta causa. Fino a oggi, la mia famiglia non sa che ho aiutato la fuga d'amore di Evelyn. Ho aiutato Dominique, la sua futura sposa, a fuggire dalla casa di suo padre per stare con Evelyn. E ho impegnato i miei gioielli affinché avessero abbastanza fondi per attraversare la frontiera e arrivare in Svizzera."

Christopher mise da parte le chiavi dopo averne scelta una che gli sembrava fosse quella giusta per quel particolare baule. "È stato ammirevole da parte vostra. Ma forse in quel caso, visto che era un matrimonio clandestino che nessuna delle due famiglie desiderava, sarebbe stato meglio non lasciarvi coinvolgere?"

"Non c'era nessun altro cui Evelyn potesse rivolgersi. E volevo aiutarlo. È mio cugino e Dominique meritava che Eve la sposasse."

Inconsciamente, lo sguardo di Christopher andò alla porta aperta della camera di Mary, come aspettandosi che il cugino a lungo perduto fosse lì, appoggiato allo stipite con un sogghigno sulle labbra. Non era così. Fissò Mary negli occhi.

"Quindi non era amore. L'aveva rovinata." Non era una domanda e la risposta non lo sorprese.

Mary annuì, con gli occhi bassi. "Sì, e, facendolo, aveva rovinato anche la sua amicizia con Roxton e sua moglie, e fu esiliato dalla famiglia." Fece un debole sorriso e alzò le spalle. "A dire il vero, non avevo niente da temere rendendomi complice del matrimonio non autorizzato di Evelyn. Proprio quella settimana, Roxton... Beh allora non era il duca, ma lo è adesso, aveva ordinato l'esilio per mio marito per qualche infrazione imperdonabile. E, ovviamente, io fui esiliata con lui."

"Ah, non sapevo che fosse stato il vostro parente ducale ad arrivare fino a quel punto per prendere le distanze da Sir Gerald. Mi era stato detto esattamente il contrario."

Mary spalancò gli occhi. Capì immediatamente che cosa intendeva. "Che Sir Gerald desiderava prendere le distanze dalla *mia* famiglia? Perché mai?"

Christopher esitò, non perché non volesse dirglielo, ma perché ora si rendeva conto che ciò che Sir Gerald gli aveva confidato in una delle sue confessioni notturne da ubriaco era probabilmente falso, o una versione deformata della verità. Non voleva sconvolgere Mary, ma non voleva nemmeno mentirle, quindi disse semplicemente: "Aveva lasciato intendere che non gli piacevano le… *attenzioni* che ricevevate dal duca, che mettevano lui e, presumo, anche voi, a disagio."

Mary lo guardò, pietrificata. Poi si indignò.

"Che io ricevevo… che non gli piacevano… che io ricevevo… *attenzioni* da-da *Roxton*?" Quando Christopher annuì, Mary arrossì. "Ma è un'*assoluta* stupidaggine. Il cugino Julian, Roxton, non ha mai guardato nessun'altra donna, men che meno *me*; è fedele alla sua duchessa. Sono innamoratissimi. Perché Sir Gerald avrebbe dovuto fare un'accusa così scurrile contro il mio parente, e a voi poi?"

Christopher si prese un momento per risponderle.

"Permettetemi di assicurarvi che me lo disse in via strettamente confidenziale…"

"Non mi è di consolazione, signor Bryce. Che lo abbia detto è assolutamente sconvolgente."

"Davvero?"

"Sì. Assolutamente. Perché pensate che potrebbe non esserlo? Sir Gerald non solo ha diffamato il buon nome del duca, ma il mio, ed ero sua moglie. E l'ha fatto con-con *voi*."

"Mi chiedo quale di queste cose vi sconvolga di più, milady?"

"Mi meraviglia che gli abbiate creduto!"

"Perdonatemi se dico una cosa ovvia, ma Sir Gerald dava un'enorme importanza al suo nome, ai suoi e vostri legami con l'aristocrazia. E ho scambiato abbastanza corrispondenza con Sua Grazia di Roxton, per non parlare delle visite qui del suo arrogante segretario, da conoscere qualcosa dell'uomo dietro la penna. Io avevo creduto a Sir Gerald perché sapevo che ci sarebbe voluto qualcosa di monumentale per staccare vostro marito da quel seno ducale."

La rabbia incredula di Mary era talmente forte che lei dimenticò di aver deciso di mantenere le distanze dallo Squire e si avvicinò, guardandolo direttamente negli occhi. "Mi conoscete da quando conoscevate mio marito, più a lungo, in effetti, se contiamo i due anni della mia vedovanza, eppure, conoscendomi, avete scelto di infangare il mio carattere credendo che ci fosse un legame immorale tra me e un nobile cugino cui voglio bene e che rispetto come un fratello, proprio come i miei stessi fratelli."

"Intese simili non sono insolite tra la nobiltà."

"No, ma non sono nemmeno comuni come qualcuno potrebbe credere. Trascurando il deplorevole comportamento di mio padre, i membri della mia famiglia prendono *molto* seriamente i loro voti matrimoniali."

Le sopracciglia di Christopher si alzarono per volontà propria. "Davvero? Perfino lo stimato padre dell'attuale duca?"

Mary sbuffò, come se si trattasse di notizie così vecchie che non valesse la pena di spiegarle. Ma lo accontentò, dicendo con calma: "E che cosa sapete di *Monsieur le Duc de Roxton*, signor Bryce?"

Christopher si mise le mani dietro la schiena. "Che la sua brutta reputazione era talmente nera da coprire come una macchia di inchiostro tutta la cartina dell'Europa."

"Mai macchiata, signor Bryce. È qui che vi sbagliate. Sì, aveva amanti a iosa, e parecchie relazioni casuali, e sì, non gli interessava chi ne era a conoscenza, ma *Monsieur le Duc* era un uomo d'onore, in tutto. E quando si innamorò e sposò mia cugina, il suo cuore e il suo letto appartennero sempre e solo a *Madame la Duchesse*. Erano fedeli. E se pensate che il figlio assomigli al padre, allora avete ragione, perché il figlio è altrettanto innamorato di sua moglie. E se Sir Gerald ha suggerito qualcosa di diverso, allora vi ha fuorviato ed è imperdonabile. Mi dispiace. Ora, per favore, possiamo riprovare con la chiave?" Aggiunse e fece per superarlo. "Sono improvvisamente molto stanca ed è molto tardi, e Luke dovrebbe essere tornato con il lardo, no? Forse dovreste scoprire che cosa lo sta trattenendo?"

Christopher non si mosse.

"Non è stato Sir Gerald a parlarmi di *Monsieur le Duc*, ma mia madre. Lei, come voi, lo difendeva, anche se non con la stessa appassionata convinzione. E anche lei parlava bene del figlio."

"Una donna ragionevole. Forse avreste dovuto tenere in considerazione la sua opinione, signor Bryce."

"Sì, ma in mia difesa, non ho mai infangato il *vostro* carattere. Non ho mai creduto, nemmeno per un attimo, che accettaste volontariamente le attenzioni di Roxton, ma che era lui che tentava di sedurvi e che era per quel motivo che Sir Gerald aveva ritenuto opportuno tagliare i ponti."

Mary era confusa. "Perché avrebbe dovuto volermi sedurre?"

Era una domanda semplice che richiedeva una risposta semplice. Christopher sapeva, dalla sua precedente reazione, in particolare al suo bacio, che Mary non aveva la minima idea del proprio fascino. Biasimava Sir Gerald per la sua mancanza di consapevolezza carnale, e lo fece nuovamente riflettere sul rozzo comportamento di quell'uomo in camera da letto, ma la cosa non lo scoraggiava. Sapeva che quella stessa mancanza di consapevolezza le aveva permesso di mettersi comoda a letto con il cugino ritrovato, senza minimamente pensarci. Sapeva anche che l'unica strada possibile era essere assolutamente sincero con lei, per quanto potesse metterla a disagio. Doveva continuare a credere che il loro bacio le avesse aperto la mente a possibilità diverse, possibilità con lui.

"Perché? Perché siete molto bella e desiderabile."

Mary impallidì, e poi il volto arrossì per l'imbarazzo. Era piena di incertezza e confusione.

"*Io*? Bella e des-*desiderabile*?"

"Sì, e sfido chiunque a dire il contrario."

In tutti i suoi trent'anni, niente e nessuno l'aveva preparata a quello. Sua madre si era solo rammaricata per il suo aspetto, e in un'occasione, davanti a una stanza piena di signore che prendevano il tè, si era lamentata a voce alta di essersi ritrovata con una figlia che era "una stupida testarossa con la faccia lentigginosa." E non era certo d'aiuto il fatto che la sua prima cugina, la duchessa di Roxton e ora di Kinross, fosse una famosa bellezza. E così, a diciotto anni, lei aveva supposto che Sir Gerald le avesse offerto di sposarla grazie al suo lignaggio e ai suoi legami di parentela, trascurando il suo aspetto scialbo.

"Non potete rivolgermi complimenti così-così *falsi*, signor Bryce!"

"Abbiamo già avuto questa conversazione. Sono Christopher. E non c'è niente di falso nei miei complimenti. Siete bella e siete desiderabile. E questa è la verità."

"Ma avete detto voi stesso che se la verità porta alla delusione e al dolore, allora è meglio non dirla."

"Ah! Questo mi insegnerà a essere sincero," rispose Christopher con un finto pesante sospiro di rimpianto, anche se le sue labbra si contrassero in un sorriso. Ma quando vide che Mary non si era resa conto che stava scherzando e continuava a torcersi le mani, il sorriso sparì e le chiese gentilmente: "Potreste dirmi perché un complimento simile, che senza dubbio avete ricevuto molte altre volte, è causa di delusione e dolore quando sono io a pronunciarlo?"

Mary scosse la testa, incapace di esporre con poche frasi una spiegazione che lui potesse capire, e che non lo offendesse profondamente. Sua madre le aveva ripetuto il sermone tante volte che si era inciso nella sua mente: per la gente di nascita elevata, i membri della piccola nobiltà e della borghesia erano poco più che domestici. Un sovraintendente doveva essere ignorato come un servitore, e uno Squire, come piccolo proprietario terriero, richiedeva giusto un cenno della testa per riconoscere la sua indipendenza, ma la conversazione doveva restare su argomenti banali come il tempo o lo stato delle strade. I complimenti offerti dalla gente socialmente inferiore equivalevano ad adulazioni da leccapiedi e dovevano essere evitati e scoraggiati e non potevano, mai e poi mai, essere creduti, di per sé.

Ma negli otto anni da che conosceva Christopher Bryce, lui non era mai stato insincero. Tutto l'opposto, in effetti. Era franco fino al punto di essere maleducato. Quindi gli credette quando lui disse che lei era bella e desiderabile. E si disse che doveva essere sincera anche lei con lui.

"Signor Bryce, non ho mai ricevuto un complimento simile prima d'ora, da nessun uomo."

Le sopracciglia scure di Christopher si unirono di colpo. "Mai?" Era così incredulo che diede voce ai suoi pensieri. "Ma com'è possibile?"

Mary fu felicissima della sua sentita confusione che confermava che il suo complimento era sincero. Guardandolo negli occhi, era così piena di una felicità mai conosciuta prima, una felicità che la lasciava stordita, come se fosse su un'altalena e fosse arrivata al punto più alto, in aria, con il cuore che batteva in fretta.

Avrebbe voluto ringraziarlo ed ebbe il desiderio improvviso di sistemargli i capelli che si erano sciolti dal nastro sulla nuca, di alzarsi sulla punta dei piedi e premere le labbra sulla sua bocca di modo che la fronte tornasse liscia. Forse allora lui l'avrebbe presa tra le braccia e l'avrebbe baciata come aveva fatto la prima volta, con ardore e con la lingua e... *No*!

Doveva smetterla con quelle stupidaggini da scolaretta. Aveva trent'anni, non diciassette. Solo perché un bell'uomo la trovava attraente non significava che lei dovesse perdere il controllo e ogni senso della prospettiva. Non c'era futuro con uno Squire nelle terre selvagge delle Cotswold. Non che lui glielo avesse offerto, solo un bacio, e furtivo per di più. Lei era Lady Mary Fitzstuart Cavendish e doveva affrontare la fredda realtà che doveva risposarsi, e bene. Per farlo, doveva far leva sulla sua reputazione immacolata e i suoi legami parentali e sposare un titolo e ricchezza, perché era senza un soldo e aveva una figlia il cui futuro dipendeva da lei.

Abbassò gli occhi, respirando una devastante boccata di realtà e quando lui rimase lì, a guardarla, si lasciò prendere dal panico e disse senza riflettere: "Non capite? Non dovreste... Non *potete* farmi complimenti del genere. Non l'avevate mai fatto prima e mi chiedo perché abbiate cominciato, all'improvviso. Forse è colpa mia, per avervi chiesto di venire nella mia camera per via della mia irrazionale paura che ci fosse un fantasma. E vedermi in camicia da notte ha infiammato i vostri sensi. E non si possono incolpare gli uomini per il loro comportamento quando sono le donne che con le loro azioni imprudenti..."

"Non dite stupidaggini, Mary!" Ringhiò Christopher, parlando prima di riuscire a temperare la sua rabbia. "Non vi permetterò di sminuire voi stessa, o me, o ciò che proviamo. Io non sono una bestia e voi non siete una donna facile. Tutt'altro. Le mie intenzioni nei vostri riguardi sono sempre state onorevoli. Ammetto di aver avuto la maleducazione di agire come uno scolaretto troppo impaziente e di avervi baciato. Eppure, ad essere onesto, non sono mai stato così lieto che vostro cugino si sia materializzato come il fantasma residente quando l'ha fatto. Vi ho detto che vi desidero… è così. Vi voglio in tutti i modi. Voglio baciarvi, fare l'amore, ma più di tutto voglio…"

"Siete molto pronto a dirmi ciò che volete *voi*, signor Bryce," lo interruppe Mary, sperando che l'indignazione lo zittisse una volta per tutte. "Mi baciate, mi dite che volete fare l'amore con me, che i vostri sentimenti sono sinceri, ma non avete chiesto una sola volta che cosa voglio *io*."

"Desideravo tanto farvi conoscere la sincerità dei miei sentimenti che non mi sono fermato a pensare…" Replicò Christopher, immediatamente contrito. "Perdonatemi. Desidero sapere più di tutto che cosa volete voi."

La rabbia di Mary si sgonfiò immediatamente perché non sapeva che cosa rispondere alla sua stessa domanda. Batté gli occhi, confusa e Christopher dovette nascondere un sorriso, anche se disse, con un tocco di malizia: "Prego, prendetevi tutto il tempo…"

La irritò, facendole dire seccamente: "Dato che nessun membro della mia famiglia e certamente non mio marito, mi ha mai chiesto che cosa voglio, *mi* perdonerete se non sono in grado di dar*vi* una risposta immediata. Ma c'è una cosa che so, signor Bryce, ed è che mi mettete in agitazione. Tanto da non desiderare di *sentirmi* nel modo in cui mi fate sentire. Mi sconcerta e mi spaventa, ed è…"

Christopher piegò di lato la testa e mise le braccia conserte.

"Come vi faccio sentire, Mary?"

"Ve l'ho appena detto. Non lo so! Sono-sono… confusa. *Voi* mi confondete! E non oso soffermarmi su quello che provo, qualunque cosa sia. I sentimenti non portano da nessuna parte. È una strada che non posso prendere…"

"Ma se la prendessimo *insieme*?"

Mary lo fissò, sconsolata. "Oh, ma non capite? È impossibile. *Impossibile*."

"Niente è impossibile quando due persone sono innamorate."

"Innamorate…?" Mary sbatté le palpebre e per qualche inspiegabile motivo fu travolta dalla tristezza. I suoi occhi si riempirono di lacrime che si rifiutava di lasciar cadere. La sua voce era un sussurro roco. "Non potete dirlo. Non lo sapete."

"Per quanto riguarda me, sì, lo so," rispose Christopher con calma, anche se gli bruciava la gola e sentiva il bisogno di deglutire. "Io sono sicurissimo di essermi innamorato di voi la prima volta che vi ho visto. Nessuno fu più sorpreso di me che io, alla mia età, venissi colpito in quel modo. Ma non era qualcosa che potessi controllare. E ogni giorno da allora ha solo rafforzato quella convinzione, e il mio amore per voi. Non ho mai pensato di avere l'opportunità di parlarvi dei miei sentimenti, perché eravate sposata. E non ritenevo opportuno, perché non volevo apparire troppo impaziente, parlarvene durante il primo anno di vedovanza. Ma ora, a quasi due anni dalla morte di Sir Gerald, spero che noi…"

"Per favore. Per favore. Non dite altro!"

Christopher cambiò tattica quando la vide asciugarsi in fretta gli occhi, senza guardarlo.

"Ma sicuramente conoscevate i miei sentimenti?"

Mary scosse vigorosamente la testa, con gli occhi bassi. Non li conosceva, ma aveva sempre sperato che fosse così. E a voler essere sincera con se stessa, aveva sognato di sentire quella dichiarazione. Quindi perché ora che lui le aveva detto che l'amava non era estasiata, ma assolutamente depressa? Era perché nessuno le aveva mai confessato di amarla? Era perché lo amava anche lei ma non avrebbe mai potuto dirglielo perché le loro condizioni disparate significavano che non avrebbero mai potuto percorrere insieme quella stessa strada di cui lui parlava? Era troppo e cominciò a farle male la testa.

"Milady? Mary?" Quando lei alzò gli occhi e fu sicuro di avere la sua attenzione, Christopher si avvicinò di un passo e le disse con un sorriso dolce: "Per favore, non preoccupatevi. Non insisterò stanotte. Avete avuto abbastanza emozioni, con vostro cugino letteralmente tornato tra i vivi. Capisco. Ho fatto la stessa cosa io con i miei genitori…"

"Voi… l'avete fatto?" Chiese Mary, dimenticando per un momento il suo sconcerto.

"Tornare dopo una lunga permanenza all'estero richiede che tutti si adeguino," disse Christopher senza rispondere direttamente alla domanda. "Entrambi avete bisogno di tempo per tornare a conoscervi. Ma spero che in un futuro non troppo lontano potrò avvicinarvi di nuovo e chiedervi, molto umilmente, che se i vostri sentimenti sono in linea con i miei, potremmo trovare un modo per…"

"Milady?"

Era la governante.

Sorpresi, i due si allontanarono di colpo l'uno dall'altro, distogliendo gli occhi, prima guardando il pavimento e poi guardandosi attorno per poi voltarsi verso la porta di servizio.

La signora Keble era ferma appena dentro la porta, con Luke alle spalle. Un sorrisino segreto, quasi saputo, le alzava gli angoli della bocca. Christopher non sapeva da quanto tempo erano lì e se li avevano sentiti. Ma quando Mary gli passò davanti tirando un lungo respiro e la governante gli rivolse un'occhiata di compiaciuto trionfo, capì che aveva avuto un posto in prima fila alla rivelazione dei suoi sentimenti.

"Oh! Grazie al cielo siete qui, signora Keble," disse Mary, schiarendosi la gola. "Questa notte è arrivato mio cugino, è senza valletto e bagagli, quindi dobbiamo trovargli qualcosa da mettersi nel frattempo. Questo baule contiene gli abiti di nozze di Sir Gerald e credo possano andar bene finché..."

Christopher smise di ascoltare, con le orecchie che fischiavano per l'imbarazzo e l'opportunità persa, tornando al compito di togliere una chiave e sostituirla con un'altra prima di riuscire finalmente ad aprire il baule che conteneva i vestiti che non vedevano la luce del giorno, o della notte, da dieci anni. Poi si spostò in modo che le due donne potessero togliere attentamente il contenuto dal baule. La signora Keble aveva portato con sé il registro dell'abbigliamento e si incaricò di spuntare gli abiti che Mary sceglieva per il cugino. Quindi ci vollero solo pochi minuti perché l'equilibrio della casa tornasse alla normalità quotidiana. Era come se non si fosse mai parlato di un fantasma, Christopher e Mary non si fossero mai scambiati un bacio e lui non avesse mai confessato i suoi sentimenti.

Sentì senza decifrarle le parole della conversazione tra Lady Mary e la signora Keble riguardo ai preparativi necessari per l'arrivo di altri ospiti nei giorni seguenti. Era necessario arieggiare camere a lungo chiuse, battere materassi e tappeti, togliere la polvere, lucidare i mobili e mettere candele nuove in tutte le *applique*. Sarebbe stato necessario controllare le canne dei camini, e tirare fuori i vassoi d'argento e il miglior servizio di Sèvres per la durata del soggiorno degli ospiti.

Dato che Abbeywood avrebbe ospitato suo cugino e Lord Shrewsbury doveva arrivare da un giorno all'altro, sarebbe stato necessario assumere temporaneamente del personale per assicurare le comodità cui questi nobiluomini e il loro *entourage* erano abituati. Lady Mary suggerì il nome di parecchie ragazze del villaggio che potevano aiutare in cucina e in lavanderia. Christopher annuì per confermare il suo accordo. La signora Keble aggiunse che forse quello non era il momento migliore per licenziare i Blandford, il vecchio Jack e il giovane Tanner, che conoscevano le rispettive posizioni all'interno della casa e non avrebbero avuto bisogno di ulteriori istruzioni. In effetti, Blandford avrebbe potuto rivestire il ruolo di maggiordomo, dato che era stato sottomaggiordomo ai tempi di Sir Gerald. Lady Mary disse che il suggerimento della signora Keble era eccellente. Entrambe le donne si rivolsero allo Squire per avere il suo assenso, che Christopher diede senza discutere, né fare domande. Poi si scusò e andò nella stanza del sovraintendente sul retro della casa, dove si mise a letto, esausto. Ma non dormì.

DODICI

La vista di Brycecomb Hall dal crinale non mancava mai di calmare il polso di Christopher e renderlo felice. La villa giacobiana di pietra gialla di Guiting si ergeva orgogliosa nel parco curatissimo alla base della scarpata. Il terreno agricolo dolcemente collinoso, attraversato da vecchie siepi e muretti a secco, si stendeva oltre l'imponente portineria della tenuta, punteggiato da pecore lanose, fattorie con l'indispensabile frantoio per fare il sidro e boschi di querce, aceri, frassini, olmi e faggi. Un fiume serpeggiante attraversava questo mosaico e correva lungo un lato dell'alto muro a secco della tenuta, le sue acque chiare come vetro lucidato. I casolari dei tessitori si estendevano lungo un lato della riva; e dietro, sul declivio della collina, i tessuti dai colori brillanti erano appesi agli stenditoi ad asciugare al sole. Una tessitura appena costruita, una delle tre nel distretto, e un vecchio mulino utilizzavano l'energia del fiume per far girare grandi ruote, ed erano tutti di proprietà dell'intraprendente Squire di Brycecomb Hall.

All'alba, quando la nebbia era ancora bassa sul fondo della valle, e ammantava ancora quel panorama magico, solo le torrette di Brycecomb Hall erano visibili sopra le nubi. Le loro guglie bucavano il cielo del mattino e servivano da faro in terra che permetteva ai viaggiatori a cavallo e a piedi di trovare la strada. A Christopher non serviva quel faro, perché la campagna gli era famigliare come il palmo della mano.

La tenuta era la dimora dei Bryce fin dal tempo di Henry Tudor e la casa con le sue finestre a colonnine, i timpani decorati e le torrette eleganti, costruita al tempo del primo re Carlo, era la prova dell'abilità della famiglia di sopravvivere agli sconvolgimenti politici, e della gestione accorta degli Squire di una tenuta fiorente. Christopher era nato lì, ed era lì che voleva passare il resto della sua esistenza terrena.

Era cresciuto nella villa giacobiana come figlio unico di genitori anzianotti, aveva frequentato la locale scuola Blue Coat insieme ai ragazzi del villaggio e delle fattorie del circondario considerati abbastanza svegli per imparare un po' di greco e di latino, oltre a leggere, scrivere e l'aritmetica. E poi, contro i suoi desideri, era stato mandato lontano, a Harrow, a mischiarsi con i figli dei gentiluomini. Ciò che aveva reso sopportabile quegli anni era sapere che alla fine di ogni anno scolastico poteva tornare a casa. I suoi genitori avrebbero voluto che frequentasse l'università, per completare la sua educazione di gentiluomo, ma tutto ciò che lui voleva era imparare da suo padre a gestire la tenuta, in modo che, quando fosse arrivato per lui il giorno di prendere il suo posto, sarebbe stato il tipo di Squire che avrebbe reso orgoglioso suo padre. Non voleva lasciare la valle, mai più.

E poi, quando Christopher aveva diciotto anni, era morto il magistrato locale di quell'angolo pittoresco delle Cotswold, Sir George Cavendish, un baronetto, cugino di un duca e lontano parente di suo padre. La sua morte aveva cambiato per sempre la vita di Christopher.

Sir George non era solo un lontano cugino del signor Bryce, era anche un suo vicino. Era il più grosso proprietario terriero nel distretto e la sua tenuta, dal nome modesto di Abbeywood Farm, condivideva il confine del fiume con le terre dei Bryce, sul fondovalle.

Christopher aveva incontrato Sir George in parecchie occasioni, sapeva che aveva un paio di figli più o meno della sua età che vivevano perlopiù a Londra e che era al suo terzo matrimonio con una dama che preferiva anche lei vivere a Londra. Ma al baronetto piaceva la vita in campagna. Nonostante passasse la maggior parte del tempo nella lontana Londra, non mancava mai alla caccia annuale a Brycecomb.

Quando Christopher aveva quindici anni, Sir George aveva invitato la famiglia Bryce a passare qualche giorno ad Abbeywood Farm. Il baronetto aveva ospiti che erano arrivati fin da Londra per restare due settimane. La sua famiglia era rimasta a Londra, probabilmente perché il baronetto aveva portato con sé la sua ultima amante. All'inizio, la madre di Christopher aveva rifiutato di accettare l'invito. Non aveva intenzione di passare del tempo con quella gente immorale! Il padre di Christopher le aveva detto che doveva andare e di ignorare quei londinesi e il loro modo di vivere. Dovevano pensare al 'ragazzo' e al suo futuro. I suoi genitori avevano avuto un acceso litigio, il loro primo da sempre.

Sua madre era stata a disagio durante tutto il loro soggiorno, mentre suo padre aveva fatto del suo meglio per essere socievole e compensare l'umore cupo di sua moglie, tentando in modo fin troppo palese di compiacere il loro ospite. A cena, una sera, Sir George aveva deciso di attirare l'attenzione sul 'ragazzo'. Solo quando suo padre gli aveva dato di gomito Christopher si era reso conto che Sir George si stava riferendo a lui. Sir George gli aveva detto di alzarsi in piedi di modo che tutti potessero dargli una bella occhiata. Christopher aveva obbedito, con riluttanza, e la conversazione intorno al tavolo era cessata di colpo. Sopra i ventagli pieghettati e attraverso gli occhialini, gli invitati avevano studiato Christopher mentre Sir George li incoraggiava ad ammettere con lui che 'il ragazzo' era diventato un bel giovanotto e aveva reso fieri i suoi genitori.

Non avvezzo a una tale attenzione non desiderata, e imbarazzato, Christopher si era seduto senza aspettare il permesso ed era tornato a mangiare quello che aveva nel piatto. Suo padre gli aveva nuovamente dato di gomito, scusandosi con Sir George, ma il baronetto aveva fatto segno con un gesto indifferente di continuare a mangiare, senza far caso alla mancanza di buona educazione del 'ragazzo'. Quando le conversazioni intorno al tavolo erano riprese, Christopher aveva osato alzare gli occhi dal piatto e aveva notato per la prima volta un'elegante signora londinese, vestita di seta azzurra, seduta direttamente di fronte a lui. Non sapeva che cosa ci fosse in lei che lo invitava a fissarla. Era bella, ma non nel primo fiore della gioventù, ed era troppo decorata con trucco e sete perché un ragazzo allevato tra le femmine dalla faccia fresca e pulita della valle, i cui vestiti della domenica non sarebbero stati considerati adatti nemmeno per i servitori di più basso rango nella casa di quella signora di Londra, potesse non ritenerla troppo vistosa e volgare. Ma Christopher aveva l'innata sensazione che ci fosse qualcosa di speciale in lei. Sapeva che la stava fissando, ma non poteva farne a meno. La donna gli aveva sorriso. Lui aveva restituito il sorriso, ma poi gli occhi della dama si erano riempiti di lacrime e lui aveva abbassato immediatamente gli occhi, imbarazzato e a disagio. Non aveva rivolto più lo sguardo dalla sua parte.

Molto più tardi, mentre gli ospiti giocavano a carte, Christopher si era messo a vagabondare e si era trovato in una galleria che aveva sulle pareti i ritratti degli illustri antenati dei Cavendish. Lì si era imbattuto in sua madre e nell'elegante dama di Londra che stavano discutendo animatamente. Sua madre scuoteva la testa. La signora elegante la stava pregando, con le dita coperte dai guanti che stringevano forte le bacchette del suo ventaglio. Era visibilmente sconvolta. Ma sua madre rimaneva risoluta. Non l'aveva mai vita così decisa e inflessibile, e con una donna, poi, che le era chiaramente socialmente superiore e che quindi doveva essere trattata con riverenza. Era rimasto lì, indeciso se farsi avanti o andarsene via. E poi le due donne avevano percepito la sua presenza, avevano alzato gli occhi e lo avevano visto. Il volto della dama di Londra si era illuminato. Aveva sorriso e, sollevando con una mano le ricche sottane, si era precipitata verso di lui. Ma sua madre l'aveva presa in fretta per un braccio e l'aveva fermata. Ne era seguita un'altra discussione. Imbarazzato davanti a una scena così emotiva, Christopher era scappato.

Sua madre non aveva mai più parlato dell'episodio o della dama di Londra e non c'erano state altre visite ad Abbeywood Farm.

Christopher aveva rivisto Sir George, alla caccia, e nel villaggio, ma solo per poche volte prima della morte del baronetto, che aveva lasciato a Christopher l'incredibile somma di cinquemila sterline. Quel lascito era un codicillo apposto di recente al suo testamento. Christopher ne era rimasto sbalordito, e anche gli eredi di Sir George. Non i genitori di Christopher e gli avvocati. Allegata al codicillo c'era una lettera indirizzata a Cavendish Bryce da parte di Sir George. La lettera conteneva notizie sconvolgenti.

Christopher si era rifiutato di credere al contenuto della lettera. Ma suo padre aveva confermato che era tutto vero e sua madre aveva pianto. Christopher non era Christopher Bryce, figlio di Henry Christopher e Sophie Ellen Bryce, ma Cavendish Bryce, figlio naturale di Sir George Cavendish e della titolata ed elegante dama londinese che era seduta davanti a lui a cena e con la quale sua madre aveva litigato tanti anni prima. Aveva anche saputo, in quello stesso momento, che quella dama era la sorella minore di sua madre.

A Christopher (non voleva essere chiamato con il suo nome di battesimo) avevano detto che la madre naturale era sposata con un ufficiale titolato della marina. Aveva concepito il figlio di Sir George mentre il marito Lord ammiraglio era in mare. E questo significava che non c'era la benché minima possibilità di farlo passare per il figlio di suo marito. Per evitare lo scandalo, la donna aveva passato gli ultimi mesi di gravidanza, e aveva partorito, nelle sperdute Cotswold, nella casa della sorella Sophie e del cognato Henry.

La società non si era accorta che il suo adulterio aveva dato un frutto marcio. Ma Sir George era ben conscio di avere un figlio bastardo e lieto che il ragazzo crescesse così vicino alla sua tenuta. La madre naturale di Christopher aveva allattato il figlio per tre mesi, poi era stata obbligata a rinunciare a lui per sempre e tornare a Londra e alla sua vita là. Il suo comprensivo ma cocciuto marito, che sapeva tutto dell'adulterio di sua moglie e della nascita, era tornato dal suo periodo di servizio e l'aspettava a casa per darle il benvenuto.

I genitori di Christopher avevano fatto del loro meglio per spiegargli che era più fortunato di molti altri figli illegittimi. I suoi zii gli volevano bene come se fosse figlio loro e l'avevano adottato. Avrebbe ereditato Brycecomb Hall e sarebbe stato lo Squire Bryce. Sir George si era interessato al suo benessere e alla sua morte aveva fatto di lui un uomo ricco. Che altro poteva chiedere, si domandarono?

Ma quale ragazzo di diciotto anni, cresciuto pensando una cosa, solo per sentirsene dire un'altra, idolatrando l'uomo che credeva essere suo padre e amando la donna che credeva l'avesse messo al mondo, poteva accettare una notizia simile senza problemi e continuare con la sua vita come se non fosse successo niente?

Il mondo di Christopher era andato in pezzi.

Non voleva sentire ciò che i suoi genitori, che adesso non erano più i suoi genitori, avevano da dire. Non voleva avere più niente a che fare con quella coppia che era stata complice nel coprire una relazione clandestina e la nascita di un bastardo, e che gli aveva mentito per tutta la sua vita. Non era il figlio di uno Squire e non era il figlio di un baronetto. Non apparteneva a nessuno dei due mondi. Non sapeva più chi era. Ma di una cosa era certo: era un bastardo, lo spregevole frutto di una relazione illecita tra due adulteri. E lui ricordava bene il sermone domenicale del vicario che metteva in guardia i parrocchiani dai mali della fornicazione al di fuori del matrimonio: che un figlio bastardo e i figli di quell'essere abominevole e i figli dei loro figli, per dieci generazioni, non avevano diritto a entrare nel regno dei cieli.

Christopher aveva respinto i suoi genitori e anche il lascito di Sir George. Aveva lasciato la valle con poche sterline in tasca, senza casa e affranto.

A quelli che lo chiedevano, i suoi genitori rispondevano che stava facendo il *Grand Tour* e che sarebbe tornato in un paio di anni, una volta visto un po' del mondo. Non ricevettero notizie di Christopher per quattro lunghi inverni e poi dovettero accontentarsi di lettere sporadiche e di sapere che era vivo e stava bene. Supponevano che stesse vivendo la vita del giovane gentiluomo inglese all'estero, visitando rovine, musei e cattedrali, e in compagnia di altri viaggiatori inglesi. Christopher glielo aveva lasciato credere.

La verità era tutt'altra.

Preferiva non pensare a quei primi pochi anni all'estero e a ciò che aveva fatto per sopravvivere. Quando aveva ripreso a scrivere regolarmente ai suoi genitori, si era trasformato dal figlio di uno Squire in 'Cristoforo', cavalier servente ricercato da molte donne sposate, esperto nell'arte del comportamento signorile, nella danza e nella conversazione. Aveva scoperto di avere un talento innato per la musica e aveva cominciato a suonare la mandola, e anche di avere un buon orecchio per le lingue. Da dove venissero quei doni, non lo sapeva, anche se sospettava che l'uno o l'altro dei suoi veri genitori fosse musicalmente e linguisticamente dotato. E c'era un altro talento che era sicuro di aver ereditato da loro, ed era un talento di cui il baronetto donnaiolo sarebbe stato fiero. La sua reputazione di amante generoso ed esperto lo aveva visto innalzarsi fino alla posizione di cavalier servente riconosciuto della contessa Maddalena De Nobili, moglie di uno degli aristocratici preminenti della Repubblica di Lucca.

Mentre era parte del triangolo De Nobili: marito, moglie e cavalier servente, era stato reclutato dal capo dello spionaggio inglese perché riferisse sulle famiglie importanti di Lucca. L'agente del capo dello spionaggio a Firenze aveva assicurato a Christopher che i suoi genitori non avrebbero mai scoperto che il loro figlio era sceso tanto in basso da diventare il compagno a pagamento di una dama straniera sposata. E non importava che quello del cavalier servente fosse uno status rispettato e riconosciuto nella società italiana, gli inglesi non l'avrebbero mai capito e quindi Christopher non sarebbe mai stato considerato altro che l'equivalente maschile di una prostituta di alta classe.

Ma finché avesse fornito rapporti regolari all'agente fiorentino del capo dello spionaggio, il governo inglese gli sarebbe stato grato e la vita di Christopher, comunque scegliesse di viverla, sarebbe potuta continuare senza impedimenti. Christopher non avrebbe voluto prendere parte a quei sotterfugi ma, come gli aveva detto candidamente l'agente inglese, tutta la sua vita era un sotterfugio. E se non avesse cooperato, non avrebbero sofferto solo i suoi genitori adottivi. La signora titolata che lo aveva messo al mondo sarebbe stata svergognata pubblicamente, e di conseguenza suo marito, l'ammiraglio, avrebbe perso la sua commissione e la sua influenza nell'ammiragliato, per non dire poi che lo scandalo che ne sarebbe seguito avrebbe fatto della coppia dei paria della buona società. Quanto agli eredi di Sir George, che non sapevano nulla dell'esistenza di un fratellastro bastardo, anche loro sarebbero stati svergognati, emarginati dal loro illustre parente, il duca di Devonshire e offesi al pensiero che il loro padre avesse lasciato una fortuna a un bastardo. Di certo Christopher non voleva essere la causa della disarmonia e della rovina di almeno tre buone famiglie, vero? Ovviamente Christopher non lo voleva.

Poi un giorno aveva ricevuto da sua madre la notizia che sua sorella, la donna che lo aveva messo al mondo, ora era vedova. Sua signoria si era trasferita per ragioni di salute e ora divideva il suo tempo tra una villa nella città costiera di Livorno e la casa del console britannico a Firenze, come gradita ospite, e che voleva incontrarlo. La città medievale cinta di mura di Lucca era a sole trenta miglia dalla sua nuova casa.

Christopher non aveva reagito a quella notizia. Per quanto lo riguardava, lui aveva bisogno o voleva una sola madre, e questa viveva nello sperduto Gloucestershire.

Kate lo aveva trovato due anni dopo, quando lui aveva appena compiuto ventinove anni. Era coinciso con la fine del suo contratto con i conti De Nobili e quindi aveva lasciato Lucca ed era andato a vivere con lei. Avevano passato un anno insieme prima di ricevere la notizia che sua madre si era ammalata.

Era tornato alla valle in tempo per curare sua madre durante gli ultimi stadi della sua malattia. Suo padre, ora vecchio, grigio e curvo, non poteva vivere senza la sua 'cara Sophie' ed era morto nel giro di sei mesi dalla morte della moglie. L'opinione unanime del medico, del vicario e della sua brava moglie fu che la coppia era morta felice sapendo che il loro figliolo era deciso ad assumere le sue responsabilità di Squire di Brycecomb Hall. Con la morte dei suoi genitori, Christopher aveva capito che non voleva più lasciare la valle. Quella era casa sua.

Dopo aver pianto i suoi genitori, aveva mandato a chiamare Kate. Con Kate erano arrivati Fran, Carlo e Silvia. Brycecomb Hall era tornato a essere un posto felice, anche se pieno fino al tetto di mobili e oggetti decorativi che venivano dall'estero, con gli aromi favolosi della cucina italiana e uno zoo di animali domestici e uccelli la cui visita valeva una ghinea.

La prima visita di Teddy a Brycecomb Hall era avvenuta senza che i suoi genitori lo sapessero. Aveva sei anni. Un mattino aveva seguito Christopher a casa, sul suo cavallino. E a ogni visita successiva, aveva trovato lo stesso entusiastico e amorevole benvenuto, come se fosse stata lontana per anni e la sua compagnia fosse mancata terribilmente a tutti.

"Ah! Sei più alta tutte le volte che ti vedo, *cara ragazza!*" Esclamò Silvia, stringendo Teddy contro il suo petto ampio e baciandola sulla testa. "E più bella, sempre più bella!"

"Non soffocare la bambina, Silvia!" Si lamentò bonariamente suo marito. Ignorando il suo stesso avvertimento, abbracciò teneramente Teddy prima di lasciarla andare e farla roteare. "Sì. Sì. Molto più alta, *sei una bella ragazza!* Silvia! Che cosa fai lì? Porta qualcosa da mangiare alla bambina. È mezza morta di fame."

"*Sto bene, grazie, signori Mansi,*" rispose Teddy con un sorriso e una riverenza spontanea.

Cercò gli occhi di Christopher per capire se aveva pronunciato bene la frase in italiano. Lui le fece l'occhiolino e Teddy fu di nuovo abbracciata e complimentata dalla coppia, finché Christopher tagliò corto ai profusi saluti.

"Sono affamato. Che c'è per pranzo? Spero che ci sia il farro seguito dallo stufato di coniglio."

"Certo. E i *tortelli lucchesi*," rispose compiaciuta Silvia. "Preparo sempre i vostri piatti preferiti quando tornate dopo aver mangiato *insipido cibo inglese*."

"Silvia, sei il mio angelo!" Christopher si baciò la punta delle dita, aggiungendo in inglese, mentre Carlo lo aiutava a togliersi il pastrano, in modo che Teddy potesse capire il succo della conversazione. "Teddy ha portato qualcosa di speciale per sua signoria, ma forse prima potrebbe avere un paio dei tuoi deliziosi biscotti di castagne e un caffellatte in cucina?"

Silvia e Carlo sapevano che cosa voleva dire. Voleva scambiare due parole in privato con Kate senza la bambina presente.

"*Sì!* Ma certo!" Esclamò Silvia, aiutando Teddy a togliersi il mantello e passandolo a Carlo.

Spazzolò con le mani le maniche della giacca di lana aderente della ragazzina e diede un pizzicotto affettuoso alla sua guancia arrossata. "Troviamo anche un osso per il tuo peloso fratellino, eh?" Disse, riferendosi a Lorenzo, che restava obbediente sulla stuoia di paglia appena dentro la porta, con le orecchie tese verso la conversazione. Con il braccio intorno alle spalle di Teddy, Silvia disse a Christopher, poiché la stanchezza nei suoi occhi la preoccupava: "Quella gran dama oltre la collina vi tiene via troppo a lungo. Siete stanco. Avete bisogno di dormire…"

"Basta Silvia!" Le ordinò Carlo, scrollando il pastrano di Christopher e poi appendendolo a un gancio dietro la porta, accanto al mantello di Teddy. "Non sono affari nostri se la vedova non riconosce un uomo di valore nemmeno quando ce l'ha davanti."

"Ciò che mi ha tenuto lontano è stato un fantasma," disse placidamente Christopher e sbuffò, pensando a Evelyn, confuso sulle intenzioni di quell'uomo nei confronti di Mary. Sorrise quando la coppia spalancò gli occhi, spaventata. "Non un vero fantasma. E non dite niente. La bambina ha avuto un incubo la notte scorsa, sul fantasma di suo padre." E aggiunse in inglese a Teddy: "Vuoi dare la tua sorpresa a Kate prima o dopo il pranzo? Decidi tu."

"Dopo. Quando prenderemo il caffè in salotto."

"Molto bene. In salotto con il caffè, allora," rispose Christopher in tono solenne, nascondendo un sorriso perché, nonostante fosse tutta

seria, Teddy non era riuscita a evitare di sottolineare la frase stringendosi nelle spalle per la gioia. E poi scoprì il motivo quando la bambina
aggiunse in fretta: "Dopo che avrete suonato la mandola per noi!"

"Ah! Devo proprio?"

Teddy annuì. "Sì, dovete proprio."

"Molto bene. Ma se lo faccio, tu dovrai danzare i passi che ti ho
insegnato… O li hai dimenticati? È passata una settimana da quando
sei stata qui l'ultima volta."

"No! No! Non li ho dimenticati, zio Bryce. Ho fatto pratica con la
mamma."

Christopher alzò le sopracciglia. "Con la tua mamma? Sa che ti
stavo insegnando il minuetto? E ha fatto pratica con te?"

Teddy annuì, eccitata. "Ma la mamma ha promesso di non dire una
parola. Ha detto che sarebbe stata realmente sorpresa il giorno in cui
avrei ballato il minuetto con voi." Aggiungendo, ingenuamente: "La
mamma ha detto che lo trovava sorprendente."

"Non ne dubito," borbottò Christopher.

"Stupidone! Non che sappiate ballare, zio Bryce, perché la mamma
dice che avete veramente un bel portamento," lo rassicurò in fretta
Teddy, pensando che non le credesse. "La mamma era sbalordita che lo
steste insegnando a *me*."

"Ah, capisco. Chiederemo a Kate di suonare la mandola mentre noi
facciamo pratica insieme. Ti va bene?" Quando Teddy annuì, aggiunse
con un sorriso: "Ora devi scusarmi per un momento."

"Porta la bambina in cucina e dai da mangiare a lei e al suo peloso
fratello, ti prego, Silvia!" Insistette Carlo.

Silvia fece benevolmente spallucce e abbracciò di nuovo Teddy,
baciandole la tempia e dicendo in inglese: "Vieni, piccola, vieni a
vedere che cos'ha Silvia in cucina per te. E vi farò portare un caffè bello
forte," aggiunse rivolta a Christopher, scuotendo tristemente la testa
prima di alzare le mani, sconfitta e andare verso la cucina, tenendo
Teddy per mano, con Lorenzo che trotterellava accanto a loro.

Carlo si affrettò a seguire Christopher mentre questi attraversava il
salone rivestito di legno con i suoi grandi arazzi e l'enorme camino.
"*Signore! Signore!*" Sibilò, sussurrando abbastanza forte da farsi sentire e
fermando Christopher alla base della scala di quercia. "*Signore*, la
signora, ha una delle sue brutte giornate. Pensavo che doveste saperlo.
Oggi è una giornata veramente brutta, una delle peggiori da molto
tempo…"

Christopher lanciò un'occhiata alla galleria, in cima alle scale, poi
guardò Carlo, accigliato. "C'è qualcosa in particolare che dovrei
sapere?"

Carlo fece sporgere il labbro inferiore, con una smorfia. "Lettere, quattro, no, cinque. Sono arrivate solo qualche ora dopo che siete partito per andare oltre la collina dalla gran dama..."

"Pessimo tempismo."

"Sì, veramente pessimo. La signora ha contato le ore da quando siete partito. Non le piace che la abbandoniate sempre di più."

"Contrariamente a quello che dichiara lei, io non la sto abbandonando. Lei sa, come sapete tutti, che resto ad Abbeywood due notti ogni due settimane. E non è cambiato niente in due anni. Questa volta sono state tre, a causa di circostanze impreviste."

"Il fantasma?"

"Sì. Il fantasma."

Carlo alzò le spalle. "Lei non ci crederà. Non questa volta. Questa volta è veramente brutta."

"Quando le avrò letto le lettere sarà più allegra. Portami una bella caraffa di caffè e fallo forte. E tenete Teddy con voi un po' più a lungo del solito. Sarà meglio che faccia lo sforzo di leggerle almeno una lettera intera prima di pranzo."

Carlo si inchinò stringendo le mani davanti a sé. "*Sì, signore*. Sarà fatto! Teddy può giocare a bocce con Carlo."

Christopher diede un colpetto affettuoso alla spalla del vecchio. "Grazie. E, Carlo, lascia vincere Teddy ogni tanto..."

"Ah! Non c'è bisogno che la lasci vincere. Lei mi batte lealmente. Sul mio onore!"

Kate era nella sua stanza, rannicchiata sul sedile sotto la finestra, bagnata dalla luce e dal calore del sole autunnale che filtrava attraverso le finestre a colonnine. Si stava ancora vestendo, i capelli sale e pepe lunghi fino alla vita erano in disordine e sciolti sulle spalle, non ancora spazzolati da quando si era alzata quella mattina. Aveva una giacca da camera bordata di pelliccia sulle spalle, lasciata slacciata, che mostrava un corpetto aderente di velluto e sottane imbottite fatte con un filo bordò e argento.

Dato il suo attuale stato mentale, Christopher fu sorpreso che si fosse presa la briga di vestirsi, e non avesse ancora la camicia da notte e la banyan. Ma per una donna che aveva passato la sua intera vita da adulta sotto lo sguardo pubblico dell'alta società, agghindarsi e farsi vestire alla moda e con i migliori tessuti e stampe che il denaro poteva comprare, con ornamenti tra i capelli e scarpe ricamate in tinta, era naturale come respirare. Quindi quella insolita sciattezza era allarmante e senza dubbio aveva esacerbato la sua comprensibile frustrazione e la sua autocommiserazione mentre cercava di abituarsi alla crescente perdita della vista.

Anche se non era completamente cieca, aveva perso il campo visivo centrale, e da entrambi gli occhi. Lei spiegava che era come se avessero lasciato cadere una goccia di inchiostro sulle sue iridi, così che la luce e la visione esistevano solo in una sottile banda ai margini. Voleva dire che non poteva più fare le cose che amava di più: scrivere, leggere e ricamare.

Una delle sue gioie più grandi era stata corrispondere con la sua moltitudine di amici, lì in Inghilterra e sul continente, cosa che le permetteva di tenersi al corrente del vortice politico e sociale che era l'alta società, una società di cui aveva fatto parte fino alla morte di suo marito, l'ammiraglio, e la perdita degli introiti delle sue sinecure. Ma anche con la morte del marito e il suo trasferimento sul continente, causato dalle sue ridotte condizioni economiche, non era una reclusa ed era stata accolta a braccia aperte dalla comunità inglese all'estero. E poi la vista era peggiorata ancora.

Era stato allora che i suoi tentativi di trovare Christopher erano diventati una lotta frenetica contro il tempo. Era decisa a vederlo, a scolpirsi il suo bel volto nella mente per sempre prima che il buio glielo portasse via completamente, e quel sorriso e quegli occhi castani le fossero preclusi per sempre.

E ora era lì, a un mondo di distanza dai salotti dell'alta società, inglese e italiana, incapace di vedere i lineamenti di una persona; dove c'era il volto, c'era solo il buio. Il suo unico contatto con il mondo esterno avveniva tramite la corrispondenza, che Christopher le leggeva a voce alta, e le lettere che inviava lei, dettate alla sua dama di compagnia, Fran, che le scriveva per lei. Ma Fran sapeva scrivere solo in inglese e in un francese scolastico. La maggior parte della corrispondenza richiedeva una padronanza decisamente maggiore della lingua francese, e questo significava dover aspettare che Christopher avesse un po' di tempo libero per diventare i suoi occhi e il suo scriba.

Carlo avrebbe anche potuto fare a meno di avvertire Christopher, anche se gli era grato della sua preoccupazione, perché non ci voleva un genio per vedere che cosa avesse causato l'ultimo attacco di autocommiserazione. Kate poteva apparire un esempio di serenità mentre guardava senza vedere fuori dalla finestra, con le mani giunte in grembo, ma la carta che copriva il pavimento raccontava una storia diversa.

Pagine delle lettere appena aperte erano sparpagliate dal letto a baldacchino al tavolo da toletta e fino al sedile sotto la finestra. La pergamena ricopriva la trapunta, il tappeto turco e i cuscini del sedile.

Sigilli di cera erano stati rotti o strappati, alcune pagine erano così stropicciate che era come se fossero state accartocciate e poi gettate via, solo per essere recuperate e poi lisciate di nuovo. Grazie al cielo, nessuna pagina era stata stracciata. In passato era successo e Christopher, con l'aiuto di Fran, aveva passato una serata a ricostruire la lettera di una delle molte fedeli corrispondenti di Kate, niente meno che una duchessa.

La paziente dama di compagnia di Kate era seduta accanto al fuoco mentre lavorava all'uncinetto e quando Christopher attraversò la stanza alzò gli occhi e fece per parlare, ma lui si mise un dito sulle labbra e le fece anche segno di restare seduta. Si scambiarono un'occhiata significativa e Fran arrivò addirittura a sorridere rassegnata prima di alzare gli occhi al cielo, a indicare che la sua padrona era d'umore particolarmente nero.

"So che sei lì," disse Kate voltando la testa. "C'è questo da dire dell'essere ciechi. Quando uno dei sensi comincia a mancare gli altri diventano più acuti." Alzò la guancia per ricevere un bacio, poi si risistemò sui cuscini, con il naso arricciato. "Puzzi di cavallo e sudore maschile."

"Sì, dev'essere così. Grazie per avermi ricordato che devo farmi un bagno e cambiarmi prima di pranzo. Ma sono venuto da voi prima di tutto. Ma se preferite che vada…"

"No! Resta," gli ordinò Kate, togliendo le carte dal sedile perché Christopher potesse sedersi accanto a lei. "E non era una critica. Sfido qualunque donna a non andare in estasi al tuo odore. Varrebbe la pena di imbottigliarti."

Christopher non si sedette immediatamente dove gli aveva indicato. Invece si accucciò per raccogliere le carte che Kate aveva gettato sul pavimento.

"Fran, siate gentile e aiutatemi a raccogliere il resto di queste lettere sparpagliate come petali…"

"Ti ho fatto arrossire! Lo sento dalla tua voce," lo prese in giro Kate, aggiungendo scontrosamente: "Non so perché sei diventato così schivo da quando sei tornato in Inghilterra, quando sai benissimo che effetto fai alle donne, e non ti sei mai peritato di usarlo a tuo vantaggio quando ti serviva. Le rose inglesi non sono diverse dai fiori italiani, sai?"

"Cristoforo aveva quell'effetto sulle donne. Christopher no."

"Balle!"

Christopher rise e si alzò in piedi. Consegnò a Fran una pila di carta da aggiungere a quella che già aveva in mano e tornò al sedile sotto la finestra. "Vi sentite un po' meglio dopo esservi sfogata?"

"Non essere ridicolo. Ovvio che non mi senta meglio. Ma adesso sei

qui. Anche se era ieri che avevo più bisogno di te. Ma che cosa sono i
miei bisogni, che cos'è leggere qualche lettera scritta a una vecchia
signora, in confronto ai bisogni e ai desideri dell'*orgogliosa Mary*? Senza
dubbio non avrà pensato di ringraziarti per esserti messo a sua disposizione senza preavviso? Si aspetta semplicemente che tu sia ai suoi
ordini. Mi chiedo se almeno sa che hai una casa tua, gente cui stai a
cuore, e che ha bisogno di te come... no... *più* di quanto lei avrà
mai..."

"Siete irragionevole e ingiusta."

Kate si mise eretta. "Irragionevole? Ingiusta? *Io*?"

"Sì. Era molto preoccupata che non vi recasse disagio il fatto che io
restassi una notte in più, e..."

"Davvero?" Kate alzò una spalla, non ancora placata. "Si preoccupa
inutilmente di tua *zia*."

"... dimenticate," continuò Christopher, ignorando volutamente il
tono in cui aveva pronunciato la parola *zia*, "che non è stata Mary a
nominarmi tutore legale di Teddy, o sovraintendente di Abbeywood. È
stato suo marito."

"A parte sposare Mary, nominarti tutore di quella bambina è stata
l'unica azione decente di Gerald, come baronetto. Quello spregevole
babbeo è stato una triste delusione per suo padre. La sua piagnucolosa
vigliaccheria e l'aspetto infelice, colpa di sua madre. Tu saresti stato un
baronetto esemplare..."

"È inutile parlarne, Kate," la interruppe Christopher con calma,
reprimendo un sospiro di esasperazione. "Come è inutile rimuginare sul
passato e su come avrebbe potuto essere se i pianeti e le stelle avessero
avuto un diverso allineamento. Possiamo solo andare avanti come
siamo ora."

"Gerald ti ha nominato tutore di Teddy solo per fare un perfido
scherzo a Roxton!"

Christopher rimase stupito. La petulanza di Kate la stava spingendo
in acque sconosciute e si chiese dove li avrebbe portati quell'improvviso
bisogno di confessione. Rifletté prima di rispondere e disse con tutta la
pazienza che riuscì a trovare: "Sì, credo abbiate ragione. È stata la
ripicca che lo ha portato a nominare me e non il duca, perché voleva
vendicarsi per essere stato bandito dal seno della famiglia Roxton.
Quindi quale migliore vendetta di nominare il suo umile e ignaro
vicino tutore di sua figlia e stipulare che lei non possa far visita ai
parenti di sua madre? Comunque, il risultato involontario di quella
decisione, che sono certo Gerald non aveva mai preso in considerazione, è che io ritengo un privilegio essere il tutore di Teddy."

"Come fai a continuare a essere così filosofico? Così clemente? Vedi sempre il buono invece del male. E la pazienza!" Kate fece un verso, deridendolo. "Beh, certo quella non l'hai presa da *me*!"

"No," rispose Christopher, voltandosi verso la porta dove Carlo, con gli occhi sgranati, stava entrando in punta di piedi con il vassoio del caffè. "I miei genitori mi hanno instillato la virtù della pazienza. Una qualità estremamente necessaria per un agricoltore. Fran, se poteste occuparvi del caffè, per favore, io cercherò di sistemare le pagine, sperando di riuscire a rimettere insieme almeno una lettera. E mentre bevo il caffè per tenermi sveglio, ve la leggerò," disse a Kate, che, lo aveva notato, aveva ancora i pugni stretti, "ma solo se permetterete a Fran di spazzolare e acconciarvi i capelli in modo che si adattino al vostro bel viso."

"Nessuna meraviglia che tu sia stato un rinomato cavalier servente. Sai sempre che cosa dire a una donna… in ogni situazione."

"Non in *tutte* le situazioni," rispose pensieroso Christopher. "Non so mai che cosa dire a Mary… La cosa mi sorprendeva, all'inizio; trovarmi ammutolito in sua presenza. E poi mi sono reso conto che è perché sono innamorato di lei e quindi tutto ciò che le dico deve avere un significato. È importante che sia sincero. Così com'è importante che sia sincero con voi perché sapete che vi voglio bene… in un modo diverso, ovviamente, ma…"

"Oh, per l'amor del cielo! Smettila! Ti detesto quando sei-quando sei… *tu*."

"Milady! No! Sono stata zitta fin troppo!" Dichiarò Fran, maneggiando bruscamente le tazze del caffè che tintinnarono sul vassoio. "Non potete continuare a rimproverare il signor Bryce in questo modo dopo tutto ciò che ha fatto per voi. Gli volete bene, quindi perché siete così crudele? So che non siete intenzionalmente scortese e sconsiderata, ma…"

"Non sono affari vostri, Fran, e nessuno ha chiesto la vostra opinione. Tornate nel vostro angolo e al vostro uncinetto e lasciatemi alla mia… alla mia… *tristezza*."

"Povero me," mormorò Christopher. "Fran, Silvia e Carlo hanno avuto un paio di giorni difficili…"

"Un paio di giorni difficili? Fran, Silvia e-e *Carlo*? Che ne sai tu? Che ne sanno loro? Sono io quella miserabile, la stupida cieca che…"

"Anche se non dimenticheranno mai che sono i vostri servitori, oserei dire che nemmeno il pomposo Sir Gerald, se mai fosse stato benedetto dalla compagnia di una persona fedele e generosa come Fran, che è con voi ormai da dieci anni, le avrebbe ordinato di *tornare nel suo angolo*…"

Ci fu un attimo di pausa nella conversazione. Kate lo fissava, desiderando con tutto il cuore di poter vedere il suo volto, vedere l'amore nei suoi dolci occhi castani, occhi così simili a quelli di suo padre, e il bel naso diritto e il sorriso, che invece gli venivano da lei. L'aveva visto la prima volta che aveva posato gli occhi su di lui. Non quel giorno epocale in cui erano stati seduti una davanti all'altro a tavola, quando lui era solo un ragazzo di quindici anni, ma il giorno in cui era nato, quando l'aveva finalmente tenuto tra le braccia, esausta e sopraffatta, e si era detta, mentendo a se stessa, che non avrebbe mai e poi mai permesso che la separassero da lui; che sarebbe morta prima. Tutti ricordi, ora, la nascita, quella cena, quegli occhi, il suo sorriso, il naso diritto che aveva ereditato da lei…

Ora dipendeva dalla sua voce per dirle ciò che aveva bisogno di sapere, per calmarla e rassicurarla. Non c'era mai derisione o rimprovero nel suo tono di voce, solo pazienza, grandi quantità di pazienza. Era sempre così tollerante e indulgente con lei e c'era sempre, per quanto lui cercasse di nasconderlo, un sottofondo di tristezza per la situazione in cui lei si trovava.

Un ceppo che bruciava nel camino scoppiettò, si incrinò e si divise, riportandola di colpo all'immediato presente, ai suoni di Fran che alzava la caffettiera d'argento e versava il liquido caldo nella piccola tazza di porcellana, e Christopher che spostava le carte accanto a lei, controllato, leale, rassicurante e così necessario per la sua felicità…

"Oh Dio, perché sei così indulgente? Perché io sono *continuamente* ingrata?" Sbottò a dire, con la voce tremante. "Mi *detesto*!"

Christopher alzò le code della giacca e si sedette accanto a lei. Le prese la mano, e fu lieto quando lei non la tirò indietro, anche se continuava a tenere il volto girato. Si spostò sui cuscini così che quando lei alla fine avesse preso la decisione di guardarlo, le sarebbe stato più comodo vederlo.

"Kate," disse sommessamente, premendole le dita. "Kate. Ho detto il mio nome a Mary."

A quel punto Kate si voltò a guardarlo, stupefatta.

"Cosa? Il tuo *vero* nome?"

"Sì."

Kate era così incredula che dovette dirlo a voce alta. "Hai detto a Mary che da neonato ti chiamavi Cavendish?"

"Sì, pensavo che fosse ora."

Kate scoppiò in lacrime.

TREDICI

Seduto sul sedile sotto la finestra, al sole, con il braccio intorno a lei, mentre Kate si appoggiava alla sua spalla, Christopher le raccontò gli eventi sorprendenti della sera prima, omettendo deliberatamente il bacio. Gli interessava sapere che cosa poteva riferirgli Kate sul cugino di Mary.

"Evelyn Ffolkes è un furfante," dichiarò Kate, come fosse un fatto, non un giudizio. Si raddrizzò, permettendo a Christopher di prendere la tazza di caffè. "E ha scelto il momento peggiore per tornare dai morti."

"Un eufemismo, mia cara!" Disse Christopher con una breve risata, con in mente l'immagine di Mary e suo cugino rannicchiati insieme sul letto, talmente assorti nella conversazione che avevano dimenticato la sua presenza. "Ma dato che Mary è stata felicissima della riunione, per il suo bene non posso essere arrabbiato con lui. Irritato. Frustrato. Sospettoso delle sue ragioni. Certamente…" Bevve il caffè e si prese un momento per assaporare il gusto dolce-amaro del liquido denso. Sperava che si sarebbe sentito meno stanco in breve tempo. Bagnato dal calore del sole del mattino, ricordò che aveva dormito molto poco la notte prima. "Allora, che cosa potete dirmi di quel furfante del cugino di Mary?"

Tutta la cupa autocommiserazione di Kate era evaporata, insieme al suo umore petulante, sapendo che Christopher aveva fatto il passo monumentale di confidarsi con Mary riguardo alla sua nascita. Poteva averle detto solo il nome che gli avevano dato da neonato, e niente ancora della sua illegittimità, ma era un inizio. C'era stato un tempo in cui Christopher si era rifiutato di credere ai fatti, o di accettare l'esistenza di Kate. In Italia era cambiato tutto, quando lei lo aveva cercato. Le sue esperienze di vita lo avevano reso capace di accettare la verità, su se stesso, e su di lei. Tutto ciò che lei aveva sempre voluto era far parte, anche minimamente, della sua vita, e quando le sue preghiere erano state esaudite era quasi troppo tardi.

La nuova e affascinante serie di eventi ad Abbeywood occupava i suoi pensieri, abbastanza da diluire il suo interesse per la corrispondenza, anche se Fran stava diligentemente sistemando le pagine scartate nel loro rispettivo ordine a seconda delle lettere.

"So di *lui* attraverso le lettere di sua madre," disse Kate a Christopher. "Evelyn era un genio musicale. Veramente dotato e non solo perché lo diceva sua madre. Altri lodavano le sue composizioni e il suo modo di suonare. Ma sua madre si preoccupava che la sua virtuosità musicale gli togliesse la voglia di sposarsi e fornirle qualche nipote. E considerava la sua occupazione inadatta al nipote di un duca. Era una creatura altera, portata alla drammaticità, la nipote di un duca e sorella di un altro, e non uno qualsiasi, ma *Monsieur le Duc de Roxton...*"

"Il vostro vecchio spasimante?"

"Sì," rispose tranquillamente Kate e anche se non c'era il minimo accenno di disapprovazione nel tono di Christopher, lei sentì comunque un pizzico di disagio nel discutere il suo passato comportamento intemperante, una cosa che a quel tempo non l'aveva mai preoccupata. "Il mio vecchio spasimante, come lo definisci, *allora* non era vecchio. E giusto perché tu lo sappia, Roxton e io eravamo amanti ben prima del suo matrimonio..."

"... e quando alla fine lui si sposò, questo gran mascalzone si ravvide per la sua giovane e bella moglie. Sì, ricordo il racconto della loro storia d'amore... una favola, in un certo senso. Voi e tutti quelli che li conoscevano non potevate essere più felici per la coppia. Ho sempre desiderato incontrare l'eroina di una storia d'amore da fiaba. *Madame la Duchesse*, in particolare, perché mi dite che Mary le assomiglia."

"È ciò che mi hanno raccontato altri. Non ho mai conosciuto Lady Mary Cavendish, anche se conoscevo sua nonna Augusta molto bene." Kate rabbrividì. "Anche lei era una donna molto bella, ma con un cuore di pietra."

"Conoscerete Mary, spero presto. Ma stavate parlandomi della madre di Evelyn Ffolkes, la sorella di *Monsieur le Duc de Roxton...?*"

Ma Kate non si lasciò distrarre dalla sua storia, dicendo in fretta: "Roxton e io siamo stati amanti non in una, ma in due occasioni..."

"A me va benissimo non saperlo."

"... ed è della seconda occasione che tu, e la società, siete al corrente perché non abbiamo mai cercato di nascondere la nostra relazione. La maggior parte dei nobili con delle amanti non ne vede il bisogno; il reportage che ne fanno i giornali è banale fino all'estremo. Ma la prima volta che... ci siamo conosciuti..."

"Siete stati amanti," disse Christopher, sorridendo. "Non state parlando con Teddy, Kate. Forse avete dimenticato che ho quasi quarant'anni?"

Kate scosse la testa, sorridendo, ma disse seriamente: "Una donna non dimentica mai il giorno in cui diventa madre. Qualunque siano le circostanze. Quel giorno... È come se fosse ieri per me... Vorrei ancora che fosse ieri..."

Christopher sentì la bocca secca, ascoltando la tristezza nella voce di Kate. Si schiarì la gola.

"Mary ha detto che la nascita di sua figlia è stato il giorno più felice della sua vita. Non riesco a immaginare come se la sarebbe cavata, ammesso che fosse possibile, se fosse stata obbligata a rinunciare a Teddy quando aveva tre mesi."

"Non l'avrebbe sopportato. Io quasi non ci riuscii. Un amante comprensivo mi aiutò a lenire il dolore... beh, almeno a distrarmi dalla mia tristezza. Naturalmente Roxton non poteva immedesimarsi, ma provava compassione. Non so se abbia mai capito fino in fondo la profondità della mia tristezza, ma vide la creatura fragile che ero, e riuscimmo a tenere privata la nostra relazione. Mi aiutò a capire che, con qualche aggiustamento, la mia vita poteva continuare in modo tollerabile. E questo in un momento in cui la mia testa era piena di pensieri neri, in cui pensavo di suicidarmi..."

"Kate!? Oh Dio! No! *Perché?*"

Kate tese la mano e quando Christopher gliela prese, gli strinse le dita, sorridendo felice per la sua preoccupazione e per dimostrargli che quei pensieri cupi appartenevano solo al passato.

"Roxton aveva il dono di mettere tutto in prospettiva. Quelli che non lo conoscevano bene, che non capivano la sua arroganza altera, lo ritenevano insensibile ed egocentrico, e lo era, fino a un certo punto... e perché non avrebbe dovuto? Era un duca, per l'amor del cielo! Ma non era così arrogante con le persone cui teneva. Tutt'altro... Disse che se mi fossi uccisa non avrei mai sperimentato la gioia e le delusioni insite nel veder crescere i propri figli. Non capivo che avevo il meglio di due mondi... la comodità di avere un figlio allevato da una famiglia amorevole, che si prendeva tutte le responsabilità, mentre io non ne avevo nessuna. La mia vita restava beatamente inalterata. Era sempre così sardonico. E aveva sempre ragione, era esasperante!"

Sospirò, scosse gentilmente la testa, fece un respiro profondo, come per mettere da parte quei ricordi. Fran si materializzò al fianco di Christopher, offrendo altro caffè, e una tazza per Kate, che lui le mise con attenzione tra le mani, prima di dire, in tono indifferente: "Mary mi ha anche raccontato che il periodo più felice della sua vita furono gli anni passati da ragazzina con *Monsieur le Duc* e *Madame la Duchesse...*"

"Ah, sì. L'avevo dimenticato." Kate bevve un sorso di caffè e lo prese in giro, dicendo con ingannevole dolcezza: "Il ritorno del cugino Evelyn non avrebbe potuto avvenire nel momento più sbagliato nel tuo prolungato corteggiamento di Lady Mary, se lei ha finalmente cominciato a condividere delle confidenze sul suo passato, per noioso che sia. Predico che..."

"Kate, per favore, lei..."

"... Teddy avrà ventun anni prima che voi due arriviate a scambiarvi il primo bacio!"

"Che gentile," la interruppe seccamente Christopher, sperando che la sua precipitazione non lo smascherasse. "Parlatemi di ciò che sapete del tempo che ha passato con i Roxton."

"Ricordo di aver riso come una folle a una lettera di Roxton che si lamentava che con l'età si era accorto di aver perso colpi. Doveva ammettere di essere meno terrificante della sua reputazione. Che mentre riusciva ancora a zittire un servitore o un leccapiedi con un'occhiata, stava diventando sempre più difficile farlo con i suoi figli e i parenti più giovani." Kate fece un verso. "Ovviamente sua moglie non si era mai lasciata imbrogliare dalla sua fredda arroganza. E si chiedeva se l'amore incondizionato di sua moglie negli anni non lo avesse ammorbidito. Sapevo che era una domanda retorica perché, quando si trattava di Antonia, lui era sempre stato emotivamente un budino. In una delle sue lettere aveva scelto di menzionare proprio Mary. L'aveva definita una fiamma impossibile da estinguere. Diceva che aveva una curiosità insaziabile e uno spirito indomito che erano deplorevolmente stancanti per un vecchio aristocratico non abituato ad avere la propria onniscienza messa in discussione da una marmocchia di dodici anni. E a dire la verità, era segretamente contento, perché la ragazzina lo adorava. Proprio come Teddy adora te, e non scuotere la testa perché sai che è vero!"

"Tutto ciò che ho fatto è stato cercare di fornire a Teddy il miglior esempio possibile di come dovrebbe essere un padre, e il mio esempio è stato mio padre, che era il migliore degli uomini. Mentre Gerald era un genitore vergognosamente inadeguato. Ma chi può biasimarlo quando il suo esempio era Sir George?"

"Tuo padre era un uomo veramente eccellente... e intendo dire

Henry, non Sir George. Non avresti potuto desiderare genitori migliori, ragazzo mio. E mi ritengo fortunata in questo senso, ogni giorno, credimi…"

"Kate, io…"

"L'esuberanza di Teddy e il suo entusiasmo per la vita, il suo cuore d'oro e il suo ottimismo ricordano sua madre quando da ragazzina viveva con i Roxton," disse Kate, in fretta, per spostare la conversazione dalla nascita di Christopher, perché avevano già detto abbastanza sull'argomento per quel giorno. "Spero che non succeda niente nella sua vita che la faccia cambiare."

"Non succederà, se potrò dire la mia. Mi batterò fino all'ultimo respiro prima di permetterle di sposare un uomo come suo padre, perché non dubito che sia stato Gerald a soffocare l'esuberanza e l'ottimismo di Mary. Ma stavamo parlando del cugino di Mary," disse in tono più tranquillo. "Che altro potete dirmi del signor Evelyn Ffolkes?"

"Prima di tutto non è il signor Ffolkes ma Lord Vallentine e l'erede presuntivo al titolo di conte di Stretham-Ely…"

"*Lui* è un conte?" Sbuffò Christopher. "Ma certo, ovvio che doveva essere un conte!"

Kate ignorò il sarcasmo incredulo di Christopher.

"Lo sarà, non appena la sua identità sarà confermata. Il titolo è rimasto vacante per un certo numero di anni, nella presunzione della morte di Evelyn e perché il prossimo in linea di successione, un cugino molto più anziano, non desiderava avere il peso del titolo, e quindi ha rifiutato finché non fossero passati i canonici sette anni per dichiarare Evelyn ufficialmente morto. E ora che Evelyn è tornato prima della scadenza dei sette anni potrà ereditare ciò che è suo di diritto. È andato tutto piuttosto bene, non credi?"

"Roxton non riuscirà a nascondere la sua gioia nel riavere un altro nobile cugino in famiglia. E ordinare a Mary di unirsi a loro a Treat per i festeggiamenti di benvenuto."

"Ah. Quello sarà un po' più problematico."

"Problematico? Perché?"

Kate tese la tazza che Christopher prese e passò a Fran, poi si sistemò tra i cuscini, raccolse i pensieri sugli eventi passati, sapendo che Christopher la stava ascoltando assorto.

"C'è il fatto che Evelyn aveva sposato di nascosto una donna assolutamente inadatta, finendo per quello esiliato dalla famiglia, e, per quanto ne so, non è ancora stato ufficialmente riaccettato in seno alla famiglia." Kate alzò le spalle e rifletté ad alta voce: "Immagino che la sua morte significasse che non serviva perdonarlo. Il suo matrimonio affrettato aveva spezzato il cuore a sua madre…"

"Sì. Deve essere così. Mary mi ha detto qualcosa sul matrimonio segreto di suo cugino e che era stata lei ad aiutare lui e la sua sposa a fuggire dalla Francia."

"Davvero? Intraprendente da parte sua, e inconsueto, anche, andare contro i desideri della famiglia."

"Ha detto che la ragazza meritava di essere sposata."

"Sì, oserei dire che è così…"

"E credo che se Ffolkes erediterà il titolo di conte, Roxton riuscirà a superare lo sgarbo fatto alla famiglia con la sua fuga d'amore, specialmente dopo tutto questo tempo, e la morte di sua moglie."

"Oh, senza dubbio, eccetto che per un piccolo ma significativo evento di cui sono sicura che nemmeno Mary sia al corrente. Non sa che quella era la seconda volta che Evelyn tentava una fuga d'amore. La prima volta era intervenuto *Monsieur le Duc de Roxton*. Vedi, Evelyn aveva tentato di sposare di nascosto Deb Roxton quando lei era poco più di una ragazzina…"

"*Cosa*? L'attuale duchessa?"

"Sì, proprio lei. Tutta quella sordida faccenda è stata sepolta in fretta. È il motivo per cui sono scettica su una calda accoglienza da parte dei suoi parenti Roxton. Capisci perché l'ho chiamato furfante."

"In effetti." Christopher non le parlò delle attività di spionaggio di Evelyn per conto del capo dello spionaggio inglese o delle minacce che aveva rivolto a lui, che considerava nella migliore delle ipotesi vuote, ma, riflettendo, diede voce alle sue preoccupazioni sul perché Evelyn avesse scelto di presentarsi proprio ad Abbeywood Farm, quando avrebbe potuto tranquillamente bussare alle porte di Brycecomb Hall per ottenere le risposte che voleva sulle attività spionistiche di Sir Gerald.

"Quindi è una coincidenza che abbia scelto di tornare dal regno dei morti proprio ad Abbeywood, una fattoria isolata, dove risiede la cugina a lui più vicina, una vedova oltretutto, o i suoi scopi sono molto più complicati?"

Kate era scettica. "Dubito che sia una coincidenza, ragazzo mio." Quando Christopher digrignò i denti e serrò le labbra, aggiunse, cementando i suoi sospetti sui secondi fini: "Londra e l'alta società sarebbero stati un luogo molto più appropriato per annunciare il suo ritorno, specialmente per uno con il suo temperamento melo-drammatico."

"Temperamento melodrammatico? Ah!" Christopher stava pensando a come Evelyn dai capelli selvaggi avesse annunciato il suo ritorno vestito con un'enorme camicia da notte di Sir Gerald, con tutto l'aspetto di un fantasma. "Quell'uomo trasuda melodrammaticità da tutti i pori."

"Avrei pensato che il modo migliore per assicurarsi i diritti sul titolo di conte di Stretham-Ely sarebbe stato fare ammenda con il suo ducale cugino," ragionò Kate.

"Allora perché è qui a infastidire Mary?" Le chiese sommessamente Christopher.

Sia lui sia Kate avrebbero voluto avere una risposta a quella domanda, ma avrebbero dovuto aspettare. Ora c'era Teddy sulla porta, che aspettava di essere notata. E quando Christopher sorrise e le fece segno di venire avanti, la ragazzina attraversò la stanza di corsa e si lasciò abbracciare da Kate.

Le visite di Teddy mettevano sempre di buon umore Kate. Smetteva di pensare a se stessa e dimenticava per un po' la sua frustrazione per la vista che le veniva meno. Con Teddy su cui focalizzare la sua attenzione, Kate sembrava più la vecchia se stessa. Era dopo pranzo, ed erano in salotto, sazi dopo uno dei meravigliosi pasti italiani di Silvia. Kate e Teddy stavano giocando a scacchi, con Teddy che muoveva i pezzi per entrambe, mentre Kate restava seduta, agitando un ventaglio di pizzo biondo sul profondo *décolleté* come se fosse all'opera. Indossava uno dei suoi tanti vestiti di velluto, capelli e trucco perfetti grazie a Fran, in tutto e per tutto la moglie di un Lord ammiraglio.

Un po' prima, quando Carlo aveva servito loro il caffè, Christopher aveva ballato il minuetto con Teddy, come promesso, mentre Fran esclamava che non aveva mai visto un ballerino migliore del signor Bryce. Al che Kate aveva ribattuto che non ne aveva mai visti nemmeno lei e poi si era trovata tirata fuori dalla poltrona da Christopher, per ballare con lui. Era stato l'incoraggiamento di Teddy che l'aveva convinta a cedere. E quando tutti si erano nuovamente seduti e Christopher stava strimpellando la sua mandola, lui aveva fatto segno a Teddy che era un buon momento per presentare il suo regalo.

"Oh, che cos'è, bambina?" Chiese Kate quando Teddy le mise un pacchetto in grembo.

Ispezionò il pacchetto con le dita, vide che era legato con un grande nastro azzurro di seta, forse uno dei nastri per i capelli di Teddy, e sorrise alla ragazzina che era rimasta sul bracciolo della sua poltrona, desiderando poter vedere il suo sorriso ansioso e gli occhi brillanti di quel piccolo volto a forma di cuore incorniciato da una massa di capelli rossi.

"È per voi. Qualcosa che dovrebbe aiutarvi, e c'è anche qualcosa per aiutarvi a conoscermi meglio," disse Teddy con un'eccitazione a malapena contenuta, e poi diede un'occhiata a Christopher, che le sorrise, incoraggiandola.

"Tuo zio Bryce sa che cos'è?" Le chiese Kate.

Teddy scosse la testa, poi aggiunse in fretta, perché la vecchia signora era cieca e probabilmente non aveva visto la sua testa che si muoveva: "No, è una sorpresa anche per lui."

"Oh, bene!" Disse Kate, tirando il nastro. "Una sorpresa per tutti, allora."

"È una sorpresa per tutti eccetto lo zio Dair," aggiunse Teddy, non più tanto sicura di sé come quando le aveva consegnato il regalo. "Perché parte del regalo viene da lui. L'altra parte l'ho fatta io. Vedrete! Cioè…"

"Sì, vedrò," la interruppe Kate aprendo l'involucro di tessuto.

Dentro il pacchetto c'era una lente d'ingrandimento con il manico di ottone lucido, che non poteva in alcun modo aiutare Kate, perché la sua vista non stava calando, mancava del tutto. Ma ovviamente era il gesto che contava. La alzò e finse di guardare attraverso la lente e sorrise e ringraziò Teddy, presentando la guancia alla ragazzina per un bacio.

"Grazie, mia cara. È una cosa perfetta per i vecchi occhi stanchi quando devono leggere la carta stampata. E sono sicura che presto anche tuo zio Bryce ne farà uso, perché è…"

"Kate! Spero non stiate suggerendo che sto invecchiando?" Disse Christopher fingendosi offeso. "No! Che nessuno risponda."

Ma Teddy era l'unica che non sorrideva. Guardò Christopher, preoccupata, ma dato che lui continuava a sorriderle, riprese abbastanza sicurezza da rivolgersi a Kate e confessarle in tutta fretta: "Lo zio Dair era *sicurissimo* che una lente di ingrandimento avrebbe aiutato una persona con la vista scarsa. È il motivo per cui me l'ha data da dare a voi. Ho cercato di dirgli che non tutte le persone cieche sono uguali, che era diverso per voi, ma c'era la nonna e ha detto che era maleducato contra… *contraddire* le persone più grandi. Ma la nonna non vi conosce e nemmeno lo zio Dair. E io non volevo deluderli perché era un dono veramente generoso." Mise la mano tra le dita di Kate e le disse all'orecchio: "So che la lente di ingrandimento non può aiutarvi. Mi dispiace."

Kate mise una mano sulla guancia di Teddy e la tirò vicino per baciarla.

"Lo so, bambina. Ed è una magnifica lente di ingrandimento e un gesto gentile da parte di tuo zio Dair. Non gli diremo niente e tu lo ringrazierai da parte mia la prossima volta che lo vedrai. Promesso?"

"Promesso."

"Ah! Vedo che hai un'altra sorpresa per Kate, Teddy," annunciò Christopher, guardando il pacchetto in grembo a Kate e sperando di dirottare l'attenzione di tutti sul secondo regalo.

"Mi ha aiutato la mamma," disse orgogliosamente Teddy, guardando Kate che lo apriva e poi passava le dita su un pezzo di tessuto ricamato. "Ma ha solo tagliato e cucito gli orli. È una tasca, ma è speciale. Posso mostrarvela?"

"Prego," disse Kate, tendendole la tasca.

Christopher mise da parte la mandola e con Fran si spostò davanti alla sedia di Kate per vedere meglio il pezzo di tessuto a forma di pera. Era proprio una tasca, con due lunghi nastri di twill cuciti ai lati della parte stretta e che, quando avvolti intorno alla vita e legati, facevano posare la tasca con la parte aperta verso l'esterno, sul fianco di chi la indossava sopra le sottogonne, ma sotto la gonna. Ogni lato dell'apertura era ricamato con un tralcio di vite e fiori. I punti erano molto precisi ma Christopher notò che il lavoro non era all'altezza di quello di Mary. Era comunque un bel pezzo e c'erano volute parecchie ore di lavoro per la sua costruzione e il suo abbellimento.

"Che bella tasca, Teddy," la lodò Christopher. "Perfetta per il fazzoletto, l'astuccio e la chiave della scatola del tè di Kate. Che ne pensate, Fran?"

"Che la signorina Teddy ha proprio una bella mano con l'ago, signor Bryce," disse Fran con un sorriso alla bambina. "E che sua signoria non perderà mai più il suo fazzoletto!"

"Oh, ma non avete visto tutto!" Esclamò Teddy, dimenticando tutta la sua preoccupazione per l'inadeguatezza della lente di ingrandimento mentre voltava la tasca con l'apertura verso il basso per mostrare il rovescio, anch'esso ricamato e dove in un angolo c'era il suo monogramma. "Ho fatto questa parte tutta da sola, senza l'aiuto della mamma!" Disse orgogliosa e guardò Fran e Christopher prima di rivolgersi a Kate. "Questa sono io," disse e, prendendo la mano di Kate, guidò la punta delle dita della vecchia signora sopra la superficie del ricamo. "Ora potete vedermi. Vi piace?"

La punta delle dita di Kate scivolava su ogni rilievo del ricamo e all'inizio non aveva senso anche se cercava con tutte le sue forze di capire che cosa stava toccando. E poi Teddy glielo spiegò mentre le guidava ancora una volta le dita sul tessuto e allora capì.

"Lo zio Bryce dice che non potete vedere le mie lentiggini o il mio sorriso, ma che riuscite a vedere i miei capelli rossi. Quindi ho ricamato una faccia, con gli occhi, il naso e la bocca e i capelli rossi. Ma questa faccia è la mia perché è coperta di piccoli nodi di filo rosso. Quelle sono le mie lentiggini. E se passate le dita lungo la curva di questi punti, potete sentire il mio sorriso. Visto? Cioè, riuscite a sentirlo, Kate?"

Quando Kate annuì ma non rispose e non lo fecero nemmeno Christopher e Fran, Teddy si chiese se c'era qualcosa che non andava nel suo regalo. Stavano fissando tutti la tasca e il risultato dei suoi sforzi come se ci fosse qualcosa di sbagliato, o come se non fosse ciò che si aspettavano, e nessuno diceva una parola. Cominciò a sospettare che fosse un'idea stupida, anche se sua madre le aveva assicurato che a Kate sarebbe piaciuta moltissimo e l'avrebbe ritenuto un bel pensiero. Ma ora Teddy non era tanto sicura che sua madre avesse ragione. E quando Kate si portò la mano alla bocca e le sue spalle cominciarono a tremare, Teddy si convinse che ricamare il proprio ritratto sulla tasca era stata la cosa peggiore da fare. Cioè, finché Christopher le mise un braccio sulle spalle e le baciò i capelli e le disse che lei era la ragazza più intelligente che conosceva. E poi Fran la abbracciò, con le lacrime agli occhi, dicendo che era una bambina tanto dolce e cara e che aveva reso sua signoria molto felice. Teddy si sentì un po' rassicurata dalle loro lodi, ma fu solo quando Kate si asciugò gli occhi e le porse la guancia da baciare che si sentì completamente sicura.

"La terrò cara per sempre, tesoro mio," le disse Kate con un sorriso tra le lacrime. "E ora sarà la mia tasca preferita. Penso che ci terrò le tue lettere, e quando lo zio Bryce le leggerà a voce alta per me potrò sentirti tracciando il tuo sorriso e le tue-le tue lentiggini…"

"Sì, è quello che pensavo anch'io perché partirò molto presto per Cheltenham per andare a trovare la nonna." Teddy fece una smorfia, arricciando il naso. "Vorrei solo aver fatto due tasche con le facce…"

"Perché potessi anch'io indossarne una?" Le suggerì con entusiasmo Christopher, mantenendo la faccia perfettamente seria. Prese il regalo di Kate e tenne la tasca contro il fianco, con la parte ricamata all'esterno. "Vedi, mi si adatta perfettamente."

Teddy prima scrollò la testa, sorpresa, e poi scoppiò a ridere forte e Christopher la assecondò piroettando e poi inchinandosi, con la tasca ancora al suo posto. Le risatine di Teddy e le buffonate di Christopher alleggerirono considerevolmente l'atmosfera nella stanza.

"Che cosa stai facendo con il regalo di Teddy, ragazzaccio?" Domandò bonariamente Kate.

"Sta facendo lo stupidino!" Le rispose Teddy. "I ragazzi non portano le tasche, zio Bryce. Lo sapete."

"Certo che no!" Confermò Kate con una risata.

"Potrei dare il via a una moda…"

"Più a una sommossa, direi," mormorò Kate. "Ora restituiscimi subito il mio regalo."

Christopher tese la tasca a Teddy che la diede a Kate, chiedendole: "Perché due tasche, se una non è per me?"

"L'altra era per la mamma, per rallegrarla perché la nonna non la vuole a Cheltenham quest'anno. La nonna dice che adesso ho dieci anni ed è ora che vada a trovarla da sola e che la mamma deve stare lontana. E la nonna vuole che vada da lei due settimane prima del solito. So che la mamma non è molto contenta di essere lasciata indietro, ma si è fatta coraggio comunque e ha detto che sono fortunata ad avere la nonna tutta per me per questa visita."

"Allora dovremo vedere se possiamo soddisfare i desideri di Lady Strathsay," disse Christopher, sapendo che Mary avrebbe fatto del suo meglio per nascondere la sua delusione alla figlia e chiedendosi come fare per ritardare la visita senza che Mary incorresse nell'ira della contessa. "Anche se potrei non essere in grado di trovare il tempo per portarti a Cheltenham più presto, dato che c'è una riunione degli azionisti della Stroudwater Navigation..."

"Oh, ma non vi disturberemo per niente, zio Bryce, perché la nonna manderà qualcuno di speciale a prendermi con una grande carrozza."

"Qualcuno di speciale con una grande carrozza! Accipicchia, come ti vizia tua nonna, Teddy," tubò Kate con un pesante sarcasmo che sfuggì alla bambina di dieci anni ma che si guadagnò un sogghigno nascosto da Christopher, che conosceva l'opinione pungente di Kate sulla bigotta contessa di Strathsay.

Ma si ritrovò a chiedersi perché Mary non gli avesse parlato del diktat di sua madre. Sapeva che era arrivata una lettera della contessa due giorni prima; l'aveva consegnata lui a Mary. Eppure lei non aveva detto una parola sul sorprendente contenuto. Forse non sapeva come dirgli che non sarebbe andata a Cheltenham quell'anno e che il suo aiuto non sarebbe servito. Dopo tutto, lui scortava sempre a cavallo la loro carrozza, fino alla città termale e ritorno, dividendosi quando vedeva la carrozza al sicuro davanti alla porta della contessa. Eppure ora sembrava che anche lui fosse stato escluso dalla contessa. Ma se questo era il suo stratagemma, era destinato a fallire. Aveva tutte le intenzioni di accompagnare questa grande e sconosciuta carrozza e i suoi occupanti fino alla casa che la contessa aveva in affitto; avrebbe mancato al suo dovere di tutore se avesse fatto qualcosa di meno.

Con sua somma sorpresa, Christopher avrebbe scoperto il giorno dopo chi poteva essere questa persona speciale, che cosa costituiva una 'grande carrozza' e quando entrambi erano attesi ad Abbeywood.

QUATTORDICI

C'ERANO NON UNA MA DUE GRANDI CARROZZE NELLO SPIAZZO davanti al cortile della scuderia ad Abbeywood. Fosse successo in qualunque altra parte del regno, la parte sotto e le ruote di entrambi i veicoli sarebbero stati schizzati con abbastanza fango da comprovare l'opinione generale che le strade in quella parte di Inghilterra, se delle piste piene di solchi potevano essere chiamate così, erano le peggiori nel regno. Però quello che ricopriva le carrozze non era fango, ma calce proveniente da strade che erano perlopiù piste piene di solchi che zigzagavano lungo i fianchi ripidi delle colline e poi scendevano a fondo valle nella stessa pericolosa maniera. Era facile stimare che le carrozze, i carri e perfino quelli a cavallo viaggiassero più lentamente che in qualunque altra parte dell'Inghilterra. E meno male che il panorama era abbastanza pittoresco da fornire una distrazione dalla scomodità del viaggio, in ogni periodo dell'anno e in ogni stagione, eccetto forse quando pioveva a catinelle, quando né cavaliere, né viaggiatore né bestia da soma riusciva a vedere per più di un metro davanti al proprio naso.

La carrozza era stata staccata dai cavalli e stavano lavando via in fretta la calce appiccicosa, per evitare che bruciasse la vernice. E dato che i bagagli erano stati tolti dal tetto, Christopher stimò che i viaggiatori fossero arrivati al tramonto della sera prima. Ed era un bene perché avrebbe dato loro, ai loro cocchieri, alla scorta, e ai cavalli, tutta la notte per recuperare dalle fatiche dalla giornata precedente. Qualunque fosse la distanza dall'ultimo cambio di cavalli, fossero cinque o dieci miglia, viaggiare nelle Cotswold richiedeva un bel po' di forza d'animo e sopportazione.

Christopher dovette fare pesantemente ricorso a queste due qualità, dopo aver ricevuto una nota alle prime luci dell'alba, di presentarsi ad Abbeywood dopo colazione. Il signor Philip Audley, il segretario di sua grazia di Roxton, richiedeva la sua immediata presenza. Luke aveva consegnato il biglietto e dalle labbra tirate e l'espressione dei suoi occhi, il giovane servitore non era molto contento per il trambusto causato dall'arrivo dei cittadini titolati, non da ultimo per l'inconveniente di dover dividere la sua stanza con uno o più servitori al seguito dei nobili.

Christopher smontò nel cortile lastricato appena fuori dalla scuderia e consegnò le redini a Luke, che condusse in silenzio entrambi i cavalli verso i loro stalli. C'era attività dappertutto. I mozzi di stalla e gli uomini delle scorte si stavano dando da fare con acqua, biada e spazzole in una scuderia piena di cavalli, mentre il maniscalco locale stava facendo il giro, controllando i ferri. Christopher trovò il capo stalliere che conversava con uno dei cocchieri in visita. Lo stalliere rassicurò lo Squire che si stavano occupando di tutto e tutti: cavalli, uomini di scorta e cocchieri avevano un posto per dormire, acqua e cibo. Christopher gli diede il permesso di assegnare agli uomini tre quarti di sidro a cena e di chiamare un paio dei ragazzi del villaggio per dare una mano a spalare il letame dagli stalli, pulire i finimenti e le bardature e preparare le carrozze per il prossimo tratto di viaggio... fra quanti giorni?

Fu il cocchiere a dare l'informazione che Christopher stava cercando. Sua signoria aveva deciso di interrompere il suo viaggio lì ad Abbeywood per altre due notti, e poi avrebbe continuato il suo viaggio fino alla destinazione finale: la città termale di Cheltenham.

Christopher passò qualche minuto parlando del viaggio dei visitatori attraverso la valle e poi si diresse con riluttanza all'interno, nello studio del sovraintendente. Sperava di non trovare il signor Audley ad aspettarlo. Speranza vana. Vana come il pensiero che il pomposo segretario avesse scoperto in sé un'oncia di intelligente umiltà dopo la sua precedente visita.

"Siete finalmente riuscito a unirvi a noi, signor Bryce," disse il segretario di Sua Grazia di Roxton, dichiarando l'ovvio con giusto quella nota di acida superiorità nel suo tono di voce da far allappare i denti a Christopher.

Christopher lanciò un'occhiata a Timothy Deed, seduto al suo solito posto alla fine della scrivania, ma era tale la pila di registri di fronte a lui che era visibile solo dagli occhi in su. Ma fu tutto ciò servì a Christopher per vedere le sopracciglia cespugliose dell'ometto che si alzavano e poi si contraevano, rivelando i suoi pensieri, cosa che fece sorridere Christopher da un orecchio all'altro. Si chiese per quante ore Timothy avesse già dovuto sopportare la presenza del pomposo Philip Audley.

"C'è qualcosa che vi ha divertito e che vorreste condividere con noi?" Chiese Philip Audley, con un'esagerata gentilezza, intesa come un commento critico.

"Non con voi, signor Audley. Com'è stato il viaggio? Piacevole?"

Gli insoliti convenevoli dello Squire sorpresero il segretario, distraendolo dai suoi pensieri, esattamente l'obiettivo di Christopher.

"Cosa? Il mio viaggio? Che cosa intendete?"

"Con due carrozze fuori in cortile, posso presumere che il vostro fondoschiena abbia goduto il lusso del velluto imbottito…?"

"Il-il mio… *fondoschiena*? Non cap…"

Il signor Deed fece un verso, nascosto dai registri.

"Il vostro sedere…"

"So che cos'è un fondoschiena!" Il segretario rabbrividì, come se cercasse di liberarsi di un cattivo sapore in bocca. "Dimentico sempre quanto siate franchi voi uomini delle province. Senza dubbio non pensate che sia il massimo della maleducazione menzionare parti dell'anatomia nella loro forma più vile, ma quelli di noi che risiedono in contee e tra persone più civilizzate…"

"State insinuando che Lady Mary non sia civilizzata, signor Audley? Sua signoria che è la figlia di una persona così attenta alla correttezza come la contessa di Strathsay. Che vergogna."

"Non stavo facendo commenti sprezzanti su sua signoria!"

"Bene. Non voglio nemmeno che pensiate di conoscerla. Quindi che cosa stavate dicendo del vostro fondoschiena…?"

Timothy Deed si portò in fretta una mano alla bocca per nascondere un secondo scoppio di risa. Ma dato che Christopher manteneva un'espressione impassibile, il segretario suppose che lo Squire stesse semplicemente comportandosi come il provinciale che era e quindi disse, alzando altezzosamente il mento sopra la cravatta: "Naturalmente ho avuto un sedile all'interno, nella prima carrozza, con le loro signorie. Com'è giusto e corretto per il rappresentante di Sua Grazia di Roxton."

"Che meraviglia per gli altri occupanti della carrozza avervi come compagno di viaggio. Comunque io preferisco la sella e l'aria fresca. E gli altri rappresentanti delle loro signorie…?" Chiese Christopher, sapendo che il segretario propendeva per le minuzie sociali che elevavano il suo status sopra l'ordinario. "Sono stati relegati alla seconda carrozza... naturalmente?"

"La cameriera di Lady Fitzstuart ha viaggiato con noi, dato che c'era posto solo per il valletto di Lord Shrewsbury, il mio uomo e il valletto di Lord Vallentine nella seconda carrozza, per via dei bagagli extra quando ci siamo fermati a prelevare l'uomo di Lord Vallentine alla locanda *The two greyhounds*," spiegò Philip Audley, come se la sistemazione fosse di interesse supremo per tutti.

Christopher annuì tutto serio. In effetti, era la prima volta in cui era interessato all'amore del segretario per le minuzie sociali. Aveva avuto le informazioni di cui aveva bisogno, senza doverle chiedere direttamente. Ora sapeva non solo che il capo dello spionaggio, Lord Shrewsbury era uno dei visitatori, ma che era stato accompagnato da sua nipote, Lady Fitzstuart, moglie del fratello di Lady Mary, il maggiore Lord Fitzstuart. Non vedeva l'ora di incontrarli entrambi, la prospettiva di restare rintanato con Audley per ore, quando avrebbe potuto andare a conoscerli gli fece decidere di fare del suo povero assistente l'agnello sacrificale alle quisquilie amministrative di Audley.

"Se avete tutto ciò che vi necessita, signor Audley, vi lascio nelle capaci mani del signor Deed."

"No! No, non ho tutto. Tutt'altro! Sua Grazia mi ha mandato con una lista di domande. E ho anch'io delle domande da porvi e voi, signor Bryce, dovete rispondere in maniera soddisfacente. Quindi insisto che restiate finché avrò portato a termine il mio dovere nei confronti del mio datore di lavoro e voi avrete portato a termine il vostro come sovraintendente. Sono stato chiaro, signore?"

Timothy Deed passò lo sguardo dal segretario dalle labbra sottili al suo datore di lavoro e capì chi avrebbe vinto questa battaglia di volontà prima ancora che cominciasse. Il signor Bryce vinceva sempre, anche se il segretario si credeva il vincitore. Lo Squire non si era tolto il pastrano, né era venuto avanti nell'ufficio, ma rimaneva appena dentro la porta lasciata socchiusa, tutti segnali delle sue intenzioni. Il signor Deed sorrise tra sé e sé e abbassò gli occhi a livello del registro più in alto, con le orecchie ben aperte, come sempre.

"Perfettamente, signor Audley. Ma perché tanta fretta?" Chiese Christopher con calma, nascondendo la sua sorpresa per la nota di disperazione che si percepiva appena sotto la superficie dell'arroganza. "Dato che avremo il piacere delle vostre osservazioni e commenti critici per l'intera settimana, sono sicuro che le domande di Sua Grazia possano aspettare qualche ora, o forse fino a domani?"

Non era insolito per Christopher stuzzicare l'ometto con la sua ordinata parrucca e gli abiti austeri e immacolati, e di solito ci volevano parecchie ore, a volte un giorno intero, prima che il segretario si scaldasse. E anche allora Audley era così ostinato e concentrato sul suo scopo che spesso fraintendeva le risposte provocatorie di Christopher per le risposte di un tonto e quindi ripeteva le domande a voce più alta, come se lo Squire fosse anche duro d'orecchi. Questo, invariabilmente, portava Christopher a proferire risposte monosillabiche solo per porre fine al colloquio il più presto possibile. Ma non quel giorno. Il signor Audley era nervoso fin dall'inizio e la cosa incuriosiva Christopher.

"Purtroppo non sono in grado di restare un'intera settimana. Ho delle faccende, cioè Sua Grazia ha delle faccende altrove…"

"Altrove? Dove? Non c'è niente nel raggio di venti miglia da Abbeywood che potrebbe interessare il duca, vero?"

"Signore, non siete al corrente dei pensieri di Sua Grazia o dei suoi affari, quindi non potete sapere che…"

"Giusto. Ma conosco quest'area e questo è il mio dominio, non il suo. E quindi, se il duca ha degli affari qui, ho il diritto di saperlo."

La bocca del segretario si mosse per parecchi secondi, senza che ne uscisse verbo. Incapace di dare una risposta, afferrò la sua agenda degli appuntamenti, aperta sulla scrivania dov'era seduto, e fissò la sua stessa grafia senza riuscire a leggerla. Borbottò una risposta, qualcosa su un appuntamento a Stroud con un individuo che Christopher non aveva mai nemmeno sentito nominare su un argomento che il segretario non poteva spiegare perché era in una lettera sigillata riservata solo a questo individuo, dicendo, dopo essersi schiarito la gola: "Se poteste consegnarmi la chiave della scatola del tè, mi occuperò di passarla alla signora Keble."

Christopher si accigliò a questo improvviso cambio di argomento, sorpreso dalla richiesta. Il segretario l'aveva pronunciata come se fosse la cosa più naturale al mondo, e non era così, e tutte e tre le persone nell'ufficio del sovraintendente lo sapevano.

"La chiave della scatola del tè? Perché dovrebbe interessarvi avere quella chiave?"

"Non sono affatto interessato alla chiave, signor Bryce," sbottò il segretario. "La signora Keble l'ha richiesta e quindi voi la fornirete…"

"No. Assolutamente. La signora Keble non ha il diritto di assillarvi con i suoi reclami o le sue richieste."

"Non l'ha fatto! Voglio dire, non è un reclamo. Gli ospiti richiederanno il tè…"

"Lady Mary ha la chiave e solo lei è autorizzata a usarla. La signora Keble lo sa, e da due anni, e anche voi. Ora, se questo è tutto ciò di cui avete bisogno nell'immediato, il signor Deed potrà aiutarvi a…"

"Signor Bryce, come rappresentante di Sua Grazia, voi mi consegnerete la chiave o…"

Christopher fece un passo verso il segretario, che istintivamente si ritrasse dietro la scrivania, con l'agenda degli appuntamenti stretta al petto come se fosse uno scudo.

"Oppure che cosa, signor Audley? Me la toglierete con la forza? Penso di no. Se può servire a farvi sentire meno un verme, se Sua Grazia il nobilissimo duca di Roxton fosse qui davanti a me e facesse la stessa richiesta, gli darei la stessa risposta." Christopher sorrise a labbra tirate. "Anche se, forse, sarei un po' più *educato*. Signor Deed! Se avrete bisogno di me, mi troverete per un po' nel giardino recintato, dove credo al momento Lady Mary stia prendendo un po' d'aria."

Dopo quella dichiarazione, Christopher si voltò, con le falde del pastrano che frusciavano contro gli stivali, e li lasciò lì, il segretario con la bocca semiaperta e il signor Deed che si alzava sulle sue ginocchia artritiche da dietro la montagna di registri e cercava di sentire le voci oltre la finestra con la sua vista sul giardino recintato. Nella sua visuale c'erano solo due giardinieri e non riusciva a sentirli, né tanto meno riusciva a vedere o sentire Lady Mary. L'assistente del sovraintendente riprese il suo posto, meravigliandosi per l'ennesima volta dell'onniscienza dello Squire quando si trattava di sua signoria.

Mary stava effettivamente prendendo una boccata d'aria, passeggiando sul sentiero di ghiaia parallelo al muro meridionale dove un'ipomea perenne si arrampicava su un traliccio fissato al muretto a secco, stracarica di fiori purpurei. In quella parte del giardino recintato c'era una serra e un frutteto con aranci, peschi e albicocchi. Dall'altro lato del sentiero c'erano aiuole con profumati flox rosa chiaro, astri azzurro fiordaliso e margherite azzurro lavanda; dappertutto il profumo e i colori dell'autunno.

Oltre le aiuole fiorite c'erano le arnie di Mary e, ancora più in là, gli orti con le verdure e le erbe aromatiche che rifornivano la casa, con gli appezzamenti che arrivavano fino al forno e al frantoio per il sidro dietro la cucina. Quattro giardinieri stavano lavorando negli orti mentre due cameriere stavano raccogliendo la verdura in cestini di vimini per portarla alla cuoca. Un'altra cameriera era occupata a raccogliere le uova nel pollaio. Il caseificio era appena dall'altra parte del basso muretto divisorio, pochi passi dopo un cancello.

E anche se in quest'area della tenuta c'erano tanti servitori quanti ce n'erano in casa, tutti intenti ai loro compiti quotidiani, i giardini davano a Mary un senso di tranquillità che non riusciva mai a trovare al chiuso. Era uno spazio che Sir Gerald non visitava mai perché lo considerava reame dei servitori, non adatto a un gentiluomo. Nemmeno una passeggiata nel giardino formale, con le sue siepi topiate, riusciva ad allettarlo. Se non era nel suo studio, in sala da pranzo o a letto, era fuori a caccia, a sparare o a cavalcare per il suo dominio, come il signore del castello.

E quindi Mary era lasciata in pace, a fare ciò che voleva con le aiuole di erbe, verdure e fiori, i sentieri formali, le sue api, i polli e il formaggio. Ed era lì, dentro le alte mura di pietra, che lei trovava sempre un punto, al sole o all'ombra a seconda della stagione, per sedersi e leggere le sue lettere, senza interruzioni.

Aveva portato la sua visitatrice da quella parte del giardino non solo perché era il suo spazio privato preferito, ma perché il terreno era piatto, vicino alla casa e la passeggiata era facile. Ma erano uscite specialmente perché aveva capito che sua cognata aveva qualcosa di importante da condividere con lei che non voleva che gli altri sentissero. Si stava chiedendo se fossero notizie da Barbados, da suo fratello, riguardo il loro padre, ma non voleva fare congetture. In effetti non riusciva nemmeno a pensare o a credere che sua cognata avesse fatto il viaggio fino ad Abbeywood.

Era il crepuscolo, la sera prima, quando la signora Keble l'aveva sorpresa con la notizia che due carrozze erano entrate dai cancelli. Evelyn, rasato di fresco e curato, con un po' meno l'aspetto di un fantasma e più il suo aspetto abituale, era balzato dalla poltrona accanto al fuoco, dove stavano giocando a scacchi, per nulla sorpreso. Aveva annunciato che Lord Shrewsbury era finalmente arrivato, e che era ora. E anche se avevano assunto degli aiutanti nel villaggio, procurato ciò che la cuoca aveva richiesto e arieggiato, spolverato e preparato le stanze degli ospiti, tanto che Mary riteneva che Abbeywood fosse pronta ad accogliere i visitatori, nessuno aveva pensato a un ospite che non fosse in grado di salire le scale fino al primo piano, alla stanza assegnata.

Mary era stata mortificata di non poter fornire a Lady Fitzstuart un letto al pianterreno. Ma siccome gli ospiti sarebbero rimasti solo tre notti e lei aveva il braccio di suo nonno su cui appoggiarsi, la giovane Lady Fitzstuart disse sorridendo dolcemente che non era affatto un inconveniente, ed era sincera. Rory avrebbe solo voluto che suo marito fosse con lei, e non nei Caraibi. Lui avrebbe potuto portarla di sopra facilmente, come aveva fatto durante il primo mese di matrimonio, quando erano vissuti a Fitzstuart Hall, casa ancestrale dei conti di Strathsay. Sperava che la sedia monta-persone che avevano ordinato sarebbe già stata installata nella sua nuova casa prima che tornasse Dair.

Tutti mormorarono il loro assenso, non volendo turbare la giovane donna che era stata una sposa per meno di due mesi prima che il marito fosse obbligato a partire per un periodo prolungato. E nessuno voleva fare congetture a voce alta su quando il maggiore Lord Fitzstuart sarebbe tornato, anche se Lord Shrewsbury rispose alla domanda che tutti avevano in mente, che non c'erano notizie e che dal maggiore non erano ancora arrivate lettere, e poi, in ossequio alle signore, Lord Shrewsbury cambiò argomento.

Fu solo dopo aver augurato la buona notte alla compagnia ed essere andata con sua madre all'inizio delle scale dove l'aspettava la sua bambinaia, che Teddy chiese sussurrando della pronunciata zoppia di Lady Fitzstuart e perché dovesse usare un bastone per muoversi. Si era chiesta se la sua nuova zia avesse avuto un incidente, e Mary le spiegò che la moglie dello zio Dair era nata con un piede storto, ma che un inconveniente così piccolo non sminuiva la sua gentilezza o il suo carattere dolce né la sua bellezza, vero? Teddy confermò che la zia Rory, come Lady Fitzstuart le aveva chiesto di chiamarla, era carina e delicata come una delle preziose statuine di porcellana della nonna.

E ora la zia Rory di Teddy stava usando il suo bastone e si appoggiava leggermente sul braccio di Mary, godendosi una passeggiata tra le aiuole fiorite nella fresca aria mattutina. Entrambe le signore indossavano delle giacche corte e scialli di lana drappeggiati sulle spalle, guanti di pelle di capretto e stivaletti sotto le gonne imbottite.

"Dovete essere delusa di non accompagnarci a Cheltenham quest'anno, milady."

"Mary. Io sarò sempre Mary per te e tu sarai sempre Rory. Sei sposata con mio fratello, e questo fa di noi due sorelle." Mary sorrise e mise una mano sopra quella di Rory. "Non ho mai avuto una sorella e sono così contenta di averne una adesso."

"Nemmeno io! E anche se voglio molto bene a mio fratello, ci sono state volte in cui avrei voluto una sorella con cui confidarmi, su quelle piccole cose di cui i fratelli, gli uomini, non hanno idea. Ma senza nemmeno una madre cui rivolgermi, il povero Harvel era obbligato ad ascoltarmi, non aveva scelta." Rory diede un'occhiata a Mary, aggiungendo, con un lieve tocco della mano: "Tu sei stata più fortunata, avevi una madre pronta ad ascoltarti."

"Vorrei che fosse vero," dichiarò Mary senza mezzi termini, ma senza rancore. "E tu devi averlo pensato, altrimenti non l'avresti detto. Ma sono anche sicurissima che, essendo saggia quanto bella, tu abbia già capito perfettamente che tipo sia mia madre, anche se l'hai conosciuta da poco. E Dair ti avrà confidato ciò che non sai o non capisci di lei."

"Sì. È così. Non avrei dovuto fingere il contrario, perdonami."

"Non c'è niente da perdonare. Ti stavi solo comportando educatamente, o cercando di non offendere i miei sentimenti. Ma noi Fitzstuart siamo sempre stati franchi, a dir poco, e sinceri fino all'eccesso. A volte la gente pensa che siamo insensibili. Ma *questo* non potrebbe essere più lontano dalla verità. Io credo che la nostra infanzia triste abbia reso me e i miei fratelli suscettibili al dolore. E che sia per quello che tu, che conosci e ami moltissimo mio fratello, hai cercato di risparmiare i miei sentimenti." Mary sorrise a qualche ricordo, con gli occhi color lavanda che brillavano, e aggiunse ironica: "Dair reagiva al dolore usando i pugni; Charles si rifugiava nei suoi libri, e io…? Io restavo zitta e remissiva… La scelta dei codardi, immagino, ma almeno le mie opinioni e i miei sentimenti restavano solo miei." Mary si fermò e si voltò verso Rory. "Ora sei tu che devi perdonarmi. Mi sento un po' ferita perché mia madre non mi vuole a Cheltenham. In ogni altro momento, e so che non mi considererai una figlia irrispettosa se lo dico, il suo ordine di restare lontano sarebbe stato solo un sollievo, se non fosse che devo mandare Teddy da sola. Non sarebbe la prima volta che ci separiamo. Ho dovuto lasciarla qui con la sua bambinaia in numerose occasioni, per ordine di mio marito, e poi c'è stata quella volta in cui non ha potuto raggiungerci a Treat per il vostro matrimonio… Ma non voglio negare a Teddy una visita a sua nonna. E sono più rassegnata alla separazione perché sarai tu ad accompagnarla."

"Oh, sapevo che eravamo destinate a essere buone amiche oltre che sorelle quando Alisdair mi ha confidato che condividiamo la stessa particolare, brutale sincerità!" Rispose Rory con un radioso sorriso. "Avevo pensato che Dair fosse ironico, ma ora vedo che tuo fratello ti conosce. Sono molto felice che Lady Strathsay abbia chiesto al nonno di fermarsi qui a prendere Teddy per portarla da lei a Cheltenham, perché ci ha permesso di conoscerci meglio e di incontrare Teddy a casa sua. Anche se confesso che so qualcosa di tua figlia, grazie ad Alisdair, che è uno zio molto orgoglioso. Sembra che lui e sua nipote condividano l'amore per la natura. Anche se mi chiedo come farà a restare confinata in una casa in città con solo sua nonna come compagnia…"

"Preoccupa anche me," rimuginò Mary, poi aggiunse, sopprimendo le paure indesiderate e obbligandosi a vedere il meglio: "Sono sicura che mia madre la porterà in giro. Lady Strathsay adora farsi vedere. E Teddy sa come comportarsi, specialmente quando indossa un corpetto con le stecche e i cerchi. Ma c'è qualche motivo particolare per cui devi andare a Cheltenham?" Continuò Mary, cambiando abilmente argomento perché parlare di sua madre aveva sempre il potere di turbarla. Ripresero a passeggiare. "Spero che non stiate visitando la città perché tuo nonno non si sente bene... o forse tu?"

"Oh no! Noi, il nonno e io, stiamo entrambi molto bene. Mio fratello e sua moglie risiedono lì, per via della salute di Silla. Non c'è niente che non vada in lei, intrinsecamente. Essere incinta è uno stato perfettamente naturale e i medici dicono che la sua gravidanza sta progredendo bene. Solo che Silla è diventata ancora più... *particolare* nei suoi bisogni e desideri. E Harvel vuole farle piacere e fa di tutto per assicurarsi che abbia il meglio di ogni cosa ma, facendolo, si sta esaurendo. Quindi il nonno e io vogliamo rallegrarlo un po'. E, a voler essere sincera, un po' di distrazione non mi farà male, anche se sarà solo ascoltare le pretese e le paure irragionevoli di Silla."

"Sì. Capisco... le ansie di tuo fratello, e le tue... in particolare le tue, dato che so quanto disperatamente devi voler ricevere notizie di Dair. Hai ricevuto qualcosa, qualsiasi cosa, dopo aver saputo che era arrivato sano e salvo?" Quando Rory scosse la testa, Mary disse, in un tono forzatamente fiducioso che sperava nascondesse la sua ansia: "Arriverà di sicuro un'altra lettera più particolareggiata. Dair non è mai stato un corrispondente prolifico, ma ti scriverà prima che a chiunque altro perché ti ama moltissimo."

Rory annuì vigorosamente, con la testa bassa e lo sguardo fisso sul sentiero di ghiaia. Mary non poteva vederle il volto, la corona del cappellino di sua cognata glielo impediva. E quando Rory rimase muta, Mary sospettò che stesse piangendo.

"Oh no, adesso ti ho turbato e non era mia intenzione!"

Rory alzò la testa per permettere a Mary di vedere la sua espressione e, lungi dall'essere turbata, stava sorridendo da un orecchio all'altro e c'era una tale luce nei suoi chiari occhi azzurri che Mary batté le palpebre. Ma non ebbe il tempo di pensare a una ragione possibile per la radiosità di Rory, anche se più tardi si sarebbe meravigliata della propria ottusità.

"Oh, Mary, sono così felice. Volevo scrivere, ma avere l'opportunità di dirtelo di persona e che tu sia la prima a saperlo è tanto più bello! Non l'ho detto a nessuno, non al nonno, o Harvel o alla mia madrina duchessa e, sicuramente, non a Silla, perché è ancora irritata con me per averle rubato la scena sposando Alisdair."

"Lady Grasby è una stupida ochetta egocentrica," dichiarò Mary, irritata, senza riuscire a fermarsi. "Oh, Rory, io..."

"Sono d'accordo con te. E lo sono anche il nonno e Harvel. Ma dobbiamo vivere con lei come meglio possiamo. Che sia finalmente incinta, e speriamo in un erede, ha contribuito parecchio a calmare i nervi del nonno quando è in sua compagnia. Lui spera in un maschio, lo speriamo tutti, per assicurare il titolo oltre Harvel."

"Sì. È importantissimo. E spero per la pace mentale di Lord Shrewsbury che sia un maschio… Ma ti ho interrotto. Stavi dicendo che sono la prima a sapere…?"

Rory ridacchiò di fronte alla ponderata espressione interrogativa di Mary, divertita dal fatto che la cognata non avesse ovviamente intuito a che cosa stava alludendo. Represse in fretta la sua esuberanza perché non voleva apparire troppo compiaciuta e disse con calma: "Credo che non lo dirò ad Alisdair fino al suo ritorno, perché anche se la mia notizia lo renderà molto felice, si preoccuperebbe inutilmente per me. E ha abbastanza preoccupazioni a Barbados. Inoltre non c'è niente che possa fare da una tale distanza, quindi a che cosa serve farlo preoccupare? Ma i mariti non possono farne a meno, vero?" Rory si chinò verso Mary, come se non volesse farsi sentire da altri, e disse con un sorriso: "So di essere maliziosamente egoista, ma voglio sorprenderlo al suo ritorno, per poter vedere io stessa la sua espressione. Mary. Oh, Mary. Non l'hai indovinato? Sono *enceinte*."

La sorpresa evidente sul volto di Mary disse a Rory ciò che aveva sospettato, che la cognata non aveva avuto il minimo sentore. Ma l'espressione sbalordita fu immediatamente sostituita dalla felicità. Abbracciò Rory, talmente piena di gioia che le vennero subito le lacrime agli occhi. Rory le diede la risposta all'importantissima domanda senza bisogno che gliela facesse.

"Sono incinta di quattordici settimane, quindi sono sicura, per quanto sia possibile esserlo, che il bambino è qui per restare."

"Dair sarà entusiasta! E io sono onorata che abbia scelto di confidarti con me per prima."

"Spero che sarai doppiamente onorata perché desidero che tu sia la madrina del nostro bambino…"

Mary ansimò. "Davvero? Io? La madrina?"

Rory annuì. "Certamente. So che è quello che vorrebbe anche Alisdair. Per favore, devi dire di sì."

"Oh, sì. Sì, certo!"

Rory sorrise e baciò la guancia arrossata di Mary. "Bene. Sono contenta che sia sistemato. Voglio che il mio bambino abbia una madrina adorabile come la mia, perché la madrina duchessa è la migliore che potevo sperare di avere. E so che tu sarai altrettanto amorevole e saggia."

Quando Mary riuscì a ritrovare la voce, perché aveva trovato le parole della cognata estremamente toccanti, la ringraziò e poi chiese:

"La tua famiglia non sarà delusa di non ricevere la meravigliosa notizia il più presto possibile?"

"Intendo dirglielo," spiegò Rory. "Ma dopo il nostro soggiorno con Harvel e Silla."

"Credi che Lady Grasby si risentirà perché le ruberai nuovamente la scena?"

"Oh, quindi hai capito," disse Rory con un sorriso di sollievo. "In qualche modo sapevo che avresti capito. E anche se il nonno e mio fratello saranno entusiasti della notizia, si agiteranno inutilmente per me, nel miglior modo possibile, come se la gravidanza potesse interferire con la mia capacità di-di... *camminare*. E mentre a Silla piace essere coccolata, a me no."

"E la cugina duchessa...?"

"Le scriverò, e anche ai Roxton appena avrò informato la mia famiglia, cosa che farò l'ultimo giorno del nostro soggiorno a Cheltenham. Ma c'è una persona cui devo dirlo quando farò conoscere a tutti la mia novità, e appena possibile, altrimenti si sentirà eternamente offesa. Spero che tu mi possa suggerire come farlo senza troppo clamore..."

"Ti stai riferendo a mia madre."

"Sì. Lady Strathsay deve essere informata. Ma temo, con una certezza deprimente, che una volta che saprà della mia gravidanza, non la finirò più di sentire i suoi buoni consigli. Non ti offenderai, carissima Mary, se ti dico che sua signoria è la fonte di molti consigli indesiderati da quando ho sposato suo figlio."

Mary sospirò e notando una panchina sotto un pergolato di rose appena più avanti, vi accompagnò Rory e si sedette con lei.

"Vuoi veramente i miei consigli?" Chiese alla cognata.

"Sì, certamente."

"Allora te li darò, e senza pregiudizi. Non dare assolutamente la magnifica notizia a mia madre mentre sarai a Cheltenham," disse francamente Mary. "Hai ragione a preoccuparti. Una volta che saprà della tua gravidanza, i suoi consigli, quali che siano, non smetteranno mai. Mi scuso perché sto dipingendo un quadro sconfortante, ma devi fidarti di me. E finché Dair non sarà a casa, al sicuro, ti consiglio di tornare a vivere sotto il tetto di tuo padre, dove sarai più a tuo agio. Ti direi di usare la scusa di coltivare i tuoi preziosi ananas per tornare a Talbot House, ma mia madre la considererebbe solo una bizzarria. Quindi usa la scusa che a Talbot House c'è la sedia monta-persone. E, se ci pensi, non è poi del tutto una scusa, ma diventerà una necessità man mano che il bambino crescerà e quindi la pressione sulle tue caviglie aumenterà. E una donna in avanzato stato di gravidanza non è mai completamente stabile sui piedi, quindi non può arrampicarsi su e giù dalle scale con facilità, tanto più se deve usare un bastone. Se dovessi cadere, nessuno di noi si perdonerebbe, e mia madre diverrebbe ancora più insopportabile."

"È un'idea eccellente," confermò Rory. "Non devo nemmeno distorcere la verità e Harvel sarà lieto di avermi a casa. Specialmente quando arriverà il suo bambino, perché sono sicura che Silla non vorrà allattarlo e lo consegnerà alla balia appena comincerà ad agitarsi. Io avrò così la possibilità di passare del tempo con mio o mia nipote, dato che so veramente poco dei bambini in generale." Diede un'occhiata a Mary e chiese a bassa voce: "Lady Strathsay ti è stata di conforto quando aspettavi Teddy?"

Mary rabbrividì. "No. Mia madre era solo ricca di consigli e quando avevo più bisogno del suo sostegno, quando desideravo allattare la mia bambina, si unì a Sir Gerald opponendosi, dicendo che dato che avevo avuto la sfortuna di mettere al mondo una femmina, mentre mio marito aveva assolutamente bisogno di un maschio, il minimo che potevo fare era di non incomodarlo più a lungo del necessario. Allattare avrebbe solo ritardato le cose e io avevo il dovere di restare incinta di nuovo appena possibile."

Rory rimase inorridita, ma dovette comunque chiederlo. "E tu che cosa hai fatto?"

"Che cosa ho fatto?" Disse Mary, tornando al presente. "Ero più giovane di te, e molto più ingenua. In effetti, penso di essere stata piuttosto stupida. O, perlomeno, ignorante e piuttosto malleabile."

"Stavi solo facendo il tuo dovere di moglie, ciò che pensavi avrebbe fatto piacere a tuo marito e a tua madre."

Mary sorrise, toccando la mano di Rory. "Sì. Tu *sei* molto più saggia di quanto lo fossi io alla tua età. E come tutti sanno, ho mancato nei confronti di mio marito, restando sterile per il resto del matrimonio. Non ho mai avuto un altro figlio, anche se persi un bambino quando rimasi incinta poco dopo aver avuto Teddy. Il medico era dell'opinione che ci fosse la possibilità che non concepissi più, e così è stato." Smise di parlare con un sospiro, poi scacciò dalla mente quei pensieri malinconici e disse in tono allegro: "Ma tu, mia cara sorella, sei intelligente e decisa e non permetterai mai a nessuno di persuaderti, quando anche fosse tuo marito a fare una richiesta simile. Ma Dair non assomiglia in nulla a Sir Gerald e il tuo matrimonio non è come il mio. Il tuo è un matrimonio felice ed entrambi sarete genitori meravigliosamente amorevoli."

"Grazie per la tua fiducia in noi. E non dovrei preoccuparmi inutilmente perché non so niente di bambini, perché Alisdair è un genitore molto migliore di quanto sia mai stato suo padre. È così buono e paziente con Jamie, che, ne sono sicura, mi insegnerà a occuparmi di un neonato o, almeno, farà in modo che sia meno nervosa. Oh! Oh no! Adesso ti ho sconvolta," disse Rory in tono di scusa quando Mary si sedette rigida, con le labbra tirate. "Non avrei dovuto menzionare Jamie? Non se ne parla di solito in famiglia? Avevo pensato che non avresti obiettato, dato che sei sua sorella e siamo in privato qui nel giardino. Se potessi vedere Alisdair con Jamie e i fratellastri di Jamie, tutti adorano tuo fratello, e con il fratellino appena nato di Jamie lui sa esattamente che cosa fare, come tenerlo, confortarlo, tanto che lo fa sembrare facile. È così spontaneamente un padre..."

"Non hai bisogno di convincermi, Rory," la interruppe Mary, con una ruga tra le sopracciglia, facendo del suo meglio per esporre i suoi pensieri. "Mio fratello è uno zio amorevole per Teddy ed è naturalmente affettuoso con i bambini. Si merita i miei elogi perché ha cercato di essere un buon padre per Jamie, quando la maggior parte degli uomini, in circostanze simili, e a un'età così giovanile, non avrebbe riconosciuto un figlio nato in quella situazione, tanto meno avrebbe fatto di tutto per far parte della famiglia della madre. E da ciò che ho sentito della famiglia Banks dalla cugina duchessa, e osservando i nonni al ricevimento per le tue nozze, il ragazzo sta crescendo in una casa decente e amorevole... È solo che Dair non ha mai discusso di Jamie con me. Mi chiedo se era perché Sir Gerald era così critico nei confronti di Dair per aver apertamente riconosciuto di avere un figlio naturale? Sia mio marito sia mia madre considerano la famiglia Banks indegna di nota. Quindi non posso biasimare mio fratello per non aver saputo come la penso; non ho mai parlato in mia difesa, quindi perché avrei dovuto farlo per lui? È il motivo per cui mi chiedo che cosa deve pensare di me. Sono riuscita a spiegarmi?"

Rory piegò di lato la testa e rifletté per un momento, poi sorrise. "Sì, credo di sì. Dair prova po' di soggezione nei tuoi confronti, sai?"

Quella rivelazione fece scoppiare Mary in una risata.

"Davvero? Dair in soggezione...? Ma com'è possibile? Io sono un topolino e lui, lui è un leone!"

"Ma perfino un topo può spaventare le creature più grandi e feroci, e fino alla sottomissione. Non che lui abbia paura di te, ma ammira la tua padronanza."

"La mia... *padronanza*?" Mary non credeva di avere quella qualità, ma credette a ciò che le diceva Rory. "Oh mio Dio! Non ne avevo idea. Che strane creature siamo. Purtroppo, non ci siamo comunicati i nostri sentimenti o l'ammirazione reciproca, come a volte succede tra fratelli e sorelle, specialmente quelli che non vivono assieme fin dalla tenera età. Io avevo dodici anni, Dair dieci e Charles otto quando abbiamo lasciato la nostra comune aula scolastica a Fitzstuart Hall. I ragazzi sono andati a Harrow e io sono andata a vivere con i miei cugini, a Treat." Sorrise e strinse la mano guantata di Rory. "Ma da quando sono rimasta vedova sto imparando a esprimere meglio i miei pensieri e le mie opinioni, come ho appena fatto con te su mia madre e mio marito, una cosa che non avrei mai osato dire a voce alta quando ero sposata, pensando di essere sleale con loro."

"Posso chiederti, visto che tua madre ti ha scoraggiato dall'attaccare al seno Teddy, se Lady Fitzstuart ha allattato qualcuno dei suoi figli?"

"Cosa? Mia madre allattare un neonato?" Mary si lasciò sfuggire un verso poco signorile che fece sorridere Rory. "Per favore, non permetterle di convincerti a fare diversamente, se è tuo desiderio allattare il tuo bambino. Se mai sarò tanto fortunata da risposarmi e da avere un altro figlio, farò come voglio…"

"… e allatterai?"

"Certamente. Non è forse la cosa più naturale al mondo che una madre voglia nutrire il suo bambino?"

Rory emise un piccolo sospiro di sollievo e rilassò le spalle. "Oh, bene. Sono così contenta che siamo d'accordo perché anche se Silla non lo farà e altre, come lei, usano una balia, io non potrei. Desidero veramente allattare il mio bambino."

"E allora devi farlo e non permettere a nessuno di persuaderti del contrario. Dair sosterrà certamente la tua decisione. Prego solo che ritorni prima del lieto evento e sono sicura che sarà così," aggiunse Mary in fretta quando, per la prima volta da quando erano uscite in giardino, il sorriso di Rory vacillò e lei sembrò preoccupata. "Nostra madre ha avuto ben poco a che fare con noi finché non ci hanno tolto le fasce e abbiamo fatto i primi passi. Ma capisco il perché. Per i primi quattro anni del suo matrimonio è stata costantemente incinta e ha odiato ogni minuto," continuò, per distrarre Rory dal pensare a quando sarebbe tornato suo marito dall'isola di Barbados. "Anche se nessuna delle sue gravidanze è stata particolarmente difficile in sé. E quando noi uscivamo dalla nursery, che lei visitava molto raramente, e venivamo consegnati alle governanti e ai tutori, lei entrava nell'aula, per controllare i nostri compiti, ascoltarci recitare le lezioni, ma soprattutto per assicurarsi che ci insegnassero le buone maniere e un comportamento da bambini nobili. Eravamo tutti terrorizzati che ci deridesse, specialmente Charles. Il povero Charlie se la fece addosso due volte quando non riuscì a fare le somme abbastanza in fretta e lei lo chiamò zuccone e delusione."

Mary ridacchiò quando le venne in mente all'improvviso un ricordo. Non del povero Charlie, ma di Dair.

"Un giorno Dair si arrampicò fuori dalla finestra quando gli dissero che stava arrivando nostra madre. Aveva solo sette anni a quel tempo. Io avrei tanto voluto seguirlo, ma ovviamente non lo feci. Restò fuori per tutto il tempo in cui lei restò nell'aula mentre tutti noi fingevamo di non sapere dove fosse. Lei non sospettò mai che fosse appollaiato sul cornicione sotto la finestra. E perché avrebbe dovuto, visto che fuori nevicava? Non era la paura che lo aveva spinto a rischiare il collo su un cornicione al secondo piano, perché, come sai, mio fratello è impavido. Era la repulsione. Riesci a immaginare... sì, sono sicura che ci riesci! Preferiva gelare o rompersi una gamba pur di non ascoltare nostra madre pontificare sui doveri e le responsabilità dell'erede al titolo di conte. Era solo un ragazzino che voleva giocare ai cavalieri con suo fratello, arrampicarsi sugli alberi e cavalcare il suo pony preferito. Nessuno di noi sapeva che cosa significasse essere un conte, tanto meno che Dair dovesse diventarlo!"

"Avrebbe odiato sentire una predica, e ancora di più essere costretto a restare chiuso in un'aula!"

"Proprio così. Ci vollero due semicupi di acqua calda per sgelarlo a sufficienza perché dichiarasse che lo avrebbe rifatto, anche se la volta dopo sarebbe saltato giù dal cornicione, perché anche seduto lì, con la neve che gli cadeva intorno, con i denti che battevano e le dita che diventavano blu, poteva ancora sentire nostra madre blaterare. Charlie rise e anch'io. Povero Dair!"

Nonostante l'enormità del trattamento spietato della contessa di Strathsay nei confronti dei suoi figli, Mary e Rory si ritrovarono a ridere, tanto che quando furono interrotte ci volle un po' a entrambe per riprendere il controllo. Si asciugarono le lacrime e infilarono in fretta i fazzoletti in tasca, prima di guardare chi le aveva raggiunte in giardino. Il sole le obbligava a socchiudere gli occhi e il loro visitatore restava una sagoma non immediatamente riconoscibile. Si alzarono dalla panchina per salutarlo, e lui si rese conto in fretta della loro difficoltà quando entrambe si schermarono gli occhi dal sole con una mano. Quindi si addentrò nel pergolato, all'ombra, e loro lo raggiunsero lì.

Mary sorrise a Christopher e si avvicinò di un passo per parlargli e presentargli la cognata. Rory non sorrise, né rispose alla presentazione. Aveva una mano guantata stretta sul manico del bastone, come se le servisse più appoggio del solito. E non era per la fatica ma perché di colpo le sembrò di riconoscerlo, tanto da restare senza parole. Batté gli occhi, pensando di essersi sbagliata. Ma non era così. Ma com'era possibile? Davanti a lei c'era un uomo con una testa di capelli color tiziano e un paio di dolci occhi castani che le erano famigliari come fossero i suoi. Eppure non lo aveva mai incontrato prima, in tutti i suoi ventidue anni di vita. Era sicuramente uno sconosciuto. Ma sapeva chi era.

Sicura, com'era sicura che il suo nome era Aurora Christina Talbot Fitzstuart, capì che quel gentiluomo che conversava con Lady Mary era un parente prossimo della duchessa di Roxton, cugino o fratello, e non molto più distante di così, la rassomiglianza era troppo impressionante. Deb Roxton e quell'uomo avevano gli stessi capelli e i loro occhi erano identici.

Entrambi i fratelli della duchessa erano deceduti. Uno, il marito di Lady Mary, Sir Gerald, non assomigliava per niente a sua sorella. L'altro, un musicista, era morto molti anni prima a Parigi e quindi Rory non lo aveva mai incontrato né aveva idea di che faccia avesse. Ma qui c'era un terzo fratello, ne era sicura. E si ritrovò a chiedersi se Deb Roxton sapesse almeno dell'esistenza del signor Bryce di Brycecomb Hall. Ancora più sorprendente, se possibile, era che Mary doveva aver avuto questa marcata rassomiglianza sotto gli occhi da parecchi anni almeno, eppure com'era possibile che non se ne fosse accorta?

Rory non vedeva l'ora di conoscere meglio il signor Bryce.

QUINDICI

"Siete fortunato a vivere in una parte così pittoresca del regno, signor Bryce," disse Rory con un sorriso quando lo Squire si raddrizzò dopo l'inchino. "E non solo la campagna ondulata in tutto il suo splendore autunnale, ma i casolari pittoreschi con i loro piccoli giardini e gli orti tutti allineati lungo i sentieri del villaggio sono piacevoli alla vista, come fossero ville. Mi chiedevo come mai e poi ho capito che dev'essere perché, quale che sia la loro dimensione o forma, ogni casa è costruita con la stessa pietra color ananas."

"Color ananas? Non ho mai sentito paragonare la pietra locale a un tale frutto esotico, milady. Intendete ovviamente dire la polpa del frutto?"

Rory sorrise con le fossette. "Sì, certamente! Lady Mary vi dirà che ho un po' l'ossessione della coltivazione degli ananas. Ovviamente il giallo è il mio colore preferito."

Lo sguardo di Christopher scese dai capelli biondo platino con nastri di seta gialli intrecciati, alla piccola borsa a forma di ananas lavorata all'uncinetto che le pendeva dal polso. Poi riportò con un sorriso lo sguardo ai chiari occhi azzurri.

"Se posso osare, questo colore vi sta benissimo."

"Oh, grazie, signor Bryce," rispose Rory con una veloce riverenza e lanciò un'occhiata a Lady Mary le cui guance avevano guadagnato qualche macchia di colore e che non aveva mai alzato gli occhi sullo Squire dopo aver fatto le necessarie presentazioni; né lui aveva guardato lei. "E sarò altrettanto franca nella mia risposta, perché sono veramente contenta di aver fatto la conoscenza dello zio Bryce di Teddy. L'altra sera a cena ha parlato quasi esclusivamente di voi e della sua visita a casa vostra. Non è vero, Mary?"

"S-sì. È vero. A Teddy piace andare a Brycecomb Hall."

"Venire da voi e mangiare il miglior cibo al mondo, è come si è espressa con me," disse Rory, entusiasta. "Non ricordo quali piatti in particolare, ma erano tutti di origine italiana e per me, se non per mio nonno e Lord Vallentine che sono vissuti all'estero, esotici come i miei ananas."

"Ah! Non c'è niente di altrettanto esotico degli ananas, milady," replicò Christopher con un sorriso. "Ma vorrei dire, se posso essere franco, che come voi con i vostri ananas, io sono un po' ossessionato da tutto ciò che è italiano. Ma specialmente il cibo. È il motivo per cui ho sempre paragonato il giallo della pietra delle Cotswold non agli ananas, ma alla pasta giallo dorata che si mangia a Lucca. E il segreto della pasta così dorata, così mi dice la mia cuoca italiana, è nell'impasto che contiene uova."

"Affascinante," rispose Rory, con sincero entusiasmo.

Le piaceva lo Squire, e capiva perché la sua nipotina ne parlasse con tanto affetto. Aveva un sorriso sincero e c'era gentilezza nei suoi occhi. Anche se rilevava un accenno di tristezza. Ma ciò che le interessava in quel momento era l'interazione, o meglio, la mancanza di interazione, tra sua cognata e lo Squire. Era come se stessero facendo di tutto per ignorarsi e Rory lo trovava davvero *molto* interessante. Essendo romantica, decise di mettere alla prova un'idea che le era venuta in testa e tentò di attirare Mary nella conversazione dicendo con finta indifferenza: "Piace anche a te come a Teddy la pasta dorata, Mary?"

"Non l'ho ancora assaggiata, quindi non posso esprimere un'opinione."

"Non l'hai ancora assaggiata? Mai?" Rory era sì sorpresa, ma mise volutamente più enfasi nelle parole e guardò il signor Bryce. "Il signor Bryce, e se non lui allora Teddy, non è riuscito a tentarti con i piatti di pasta giallo dorata della sua cuoca italiana?"

Rory era più trasparente di quanto avesse immaginato perché Mary ebbe il forte sospetto che la cognata la stesse stuzzicando per farle pronunciare un commento imprudente. Il sorriso di Rory era quasi malizioso, come se avesse scoperto per caso qualcosa che sapeva solo lei. Mary sperava che questo qualcosa non fossero i suoi confusi ma innegabili sentimenti per lo Squire, sentimenti che l'avevano tenuta sveglia per metà della notte. Si vergognava di ammettere che invece di dirigere i suoi pensieri al ritorno di Evelyn e a ciò che significava per la famiglia, era completamente assorbita da quel bacio e si chiedeva se lo Squire l'avrebbe baciata ancora.

"Si può porvi facilmente rimedio accettando un invito a Brycecomb Hall, milady," rispose Christopher, intromettendosi nei pensieri di Mary e prima che lei potesse pensare a qualcosa di evasivo ed educato da dire in risposta. "Avete un invito aperto da… quanti anni…?"

Mary arrossì, scarlatta, come se lo Squire fosse consapevole dei suoi pensieri e dimenticò talmente chi c'era con loro che disse sottovoce: "Sapete perfettamente il motivo per cui non ho potuto accettare quell'invito. Sir Gerald, e vostra zia…"

Christopher sostenne il suo sguardo.

"Credo sia stata proprio mia zia a rivolgervi l'invito."

"Che Sir Gerald ha rifiutato a mio nome."

Christopher alzò un sopracciglio, come per sottolineare il punto quando chiese con calma: "Certo è successo molto più di due anni fa…?"

Mary continuò a guardarlo, conscia che Rory la stava osservando a occhi sgranati, e cercò di trovare una risposta adeguata che non suonasse ingrata, pur sapendo che era stata sconsiderata a lasciare che l'invito della vecchia signora cadesse nel vuoto senza una scusa adeguata. Per qualche motivo aveva supposto che permettere a Teddy di andare a Brycecomb Hall tutte le volte che voleva annullasse la sua responsabilità, come vicina di casa, di andarci lei stessa. Come mai, quando era così coscienziosa riguardo alle sue responsabilità verso gli affittuari e verso i vicini che abitavano a poca distanza da Abbeywood Farm, non aveva fatto il viaggio attraverso i campi per visitare Brycecomb? Non aveva una risposta e più ci pensava più depressa si sentiva per la sua sconsideratezza e per aver evitato di compiere il suo dovere.

Il silenzio si estese abbastanza a lungo perché Christopher si irritasse con se stesso per aver messo in imbarazzo Mary e quindi disse a Rory, a mo' di spiegazione, sperando di porre fine al tormento di Mary: "Mia zia vive da reclusa e raramente riceve visite. Anche se la sua salute generale è buona, la sua vista sta venendo meno e, come sono sicuro capirete, talvolta la sua crescente disabilità ha la meglio su di lei e la rende una compagnia non molto piacevole."

"Sì, riesco a capire la sua frustrazione," disse Rory senza rancore. "Sarà infelice finché non accetterà le cose come sono e non come dovrebbero essere."

"Oh, mio Dio, milady, non intendevo… non mi stavo riferendo…" Christopher si interruppe, mortificato e impallidendo al pensiero di essersi inavvertitamente riferito alla zoppia di Rory, quando era la cosa più lontana dai suoi pensieri. "Intendevo dire *capire* in senso generale, non ho mai pensato nemmeno per un attimo alla vostra…" Si interruppe e rivolse a Rory un inchino formale. "Accettate le mie scuse, milady. Non oserei mai pensare di conoscervi così bene da fare un commento o…"

"Per favore, signor Bryce, non c'è bisogno che vi scusiate," rispose Rory con un sorriso, mettendogli una mano sul braccio. "Sapevo che cosa volevate dire e non ho interpretato il vostro commento in un modo diverso da quello che intendevate. E per essere completamente sincera, sono contenta che questo argomento sia in chiaro tra di noi. Non mi dispiace parlare della mia infermità. Sono zoppa dalla nascita, quindi non ho mai conosciuto una condizione diversa. Ma per vostra zia, nata con una vista perfetta, la perdita è più grande e quindi è comprensibile che stia soffrendo e che il suo umore sia instabile. Senza dubbio le visite di Teddy le offrono un po' di sollievo e di distrazione dai suoi pensieri tristi."

"E ora, signor Bryce," aggiunse con un sorriso e tendendo una mano, con un'occhiata a Mary, "dovete perdonarmi se rientro in casa. Ho camminato abbastanza per una mattinata. Ma spero di rivedervi molto presto. A colazione stamattina parlavano di fare un picnic, domani, se il tempo regge. Mi piacerebbe vedere ancora un po' della vostra bella campagna. Mio nonno aveva suggerito che visitassimo una delle vostre fabbriche, con il vostro permesso, ovviamente. Lui e Lord Vallentine erano entusiasti alla prospettiva di ispezionare una tessitura. Nessuno dei due e nemmeno io ne abbiamo mai vista una. Il nonno mi dice che queste fabbriche sono l'ultima meraviglia della tecnica moderna. E dato che ho una propensione per le cose scientifiche e meccaniche, mi piacerebbe veramente molto vedere come fanno questi posti a imbrigliare l'energia dell'acqua." Fece una risata argentina. "Mio marito dice che la mia insaziabile curiosità è una delle mie qualità più tenere… No, tu resta, cara sorella," disse a Mary quando sua cognata fece per unirsi a lei. "Tu e il signor Bryce senza dubbio avete parecchio da discutere, non da ultimo le disposizioni per il picnic."

Prima che uno dei due potesse dire qualcosa, Rory si voltò e se ne andò, sorprendendosi da sola per la sua abilità di parlare a vanvera senza fermarsi, e tutto perché aveva fatto un'altra sconcertante scoperta che era, se possibile, ancora più sorprendente della straordinaria rassomiglianza del signor Bryce alla duchessa di Roxton. E cioè che lo Squire e sua cognata erano innamorati. Non ne aveva il minimo dubbio.

Rory si vantava si essere un'eccezionale osservatrice della natura umana. La sua infermità aveva significato essere ignorata per la maggior parte della sua giovane vita quando partecipava agli eventi sociali, perché non poteva ballare. E poiché non poteva ballare, aveva parecchie opportunità e tempo per restare seduta a osservare la gente. E, osservandola, aveva imparato un bel po' sulle persone dal loro atteggiamento e dai loro gesti, se erano felici, tristi, confuse, offese, orgogliose e, soprattutto, se erano innamorate.

E mentre era convinta che lo Squire fosse innamorato di Lady Mary e lo sapesse, e che sua cognata condividesse quei sentimenti, si chiedeva se Mary lo avesse ammesso con se stessa. In compagnia dello Squire Mary aveva una timidezza che confinava con l'imbarazzo, e quando gli parlava non riusciva a guardarlo negli occhi. Quanto a lui, poteva anche fare lo sforzo di apparire indifferente in presenza di Mary, ma Rory aveva visto l'espressione dei suoi occhi castani quando guardava sua cognata.

Si fermò per un momento all'incrocio tra due sentieri, e prima di prendere quello che portava alla casa e fuori dalla visuale della coppia, si fermò e guardò indietro. E lì c'era lo Squire che sistemava lo scialle di Mary. Si era abbassato per raccoglierlo quando era scivolato dalla schiena di Mary e strusciava sul terreno, e poi si era dato da fare per sistemarlo in modo che non scivolasse ancora. E quando Mary si era voltata e aveva alzato la testa verso di lui, erano così vicini che Rory trattenne il fiato, aspettandosi che si scambiassero un bacio; felice che la sua intuizione sulla coppia ricevesse una conferma. Ma il momento di intimità durò solo un secondo e il bacio rimase in sospeso quando apparve un servitore da dietro il pergolato e andò direttamente da loro. Mary si voltò immediatamente, con la testa bassa, e fece alcuni passi per mettere un po' di distanza tra di loro. E lui, più lento a reagire e ancora preso dal momento, lasciò che il suo sguardo si attardasse su Mary più di quanto fosse educato, tornando in sé solo quando il servitore ripeté il suo messaggio. Il sorriso di Rory si allargò, vedendo la distrazione dello Squire ma svanì quando, diretta al salotto, sentì suo nonno dire entusiasticamente a Lord Vallentine: "Non posso dire di essere sorpreso. Non siete stupido, e nemmeno lei. Avete entrambi un pedigree lungo come il mio braccio, quindi l'unione sarà ben accetta da tutti, non da ultimo Roxton, che tirerà un sospiro di sollievo per non doverle trovare marito; è troppo giovane per restare una vedova. Spero che serva anche a chiudere il solco tra di voi. Beh, siete entrambi di famiglia e voi siete il suo cugino più prossimo, alla fin fine. E la famiglia conta moltissimo per Roxton." Afferrò la mano di Evelyn e la strinse vigorosamente. "Ascoltate le mie parole, ragazzo mio, il matrimonio con Lady Mary è la decisione migliore che abbiate mai preso. Congratulazioni."

Quando Christopher fu accompagnato nel salotto, i due nobili era nuovamente da soli; Teddy aveva portato via Rory per mostrarle quello che aveva messo nel baule per il suo soggiorno con la nonna a Cheltenham. Un servitore fu posto alla porta per evitare che i tre uomini fossero disturbati e quando Christopher rifiutò una tazza di caffè o di tè, Lord Shrewsbury arrivò diritto al punto.

"Allora, signor Bryce di Brycecomb Hall, Lord Vallentine mi dice che vi affiderebbe la sua vita. È un gran complimento, visto che vi siete conosciuti solo la notte scorsa. Ma vi siete sempre presentato come un leale servitore della Corona, quindi sono incline a essere d'accordo con lui. Questo significa che mi fido di voi e fidarmi di voi significa che ciò che dirò in questa stanza resterà qui, tra di noi. Ne va della vita di molti, forse di migliaia di persone. E del vostro bel collo per giunta. Sono stato chiaro, Bryce?"

"Chiaro come un cielo senza nubi, milord," rispose tranquillo Christopher. "Anche se non so perché Lord Vallentine si fidi di me, visto che io non mi sono ancora formato un'opinione definitiva su di lui."

"Ah!" Lord Shrewsbury guardò Evelyn. "Avevate ragione. Sincero fino alla maleducazione."

Evelyn bevve un sorso di tè prima di dire con nonchalance: "È il motivo per cui ci possiamo fidare di lui." I suoi occhi azzurri percorsero la figura dello Squire, dall'alto al basso e poi disse qualcosa che sbalordì Christopher. "E anche perché, come avete detto voi stesso, la famiglia è tutto e il nostro Squire è di famiglia… per così dire…"

Christopher fu lento a reagire perché era meravigliato dalla trasformazione del fantasma residente di Abbeywood. Sparita la selvaggia criniera di capelli grigi, che erano stati domati e legati sulla nuca con un grande fiocco di satin bianco, il volto di Evelyn era ben rasato. Senza barba, il volto del nobiluomo era ancora più magro, se possibile, il naso più lungo e il mento più pesante. E ora che il suo corpo non si perdeva più tra le pieghe di una delle grandi camicie da notte di Sir Gerald, ma era infilato in un abito di velluto grigio bordato di filo d'argento, era palese che non c'era nemmeno un grammo di grasso in quella figura magra. Se c'era una frase che potesse riassumere Evelyn, Lord Vallentine, era eleganza sartoriale.

"Chiedo scusa?" Rispose Christopher, tornando al presente nel sentire le parole di Evelyn riguardo alla famiglia. "Non ho idea di che…"

"Oh, non cercate di negarlo! Non dopo che ho appena lodato la vostra franchezza al nostro capo dello spionaggio." Evelyn fece un verso. "Inoltre è troppo facile leggere le vostre espressioni. Siete sbalordito, non dai fatti, ma che io sappia della vostra parentela."

"Sappia?"

Evelyn alzò una mano coperta dai pizzi. "Fate come volete. Anche se forse dovrei darvi il beneficio del dubbio, visto che vivete lontano dalla società e non avete mai incontrato i membri legittimi generati da vostro padre. Eccetto, ovviamente, per l'ottuso Gerry che, nonostante tutto il suo pomposo orgoglio perché era un Cavendish, non ne aveva assolutamente l'aspetto. Era l'immagine sputata della sua scialba madre. Mentre voi... ah! Nessuno potrebbe negare che siete della schiatta dei Cavendish." Quando Christopher strinse i pugni, Evelyn si mise diritto, con gli occhi azzurri che brillavano trionfanti. "Quindi *sapete* che sto parlando del *vostro* legame famigliare con..."

Christopher lo interruppe e si rivolse al vecchio. "Che cos'ha a che fare questa conversazione con la Corona, milord?"

"Forza, signor Bryce, non c'è motivo di offendersi," dichiarò Lord Shrewsbury con un sorriso condiscendente. "Sua signoria ha parlato del vostro legame con la migliore delle intenzioni. La vostra nascita vile, anche se sfortunata, non vi ha mai ostacolato in passato, mentre vivevate all'estero, o qui in questo angolo rurale dell'Inghilterra. In effetti, da quanto mi dicono, avete approfittato al massimo delle vostre radici rurali. Bene! Dico io! E complimenti a voi per essere rimasto nella vostra cerchia e non aver cercato di leccare i piedi ai vostri parenti illustri, come hanno tentato di fare, senza riuscirci, molti dei vostri fratelli bastardi, per appropriarsi di un legame che non può essere vostro di diritto."

"Se mi avete convocato per insultarmi, questa conversazione è finita," dichiarò Christopher. "Preferirei sprecare il mio tempo ascoltando le critiche del signor Audley, che conversare di gente di cui non so assolutamente nulla."

"Non insultate la *mia* intelligenza!" lo interruppe freddamente Shrewsbury. "Io *so* tutto di voi. *Tutto*. Ero il miglior amico di Sir George, vostro padre. Conoscevo anche vostra madre, intimamente." Sostenne lo sguardo di Christopher e osò sogghignare. "Sì, in senso biblico. Se non aveste l'aspetto di un Cavendish, potrei pensare che siete uno dei miei bastardi. Quindi niente peli sulla lingua. Potete anche non conoscere personalmente la duchessa di Roxton, ma non potete negare la parentela. Avete un legame di sangue, per quanto viziato. È la vostra sorellastra. E poiché siete imparentati e poiché lei è sposata con il primo duca del regno e poiché i legami di sangue, la famiglia, e la lealtà verso i parenti sono tutto, ci aiuterete a garantire che l'onore e la reputazione del suo duca non siano compromessi e che lei non si angusti. Mi sono spiegato?"

Se il capo dello spionaggio sperava di intimidire Christopher doveva restare deluso. Sarebbe anche riuscito a turbarlo con le sue tattiche da bullo e la menzione del suo sangue bastardo quando Christopher era più giovane e meno sicuro di sé, ma non ora. E lì non erano a Londra, e lui non era un membro della cerchia sociale o del club di Shrewsbury, né gli interessava diventarlo.

Lì nella valle nessuno aveva mai visto un duca, men che meno ne aveva mai incontrato uno in carne e ossa, e nessuno poteva rivendicarne la parentela, per quanto diluito fosse il legame di sangue. Ed erano la buona opinione e il rispetto di quella gente che interessavano a Christopher. Essere un padrone generoso e un datore di lavoro giusto per quelli che lavoravano le sue terre e nelle sue fabbriche era altrettanto importante per lui quanto le tre donne che amava: Kate, Mary e Teddy. Non doveva lealtà a nessuno, eccetto al suo sovrano. La sua consanguineità con uomini e donne nobili che non aveva mai incontrato aveva ben poca importanza. Contava solo se era importante per sua madre. E solo se Mary e sua figlia potevano essere influenzate da qualcosa che causava ai Roxton, e quindi a loro, anche il minimo disturbo.

"Pensate che il mio corrotto legame di sangue con i Roxton sia sufficiente perché desideri mantenere intatta la reputazione del duca?" Christopher indicò Evelyn con la testa. "Lui può anche fidarsi ciecamente di me, ma sembra aver frainteso la mia natura se vi ha suggerito che sia possibile ottenere il mio aiuto con le minacce o con le lusinghe, e tutto perché la duchessa e io condividiamo lo stesso ignobile genitore."

"Avevo avvertito sua signoria che non avreste accettato su queste basi," disse Evelyn con un sospiro, per nulla offeso dalla franchezza di Christopher. Rimise la tazza sul piattino. "Io avrei preferito lasciarvi fuori dalla nostra discussione, perché, alla fin fine, siete rigido come Roxton. Solo l'onore, la verità e fare la cosa giusta potrebbero persuadere il mio nobile cugino, e voi vi attenete agli stessi dannati alti principi." Rifletté per un momento. "Mi chiedo se una virtù così profonda e testarda sia la conseguenza di essere stati generati da donnaioli senza principi? Voler compensare i peccati di un padre arrogante e senza scrupoli e via dicendo... *M'sieur le Duc de Roxton*, mio zio, era l'aristocratico più insopportabilmente arrogante che abbia mai calpestato questa terra, e uno stallone da primo premio finché la mia dolce zia l'ha messo in riga. Quanto a Sir George, da quanto dicono, sapeva come soddisfare una donna sotto le lenzuola."

"C'è uno scopo in queste volgari reminiscenze familiari?" Lo interruppe bruscamente Christopher.

"Ciò che ho detto a sua signoria è che per farvi acconsentire ai nostri piani dobbiamo far leva sui vostri istinti più basici," continuò

Evelyn, come se Christopher non lo avesse interrotto. Andò dov'era Christopher, appena dentro la porta e alzò la testa per guardarlo negli occhi e disse, a voce bassissima: "Ci offrirete il vostro aiuto solo perché bruciate d'amore... e di passione, per la cugina Mary. Avreste voluto portarla a letto da anni, forse fin dalla prima volta che avete messo gli occhi sulla sua sinuosa bellezza. Ma il vostro onore e la stima che avete per lei, come è giusto e appropriato che sia, vi impediscono di toccare una singola ciocca fiammeggiante sulla sua testa... o qualunque altra sua parte." Quando Christopher diventò rosso come un mattone, sorrise compiaciuto. "Ecco, vedete. Io vi conosco veramente."

Evelyn poi si allontanò e andò ad appollaiarsi sul sedile sotto la finestra, accavallando le gambe e aggiungendo a voce più alta e strascicata, per includere nuovamente Shrewsbury nella conversazione: "Non vorrete sconvolgere Lady Mary. E lei lo sarà se uno scandalo, o un'accusa di natura mendace o crudele o sconvolgente dovesse attaccarsi al duca, un uomo che lei rispetta immensamente. E qualsiasi scandalo che coinvolgesse il duca coinvolgerebbe sua moglie e anche sua madre. *Madame la Duchesse* sta aspettando un lieto evento all'inizio dell'anno nuovo... Dio! Sono quasi caduto dalla sedia quando Mary mi ha confidato quella notizia sconvolgente... e alla sua età la gravidanza è pericolosa per madre e nascituro. Qualunque scandalo che coinvolgesse suo figlio le causerebbe inutile preoccupazione e c'è la possibilità che possa abortire..."

"Sì. Va bene! Va bene!" Lo interruppe Christopher, esasperato dalle parole melodrammatiche di Evelyn. "Avete la mia attenzione e la mia collaborazione. Ditemi solo che cosa volete e fatela finita!"

Evelyn sorrise a labbra strette e si rivolse a Shrewsbury. "Visto? Ci aiuterà. O, almeno, non interferirà con ciò che vi proponete di fare."

"E che cosa vi proponete di fare, milord?" Chiese Christopher.

"La vostra prima domanda non dovrebbe essere di cosa è accusato il duca di Roxton?" Ribatté Evelyn.

"Importa forse qualcosa? La mia opinione c'entra poco con il risultato desiderato." Quando Evelyn fece il broncio e una smorfia, Christopher aggiunse, con un sospiro esasperato: "Molto bene, vi accontenterò. Di che cosa è accusato il duca?"

"Di tradimento."

SEDICI

CHRISTOPHER REAGÌ SARCASTICAMENTE NEL SUO INCREDULO scetticismo.

"Tradimento? *Roxton*? Mai. Posso non conoscerlo personalmente e, sarò sincero, non ho mai trovato molto in lui che mi piaccia. Da ammirare, sì. Piacermi, no. Avendo avuto a che fare con lui per questi due anni e più, ho un'idea dell'uomo tramite la sua corrispondenza e le lettere scritte dai suoi parenti a mia… a Kate. E c'è una cosa che il duca *non* è, ed è essere un traditore del suo re e del suo paese."

"Eppure un suo parente, nientemeno che il fratello di uno dei miei agenti più zelanti, è un traditore ed è fuggito in Francia prima che potessimo catturarlo! Quindi non è fuori dall'ambito delle possibilità," disse Shrewsbury. "Ma avete ragione a non crederlo. Il duca non è un traditore di questo paese più di quanto lo sia io. Eppure, a prima vista, e per via del crimine di cui è accusato, c'è chi, nell'alta società, crederà all'accusa se mai dovesse venire alla luce. E non solo ci crederà, ma i suoi oppositori politici chiederanno come minimo un processo. E non importa che sarebbe condotto dai suoi pari. Finirebbe tutto sui giornali e il danno sarebbe fatto. La massa è crudele e indiscriminata. Ma non posso permettere che una cosa simile accada."

"Ma un processo assolverebbe il duca dalla colpa," replicò Christopher. "E se conosco l'uomo, penso che accetterebbe volentieri l'opportunità di dichiarare pubblicamente la sua innocenza, e assicurare alla giustizia coloro che lo calunniano."

"Sì," ammise Shrewsbury, digrignando i denti. "È proprio l'atteggiamento pomposo e cocciuto che mi aspetterei da Roxton, e dev'essere evitato a tutti i costi."

Christopher guardò Evelyn per vederne la reazione, ma dato che il nobiluomo restava rispettosamente muto, e che quindi la sua mancata reazione dava ragione al capo dello spionaggio, la sua curiosità ebbe la meglio.

"Quindi se Roxton non è un traditore, eppure potrebbe essere accusato di tradimento, che cosa o chi ha ritenuto giusto incolparlo? O forse è stato coinvolto in qualcosa in cui non c'entrava? Dopo tutto," aggiunse Christopher con un sorriso ironico, "una volta pensavate che Sir Gerald fosse capace di spiare per i francesi, quando in effetti lui pensava di aiutare gli inglesi. Quell'uomo era un imbecille…"

"… e vostro fratello. La sua esistenza dev'essere stata fonte quotidiana di ingiuria al vostro orgoglio, che un simile zuccone abbia ereditato il titolo *e* abbia sposato Lady Mary," lo provocò Evelyn.

Prima che Christopher potesse reagire, Shrewsbury disse: "Avete ragione, signor Bryce. È stato coinvolto in qualcosa in cui non c'entra. Ma mentre Sir Gerald era abbastanza idiota da credere alle fesserie che gli raccontavano… contribuire allo sforzo bellico contro i ribelli americani passando informazioni ai francesi, Roxton non è un idiota. Tutt'altro. È uno degli uomini più intelligenti che abbia mai conosciuto. La sua colpa è fidarsi troppo della gente più vicina a lui. Io, d'altro canto, non mi fido di nessuno, beh, non incondizionatamente. Eccetto mia nipote. Lei è il giorno opposto alla mia notte."

"Lady Fitzstuart è una giovane donna ammirevole di cui dovete essere molto fiero," disse Christopher e quando il silenzio si prolungò, diede un'occhiata a Evelyn, che fece spallucce quando Lord Shrewsbury continuò a riflettere, assente.

"Sì, è così. E quella simpatica canaglia che ha sposato farà meglio a tornare qui *subito*!" Borbottò Shrewsbury con insolita franchezza. "Lasciare la sua sposa in quel modo… Chi ha mai sentito una cosa simile! E lei è una creatura così dolce… Ma sopporterà finché dovrà, perché è innamorata di lui. Mah! Che ne so io? Signor Bryce? Siete riuscito a capire chi tra di noi è il traditore?"

"Qui, ad Abbeywood?"

"Sì, qui ad Abbeywood! Dove altro?" Insistette Shrewsbury, con rabbia mal indirizzata.

Shrewsbury avrebbe voluto che Rory non si fosse mai sposata. Nei suoi momenti più bui e privati desiderava che suo marito morisse così che lei fosse nuovamente libera, per vivere per sempre con lui. Ma appena questi pensieri si affacciavano, si odiava perché amava Rory più di qualunque altra cosa al mondo e voleva che fosse felice. E lei era felice quando era con Dair. E quell'uomo la amava, corpo e anima. E se fosse rimasta vedova sarebbe letteralmente appassita e morta. E lui sarebbe morto con lei se fosse successo. Quindi pregava ogni giorno perché suo marito tornasse a casa sano e salvo, lui che non pregava mai.

"Non potete pensare che sia venuto fin qua per il piacere della compagnia di Lady Mary o la vostra, vero?" Disse bruscamente, scacciando i pensieri cupi per fissare Christopher senza vederlo. Fece un respiro profondo e aspettò che lo Squire tornasse a fuoco prima di aggiungere, in tono più calmo: "Avete la testa sulle spalle. Ho letto i vostri rapporti su quello stupido di Gerry. È stata una lettura divertente. Quindi so che sapete pensare. Ma forse assomigliate un po' troppo a Sua Grazia di Roxton e siete incline a fidarvi di una persona invece di crederlo capace di falsità, pura e semplice. Diversamente dal cugino di Roxton," aggiunse indicando Evelyn, "che sembrerebbe non poter far male a una mosca, ma che in realtà le strapperebbe le ali e le zampine una a una, se necessario. Non è così, milord?"

"Proprio così, milord. E ho le cicatrici per dimostrare la mia fedeltà e il mio sangue freddo."

Shrewsbury ridacchiò quando Evelyn alzò la mano mutilata e poi fece scorrere uno dei mozziconi di dito sulla cicatrice che attraversava l'angolo del suo sopracciglio sinistro, vicinissima all'occhio, come per sottolineare fino a che punto era arrivato al servizio del capo dello spionaggio. Completò quella dimostrazione di fedeltà con un inchino esagerato.

"Tutto per il re e la nazione... Posso mettere fine alla sofferenza di Silvano e rivelargli l'identità del traditore tra di noi?"

"No! No! Lasciate che indovini. Voglio avere la conferma della sua intelligenza, e della vostra."

Christopher fece una smorfia rivolto a Evelyn: "Voi sapete chi è?"

"Certamente. Usando le parole di sua signoria: non penserete che sia venuto fin qua per il piacere della compagnia di Lady Mary, o della vostra." Sorrise. "Non è del tutto vero. Sono venuto a trovare Mary, per tutta un'altra faccenda... quindi, Silvano, chi è il traditore tra di noi e perché?"

Christopher avrebbe voluto scuotere il nobiluomo fino a fargli perdere la sua supponenza e voleva porre fine a quel ridicolo gioco da salotto tra spie. Come se non avesse abbastanza in ballo senza questa intrusione nella sua giornata. Il pedante, altezzoso segretario di Roxton si stava sicuramente chiedendo dove fosse finito.

"Philip Audley," disse seccamente, dandosi mentalmente un calcio per non essere arrivato prima a quella conclusione. "È lui il traditore e, se fossi tipo da scommettere, direi che serve due padroni, uno inglese e l'altro francese."

Evelyn e Shrewsbury si scambiarono un'occhiata sorpresa, poi fissarono Christopher con un'espressione così stupita che lui capì di avere ragione. Erano così sbalorditi che nessuno dei due parlò, quindi Christopher spiegò, placidamente: "Se ricordate, ho indirizzato i miei sospetti sul segretario un po' di tempo fa. Avevo detto che quell'uomo aveva l'opportunità e i mezzi, ma non conoscevo i suoi motivi. Quindi liquidai i miei sospetti ritenendoli infondati. Credevo anche che il mio giudizio fosse offuscato dalla mia intensa antipatia per quell'uomo. Avrei dovuto credere al mio istinto. Ma il senno di poi è una cosa meravigliosa, vero, milord? Sir Gerald mi aveva confidato, e io vi avevo passato la notizia, che sperava che lavorando a stretto contatto con il vostro agente, un agente di cui non mi aveva mai fatto il nome, sarebbe stato scelto per una menzione speciale. Si era vantato di essere sicuro che il suo lavoro per il governo lo avrebbe fatto riconoscere come una specie di maestro dello spionaggio, e che questo avrebbe dimostrato che il duca di Roxton era incompetente per via della sua ignoranza delle faccende di stato. Allora non avevo idea di che cosa intendesse, pensavo fosse il vino a parlare. Ma ora lo so. Sir Gerald lavorava a stretto contatto con Philip Audley sotto il nobile naso di Sua Grazia, e trovava esilaranti l'inganno e le meschine manovre sottobanco. Posso chiedervi come avete scoperto che Audley era una spia dei francesi?"

"Ha cominciato la sua carriera come agente della Corona. E non l'ho scoperto io. Sapevo che uno dei miei agenti era un cane traditore, ma non avevo prove conclusive riguardo l'identità dell'uomo," rispose francamente Lord Shrewsbury.

"Ma se Audley aveva cominciato come uno dei vostri agenti, allora è stato piazzato in casa del duca per spiarlo?" Christopher si accigliò, l'idea non gli piaceva. "Ma il duca non è uno dei vostri migliori amici?"

Shrewsbury non badò all'indignazione morale di Christopher per conto del duca.

"Tutti gli uomini hanno un prezzo e il loro tallone d'Achille. La madre di Roxton è francese. E lo era anche la madre di suo padre. Questo gli dà una certa simpatia per i Borboni. Dovevo accertarmi che questa simpatia non fosse mai usata a detrimento del nostro re."

"Quindi Audley faceva rapporto su Roxton e la sua famiglia?"

"Esattamente come voi spiavate Sir Gerald e la sua famiglia," ribatté Shrewsbury con un lieve sorriso.

"In mia difesa, voi mi stavate ricattando per costringermi a essere i vostri occhi e le vostre orecchie. Come ha fatto Audley a tradirsi?"

"Non l'ha fatto. Lord Vallentine mi ha fornito il nome del traditore tramite i suoi canali mentre era un agente all'estero."

Christopher guardò Evelyn alzando le sopracciglia. "Voi eravate un agente per due padroni," affermò, come se fosse un fatto, senza giudicarlo.

"Sì. Quando ce n'era la necessità," confessò Evelyn. Fece un mezzo sorriso che era più una smorfia. "Senza dubbio potete capire che circostanze particolarmente difficili a volte ci costringono a delle azioni che, se fossimo qui a casa, non penseremmo mai di compiere."

Christopher inclinò la testa, comprensivo, pensando al suo tempo come cavalier servente e capendo dal suo sorriso e dal luccichio nei suoi occhi che era a quella vita che Evelyn si stava riferendo. Ovviamente lo sapeva. Shrewsbury gli aveva sicuramente confidato che Christopher era stato cooptato dal console inglese a Firenze, che era uno degli accoliti di Shrewsbury, per spiare i suoi padroni italiani. Ma nessuno dei due aristocratici lo disse a voce alta, ed Evelyn aggiunse, come per dare un'ulteriore spiegazione del doppio gioco del segretario: "Audley faceva credere a Gerry che stavano fornendo ai francesi stime false sul numero di truppe e armamenti, per fuorviare i ribelli americani. Quando, in realtà, i numeri erano proprio quelli veri. Era un doppio inganno, in effetti. Ed era efficace perché i francesi avevano un loro agente che confermava le informazioni inviate da Audley tramite Sir Gerald."

"L'agente che lavorava per i francesi, il complice di Audley, è il cugino del duca, Charles Fitzstuart, vero? Essendo il fratello minore dell'eroe di guerra Dair Fitzstuart non era mai stato sospettato di attività sovversive."

"Esatto, ma voi come lo sapete?" Gli chiese Shrewsbury.

"Ciò che volevate dire è come faccio io, uno Squire che vive in una zona isolata, a saperlo quando la società non ha idea che uno dei parenti del duca, in effetti il cognato di vostra nipote, è un traditore?" Chiese tranquillamente Christopher. "Oh, non preoccupatevi, la benda non è scivolata dagli occhi della società. Sono cero che la maggior parte del volgo creda alla pappa che gli viene servita, che il signor Fitzstuart sia a Parigi come membro di una delegazione inglese che cerca di negoziare un trattato dell'ultim'ora con i francesi, nella speranza di impedire una guerra tra le nostre due nazioni. Ma io ho le mie attendibilissime fonti. Sono sicuro che non abbiate dimenticato che Kate corrisponde regolarmente con molti nella cerchia della società e del governo. E c'è il fatto che io ero qui quando Lady Mary ricevette la notizia inquietante della fuga a Parigi di suo fratello con la figlia del duca di Kinross."

"Senza dubbio le avete offerto la vostra ampia spalla su cui piangere," disse Evelyn facendo dello spirito.

Christopher lo ignorò, e anche Shrewsbury quando lo invitò a continuare.

"Non ho niente da ridire sul vostro riassunto, signor Bryce. Potreste azzardare un'ipotesi sui metodi usati da Audley?"

"Penso che siano lampanti, adesso, almeno. Come segretario del duca aveva accesso a tutta la corrispondenza che passava sulla scrivania del suo nobile datore di lavoro. Sono sicuro che possa replicare esattamente la firma del duca. E Roxton si fidava di lui, non avrebbe mai pensato che era una spia, tanto meno un traditore. E quando il suo segretario veniva qua per le sue visite trimestrali sotto gli auspici del duca come co-esecutore della tenuta, per controllare i conti e per mettere in discussione la mia gestione, Audley, con l'aiuto dell'ingenuo Sir Gerald, si metteva in contatto con la locale rete di spie."

Shrewsbury mise le braccia conserte, alzando la testa. "E che cosa vi fa pensare che ci sia una rete di spie che opera da qui, di tutti i posti possibili?"

Christopher non esitò a rispondere. "Perché no? Se fossi francese e volessi un sistema per contrabbandare informazioni sensibili sugli sforzi bellici inglesi oltre la Manica, quale modo migliore che non attraverso le rotte di un commercio innocuo? Tantissimo tessuto fine, in particolare lo scarlatto di Stroudwater, viene spedito da Stroud verso il levante. La Compagnia delle Indie Orientali si occupa delle spedizioni dal porto, ma da qui, le pezze vengono trasportate via terra, coi carri tirati dai buoi. E Stroud è anche il crocevia di antichi tratturi per il bestiame che vanno dal Galles in Inghilterra, e poi verso i mercati di Londra. Ma io punterei sul commercio di tessuti. Biglietti, lettere e roba del genere, arrotolati nel tessuto, nessuno ne sa niente, certamente non gli agenti della dogana, eccetto quelli che sanno quali navi e quali pezze controllare."

"Ci può essere qualcosa nel vostro ragionamento, Squire, ed è una cosa che intendo investigare. Potrebbe anche essere un buon sistema per passare informazioni false ai nostri nemici francesi e americani."

"Ma non è il metodo con il quale Audley faceva inviare documenti sensibili ai francesi da Sir Gerald, vero?" Chiese Christopher, curioso di saperne di più.

"No, Charles Fitzstuart scriveva lettere in codice a una zia che viveva a Parigi, che venivano intercettate da un agente americano. E Sir Gerald aveva un complice qui in questa casa cui affidava i documenti, scritti su pezzi di carta e poi occultati in *billets doux* nascosti nella fodera dei…"

Christopher tirò forte il fiato. "La signora Keble!"

"... corsetti della donna. Sì, la governante, la signora Keble," confermò Lord Shrewsbury.

"Mio Dio, sono stato uno sciocco!" Dichiarò Christopher sbuffando irritato. Si passò una mano sulla bocca. "Audley si rendeva sempre insopportabile con richieste pignole e cavillando sui vari importi nei registri, e tutto per garantirsi che evitassi accuratamente la sua compagnia, per quanto possibile. Furbo da parte sua. Non gli stavo addosso e lui aveva tutto il tempo di fare i suoi piani e occuparsi delle sue attività senza destare sospetti."

"Non siate troppo duro con voi stesso, Bryce," disse cordialmente il vecchio. "Audley è un maestro in questo gioco. Ha ingannato il duca e anche me. Ha ingannato Sir Gerald, ma non ci voleva molto. Se non fosse stato per Vallentine, il segretario di Roxton avrebbe tranquillamente potuto continuare a passare informazioni importanti per il resto della guerra. Quanto alla signora Keble, l'avidità è stata la sua rovina. Ha tentato di ricattare Audley con ciò che sapeva delle sue attività. Lui ha visto il suo bluff e ha fatto rapporto al mio dipartimento."

"Presumo che abbia scoperto le attività di Audley tramite il suo legame con Sir Gerald?" Chiese Christopher.

"Legame? *Legame*? Ah! Avete un modo di parlare così pudico, Silvano!" Lo sbeffeggiò Evelyn. "Gerry scopava la sua governante tutte le volte che poteva, secondo Audley. Fortunato Gerry, direi," aggiunse con un sogghigno. "La signora Keble è una bella donna che vale la pena di fottere. E una bella fortuna per Mary che la sua governante si lasciasse montare da quella palla di lardo sudata. Le dava un po' di tregua..."

"Siete sempre così volgare?" Si lamentò Christopher, poi alzò una mano "No. Non rispondete." E, prima che Evelyn potesse rispondere, aggiunse. "Presumo che abbiate un piano per prendere in custodia Audley e la signora Keble appena possibile?"

"In custodia?" Ripeté Shrewsbury con una veloce occhiata a Evelyn. "Ehm, sì. Sì! Certo! È il motivo per cui vi ho fatto venire qui. Voglio che questa faccenda sia gestita il più celermente possibile, senza tanto trambusto e senza causare disagio alle signore. E non serve che lo dica, ma lo dirò ugualmente, senza che Audley si renda conto che gli stiamo addosso."

"Quindi, a meno che abbiate qualche obiezione, e sono certo che non ne avrete, perché volete Audley fuori dai piedi almeno quanto noi, il piano è che noi, tutti noi, Audley incluso, facciamo un picnic domani in una delle vostre fabbriche," si inserì Evelyn. "Mi dicono che quelle manifatture non sono solo meraviglie architettoniche e meccaniche, ma che voi possedete una fabbrica con una delle più grandi turbine azionate da una ruota idraulica di tutta l'Inghilterra... Affascinante! Una meravigliosa sorpresa per tutti! E la bambina mi dice che non è lontana da qui, se prendiamo il sentiero attraverso un Puzzlewood. Incantevole! Quindi niente di troppo arduo per le signore e qualcosa che loro e la bambina gradiranno."

"Teddy. Si chiama Teddy," disse Christopher scandendo le parole.

"Teddy? Pensavo fosse Theodora?" Rispose Evelyn, fingendo vaghezza.

"Sì, ma non le piace farsi chiamare Theodora, quindi non lo fa nessuno."

"Povero me, come prendete sul serio i vostri doveri di tutore legale, Silvano," disse Evelyn nel suo solito tono pigro. "Oserei dire che da scapolo dovreste considerare una bambina di dieci anni un peso di cui fare volentieri a meno, quindi sarete sollevato nel sapere che ve ne libererete presto."

"Teddy non è un peso e..." Christopher si acciglio. "Che cosa intendete dire con *ve ne libererete presto?*"

"Non avete chiesto perché l'ha fatto," disse tranquillamente Evelyn, per evitare di rispondere alla domanda di Christopher. "Ci avete detto il cosa e il dove, ma *perché* pensate che Audley sia diventato un traditore?"

Christopher alzò una mano, sconfitto. "Per parecchi motivi," disse in tono indifferente, non volendo farsi distrarre dalla battuta di Evelyn su Teddy. "Come tutore di Teddy mi dovete una spiegazione sul motivo per cui avete fatto quella dichiarazione su di lei."

"Tutto a suo tempo, signor Bryce," gli consigliò Lord Shrewsbury. "Ma non ora. Ora dobbiamo raggiungere le signore nel salone." Fece un cenno alla cameriera che aveva infilato la testa nella stanza per informarli che erano pronti a servire lo spuntino. E quando la donna sparì, si rivolse a Christopher, battendo le mani con soddisfazione. "Catturare i traditori mi fa sempre venire un grande appetito! Non una parola a nessuno e dovrete continuare a trattare Audley come se non fosse cambiato niente."

"E la governante?" Chiese Christopher seguendo i due nobiluomini attraverso la stanza.

"Sarà sotto sorveglianza appena partiremo per il picnic. Ci sono ancora alcune domande cui deve rispondere."

"È un peccato che non mi permettiate di... ehm... *interrogarla...* signore."

"Ah, riesco a immaginare i vostri metodi di interrogatorio con le belle donne!" Rispose Shrewsbury, ridacchiando all'allusione di Evelyn. "E se avessi vent'anni di meno, restereste con gli avanzi... Spiacente ragazzo mio, non questa volta. Anche se detesto negarvi quel bel pezzo di manza, sentirebbero la vostra mancanza se non partecipaste al picnic, non da ultima la cara Lady Mary."

Christopher sbuffò, spazientito, a quel volgare scambio di battute e si morse la lingua per impedirsi di commentare. Ma fu sufficiente a sviare i suoi pensieri da Teddy e chiedere: "Allora, perché Audley ha rischiato tutto per tradire il suo paese?"

I due nobili si fermarono appena dentro la porta e si voltarono simultaneamente a guardare Christopher. Shrewsbury disse, come se fosse la cosa più naturale al mondo: "Audley è il secondo figlio di un secondo figlio, quindi non c'è mai stata la minima probabilità che ereditasse la tenuta ancestrale o il titolo. Ma suo zio l'ha mandato a Eton, cosa che gli ha dato un senso di autostima esagerato. E dopo Cambridge, senza fondi e con prospettive limitate, quello stesso zio l'ha obbligato ad accettare il posto di segretario, prima di un ammiraglio della flotta e poi la sua associazione con Charles Fitzstuart gli ha assicurato il posto con Roxton."

"Associazione?" Chiese Christopher.

"Audley e Fitzstuart erano a Cambridge insieme."

"Charles Fitzstuart ha reclutato Audley per la causa americana?"

Shrewsbury scosse la testa davanti allo stupore di Christopher, ma fu Evelyn che rispose alla domanda.

"Tutto il contrario, Silvano."

Christopher era più confuso che mai. "Audley è un *rivoluzionario?*"

"No, è un avido opportunista," sbottò Lord Shrewsbury. "I ribelli gli interessano quanto gli uomini del re. Ciò che gli interessa è riempirsi le tasche con le *livres* francesi."

"Le ragioni di Charles sono più legittime," disse Evelyn. "Lui ha degli *ideali*. Audley, come ha giustamente fatto notare sua signoria, è un moccioso e arrogante opportunista ed è riuscito a ingannare tutti noi, non da ultimo il suo amico e compagno traditore Charles Fitzstuart, il suo datore di lavoro in ermellino, il duca, e il caro vecchio credulone, Gerry."

"Quella canaglia avrà presto la sua punizione," disse Shrewsbury, digrignando i denti con soddisfazione. "Per il momento, dovremo spezzare il pane con il mascalzone, evitare l'indigestione e fingere che tutto vada bene. E poi domani...!"

Voltò sui tacchi e uscì nel corridoio verso il salone, con Evelyn e Christopher che lo seguivano.

Christopher non era fiducioso come Lord Shrewsbury. In effetti, aveva il forte presentimento che il picnic e la visita alla sua manifattura fossero solo uno stratagemma per nascondere un intento più sinistro da parte del conte e della sua volenterosa spalla, Lord Vallentine. Già, si sarebbe mangiato il tricorno tutto intero se Lord Vallentine fosse stato interessato al funzionamento di una tessitura!

Ma la mattina successiva era fresca e luminosa, senza il minimo accenno di pioggia, e Christopher scacciò i suoi timori mentre dava il benvenuto nella tessitura di Brycecomb al gruppo proveniente da Abbeywood Farm. Tutti, dal capo dello spionaggio ai servitori che accompagnavano il carro che portava tappeti, mobili e provviste per il picnic, erano felici di poter passare quella giornata autunnale al sole. Ma ciò che fece dimenticare Audley a Christopher fu che Lady Mary faceva parte del gruppo. Appena l'avevano aiutata a smontare dalla sua giumenta, lei si era staccata dal gruppo ed era andata direttamente da lui, con le gonne da cavallerizza di velluto verde smeraldo raccolte sopra un braccio. Il suo sorriso era radioso, e tutto per lui.

DICIASSETTE

"Non è un tempo meraviglioso per il nostro picnic?" Disse Lady Mary, alzando la testa per guardare Christopher da sotto la tesa del suo cappellino di paglia. "Sono così contenta di trovarvi qui, signor Bryce."

"E io sono contento che mi abbiate trovato, milady." Christopher le rivolse un inchino formale, senza però riuscire a nascondere il sorriso; quello di Mary era contagioso. Era davanti a un gruppo scelto di lavoratori della sua fabbrica, tutti ben vestiti per salutare i nobili visitatori venuti a ispezionare il loro posto di lavoro, era la prima volta per la manifattura. Christopher aggrottò la fronte, fingendo sconcerto: "Dove altro vi aspettavate di trovarmi?"

"Quando non siete arrivato ad Abbeywood questa mattina, mi sono chiesta se magari eravate stato trattenuto altrove… che magari vostra zia non stesse bene?" Rispose Mary senza esitazione, senza rendersi conto che la stava prendendo in giro. "Ma avrei dovuto rendermi conto che ci avreste aspettato qui. Oggi siete lo Squire Bryce, vero?"

"Sono lo Squire oggi e tutti gli altri giorni. Solo, ci sono alcuni giorni ogni due settimane in cui assumo il ruolo di vostro sovraintendente."

"Sì. Sì, certo. Certo," rispose Lady Mary, sconcertata dal suo sorriso e dallo scintillio negli occhi di Christopher e dalle proprie sciocche risposte. Che commento straordinariamente stupido da fare: *Oggi siete lo Squire Bryce*!? Ovvio che lo fosse!

Abbassò in fretta la testa prima di guardare, oltre i dipendenti della fabbrica, verso l'imponente edificio dietro di loro, rimproverandosi mentalmente per la sua incapacità di dirgli ciò che stava veramente pensando. Forse era agitata perché si trovava lì, per la prima volta, al di fuori dell'ambiente che le era noto, e saldamente nel dominio di lui? Poteva essere...

Ciò che avrebbe dovuto dire, era che lui, quel giorno, era vestito non come il sovraintendente di Abbeywood, con una giacca e la cravatta in disordine, ma come l'orgoglioso proprietario di una fabbrica, un uomo di mezzi. Vedeva che Christopher si era impegnato a migliorare il suo aspetto e il suo abbigliamento, ed era ancora più attraente. L'abito scuro di lana fine, gli stivali lucidi, i capelli ben pettinati sotto un tricorno nero di feltro e la cravatta bianca annodata alla moda sotto il mento squadrato ben rasato; era l'epitome del gentiluomo benestante. E se i suoi vestiti, per il loro taglio e colore mostravano moderazione nel proclamare quella prosperità, la sua magnifica casa, quella fabbrica e i suoi dintorni e la terra coltivata intorno erano tutti segni dell'operosità dello Squire Bryce e delle innovazioni apportate come il maggior datore di lavoro della valle. Così aveva proclamato Lord Shrewsbury non più di venti minuti prima, quando il gruppetto era uscito dall'oscurità della foresta di Puzzlewood al sole del fondovalle e si era ritrovato nella pittoresca vallata.

Teddy indicò a sua madre la vasta villa giacobiana di pietra giallo oro immersa in un parco, e disse che era lì che lo zio Bryce, Kate, Carlo e Silvia vivevano, e non era proprio come una casa in una favola, con i suoi comignoli a spirale e le finestre luccicanti? Mary aveva annuito, d'accordo con lei, senza parole, pensando che la casa doveva essere tra le più belle delle Cotswold, se non di tutto il Gloucestershire.

Lord Shrewsbury aveva dichiarato che un simile magnifico edificio di pietra, e le prove dell'industriosità che punteggiavano il panorama che li circondava erano una tangibile dimostrazione della prosperità e dello spirito imprenditoriale dell'uomo comune e ciò che si poteva ottenere in una nazione libera da re tirannici, terminando la sua dichiarazione con il commento sull'industriosità e sullo spirito di innovazione dello Squire.

Il segretario del duca aveva reagito dichiarando che, senza intenzione di mancare di rispetto nei confronti di sua signoria, la fabbrica, i casolari dei tessitori dagli alti tetti spioventi e le file di stenditoi che coprivano i pendii dietro la fabbrica stessa, le prove dell'industriosità e dell'innovazione di cui aveva parlato sua signoria, erano una piaga in un panorama agricolo altrimenti degno di essere dipinto. E che se la terra fosse appartenuta al suo nobile datore di lavoro, il duca, bruttezze come le fabbriche e i casolari dei tessitori non avrebbero mai visto la luce del giorno. Evelyn aveva ribattuto dicendo che Audley era un ipocrita intellettualoide, geloso degli uomini comuni come lui che avevano gli stimoli per sporcarsi le mani con l'industria, una cosa che un segretario con più cervello che palle non avrebbe mai fatto per principio.

Audley aveva cominciato a balbettare cercando di confutarlo ed Evelyn lo aveva stuzzicato ulteriormente. Ne era nato un dibattito fra i tre uomini, se fosse o meno vantaggioso permettere agli ordini inferiori di accumulare più ricchezza dei loro superiori, un dibattito che Teddy non capiva e che la turbò perché lo vedeva come un attacco a suo zio Bryce. Mary fu pronta a rassicurarla che i gentiluomini non intendevano offenderlo e a distrarla chiedendole se conosceva lo scopo di quelle strane strutture, gli stenditoi, con appeso il tessuto che coprivano la collina dietro la fabbrica.

E quando suo nonno non capì l'allusione a desistere con il suo monologo sul male necessario dei principi mercanti per assicurare la prosperità del regno, Rory lo interruppe con un'osservazione sulle serre visibili oltre il muro del giardino della villa. Che forse il signor Bryce le avrebbe permesso di parlare con il suo capo giardiniere sulle tecniche per coltivare la frutta in una vallata che sicuramente vedeva nuvole basse e quindi il gelo per la maggior parte delle mattine dell'anno. Che ne pensava il nonno…?

E così il gruppetto dei gitanti, i cavalli con i loro cavalieri e il carro carico di tutto l'armamentario per il picnic, continuò verso la tessitura in un silenzio sommesso, attraversando un meraviglioso ponte di pietra verso un sentiero che seguiva l'argine del fiume che scorreva veloce, che li portò direttamente ai cancelli di ingresso della fabbrica.

Con Lady Mary al suo fianco, Christopher andò avanti per dare il benvenuto al gruppetto di gitanti che erano smontati e che si stavano avvicinando a lui. Il carro continuò lungo il sentiero, diretto da uno degli operai di Christopher, verso un punto pittoresco accanto al fiume che prometteva ombra e un facile accesso all'acqua per il tè.

Mentre i servitori di Abbeywood si davano da fare per organizzare il picnic, gli ospiti di Christopher si riunirono davanti al portone d'ingresso della fabbrica, ansiosi di farsi spiegare i misteri della manifattura dei tessuti. I lavoratori che avevano ricevuto il privilegio di incontrare i nobili visitatori si tolsero il cappello o fecero la riverenza per dare il benvenuto mentre venivano presentati. Prima di entrare nell'edificio, Christopher indicò le caratteristiche della struttura della fabbrica, in modo che i suoi ospiti potessero comprenderne la disposizione e come fosse vitale imbrigliare la potenza del fiume per far funzionare i macchinari.

L'edificio che ospitava i macchinari era esso stesso quasi splendido come la villa del suo proprietario. Edificato meno di un anno prima, a forma di cubo, era stato costruito con la pietra locale gialla. Alto cinque piani, aveva file di grandi finestre a ogni piano, per far entrare più luce possibile, e finestre ancora più grandi inserite nel tetto spiovente. Era un po' arretrato rispetto al fiume, cui era collegato tramite un canale che deviava l'acqua per mezzo di uno sbarramento ricurvo. Lungo circa trecento metri, il canale era munito di paratoie per controllare il flusso dell'acqua che andava direttamente sotto la fabbrica, dove, invisibile dall'esterno, l'acqua che correva veloce cadeva su una gigantesca ruota idraulica. La rotazione di questa possente ruota generava la potenza necessaria ad azionare gli ingranaggi, gli alberi rotanti e le trasmissioni a cinghia attraverso ogni piano per far funzionare i macchinari della fabbrica.

Teddy chiese dove andasse l'acqua dopo aver fatto girare la ruota. E Christopher la lodò per aver fatto una domanda così intelligente, dicendo a tutti che dopo aver azionato la ruota idraulica, l'acqua veniva scaricata in un altro canale per tornare al fiume. Poi indicò a valle e tutte le teste si voltarono in quella direzione, dove, a circa cinquecento metri di distanza, sulla riva destra del fiume c'erano i casolari dai tetti spioventi dei tessitori. Il fiume poi continuava la sua corsa, sparendo dietro una larga ansa per zigzagare attraverso gli ondulati campi coltivati, i pascoli con le pecore che brucavano e mandrie di mucche da latte, tutti appartenenti al signor Bryce.

Christopher aveva poi proseguito con un breve riassunto dei processi specialistici necessari per la trasformazione della lana in filo e poi in tessuto. Spiegò come questi passi fossero tutti interconnessi, nessuno dei procedimenti più importante dell'altro. Lo stesso valeva per quelli che lavoravano per lui. Facevano l'uno affidamento sull'altro, per fare alla fine affidamento su di lui in modo da essere in grado, lavorando tutti insieme, di ottenere il successo commerciale e condividere la prosperità della loro impresa.

Con i lavoratori che annuivano con serietà, e gli ospiti ancora più ansiosi di ispezionare la fabbrica, Christopher si scusò innanzitutto perché il suo entusiasmo per la sua impresa manifatturiera aveva colto i suoi ospiti alla sprovvista, ma li rassicurò che non si sarebbero più annoiati una volta entrati. Furono tutti d'accordo e poi lui si voltò per offrire il braccio a Lady Mary per scortarla all'interno. Ma lei si tirò indietro e non perché non volesse prendergli il braccio, ma perché il protocollo esigeva il contrario.

"Signor Bryce, Lady Fitzstuart, in quanto moglie di mio fratello, ha la precedenza," disse a voce bassa, chinandosi verso di lui in modo che solo lui potesse sentirla. "Io sono la figlia di un conte, ma lei è la moglie dell'erede di quel titolo, è lei che ha il privilegio di avere il vostro braccio in questa occasione."

"Grazie, milady," rispose Christopher. "Non volevo offendere." E prima di voltarsi a cercare Rory, le disse all'orecchio: "Non intendo mancarle di rispetto, ma vorrei che non fosse così perché certamente sapete, *dovete* saperlo, che vorrei offrire il mio braccio solo a voi."

Mary lo fissò negli occhi castani e vide che era sincero. Deglutì e sorrise. "Sì. Si, *ora* lo so, e… e niente mi farebbe più piacere."

Christopher sorrise e ammiccò. "Oh, credo che potrei darvi più piacere, se me lo permetteste… Lady Fitzstuart!" Chiamò a voce alta, voltandosi e facendo un passo verso Rory, con il braccio piegato pronto. "Se volete farmi il grande onore di permettermi di essere la vostra scorta…"

Mary rimase lì, sconvolta dall'insinuazione sottintesa in quell'ammiccare e dal commento che lo aveva accompagnato. Quindi le ci volle qualche momento per reagire quando Christopher se ne andò, per rendersi conto che suo cugino Evelyn era accanto a lei. Non aveva idea da quanto fosse lì, era stata talmente presa dal momento con lo Squire e sperava che lui non avesse sentito la loro conversazione.

Ma Evelyn non aveva bisogno di ascoltare le parole dette per capire il significato sottinteso. La vicinanza della coppia, la loro conversazione sussurrata, e la strizzatina d'occhio di Christopher gli avevano dato un'idea piuttosto precisa di come stavano le cose tra di loro. Confermava ciò che aveva sospettato la notte in cui era apparso davanti a loro e lo avevano creduto un fantasma. Ma mentre pensava di conoscere i sentimenti di Christopher nei confronti di sua cugina, fino a quel momento non era stato convinto che quei sentimenti fossero ricambiati. Non aveva bisogno d'altro per essere persuaso e quando offrì il braccio a Mary senza fare commenti, sorrise tra sé e sé vedendo che lei era ancora abbastanza distratta da permettere al proprio sguardo di seguire lo Squire che accompagnava Rory nella fabbrica, conversando tranquillamente.

Appena il gruppetto fu entrato nella fabbrica, Evelyn si sganciò dal gruppo. Tenne Mary accanto alle scale che scendevano di un piano verso l'alloggiamento della ruota idraulica e dove si sentiva il rumore dell'acqua corrente appena sotto i loro piedi.

Tutti erano andati avanti per raccogliersi intorno a Christopher che, con l'aiuto del capo della fabbrica, spiegava il funzionamento dei macchinari che riempivano quel piano e i due di sopra. Inventato da un certo signor Arkwright e chiamato filatoio idraulico, questa meraviglia tecnologica superava di molto ciò che un uomo o una donna avrebbe potuto fare con un singolo fuso ed era in grado di filare 96 fili contemporaneamente. A quella notizia gli ospiti emisero i loro ohh e ahh guardando le macchine ferme e gli operatori silenziosi che restavano sull'attenti nella corsia centrale.

Christopher spiegò che per permettere al capo della fabbrica di essere udito sopra il rumore delle macchine e per risparmiare l'udito dei visitatori, tutti i filatoi di quel piano erano stati fermati. Incoraggiò gli ospiti a camminare liberamente per il piano per ispezionare i macchinari. Li avrebbe portati ai piani superiori per vedere i filatoi e i loro operatori in azione una volta soddisfatti e pronti a muoversi.

Con i visitatori occupati, Evelyn parlò con Mary senza paura di essere sentito, e senza attirare attenzione sul fatto che non erano attenti. Decise comunque di conversare con lei in francese, per evitare eventuali orecchie interessate al loro scambio di battute. Arrivò diritto al punto perché aveva capito che Mary non era contenta che l'avesse allontanata dal gruppo, ed era ancora distratta, ma aveva bisogno che lei ascoltasse ciò che aveva da dirle, perché riguardava il futuro di entrambi.

"*Ma chérie*, me ne vado. Mary? Mary, mi stai ascoltando? Partirò oggi stesso."

Mary distolse lo sguardo dal gruppetto. Evelyn aveva attirato la sua attenzione. "Parti? Ma sei appena arrivato Eve. Perché?"

"Affari di stato…"

"…come agente della Corona? Pensavo che non fossi più una spia."

Evelyn non negò né confermò la sua supposizione.

"Devo portare a termine quest'ultima missione prima di potermi liberare del mio irredimibile passato e vivere il mio futuro."

"Bene, allora devi farlo. Ma quando ritornerai?"

"Qui? Non…"

"Non tornerai?" Gli occhi viola di Mary si spalancarono, ansiosi. "Non tornerai ad Abbeywood?"

Evelyn sorrise, più in sintonia con i suoi sentimenti di quanto lei stessa si rendesse conto. Mise alla prova la sua supposizione dicendo bruscamente: "Ad Abbeywood? Perché dovrei tornare in questa parte del regno dimenticata da Dio, popolata da zotici ignoranti…"

"Non è dimenticata da Dio! E lui non è… non sono ignoranti," disse Mary, accaldandosi, subito sconvolta dal proprio lapsus. Abbassò la voce. "Non vedi la bellezza che ci circonda qui nella valle? Qui ci sono una pace e un'armonia che non esistono altrove. E anche se non apprezzi stare nella natura, questa fabbrica è senza dubbio la dimostrazione della volontà di coloro che vivono qui di migliorare la loro vita, adottando queste meraviglie produttive. Come puoi chiamarli zotici ignoranti?"

Evelyn ignorò il suo lapsus, anche se non ne fu sorpreso. E anche se sul volto aveva un'espressione neutra e un po' scettica, continuò a prenderla in giro senza pietà.

"Oh, come dimentichi in fretta, *ma belle cousine*! Ma io no. Quando Gerry era in vita non vedevi l'ora di voltare le spalle a questo idilliaco luogo rurale e scappare a Londra, a ogni minima opportunità. Non parlavi di bellezza o armonia in questo posto, *allora*. Eppure torno dopo cinque anni passati all'estero e ti trovo innamorata di un angolo pittoresco da cui non vedevi l'ora di scappare! Ah! Ma penso che non si tratti tanto del panorama, quanto della compagnia."

"Sì! Sì, hai ragione," confermò Mary, così offesa da fraintendere a chi stesse alludendo Evelyn. "*Era* la compagnia, e tu sai, *tu sai* com'era il mio... com'era il mio *matrimonio*, se si può chiamare così quella schiavitù! Ti meraviglia che desiderassi scappare, andarmene?"

"Ah! Ma non era dell'odioso Gerry che stavo parlando, *chérie*."

Mary vacillò e sbatté gli occhi. "Non Gerald? Non capisco..."

Gli occhi di Evelyn si illuminarono e lui sorrise. "No? Sono sicuro che lui, lo Squire Backwater, capisca benissimo."

"Non chiamarlo così!" Ribatté Mary, troppo irritata per lasciarsi imbarazzare dalla sua insinuazione.

Evelyn appoggiò una spalla rivestita di seta contro la parete di mattoni imbiancata, ironico, con le sopracciglia sollevate. "Allora come preferisci che chiami il tuo Squire, *ma chérie?*"

"Lui non è il *mio* Squire. È il tutore legale di Teddy e ha sempre avuto a cuore i suoi interessi. E offre generosamente il suo tempo ad Abbeywood come sovraintendente, quando mi è stato ovvio, venendo qua, che il suo tempo sarebbe meglio speso nelle sue fabbriche, o sulle sue terre, tra la sua gente. Eppure trova il tempo di far quadrare i libri dei conti di Gerald, che sono in uno stato così deplorevole che mi meraviglia che Teddy e io non siamo state obbligate a vendere i vestiti che abbiamo addosso per mangiare."

"Ti sei mai chiesta come mai?"

"Cosa? Che abbiamo ancora dei vestiti?"

"Sì. Mi hai detto di aver rifiutato la generosa rendita che ti ha offerto Roxton quando sei diventata vedova. Quindi da dove viene il tuo spillatico, i soldi per i vestiti, se non vengono dai tuoi parenti?"

"Non ho bisogno di una rendita. Sono una sarta eccellente e ho modificato e rifatto i miei vestiti più e più volte. Inoltre, accade raramente che vada in società per avere bisogno di un vestito nuovo..."

"Ogni bella donna ha bisogno di un vestito nuovo... Lo Squire Back... Bryce sarebbe d'accordo con me. Sono sicuro che se glielo chiedessi ti fornirebbe tutti i vestiti che vuoi, se non lo sta già facendo."

Mary restò senza fiato.

"*Se non lo sta già facendo?*" Ripeté. "Evelyn! Oggi non ti capisco. In effetti, sembra che tu stia facendo di tutto per provocarmi! Perché poi sei scortese con il signor Bryce ogni volta che se ne presenta l'occasione..."

"Sono geloso."

"Geloso? *Geloso* del-del... *signor Bryce?*"

"È maledettamente bello e intelligente. E qui in questo particolare angolo rurale, lui è un re. I suoi lavoratori si rivolgono a lui come se fosse Luigi XIV venuto tra di loro. E non meraviglia, dato che il suo portamento lo differenzia dai suoi concittadini. E poi c'è il piccolo fatto che ha un volto degno di essere scolpito nel marmo, che ha le donne che pendono dalle sue labbra, tu inclusa, *chérie*. No! Non scuotere la testa. Ho visto il modo in cui lo guardi, anche se tu non te ne rendi conto."

"Eve, io..."

"Ma lui può essere Luigi solo qui, tra la gente del villaggio. Non potrebbe mai prosperare a Londra, non perché non abbia l'aspetto giusto o non possa recitare bene la sua parte, ma perché non potrà mai essere uno di noi. Qualunque goccia di sangue nobile gli scorra nelle vene, è una diluzione della cosa vera, e contaminato per sempre."

"Diluito? Contaminato? Non ti capisco. Come fa a essere queste cose? Che cosa sai di lui che io non ho scoperto negli otto anni da che è il mio vicino?"

Evelyn le diede un buffetto sulla guancia. "Non capisci davvero, eh? Non vedi ciò che io ho visto nel momento in cui ho posato gli occhi su di lui. Ma è perché tu sei priva di malizia, *ma chérie*. Tu accetti la gente come la vedi, credi a ciò che ti dicono. Vorrei poter essere come te. Non che io ritenga che a lui interessi un fico secco del suo ignobile lignaggio. Ma a te, *ma chérie*, a te deve importare. Sei la figlia di Lord Fitzstuart e pronipote di re Carlo..."

"Ti assicuro che sono perfettamente consapevole di ciò che devo al mio nome e alla mia casata, le lettere di mia madre sono un costante promemoria, e del fatto che devo pensare a Teddy e al nostro futuro e sposarmi di nuovo," disse Mary in tono impacciato, tenendo sotto stretto controllo le sue emozioni e sperando che il colore sulle sue guance e il tremore delle dita fossero infinitesimali rispetto al pulsare nella sua testa e del suo cuore. "Per dirti la verità, c'è ben poco altro cui pensi, dato che ho compiuto trent'anni e questo significa che le mie speranze di sposarmi di nuovo diminuiscono di giorno in giorno."

"*Ma chérie*, Mary, sono venuto ad Abbeywood con un obiettivo in mente, solo per trovarmi di fronte *lui*. E se non fossi stato obbligato ad andarmene immediatamente dopo il nostro magnifico picnic all'ombra di questo edificio industriale, avrei preferito avere questa conversazione da solo con te nel tuo adorabile salotto. Ma il tempo non è dalla mia parte. Ciò che voglio che tu faccia mentre sono via è contemplare un futuro con…"

"Contemplare un futuro?"

"… con me."

"Eve?!" Mary spalancò gli occhi, restando a bocca aperta. Alla fine trovò la voce. "Che cosa mi stai chiedendo?"

"Oh, penso che tu abbia capito benissimo che cosa ti sto chiedendo. Ma non voglio dichiarare le mie intenzioni qui, in questo ambiente industriale e alla presenza dello Squire Worthy. Quindi non mi metterò su un ginocchio fino al mio ritorno tra un mese. E quindi, mia carissima Mary, ti concederò un mese di tregua per darti modo di pensare seriamente all'offerta che desidero farti e a che cosa significherebbe per entrambi. Spero che capirai, come me, che è la scelta giusta, quella più logica, per due cugini le cui famiglie sono molto unite e che si conoscono fin dalla culla. Ma," aggiunse con un'alzata di spalle, "se tra un mese, quando te le chiederò, tu rifiuterai l'onore, saprò che è per la migliore delle ragioni, e accetterò la tua decisione."

Gli occhi di Mary si riempirono di lacrime e il suo cuore cominciò a battere più forte mentre un enorme peso le cadeva dalle spalle alla prospettiva di sposare suo cugino. Sua madre sarebbe stata estatica di felicità e anche la sua famiglia estesa. Non avrebbe sposato un uomo qualunque, ma l'erede designato al titolo di conte e questo significava che sarebbe stata una contessa. Avrebbe potuto entrare nuovamente nei salotti della società a testa alta. L'avrebbero accolta a braccia aperte a tutti i balli, feste e soirée. Si sarebbe seduta alle migliori tavole, vestita di sete e broccati e avrebbe avuto a disposizione carrozze, portantine, case e servitori a iosa. Evelyn era ricco ed era generoso. A lei e a Teddy non sarebbe mai più mancato niente. Sua figlia avrebbe avuto un conte come patrigno e una dote degna della condizione elevata di sua madre e quando fosse arrivato per lei il tempo di sposarsi, non ci sarebbe stata carenza di corteggiatori adatti. Il matrimonio con Evelyn avrebbe risolto tutti i loro problemi.

E poi in fretta come era caduto, il peso tornò a gravarle come un macigno sulle spalle. Ma non restò lì. Premette ancora più forte, fino a sistemarsi sul suo petto. Senza sapere il perché, la invase una grande tristezza. Avrebbe dovuto essere felice fino al delirio di ricevere una proposta di matrimonio dal suo cugino più caro, cui voleva bene fin da ragazza. Era un sogno che si avverava, no? Perché allora era così depressa? Si sentiva malissimo ed era divorata dal senso di colpa e la cosa la stupì fino a farle venire un improvviso, orrendo mal di testa.

Desolata, guardò oltre Evelyn, dall'altra parte del piano della fabbrica dove Teddy, Lord Shrewsbury, Rory Fitzstuart, il signor Philip Audley e il capo della fabbrica erano riuniti ai piedi della seconda rampa di scale, in attesa di ispezionare i livelli superiori della manifattura.

Sembrava ci fosse una discussione in corso, incentrata su Rory. Mary si rese conto che sua cognata si stava offrendo di restare indietro, dato che la sua infermità le impediva di fare le scale come tutti gli altri e il suo avanzare lento, aiutato dal bastone, li avrebbe rallentati. Suo nonno non voleva saperne della sua auto-denigrazione e poi si presentò una soluzione che vide Mary asciugarsi rapidamente gli occhi e sorridere. Ovvio! Mentre gli altri salivano, con Teddy che si arrampicava sulle scale con il capo della fabbrica e il signor Philip Audley un passo dietro di loro, seguiti da Lord Shrewsbury che portava il bastone di Rory, Christopher Bryce aveva preso in braccio Rory, senza alcuno sforzo. E con lei comodamente sistemata, Christopher si voltò per seguire di sopra il resto del gruppo.

Ma con un piede sul primo gradino, gli capitò di guardarsi alle spalle, dall'altra parte della stanza, verso di lei. Ma il suo sguardo restò fermo e le sue belle fattezze senza espressione, così che Mary non poté leggere nei suoi pensieri. Ma capì che doveva aver pensato che lei fosse imperdonabilmente scortese. E ne aveva tutti i diritti e lei non lo biasimava. Lei ed Evelyn avevano avuto l'arroganza di impegnarsi in una conversazione privata, senza mostrare interesse per la sua impresa manifatturiera, quando era ovvio a chiunque avesse gli occhi che la fabbrica era fonte di grande orgoglio per lui. Lo aveva ferito, lo sapeva, e avrebbe voluto andare da lui, per spiegarsi, chiedergli perdono e scusarsi per il loro comportamento.

Ma non fece niente del genere. Perché, quando Christopher la guardò negli occhi, anche se fu solo per un brevissimo momento, e se nessuno dei due disse una parola o dimostrò con uno sguardo ciò che l'altro stava pensando, Mary fece una scoperta sorprendente. Ne rimase talmente sbalordita che le risucchiò l'aria dai polmoni e le fece girare la testa. Si appoggiò al muro per impedirsi di cadere in avanti, con le ginocchia molli e instabile sui piedi. Era talmente stordita che pensò di poter svenire. Sapeva che non sarebbe riuscita ad attraversare la stanza senza barcollare. Ma c'era una cosa di cui era certa. Sicura come che lunedì sarebbe seguito alla domenica, capì, oltre ogni dubbio, di essere profondamente e completamente innamorata, dell'uomo sbagliato.

DICIOTTO

Di tutti i posti e i momenti, troppo numerosi per contarli, in cui erano stati insieme, c'era voluto quel posto, un lanificio, e la proposta di matrimonio di un altro, perché Mary si rendesse conto, con sua somma sorpresa, di essere innamorata, e di esserlo sempre stata, del signor Christopher Bryce.

Fin dal loro primo incontro, quando era venuto a trovare suo marito, Christopher aveva fatto nascere in lei qualcosa di indefinibile che la assillava e la tormentava e che non smetteva. Aveva fatto del suo meglio per sopprimere quel sentimento, con ogni fibra del suo essere, perché era sposata. E poiché era sposata e dato che sua madre glielo aveva insegnato fin da bambina, credeva che desiderare un uomo che non era suo marito fosse peccaminoso, e in una donna sposata che era una madre, era ancor più innaturale e ripugnante.

Ma i dettami di sua madre sul desiderio femminile e il matrimonio l'avevano lasciata confusa e preoccupata. Perché il tempo passato con sua cugina la duchessa di Roxton le aveva mostrato un mondo diverso, un mondo che contraddiceva ogni precetto proferito da sua madre. Era stata testimone della giocosità che esisteva tra il duca e la duchessa, come fossero spontanei davanti alla famiglia. Si tenevano spesso per mano, si scambiavano un bacio tenero, e potevano restare seduti per ore insieme, a proprio agio in compagnia l'uno dell'altro, senza dire una parola. Soprattutto, erano sempre gentili l'uno con l'altra. Era ovvio, perfino a una ragazzina della tenera età di Mary, che la coppia ducale era profondamente innamorata.

Ma nel suo matrimonio con Sir Gerald, lei non aveva sperimentato nessuna di quelle cose, e l'aveva lasciata così emotivamente e fisicamente fredda che si era ritenuta incapace di godere dell'intimità, e si era chiesta se era almeno un po' desiderabile. E quando suo marito era in vita, non aveva fatto fatica a sopprimere le sue inclinazioni naturali e i suoi sentimenti.

Quando era rimasta vedova, aveva continuato sulla stessa strada, consumata dall'incertezza per il futuro e cieca a ogni possibilità quando si trattava di amore e dell'espressione fisica dell'amore. Era talmente abituata alla presenza dello Squire ad Abbeywood che non era riuscita a vederlo sotto nessun'altra luce, e ogni sentimento che aveva per lui era sepolto da tanto che era improbabile che tornasse in superficie dalle profondità del suo cuore apatico.

E poi si erano scambiati quel bacio nella sua camera, riaccendendo quella scintilla di desiderio che aveva provato al loro primo incontro. E adesso, in quel momento, mentre guardava Christopher voltarsi e sparire sulla scala portando Rory in braccio, capì, oltre ogni dubbio, che lo amava. E capì che lui amava lei. Glielo aveva detto, ma ora gli credeva. Si sentì invadere dalla felicità a quel pensiero. Avrebbe voluto andare da lui, dirglielo, fargli sapere che il suo amore era ricambiato, cento volte di più. E poi, da qualche parte oltre i suoi pensieri sentì una voce che la chiamava e il calore che l'aveva invasa amando e sapendo di essere amata scomparve, lasciandola fredda e sopraffatta da uno smarrimento inesplicabile e una palpabile agitazione.

E con quella consapevolezza arrivò la verità. Che senso aveva dire a Christopher che lo amava quando non era libera di agire sulla base di quel sentimento? Doveva accettare la proposta di matrimonio di Evelyn, e lo avrebbe fatto. Non poteva, in tutta coscienza, rifiutare Evelyn e l'onore che le aveva fatto. Era la decisione giusta per il futuro, suo e di Teddy. Ci si aspettava da lei che si sposasse bene, e con un uomo della sua cerchia sociale. Evelyn e lei erano ben affiatati. Provenivano dalla stessa famiglia e dallo stesso strato sociale. Condividevano una storia e si volevano bene. Sarebbe stato il matrimonio della stagione!

E quindi capì che, tra un mese, quando Evelyn le avrebbe chiesto di diventare sua moglie, lei avrebbe accettato, pur sapendo che l'amore che provava per lui era ben diverso dai sentimenti che provava per Christopher. L'amore per suo cugino era tranquillo, sicuro, prevedibile. Sapeva esattamente che cosa aspettarsi. Quello che provava con Christopher era qualcosa di completamente diverso, e la lasciava sconcertata, senza fiato, e fluttuante in un mare in tempesta di possibilità impreviste.

E con la verità arrivò la sincerità. Capì con deprimente certezza di essere la figlia di sua madre. La voce della contessa si era infiltrata nei suoi pensieri confusi, e pontificava sul matrimonio: non ci poteva essere un futuro per il figlio di uno Squire locale e la figlia di un conte. Tutti sapevano che una cavalla che si accoppiava con un asino produceva un mulo, un paria che non era né cavallo né asino. La figlia di uno Squire poteva sposare un nobile, ma le figlie della nobiltà non potevano sposarsi al di sotto del loro rango.

Quindi fu con il cuore pesante e una tristezza che arrivava fino in fondo all'anima che prese la decisione che era meglio, per la pace mentale di tutte le persone coinvolte, non dare retta ai suoi sentimenti. E così aveva chiuso il cerchio. Era rimasta intorpidita e apatica. Le ci vollero parecchi momenti per capire che era di Evelyn la voce che la chiamava e che non era affatto molto lontano.

Era ancora accanto a lei, e le stava chiedendo se stesse bene, e se voleva seguire gli altri ai piani superiori per vedere il resto della fabbrica. Mary scosse la testa. Preferiva restare seduta tranquilla per un momento sul gradino. E quindi lui si sedette accanto a lei.

"Dammi il tuo ventaglio, *ma chérie*," le ordinò gentilmente. Quando lei lo tolse inconsapevolmente da una tasca legata sotto le gonne, lui lo prese, lo aprì e lo sventolò con un gesto femminile. Le inviò l'aria fresca sul viso arrossato e, quando ottenne la sua attenzione, le disse sottovoce: "Questo mese è il mio regalo per te, perché tu viva come vuoi."

"Un regalo?" Mary batté gli occhi, senza capire, eppure lui sapeva di avere la sua completa attenzione.

"Sì, io posso anche presentarmi come un Narciso egocentrico, ma come agente della Corona sono ben allenato a riconoscere la falsità e a sapere quando qualcuno è disonesto. Riesco a penetrare nei sentimenti più profondi di una persona, nei desideri segreti che possono essere usati contro di loro." Smise di agitare il ventaglio e le sorrise gentilmente. "Non sono né cieco, né insensibile. Vedo che lo Squire ti fa bollire il sangue e non è una brutta cosa… Mary! Non scuotere la testa e non voltarti dall'altra parte. Guardami!" Quando Mary lo guardò apertamente le disse con una franchezza che la sbalordì: "Se non ti accerterai dei tuoi sentimenti per quell'uomo, te lo chiederai sempre e questo andrà a discapito di entrambi noi. Voglio una moglie che sia fedele, negli atti e nei pensieri. Voglio anche una moglie che sappia qualcosa del letto nuziale. Non sono mai stato tipo da dare valore alla verginità. L'inesperienza sessuale è noiosa all'estremo."

"Ma… ho una figlia. Come fai a…"

"Gerry era un porco. Scommetterei che non ha mai pensato ai tuoi bisogni e che soddisfaceva solo se stesso. Quello non è fare l'amore. Nella sua forma più semplice è un accoppiamento bestiale ai fini della riproduzione; nella sua forma più egoistica, la soddisfazione di un bisogno carnale maschile.”

“Per favore, Eve. Non voglio… Come puoi parlarmi di cose sim…”

“Perché io ero come lui… beh, forse non così disgustoso e sicuramente non così repellente, ma quando ero molto più giovane, mi interessava solo la musica. Non mi importava un fico secco dei bisogni delle donne che mi portavo a letto. Nemmeno di Dominique.”

“Oh, Eve! Ma era tua moglie!”

“E tu eri la moglie del vorace Gerry. E quindi questo conferma che ho ragione. Ma dopo la morte della povera Dominique ho avuto una vasta esperienza di donne. Sono sicurissimo che le mie imprese farebbero diventare bianchi per lo sbigottimento i tuoi meravigliosi capelli. Ma non rimpiango, né sento il bisogno o il desiderio di soddisfare oltre la mia curiosità in fatto di donne. Ma tu, *ma chérie*, non hai la minima esperienza di che cosa sia fare l’amore e…”

“Ma certamente, come mio marito, sarebbe compito tuo farmi-farmi capire… *insegnarmi*… che cos’è fare l’amore?”

“Ma resterebbe il problema del tuo desiderio insoddisfatto per lo Squire Worthy…”

“Eve! Io-io… Come fai a sapere…” Mary cominciò a balbettare, le guance senza più colore.

“È il motivo per cui ti regalo questo mese. Meriti di sapere com’è fare l’amore, godere dell’esperienza di fare l’amore. Hai bisogno di cancellare dalla mente tutto ciò che hai sofferto per mano di quel bruto di marito. Inoltre, visto l’affascinante passato del tuo Squire negli Stati Italiani, sono sicuro che farà tutto ciò che è in suo potere per dimostrarsi un amante ideale.”

Mary fissò Evelyn meravigliata. “E a te andrebbe bene questo accordo?”

“Se, alla fine del mese, la tua *curiosità* sarà stata completamente e sinceramente soddisfatta, e accetterai la mia proposta di matrimonio, allora questo accordo avrà dei benefici per entrambi.”

“E lui? È un uomo così onorabile… non riesco a immaginare che sarebbe d’accordo.”

A quel punto Evelyn tirò indietro la testa e rise. Mary non capiva che cosa ci fosse di divertente.

“Oh, la sua trasformazione nello Squire Worthy è formidabile, di sicuro. Nessuno qui in questo angolo sperduto ha l’immaginazione per credere che sia diverso da come si presenta al mondo. E non ho dubbi che sia come lui desidera passare il resto dei suoi monotoni giorni. Ma questo non annulla il suo passato come ricercatissimo *cavalier servente*…”

Mary arricciò il nasino. "*Cav… Cavalier servente…?* Che cos'è un *cavalier servente…?* E tu come fai a sapere tante cose di lui? Lo spiavi quando viveva all'estero?"

"Ah! Ho già detto troppo. Dovrai chiederlo a lui." Diede un colpetto scherzoso a Mary con il ventaglio, poi glielo restituì e si alzò in piedi. Aiutandola ad alzarsi, disse con un sorriso: "E se lui ti stima come io credo, e visti i suoi noiosi principi, vorrà confessarti tutto. Devi ricordare che, se farai domande, potresti ricevere una risposta che ti farà desiderare di non aver chiesto! Ora raggiungiamo gli altri prima che i nostri compagni ci abbandonino del tutto!"

Q**UANDO** M**ARY ED** E**VELYN LI RAGGIUNSERO, GLI ALTRI ERANO** tutti riuniti alla base della scala e c'era in atto una vivace discussione sulla discesa al piano inferiore per ispezionare il funzionamento della ruota idraulica.

Christopher li avvertì di non farsi spaventare dal fragore. Era una cosa perfettamente normale ed era causato dall'acqua che scorreva veloce stretta in un canale angusto per cadere sulle lame della ruota, obbligandola a ruotare con il suo peso. Sottolineò che il rumore assordante era così forte da rendere impossibile la conversazione; era inutile perfino urlarsi nelle orecchie da vicino. Disse loro che era estremamente importante che seguissero le istruzioni, di non vagabondare, e di fare esattamente ciò che veniva indicato. Soprattutto, dovevano stare costantemente attenti l'uno all'altro. Lo disse con un sorriso a Teddy, che lo ascoltava intenta con gli occhi spalancati e la bocca semiaperta. Quando lei annuì, le fece l'occhiolino, poi procedette a dire al gruppo che sperava che il rumore e le sue istruzioni non avrebbero diminuito il loro gradimento o le meraviglie della prodigiosa ruota idraulica del signor Smeaton.

Si prepararono tutti a scendere la scala, con Teddy che teneva la mano di Christopher e Rory lieta di prendere il braccio del nonno e usare il bastone per mantenere l'equilibrio, dato che c'era solo una dozzina di gradini e sarebbe riuscita a scendere tranquillamente. Ma Lord Shrewsbury li sorprese e tutti si fermarono a guardarlo, quando disse in tono serio: "Penso che sia meglio che le signore e la bambina restino qui. Mi preoccupa il rumore: potrebbe essere troppo forte per la sensibilità femminile. Alla luce degli avvertimenti del signor Bryce, sul fatto di non essere in grado di sentire o parlare sopra il frastuono, se una di voi dovesse perdere i sensi sarebbe impossibile chiedere aiuto. Non siete d'accordo, Vallentine?"

"Non potrei essere più d'accordo, milord! C'è già un tale frastuono spaventoso che sale dal pavimento che non mi meraviglierebbe se il rumore al livello inferiore fosse mostruosamente dannoso per i nervi di una donna."

"Ma… nonno!" Sussurrò Rory, stupita. "Come puoi pensare che sia così debole da svenire al rumore di una ruota idraulica?" Gli strinse il braccio. "Devi sapere quanto volessi vederne una in funzione, specialmente una delle opere del signor Smeaton." Fece appello a Christopher. "Signor Bryce, il signor Smeaton è l'ingegnere civile più importante di questo paese, vero? Ed è maggiormente conosciuto per la torre a Eddystone Rock."

"Esatto, milady," confermò Christopher, impressionato dalle conoscenze di Rory. "Il faro di Eddystone Rock è stato in effetti progettato da lui e da allora ha salvato molte navi e molte vite." Le sorrise, poi disse a suo nonno: "Milord, ho scelto apposta il signor Smeaton per progettare e far costruire la ruota idraulica che abbiamo sotto i piedi perché credo che il suo sia il dispositivo per fornire energia più efficiente conosciuto ai giorni nostri. In effetti, grazie alle sue ricerche sulla meccanica delle ruote idrauliche e i mulini a vento, gli è stata assegnata la medaglia Copley. Chiunque abbia un interesse scientifico non vorrà perdere l'opportunità di vedere la ruota di Smeaton in funzione."

"Ecco, nonno! Il signor Bryce ha una delle migliori, se non la migliore, ruota idraulica del paese! E abbiamo visto ai piani di sopra come azioni tutte quelle macchine per filare molto più in fretta di quanto possa fare una donna con un fuso a ruota. Quanti fili per ogni macchina, signor Bryce?"

"Novantasei o qualcuno di più, milady."

"Non è un numero sorprendente, nonno? Una ruota idraulica simile deve essere veramente una meraviglia. Quindi capisci che non posso perdere questa opportunità per vederla di persona."

Lord Shrewsbury le batté una mano con un sorriso e sembrò che stesse cambiando opinione, quando il signor Philip Audley aggiunse la sua voce alla discussione, come se ne avesse sempre fatto parte e gli avessero chiesto un parere personale.

"Mia cara Lady Fitzstuart," disse il segretario del duca di Roxton, con un sorriso condiscendente e un sospiro di rassegnazione, arrivando al punto di scuotere leggermente la testa: "Che cos'è vedere una ruota idraulica a confronto della vostra salute e della vostra sicurezza? Aggiungo umilmente le mie preghiere a quelle di Lord Shrewsbury, e vi dico che ha ragione. Temo che ogni macchina che abbia la potenza per azionare dei marchingegni così sgradevoli e a quella velocità sia rumorosa come il più rumoroso dei tuoni. E il tuono non vi fa sobbalzare per la paura?" Tirò su col naso, in direzione di Christopher, senza guardarlo, con le narici strette per lo sdegno, prima di guardarsi attorno e rivolgersi agli altri. "Spetta a noi, vero, dimostrare un po' di carità cristiana e perdonare il signor Bryce per l'insensibilità dimostrata nel suggerire che le signore scendano in ciò che per loro equivarrebbe alle fosse dell'inferno, per vedere un apparecchio così allarmante. Perché di certo un suggerimento simile dimostra una marcata mancanza di ragionevolezza e un'ignoranza della delicata sensibilità delle donne con una posizione sociale molto superiore alla sua. Lo dimentica, circondato com'è da donne di stampo contadino, allevate fin dalla culla, proprio come i muli, per lavorare a lungo e duramente. Tali donne condividono la scarsa sensibilità dei loro padroni; nessun rumore è abbastanza forte da causare loro spavento. E senza dubbio è quello il motivo per cui sono così adatte a questa impresa mercantile. Ma noi che abbiamo passato tutta la vita a stimare la fragile bellezza e la delicatezza delle dame del rango più alto, di cui voi, mia cara Lady Fitzstuart e mia cara Lady Mary, siete l'apice, sappiamo benissimo come dovreste essere trattate e non sopporteremmo mai che foste esposte a una simile spiacevolezza. E posso dire con sicurezza che il mio stimato datore di lavoro, Sua Grazia di Roxton, sarebbe certamente d'accordo con me."

Finì con un sorriso sicuro di sé e con un inchino a ciascuna.

La reazione immediata a quel discorso contorto e derisorio fu un meravigliato silenzio. Tutti stavano ancora digerendo le parole del segretario e chiedendosi che cosa dire in risposta all'aperta condiscendenza dell'uomo, per non parlare della spavalderia, la completa mancanza di buone maniere e l'insolenza sfacciata diretta al loro ospite, quando, con grande meraviglia di tutti, arrivò una vivace contestazione, non da Rory, o da suo nonno, o dallo Squire, ma da Lady Mary. Ed era tale il suo sdegno che lei non si rese nemmeno conto della sua appassionata difesa dello Squire, diversamente da lui e dagli altri.

Quella Mary, la Lady Mary Cavendish che sceglieva sempre attentamente le parole, che stava sempre eretta, che era distaccata e altezzosa con coloro che non conosceva, e che quando era alla presenza di sua madre non sfuggiva mai alla sua ombra; quella stessa Mary ora uscì dall'ombra, con le parole che rotolavano dalle sue labbra, le mani che gesticolavano e gli occhi viola lucidi, umidi e fieri. Quella Mary fu una rivelazione per tutti, ma non per Evelyn, né per Christopher. Avrebbe sorpreso entrambi gli uomini sapere che condividevano la stessa privata soddisfazione: Evelyn perché aveva colto un lampo di questa Mary mentre crescevano insieme e quindi sapeva che esisteva da qualche parte in lei; e Christopher perché aveva sempre creduto che appena sotto il suo altezzoso aspetto esteriore ci fosse questa Mary che aspettava solo di prorompere ed essere riconosciuta: la sua vera Mary.

"Chi siete, voi, signore, per osare presumere di conoscere me o mia sorella, Lady Fitzstuart?" Disse Mary scandendo le parole, con la voce tremante di rabbia controllata. E con ogni parola pronunciata la sua voce crebbe in forza e sicurezza e nessuno parlò e tutti mantennero lo sguardo fisso su di lei. "Che siete voi per denigrare il signor Bryce? Voi venite qua come rappresentante di mio cugino Roxton, e vi abbiamo tollerato ad Abbeywood per anni solo perché siete uno strumento del duca. Ma avete dimenticato quel semplice fondamento, nella vostra presunzione. Mio cugino non avrebbe mai, nemmeno in mille anni, disprezzato il lavoro dei suoi affittuari che lavorano per lui dall'alba al tramonto e si sforzano di costruirsi una vita. Lui è abbastanza modesto e intelligente da sapere che è in debito con loro, e loro con lui. E lo stimano ancora di più per quello. Proprio come il signor Bryce apprezza i lavoratori della sua fabbrica ed è un padrone giusto e onesto.

"Ma voi, signor Audley, siete tanto arrogante da ignorare lui e la brava gente di questa valle che lavora duramente, quando è a questa gente che dovreste essere grato. Avete mai rivolto un pensiero a chi cuce i vostri vestiti, prepara il vostro cibo, vi fornisce la carta e le penne e l'inchiostro che usate come segretario di Sua Grazia? Questa gente è tanto indegna della vostra considerazione solo perché di nascita comune? Io mi occupo delle mie arnie, do da mangiare ai miei polli e raccolgo le loro uova. Faccio il burro e giro le forme di formaggio. Sono compiti necessari in una fattoria funzionante. Richiedono anche l'uso delle mie mani, queste *belle mani* che voi pensate siano adatte solo per ricamare o suonare il pianoforte perché sono una dama. Eppure voi considerate queste attività agricole di cui mi occupo degne solo delle mogli e delle figlie di stampo contadino che insultate chiamandole muli?! Sono anch'io un mulo, signor Audley? No! Non parlate. Non ho tempo per le vostre banali adulazioni.

"Sono molto fiera di contribuire alla produzione di Abbeywood. E a voler essere sincera, provo molta più soddisfazione vivendo e lavorando... si, *lavorando*, signor Audley, qui nella valle tra la sua gente che mettendomi in mostra vestita di seta nei salotti della società! Né mio cugino avrebbe mai trattato il signor Bryce con condiscendenza, come voi presumete di poter fare, signore! Pensate che perché sono rimasta zitta in tutti questi anni io approvi il vostro deprecabile comportamento? Pensate che io non veda e non senta come abbiate sempre fatto del vostro meglio per rendere il ruolo di sovraintendente del signor Bryce avvilente e male accetto in ogni occasione? Lui ha sempre e solo voluto che Abbeywood fiorisse in modo che mio nipote possa ricevere un'eredità che abbia un valore; una cosa che mio marito non ha mai preso in considerazione. In effetti, sono sicurissima che Sir Gerald intendesse prosciugare la tenuta in modo che Jack non avesse niente. Eppure, in soli due anni, il signor Bryce è riuscito a dare a mio nipote, un ragazzo che non è nemmeno suo parente, un futuro che vale la pena di avere.

"E voi lo sapete, signor Audley. Vi guarda in faccia ogni volta che avvicinate una sedia per ispezionare i registri che il signor Bryce e il suo assistente, il signor Deed, preparano con tanta attenzione. Avete controllato ogni più e meno, ogni calcolo, sperando senza speranza di trovare qualche errore nei loro conti. E non perché vi importi qualcosa della tenuta. Voi potete anche bramare le lodi di Sua Grazia per gli sforzi che fate per suo conto, ma io sono sempre più convinta che il vostro comportamento gretto sia governato da un'indole amara e insoddisfatta. Sareste potuto essere molto migliore di come siete, se solo foste stato umile e foste stato fiero dei risultati che avete ottenuto e noi avremmo avuto un'opinione migliore di voi."

Mary fece un respiro profondo e alzò la testa, con lo sguardo ancora fisso sul segretario dal volto arrossato, e tenne le mani leggermente davanti a sé, raddrizzando le spalle.

"Scriverò a Sua Grazia per chiedere di sollevarvi dai vostri obblighi ad Abbeywood. Mio cugino potrà incaricare qualcun altro al vostro posto, anche se penso che anche questo non sia necessario e glielo dirò. Ora fatemi un cenno per confermare che avete capito tutto ciò che ho detto e poi scusatevi con il signor Bryce. Poi potrete lasciarci per andare a riflettere accanto allo stagno finché sarà pronto lo spuntino."

Il segretario le rivolse in fretta un inchino deferente, con gli occhi bassi, ma quando esitò a voltarsi verso Christopher per fare la stessa cosa, Shrewsbury gli ringhiò di sbrigarsi. Audley borbottò una breve frase di scusa allo Squire, si inchinò e si allontanò dalla fabbrica senza guardare nessuno negli occhi. Evelyn lo seguì alla porta e bloccò per un momento la sua uscita.

"Giusto che ve ne andiate con la coda tra le gambe. Ma non andate lontano. Shrewsbury e io abbiamo un paio di domande da farvi."

Philip Audley guardò Evelyn negli occhi azzurri e non c'era pentimento né nella sua espressione né nella sua voce. In effetti, c'era un accenno di minaccia nel suo tono di voce e ogni indicazione di umiltà condiscendente era sparita.

"Statene certo, milord, non andrò lontano. Ho anch'io delle domande da fare. Ora, se volete togliervi di mezzo, ho scoperto che non riesco a respirare in un'aria piena di ipocrisia patrizia."

Evelyn gli diede una pacca sulla schiena. "Bene, presto non dovrete più farlo!" E gettò indietro la testa, scoppiando in una risata crudele, allontanandosi dalla porta con un inchino di congedo esagerato, e innervosendo il segretario, com'era sua intenzione.

Mary li stava guardando e, non avendo sentito la loro aspra conversazione sussurrata, sorrise al gesto teatrale di suo cugino, poi sospirò, come di sollievo. Fu sorpresa per l'ondata di calma che provò dopo quell'atipica scenata. Come minimo si aspettava di sentirsi a disagio. Ma non era così. Mentre il segretario offeso spariva all'esterno, nella stanza entrò la sua cameriera che, con un cenno, le fece capire che erano pronti a servire lo spuntino. Quindi Mary si rivolse a sua figlia, che la guardava perplessa, senza sapere se sua madre era o meno ancora arrabbiata. Non le era sfuggito che Teddy aveva rivolto due volte lo sguardo verso Christopher, come a chiedere la sua rassicurazione che tutto andava ancora bene nel suo mondo. Servì solo ad approfondire i sentimenti di Mary. Perché, certamente, per sua figlia, lì c'era l'unico uomo che era veramente stato un padre per lei.

Quando Mary le tese la mano con un sorriso, Teddy le prese le dita con entusiasmo. Poi Mary la abbracciò, si voltò verso Rory e disse: "Ti dispiacerebbe veramente molto contenere la tua curiosità finché non avremo finito di mangiare? Sono sicurissima che una pausa e dei rinfreschi ti… ci rianimeranno," aggiunse guardandosi attorno, attenta a non far capire a nessuno che stava facendo velatamente riferimento alla gravidanza di Rory. "Una volta che ci saremo rifocillati, saremo in grado di prestare tutta la nostra attenzione alla ruota idraulica di Smeaton. Che ne dici, Teddy? Dobbiamo condividere un po' della speciale confettura di fragole della cuoca con i nostri ospiti?"

"Fragole? Veramente?"

"Sì, e le noci sottaceto, perché so che sono uno dei cibi preferiti di Lord Vallentine."

Da sopra la testa di Teddy, Mary contemplò Evelyn, che ora era accanto allo Squire, e resistette al desiderio di guardare Christopher, sorridendo a suo cugino quando alzò le sopracciglia, accettando il suo velato promemoria che, da fantasma, aveva rubato quei particolari sottaceti dalla dispensa.

"E i cetrioli sottaceto?" Chiese Teddy. "Vi siete ricordata dei cetrioli sottaceto, perché sono i preferiti di zio Bryce."

Mary guardò il volto sorridente di Teddy e le baciò la fronte.

"Sì! Mi sono ricordata. Ce l'aveva detto a cena. E sì, ho chiesto alla cuoca di inserirne un barattolo."

Teddy sorrise e sollevò le spalle, tornata se stessa dopo l'insolito scoppio d'ira di sua madre. Mary guardò Christopher per vedere come aveva reagito, ma lui non ebbe l'opportunità di rispondere perché

Evelyn gli diede una gomitata nelle costole per attirare la sua attenzione.

"Cetrioli sottaceto, Silvano?" Disse con voce mielata, facendo una smorfia. "Lieto che le noci sottaceto siano tutte mie. Lo sarà anche lei, tra un mese. Eppure mi piace offrire al mio avversario una possibilità di concorrere. Rende la vittoria molto più gratificante. Dopo lo spuntino, prima che cominciate ad annoiarci con la ruota idraulica, facciamo una passeggiata. Sono sicuro che vorrete sapere ciò che ho da proporre, credetemi."

DICIANNOVE

"Eccoci qui, a fare quella passeggiata. Allora, che cosa volete?"

Christopher si fermò alla prima paratoia, si voltò e guardò indietro, da dove erano arrivati, lungo il sentiero che seguiva il canale che portava via l'acqua corrente dalla fabbrica. Lui ed Evelyn erano abbastanza lontani dal gruppo di gitanti da non essere uditi, ma comunque abbastanza vicini da tenere d'occhio gli ospiti, e i servitori che si stavano occupando di loro. E mentre i gitanti erano seduti intorno a un tavolo coperto di argenti, porcellana e un banchetto degno del salone di qualunque grande Lord, i lavoratori della fabbrica, i filatori e le loro famiglie si stavano godendo un modesto banchetto per conto loro lungo il fiume.

I lavoratori apprezzavano le poche ore di riposo e di ricreazione all'aperto e lo stufato d'agnello, il pane, le frittelle di pastinaca e il sidro che aveva offerto Christopher, ma ciò che apprezzavano di più era l'opportunità di osservare la nobiltà così da vicino. Il villaggio nei giorni di mercato era il posto più lontano in cui la maggior parte di loro si era avventurata in tutta la vita. Quindi il vicario e la sua degna moglie e gli squire con le loro famiglie erano il gradino più alto della scala sociale che avessero mai visto e, anche quelli, solo da lontano. Nemmeno Lady Mary Cavendish, che tutti sapevano essere la donna più titolata nella valle, era mai venuta da quella parte del Puzzlewood. Quindi scoprire che era carina come si diceva, con lucenti capelli rossi del colore delle fiamme, che non era molto alta e aveva un nasino delicato e grandi occhi, era veramente una soddisfazione.

In effetti, guardare lei e i suoi nobili compagni al tavolo del picnic era un piacere di cui, Christopher ne era sicuro, avrebbero parlato per le settimane, se non per i mesi a venire, e che sarebbe rimasto impresso nella memoria collettiva per sempre. I nonni avrebbero raccontato ai loro nipoti di quella volta in cui gentiluomini e gentildonne con la pelle bianca e pulita come la neve fresca, e tutti vestiti con velluti e sete ricamati, erano venuti a fare un picnic alla fabbrica. Le signore con piume colorate di struzzo nei loro cappelli di paglia dalla larga tesa, che sorridevano dietro i ventagli, e gli uomini con il pizzo ai polsi, che usavano forchetta e coltello e bevevano da calici che venivano immediatamente riempiti da servitori che correvano avanti e indietro, attenti a ogni loro bisogno.

Era una scena idilliaca, degna di essere immortalata sulla tela. Il calore del sole bagnava i colori autunnali dei boschi sulle colline dietro di loro di un bagliore dorato, i nobili che facevano un picnic accanto alla corrente erano così fuori contesto rispetto a ciò che li circondava che avrebbero potuto essere scambiati per capi elfici e regine delle fate usciti dai loro nascondigli per pranzare. Ma con le nuvole grigie che venivano da nordest, Christopher predisse che la pioggia sarebbe arrivata prima che la luce cominciasse a dissolversi nell'imbrunire. E doveva ancora portare i suoi ospiti a vedere la ruota idraulica prima che tornassero ad Abbeywood, un viaggio che sarebbe durato almeno un'ora in più perché era in salita. E con la pioggia i tratturi si sarebbero trasformati in fanghiglia, e se fosse caduta la notte sarebbe stato impossibile compiere il viaggio.

Quindi il fatto che Evelyn volesse avere una conversazione privata con lui fece aumentare l'ansia di Christopher. Non aveva nessuna voglia di sentire che cosa aveva da dire il cugino di Mary, né poteva immaginare di che cosa si trattasse, anche se si stava chiedendo se avesse a che fare con l'imminente carcerazione di Philip Audley per tradimento, forse volevano il suo aiuto per formulare un piano per prendere in custodia il segretario. Ciò detto, guardando l'uomo seduto di fronte a Lord Shrewsbury, che si stava godendo un bicchiere di vino e una seconda tortina alle pere, o Audley non aveva la minima idea di essere stato scoperto, oppure era talmente arrogante da credere di aver superato in astuzia il capo dello spionaggio inglese ed era diventato troppo sicuro di sé. Christopher pendeva per la seconda delle ipotesi.

Quindi, che cosa voleva Evelyn da lui, si chiese, riuscendo a reprimere l'apprensione e a guardare sua signoria senza rivelare i propri pensieri. E poi Evelyn lo meravigliò.

"Guardatele," disse Evelyn, appoggiando le spalle alla struttura di legno della paratoia e alzando il lungo mento in direzione del gruppetto. "Due dei più bei fiori del regno e grazie al cielo nessuna delle due è una sciocca statuina. Già, ma mio cugino Dair non poteva sposare altro che un raro gioiello. E Lady Fitzstuart è un gioiello tra i più rari. Quanto al nostro rubino, beh, siamo parziali, no? Ah, ho sempre saputo che c'era il fuoco sotto quel ghiaccio. Non si possono avere capelli come quelli e non avere una natura appassionata. Lei..."

"Ascoltate, Vallentine o Stretham-Ely, o comunque vi chiamiate... Andrà bene anche Apollo! Se mi avete portato qui per spendere belle parole su vostra cugina e ciò che significa per voi, allora vi fermo qui. Quelle sono nuvole cariche di pioggia e le signore vorrebbero vedere la ruota idraulica di Smeaton prima..."

"Ha fatto proprio un bel discorso, vero?" Continuò Evelyn come se Christopher non avesse parlato.

"Sì... Sì, è vero."

"Il tipo di discorso che farebbe alla Camera un parlamentare che credesse incondizionatamente in ciò che sta dicendo, con piena convinzione e un sottofondo di indignazione. Sono veramente contento di essere stato qui a sentirlo. Ho sempre saputo che ne era capace, ma mi ha comunque sorpreso. Ha più in comune con sua cugina, mia *Tante Antonia*, di quanto creda. Se solo potesse abbracciare l'esuberanza di *Tante Antonia*... Pensavo fosse chiedere troppo dopo dieci anni passati con Gerry. Ovviamente il primo pensiero è stato che non avrebbe mai fatto un discorso così appassionato se Gerry fosse stato ancora in vita. Era opprimente, sia figurativamente sia letteralmente, e sua madre..." Evelyn rabbrividì. "Più fredda di un rettile. Ma il mio secondo pensiero è stato che il primo era sbagliato. Credo che, prima o poi, anche se Gerry fosse vissuto, Mary avrebbe trovato il modo di farsi strada nel blocco di ghiaccio in cui quei due l'avevano rinchiusa. Ma non le sarebbe servito, e nemmeno a voi, no? Perché voi siete uno di quei tipi maledettamente pieni di principi, come nostro cugino Roxton. Voi due andreste meravigliosamente d'accordo. Magari al primo incontro sareste cauti e pensereste che l'altro è un bacchettone arrogante, e avreste entrambi ragione!"

"Non avete mai dato una risposta diretta in vita vostra, vero?"

Evelyn rise, con quella sua irritante risata acuta.

"E dove sarebbe il divertimento? Mi piace tanto stuzzicare la metaforica ferita dell'amore non consumato. È un peccato che non possa più suonare la viola mentre pontifico. È un accompagnamento drammatico ai sentimenti di una persona! Una volta lo facevo, sapete. Me ne andavo in giro con i tacchi alti, la viola sotto il mento e fornivo divertimento infinito e occhi pieni di lacrime al mio pubblico, donne per la maggior parte, ma c'erano i miei colleghi musicisti che apprezzavano le mie composizioni. Leggere come meringhe, ma comunque deliziose." Fece un profondo sospiro. "Purtroppo quei giorni non ci sono più, come le mie due dita!" Rise di nuovo e scosse la testa. "Ma non intristiamoci. Sono qui per parlare di *voi* e di mia cugina."

"Non ho intenzione di parlare di Lady Mary con voi."

Evelyn diede a Christopher un pugno scherzoso sulla spalla. "Mettete da parte quella vostra vena testarda e state zitto, Squire Backwater. Sta arrivando la pioggia e io ho qualcosa da dire."

"E non lo avete già fatto?"

"*Touché*. Ora state zitto e ascoltate. Sarò succinto, giusto per voi, perché temo che sia l'unico modo per voi di capire ciò che vi sto offrendo." Diede un'occhiata a Christopher e, vedendo che aveva la sua piena attenzione, continuò: "Ho detto, dentro la fabbrica, che Mary sarà mia entro un mese. Non potete non aver capito che cosa intendo dire, vero? Ma nel caso siate incredulo, o mi pensiate capace di agire da canaglia con la mia stessa cugina, lasciate che vi assicuri che intendo chiederle di sposarmi. Sono fiducioso che accetterà la mia offerta. Posso essere un po' malandato alle estremità, mi mancano parti di dita, ma sono comunque ancora un buon partito. Con me viene il titolo di conte e una gran pila di sassi da qualche parte, su al nord. Potrei sposare una piccola vergine carina appena uscita dall'aula scolastica, e parecchie mamme sacrificherebbero le loro figlie per un titolo e un pedigree come il mio, se lo volessi, ma non è così. Quindi potete anche togliervi quella brutta smorfia dalla faccia. Le vergini non mi interessano. Mary sì. E so che lei interessa anche a voi, Silvano, e tanto, ed è così da anni, secondo me. Allora. Ditemi. Che cosa avete intenzione di fare al riguardo?"

"Di fare? Riguardo a cosa?"

Evelyn alzò una mano, sbuffando. "Riguardo a questa mia perfetta e meravigliosa proposta di fare di Mary la mia contessa, ovvio."

Christopher tirò il fiato e deglutì. Fu l'unico segno visibile di emozione che si permise davanti a quella notizia devastante.

Certo. Non era una sorpresa. Ma sentirlo dire a voce alta... Lo rendeva vero. Ed aveva anche perfettamente senso. Due nobili cugini. Due amici d'infanzia, segretamente innamorati, sposati ad altri e ora liberi di sposarsi tra di loro. Un risultato romantico e perfetto. Perché aveva pensato che potesse finire diversamente? Aveva sempre saputo che Mary doveva risposarsi, e sposarsi bene. Ma una piccola parte di lui, anche se solo delle dimensioni del suo mignolino, aveva creduto nella possibilità che, quando Mary l'avesse fatto, sarebbe stato per amore, e con lui. Lui l'amava. Lei lo amava. Era rimasto inespresso tra di loro eppure *lui* lo sapeva e anche *lei*. Era una sensazione, un sentimento, che era sempre con lui. E quindi si era permesso di sognare di chiederglielo, e nei suoi sogni lei aveva sempre detto sì. Era così semplice.

Ma ora…

Quel sogno era solo quello: un sogno, e così sarebbe rimasto. Ed era meglio così. E meglio saperlo prima che dopo. Meglio continuare con la sua vita. Aveva tanto da fare. Forse avrebbe accompagnato Kate in vacanza al mare, per farle sentire l'aria salata nei capelli e sulla pelle, e la sabbia sotto i piedi. Kate aveva sempre amato il mare…

Mary avrebbe sposato suo cugino entro un mese… Sarebbe diventata la contessa di Stretham-Ely e avrebbe lasciato la valle per vivere altrove…

Mentalmente, si voltò contro il muro, con lo stomaco che si contraeva e la testa che pulsava, e si rannicchiò su se stesso. E poi il muro crollò, lasciandolo nell'oscurità più completa. Era ancora rannicchiato sul pavimento, o forse stava galleggiando? Tutto ciò che sapeva era che era circondato dal nulla. Non sentiva nulla. Non pensava a nulla. Non c'era più niente per lui da dire, da fare, da volere, da anelare. Mai più. Si chiese se non stesse impazzendo. Sapeva di essere stordito…

Con uno sforzo supremo di volontà costrinse il suo corpo a reagire. E mentre rimaneva mentalmente in quel vuoto emotivo, a roteare nell'oscurità, riuscì a obbligare le sue membra a ubbidire e fece un inchino formale a Evelyn. E quando si raddrizzò e fissò negli occhi l'aristocratico, si assicurò di non sbattere gli occhi e di non distogliere lo sguardo, ma restò immobile a guardare quei gelidi occhi azzurri. E da qualche parte lontano sentì la propria voce echeggiargli nelle orecchie, vuota, distaccata e fredda. E tutto ciò che voleva era ululare la propria disperazione alla luna.

"Vi auguro tanta felicità, milord. Lei merita… merita di essere felice… di essere la vostra contessa. Grazie per… per avermelo detto, lontano da… lontano da… Se volete scusarmi, devo occuparmi della fabbrica…"

"No! No!" Evelyn lo afferrò per la manica della giacca. "Non andatevene, Silvano! Non ho finito con voi."

Christopher barcollò e fissò le dita che gli tenevano stretto il braccio, senza sapere che cosa fare. Ma c'era una cosa che sapeva di volere e sapeva di avere il potere di farlo, ed era di mettere più distanza possibile tra sé e quell'uomo, e alla svelta, prima di fare qualcosa di cui si sarebbe pentito. L'unico pensiero che gli permetteva di mantenere il controllo era sapere che, essendo su un terreno elevato accanto alla paratoia, erano in piena vista non solo dei suoi lavoratori e delle loro famiglie, ma anche di quelli seduti intorno al tavolo. Mary era seduta rivolta verso di lui e Teddy era accanto all'acqua e guardava i bambini del villaggio che pescavano. Ed entrambe potevano vedere lui e Lord Vallentine apparentemente in cordiale conversazione.

Liberò di colpo la mente e il braccio.

"Ma io ho finito con voi, milord. E vi ho offerto le mie felicitazioni. Ora devo tornare dai miei ospiti."

Evelyn bloccò l'uscita di Christopher. Con entrambe le braccia tese e i palmi di piatto sopra la struttura della paratoia, non c'era modo che Christopher potesse andarsene, a meno di voltarsi e attraversare verso la riva opposta. Ma sarebbe finito sul lato sbagliato del canale. Doveva superare Evelyn e non voleva spingerlo via per timore che cadesse nell'acqua che scorreva veloce; sarebbe sicuramente annegato. Quindi aspettò, fissando l'acqua che precipitava sotto i loro piedi.

"Non gliel'ho chiesto… non ancora," gli disse Evelyn. "Lei conosce le mie intenzioni. Ha un mese per pensarci. Ma poi," aggiunse, spingendo in fuori il labbro inferiore, "è libera di rifiutarmi, se è ciò che vuole."

Quelle parole spinsero Christopher come una saetta fuori dall'abisso di disperazione e desolazione per sbuffare, incredulo e furioso: "Rifiutare di sposarvi? Voi, il suo cugino più caro? Che conosce dall'infanzia? Voi le state offrendo sicurezza, ricchezza e il titolo di contessa. Oh, e un matrimonio ben diverso dal suo primo. Rifiutarvi? Ah! Non credo proprio. È stata istruita troppo bene, educata fin dalla culla a conoscere il proprio valore e il vostro. Se pensate per un momento che non accetterà la vostra proposta di matrimonio, allora siete malandato dentro quanto fuori. È un'alleanza tra nobili famiglie che tutti accetteranno a braccia aperte. Quella strega di sua madre sarà al settimo cielo. Almeno questo dovrebbe farle smettere di tormentarla; sempre troppo tardi! E qualunque siano state le vostre passate indiscrezioni, ah, le perdoneranno. Roxton vi darà una pacca sulla schiena, congratulandosi di cuore. Bravo! Sarete l'eroe del giorno."

Evelyn alzò gli occhi al cielo, imbarazzato. "Lo so, lo so. Soddisferebbe la pressione delle aspettative famigliari e tutto il resto."

Christopher fece un passo avanti, minaccioso. "Sarà meglio che lo facciate per i giusti motivi, Apollo, altrimenti, che Dio mi aiuti io…"

"… voi romperete tutte le ossa del mio nobile corpo? Darete una bella scrollata alla mia scatola cranica? Mi sfiderete a duello?" Lungi dal ritrarsi, Evelyn lo guardò dall'alto in basso con un sorriso. "Oserei dire che vi piacerebbe fare tutte e tre queste cose. Ma fortunatamente per me, non siamo socialmente alla pari. Quindi niente duello. Inoltre, non vi ho portato qua per vantarmi con la notizia del nostro imminente fidanzamento ma, come vi ho detto prima nella nostra piena e franca discussione, per darvi un preavviso e per giocare pulito."

"Giocare pulito? Questo non è una specie di gioco! Non mi lascerò coinvolgere per soddisfare il vostro perverso senso del divertimento."

Fu la volta di Evelyn di sbuffare. "No? E io che pensavo che foste innamorato di M…"

"Certo che sono innamorato di lei. Sapete benissimo che sono innamorato di lei. E lo sono da otto *strazianti* anni. E ora siete riuscito a farmelo dire a voce alta. Bravo, milord!"

Evelyn scrutò freddamente Christopher e disse lentamente: "Quindi lo ripeto, Silvano: che cosa avete intenzione di fare?"

Christopher alzò le braccia. Avrebbe voluto guardare oltre il corso d'acqua, verso il gruppo di gitanti, per vedere se Mary era ancora lì. Invece fissò l'acqua che scorreva veloce. Non era portato per i gesti drammatici e fino a quel momento non si sarebbe ritenuto capace di sfoghi accesi. Altra gente, Kate, si comportava in quel modo; lui era sempre pragmatico e flemmatico fino all'eccesso. Suo padre diceva che per essere un buon agricoltore ci voleva pazienza; saper aspettare, e di buon grado. Ma non in quel momento. E, così sembrava, non quando si trattava dei suoi sentimenti per Mary. Con il vuoto interiore che minacciava di inghiottirlo, respirò a fondo, desiderando che quella conversazione fosse finita e disse a bassa voce: "Che cosa vorreste che facessi?"

"Ah! Adesso ci siamo! Vi dirò ciò che ho detto a Mary. Io devo allontanarmi per un mese. Una faccenda in sospeso con Shrewsbury. Ciò che succederà mentre sono via mi è supremamente indifferente. È ciò che succederà quando tornerò che mi importa. Quindi vi incarico di occuparvi di lei mentre non ci sono. Sarete il suo *cavalier servente*…"

"Sarò *cosa*?"

"Oh, ascoltate! Sta arrivando la pioggia. Sapete benissimo di che cosa sto parlando."

"Non assumerò assolutamente quel ruolo con lei!"

"E perché no? L'avete fatto abbastanza spesso a Lucca. Mezza dozzina di volte, in effetti."

"Era una cosa completamente diversa. Non ci sono paragoni."

"Vero. Mary non ha un marito anziano e comprensivo per fare il terzo a carte, o per finanziare il vostro stile di vita, o per guardare dall'altra parte quando la mogliettina molto più giovane passa la notte con il suo amante. E la povera Mary è immensamente meno esperta in camera da letto delle vostre precedenti amanti a contratto."

"Mai!"

"E non ci sarà niente messo nero su bianco, non in questo paese. La gente non capirebbe. Ciò che è un accordo perfettamente accettabile a Lucca è considerato estremamente sordido qui. Gli uomini, qui, si sentirebbero evirati da un accordo simile, ma non io! Quindi, Silvano, sarà un accordo verbale tra gentiluomini. Ma, sotto ogni altro punto di vista, io sono perfettamente conciliante."

"Voi *siete* malandato nel cervello se pensate che possa accettare!"

Evelyn si finse sorpreso. "Ma perché dovreste rifiutare? Vi sto dando il permesso di essere l'amante della mia futura moglie… di avere accesso illimitato alla sua persona per quattro settimane. Questa è la donna cui pensate, desiderandola, giorno e notte da otto anni, avete usato voi la parola *straziante*, e avreste intenzione di rinunciare a una simile occasione d'oro? Siete voi quello che ha la pappa al posto del cervello, Silvano. Povero me, non vi siete mai tirato indietro da un contratto in passato…"

"Era diverso! *Io* ero diverso! *Lei* è diversa!"

"Sì, l'amore cambia tutto, vero? Peccato…" Evelyn scrutò Christopher, sorrise e disse frivolmente, con un tono di voce in netto contrasto con il duro luccichio nei suoi occhi: "Allora fatelo per amore, Silvano. Fatela felice per quattro settimane. Regalatele un po' di quella vasta esperienza carnale che avete acquisito come amante pagato delle mogli di altri uomini. Datele un passato peccaminoso. Qualcosa che la faccia arrossire e sorridere ogni tanto quando è seduta a ricamare, contessa del mio mucchio di pietre su al nord."

"Mary non accetterà mai un simile accordo! Lei…"

"… non ha bisogno di saperlo. Ma ciò che sa è che non mi oppongo a che abbia una breve, torrida relazione… con voi. Le ho dato il mio permesso."

"Come siete magnanimo!"

Evelyn sospirò e agitò una mano. "È quello che penso anch'io."

Christopher stava riconsiderando la possibilità di buttarlo nel canale. Strinse gli occhi. "Perché lo state facendo? Perché mi state torturando? O dovrei chiedervi la cosa più ovvia: che cosa ci guadagnerete?"

"Voglio vederla felice. Ma avete ragione a essere sospettoso. Non sono altruista. Per quanto mi riguarda, voi potete tenervi tutte le vostre frustrazioni fino a scoppiare. Ma quando Mary sceglierà di sposare me, allora l'avrò tutta per me, corpo e anima." Gli fremettero le labbra. "E saprà una cosetta o due sul fare l'amore, grazie a voi. E questo significa che lei non si chiederà come sarebbe potuto essere… con voi. Lo saprà e a me non interesserà un fico secco, e nemmeno a lei."

"No."

Evelyn si lasciò sfuggire un piccolo sospiro rassegnato e si spinse via dalla crociera di legno della paratoia, raddrizzandosi. Si sfregò le mani, e dopo essersi sistemato il pizzo ai polsi guardò Christopher. Vide la testardaggine nelle mascelle serrate. Ma poi guardò per caso gli umidi occhi castani dello Squire, occhi che gli ricordavano Deborah Roxton, ed erano lo specchio di una storia diversa. C'era conflitto, desolazione e incertezza, a indicare che lo Squire stava sperimentando una lotta morale interiore di proporzioni epiche. Quindi Evelyn fece appello a lui nel modo che sapeva avrebbe permesso a Christopher di prendere seriamente in considerazione la proposta che gli aveva fatto.

"Molto bene. Fate come volete," disse, alzando le spalle con finta indifferenza. "Avete ancora un mese. Un mese per riuscire in ciò che non siete riuscito a fare negli otto anni da quando vi conoscete. Avete un mese per convincerla che siete voi l'uomo migliore e che lei dovrebbe sposare voi."

Poi Evelyn si voltò e andò a raggiungere gli altri intorno al tavolo. Christopher, rimasto indietro di qualche passo, andò invece verso la fabbrica, dove l'ingegnere stava aspettando di parlare con lui. Nessuno dei due parlò più della loro conversazione, con nessuno.

CHRISTOPHER RIUSCÌ A FAR VEDERE AI SUOI OSPITI LA RUOTA idraulica e a rimetterli per strada molto prima che le nuvole cariche d'acqua arrivassero a oscurare il cielo, facendo correre gli abitanti del villaggio a raccogliere il tessuto dagli stenditoi per portarlo al coperto prima che il cielo si aprisse.

Il carro carico di tutta l'attrezzatura per il picnic e dei servitori di Abbeywood che lo avevano accompagnato, partì per tornare a casa proprio mentre il gruppetto dei visitatori entrava nella fabbrica per vedere la ruota idraulica di Smeaton in azione.

Le signore, lungi dall'essere disorientate dal rumore, furono esilarate anche se si coprirono le orecchie con le mani per proteggersi dal fragore dell'acqua che scrosciava cadendo sulle lame della gigantesca ruota di legno, facendola girare continuamente in avanti. Nessuno parlò. Nessuno avrebbe sentito se avessero tentato. E quando il signor Bryce fece loro segno, tutti tornarono al piano di sopra, felici e soddisfatti che la loro visita alla sua fabbrica fosse ora completa, e che tutti avessero passato dei bei momenti. Rory aveva intercettato l'ingegnere e stava discutendo seriamente con lui sulla potenza naturale dell'acqua e del vento nel far girare le varie ruote e la produzione di energia che ne derivava, finché suo nonno le ricordò gentilmente che rischiavano tutti di bagnarsi fino alle ossa se non fossero partiti immediatamente.

Dopo tanti saluti e ringraziamenti, con Teddy che abbracciò forte suo zio Bryce perché sarebbe partita alle prime luci per passare un mese dalla nonna a Cheltenham, le signore e Teddy si avviarono per tornare a casa accompagnate da due degli stallieri della fattoria. Evelyn, Lord Shrewsbury e il signor Audley restarono indietro, e il capo dello spionaggio prese la scusa di dover discutere di affari della Corona con lo Squire; così nessuna delle due donne fece altre domande e partirono entrambe senza accorgersi di nulla. Gli uomini le avrebbero raggiunte al Puzzlewood.

Ma appena i cavalli furono spariti, mentre gli uomini aspettavano pazientemente che le signore non fossero più in vista, Philip Audley si rivolse a Lord Shrewsbury e disse con un sorriso condiscendente e la sua abituale smorfietta di disprezzo verso Christopher: "Posso solo presumere che mi abbiate chiesto di restare perché questa faccenda con il signor Bryce riguarda Abbeywood. E nessuno conosce la tenuta meglio di me..."

"O la governante!" Lo interruppe Evelyn, sbuffando.

Il segretario batté gli occhi: "Chiedo scusa, milord?"

Evelyn si frugò nella tasca della giacca e ne tolse un piccolo cilindro di ceramica facendolo ciondolare davanti agli occhi di Audley. "Lo riconoscete?"

"No. Ma sembra un *billet doux*, milord."

"Ehi, ha vinto un premio, dategli un *macaron*."

Fu la volta di Lord Shrewsbury di sbuffare. Scosse la testa e disse a Evelyn: "È più freddo di una ghiacciaia in gennaio, vero?"

"E dove andrà è tutto fuoco e zolfo, quindi avrà bisogno di parecchio ghiaccio," ribatté Evelyn, scherzoso.

"Se voi due non avete più bisogno di me, ho del lavoro da fare," dichiarò Christopher, interrompendo lo scambio di battute tra Lord Shrewsbury e il suo subordinato.

"Eh? Non vi interessa vedere la vostra spina nel fianco ricevere la sua giusta punizione?" Chiese Shrewsbury, deluso.

Christopher diede un'occhiata al segretario, che se ne restava lì, eretto, senza batter ciglio. Sembrava intoccabile e inattaccabile. Lui era stato oggetto della gretta arroganza di quell'ometto tante e tante volte, tutte nel nome del suo ducale datore di lavoro, e sapeva che se il segretario fosse stato il duca, sarebbe stato un tiranno dispotico, specialmente nei confronti dei suoi servitori. Era anche un opportunista e sospetto traditore del suo re e della sua nazione. Se era vero, meritava tutto ciò che Shrewsbury aveva in programma per lui. Eppure Christopher non aveva nessuna voglia di vederlo soffrire, né di osservare la sua umiliazione, quindi scosse la testa.

"No."

"Molto bene. Ma ci serve la vostra piena collaborazione. La vostra fabbrica è requisita per conto della Corona..."

"*La fabbrica*? Perché mai? Ho dei lavoratori e…"

Evelyn lo interruppe agitando una mano con indifferenza. "Frenate i cavalli, Squire, è solo per stanotte. E solo il piano inferiore." Si sforzò di sorridere. "La visita guidata alla ruota idraulica di Smeaton è stata illuminante. All'inizio ero scettico, ma sua signoria aveva ragione. Nessuno può sentire le urla, laggiù…"

"*Urla*?" Lo interruppe il segretario, ma lo ignorarono tutti.

"Avevate programmato tutto fin dall'inizio!" Ringhiò Christopher.

"Sì, è vero," rispose Evelyn con un sorriso compiaciuto. "Ma siamo anche riusciti a far passare una bella giornata alle signore, vero milord?"

"Proprio così. Ah! Ecco la vostra scorta, Audley!"

Il segretario si guardò alle spalle. Sulla porta della fabbrica c'erano due uomini robusti che, a un segno di Shrewsbury, uscirono alla luce e si fecero avanti. Dietro di loro, c'erano altri due uomini della stessa stazza. Il segretario fissò il capo dello spionaggio.

"Non capisco. *La mia* scorta?"

"Il vostro gioco è finito, Mendacius," disse Evelyn all'orecchio del segretario. "Meglio che veniate senza fare scene. La signora Keble ha tentato di ribellarsi e ce ne siamo occupati, e non è stato bello da vedere…"

"La signora Keble? Occupati? Non è stato bello…?" Philip Audley spalancò gli occhi e poi impallidì. Si guardò attorno selvaggiamente, verso Shrewsbury, Evelyn, i due uomini che ora erano alle sue spalle e alla fine guardò Christopher e sorprese tutti facendo appello proprio a lui.

"Bryce! Non potete credere… è oltraggioso! Sapete chi sono. Sono il segretario del duca. Non possono toccarmi. Non potete permetterlo…"

"Per la prima volta nella vostra vita, Audley, mostrate un po' di umiltà, e, per l'amor di Dio, dite la verità."

E con quelle parole Christopher voltò sui tacchi e andò verso casa sua, e nonostante il trambusto e il rumore di lotta che si lasciava alle spalle, non guardò indietro.

VENTI

Il sole sorse e tramontò cinque volte prima che Mary chiedesse all'assistente del sovraintendente se avesse ricevuto qualche comunicazione dal signor Bryce. Il signor Deed non ne aveva ricevute. Passarono altri due giorni... i due giorni che Christopher di solito passava ad Abbeywood, ma non quella volta. In due anni non aveva mai mancato un giorno. Mary convocò nuovamente il signor Deed nel suo salotto. L'ometto era perplesso quanto lei per l'assenza dello Squire.

Mary andò a fare una passeggiata in giardino, con lo scialle di lana stretto sulle spalle, poi si sedette al suo scrittoio per scrivere un breve biglietto allo Squire, un biglietto che aveva formulato nella mente mentre era fuori a prendere aria. Si chiedeva se per caso sua zia non stesse bene, o forse se lui si fosse ammalato. Anche se la seconda idea sembrava improbabile; era forte e sano come uno stallone da primo premio il giorno della corsa e, da quanto sapeva lei, non era mai stato ammalato un giorno in vita sua. Gli chiese quando sarebbe venuto ad Abbeywood la prossima volta, dato che voleva discutere alcuni particolari riguardanti una visita a Treat dopo Natale. Sua cugina la duchessa doveva mettere al mondo il suo bambino all'inizio del nuovo anno.

Una volta scritta la lettera e asciugato l'inchiostro, fece chiamare Luke. Ma poi ebbe un ripensamento riguardo al biglietto ed era sul punto di congedare Luke quanto il giovanotto la stupì.

"Milady, lo Squire ha detto che se aveste chiesto, dovevo mostrarvelo."

"Chiesto? Chiesto che cosa, Luke?"

"Dove fosse lo Squire. Dov'è il signor Bryce."

Mary si sedette eretta. Sperava di non star arrossendo.

"Tu sai dov'è?"

Luke annuì.

"E lui ti ha chiesto di portarmi da lui?"

Luke annuì di nuovo.

Mary fece un respiro profondo, poi si alzò, decisa.

"Allora portami da lui."

Luke esitò, e questo la rese ansiosa.

"Che c'è? Non è malato, vero?"

Il giovanotto scosse la testa.

"No, milady, ma si deve andare a cavallo fino a Puzzle, poi c'è da camminare, parecchio, attraverso la foresta. Vostra signoria avrà bisogno degli stivali e del mantello."

CON GLI STIVALI E IL MANTELLO, E CON IL CAPPUCCIO TIRATO sopra i capelli, Mary montava all'amazzone mentre Luke guidava la giumenta per la cavezza nel folto del Puzzlewood. A circa metà del bosco, fece smontare Mary e, lasciando il cavallo legato a un albero, la portò lontano dai sentieri battuti, lungo un tratturo segreto che non era un segreto per nessuno, perché era usato dagli artigiani, dai bracconieri e dai viaggiatori che attraversavano a piedi tutte le Cotswold. La strada era indicata da segni particolari sui tronchi degli alberi. E mentre Mary aveva ben poca idea di dove fosse in rapporto al paesaggio più ampio, dato che la volta formata dai rami intrecciati, molto in alto sopra di loro, permetteva solo a poca luce di filtrare, sentì aumentare la pendenza, e l'angolo degli alberi cambiò tanto da farle capire che stavano camminando lungo il crinale.

E poi la volta lasciò spazio a un cielo azzurro latteo e Mary si trovò su una sporgenza rocciosa con la brezza fresca che le pungeva le guance, a guardare il fondo valle. Sotto di lei c'era Brycecomb Hall in tutta la sua gloria di miele dorato e, a sinistra, la fabbrica con i casolari dei tessitori e tra i due, il fiume che scorreva zigzagando pieno di anse come un nastro per capelli caduto dalla testa di una gigantessa.

Luke aspettò finché Mary smise di guardare il panorama, poi la condusse giù lungo un sentiero serpeggiante, nuovamente sotto la volta degli alberi. Ora stavano scendendo verso la valle. Più di una volta, Mary dovette mettere la mano in quella salda del ragazzo per farsi aiutare a superare un punto particolarmente difficile di calcare roccioso, o alberi caduti o attraversare sulle pietre lisce piccoli rivoli che scorrevano veloci. Tutto in silenzio e solo con il rumore dello strato di foglie sotto i loro piedi e il gorgoglio dell'acqua sui sassi, con la foresta stranamente silenziosa senza il canto degli uccelli, migrati verso climi più caldi all'insorgere dell'inverno.

E poi, dopo un tempo che le sembrò durare ore, ma che era stato meno di un'ora, la foresta si aprì in una piccola radura. E sul bordo della radura, un po' indietro rispetto al ruscello, c'era il capanno del guardaboschi, con il camino che fumava. Ma non era un capanno ordinario, perché, anche se era stato costruito con la stessa pietra gialla degli altri casolari locali, questo aveva una facciata con un colonnato, e a Mary ricordò un tempietto, un belvedere all'italiana, il capriccio di un gentiluomo come se ne trovavano nei parchi di molte grandi ville. Treat aveva parecchi di quegli edifici sparsi sui suoi estesi terreni, e anche la sua casa d'infanzia, Fitzstuart Hall. Ma la costruzione attirò solo per un momento la sua attenzione perché accanto al ruscello, con una canna da pesca in mano, c'era lo Squire, in maniche di camicia e stivali, con il suo fedele cane accanto.

"Milady."

"Signor Bryce."

Christopher aveva messo da parte la canna da pesca, ma non si era mosso da dov'era sulla riva. Mary si avvicinò a lui, ma si fermò a un metro di distanza. Entrambi erano acutamente consci l'uno dell'altro, ma anche di non essere soli, e il silenzio continuò. E poi Lorenzo si alzò, drizzando le orecchie. Il movimento fu sufficiente a far distogliere a Mary lo sguardo da Christopher e fare una smorfia rivolta al suo compagno a quattro zampe, con le mani guantate strette davanti a sé.

Il suo disagio diede a Christopher una scusa per muoversi e si rivolse a Luke che stava strusciando i piedi con lo sguardo rispettosamente rivolto al muschio sotto le sue scarpe.

"Luke, porta a casa Lorenzo e dai questo a Carlo per la dama di compagnia di sua signoria."

Christopher tese una lettera che aveva tolto dalla tasca del panciotto. Non era sigillata e non serviva che lo fosse. Luke non sapeva leggere. Carlo non leggeva l'inglese. Sarebbe toccato a Fran informare la sua padrona che lui sarebbe rimasto assente per qualche giorno, forse di più. Anche se aveva aggiunto una riga, diretta solo a Fran, che diceva che nel caso avessero avuto urgentemente bisogno di lui, Luke sapeva dove trovarlo.

Il giovane prese la lettera e aveva già Lorenzo accanto quando esitò, con una veloce occhiata a Mary. "Porterete voi a casa sua signoria?"

"Quando vorrà tornare. Nel frattempo sai che cosa dire."

"*Aye*. Non la deluderò, signore."

Mary guardò Luke, con Lorenzo che trotterellava accanto a lui, sparire nuovamente nel bosco, poi rivolse l'attenzione a Christopher. Togliendosi con cura il cappuccio del mantello e lasciandolo ricadere sulle spalle, gli chiese: "Che cosa deve dire?"

Christopher sorrise annullando la distanza che li separava. "Niente. Non deve dire niente."

"Oh!" Mary gli sorrise, ma poi alzò la testa chiedendogli: "Perché siete rimasto lontano da Abbeywood dopo il picnic?"

"Perché vi ci è voluto tanto tempo per cercarmi?"

"Io non… cioè, non sapevo dove foste. Pensavo… pensavo vi foste ammalato, o magari vostra zia, o-o forse che dopo ciò che avevo detto alla fabbrica foste scontento, che forse vi avevo messo in imbarazzo."

"Voi pensate troppo, milady."

Mary annuì e sospirò, rassegnata. C'era del vero nelle sue parole. "Sì." Lo guardò negli occhi. "Allora perché, se non per le ragioni che ho detto, siete rimasto lontano?"

"Perché, milady… Mary," mormorò, prendendole dolcemente il volto tra le mani e abbassando la bocca fino quasi a toccare la sua, "sono sull'orlo della pazzia. Tutto ciò cui riesco a pensare è baciarvi."

"Davvero? È lo stesso per me," mormorò Mary, sorpresa, e aspettandosi di ricevere il suo bacio si alzò sulla punta dei piedi, con le mani premute sul panciotto di lana per tenersi in equilibrio. "E se non mi bacerete," gli confessò timidamente, offrendogli la bocca, "sarò *io* a impazzire."

QUANDO SI STACCARONO PER RESPIRARE, MARY ERA DISORIENTATA e sconcertata perché era stato lui a interrompere il loro bacio bollente. Lui avrebbe disperatamente voluto continuare a baciarla, prenderla in braccio e portarla nel capanno e lì, sul letto, fare appassionatamente, sfrenatamente l'amore con lei; indulgere in quel tipo di rapporto amoroso in cui il pensiero conscio e il bisogno fisico erano tutt'uno, dove le inibizioni venivano gettate al vento, e dove sarebbero rimasti nudi ed esausti in un intreccio di arti e lenzuola, completamente soddisfatti.

E quel momento sarebbe arrivato, non ne dubitava, ma non ancora, non finché fosse stato sicuro che lei era pronta a essere sua, corpo e anima. E se voleva essere sincero con se stesso, lo intimoriva l'idea di insegnarle a fare l'amore. Perché era convinto che lei non avesse mai fatto l'amore. Dieci anni sposata a un porco di uomo egoista e soddisfatto di sé che la rinchiudeva nella sua camera poteva solo averla lasciata spaventata e inorridita dall'atto sessuale.

Mentre per lui, che era andato a letto solo con donne esperte, fare l'amore era sempre stata una cosa poco complicata, anche se a volte era diventato quasi un gesto meccanico. Tanto che una volta lasciata Lucca e chiuso quel capitolo della sua vita, non aveva più fatto l'amore. Il suo appetito fisico non era tornato fino a Mary, solo per essere soppresso perché lei era sposata e quindi irraggiungibile. Desiderava fare l'amore con lei da tanti anni che era un sogno più che una possibilità. E ora che quel sogno stava per avverarsi, fare l'amore assumeva tutto un nuovo significato. Sarebbe stato molto diverso con Mary. L'amava oltre la ragione. E quindi il pensiero di portarla a letto minacciava di sopraffarlo e paralizzarlo. Per il suo stesso bene e anche per quello di Mary doveva andare adagio, ogni azione e reazione tra di loro doveva essere deliberata. Non ci sarebbe stato niente di frettoloso nel suo fare l'amore con Mary.

Quindi la lasciò andare, si allontanò di un passo e sorrise. Prendendole la mano, spinse indietro il bordo del guanto, mettendo in mostra la pelle bianca del polso e la baciò lì prima di raddrizzarsi e di sorriderle fissandola negli occhi. Continuò a tenerle la mano.

"Venite, lasciate che vi mostri il mio umile alloggio."

"Il capanno era già qui prima che mio padre lo trasformasse in un casino di pesca," le spiegò Christopher, in piedi sui bassi gradini che portavano alla porta d'ingresso. "Il guardacaccia della tenuta visse qui per un po', e poi, quando mio nonno fece la scoperta, costruì al guardacaccia un altro capanno sull'altro lato del bosco e tenne questo per sé. Ma è stato mio padre ad aggiungere il colonnato per dare alla struttura un aspetto all'italiana, a costruire una terza stanza e ad alterare le fondamenta per permettere l'installazione del sistema di riscaldamento."

"Scoperta?"

"Mio padre era un antiquario e un collezionista di artefatti romani. Suo padre prima di lui aveva scoperto i resti di una villa romana proprio dietro questo capanno ed è stato senza dubbio ciò che ha fatto nascere l'interesse di mio padre per tutto ciò che è romano. Ci sono monete, cocci e parecchi attrezzi su a Brycecomb Hall. Sono stati tutti disegnati e catalogati…"

"Da vostro padre?"

Christopher scosse la testa, poi sorrise al ricordo.

"No, mio padre era un pessimo disegnatore. Era mia madre l'artista della famiglia. Lui la coinvolse… coinvolse entrambi noi… nella sua passione per le antichità. Lei riprodusse diligentemente e fedelmente tutte le sue scoperte ed ebbe anche la pazienza di permettermi di disegnare con lei."

"Avete avuto un'infanzia felice."

Era una dichiarazione che Christopher confermò immediatamente. "Sì. Mi amavano entrambi moltissimo, proprio come voi amate Teddy. Ed erano una coppia ben assortita. Alcuni dei loro ricordi più felici nacquero qui, nel capanno…"

"La cugina duchessa sarebbe molto interessata alla collezione di vostro padre," disse Mary, quando il silenzio si estese. "Lei legge gli autori romani e greci nella loro lingua originale, e non ho dubbi che potrebbe anche datare le monete."

"Allora, quando Sua Grazia verrà in visita, mi assicurerò di mostrarle la collezione," ribatté Christopher, mettendo quell'idea fantasiosa nello stesso cesto dell'esistenza delle fate e degli elfi. "La gente del luogo fraintese ciò che era rimasto della villa romana per le rovine di un antico regno delle fate…"

"Regno delle fate?"

"Sì, e non avendo altre fonti di conoscenza oltre al loro stesso folklore, perché avrebbero dovuto pensarla diversamente?" Disse ragionevolmente Christopher. "Per loro era perfettamente logico. Ma mio nonno fece ripulire questo posto dai suoi uomini, quelli non superstiziosi e che non temevano di disturbare le fate. Ciò che scoprirono non fu un piccolo insieme di edifici abitato dal popolo delle fate, ma i resti di una villa romana, con colonnati e molte stanze. La maggior parte delle pietre era stata portata via, sicuramente per riusarla da qualche altra parte, ma era rimasto il contorno di pietre con un pavimento di mosaico, vasi di terracotta e alcune monete. Vi piacerebbe vedere dov'è?"

"Oh, sì, certo! Non ho mai visto una villa romana, anche se ho visitato Bath diverse volte, e sono sicura che vostro padre vi avrà detto che Bath era stata occupata dai romani. Vostro nonno è mai stato a Bath?" Gli chiese, sapendo che stava parlando a vanvera, e tutto perché Christopher l'aveva presa nuovamente per mano e quel semplice gesto aveva il potere di riempirla di felicità. "Il bagno del re è alimentato da una sorgente termale e si possono assaggiare le acque. Ma hanno un sapore orribile e una puzza… Oh! Ma ovviamente lo sapete," aggiunse, improvvisamente imbarazzata. "Siete vissuto negli Stati Italiani…"

"Ma questo non significa necessariamente che sappia qualcosa sugli antichi romani," le risposte gentilmente. "Ma sì, lo sapevo," aggiunse con un sorriso voltandosi a guardarla mentre la guidava oltre un cancello di legno racchiuso da un'arcata coperta da un antico rosaio rampicante. "La collezione di monete di mio padre mi ha sempre affascinato e mi ha spinto a studiarli. Come queste rovine e la sorgente termale. Qui è dove si trovano le fondamenta, ma il pavimento di mosaico è..."

"Ma non c'è niente qui," lo interruppe Mary, delusa, fissando una piccola radura rettangolare, nuda, eccetto per uno strato di foglie autunnali. Si era aspettata antiche pietre scolpite o almeno delle fondamenta.

"È ancora tutto qui, ma mio padre fece coprire il sito per proteggere le fondamenta dal tempo e dai furti."

"E il mosaico?"

"Ah! Ve lo mostrerò tra un momento. Ma prima dovete vedere la fonte della nostra sorgente termale privata. E c'è anche una piscina."

"Una piscina? Costruita anch'essa dai romani?"

Christopher scosse la testa. "No, è un fenomeno naturale. È dove le acque calde della sorgente si riversano nel ruscello... ecco. Qui c'è la sorgente."

Tirò da parte una cortina di radici e tralci intrecciati che si aggrappavano a una grande roccia sporgente, parte della scarpata appena oltre il punto più lontano della sagoma della villa. Lì c'era un piccolo stagno. Anche se era molto diverso da qualunque altro stagno che Mary avesse visto, perché dalla sua superficie si alzava il vapore e lei non dubitava che l'acqua fosse molto calda, forse addirittura bollente. Si tolse il guanto e tenne la mano sopra la superficie dell'acqua, affascinata dal calore intenso che si irradiava dalla terra senza bisogno che il fuoco la scaldasse. Trasalì quando il palmo cominciò a bruciare nel vapore e tirò indietro in fretta la mano, ma non abbastanza in fretta per Christopher che la prese per la vita e la sollevò, portandola via, pensando che si fosse scottata.

"Fatemi vedere!" Le ordinò, afferrandola per il polso e girandole la mano per ispezionare il palmo. Il suo sospiro di sollievo si sentì forte. "Grazie al cielo. Non mi sarei mai perdonato se vi foste scottata! La vostra mano non si sarebbe mai ripresa da una ferita simile..." Rincuorato, Christopher fece la cosa più naturale al mondo e premette le labbra al centro del palmo. "Siete la cosa più preziosa al mondo per me."

"Davvero?" Disse Mary, meravigliata.

"Sì, davvero. Ma lo sapevate già, non è così?"

"Non sono mai stata una cosa preziosa per nessuno prima d'ora."

Christopher sorrise. "Lo siete... per Teddy."

"Oh, sì, per Teddy. Ma lei è mia figlia e io sono sua madre. Tra madre e figli è scontato."

"Sì. Mia madre aveva l'abitudine di ripetermi quanto fossi voluto. Ma *vostra* madre?"

Mary deglutì e distolse lo sguardo. "No, non mia madre."

"Non avrei dovuto dire..."

"Va tutto bene, signor... Christopher. È la verità. Se fossi stata un maschio sarei stato l'erede e questo avrebbe significato una gravidanza in meno da sopportare per lei." Fu il turno di Mary di sorridere. "Sono lieta che vostra madre provasse per voi ciò che provo per Teddy."

"Sì, sì. Provavano tutt'e due la stessa cosa. E questo rendeva la situazione tanto più straziante..."

"Straziante?"

"Lasciate che vi mostri perché vi ho portato qui," disse Christopher, cambiando abilmente argomento. "Mio nonno credeva che questa sorgente calda fosse stata usata dai sassoni per primi e poi dai romani, forse come luogo di culto per i loro dei pagani."

"Quindi l'edificio che aveva scoperto vostro nonno avrebbe potuto essere un tempio, forse?"

"È ciò che pensava lui. Ma così come il tempio fu abbandonato e andò in rovina, anche la sorgente si insabbiò e si perse. Mio nonno la scoprì, ma fu mio padre che ne sfruttò le proprietà termiche per riscaldare il capanno. Costruì uno sbarramento e una pompa, poi fece installare una serie di tubi. Qui c'è la pompa e questa valvola può interrompere il flusso dell'acqua in estate, deviandola direttamente nel ruscello tramite quel grosso tubo. Ma per la maggior parte dell'anno, l'acqua calda scorre attraverso questa serie di tubi paralleli, installati sotto le fondamenta del capanno, riscaldando il pavimento e quindi l'interno. I tubi poi portano l'acqua al ruscello dove si scarica in una pozza, un altro sbarramento costruito da mio padre."

"Venite," disse, prendendole la mano e riportandola indietro attraverso il cancello sotto il pergolato, oltre il capanno e a valle del ruscello, oltre il punto dove c'era la sua canna da pesca, ancora appoggiata al cestino di vimini che conteneva le esche. "Ecco la piscina. L'acqua viene rilasciata sul fondo, e quando raggiunge lo sbarramento è ancora calda, ma non scotta più. L'acqua gelida del ruscello aiuta a diluire il calore e a rendere la temperatura gradevole per fare il bagno."

Si accucciò e inserì la punta delle dita nella pozza, e invitò Mary a fare altrettanto. Lei ubbidì e poi lo guardò sorridendo.

"Oh. È la temperatura dell'acqua del bagno. Molto ingegnoso da parte di vostro padre e vostro nonno! Che gentiluomini intraprendenti.

Capisco ora da chi avete ereditato il vostro spirito imprenditoriale e l'interesse per la meccanica. Sarebbero stati fieri delle vostre fabbriche e avrebbero sicuramente approvato la ruota idraulica di Smeaton."

Christopher scoppiò in una brusca risata e scosse la testa. "Vorrei che fossero vivi per sentirvelo dire. Ma mia madre, al contrario, direbbe che la mia insaziabile curiosità, per non parlare della mia testardaggine di voler sempre risolvere ciò che considero un problema, sono tratti solo *suoi*. Ma sì, il mio amore per la meccanica e il mio interesse per le antichità romane mi sono sicuramente stati instillati dal signor Bryce senior. Che, tra l'altro, si chiamava Henry Christopher..."

"Ed è il motivo per cui siete conosciuto come Christopher e non con il vostro nome di battesimo, Cavendish? I vostri genitori non riuscivano a decidere con quale nome avreste dovuto essere chiamato?"

"Qualcosa del genere," rispose Christopher. "Ora permettetemi di mostrarvi il capanno e il mosaico."

Mary lo seguì al capanno, con una ruga tra le sopracciglia, perché era la seconda volta che Christopher cambiava argomento quando la conversazione si faceva personale, specialmente riguardo i suoi genitori. La sua fronte tornò serena, e anche lei, quando Christopher si sedette sulla panca sotto il portico fuori dalla porta d'ingresso e si tolse gli stivali. Lo guardò metterli da parte e poi agitare le dita dei piedi nelle calze nere. Per qualche insondabile motivo, quel semplice gesto ebbe il potere di farla arrossire d'imbarazzo. Si apostrofò mentalmente per quella reazione così ridicola a un gesto ugualmente innocuo come guardare i piedi senza scarpe di un uomo. Poteva solo supporre che fosse perché non succedeva tutti i giorni, in effetti in *nessun* giorno, che un uomo si togliesse le scarpe in compagnia femminile. Era un gesto profondamente intimo, intimo come ciò che successe poi quando lei si sedette accanto a lui sulla panca e Christopher si piegò su un ginocchio e le slacciò gli stivaletti e glieli tolse.

Poi aprì la porta d'ingresso e la tenne aperta per farla entrare per prima. Mary restò lì un momento e guardò il ruscello oltre la radura e più in là, la foresta dai colori autunnali. Non sapeva perché stesse esitando, ma inconsciamente sapeva che una volta entrata nel capanno la sua vita sarebbe cambiata per sempre.

Christopher continuò ad aspettare. Non aveva bisogno di parlare. Mary vedeva nel suo sorriso dolce che le stava chiedendo di fidarsi di lui. E lei si fidò. Gli sorrise, prese la mano che le tendeva ed entrò nel calore del capanno. Christopher chiuse la porta, tirò il chiavistello, e chiuse fuori il mondo. Ora erano soli, per fare ciò che volevano, e l'idea piaceva molto a entrambi.

VENTUNO

"Oh! È caldo! Il pavimento è caldo."

Lo stupore e la felicità di Mary fecero sorridere Christopher. E il suo sorriso divenne ancora più ampio, se possibile, quando lei alzò le sottane per guardare le lastre di pietra e agitò le dita nelle calze bianche ricamate. Gli sorrise.

"È magico! E avrei pensato che ci fosse la magia in atto se non mi aveste mostrato la sorgente termale e i tubi installati da vostro padre." Si slacciò il mantello e Christopher glielo prese, appendendolo a un gancio sulla parete accanto alla sua redingote. "Oh, è brillante!" Mary camminò per la stanza, completamente concentrata sul calore sotto i suoi piedi. "Tutto il pavimento è caldo. E a sua volta ha scaldato tutta la stanza. Si potrebbe restare qui comodi tutto l'inverno senza aver bisogno di legna da ardere o carbone o di uno scaldaletto. Anche se si fosse isolati dalla neve per mesi e mesi, non si avrebbe mai freddo."

"Sì, ma avete dimenticato un ingrediente importantissimo per assicurarci di poter resistere per tutto l'inverno." Quando Mary restò immobile a guardarlo incuriosita, Christopher rise. "Immagino che sia una preoccupazione tutta maschile, e di quelli che cucinano e quindi pensano al cibo tanto quanto gli uomini. Non pensare alle provviste è un lusso che pochi si possono permettere."

Mary sembrò contrariata. "Potrò non saper cucinare ma so come preparare un menu…"

"… e curare le api, raccogliere le uova e girare le forme di formaggio."

"Ora vi state prendendo gioco di me!"

"No. Per niente. Stavo solo scherzando. C'è una bella differenza."

Mary rifletté per un attimo, poi si arrese. "Sì, era ovvio. Perdonatemi. È che io-io non so come essere… *scherzosa*. Da bambini ci scoraggiavano dall'esibire una simile frivolezza. Mia madre riteneva volgare e indegno dei figli di un conte mostrare un tale… un tale spirito. Anche se devo ammettere che mio fratello Dair è sempre stato una canaglia nonostante nostra madre. Non ascoltava una parola di ciò che diceva. E riconosco la giocosità quando la vedo," aggiunse sinceramente, e arrossì perché lui la stava guardando con un sorriso comprensivo. "La cugina duchessa è la persona più giocosa che conosca."

Christopher ansimò in modo drammatico e si portò una mano al petto con finto orrore. "Ma lei, milady, è una duchessa e può fare tutto ciò che vuole."

Mary ridacchiò. "Quindi avete conosciuto mia madre!"

"Mi piacerebbe."

Il sorriso di Mary svanì. "Non vorrei che la conosceste."

"Perché?"

Mary lo guardò sconsolata. Christopher aveva un sorriso bellissimo e gli occhi gentili e lei era sicura che fosse la persona più generosa che avesse mai conosciuto. Tutto ciò che voleva fare era baciarlo e smetterla di parlare di sua madre. Parlare di sua madre era un promemoria di ciò che doveva succedere e lei non voleva pensare al futuro, voleva solo pensare a quel momento, lì, con lui.

"Perché lei non è una brava persona, e voi sì."

"Grazie. Anche se vorrei comunque conoscerla un giorno."

"Non parliamo di lei, non qui."

"Come desiderate."

Per la prima volta da che era entrata nel capanno Mary notò ciò che la circondava e si distrasse a sufficienza da ricacciare sua madre e il futuro che si era prefissa per se stessa in fondo alla mente e si guardò attorno. C'era un piccolo tavolo da pranzo rustico, con un candelabro e due sedie. Era nell'angolo più lontano e dall'altra parte c'era un letto con un alto materasso in una rientranza della parete, alla francese. Era incastrato dalla testata ai piedi in una nicchia, ma le tende che si potevano tirare da una parte e dall'altra per questioni di intimità non erano di velluto pesante, per tener fuori il freddo, ma di diafana seta azzurra che permetteva alla luce di entrare e, se si era a letto, di guardare fuori dalla finestra con la sua vista sul ruscello. Una grande cassapanca, una piccola libreria e una poltrona completavano l'arredamento. Non c'era camino, ma con il pavimento riscaldato non era necessario.

"Mi dispiace di insistere sul cibo, ma sono piuttosto affamato e c'è lo stufato…"

"Ho fame anch'io."

Mary seguì Christopher nell'altra stanza e si trovò in una cucina ben attrezzata nonostante le sue dimensioni ridotte, completa di focolare, bancone, scaffali con parecchi contenitori e tutto il necessario per cucinare qualunque piatto, e un lavandino accanto a una porta che dava sull'esterno, immaginò verso un orto e la pila di legna. Una pentola pesante era tenuta in caldo appesa sopra il fuoco di carbone e quando Christopher alzò con attenzione il coperchio per mescolare il contenuto, una vampata di aromi deliziosi che si mescolavano permeò l'aria, ricordando a Mary che non mangiava dall'alba e anche allora solo una fetta di pane e burro. E nei giorni precedenti aveva perso l'appetito, preoccupata per la decisione che doveva prendere sul proprio futuro, e con la mente che tornava insistentemente a Christopher.

E ora era lì, nella cucina del suo capanno e lo guardava mentre lui preparava il loro pasto.

"C'è qualcosa che posso fare?"

"Preparare la tavola? Troverete le posate e i calici in quell'armadietto. E una tovaglia e tovaglioli. E c'è una pagnotta fresca in quel recipiente di terracotta accanto al lavandino. Oh, e il vino, ma è nella stanza accanto. E questo mi ricorda che devo mostrarvi il mosaico prima che ci sediamo. Ma prima assaggiate qui e ditemi se serve ancora sale o forse un pizzico di pepe?"

Tenne un mestolo sopra la pentola con la mano sotto e Mary assaggiò cautamente un sorso del brodo ricco, poi mangiò un pezzettino di carne. Lasciò che i sapori si attardassero sulla lingua, sorpresa della loro intensità e ricchezza, e quanto sapore ci fosse in un boccone così piccolo. Il gusto era stranamente famigliare, eppure deliziosamente diverso.

"Che cos'è?"

"Stufato di coniglio con carote e cipolle o forse potreste conoscerlo meglio come *ragoût de lapin aux carottes et oignons*."

"*De lapin…* ah. Ma non riesco a distinguere le erbe che avete usato. Ma non ha bisogno né di sale né di pepe. È perfetto così com'è."

"Bene, Silvia ne sarà contenta. Ho seguito la sua ricetta come meglio ricordavo. Quanto alle erbe e alle spezie, è un segreto tra Silvia, me e la pentola." Lasciò ricadere il mestolo nello stufato e rimise il coperchio. "Lasciate che vi mostri il mosaico e poi mangeremo."

"E avete cucinato questo stufato di coniglio tutto da solo?"

"E ho anche preso in trappola il coniglio, se volete i particolari fin dall'inizio."

"Silvia è la stessa di cui mi ha parlato Teddy, la moglie di Carlo?"

"Sì, proprio la stessa. Silvia è la mia cuoca-governante italiana. Ho portato qua lei e suo marito quando sono tornato dall'Italia con mia… zia. Erano stati al suo servizio prima di esserlo al mio."

Mary lo guardò prendere una candela dal candelabro sul tavolo da lavoro, tirare indietro la pesante tenda che separava la cucina dalla terza stanza e sparire dentro. Quando lei non lo seguì immediatamente, Christopher rimise la testa in cucina.

"È qui che tengo il vino. E c'è anche il mosaico. Troverete un po' freddo il pavimento."

La temperatura del pavimento in quella terza stanza era in netto contrasto con il resto del capanno. Faceva freddo, ma la temperatura fu presto dimenticata quando Christopher tenne la candela in basso sopra il pavimento. L'intera area eccetto il perimetro esterno su tre lati era coperta di piccole tessere geometriche in giallo, marrone, rosso e nero. Quando viste tutte insieme, le tessere disegnavano la testa di una donna, forse di una dea. Lungo la quarta parete, il mosaico spariva sotto un muro di pietra e, orientandosi, Mary sospettò che quel muro fosse stato costruito sopra parte delle fondamenta della villa. Christopher confermò i suoi sospetti.

"Mio padre voleva preservare i mosaici, ma voleva anche goderne. Quindi questo fu il suo compromesso. Invece di riseppellire l'intera villa, lasciò in mostra questa sezione di mosaico e la preservò dalle intemperie costruendo questa terza stanza. In questo modo poteva venire qua e goderne tutte le volte che voleva. Viene usata anche come stanza per conservare al freddo il vino e le provviste.

"Intendete lasciare sepolta la villa? Sembra un peccato nascondere una cosa così bella quando ci sono altri, studiosi e gente simile, che apprezzerebbero l'opportunità di studiarla. Non si sa mai, ma questo sito potrebbe essere altrettanto importante di Bath, specialmente per via della sua sorgente termale naturale. E ai romani piacevano molto queste sorgenti come luoghi di culto."

"Per qualcuno che professa di avere avuto un'educazione deplorevole, sapete più di quanto pensiate sulle antichità romane! Ecco, questa bottiglia di vino rosso che ho lasciato decantare andrà benissimo con lo stufato."

"Sono sempre stata un'eccellente ascoltatrice," disse Mary orgogliosamente, seguendo Christopher in cucina. Prese le forchette e i cucchiai, tovaglia e tovaglioli. "E la cugina duchessa e il duca discutevano spesso di storia romana… e dei diversi studiosi in particolare. Ovviamente non avevo idea di che cosa stessero parlando, ma ascoltavo, e serviva a migliorare il mio francese."

Christopher servì due porzioni generose di stufato nelle ciotole. "Parlavano sempre in francese?"

"Eccetto il martedì. Il martedì parlavano esclusivamente in italiano."

"Quindi parlate l'italiano?" Chiese Christopher, nella lingua di Dante.

"Un po'… ma non abbastanza da conversare con i vostri servitori."

Christopher portò le ciotole nella stanza principale e le mise sul tavolo che aveva preparato Mary. Poi tornò con il decanter e le riempì a metà il calice. Prima di sedersi alzò il proprio verso di lei e la guardò negli occhi.

"Benvenuta nel mio umile capanno, mil…"

"Mary," lo interruppe lei con un sorriso, alzando il bicchiere. "Qui io sarò sempre Mary e voi sarete sempre Christopher. Posso rendere grazie?"

Suo malgrado, Christopher sentì le guance che si arrossavano ascoltandola pronunciare dolcemente il suo nome e annuì, sedendosi in fretta. Dopo la preghiera mangiarono in cordiale silenzio per un po', con Mary che commentava la bontà della ricetta segreta di Silvia per lo stufato di coniglio, prima di chiedere in tono colloquiale: "Mi racconterete qualcosa della vostra vita all'estero?"

Christopher si fermò mentre staccava un pezzo di pane dalla pagnotta e la guardò.

"Tutto. Ma prima potreste rispondere a una domanda che volevo farvi fin dal vostro arrivo?"

"Certo."

"Avete finito il ricamo sulla cuffia da battesimo per il bambino di vostra cugina?"

Mary lo scrutò come se avesse la febbre. "È veramente la domanda che volevate farmi o state nuovamente scherzando?"

Christopher scosse la testa con una risata. "La domanda è veramente questa."

Mary si rilassò con un sorrisetto soddisfatto. "Sì, l'ho finita e cucita con mia piena soddisfazione e quindi tutto ciò che manca è attaccare i nastri di seta. Teddy dice che è il mio miglior lavoro finora."

"Non ne dubito, Teddy ha un occhio fine. Vostra cugina ne sarà felicissima. Un regalo veramente adatto a un bambino ducale, uno che i genitori terranno per sempre. Diventerà un cimelio di famiglia. Spero che me lo mostrerete prima di mandarlo a vostra cugina."

"Mi piacerebbe moltissimo. E mi fa venire in mente la domanda che volevo farvi riguardo a Teddy e al battesimo…"

Christopher alzò gli occhi dal piatto, dove stava raccogliendo le ultime tracce di stufato con un pezzo di pane e aspettò che Mary continuasse.

"Intendo andare al battesimo del bambino della cugina duchessa e vorrei che Teddy mi accompagnasse. La cugina duchessa è la mia cugina più prossima. È stata una seconda madre per me, in effetti una madre migliore della mia. E non capita tutti i giorni che una duchessa metta al mondo un erede, e ancora più raramente che questa duchessa, che è duchessa due volte, sia la madre di due casate ducali. Già questo in sé è un motivo per festeggiare. Ma ciò che voglio di più è che Teddy abbia qualche contatto con la mia famiglia Roxton, per capire che cosa significano per sua madre. È una richiesta così impossibile?"

"No."

"Oh?" Mary si spostò in avanti sulla sedia. "Allora non vi opporrete a che Teddy venga con me?"

Christopher le riempì nuovamente il calice. Il suo sguardo non la lasciò per un attimo.

"Perché dovrei? Dovrebbe essere là con voi in un'occasione così importante. Ma avete pensato di provare a chiedere a Teddy che cosa desidera? E devo forse rammentarvi che Teddy doveva accompagnarvi al matrimonio di suo zio Dair, a Treat? Avevo dato il mio permesso perché partecipasse a un evento così memorabile. Vostro fratello è lo zio preferito. È stata la malattia che l'ha tenuta lontana, non io."

"Grazie, non serve che me lo ricordiate. Ed è stata una vera delusione per tutti noi quando si è ammalata. Ma a quel tempo ero più preoccupata per la sua salute che per la sua partecipazione al matrimonio di Dair…"

"Eppure siete andata, lasciandola alle cure di una bambinaia, e siete riuscita a farvi rapinare dai banditi di strada, per di più."

Mary lo guardò a bocca aperta.

"Sono andata perché il medico mi aveva assicurato che era in via di guarigione. Non l'avrei mai lasciata se avesse avuto ancora la febbre. Ma sapevo che sareste venuto nel Buckinghamshire a prenderla, quindi ero tranquilla. E a dire la verità, era *voi* che voleva di più quando era malata." Mary arricciò il nasino. "E che cosa ha a che fare la rapina da parte di quei ruffiani con questo?"

"Avreste potuto essere ferita… peggio! Molestata. Avrebbero potuto spararvi. Uccidervi. E che cosa sarebbe successo a Teddy e-e a me! Se aveste aspettato solo un giorno avrei scortato io la vostra carrozza nello Hampshire e mi sarei assicurato che arrivaste sana e salva a Treat. Ma no, ve ne siete andata con solo vostra madre come compagnia. Due donne vulnerabili senza un uomo a proteggervi, senza nessuna protezione in effetti."

"Mia madre non aveva voluto saperne di aspettare. La nostra partenza era già stata ritardata dalla malattia di Teddy."

"Avreste dovuto insistere."

"Sì, è vero."

"Quando voi e Teddy andate da qualche parte, non è forse vero che io cavalco accanto alla vostra carrozza fin dove posso?"

"Sì, è vero," rispose Mary nello stesso tono sommesso.

Lo disse con un sorrisino, che non era riuscita a reprimere perché la rabbia guardinga di Christopher quando si trattava del suo benessere era veramente interessante. Perché ora che glielo aveva ricordato, lui le aveva sempre accompagnate nei loro viaggi, fosse solo fino a Bath o più lontano quando andava a Treat. Era diventato talmente parte del tessuto della vita di Teddy e della sua, quasi come il più devoto dei suoi servitori, che aveva preso lui e i suoi servigi per scontati. Ma almeno con la sua cameriera e la bambinaia di Teddy lei aveva sempre mostrato gratitudine, ed erano ben pagate. Christopher non riceveva alcun pagamento e se lo aveva mai ringraziato era stato in modo superficiale perché, come minimo, aveva considerato la sua presenza un'interferenza o, peggio ancora, una restrizione della sua libertà. Finora non aveva mai preso in considerazione un'alternativa. Che tenesse a lei e volesse tenerla al sicuro. Era mortificata. Aveva diritto alla sua rabbia, ma quella rabbia e quella preoccupazione le davano un profondo senso di soddisfazione, che aveva portato quel sorriso sulle sue labbra. Eppure quel sorriso svanì, scacciato da qualcosa che Christopher aveva detto riguardo i desideri di Teddy.

Quando Christopher tornò al tavolo, dopo aver sparecchiato, portando una caffettiera e due tazze, gli chiese senza mezzi termini: "Che cosa intendevate dire con *chiedere a Teddy che cosa desidera lei?*"

Christopher alzò gli occhi mentre versava il caffè e rimase in silenzio fin dopo averle messo davanti la tazza, con la ciotola dello zucchero, un piccolo contenitore di panna e un cucchiaino. Poi si sedette di nuovo.

"Precisamente quello. Avete chiesto a Teddy se desidera far visita ai vostri parenti Roxton?"

"No. Proprio come mia madre non l'aveva mai chiesto a me. Lei va dove vado io… beh, lo faceva a meno che suo padre dicesse il contrario. Proprio come voi avete posto delle restrizioni ai suoi movimenti, lo stesso faceva lui."

"Ah, ma io stavo solo onorando i desideri di Teddy, non i miei."

"Onorando i suoi desideri?" Mary era incredula.

"Sì, e perdonate la mia franchezza, ma Sir Gerald ha imposto delle restrizioni per dispetto. Ha usato voi e Teddy come mezzo per ottenere la sua vendetta sul duca di Roxton per averlo esiliato."

"Lo so benissimo, signor… Christopher!" Dichiarò Mary, irritata.

"Ma non c'era molto che io potessi fare, no? Se volete sapere la verità, biasimo Roxton tanto quanto mio marito per il mio esilio dalla mia stessa famiglia. Esiliando Sir Gerald, lui ha esiliato anche me, e avrebbe dovuto pensare alle conseguenze prima di emettere il suo decreto. Ma ciò che è fatto non si può disfare. Quindi ditemi come stavate onorando i desideri di mia figlia."

Christopher sorseggiò il caffè e poi appoggiò la tazza sul tavolo e la fissò per cinque secondi buoni prima di rispondere.

"Sir Gerald le ha riempito la testa con un mucchio di stupidaggini, come ha fatto con me, riguardo Roxton. Ricordate che vi avevo detto che la ragione che mi aveva dato per la sua messa al bando dalla famiglia ducale era che aveva scoperto che il duca vi faceva delle avance…"

"Sì, lo ricordo abbastanza bene da non volere che me lo rammentiate, grazie," rispose Mary, arrossendo fino a diventare scarlatta. "E io ho chiarito che quelle accuse erano false."

"Vero. E prima che mi gettiate il caffè in faccia, ricorderete che non vi ho mai creduta complice. E voi mi avete giustamente corretto riguardo al duca e alla sua fedeltà alla sua duchessa."

"E Teddy? Che stupidaggine ha raccontato Sir Gerald a sua figlia sui miei cugini?"

"Dovete ricordare che Teddy è solo una bambina…"

"*Christopher*. State parlando con sua *madre*."

"Ed è il motivo per cui esito a dirvelo. Chiunque altro riderebbe di una storia così ridicola. Ma voi mi crederete perché sapete di che cosa era capace vostro marito e perché potete fidarvi di me."

Mary allungò la mano sul tavolo. "Sì, in tutto."

Christopher sorrise a labbra strette. In qualsiasi altro momento, la sua fiducia in lui sarebbe stata gratificante, ma ciò che doveva dirle non lo era, quindi le prese la mano, la guardò negli occhi viola e disse con calma: "Sapete che quando un adulto, specialmente un genitore, racconta una storia a una bambina piccola, se quella storia viene ripetuta abbastanza spesso, non importa quanto sia fantasiosa, l'autorità dietro la storia le presta un'autenticità che non viene nemmeno messa in discussione. Avevo sperato che, crescendo, Teddy avrebbe capito che la storia non era realistica, o che almeno avrebbe cercato di farsi dire da voi che non era vera. L'avevo rassicurata, ma le mie rassicurazioni le devono essere parse vuote, dato che io non ho mai conosciuto il duca. E per quanto desiderassi che vi chiedesse se c'era qualcosa di vero in quella storia, mi aveva fatto promettere di non parlarvene."

"Perché? Teddy e io non abbiamo mai avuto segreti."

"Ha mantenuto questo segreto perché suo padre le aveva anche detto, come parte della sua storia, che eravate stata stregata dall'orco, e che quindi non poteva fidarsi che voi, in questo caso, le diceste la verità."

"Orco? Stregata?" Le dita di Mary si mossero convulsamente nella mano di Christopher. "Che idea orribile ha messo quell'uomo nella testa di mia figlia? Non può certamente essere peggiore di ciò che ha insinuato su Roxton e me?"

"Non è peggiore, ma è molto più spregevole perché Teddy è una bambina impressionabile e sua figlia. E lui le aveva raccontato questa storia non una, ma più volte, per consolidare la sua paura."

"Paura? Dei miei cugini?"

"Del duca in particolare. Teddy pensa… lei *crede*… che il duca possa usare la magia e che sia un orco che vive sotto le sembianze di un gentiluomo. Che suo padre aveva scoperto la verità e che per quello era stato bandito in questa tenuta. E che questo orco vi ha fatto un incantesimo, che non può essere spezzato. E che è questo incantesimo che vi obbliga a visitare i vostri parenti Roxton."

"Oh, ma è una tale bubbola!" Esclamò Mary prima di riuscire a fermarsi.

"Sì. Ma Teddy crede che sia vera."

"Certo che lo crede. È stato il suo papà a dirglielo. Orribile uomo odioso!"

Alzò gli occhi dalle loro dita intrecciate, sbalordita per aver rivelato a voce alta i suoi pensieri privati quando non era mai stata pubblicamente sleale *perché le brave mogli, le figlie dei conti, si comportano diversamente*. Ma, ancora una volta, quella era la voce di sua madre, e lei aveva deciso di smettere di ascoltare quella voce interiore, specialmente con Christopher. Voleva essere aperta e sincera e *se stessa* con lui, specialmente lì, nel capanno.

"Lui era… tutto ciò che ho detto," dichiarò fermamente. "Sir Gerald non era solo odioso e orribile, era crudele e completamente egocentrico. In tutti i sensi."

Christopher sapeva che non si stava riferendo solo alla condotta di Sir Gerald nei confronti della sua unica figlia, ma anche a come la trattava come moglie, però scelse per il momento di ignorarlo, dicendo: "Lui ha avvertito Teddy che se mai fosse andata a Treat, il duca orco l'avrebbe rinchiusa in una delle sue torri e lei non vi avrebbe mai più visto."

"Buon… Dio! Non pensavo che fosse possibile odiarlo di più, ma ora è così," borbottò Mary e, togliendo la mano da quella di Christopher, spinse indietro la sedia e si alzò in piedi.

Aveva bisogno di camminare per smaltire la rabbia e il risentimento. Lo fece davanti alla nicchia dove c'era il letto, con le mani strette intorno a sé. Christopher la osservò e aspettò che parlasse; si capiva dalla sua espressione cocciuta che aveva ancora qualcosa da dire e poi Mary lo fece, fermandosi di colpo e voltandosi a guardarlo.

"Pensate che sia possibile che si sia ammalata volontariamente nel Buckinghamshire per avere la scusa di non andare a Treat per il matrimonio di Dair?"

"Sì."

"Sapete che detesta stare al chiuso, che preferisce stare all'aperto. Assomiglia tanto a suo zio Dair. Pensare che se fosse andata a Treat sarebbe finita rinchiusa in una torre... mostro! Deve essere stata terrorizzata."

"Di sicuro fu molto sollevata quando arrivai per portarla a casa."

Mary si coprì brevemente il volto con le mani, poi le lasciò cadere lungo fianchi, con i pugni stretti. "Perché non ho visto la sua paura? Come ho potuto permettergli di metterle in testa queste enormi bugie? Come ha potuto usare la sua stessa figlia in un modo così diabolico?"

"L'avete detto voi stessa. Era egocentrico. Gli interessavano solo i suoi desideri, e a detrimento di tutto il resto, sua moglie e sua figlia incluse."

"La vita di Teddy avrebbe dovuto essere così diversa dalla mia. Ero così decisa. I suoi giorni avrebbero dovuto essere pieni di amore e risate e speranza e lui... lui gliel'ha *rovinato*."

"Non dovete pensarlo," le disse prendendola tra le braccia e tenendola stretta perché Mary stava piangendo. La lasciò sfogare e parlò solo quando sentì che si era calmata. "Teddy è amata e voi le avete dato un'infanzia meravigliosa. Ci sono pochi bambini, men che meno bambine, che hanno il permesso di girovagare per la campagna come vogliono. Voi capite le sue necessità, che dev'essere libera di stare all'aperto, di cavalcare, di giocare con i ragazzi del villaggio, di venire a Brycecomb Hall tutte le volte che vuole. Non avete idea di come siano benvenute le sue visite; rallegrano i giorni altrimenti solitari di Kate, tanto che lei e tutti gli altri in casa sono di buon umore per almeno tre giorni, dopo una sua visita. Quanto a me, la cosa migliore è che ho potuto partecipare alla sua vita. E devo ringraziare voi per questo."

Mary tirò il fiato, tremante e annuì. Ma non alzò gli occhi per guardarlo, appoggiò invece la guancia umida sul suo petto e disse con un profondo sospiro: "Ogni notte nelle mie preghiere, ringrazio Dio perché fate parte della sua vita, perché se qualcuno è stato un padre per lei, quello siete voi."

Christopher le baciò la testa, poi le prese il volto bagnato di lacrime tra le mani e sorrise nei suoi occhi viola.

"Grazie. Ora asciugatevi le guance e non penseremo più a Sir

Gerald, o agli orchi o perfino a Teddy stasera. È troppo tardi oramai per portarvi a pescare o per farvi fare un bagno nelle acque calde del ruscello, quindi dovremo intrattenerci come meglio possiamo, qui al caldo nel capanno. Devo suonare per voi?"

"Suonare?"

"La mia mandola, un tipo di liuto. Ho imparato a suonarlo a Lucca."

"Oh, sì! Mi piacerebbe molto. Ma temo che sarei un pubblico veramente scadente stasera. Il vostro stufato, il vino e la testa piena di pensieri spiacevoli mi hanno fatto venire sonno."

"Allora suonerò fino a farvi addormentare." La vide che adocchiava il letto e riuscì a dire tranquillamente: "Ci sono una caraffa e una bacinella, sapone e asciugamani e polvere per i denti accanto al lavandino. Mentre stavo sparecchiando e facendo il caffè, ho riempito la caraffa di acqua calda, che ora dovrebbe essere tiepida. Sfortunatamente non posso fornirvi una spazzola, ma c'è un pettine. E potete indossare questa sopra la vostra *chemise*," aggiunse, porgendole un indumento di broccato che aveva preso dalla grande cassapanca contro la parete, appoggiato alla quale, e Mary lo vide solo in quel momento, c'era lo strumento con molte corde che Christopher aveva chiamato mandola. "È una delle mie banyan, quindi dovrete rimboccare le maniche. Vi serve aiuto per i lacci?"

"I-i lacci?" Ripeté Mary, sorpresa per la domanda, fatta poi in modo così diretto. Nessun uomo glielo aveva mai chiesto, o l'aveva mai aiutata a slacciare il corsetto. Ma si diede della sciocca da sola per quella reazione stupita. Christopher stava solo cercando di rendersi utile e lei aveva tutte le intenzioni di passare la notte con lui, quindi era ridicolo lasciarsi scandalizzare. "Hai trent'anni, non tredici! Datti una mossa e mostra un po' di carattere, creatura ridicola!" Borbottò tra sé e sé, afferrò la banyan e andò di corsa in cucina, dicendo senza voltarsi, "No, grazie. Me la caverò."

Quando tornò, vide che aveva ripiegato le coperte e aveva tirato la diafana tenda davanti al letto. C'erano solo due candele accese, nei loro candelabri, una sul tavolo e l'altra sulla cassapanca accanto a Christopher, che era seduto a gambe incrociate sulla poltrona dal lato opposto della stanza, in ombra e stava pizzicando le corde della mandola. Suonava da quando Mary era sparita in cucina per svestirsi, lavarsi e sciogliere le trecce. Ora indossava la *chemise* e le calze, e la banyan di broccato di Christopher, che strusciava sul pavimento, aveva i capelli raccolti in una lunga e spessa treccia lungo la schiena, legata in fondo con un nastro.

Quando Christopher non alzò gli occhi, ma continuò a concentrarsi sulle dita che pizzicavano le corde, Mary si affrettò verso il letto dove si tolse la banyan, gettandola sopra lo schienale di una sedia. Ma quando tentò di salire sul letto, scoprì che non riusciva a trovare l'apertura tra le tende e passò parecchi secondi nel panico fin quando alzò l'orlo abbastanza da infilarsi sotto. Poi si arrampicò sul materasso e si tirò le coperte fino al mento. Restò distesa, così rigida e immobile da non rendersi conto di ciò che la circondava, solo che era in un letto estraneo in un capanno al margine del Puzzlewood e con un uomo che non era suo marito o il suo amante, e che sembrava contento di restare dall'altra parte della stanza a strimpellare un liuto.

Ma mentre lo ascoltava pizzicare dolcemente le corde, le sue spalle si rilassarono; e anche le dita che tenevano stretta la coperta, e la sua testa affondò nelle piume morbide del cuscino. La musica era bassa e melodica e molto confortante. Si rese conto anche del profumo di lavanda misto a un'altra essenza floreale, rose forse? Era infuso nelle lenzuola. Anche quello l'aiutò a calmarsi. Presto tutto il suo corpo si rilassò, le palpebre calarono e, voltando la testa sul cuscino, scivolò in un sonno profondo.

CHRISTOPHER LA TENNE D'OCCHIO, SVELTO A DISTOGLIERE LO sguardo quando lei gli diede un'occhiata per controllare se lui stesse guardando i suoi tentativi senza successo di trovare dove si univano le tende. Si congratulò con se stesso per aver mantenuto un'espressione neutra, anche se dentro di sé stava ridendo forte. Era sicuro che le spalle si stessero scuotendo di loro iniziativa. Trovava adorabile il suo pudore ma, per paura di offenderla, non le avrebbe mai fatto capire di aver visto i suoi tentativi falliti di mantenere il senso del decoro in quelle che per lei dovevano essere circostanze più che bizzarre.

Sapeva che erano a uno stadio delicatissimo della loro crescente intimità, e non ne avrebbe per nulla al mondo sabotato il progresso distruggendo l'equilibrio che avevano raggiunto fino a quel momento. Non gli era ancora del tutto chiaro come era stata trattata dal rozzo marito e quindi preferiva sbagliare per eccesso di cautela. E se c'era una cosa che aveva scoperto di sé negli anni che aveva passato all'estero, e in particolare quando era stato impiegato come cavalier servente, era che aveva riserve illimitate di pazienza; Mary gli avrebbe fatto capire a modo suo e nei suoi tempi che cosa voleva da lui, e a lui andava bene così. A quel punto sarebbe stato in grado di soddisfare i suoi bisogni senza chiedere, ma non quella notte.

Mary dormiva e anche lui era stanco. Quindi continuò a pizzicare le corde della mandola ancora per un po', poi prese dalla cassapanca una morbida coperta di Witney, se la tirò sulle spalle nella poltrona e si mise a dormire. Quando si svegliò sentendosi scuotere, il suo primo pensiero fu di non aver dormito per niente, ma le tacche che restavano nella candela consumata gli dissero che erano passate più di due ore da quando si era rannicchiato nella poltrona.

Mary era in piedi davanti a lui, con la sottoveste e le calze. Christopher si chiese se fosse sonnambula o se, nel suo stato di dormiveglia, fosse disorientata e confusa dall'ambiente non famigliare. Mary si dondolava lentamente da una parte all'altra, con i capelli scompigliati che le ricadevano sul viso e sulla schiena, la treccia sciolta, il nastro perso da qualche parte tra le coperte. Il cordoncino di seta che chiudeva la *chemise* si era sciolto, allargando la scollatura tanto da permettere a una manica ampia di scivolarle dalla spalla sinistra, mettendo in mostra la candida cremosità del suo *décolleté* e un seno rotondo e perfetto.

Se Christopher era stato mezzo addormentato, ora era completamente sveglio vedendo la sua eterea bellezza alla luce morbida delle candele. Gettò da parte la coperta, con l'intenzione di avvolgergliela intorno e poi rimetterla a letto, convinto che lei non avesse idea di dov'era. Quindi rimase sorpreso quando Mary scosse la testa e lo fermò proprio mentre stava per sistemarle la coperta piegata sulle spalle. Mary gliela tolse dalle mani e la lasciò cadere sulla poltrona.

"Venite a letto," gli disse con voce assonnata, prendendogli la mano. "Ho bisogno di voi per tenermi calda."

Christopher non esitò a fare ciò che gli veniva chiesto.

VENTIDUE

MARY SI SVEGLIÒ TRA LE BRACCIA DI CHRISTOPHER, LUI CON ancora la camicia e i calzoni sotto la coperta. Non era ancora l'alba, quindi lei si accoccolò, godendo del calore di Christopher premuto contro la sua schiena, curvo intorno al suo sedere e lungo le cosce. Condivideva il suo cuscino, aveva il volto perso tra i suoi lunghi capelli e con un braccio teso intorno alla curva del suo corpo, aveva preso possesso del nodo di seta che le legava la calza sopra il ginocchio e lì si era ancorato mentre dormiva.

QUANDO APRÌ GLI OCCHI LA VOLTA SUCCESSIVA, ERA DA SOLA ED era mattino tardi. Gli scuri della finestra erano spalancati e permettevano alla luce del giorno di inondare il capanno e ai suoni provenienti dalla finestra di riempirlo: foglie autunnali che frusciavano nella brezza e... un fischio? Quello veniva dalla stanza accanto. La fece sedere e scostarsi i capelli dal volto. E poi Christopher arrivò a piedi nudi dalla cucina con due tazze di tè. Le appoggiò sul tavolo, scostò le diafane tendine e le porse una delle tazze. Poi si appollaiò sul materasso ai piedi del letto. Era in maniche di camicia, senza panciotto o cravatta e la camicia era aperta sul collo. Ma il suo volto era rasato di fresco e i capelli lisciati all'indietro, come se fosse andato a fare una nuotata. Glielo confermò quando, dopo aver bevuto un sorso di tè, disse: "Dovrete scusarmi se odoro eccessivamente di sapone al sandalo. Lo svantaggio di avere un approvvigionamento costante di acqua bollente da una sorgente termale è che ha un odore minerale. Non offensivo come le acque di Bath, perché il ruscello ne diluisce gli effetti, ma temo che si senta comunque…"

Mary sorseggiò il tè, poi lo guardò, sorpresa. Non c'entravano le acque minerali. Christopher alzò un sopracciglio e lo disse per lei.

"Dopo otto anni sarebbe negligente da parte mia non sapere come bevete il tè."

"In dieci anni di matrimonio, Sir Gerald non si è mai preso la briga di sapere quello o niente altro di me. Ma non parliamo di lui…" Sorseggiò di nuovo il tè e si chiese a voce alta: "Il profumo di legno di sandalo maschera veramente l'odore minerale? Non sento né l'uno né l'altro."

"È perché siete così lontana…"

"Vorreste che vi rassicurassi, in un senso o nell'altro?" Gli chiese Mary con fare assente, anche se la luce nei suoi occhi rivelava lo sforzo che stava facendo per essere scherzosa.

Christopher alzò il mento, mostrando il collo e piegò la testa, invitandola. "Se voleste essere così gentile, vi sarei veramente obbligato…"

Mary bevve un altro sorso di tè, poi mise da parte la tazza e si mosse tra le coperte e le lenzuola aggrovigliate per inginocchiarsi accanto a lui. Con una mano sulla sua spalla per tenersi in equilibrio, si chinò e gli annusò il collo. E mentre lo faceva, chiuse gli occhi e permise agli altri suoi sensi di passare in secondo piano. Respirando a fondo, colse l'accenno di sandalo e di bergamotto. Ma c'era qualcos'altro, qualcosa che non si trovava in un sapone o in un profumo sapientemente miscelato da un profumiere. Non era assolutamente maleodorante, e l'assenza di qualsiasi odore minerale le fece sospettare che il suo intento fosse sempre stato quello di averla intimamente vicina. Non le importava. Tutto ciò che voleva era respirare la sua essenza, un aroma speziato e piacevole e completamente virile, lo stesso profumo autentico che aveva minacciato di sopraffarle i sensi nella sua camera, quando si erano preparati a catturare il fantasma.

Quell'episodio sembrava successo una vita prima, ma allora come adesso, quella pulsazione profonda dentro di sé si svegliò e non voleva calmarsi. Ondeggiò e sentì le ginocchia cedere e poi aprì gli occhi sotto le palpebre pesanti quando Christopher la rimise in equilibrio con le mani intorno alla vita, dopo aver gettato in fretta la tazza sulle lastre di pietra.

Ci fu un momento, forse non più di due, in cui si fissarono con febbrile trepidazione. E l'attimo dopo, l'inibizione e la reticenza lasciarono il posto al desiderio. Se per Mary l'odore di lui era completamente inebriante, per Christopher avere le mani sulla curva della vita di Mary fu sufficiente a mandare un brivido pulsante di desiderio in ogni suo nervo. Quella curva femminile, la più seducente, era il ponte tra la morbida rotondità dei suoi seni meravigliosi sopra e l'allargarsi dei fianchi e il dolce umidore tra le gambe sotto. E la sola barriera che gli impediva di dar piacere alla calda carne femminile di questa voluttuosa creatura era una *chemise* del cotone più fine, che non era una barriera.

Era ora di smettere di esercitare autocontrollo. Si controllava con lei, nei pensieri e nelle azioni, da così tanto tempo che aveva cominciato a chiedersi se non fosse più monaco che uomo. La tirò verso di sé, con le mani aperte che scivolano sui fianchi per poi trovare un ancoraggio sulla curva del sedere sodo, e lei reagì premendosi contro il corpo snello e duro, con le mani dietro la schiena di Christopher per tenerlo stretto. Premuti l'uno contro l'altro si concessero un bacio appassionato che li vide presto spostarsi freneticamente sul letto finché furono contro la testata imbottita. Non potendo andare oltre e presi da un'urgenza intensa, o era sollievo?, di appagare un desiderio che sobbolliva da anni, si spogliarono freneticamente. Con gli indumenti consegnati al pavimento, ricaddero nudi tra i cuscini e le coperte, un groviglio di carne bollente e baci febbrili, e si lasciarono andare al bisogno travolgente.

I baci di Mary non erano meno famelici di quelli di Christopher. Le sue carezze altrettanto intime. Ma quando il suo tocco vagò tra le gambe di lui per esplorare il suo sesso turgido, Christopher si obbligò a negarsi quella piacevole tortura per paura di non essere in grado, dopo tanti anni di astinenza, di ritardare il proprio orgasmo per aspettare quello di lei. Non era così preso dal momento da aver perso ogni prospettiva. Il suo preminente desiderio era che a Mary piacesse fare l'amore, e con lui. I suoi bisogni erano secondari perché sapeva che una volta che lei fosse stata travolta dal beato oblio, lui l'avrebbe seguita.

Si sottrasse gentilmente e con riluttanza al suo tocco, scivolando in fondo al letto e baciandola, a cominciare dalla bocca, per succhiarle il seno mentre accarezzava le sue curve. E quando accarezzò con leggerezza il punto che pulsava tra le sue gambe, Mary ansimò, sorpresa, ma non lo fermò. Invece, gli prese la mano e insieme trovarono un ritmo che la mandò oltre la ragione. E quando Christopher giudicò che fosse vicina al precipizio di un orgasmo, permise alla propria lingua la suprema indulgenza. Ma quella sensuale stravaganza fu la fine, per lui e per lei. Perché nonostante bramasse uno sfogo, la mente di Mary si gelò e con essa anche il suo corpo. Fu tale il panico che lo spinse via e si allontanò freneticamente, tirando la coperta per coprire la propria nudità. Si sedette contro la testata del letto, tremando, insoddisfatta, con la mente e il corpo in subbuglio. Abbracciandosi le ginocchia, si voltò a guardare la finestra, con il profilo nascosto dalla criniera di capelli rossi sciolti.

Christopher si mise seduto, sbalordito. Era andato troppo oltre, troppo presto. Ovvio. Lei non aveva mai ricevuto un bacio sensuale prima di quella notte nella sua camera. E lui aveva cercato di introdurla ai piaceri carnali della stimolazione orale senza pensarci due volte. La reazione di Mary non gli lasciava dubbi che non avesse mai saputo della sua esistenza prima di quel momento. Si chiese se avesse goduto di qualcosa di più della semplice meccanica dell'accoppiamento. E lo portò a chiedersi se avesse mai avuto un orgasmo, con o senza il coinvolgimento di suo marito. Conoscendo il tipo di educazione che aveva ricevuto per mano della madre, fredda e insensibile, era troppo aspettarsi che ci fosse stata una conversazione tra madre e figlia a proposito del letto nuziale. E sapendo che suo marito era vanaglorioso, tutto il piacere nel fare l'amore sarebbe stato solo per lui, sicuramente non reciproco.

Osservando Mary ora, mentre guardava fuori dalla finestra, tutto ciò che avrebbe voluto fare era prenderla tra le braccia e rassicurarla che la sua reazione e la sua mancanza di esperienza non erano niente di cui vergognarsi. L'ignoranza sessuale tra le mogli degli aristocratici non era insolita; in effetti era incoraggiata nella cerchia dell'alta società. Altrettanto lo erano i bisogni egoistici dei nobili mariti. In questo modo, l'ignorante arroganza del marito non era mai messa in discussione, e lui non doveva preoccuparsi di soddisfare i bisogni di sua moglie. E poi c'erano i pochi mariti cui importava del piacere delle mogli, dentro e fuori la stanza da letto, ma che non essendo capaci, per qualunque motivo, di occuparsi dei loro bisogni, accettavano volentieri in casa loro un gentiluomo in grado di farlo. E Christopher lo sapeva, perché per nove anni era stato quel gentiluomo, e in quattro diverse casate nobili.

Non prese Mary tra le braccia, né rivelò i propri pensieri a voce alta. Restò dall'altra parte del letto, con la coperta che copriva la sua virilità eccitata, e aspettò che Mary rompesse il silenzio; riusciva a vedere che le prudeva la lingua dalla voglia di farlo. La sua mortificazione non era una sorpresa per lui, ma ciò che alla fine gli confessò lo sbalordì.

Finalmente Mary distolse lo sguardo dalla finestra e gli disse, quasi in tono di sfida: "So che cosa state pensando!"

"Davvero? Ne dubito, ma, prego, ditemelo."

"State pensando che per una donna della mia età, sono pateticamente ignorante."

"Non patetica. Che siate stata tenuta deliberatamente nell'ignoranza non è colpa vostra. E non è nemmeno una circostanza particolarmente insolita."

"Cioè?"

"Ci sono donne che passano la loro intera esistenza senza conoscere intimità di nessun tipo, tantomeno il piacere fisico con un amante."

"Intendete dire le donne che vivono nei conventi? Le suore?"

Christopher scoppiò in una risata sonora, che represse in fretta per timore che lei lo ritenesse insincero.

"Beh, sì, ci sono quelle donne. Loro fanno voto di castità per scelta. Ma mi riferisco alle donne del vostro rango sociale. Mogli di nobiluomini i cui mariti preferiscono tenerle nell'ignoranza per un motivo o per l'altro, normalmente però perché sono egoisti."

"Mi è stato detto che solo gli uomini hanno bisogno di soddisfare i loro appetiti carnali. Non le donne. Che avere quei-quei… desideri è indecoroso e bestiale e che solo le sgualdrine e le prostitute si abbandonano a un simile comportamento. Le mogli, le brave mogli, mantengono puri i loro pensieri e riservano i loro corpi alla procreazione."

Christopher sapeva che doveva essere stata la contessa a riempire la testa di sua figlia con quelle complete assurdità, ma non lo disse perché vedeva che Mary aveva altro da dire, visto che aveva abbassato le ginocchia e lo guardava con un tale candore che lui non osò sorridere o interromperla.

"Ma sapevo istintivamente che quel ragionamento era fallace, perché come fanno alcune coppie a sposarsi per amore e a restare innamorate se non sono compatibili in tutti i sensi? Mia cugina aveva sposato un duca che aveva la reputazione di essere un grande libertino prima di conoscerla. Eppure, dopo il matrimonio, lui era diventato un marito e un padre devoto. Si amavano profondamente e provavano piacere nella compagnia reciproca, quindi sembrava naturale presumere che godessero nel fare l'amore solo per il piacere di farlo." Alzò le spalle con le guance arrossate. "Perfino quand'ero una ragazza di quindici anni sapevo che doveva esserci un buon motivo perché l'atto sessuale viene chiamato *fare l'amore*."

"Astuto, per una ragazza, rendersene conto da sola, e contro gli assurdi dettami che le aveva inculcato una donna che, chiaramente, non aveva mai *fatto l'amore*."

"Oh, non è stata mia madre a dirmi che le brave mogli mantengono puri i loro pensieri e riservano i loro corpi alla procreazione. Anche se sono sicura che lo crede. No, mia madre è stata molto più perentoria. Lei odiava l'atto sessuale. E lo so perché quando il matrimonio dei miei genitori divenne intollerabile e mio padre ci abbandonò, fu la mia bambinaia che me ne confidò il motivo. A quel tempo non avevo capito che cosa intendesse dire, ma non lo dimenticai mai… E più tardi, una volta sposata, mi chiesi se non fossi in effetti come lei."

"Non siete assolutamente come quella donna!" Ringhiò Christopher.

Mary sorrise e, confortata dal suo rabbioso diniego, si avvicinò a lui e gli chiese, curiosa: "Ma non l'avete mai incontrata, quindi come fate a saperlo?"

"Non conosco lei, ma conosco voi."

"Oh! Ma... proprio adesso... La mia reazione... la mia assurda reazione a-a..."

"Non è stata assurda. È stata una reazione istintiva a un'esperienza nuova e molto diversa. E se non vi piace, non lo farò..."

"Oh, non ho mai voluto che lo pensaste. Potrebbe esservi parso così a causa della mia ignoranza, ma a dire il vero..." Mary arrossì e distolse lo sguardo prima di guardarlo attraverso le ciglia con un sorriso timido, "... mi piaceva troppo. Ero solo molto sorpresa che mi gratificaste in un modo così altruistico..."

"Altruistico? Credetemi, darvi piacere non è altruistico. Mi dà un'enorme soddisfazione rendervi felice. È quello che significa *fare l'amore*... darsi reciprocamente piacere; soddisfarsi reciprocamente; rendersi reciprocamente felici."

Mary si avvicinò ancora un po' e gli prese la mano, che lui strinse volentieri.

"Allora è solo giusto che mi mostriate come posso darvi io piacere, in cambio."

Christopher le baciò le dita e le sorrise guardandola negli occhi. "Se è ciò che desiderate."

Mary fissò i suoi umidi occhi castani e vide solo amore e comprensione, e le fece venire le lacrime agli occhi. "Voglio fare l'amore con voi... voglio che facciamo l'amore... lo desidero... molto."

"Allora siamo in due. Ma tutto a suo tempo. Ora dovremmo vestirci e fare colazione. Pensavo che potremmo mangiare accanto al ruscello. Ho catturato e preparato una trota, che è più buona cotta all'aperto..."

"Lui... Sir Gerald... è lui quello che mi diceva che solo le sgualdrine e le prostitute si abbandonano a un comportamento bestiale," gli confessò parlando in fretta, fissandolo negli occhi. "Diceva che per essere una buona moglie dovevo rimanere immobile. Diceva che non dovevo muovermi o voltarmi e che dovevo pensare ad altro mentre lui si avvaleva del mio corpo. Non dovevo parlare, chiamare od opporre resistenza. Diceva che era suo diritto come mio marito prendermi come e quando voleva. Diceva che il suo unico interesse nel venire nella mia stanza era di mettermi incinta. Non si spogliava mai davanti a me. Non mi chiedeva mai di togliermi la camicia da notte. Non mi baciava mai né mi toccava in un modo che non mi facesse sentire solo un mezzo per ottenere un fine."

Mary degluti e sospirò piano, con le dita che si contraevano nella mano di Christopher. Ma lui restò muto perché capiva che non aveva ancora finito. Quindi mantenne lo sguardo fisso sugli occhi viola, e non mostrò le sue emozioni. Esteriormente era calmo come il lago più tranquillo; interiormente era un mare di rabbia, incredulità e miseria per conto di Mary.

"Chiudeva entrambe le porte con il chiavistello… ma io non avevo nessun posto dove scappare," continuò tranquillamente, riferendo ciò che le era accaduto come se fosse successo a qualcun altro. "E si avvicinava al letto solo quando gli davo le spalle. Poi mi alzava la camicia da notte e mi copriva come fa uno stallone con una giumenta. Quando aveva finito, mi ringraziava, apriva le porte e se ne andava. Buon Dio! *Mi ringraziava*, come se gli avessi offerto una tazza di tè. Ogni visita la stessa cosa. In dieci anni di matrimonio, non mi ha mai preso in un altro modo, nemmeno quando era ubriaco. *Odiavo* quell'uomo.

"Ma che cosa potevo fare? Ero sposata con lui, nel bene e nel male. Ero sua moglie e, come mio marito, era suo diritto entrare nella mia stanza tutte le volte che ne aveva voglia, e in qualunque stato fosse. E dato che l'obbedienza mi era stata inculcata fin da bambina, non l'ho mai messo in discussione. Ma istintivamente sapevo che il modo in cui si comportava in camera da letto non era… non era… *normale*, perfino tra coppie in un matrimonio combinato. Ma avevo troppa vergogna per confidarmi con qualcuno. E quindi cercavo di non pensarci, mai, nemmeno mentre stava succedendo. E non voglio più pensare o parlare delle sue visite, mai più."

Fece una pausa, come aspettandosi una reazione da lui. Ma Christopher non riusciva quasi a respirare, men che meno a mettere insieme una frase coerente e quando riuscì a proferire qualche parola, fu in un aspro sussurro, con la gola ruvida come le sue emozioni.

"Io… io non… io non ne dubito. Noi… noi non ne parleremo mai più… a meno che lo vogliate voi."

"Bene. E io non lo vorrò, mai!" Dichiarò Mary enfaticamente e, sentendosi più fiduciosa ora che si era confidata con lui, continuò e la sua confessione diventò indignata. "È stato facile permettere ai miei sentimenti e alle mie inclinazioni naturali di morire dentro di me, non aspettarmi di essere amata, perché non ero mai stata amata da mia madre, quindi perché avrebbe dovuto essere diverso con mio marito? Mia madre mi aveva detto apertamente che era risentita per il fatto che non fossi un maschio. La mia nascita, ne era convinta, era stata la causa di tutti i problemi che aveva poi avuto con mio padre. Lei può non avermi mai voluto bene, ma io amo Teddy con tutto il mio cuore. Quindi capii, con la nascita di Teddy, che non potevo essere completamente come lei. Teddy è l'unica cosa buona venuta da Sir Gerald. Pensare che una bambina così dolce e cara sia stata concepita in quel modo freddo, calcolatore, e *insensibile* mi spezza il cuore. Ma almeno so di avere un cuore! Lei è l'unica cosa buona e sana che sia venuta dal mio matrimonio. *L'unica.* Se non fosse per Teddy, credo veramente che l'amore che avevo da dare sarebbe avvizzito molto tempo fa. E se non fosse per voi, forse non avrei mai creduto di poter essere oggetto di desiderio. Ma voi mi desiderate, vero?"

"Moltissimo. Non credo di aver mai desiderato una donna come desidero voi, Mary."

Mary gli alzò di scatto le dita e se le portò alla guancia che scottava, prima di baciargli il dorso della mano.

"È lo stesso per me…" Respinse le lacrime poi lo sorprese con una risatina. "E nemmeno in cento anni… *mai…* avrei pensato che fosse possibile trovarmi in un capanno, *nuda a letto*, con l'attraente Squire di Brycecomb Hall."

"Attraente? Davvero?"

Mary gli diede uno scherzoso spintone. "Oh, *sapete* di essere bello! *Sapete* che a tutte le donne, giovani e vecchie, nel raggio di venti miglia, tremano le ginocchia e fanno le smorfiose ogni volta che vi vedono!"

Christopher alzò un sopracciglio. "Solo venti miglia?"

Mary afferrò un cuscino e glielo gettò; Christopher lo afferrò e poi la tirò abilmente verso di sé abbracciandola. Le tolse dolcemente i capelli dal volto e le chiese: "E a voi faccio tremare le ginocchia, Mary?"

Mary si sistemò tra le sue braccia. "Tutte le volte che vi vedo. Ne dubitate? Ma non mi sono mai comportata come una signorinella smorfiosa con voi."

Christopher ridacchiò. "No. Non siete stata… *non siete…* mai così. Ed è un bene, altrimenti non mi piacereste nemmeno la metà di così." Le pizzicò il mento. "È una bugia. Non potrei amarvi di più…"

Mary a quel punto gli baciò la bocca e dopo qualche momento si tirò indietro e lui la lasciò andare. Lei saltò giù dal letto, raccolse la sua sottoveste dalla pila di vestiti e se la infilò. Christopher non osava battere le palpebre temendo di sognare, e che se avesse battuto gli occhi, lei sarebbe sparita. Il suo desiderio più grande era di riportarla sul letto e fare l'amore con lei, ma ricordare la sua tormentata confessione gli raffreddò gli ardori più in fretta di una caraffa di acqua gelata. Tutto a suo tempo, e quel tempo non era adesso. Un forte brontolio gli disse che il suo stomaco era d'accordo con lui.

"Colazione?" Le chiese in tono indifferente, seguendo il suo esempio e mettendosi le braghe. Quando Mary non rispose immediatamente, si voltò, ancora con la camicia in mano, e la trovò che lo fissava. "Adesso non fatevi venire le ginocchia molli," le disse prendendola in giro, e ammiccò. "A meno che vogliate che vi *porti* di fuori nel punto dove faremo colazione."

Mary scosse la testa per liberarla dalla visione ipnotica di Christopher nudo, tutti muscoli snelli e linee maschili e tutto suo, e arricciò il naso sperando di mascherare il suo stesso desiderio.

"Le mie ginocchia sono abbastanza forti da portarmi a fare colazione, dove converseremo di tutta una serie di argomenti gustando la vostra trota cotta splendidamente. E poi voglio che mi mostriate come si fa a pescare perché non l'ho mai fatto. E se ci sono altre rovine da esplorare, mi piacerebbe vedere anche quelle. E poi forse potrei fare il bagno nel vostro ruscello caldo. Dopo di che, ho tutte le intenzioni di farmi venire le ginocchia molli, perché voglio veramente fare l'amore con voi."

CHRISTOPHER APRÌ UN OCCHIO E TROVÒ MARY SEDUTA SUL LETTO accanto a lui con la coperta ripiegata. Lo stava ammirando. Era così assorbita che non si accorse che era sveglio finché non le tolse la coperta dalle dita e si coprì le nudità.

"Non riesco a dormire con voi che mi guardate," le disse sonnolento.

"No? Allora ditemi che cosa stavate facendo nell'ultima mezz'ora, se non dormivate?"

"Mi avete osservato per *mezz'ora?*"

Mary ridacchiò, con aria colpevole e poi si rannicchiò accanto a lui. "Mi piace guardarvi, specialmente quando siete addormentato... e nudo."

Christopher si spostò per metterle un braccio intorno e tenerla contro di lui.

"Anche a me piace guardarvi, ma c'è una cosa che mi piace ancora di più fare con voi."

"Oh? Solo una?" Chiese Mary con finta delusione.

Christopher non si lasciò ingannare. La reazione fisica di Mary la diceva lunga. Si dimenò contro di lui, sbarazzina, aspettando la sua risposta. E quando lui non rispose immediatamente, si dimenò ancora di più. E poi lui si voltò, tenendola abbracciata, prima per averla di fronte e poi per rotolare sulla schiena, portandola con sé e facendola così finire sopra di lui, e la fece ridere ancora più forte. Mary finse di divincolarsi ma lui non si lasciò dissuadere e poco dopo lei gli si mise cavalcioni, con la criniera di capelli rossi che le ricadeva attorno in selvaggio disordine e gli faceva il solletico sul volto.

Mary si mise seduta diritta e gli sorrise, e lui sorrise a lei, e in quel singolo momento Christopher si meravigliò come cinque brevi giorni insieme da soli avessero cambiato per sempre il loro rapporto. Era come se fossero stati amici e amanti per anni, tanto erano a loro agio e disinvolti l'uno con l'altra. Era come lui aveva sognato che fosse e come sperava che continuasse a essere la loro vita una volta tornati nel mondo oltre quel capanno nel bosco.

Non voleva nemmeno pensare a un'alternativa, perché se avesse permesso alla sua mente di vagare, c'era quell'ombra, quella grossa nuvola nera che aleggiava sopra di loro, della possibilità molto reale che il loro tempo insieme fosse limitato, che questo idillio fosse un preludio al resto della vita di Mary con un altro; che questa Mary, la vera Mary, la *sua* Mary gli sarebbe stata tolta per sempre.

"Avete intenzione di dirmi che cos'è questa cosa," mormorò Mary chinandosi in avanti per baciarlo. "O devo tirare a indovinare?"

Christopher smise di rimuginare e le restituì il bacio con un sorriso. "Che divertimento sarebbe se ve lo dicessi e basta? Tirate a indovinare."

"Molto bene. Sfida accettata." Mary si chinò ancora di più per sussurrargli all'orecchio, con il bisbiglio sul collo che gli accendeva i sensi. "Ma forse preferirei mostrarvelo…" Mary scivolò lungo il torace di Christopher, agile come una gatta, e si fermò sospesa sopra di lui. Nei suoi occhi c'era una decisa luce maliziosa. "La vostra risposta, sembra, mi sta guardando in faccia."

"Sgualdrinella maliziosa!" Ribatté amorevolmente Christopher. "Lui è fin troppo compiaciuto di sé e può aspettare."

E con una sola agile mossa si sedette, rotolò e la fece scivolare sotto di sé, mentre lei ansimava e rideva e faceva un debole tentativo di resistere. Adesso era lei quella stesa tra le coperte, che lo guardava. Ed era il turno di Christopher di sussurrarle all'orecchio.

"Se proprio volete saperlo, donna scostumata, è il tè… prepararvi una tazza di tè. Ma può aspettare anche quella…"

E come aveva fatto lei, scivolò lungo le sue curve, agile come un gatto, e lei tirò forte il fiato. Christopher non restò fermo a guardarla.

Aveva rassettato il capanno, preparato una tazza di tè e tostato le ultime fette di pane prima che lei tornasse dopo il bagno nelle acque calde dello sbarramento. Lo trovò seduto sotto il portico che la aspettava. Era mezzogiorno ed era la prima volta che mettevano piede fuori dal capanno in più di un giorno.

Si era avvolta una treccia intorno alla testa per tenere lontano dal volto la sua chioma disordinata e indossava le sottane, il corpetto e gli stivaletti con cui era arrivata. Gli orli erano macchiati di fango e acqua, il corpetto stropicciato e gli stivaletti graffiati. Non portava il corsetto. Una settimana prima Christopher non avrebbe mai immaginato che Lady Mary Cavendish si lasciasse vedere in pubblico così in disordine. Sarebbe stata una cosa impensabile per lei. Eppure, guardandola venire verso di lui attraverso il sentiero, non gli era mai parsa così bella nel suo disordine. C'era qualcosa in lei che andava oltre la superficie, il suo portamento regale, sempre eretto e corretto. Era una luminosità, sì, una radiosità soddisfatta, e la sicurezza di sé. Ecco! Sembrava sicura e felice, e si irradiava da lei. Christopher sorrise tre sé mentre sorseggiava il tè, felice per il piccolo ruolo che aveva avuto nella sua nuova sicurezza e felicità.

Mary prese la tazza e la fetta di pane tostato che le offriva Christopher, lo baciò per ringraziarlo e rimasero seduti in amichevole silenzio guardando il panorama autunnale rosso e oro di anitre che zampettavano sulla riva del ruscello, nelle macchie di campanelle e di senecio bianco e dorato. E poi Mary lo colse completamente alla sprovvista, facendogli una domanda che lo sorprese e gli fece staccare così di colpo la tazza dalla bocca mentre beveva che si macchiò il davanti della camicia.

"Che cos'è un *ca-cavalier sirvente*?"

VENTITRE

"Un cavalier servente?" Ripeté Christopher, pronunciando
la parola correttamente, mentre si dedicava a tamponare la camicia
prima che il tè la macchiasse irrimediabilmente; servì anche a nascondere la sua sorpresa per quella domanda. Da dove era venuta? Non
dovette aspettare molto per scoprirlo.

"Ah, è così che si pronuncia? E voi eravate uno… uno di quei cavalier servente…?"

"Il plurale è cavalieri serventi."

"Evelyn mi ha detto che eravate uno di questi cavalieri serventi
mentre vivevate all'estero."

Christopher bevve quel che restava del tè. Si era chiesto quando il
suo nobile cugino si sarebbe infiltrato nel loro tempo insieme. E quel-
l'uomo aveva avuto l'ardire di parlarle del suo passato! O almeno ad
accennarvi in modo da suscitare la curiosità di Mary, abbastanza da
spingerla a chiederglielo. Pazienza. Aveva avuto tutte le intenzioni di
parlargliene comunque, ma non così presto, non lì nel capanno. Alla
faccia dei piani più minuziosi. Finì l'ultimo cantuccio di pane tostato e
poi disse, per rimandare l'inevitabile: "Dovrò procurarmi delle provviste
se intendiamo restare qui ancora un po'."

"Volete andarvene?"

Christopher percepì la sua ansia e scosse la testa.

"No, resterei qui con voi per sempre se fosse possibile. Ma abbiamo
bisogno di cibo, e forse vi piacerebbe cambiarvi d'abito? Cioè, se desiderate rimanere…?"

"Sì. Teddy non tornerà a casa per altre due settimane ed Evelyn ha detto che avevo un mese per…"

Si fermò. Non voleva pensare al futuro. Non voleva pensare oltre il fatto di essere lì con Christopher. E non lo avrebbe fatto. Non ancora. Quindi tornò alla sua domanda originale, sperando di deviare la conversazione e i propri pensieri al presente.

Ma per Christopher la domanda riguardava tutt'altro che l'immediato.

"Ed eravate un cavalier servente?"

"Sì."

"Me ne parlereste?"

"Avevo intenzione di farlo, anche se non subito. Ma ora che lo avete chiesto… che cosa vi ha detto vostro cugino?"

"Non molto, oltre il nome. Anche se ha detto che eravate ricercato, il che significa, presumo, che eravate esperto in qualunque cosa facciano i cavalieri serventi…" Si fermò, quando Christopher scoppiò in un'aspra risata, ma quando non aggiunse commenti, Mary aggiunse piano: "Ha anche detto che me ne avreste parlato se avessi chiesto, ma che avrei dovuto stare attenta a ciò che desideravo. E da ciò posso solo presumere che qualunque cosa faceste in quel ruolo non sia per gli occhi e le orecchie di una signora?"

"Non una signora inglese, questo è sicuro. Gli inglesi non capiscono accordi simili, né li capiranno mai. Ma gli italiani sono molto più pragmatici e, dato che è una pratica accettata nell'aristocrazia degli stati e dei principati italiani, la posizione di cavalier servente, anche se non tenuta in altissima considerazione da tutti, è un fatto della vita. E come tale non mancano i giovani gentiluomini che si offrono per quell'incarico in una nobile casata."

"E mentre vivevate negli Stati Italiani vi siete proposto e avete ottenuto l'incarico?" Chiese Mary, cercando di capire ciò che Christopher le stava dicendo.

"Ah, la mia strada per arrivare a un incarico ufficiale è stata diversa da quella della maggior parte degli altri. Devo riportarvi indietro ai miei primi anni lontano dalla vallata. Avevo diciotto anni ed ero all'estero, e senza un soldo o degli amici cui rivolgermi per avere aiuto. Non che avrei chiesto aiuto, in quel periodo della mia vita… Erano tempi duri e dovevo guadagnarmi da vivere. A essere sincero non ero più io. Mi avevano dato delle notizie poco gradite, che mi avevano sconvolto e che mi avevano fatto scappare da casa. E ho permesso che queste notizie dettassero il mio stato mentale. Dovete ricordare che ero molto giovane, quindi pensare o agire razionalmente andava oltre le mie capacità. Di conseguenza, ero stupidamente auto-distruttivo. Per essere franco:

accettai un accordo con una donna che mi manteneva e mi vestiva in cambio di certi favori…"

"Eravate il suo amante?"

"È un modo educato di dirlo. Ero il suo amante, e poi c'erano le altre. Dopo poco tempo cominciò a fornire i miei… *servizi*… ad altre donne…"

"Quanti anni avevate quando avete intrapreso questa interessantissima carriera?"

"Diciotto."

"*Diciotto*? Eravate solo un-un ragazzo!"

"Sì? Sì, immagino di sì. Ma mi ero lasciato il ragazzo alle spalle, qui a casa. E prima di avere vent'anni avevo dormito, se posso usare questo eufemismo, in così tanti letti che smisi di contarli. Ed ero pagato per quel privilegio."

Mary ansimò, comprendendo infine completamente ciò che le stava confidando. I suoi occhi viola si spalancarono e lei riuscì a malapena a recepire la reale portata di quella rivelazione.

"Non… non sapevo… che esistesse una *vocazione* simile. Le donne si danno alla prostituzione per una quantità di ragioni e offrono i loro corpi agli uomini per ragioni pecuniarie… ma gli uomini? Ci sono veramente uomini che sono… che fanno…" Lo guardò come per farsi aiutare. "Esiste una parola equivalente?"

"Ce ne sono parecchie: galante, valletto, mantenuto… per dirne alcune," rispose Christopher con calma. "Per arrivare in fondo a questo piccolo e sordido episodio, quando avevo circa vent'anni, una nobildonna mi notò. Sì. Mi assunse come suo *galante*, ma poi si affezionò a me e convinse suo marito a sponsorizzarmi come…"

"… valletto?"

Christopher rise forte. "Oh, mia cara, lo dite in modo così educato. Come se io fossi stato assunto per essere il suo istruttore di danza o di pianoforte! Ma no, non come mantenuto, amante o comunque lo vogliate chiamare, ma come suo cavalier servente. Un altissimo onore, in effetti."

"Davvero?"

"Sì, ed è eccezionalmente insolito che uno straniero si elevi fino a quella posizione. La norma è che le nobili coppie scelgano un giovane nobiluomo tra i loro pari. Ma dato che questa nobildonna e, cosa ancora più importante, suo marito erano aristocratici, lui era un conte e membro del consiglio di governo, fecero un'eccezione. Anche se dovetti ricevere una formazione intensiva prima di poter assumere ufficialmente l'incarico."

"Formazione? Non capisco. Che tipo di formazione? In camera da letto?"

Christopher sentì la perplessità che sottolineava la domanda e sorrise tra sé e sé, spiegando pazientemente: "No, non in camera da letto. Un cavalier servente è molto più dell'amante di una donna. Partecipa a molte funzioni cerimoniali, tanto che il letto diventa quasi secondario. Ebbi una serie di tutori, che mi insegnarono il portamento, la scherma, la danza, la musica, l'arte della conversazione e la lingua. Dovetti raggiungere un certo grado di competenza prima di poter andare in società come compagno maschile della contessa. Ma non ero proprio uno zotico di campagna, e imparavo in fretta. Sapevo tirare di scherma, avevo alcuni rudimenti di ballo e anche se a Harrow non ero tra gli studenti più diligenti, non ero nemmeno uno stupido."

"Harrow?" Ripeté Mary, aggrappandosi a qualcosa che le era famigliare. "I miei fratelli hanno frequentato Harrow."

"Sì, Dair e Charles erano parecchi anni dietro di me."

Mary fece una smorfia. "Non mi avevate mai detto di aver frequentato Harrow."

Christopher sorrise. "Non lo avete mai chiesto. Forse ora che lo sapete," le disse scherzosamente per alleggerire l'atmosfera, "sono più accettabile come amante per vostra signoria?"

Ma Mary non si lasciò placare o deviare dalla pista che stava seguendo.

"Non siate sciocco, Christopher! Allora, mentre vi istruivano nell'arte di essere un accompagnatore, andavate anche a letto con questa donna?"

"Sì, faceva parte dell'accordo."

"E suo marito lo sapeva ed era d'accordo con questa... *sistemazione?*"

"Non avrei potuto essere il cavalier servente di sua moglie senza il suo consenso e la sua firma sul contratto."

"Davvero! Un contratto scritto? Tutto molto civile, di sicuro."

Ma Christopher non si lasciò ingannare dalla sua fredda buona educazione. Era solo una facciata, e sottile per giunta. A ogni nuova rivelazione sul suo passato, nell'atteggiamento di Mary si verificavano cambiamenti impercettibili, finché finì per essere seduta rigida con le mani raccolte in grembo e il mento parallelo al pavimento. Era l'atteggiamento che adottava con lui come sovraintendente, quando lo convocava nel suo salotto perché le rendesse conto delle sue azioni. Era il suo scudo di indifferenza, alzato per proteggersi dalle circostanze e dai sentimenti che non poteva controllare. Ma Christopher non aveva intenzione di accettarlo. Non quando avevano percorso tanta strada ed erano in rapporti così intimi. Dato che sembrava non riuscire a migliorare il suo stato d'animo scherzando, tentò un approccio più diretto.

"Mary. Tesoro. Vi rendete conto che la mia vita da cavalier servente era letteralmente una vita fa? E che da allora ho vissuto dieci anni, qui a casa, come Squire Bryce?"

"E voi avete accettato un contratto con una coppia, che vi ha ospitato e vi ha istruito per diventare l'amante della moglie?" Disse Mary lentamente, ignorando il commento di Christopher e cercando di dare un senso a tutto. "E una volta imparato tutto ciò che c'era da sapere per la vostra... *vocazione*... andavate in società insieme e tutti sapevano che eravate l'amante pagato di questa nobildonna."

"Un cavalier servente è più di un amante. Come vi ho detto la posizione è più simile a quella di un accompagnatore maschio. Chiamarlo in altro modo è denigrare un accordo tra un marito, sua moglie e l'amante di lei che è una consuetudine antica nella nobiltà italiana. È così diffuso da essere parte del tessuto della loro vita. Quando si fanno gli inviti per balli, feste e serate all'opera, tutti e tre, marito, moglie e cavalier servente, ricevono un invito formale ciascuno, e tutti e tre partecipano insieme. Nessuno si sorprende o dissente. E tutti sono molto civili e rispettosi dell'intesa."

"Oh, sono sicura che in tanti siano rimasti sorpresi guardandovi e che ci fosse una bella quantità di ginocchia molli tra le donne!" Gli disse Mary, svanita ogni parvenza di placida curiosità. "Spero che il vostro contratto avesse la durata di parecchi anni, altrimenti che spreco di istruzione!"

"Mary, la contessa non è stata il mio unico contratto."

Mary si sedette ancora più eretta. "Siete stato il cavalier servente di più di una dama?"

"Non contemporaneamente. Un contratto è esclusivo ma è vincolante solo per due anni, tre al massimo."

"Quanti contratti avete avuto?"

"In dieci anni? Quattro."

"Quattro? Siete stato l'amante ufficiale, accompagnatore, chiamatelo come volete, di quattro diverse nobildonne?"

"Sì." Quando le mani di Mary si strinsero a pugno, disse piano ma fermamente: "Ho già confessato un passato pieno di amanti, eppure siete più offesa che sia stato un cavalier servente per quattro nobildonne in particolare. Ma, come membro dell'alta società, saprete certamente che gli aristocratici inglesi hanno relazioni illecite, delle mantenute e vivono vite quasi completamente separate dalle loro legittime mogli."

"Ma è diverso! *Loro* sono diversi. *Voi* siete diverso!"

Christopher fraintese completamente ciò che voleva dire e con una smorfia di perplessità per la sua angoscia, disse: "Come? La promiscuità di un uomo inglese non viene condannata. In effetti l'uomo viene lodato per la sua prestanza sessuale e la sua abilità nel gestire la vita familiare. Eppure, poiché nella società italiana è la moglie che si prende un amante con il consenso di suo marito, una tale intesa è condannata dagli inglesi ignoranti?"

"Oh, che cosa mi importa delle abitudini carnali dei miei pari, o degli italiani, se è per quello!" Gli disse Mary, sprezzante. "Non sono cieca davanti a ciò che succede intorno a me. Ho un fratello che ha un figlio illegittimo, un ragazzino dolce, e perfino mia madre ne riconosce l'esistenza perché a suo modo di pensare è la prova della virilità di suo figlio. Guai se sua figlia dovesse mai prendersi un amante…"

"Un po' tardi per preoccuparsi della sua buona opinione," borbottò Christopher, sbuffando.

"Touché!" Ribatté Mary e lo stupì facendo una smorfia che gli ricordò Teddy al massimo della sua impertinenza, tanto che scoppiò a ridere. E Mary si indignò e balzò in piedi per affrontarlo. "Non è facile per me riconciliare ciò che mi avete detto del vostro passato… della vostra vita come… della vostra vita in Italia… con lo Squire Bryce di Brycecomb Hall che conosco. Ho sempre sospettato che il tempo passato all'estero fosse ciò che vi ha aiutato a differenziarvi dagli altri uomini, e non intendo solo gli uomini della vallata. E ora, conoscendo il vostro passato, mi sorprende ancora meno che abbiate scelto di tenerlo segreto. E avete fatto bene. Nessuno capirebbe, e perfino quelli con la mente più aperta, oltre i confini di questa vallata, troverebbero la vostra vita come cavalier servente piuttosto sconvolgente… e la maggior parte di loro la condannerebbe. Ditemi: eravate contento della vostra vita negli Stati Italiani?"

"Contento? Non all'inizio, no. Ero depresso. Ma come ho detto, era stata tutta opera mia. Riuscii però a trovare un certo scopo nella vita, e felicità."

"E queste donne e i loro mariti, erano felici con voi?"

"Sì, immagino che lo fossero. Mi adoperavo per adempiere ai miei obblighi contrattuali al meglio delle mie capacità."

"Sì, certo. Siete sempre stato diligente e coscienzioso in tutto ciò che fate."

Per qualche insondabile motivo, Christopher si sentì il volto scottare a quella lode enfatica. "Davvero?"

Fu la volta di Mary di sbuffare.

"C'è bisogno di chiederlo? Negli otto anni da che ci conosciamo, non avete mai una volta deviato dalla vostra vita attuale come Squire di Brycecomb Hall. Vi siete sempre presentato come un agricoltore-gentiluomo, un lavoratore che ama la terra e la vallata. Vi occupate del benessere dei vostri affittuari, avete ribaltato le sorti di Abbeywood Farm, *e* ci siete sempre stato per Teddy e per me, anche se ho spesso trovato prepotente il vostro modo di fare. No! Non cercate di negarlo. E credevo a ogni parola che ho detto alla fabbrica, e ci credo ancora.

"Ma c'è un aspetto della vostra vita che continua a incuriosire le donne della vallata. Non è una cosa cui di solito i loro uomini pensano ma, a volte, le loro mogli fanno domande. Forse hanno fatto appello ai loro mariti per scoprire la verità su di voi. Ma non sono al corrente delle loro conversazioni e non posso dirlo con certezza. Ciò che so è che il vostro persistente celibato e l'apparente mancanza di interesse per il sesso debole, nonostante i loro palesi tentativi di coinvolgervi, sono una fonte costante di pettegolezzo per le famiglie del villaggio, della piccola nobiltà e della borghesia del distretto. E anche se le donne non parlano direttamente con me, non sono cieca e vedo i loro sguardi ammirati e la loro delusione quando voi non andate oltre qualche chiacchiera superficiale. Sono perplesse esattamente come lo ero io."

"Perplessa?"

Mary fece il broncio. "Non ne avete veramente idea, oppure vi state prendendo gioco di me?"

Christopher la tirò vicina in modo che fosse in piedi tra le sue ginocchia e le tenne entrambe le mani. "Non sono cieco nemmeno io. So che il mio ritorno nella vallata ha causato sconcerto tra i nostri vicini, ma pensavo che dopo quasi dieci anni, l'interesse per il mio stato matrimoniale sarebbe scemato."

"Scemato?" Mary sbuffò. "Fintanto che uno scapolo attraente e benestante resta senza moglie, ci sarà sempre interesse, e continueranno a circolare le voci più assurde."

"Voci assurde?"

"Sì. La più assurda è che mentre eravate all'estero siete diventato papista, ordinato prete, fatto un voto di castità per la vostra fede e poi siete tornato qua come spia per il Sacro Romano Impero. E che è per quello che il sesso debole non vi interessa."

Le spalle di Christopher si scuotevano per le risate silenziose.

"Un papista, un prete, una spia e *nessun interesse* per le donne? Povero me, che tipo austero sono!"

"La moglie del vicario Beasley dice che siete più monaco che uomo. E perfino io, che non sono così pronta ad afferrare i sottintesi nelle conversazioni, ho capito immediatamente che non si stava riferendo alle vostre propensioni ecclesiastiche!"

"Propensioni ecclesiastiche?" Ripeté Christopher. "Oh, mia cara, ci sapete fare con le parole! E anche la cara moglie del vicario, a quanto pare!"

Mary lo fissò con attenzione. "Non state per rivelarmi altri segreti sconvolgenti, vero?"

Christopher esitò, poi sorrise. "Ad esempio che sono segretamente un prete?" Le premette le mani. "Abbiamo appena passato sei giorni assieme, facendo appassionatamente l'amore a ogni opportunità… Non è proprio da monaco, vero? E non so se sia sconvolgente o no, ma siete la prima donna con cui vado a letto da dieci anni."

Mary lo guardò a bocca aperta. "*Dieci*? *Dieci* anni? Non facevate l'amore da *dieci* anni?"

"Vedo che questa rivelazione *è* sconvolgente," borbottò Christopher, poi si riprese. "Il mio ragionamento è semplice e non dovrebbe sorprendervi. Mi sono concesso un eccesso di carne femminile dall'età di diciotto anni fino ai trenta. E anche se la mia mente e il mio corpo erano impegnati, il mio cuore non lo era. Quindi, quando mi sono ritirato dalla mia *vocazione*, ho preso la decisione di restare casto. Non ho mai rimpianto la mia scelta. La castità non sarebbe accettabile per molti uomini, ma andava bene per me. E da allora ho scoperto di avere un carattere che richiede che la mente, il corpo *e* il cuore siano impegnati in una cosa, altrimenti non sono soddisfatto. Ho messo in pratica questa filosofia personale nella gestione della mia fattoria, delle mie fabbriche e come sovraintendente di Abbeywood Farm. Ed è il motivo per cui quando mi sono innamorato e l'amore della mia vita non era libera di stare con me, sono stato in grado di rassegnarmi a una vita da scapolo."

Lasciò che la frase restasse lì in sospeso, e nel silenzio si chiese se lei si rendesse conto che stava parlando di lei. Era così, ma per Mary dare voce ai propri sentimenti non era facile dopo una confessione e una dichiarazione così sincere. E poi lei disse qualcosa che gli fece desiderare di non aver mai dubitato della sua perspicacia.

"E mentre voi vi rassegnavate alla vostra vita da scapolo, lei, la donna che non era libera di stare con voi, aveva deciso che anche se era la moglie di un uomo incapace di amare qualcuno oltre a se stesso, non avrebbe permesso al proprio cuore di avvizzire e morire. Si sarebbe aggrappata alla speranza. E il suo cuore non è avvizzito perché quando incontrò il suo vicino, lo Squire scapolo, capì che lì c'era un uomo di principi e bontà d'animo, un uomo che avrebbe potuto ammirare, e amare, se solo la sua vita fosse andata diversamente." Mary spalancò gli occhi e disse, quasi senza fiato: "Non meraviglia anche voi, come me, che, contro ogni probabilità, questi due siano finalmente diventati amanti?"

"Sì," rispose semplicemente Christopher. "Mary. Io non vi sto chiedendo di accettare la mia vita com'era, o perfino di cercare di capirla. C'erano delle ragioni, più profonde di quanto possa spiegarvi qui, ora, per la mia fuga da questa valle, da giovane. Ma mi piace pensare che il mio passato, in particolare la mia esperienza come cavalier servente, mi abbia regalato una prospettiva unica sulla vita, e la capacità di capire meglio i bisogni e i desideri delle donne, i vostri bisogni e i vostri desideri soprattutto, e non intendo solo come amante premuroso."

"Anche se lo siete, molto," lo interruppe Mary con una franchezza che lo fece arrossire. "E un insegnante meraviglioso... Sono sempre stata sconcertata dalle donne cui effettivamente piaceva fare l'amore. Ma non ho mai avuto il coraggio di chiedere una cosa così intima. Ora so perché Deb è così felice nel suo matrimonio con Julian." Chinandosi verso di lui, come se temesse di essere udita, sussurrò: "E perché è continuamente incinta."

"Davvero?"

Mary annuì, dicendo con un sorriso timido che lo fece sorridere a sua volta: "Mi avete reso molto felice."

"E voi avete reso me il più felice degli uomini," rispose Christopher, baciandole la fronte e dicendo, tornato serio: "Tutto ciò che vi chiedo è che vi rendiate conto che la vita che conduco adesso è la mia vita autentica, quella che intendo fare per il resto della mia esistenza. Non è il mio passato, ma come decido di vivere il mio presente e il mio futuro che dovrebbe interessarci."

"Ma è ciò che sto cercando di dirvi," disse Mary con un sospiro esasperato che gli fece nascondere un sorriso. "Non mi importa del vostro passato, davvero, è chi ho davanti a me che conta."

"E chi vedete davanti a voi, Mary?"

"Vedo Cavendish Christopher Bryce... perché è così che vi chiamate. Me l'avete detto voi stesso. Non capisco perché non usiate il nome che vi hanno imposto alla nascita, ma sono sicura che sia in qualche modo connesso con il motivo per cui siete scappato. E anche se quello rimane un mistero, non mi interessa molto perché anche quello fa parte del passato. Per me sarete sempre Christopher." Gli toccò la guancia, poi, con un sorriso, gli scostò dolcemente i riccioli che gli ricadevano sulla fronte e lo baciò. "Ma, soprattutto," mormorò, "vedo un uomo straordinario. Vedo l'uomo che amo."

Passarono un altro giorno e un'altra notte prima che la dispensa del capanno fosse così vuota da non lasciare a Christopher altra scelta che tornare a casa a prendere delle provviste, altrimenti avrebbe dovuto fare la zuppa con le ortiche. Era lontano da casa da oltre una settimana e anche se lo confortava il fatto che non fosse arrivato Luke con un biglietto di Kate che chiedeva il suo ritorno, era stranamente sconcertato di non averla sentita. Da quando era tornato a Brycecomb Hall dieci anni prima, non era mai stato lontano da casa più di tre notti consecutive. Quindi essere rimasto lontano per più di sette e non aver sentito una parola da lei era in effetti sorprendente.

Mary voleva che controllasse come stava sua zia; era il suo unico famigliare, dopo tutto e dipendeva moltissimo da lui. Inoltre, mentre lui era via, lei aveva in programma di lavare gli indumenti e farli asciugare sul pavimento caldo del capanno e avrebbe preferito che lui non ci fosse mentre lo faceva. E mentre i suoi vestiti asciugavano, lei avrebbe indossato una delle camicie di Christopher che aveva trovato nella cassapanca. Christopher ridacchiò davanti a quell'espressione di pudore, dopo tutto l'aveva ammirata in tutta la sua nuda e prorompente gloria tante volte da averla scolpita nella mente.

"Ma è diverso," ribatté Mary, arrossendo e dicendo sottovoce, come se nessuno parlasse di cose simili in compagnia mista, se mai ne parlava: "Devo lavare la mia sottoveste e le calze."

"Ah sì, giusto," rispose Christopher senza nemmeno l'accenno di un sorriso di fronte alla sua serietà. "Potrei mandare Luke alla fattoria con un biglietto per prendere ciò di cui avete bisogno…? Anche se forse potrebbe spingere la signora Keble, se non l'ha già fatto, a fare domande su dove siete. E il ragazzo non risponderebbe, mettendo tutti in imbarazzo."

"La signora Keble non è ad Abbeywood," gli disse Mary. "Mentre stavamo visitando la vostra fabbrica, sono arrivati parecchi uomini con la notizia che sua madre, o era suo padre?, uno dei due, si era ammalato. Anche se Jane non era completamente sicura; tutto ciò che ha detto è che quegli uomini sembravano più bruti che uomini di scorta. E ci siamo chiesti tutti perché la signora Keble avesse bisogno di cinque di quei bruti per accompagnarla a Cirencester. Jane ha detto che la donna era in un mare di lacrime un momento e ubriaca un momento dopo, tanto da aver bisogno di essere aiutata a salire sul carro. Poveretta."

Scagnozzi al servizio di Lord Shrewsbury, che le avevano versato abbastanza alcol nel gargarozzo da renderla malleabile, immaginò Christopher. Un brutto affare davvero, ed era lieto che Mary non fosse stata presente.

Mary lo seguì alla porta, ma lui si fermò prima di aprirla e si voltò a guardarla preoccupato.

"Starete bene qui tutta da sola? Io sarò via per parecchie ore. Potrei non tornare fino a notte."

Mary si alzò sulla punta dei piedi e gli baciò la guancia. "Sì. Perfettamente bene. E se non andate subito, non farò in tempo ad avere i vestiti asciutti prima che torniate."

Christopher la tirò a sé, con la mano premuta sulla schiena sottile, e la baciò in fretta.

"Non andate oltre lo sbarramento. E restate da questa parte del ruscello. Non voglio spaventarvi, ma ci sono viaggiatori in giro in questo periodo dell'anno e..."

"Stupidone! I viaggiatori non oserebbero mettermi un dito addosso per paura delle conseguenze."

Christopher la guardò dalla testa ai piedi, dai capelli rossi sciolti e arruffati alle calze bianche macchiate che avevano visto giorni migliori. Era ben lontana dall'immagine della figlia di un conte, tanto che pochi, men che meno i gitani, le avrebbero creduto, per imperiosi che fossero il suo atteggiamento e il suo tono. Non le rammentò che i banditi di strada che avevano fermato la carrozza di sua madre mentre andavano al matrimonio di suo fratello non si erano curati minimamente del fatto che la conseguenza di derubare una contessa e sua figlia fosse la morte per impiccagione. Non fece altri commenti e, dopo averla baciata di nuovo, aprì la porta.

E lì, sotto il portico, con le nocche pronte a bussare, c'era Luke, e dietro a Luke un gigante dinoccolato con la pelle del colore del caramello bruciato. Christopher non aveva idea di chi fosse quello sconosciuto. Ma Mary lo sapeva. Rimase così sconvolta che impallidì e fece un passo indietro, portandosi una mano alla gola per l'incredulità. Era il marito di sua cugina, il duca di Kinross.

PARTE II

LA FAMIGLIA

VENTIQUATTRO

Il giorno prima, proprio all'imbrunire, due carrozze erano passate sotto l'arco della portineria e avevano percorso il viale di ghiaia fino all'entrata di Brycecomb Hall. La villa giacobiana era al massimo del suo splendore al tramonto, quando la luce morbida del sole che calava donava agli edifici di pietra gialla il colore del miele dorato. I visitatori lo facevano sempre notare, anche coloro che erano stati in quella casa in altre ore del giorno. Gli occupanti di entrambe le carrozze non avevano reagito diversamente. Si erano precipitati fuori, sulla terra ferma, e si erano sgranchiti le gambe dopo una lunga giornata di viaggio, e a tutta velocità oltre a tutto. Poi si erano fermati per qualche momento per ammirare il pittoresco panorama. La diceva lunga sulla bellezza della villa, perché quegli uomini e quelle donne non erano visitatori ordinari. Erano abituati a risiedere in case talmente sontuose da poter essere considerate delle regge, e il loro splendore opulento andava oltre la più sfrenata immaginazione di chiunque, eccetto quei pochi privilegiati.

E poi la signora di quell'entourage aveva sollevato leggermente le sottane di velluto delicatamente ricamato da sotto la cappa foderata di pelliccia ed era entrata al braccio di suo marito, con il medico di famiglia solo un passo dietro di loro. Li avevano seguiti all'interno il maggiordomo della coppia, la cameriera personale di lei, due cameriste e il valletto di suo marito. Un cameriere aveva indirizzato le due carrozze e gli otto uomini di scorta in livrea verso la scuderia dall'altro lato dell'edificio principale. Lì i servitori si erano riuniti per scaricare la montagna di bagagli mentre i mozzi di stalla aspettavano per staccare le carrozze e ripulirle dalla polvere calcarea e occuparsi della dozzina e più di cavalli, e il capo stalliere della tenuta si era preso cura dei cocchieri e degli uomini della scorta, controllando che avessero abbastanza sidro, un pasto caldo e alloggi nella scuderia.

Gli ospiti che erano entrati dall'ingresso principale erano stati accolti nel salone da una fila silenziosa di servitori dei piani alti e da un nervoso Carlo, che aspettava il loro arrivo fin da quando l'oste del *Bear* aveva mandato un servitore con un messaggio per informarli che c'erano due carrozze dirette a Brycecomb. Era parere dell'oste (e tutti si rimettevano a lui perché in gioventù era stato impiegato in una grande casata a Bath) che il proprietario di entrambe, e occupante di una delle carrozze, fosse un duca. Lo aveva capito dalla corona nobiliare sopra lo scudo e sotto l'elmo dello stemma araldico impresso sulle portiere nere laccate di ciascuno dei due veicoli. Cinque foglie di fragola visibili intorno alla corona erano per un duca, l'oste avrebbe scommesso il suo dente canino buono, tanto ne era sicuro.

A osservare l'arrivo dal pianerottolo c'era la dama di compagnia di Kate, Fran, che era rimasta fuori dalla visuale ma a portata d'orecchi della conversazione, con l'ordine di riferire tutto ciò che vedeva e sentiva alla sua padrona. Fran era stata dapprima sorpresa di sentir parlare francese, non inglese, e poi stupita quando alla fine gli ospiti si erano rivolti a Carlo nella sua lingua natia. Anche se aveva solo una conoscenza rudimentale dell'italiano, la curiosità l'aveva spinta verso la balaustra per sbirciare quegli ospiti inaspettati ma così affascinanti, e a chiedersi da dove fossero venuti e se in effetti potessero essere visitatori venuti dall'estero e che la sua padrona conosceva.

La piccola dama, che era entrata con passo regale al braccio di un gentiluomo alto e snello, aveva tolto il cappuccio del suo mantello dai capelli biondi raccolti in tante trecce, con nastri e fermagli di perle. La sua cameriera si era avvicinata per toglierle il mantello e la bocca di Fran non era stata la sola a restare aperta davanti all'abito della signora, di velluto blu scuro con pizzo d'argento. Anche i servitori avevano fissato, poi avevano abbassato in fretta gli occhi sul pavimento. Carlo era stato quello che l'aveva fissata più a lungo, perché quell'affascinante piccola dama aveva un volto a forma di cuore, gli occhi del verde più insolito, obliqui come quelli di un gatto e un profondo *décolleté*. Ma era stata la rotondità del suo ventre ad attirare la sua attenzione. E poi Carlo si era ricordato le buone maniere e aveva riportato lo sguardo sul volto, accorgendosi che la dama non era né nel primo né nel secondo fiore della giovinezza, che i capelli biondi erano leggermente striati di fili grigi alle tempie. Eppure nulla toglievano alla sua bellezza e Carlo aveva pensato che fosse la creatura elfica più affascinante che avesse mai visto. E sembrava essere nell'ultimo trimestre della gravidanza.

"Dovete per favore scusare questa enorme intrusione, ma siamo venuti per vedere *M'sieur Bryce*," aveva annunciato Antonia, duchessa di Kinross. "E voi ci porterete cortesemente da lui *tout de suite*."

Carlo aveva guardato il gigante abbronzato in piedi accanto a lei, come se lui avesse potuto fornirgli una traduzione dal francese. Ma dato che il suo valletto lo stava aiutando a togliersi il pastrano e i guanti, l'uomo non aveva colto la preghiera silenziosa di Carlo. Quindi Carlo si era inchinato di nuovo e aveva alzato le spalle e Antonia aveva ripetuto la domanda, questa volta in inglese. Quando anche questo aveva ricevuto la stessa vaga reazione, la donna si era voltata verso suo marito e aveva detto in italiano: "Devo essermi sbagliata. Pensavo che in questa casa si parlasse una lingua civilizzata."

Il volto dell'ometto si era illuminato e lui aveva dimenticato talmente le buone maniere da parlare prima di essere interpellato direttamente, cosa che aveva enormemente sbalordito l'entourage del duca e della duchessa, ma non la coppia ducale. Tutto ciò che interessava loro era parlare con Christopher Bryce e appena possibile.

"Sì! Sì, signora! Carlo parla la lingua più civilizzata del mondo intero. Sono al vostro servizio!"

"Sembra che la vostra supposizione fosse corretta, tesoro mio," aveva detto Jonathon, duca di Kinross. Si era rivolto a Carlo. "La duchessa ha fatto molta strada per vedere il signor Bryce, quindi siate gentile e non fateci aspettare in anticamera. Portateci da lui e poi potrete servirci uno di quei caffè speciali che i vostri connazionali sono così bravi a fare."

"Ma, signore! Il signor Bryce non è qui. Lo giuro sul mio onore."

Antonia e Jonathon si erano scambiati un'occhiata e poi lei aveva detto con grande pazienza: "Non è qui perché non è qui o è via da casa a quest'ora e tornerà?"

Carlo aveva sporto il labbro inferiore ed era stato sul punto di rispondere quando Silvia si era precipitata nella stanza arrivando da un passaggio di servizio. Aveva dato un'occhiata ad Antonia, con lo sguardo fisso sulla pancia per il più breve dei momenti e poi aveva alzato le mani, felicissima.

"Signora! Signore! Benvenuti. Benvenuti! Siete tutti più che benvenuti. Carlo," aveva rimproverato suo marito, "perché questa brava gente sta ancora aspettando che gli mostri le loro stanze? Stanno scaricando i loro bauli mentre parlo, quindi per favore accompagna la signora e le sue donne e questo gentiluomo nell'ala est. Quest'altro gentiluomo che ha l'aspetto di un dottore può avere la stanza in fondo al corridoio..."

"È importantissimo che io abbia una stanza vicino a Sua Grazia, per poter essere chiamato in qualsiasi momento," aveva insistito il medico, con il naso all'aria. "Nelle sue delicate condizioni e a questo stadio della gravidanza, potrebbe succedere di tutto. E quindi è importantissimo che sia a portata di mano, e pronto, in ogni momento."

"Mi piace la vostra diligenza, Pratt, ma Sua Grazia potrebbe fare a meno delle vostre eccessive attenzioni. Le danno sui nervi," si era lamentato Jonathon. Aveva abbassato lo sguardo su Antonia e aveva detto ammiccando: "Ripetetemi, tesoro, perché ho permesso a Roxton di persuadermi a farci accompagnare in questo viaggio dal suo medico personale?"

"Non avete fatto niente del genere," aveva ribattuto tranquilla Antonia. "Voi e mio figlio avete deciso tra voi due, poi mi avete presentato il *fait accompli*, dicendo che non avrei potuto lasciare Treat a meno che lui venisse con noi. Che cosa ci potevo fare? Ma penso che abbiate accettato solo perché mio figlio non si preoccupasse eccessivamente mentre ero via." Gli aveva sorriso con le fossette. "E ve ne sono grata. Ma non ho intenzione di ringraziarvi per essere stato d'accordo con lui."

"Ah! Quindi avete capito il mio astuto piano! Avrei dovuto saperlo. Ma, a voler essere sincero," aveva confessato Jonathon imbarazzato, "sono io che mi sento un po' delicato."

Antonia aveva alzato gli occhi su di lui e gli aveva toccato la manica. "Sì, e mi dispiace," aveva detto a bassa voce in francese, sapendo che la sua fragilità veniva dalla sua preoccupazione per lei; la prima moglie di Jonathon era morta di parto e con lei il loro bambino. "Ma non vi ho ripetuto mille volte che sono molto più forte di come sembro? E anche il nostro piccolino. Non ho bisogno di *Monsieur le docteur* qui per dirmelo, anche se so che la sua presenza vi è di conforto. Ma, per favore, la sua stanza deve essere il più lontano possibile dalla mia senza che finisca sulla paglia con i cavalli."

Aveva detto l'ultima frase voltando la testa verso il maggiordomo e quando questo fidatissimo servitore aveva annuito il suo assenso, era tornata a sorridere a Silvia e a Carlo, rivolgendosi a entrambi.

"Non desidero causare inconvenienti alla vostra casa, ma sfortunatamente non possiamo evitarlo ed è veramente necessario. Il nostro maggiordomo, il signor Gallet, il gentiluomo con la giacca nera e gli occhi intelligenti che vedete alle mie spalle, si occuperà di tutto con soddisfazione di tutti. Non dovete preoccuparvi di niente. Parla più lingue straniere di me, ed è tutto dire. Ma ciò che voglio fare più di tutto in questo momento è parlare con il signor Bryce, ma voi mi dite che il vostro padrone non è qui?"

"No, signora, ma Luke, lui sa dov'è."

Carlo aveva dato un'occhiata sbigottita a sua moglie. Per lui era una novità. "Davvero? Silvia, perché non me l'hai detto?"

"Non erano affari tuoi."

"Non erano affari miei? Tutto qui è affar mio!"

"Non questo."

"Eppure adesso sembra che *sia* affar mio!"

"Per favore!" Li aveva interrotti Antonia. "Potrete litigare più tardi. Ora dovete ascoltarmi." Si era poi rivolta esclusivamente a Silvia. "Questo Luke, possiamo farlo venire, sì?"

"Sì, signora. Ma non so se servirà a qualcosa," si era scusata Silvia. "Lui sa dov'è il padrone, ma non lo vuole dire a nessuno. Ha la bocca più serrata di una trappola per conigli!"

Antonia era stata enfatica. "A me lo dirà. Ora, per favore, vorrei ritirarmi nella mia stanza, fare un bagno e cambiarmi d'abito. E il *bébé* vorrebbe che mangiucchiassi qualcosa prima della cena, se non è troppo disturbo?"

Silvia aveva battuto le mani, entusiasta. "Certo! Certo! Silvia vi preparerà un piatto meraviglioso e una tazza del suo speciale caffelatte. Al bambino piacerà molto, ve l'assicuro."

Carlo aveva congedato i servitori, che erano tornati ai loro compiti, c'era parecchio da fare. Poi si era voltato per salire le scale e mostrare ai visitatori le loro stanze, ma Antonia aveva preso da parte Silvia, quindi lui si era fermato ad aspettarla; e anche Jonathon, il buon dottore e il loro gruppetto di servitori. Antonia aveva alzato gli occhi verso le scale, dove Fran era appoggiata alla balaustra, incantata, dimentica dell'ordine di restare nascosta, e aveva detto, tranquillamente: "C'è un'altra persona che vive in questa casa. Vorrei che le deste un messaggio da parte mia. E dovete essere voi a dirlo alla vostra padrona. Capite?" Quando Silvia aveva annuito, aveva continuato: "Ditele che Antonia desidera vederla. Ma solo se lei desidera vedere me."

Quando Silvia aveva seguito il suo sguardo fin dove Fran era china sopra la balaustra, e poi l'aveva guardata negli occhi annuendo, Antonia aveva sorriso. "Bene. Ci siamo capite. Ma non ho intenzione di disturbare la vostra padrona questa sera. Domani mattina andrà bene. Lei ha bisogno di tempo per riflettere sulla mia richiesta. E io ho bisogno di tempo per riprendermi dal viaggio. Le strade in questa contea sono veramente pessime. Ma quando troverete questo Luke, mandatelo nelle mie stanze. Non scenderò fino a domattina, a meno che ritorni il vostro padrone, e allora potrete venire a cercarmi a qualsiasi ora. Sì?"

Silvia aveva fatto una riverenza, sorridendo. "Sì, signora. Sarà fatto come desiderate. Avete la mia piena collaborazione."

Antonia aveva restituito il sorriso alla donna. "Sì, lo so. Grazie."

"Sembra che il ragazzo non si trovi," aveva annunciato Jonathon, chiudendo la porta di collegamento con un piccolo locale pieno dei loro bauli e beni vari, di cui avevano sgombrato un angolo, che gli serviva come spogliatoio. "Potrebbe essere ad Abbeywood Farm," aveva aggiunto, attraversando la camera nella sua banyan di seta e le pantofole di marocchino, "che, mi dicono, è nella vallata accanto."

Antonia aveva alzato gli occhi dal libro che stava leggendo e con un sorriso lo aveva appoggiato a faccia in giù sulla pancia sporgente. Si era sistemata contro i cuscini. "Allora venite a letto, è tardi. Il ragazzo, o il suo padrone, o entrambi li troveremo domani mattina."

Avevano cenato nel salottino adiacente alla loro camera. E mentre Antonia aveva gustatoa succulente fette di agnello in una deliziosa salsa ai funghi e una varietà di verdure di stagione, Marc Gallet si era assicurato che in cucina sapessero che il suo padrone, il duca di Kinross, non mangiava carne di nessun tipo. Silvia e le sue due aiutanti avevano accolto la notizia senza fare una piega e avevano servito a Jonathon una delle paste ripiene di verdure di Silvia, coperta di burrosa salsa al formaggio.

E mentre la coppia ducale si godeva il forte caffè e i biscotti ai fichi accanto al camino, le cameriste di Antonia, sotto la direzione della sua cameriera personale, avevano disfatto completamente il letto, rifacendolo poi con il materasso di piume della duchessa, lenzuola pulite, cuscini e coperte portati da Crecy Hall. La vasca di rame accanto al camino e dietro un paravento era stata riempita di acqua calda profumata e uno specchio dalla cornice dorata sistemato sul tavolo da toletta insieme a un assortimento di barattoli di cristallo, spazzole dal dorso d'argento e nastri. La piccola pila di libri che Antonia aveva portato con sé era stata messa sul comodino accanto al letto e il suo poggiapiedi aperto accanto alla poltrona, nel caso lei avesse voluto alzare i piedi e leggere accanto al fuoco prima di andare a letto.

Michelle aveva appoggiato un pesante scialle di seta indiana e due cuscini ricamati sulla poltrona, poi si era fatta indietro per controllare la stanza, che ora era piena di quegli oggetti personali di cui la duchessa non poteva fare a meno. Soddisfatta che la stanza rivestita di pannelli di quercia ora assomigliasse alla camera che la sua padrona divideva con il marito nella loro casa nello Hampshire, si era ritirata dietro il paravento ricamato per aiutare le due donne a preparare Antonia per andare a letto.

Dopo il caffè, Jonathon era uscito dalla stanza per fumare un sigaro. Aveva passeggiato fino alla scuderia nella fredda aria notturna e lì aveva trovato il suo maggiordomo in conversazione con il capo stalliere. Poi erano tornati insieme verso la casa, da un cortile interno, discutendo di ciò che Jonathon si aspettava per i giorni seguenti, con Marc Gallet che aveva fatto notare con calma che alla luce dell'urgenza della situazione e la necessità per le Loro Grazie di tornare a Treat il più presto possibile, era imperativo scoprire subito dove si trovasse Christopher Bryce. Sua Grazia desiderava forse che lui organizzasse una squadra per cercarlo alle prime luci dell'alba?

"Non alle prime luci, no. Sarei costretto a unirmi a voi e non voglio che la duchessa si svegli all'alba. Ha bisogno di dormire. Se l'elusivo signor Bryce non si trova per l'ora di colazione, allora sì, manderemo i cani a stanarlo."

Marc Gallet non aveva fatto una piega e aveva augurato a Sua Grazia la buona notte, lasciando Jonathon a finire il suo sigaro.

Jonathon era un duca da sette, quasi otto mesi, ed era ancora a disagio nel sentirsi chiamare con il suo titolo. Eccetto quando era con sua moglie, perché lei era una duchessa fino al midollo e quindi lui doveva essere il duca di Kinross per lei, almeno in pubblico. Quando erano da soli, beh, lui era il mercante di cui lei si era innamorata e che aveva sposato, ed era ciò che preferivano entrambi.

Così, andando verso l'enorme letto a baldacchino per raggiungerla, aveva scalciato via le pantofole di marocchino, si era tolto la banyan lasciandola cadere sul tappeto ed era saltato sul letto, nudo. Antonia non gli aveva tolto gli occhi di dosso per un attimo e aveva riso quando lui si era sdraiato a braccia e gambe larghe accanto a lei, e poi si era voltato appoggiandosi su un gomito. E com'era loro abitudine quando conversavano, lui aveva parlato in inglese e lei nel suo francese natio.

"Vi sono mancato mentre ero oltre la frontiera?"

"Ne dubitate?"

"No, ma mi piace sentirvelo dire."

"*Certainement.* Mi siete mancato, *moltissimo*, mi è mancato *tutto* di voi." Gli aveva sorriso facendo le fossette. "*M'sieur le duc de Kinross* dormiva nudo in *Écosse* mentre era lontano dalla sua *duchesse?*"

"Non posseggo nemmeno una camicia da notte, tesoro. Lo sapete. Mai avuta. E non ho intenzione di cominciare adesso solo perché sono un accidente di duca scozzese. Ma mi rannicchiavo sotto una pelle d'orso per addormentarmi, contando i giorni prima di poter essere di nuovo qui con voi." Si era messo seduto, aveva teso la mano e sorriso quando Antonia gli aveva dato la sua. "Essere lontano da voi è stato insopportabile. Mio Dio, che cosa stavo pensando quando mi sono lasciato persuadere a lasciarvi indietro? Mai più."

"Mai. Non potrei sopportarlo nemmeno io." Gli occhi di Antonia si erano riempiti improvvisamente di lacrime. "E guardate che cosa avete trovato al vostro ritorno... una-una *grosse femme laide*!" Altrettanto in fretta Antonia si era asciugata le lacrime e si era scusata. "Perdonatemi. Come vedete non sono più io."

Lo sguardo di Jonathon si era attardato con amore sul pancione, e poi si era chinato verso di lei e l'aveva baciata. L'aveva fissata negli occhi. "Io vedo ciò che vedono gli altri: una bella donna resa ancora più bella, se possibile, dal bambino che ha in grembo. E vedo ciò che gli altri non hanno il privilegio di vedere: mia moglie. Una creatura meravigliosa e desiderabile che amo con ogni goccia di sangue che ho nelle vene." L'aveva baciata di nuovo e poi le aveva chiesto, timidamente: "Posso?"

Antonia sapeva che cosa intendeva senza chiederlo e aveva annuito.

Jonathon aveva tirato indietro la coperta e lisciato dolcemente le pieghe della sua diafana camicia da notte di seta, così che la sua gravidanza fosse chiaramente visibile. Il suo sorriso imbarazzato si era trasformato in un sorriso felice quando aveva appoggiato leggermente la grande mano sulla pancia della moglie e accarezzato teneramente la sua rotondità. La tensione della sua pelle, distesa come quella tirata sopra un timpano, non cessava mai di sorprenderlo, come anche il fatto che eccetto dove il bambino stava crescendo dentro di lei, lei non era cambiata quasi per niente... nonostante le sue proteste di essere disgustosamente grassa. Non era così. Jonathon aveva dimenticato i cambiamenti che avvenivano nel corpo di una donna durante una gravidanza. In effetti, aveva cercato di non pensare alla gravidanza per così tanti anni dopo la morte di parto di Emily che si chiedeva come potesse essere tranquillo nel pensarci ora.

Quando aveva ricevuto da Antonia la notizia che era incinta, era stato euforico. Se l'era aspettato. Aveva desiderato che avessero un figlio. Era andato in giro per una settimana come camminando sopra una nuvola, sorridendo a ogni faccia triste che lo salutava nella casa ancestrale dei duchi di Kinross sulle rive del Loch Leven. E quando aveva condiviso la notizia con i suoi parenti, c'erano stati esultanza e brindisi, tutti felici che il nuovo duca avrebbe avuto un erede. Ed era stato a quel punto che l'aveva colpito l'enormità di ciò che la gravidanza di Antonia avrebbe significato per lei e in ultima analisi anche per lui. Si era sentito come se un carro pieno di tronchi lo avesse colpito in pieno petto, a tutta forza, risucchiandogli completamente l'aria dai polmoni.

Un erede...

Sedici anni prima, la sua prima moglie, Emily, aveva fatto del suo meglio per regalargli un figlio e lei e il bambino erano morti durante il travaglio. Gli ci erano voluti anni per accettare la loro morte e poi, finalmente desensibilizzato, si era obbligato a dimenticare quell'episodio traumatico. Ma ora, con le dita allargate sulla pancia di Antonia, il passato era tornato a riempirgli la mente di immagini e lui non riusciva a smettere di ricordare il giorno più straziante della sua vita.

La gravidanza di Emily era stata tranquilla. Niente che facesse presagire che c'era qualcosa che non andava o che avrebbe potuto andar male. Era la sua seconda gravidanza. Il parto, quando era nata Sarah-Jane, la loro bambina di tre anni, era stato lungo e doloroso, come tutti i primi parti, tuttavia Emily ne era uscita esausta ma felice. E quindi si erano avvicinati alla nascita del loro secondo figlio eccitati e felici. Il travaglio era cominciato bene, ma alla fine del secondo giorno, le serve indiane di Emily piangevano disperate e il medico inglese della fabbrica della Società delle Indie Orientali lo aveva avvertito che madre e figlio non sarebbero probabilmente sopravvissuti. Doveva decidere: la madre o il figlio.

Come poteva fare una scelta simile? Non era possibile. Emily e il bambino sarebbero vissuti entrambi. Lo credeva senza riserve. Il medico doveva salvarli. E se non poteva lui, allora lo avrebbero fatto la levatrice indiana e le sue aiutanti. Ma non aveva potuto decidere. Il neonato, maschio, era perfetto ma era nato morto e poi la madre esausta, dopo averlo saputo, si era semplicemente arresa, o almeno così era sembrato. Più tardi il medico aveva espresso l'opinione che avesse avuto un'emorragia interna.

Erano stati sepolti nel cimitero inglese di Hyderabad, lasciandolo vedovo a ventitré anni, con una bambina di tre anni senza una madre. E ora era lì, con una moglie a parecchie settimane dalla nascita, e a un'età in cui un parto comportava molti più rischi. La morte di Emily era stata traumatica, ma se fosse capitato qualcosa ad Antonia, lui avrebbe perso la volontà di vivere.

Si era sentito improvvisamente gelato e aveva tirato la coperta addosso a entrambi. Sistemandosi sul letto, si era accoccolato accanto a lei, appoggiando leggermente un orecchio e una mano sulla sua pancia. Ed era restato lì, felice, accorgendosi appena che Antonia gli stava accarezzando leggermente i riccioli mentre tornava a leggere il suo libro.

Si era appisolato. Per quanto tempo, non ne aveva idea. E poi qualcosa lo aveva spintonato, svegliandolo. Gli spintoni erano continuati vicino al suo orecchio, abbastanza a lungo perché si girasse sulla schiena e guardasse sua moglie. Antonia aveva messo da parte il libro ed era appoggiata ai cuscini, con una smorfia sul viso. Jonathon si era seduto e stava per chiederle se c'era qualcosa che potesse fare per aiutarla e mettersi più comoda, quando lei gli aveva afferrato la mano e l'aveva spinta sotto le coperte, sulla pancia, nel punto dove prima c'era stato il suo orecchio. Jonathon si era chiesto perché quando, di colpo, aveva sentito lo stesso movimento, ma questa volta era arrivato e sparito e poi, di colpo, c'era stata come un'onda e tutto stava succedendo sotto la sua mano. Gli ci erano voluti parecchi secondi per reagire e rendersi conto di che cosa stava succedendo, e poi aveva fissato Antonia con meraviglia, con il volto diviso in due da un sorriso.

"L'avete sentita? Si è mossa. Mi ha scalciato via. Scommetterei che era il suo piede. Ah, eccola di nuovo. Per Giove, è un'acrobata!"

Antonia aveva riso, dimenticando ogni disagio fisico davanti alla sua eccitazione fanciullesca. "Pensate che questa bambina sia in qualche modo staccata da me? Ovvio che abbia sentito tutto quanto, stupidone. Sospetto che sia stanca di essere confinata. E non la biasimo per aver voglia di stiracchiarsi dopo tanti mesi raggomitolata, e me lo sta facendo capire."

Jonathon era ricaduto sui cuscini con un sorriso compiaciuto, con le mani dietro la testa, e aveva fissato la volta pieghettata.

"Predico che sarà una ballerina aggraziata, un'eccellente cavallerizza che salterà una siepe dopo l'altra con i suoi ammiratori maschi. E ne avrà molti, perché sarà l'immagine sputata della sua divina mamma. Quindi dovrà sapersi difendere. Ci vorranno lezioni di scherma. Se saprà usare uno stocco sarà in grado di tenere a distanza di sicurezza tutti quei cuccioli che cercheranno di avvicinarsi a lei."

"Ballare, cavalcare *e* tirare di scherma? *Parbleu*! Mentre fate la lista perché non aggiungete una lezione o due su come usare una pistola? Non avrebbe bisogno di perdere tempo a tirar di scherma con quei poveri cucciolotti. Potrebbe semplicemente sparargli e farla finita. Non che io creda che voi, il suo paparino adorante, permetterete mai a quegli uomini di avvicinarsi a lei, tanto per cominciare."

Jonathon si era seduto di nuovo e aveva baciato la mano di Antonia.

"Idea eccezionale! Eliminiamo tutti quegli anni di scherma. Il tiro al bersaglio è un uso più pratico del suo tempo. E le permetterà di avere più tempo per i libri, perché sono sicuro che abbiate in programma di farle insegnare tutte le materie più dotte e le lingue. Oh, povero me… Tesoro, ho detto qualcosa che vi ha turbato? Oppure i vostri occhi si sono riempiti di lacrime per conto loro per la meraviglia di aspettare un bambino?"

Antonia aveva scosso la testa e si era asciugata in fretta le ciglia. Ma questa volta le lacrime non si erano fermate tanto presto e Antonia aveva cercato uno dei suoi fazzoletti bordati di pizzo nel comodino.

"Volete che chieda a Michelle di portarvi del latte caldo? Tè? Caffè? No…?"

Quando Antonia si era sentita nuovamente padrona della propria voce, aveva deglutito e detto: "Dite *lei* e *figlia* come se il sesso del nascituro sia una cosa certa. Non è così. Forse lo fate per farmi piacere perché sapete che desidero tantissimo una figlioletta. Ma se volete un maschio, ditelo. E dovreste dirlo, perché è di un maschio che avete bisogno. Forse dimenticate che siete un duca e un duca deve avere un figlio per succedergli. Anche se sono sicura che *Monseigneur* avrebbe accettato volentieri una figlia perché mi amava, era stato così felice che gli avessi dato un figlio maschio che ereditasse il suo titolo dopo di lui. Ed era altrettanto estatico quando nacque Henri-Antoine. È così che sono gli uomini."

"Davvero? Beh, non io!" Aveva dichiarato categoricamente Jonathon. "Voglio una figlia quanto la volete voi."

"E io vi amo per questo. E lo dite con una tale convinzione perché sapete che questo bambino sarà il mio ultimo. È egoistico da parte mia volere una femmina quando le esigenze del ducato devono venire per prime. Avete una figlia e nessun figlio maschio. Siete l'ultimo della vostra famiglia. Se non avrete un maschio, il ducato morirà con voi. È a questo che devo pensare…"

"…ma nel profondo del vostro cuore volete una figlia."

Gli occhi verdi di Antonia si erano riempiti nuovamente di lacrime e lei aveva annuito.

"So di essere una moglie sleale, pensandolo…"

"Stupidaggini. Tesoro, la cosa più importante è che il nostro bambino sia sano," aveva risposto allegramente Jonathon. "La cosa più importante per me è che sopravviviate a questa prova. Qualunque sia il sesso del bambino, non sarò felice o contento, e non ci saranno festeggiamenti, finché non saprò che siete sana e salva. E non rischierò la vostra vita per salvare quella del bambino, quindi non chiedetemelo, mai. E se questo significa essere egoisti, così sia. Ma posso tranquillizzarvi su una faccenda importantissima," aveva aggiunto sorridendo e guardandola negli occhi. "Il futuro del ducato è sicuro, che mi diate un maschio o una femmina."

A fatica, Antonia si era messa seduta contro i cuscini. "Oh? Si è fatto avanti un lontano parente mentre eravate in Scozia?"

"No. Niente del genere."

"Avete quell'espressione maliziosa e furbesca, che mi dice che in qualche modo siete riuscito a vincermi in astuzia."

"Non posso prendermi il merito. I miei avvocati scozzesi me l'hanno detto tranquillamente, quasi per caso. Si sono scusati dicendo che se dovesse succedere l'impensabile e voi doveste regalarmi non il figlio tanto desiderato, ma una figlia, non tutto sarà perduto. Quando mi sono fregato le mani per la gioia per quello che mi avevano detto, hanno erroneamente pensato che fosse perché stavo pensando al titolo, mentre ciò che stavo pensando io era che se Dio realizzerà il nostro desiderio, potremo entrambi avere ciò che desideriamo disperatamente: una figlia."

Antonia aveva sgranato gli occhi.

"Volete veramente una figlia?"

"Non mi stavate ascoltando? Tesoro, voglio un'altra figlia. Voglio avere una figlia con voi. Mi piace essere il papà di Sarah-Jane. L'ho allevata senza una madre da quando aveva tre anni. So come comportarmi con le ragazze. È tutto capelli, festicciole in cui mi serve il tè e conversazione. Non riesco a pensare a un modo migliore per passare il tempo."

"Ma avete detto che nostra figlia dovrà imparare a tirare di scherma e sparare, ricevere un'ottima educazione, e parlare molte lingue."

"Francese, inglese, gaelico e italiano dovrebbero bastare per una donna nella sua posizione. E dovrà avere molto più cervello che capelli, ma sono sicuro che non farà fatica, perché le ragazze sono molto più sveglie dei ragazzi. I ragazzi ci mettono molto di più a maturare. Siamo dei cretini imbranati per moltissimo tempo. È una vera meraviglia che le donne si prendano la briga di avere a che fare con noi finché non siamo almeno nel nostro terzo decennio di vita. Gli spartani facevano la cosa giusta, tenendo i loro uomini lontani dalle donne finché compivano trent'anni. Ma più di tutto, voglio una figlia perché vi farebbe felice. E la vostra felicità è tutto ciò che conta per me."

Antonia non aveva bisogno di essere convinta del suo amore e della sua devozione e ora credeva al suo desiderio di avere una bambina. Ciò che ancora la sconcertava era come avere una femminuccia non sarebbe stato un impedimento alla continuazione del ducato di Kinross e quindi aveva detto, aggrottando la fronte, cercando di capire: "Ma com'è possibile che i vostri avvocati dicano che se abbiamo una femmina e non un maschio il ducato di Kinross avrà comunque un futuro?"

"Perché, amore mio, un ducato scozzese non è un ducato inglese. Un ducato inglese richiede che il titolo sia trasmesso in linea maschile, quindi è necessario un figlio maschio. Ma nel caso di un ducato scozzese la stipula è che il titolo passi *agli eredi frutto dei miei lombi*. Non viene specificato che sia maschio o femmina, quindi se un duca, io, ha un'unica figlia femmina, lei erediterà e sarà la prossima duchessa di

Kinross e poi sarà suo figlio che erediterà da lei. Brillante, vero? Quindi se voi, amore mio, moglie di non uno ma due duchi, e madre di un duca, doveste mettere al mondo una femminuccia, sarete anche la madre di una figlia che un giorno sarà una duchessa per diritto proprio."

Antonia aveva sorriso e poi detto, con le fossette in mostra: "Questo mi fa un *enorme* piacere."

"Sì, è quello che pensavo. Ora mettiamoci comodi e dormiamo. State dimenticando il motivo per cui siamo qui, e domani non sarà piacevole, per nessuno di noi."

Poi l'aveva baciata e aveva spento la candela sul comodino e, al buio, si era accoccolato accanto a lei.

Ma Antonia non aveva dimenticato il giorno dopo. Aveva semplicemente respinto in fondo alla mente ciò che li aveva fatti venire fin lì nelle Cotswold dall'Hampshire e aveva cercato di non rimuginare sul compito che aveva davanti a sé. Quella notte si era concentrata sul fatto di essere tra le braccia dell'uomo che amava e sul bambino che portava in grembo; se tutto fosse andato bene, avrebbero avuto una bambina sana. Ma mentre scivolava nel sonno, non era la bambina tanto desiderata che le aveva occupato le mente, ma come dare a sua cugina Mary l'inquietante notizia che riguardava la sua amatissima figlioletta, Theodora Charlotte, conosciuta semplicemente come Teddy.

VENTICINQUE

Antonia si stava facendo vestire dalle sue cameriste quando Michelle era tornata dal piano di sotto con la notizia che il ragazzo, Luke, era stato di parola e aveva condotto *M'sieur le Duc* direttamente dallo Squire. Ora erano tornati a casa e con loro c'era la cugina di *Madame la Duchesse*, Lady Mary. Quando Michelle fece una pausa per respirare, Antonia alzò gli occhi dalla scollatura del corpetto allacciato sul suo ampio petto. Non rivelò i suoi pensieri, ma chiese, in tono indifferente: "Mary è qui, adesso?"

"Sì, *Madame la Duchesse*. Era una delle persone che sono tornate con *M'sieur le Duc* dal capanno nel bosco. Quindi si deve presumere che fosse con *M'sieur* Bryce perché…"

"No, Michelle. Non si deve presumere niente del genere."

"Ma le sue sottane erano tutte sporche e i capelli un vero groviglio, quindi sembrerebbe che sua signoria non abbia avuto i servizi di una cameriera per…"

Michelle si fermò a metà frase e si morse la lingua, perché Antonia si era irrigidita e aveva un'espressione negli occhi verdi che Michelle conosceva bene, ma vedeva raramente: un avvertimento, che se avesse continuato con quel ragionamento ci sarebbero state conseguenze, che le sue supposizioni si dimostrassero o meno veritiere.

Quindi Michelle cambiò direzione e concluse fiaccamente: "… per le molte ore passate camminando."

"Allora Lady Mary avrà bisogno di un bagno e di un cambio d'abiti mentre noi ci intratterremo con Lady Paget." Si rivolse alle sue domestiche. "Trovare un vestito per Lady Mary non sarà difficile, siamo molto simili, eccetto per questo bambino, anche se dovrai scusarti per me se non posso offrirle un corsetto. La sua cameriera gliene porterà uno con il suo baule. La cameriera di Lady Mary sta arrivando, vero?" Chiese a Michelle mentre prendeva un ventaglio dal tavolo da toletta e si infilava il cordoncino di seta al polso.

"Hanno mandato un servitore alle prime luci dell'alba con le vostre istruzioni, *Madame la Duchesse*. Mi dicono che Abbeywood Farm non è lontana da qui, quindi i bauli di Lady Mary e la sua cameriera dovrebbero arrivare prima di pranzo."

"*Bon*. Domani dobbiamo tornare nell'Hampshire. Ma adesso andiamo a trovare Lady Paget. Oh, e, Michelle," aggiunse Antonia a bassa voce mentre una delle sue domestiche le drappeggiava uno scialle di seta sulle spalle, "come sempre sarai sorda a ciò che sentirai."

Michelle fece una riverenza. "Come sempre, *Madame la Duchesse*."

Seguì Antonia fuori dalla camera e attraverso il pianerottolo, dove un servitore le stava aspettando per scortarle in un'ala della casa così isolata che era stata visitata da un solo ospite in dieci anni, la figlia del loro vicino: Teddy.

La dama di compagnia di sua signoria salutò Antonia nel salottino riservato al suo uso personale. Era diviso dalla grande stanza della sua padrona, che serviva anche da salotto, da una *portière*, una pesante tenda di broccato. Questo pesante divisorio di tessuto, usato al posto di una porta di legno, permetteva più facilmente a Fran di sentire il tintinnio del campanellino di sua signoria. Quando il suo aiuto non era necessario, questa stanzetta era il suo rifugio, ingombra com'era di tutti quegli oggetti personali raccolti in una vita, specialmente durante il tempo passato negli Stati Italiani con la sua padrona. I suoi due beni più preziosi erano un uccello canterino in una gabbia ornamentale e un gatto arancio, acciambellato al sole sulla *dormeuse*, entrambi doni del padrone, lo Squire Bryce.

Fran fece una riverenza un po' traballante, tenendo le mani strette davanti a sé. Non era mai stata in presenza di una duchessa e la piccola bellezza imperiosa vestita di velluto e seta pesante era esattamente come aveva immaginato fosse una duchessa, anche se la sorpresa per l'avanzato stato di gravidanza era ancora scritta sul suo lungo viso e le aveva fatto dimenticare il discorso di benvenuto che aveva preparato.

Antonia la mise immediatamente a suo agio chinandosi verso di lei e dicendo con un sorriso, in inglese: "È stata un'enorme sorpresa anche per me."

Fran fece un'involontaria risatina e poi divenne seria e disse, confidenzialmente: "Vostra Grazia è al corrente della... *difficoltà* di sua signoria?"

"Sì."

"Spero che non la riterrete un'impertinenza, Vostra Grazia, se vi chiederò di capire che ci sono volte in cui la mia signora si sente frustrata per le sue limitazioni e non è se stessa. Quegli sfoghi non significano niente, ma se qualcuno non è abituato possono disturbare. Mi scuso in anticipo se Vostra Grazia verrà offesa, in qualunque modo..."

"Non mi offenderò, assolutamente."

Fran annuì, fece un'altra riverenza e chiese ad Antonia, con Michelle alle calcagna, di seguirle sotto la *portière* nella grande e lunga stanza che aveva la maggior parte delle tende tirate per tener fuori la luce del giorno.

"Sua signoria preferisce restare al buio," si scusò Fran. "La sua vista..."

"Non dite stupidaggini, Fran! Non ha niente a che vedere con la mia cecità," ribatté Kate. "A una certa età, le donne sembrano più belle in penombra. Ora andate a prendere il tè..."

"Caffè per me," la interruppe gentilmente Antonia.

"Tè per me e caffè per la duchessa," si corresse Kate, restando nell'ombra profonda accanto a una finestra a bovindo. "Venite più vicino, Vostra Grazia. Sono ancora in grado di vedere parti di voi, solo non il volto. Ma non ho bisogno di vederlo perché le vostre fattezze delicate sono scolpite permanentemente nella mia mente. Ma perdonatemi. Non ho fatto una riverenza per rispetto al vostro rango quando siete entrata nella stanza. Non ne ho più l'abitudine, ma si dovrebbe sempre accordare a una duchessa il rispetto che merita."

Fece mostra di sprofondare in una riverenza esagerata, per rispetto allo status privilegiato della sua visitatrice, ma prima che si rialzasse dal saluto formale, Antonia prese la donna più anziana per un braccio e non la lasciò andare.

"No! No! Questo non è necessario tra di noi," disse Antonia, in fretta, in francese. "La vostra governante non vi ha detto che Antonia desiderava parlare con voi? E quindi è come Antonia che sono qui. Ci conosciamo da troppi anni per fare cerimonie. Non ho mai dimenticato l'enorme gentilezza che mi avete dimostrato quando arrivai per la prima volta in questo paese, da sola e desolata, e per vivere con una nonna che non mi voleva. Se non fosse stato per voi, sarei stata ancora più infelice. Andiamo a sederci e a metterci comode," continuò nello stesso tono allegro, anche se si rendeva conto che la sua ospite stava tremando e si mordeva il labbro come se le fosse particolarmente difficile tenere sotto controllo le proprie emozioni. "Michelle, sistema i cuscini e quelle tende, aprile tutte. So che non potete vedermi bene come dovreste," disse gentilmente a Kate, "ma io desidero veramente tanto vedere voi, milady."

"Sono Kate. Sono sempre stata solo Kate," esclamò lei, senza rendersi conto che si stava aggrappando al braccio di Antonia come se fosse una zattera di salvataggio in un mare in tempesta.

"Quanto tempo è passato da quando ci siamo viste l'ultima volta?" Chiese Antonia in tono tranquillo, anche se conosceva già la risposta.

"Dodici anni. Ci siamo viste a Roma, l'ultima volta."

"Ah, sì. *Monseigneur* e io stavamo tornando a Parigi da Costantinopoli…"

"… dove viveva il vostro figlio maggiore. Era con voi, e anche il vostro ragazzo più giovane."

"Henri-Antoine," le disse Antonia. "Compì cinque anni proprio a Roma."

Con Kate sistemata e le tende aperte per lasciare entrare la luce, Antonia allargò le sottane e si sedette sul sedile sotto la finestra. Michelle armeggiò con un paio di cuscini, perché la sua padrona fosse comoda, poi si ritirò su una sedia dall'altra parte del grande tappeto turco e lì si fermò, abbastanza vicina da poter essere d'aiuto se necessario, ma abbastanza lontana da non far sembrare che stesse origliando.

Sapendo che il loro tempo da sole sarebbe stato limitato ora che lo Squire era tornato e quindi anche Mary, Antonia aveva ancora meno voglia di perdere tempo in chiacchiere da salotto. Ma era consapevole che la donna seduta accanto a lei ora era una reclusa e non riceveva visite. Quindi si prese un momento per farla parlare, sperando che l'avrebbe messa a suo agio, specialmente perché l'ultima volta che si erano viste, erano volate parole dure.

"State bene, Kate," le disse sinceramente. "L'argento nei vostri capelli vi si addice e vedo che non avete perso affatto il vostro… come dite in inglese… *sens de l'esthétisme vestimentaire*."

Kate sorrise per la prima volta da quando Antonia era entrata nella stanza. "Gusto nel vestire…? Grazie. Sì, cerco ancora di apparire al meglio, anche se non ho compagnia."

"Non pensate di venire a Londra ogni tanto, vedere amici, andare all'Opera, magari? Non vi serve la vista per ascoltare il bel canto…"

"Ah! Questo da una donna che si è rinchiusa nel dolore per tre anni. Non credo che siate la persona più qualificata per darmi consigli, vero, mia cara?"

"No? Ma io ho un'esperienza di prima mano di desolazione egocentrica e di che peso sia per i nostri cari, specialmente un figlio preoccupato."

Le dita di Kate tremarono in grembo e si strinsero sul damasco di seta delle sue gonne.

"Perché siete qui, Antonia? Perché venire da me, dopo tutti questi anni? Ho tenuto una rispettosa distanza dalla vostra vita matrimoniale con *M'sieur le Duc de Roxton*. Lui e io ci scrivevamo, ma sono sicurissima che lo sapevate, e lo accettavate, altrimenti lui non lo avrebbe fatto. Una parola da voi e non mi avrebbe mai più scritto una sola riga! Era così devoto, così innamorato di voi. Dio, avere la devozione di un uomo simile è il sogno della maggior parte delle donne. Voi l'avete avuta da lui e molto di più, ma perfino voi, la grande bellezza della nostra epoca, avete osato dubitare di lui la sola e unica volta in cui ho chiesto il suo aiuto. E come avete reagito alla mia richiesta? Avete stupidamente pensato il peggio di entrambi?! *Vergogna*."

"Sì. Io sono stata molto stupida," ammise Antonia con una vocina triste. "Ma siete voi che vi sbagliate se pensate che abbia mai messo in dubbio la sua fedeltà o il suo amore. Quando ci siamo sposati, sapevo che aveva rinunciato alla sua vita passata, alle sue amanti… a voi. Ma il suo passato era veramente nero. Quindi quando siete venuta a Roma apposta per vederlo mentre noi eravamo lì, quando avete chiesto il suo aiuto per rintracciare vostro figlio, quando eravate così turbata al pensiero che vostro figlio sarebbe stato perduto per sempre per voi e che a causa della vostra vista che veniva meno avreste potuto non vederlo di nuovo… *naturellement* io mi sono chiesta se voi due non mi stavate nascondendo un grande segreto."

"Piccola sciocca! Sapete bene quanto me che *Monseigneur* non ha mai ammesso di aver messo al mondo un bastardo, che fosse vero o meno. Quindi l'idea che avessimo un figlio segreto e che *M'sieur le Duc* vi stesse nascondendo l'esistenza di questo ragazzo era assurda."

"Sì, è vero," rispose tristemente Antonia, lasciando cadere le spalle. Sospirò. "Non avrei mai dovuto dubitare di lui, o di voi."

"Anche se l'aveste creduto vero, e permettiamoci per un momento di entrare nel mondo delle fate e diciamo che lo era, come avete potuto credere che io vi avrei tenuto nascosta una notizia così monumentale?" Continuò Kate, abbassando i toni perché la franca ammissione di Antonia aveva notevolmente calmato la sua animosità. "Vi conosco meglio di quanto pensiate. Nonostante la vostra tenera età quando vi siete sposata, eravate abbastanza forte da accettare quella verità, se vi avessi confidato che Roxton e io avevamo avuto un figlio. Penso che avreste accettato la notizia meglio di lui. Esattamente come avete fatto con il suo nefando passato, come se fosse una cosa naturale e con buona grazia, sapendo che eravate il grande amore della sua vita e che niente e nessuno avrebbe mai potuto mettersi tra di voi."

Kate voltò la testa e deglutì e Antonia capì che non aveva ancora finito di rimproverarla per la sua mancanza di giudizio in un evento che era successo più di dieci anni prima. Quindi rimase in silenzio e ferma, l'unico segno di disagio era il modo in cui le sue dita pizzicavano le pieghe chiuse del suo ventaglio. Il suo intuito le fu utile. Qualche secondo dopo, Kate si voltò di nuovo verso di lei, con le guance bagnate dalle lacrime. Ad Antonia servì tutto il suo autocontrollo per non offrirle il fazzoletto bordato di pizzo e cercare di consolarla.

"Non mi interessa che cosa pensate, né se la vostra sensibilità ne sarà offesa, ma mi manca," dichiarò Kate, in tono belligerante. "*M'sieur le Duc de Roxton* mi manca ogni giorno. Siamo stati amanti per un breve tempo ma, più di quello, siamo stati amici intimi per anni prima che voi arrivaste danzando nella sua vita. E abbiamo continuato a scriverci fino alla sua morte. Lui mi capiva veramente e le sue lettere mi facevano sempre ridere. Non so come facesse, ma era al corrente di tutti i migliori pettegolezzi su tutti quanti! Tuttavia era esperto nel riconoscere la differenza tra il pettegolezzo e un segreto da mantenere. Non ha mai rivelato la verità su di me, o su mio figlio, a nessuno, eccetto che a voi. E non lo avrebbe fatto se voi non glielo aveste chiesto. Ha infranto la promessa che mi aveva fatto a causa vostra e voi mi avete umiliato. Non avevo mai creduto che lui avesse qualche debolezza, ma quando mi forzò a raccontarvi l'episodio più doloroso della mia vita, che ero stata obbligata a rinunciare al mio unico figlio, un figlio generato da un amante, allora capii che voi eravate la sua debolezza più grande!"

"Quello che dite, tutto quanto, è vero, e mi dispiace veramente di avervi causato angoscia. È un episodio di cui non vado fiera. Ma dovete sapere che non avrei mai tradito voi, o vostro figlio, con nessuno. Non l'ho fatto. E non voglio che continuiate a odiarmi…"

"Non vi odio, stupida ragazza! E c'è del vero in ciò che dite," ammise Kate con riluttanza. "Non ho il diritto di sentirmi depressa. Sono viva e ricevo le migliori cure e ho il più amorevole dei figli."

"E io non vedo l'ora di conoscerlo."

"Penserete che sia la vanteria di una madre, ma è veramente fuori dall'ordinario," disse Kate con un sorriso affettuoso. "Capirete che cosa intendo dire appena lo vedrete. È talmente diverso da un comune Squire delle Cotswold che tanto varrebbe che fosse un abitante della luna, non si confonderebbe comunque mai con uno di loro! Potrò anche non frequentare più la società, ma ricordo le mie visite qui quando ero molto più giovane, chiaramente. Il marito di mia sorella, persona per bene e uomo eccellente, che è stato anche un buon padre per Christopher, era un tipo piuttosto noioso, lento, non certo tipo da primeggiare in un salone da ballo. Mentre mio figlio ha un portamento nobile, una grazia naturale…”

“Assomiglia a voi,” dichiarò semplicemente Antonia.

“Oh, è carino da parte vostra dirlo, mia cara. Forse ha ereditato quei tratti da me; il suo vero padre aveva due piedi sinistri, se ricordo bene…” Kate smise di parlare e sospirò, poi si diede mentalmente una scossa per liberarsi dal passato e disse tranquillamente: “Christopher, nonostante tutti i suoi talenti, è deciso e piuttosto contento, sembra, di passare il resto dei suoi giorni qui in questo vuoto agricolo, come Squire Bryce. E quindi devo riuscire anch’io ad accontentarmi di stare qui.”

“*Est-ce si mauvais*? Kate, questo posto è una parte molto bella del regno, con tutte le case fatte di pietra color burro e un panorama che sale e scende come un lenzuolo che fluttui nel vento, così diverso da quello cui sono abituata. Certo, le strade sono atroci ed è un posto remoto, lontano dalla vita di Londra. E io ammetto che non capisco una parola di quello che dicono i rustici, ammesso che dicano qualcosa perché mi dicono che pochi di loro parlano e quando lo fanno, sono solo una parola o due. Ma se vostro figlio è felice qui, e gli piace essere lo Squire di una tenuta non disprezzabile, che cos’altro volete dalla vita per lui?”

“Ciò che intendete dire è: essere uno Squire in un angolo isolato ma pittoresco è più di ciò che si può aspettare dalla vita la progenie bastarda di un’unione adulterina tra un piccolo barone e la moglie di un ammiraglio…”

“Non intendevo dire niente di simile! Volevo dire…”

“Antonia, potete anche offendervi per la mia franchezza, ma non cambia la verità di ciò che ho detto. Essendo bastardo, mio figlio ha ben pochi diritti, ammesso che ne abbia qualcuno. È socialmente un paria. Non può unirsi alla nostra classe sociale, eppure non fa nemmeno parte della borghesia o della piccola nobiltà locale. E i suoi vicini lo eviterebbero, se venissero a sapere la verità sulla sua nascita. E io sono per sempre relegata al ruolo della zia Kate.”

Antonia aprì di scatto il ventaglio, dimostrando chiaramente la sua agitazione nel modo in cui lo sventolava.

“Ora tocca a me essere franca con voi, perché anche se non l’ho ancora incontrato, ciò che dite della posizione sociale di vostro figlio e della sua nascita mi sembra che turbi voi più di quanto turbi lui. Quanti anni ha? Trentacinque, quaranta?”

“Compirà quarant’anni all’inizio del nuovo anno. Ricordo il giorno come se fosse ieri.”

"Non ne dubito, Kate. Le madri non dimenticano mai il giorno della nascita dei loro figli. Quindi vostro figlio, che ha quasi quarant'anni, qui è un prospero Squire. Che sembrerebbe essere la vita che desidera per sé, no? E da quanto mi dice mio figlio, vostro figlio non è solo un agricoltore di successo, ma possiede anche delle fabbriche. E Jonathon mi dice che vostro figlio ha un'ottima testa per gli affari, ed è un gran complimento, perché lui era un mercante prima di diventare un duca..."

"Jonathon?"

"*M'sieur le Duc de Kinross*, mio marito. Era un mercante nelle Indie orientali prima che gli cascasse inaspettatamente la corona nobiliare sulla testa. Mi dice che non è cosa da poco ciò che ha fatto, ribaltando le sorti di Abbeywood Farm, e in un tempo così breve. *M'sieur le Duc* dice anche che vostro figlio è un genio della finanza e intende consultarlo sui programmi che ha per le sue proprietà in Scozia. *Là c'est alors!* Avete ancora più motivi di essere fiera, sì?"

"Sono fiera di lui," rispose enfaticamente Kate, con un sorriso tremulo, grata di quelle lodi. "Più di tutto desidero che sia felice. Non è ciò che ogni madre desidera per suo figlio? Che sia felice? E non intendo quel tipo di felicità che può ottenere dal suo successo e dalla sua scelta di vivere la sua vita qui. So che è soddisfatto, anche se io riesco a malapena ad accettarlo. È la sua felicità personale che mi preoccupa di più. Temo che la sua illegittimità sia un impedimento che in questo caso non si può superare, perché non potrà mai sposare l'unica donna che conta per lui, che abbia mai contato per lui. Non gliel'ha chiesto, ed è probabilmente meglio così, perché lei non avrà altra scelta che respingerlo."

"Perché? Se lui la ama e lei ama lui, che cosa può impedirlo? Perché dovrebbe respingerlo solo a causa della sua nascita. Lui gliel'ha detto?"

"No."

"Se lei lo ama, la sua illegittimità non dovrebbe contare nulla!"

"Ah. Ma alla sua famiglia importerà e molto. Danno un'enorme importanza al pedigree, specialmente sua madre."

"Quindi lei è molto più giovane di lui?"

Kate nascose un sorriso sentendo l'accenno di preoccupazione nella voce di Antonia. "Sarebbe così importante se lo fosse? Non lo è stato per voi..."

Antonia chiuse di colpo il ventaglio e si chinò verso Kate, più curiosa che mai. "Ma io non avevo dei genitori che mi intralciassero."

Kate fece un verso poco signorile. "Come se le obiezioni di un genitore avessero avuto qualche possibilità di impedirvi di sposare *Monseigneur!*"

Gli occhi verdi di Antonia erano pieni di malizia. "Avete ragione."

"Lei ha dieci anni meno di lui ed è stata sposata, ma ora è vedova…"

"Una vedova?" Antonia si aggrappò a quella parola. "Quindi è libera di sposare chiunque voglia. I suoi genitori non possono impedirglielo, quali che siano le loro obiezioni."

"Se solo fosse così semplice," disse Kate con un sospiro di rimpianto.

Eppure era segretamente contenta della reazione di Antonia. Confidarle l'amore di Christopher per Mary era una mossa calcolata. Sapeva che Antonia avrebbe sentito come un affronto l'idea che il vero amore potesse essere ostacolato da una qualsiasi barriera. La duchessa era una romantica senza ritegno e aveva superato ogni opposizione, inclusa quella dello stesso nobiluomo, per sposare il duca di Roxton, che aveva quasi vent'anni più di lei.

Kate voleva anche scoprire se Antonia sapeva che era di sua cugina Mary che Christopher era innamorato. E dalla sua reazione sembrava di no. E questo significava che Mary non aveva idea che Christopher fosse innamorato di lei, oppure che lei non era innamorata di lui. O ancora, la terza possibilità era che i due, anche se innamorati, sapevano che la loro era una causa persa. La figlia di un conte non si sposava al di sotto del suo rango; uno Squire non sposava qualcuno al di sopra del proprio. Nessuno infrangeva quelle regole. Se lo avessero fatto, sarebbero stati socialmente condannati e ostracizzati. Ed era l'ultima cosa che Kate desiderava per loro.

Anche lei era una romantica, e sapeva che la coppia aveva bisogno di un paladino se voleva avere qualche speranza di sposarsi. Ed era decisa a che fosse Antonia quel paladino. Dopo tutto la duchessa aveva superato non uno ma due scandali nei suoi matrimoni. Un marito molto più anziano e poi un secondo marito molto più giovane, questo significava che avrebbe avuto una mentalità aperta sulla possibilità che la sua cugina più intima sposasse Christopher. E con il sostegno della duchessa di Kinross, l'unione avrebbe potuto essere sanzionata. L'alta società e, cosa ancora più importante, la famiglia di Mary, avrebbero certamente dovuto accettare la loro unione a quel punto, no?

Si spostò sul sedile e allungò la mano per toccare il braccio di Antonia, intenta a confidarle che era Lady Mary di cui suo figlio era innamorato. Ma sventò lei stessa il suo piano quando fece una scoperta sorprendente, che dirottò i suoi pensieri in tutt'altra direzione.

Diede finalmente una bella occhiata alla sua ospite, come meglio poteva, vista la sua disabilità. E anche se i lineamenti del viso di Antonia erano sfocati, fu in grado di vedere l'abbondante chioma di capelli biondi che le incorniciava il viso, apprezzare la ricchezza del vestito di velluto ricamato e il corpetto scollato e con le maniche aderenti che si univa sopra il seno con ganci e occhielli, tagliato ai lati della rotondità del suo ventre.

"Oh, buon Dio! Siete incinta!" Esclamò Kate, incredula. Fu tale la sua sorpresa che continuò a parlare senza riflettere. "Vi sta bene per aver sposato un uomo tanto più giovane, e così virile oltre a tutto!"

Lungi dall'offendersi, Antonia sorrise maliziosa.

"Sì, sconto ogni notte i miei peccati."

"Ah! Non ho dubbi che il vostro bisogno di pentimento sia profondo, creatura scandalosa," scherzò Kate, dando un colpetto affettuoso alla mano di Antonia. "Il vostro matrimonio è stato l'unico argomento di cui si parlava in ogni lettera che ho ricevuto da Londra, per mesi e mesi. Che avevate sposato un uomo più giovane di voi di dieci anni, e un duca per di più, era sufficiente a far dichiarare alle matrone che il cielo era crollato! Ma questo! Avete tenuto nascosta la notizia."

"Non ho fatto nulla per nasconderla. E io non mi vergogno di avere un bambino alla mia età, perché lo desidero moltissimo e anche lui, perfino più di me. Ma soffrivo di nausee mattutine e poi hanno deciso che era meglio che restassi a Crecy Hall per tutta la durata della gravidanza."

"Quando deve nascere il bambino?"

"Mancano cinque settimane, anche se Michelle mi dice che secondo lei sono solo tre, e ha probabilmente ragione. Ma sospetto che accadrà ancora prima. Julian è arrivato con tre settimane d'anticipo e Henri-Antoine, come sapete, era in anticipo anche lui."

Kate la guardò comprensiva, e dato che stava ancora tenendo la mano di Antonia, le strinse le dita e disse, preoccupata e un po' arrabbiata: "Allora, in nome del cielo, che cosa ci fate qui a disturbare la mia pace, sciocca ragazza? Dovreste essere nell'Hampshire, a casa vostra, nel vostro letto, a far passare il tempo, non a girovagare per la campagna!"

"Sì, è tutto vero. Ma questa faccenda non poteva aspettare. Ho bisogno del vostro aiuto. Ma ancora di più di quello di vostro figlio."

AD ANTONIA FU RISPARMIATO DI DOVER DARE UNA COMPLETA spiegazione a Kate per poi doverla ripetere a Christopher e Mary perché era arrivata Fran con il carrello del tè. Nemmeno un minuto dopo arrivò Christopher ed era tutto ciò che aveva detto Kate di lui, e anche di più. Una volta fatte le presentazioni, Christopher si incaricò di distribuire le tazze al posto di Fran, dando ad Antonia il tempo di esaminarlo, e a lui un momento per nascondere la sua sorpresa perché il suo primo pensiero, nel fare la conoscenza di Antonia, era quanto si assomigliassero lei e Mary, nella forma, anche se non nei colori.

Con Christopher tornato al carrello del tè per prepararne una tazza per sé, Antonia ebbe l'opportunità di esprimere a Kate la sua prima impressione. Le sussurrò da dietro il ventaglio: "È molto bello e vi assomiglia molto."

"Lo pensavo anch'io alla sua nascita ma, più avanti, mi sono chiesta se fosse solo vanità," sussurrò di rimando Kate con un sorriso tirato. "Ma la mia vanità fu confermata quando lo rincontrai; aveva circa quindici anni. Sono andata in pezzi."

"Non ne dubito. Ma sono i suoi occhi, Kate, che mi incuriosiscono…"

"Perché sono una caratteristica dei Cavendish."

"*Bon Dieu*! Ecco!" Sibilò Antonia, con gli occhi verdi sgranati sopra il bordo del ventaglio. "Mia nuora ha quegli stessi occhi."

"Sì, e senza dubbio anche lei ha perfezionato lo sguardo Cavendish," disse Kate e poi bevve un sorso di tè. "È l'unica cosa buona della mia cecità. Posso ancora dover vivere sotto lo sguardo Cavendish, ma non devo più vederlo. Quegli occhi castani gentili ma critici che potrebbero fondere il metallo…"

"… e i cuori."

"Potete dubitarne? Troppe da contare quando viveva all'estero e se avesse dato anche solo mezza possibilità alle donne di qui, ci sarebbero cuori liquefatti in tutta la contea! Un vero disastro."

Entrambe le donne ridacchiarono all'unisono e quello le fece esplodere in un accesso di risatine che bloccò di colpo Christopher. Era passato molto tempo dall'ultima volta che aveva visto Kate tanto spontanea da ridere forte. Bevve il tè al centro del tappeto, godendosi quel momento e lasciando che le due donne si godessero il loro prima di raggiungerle. Ma la risata si fermò di colpo com'era cominciata quando Fran interruppe le loro fantasticherie annunciando che Lady Mary era lì per vedere la duchessa di Kinross. Prima che Kate potesse reagire, Mary era lì davanti a loro. Fece una rispettosa riverenza ai piedi di sua cugina, in un fluttuare di sottane di seta.

"*Madame la Duchesse*, potete aver rischiato di venire fin qua nel vostro stato solo per una ragione," disse, senza fiato e in francese. Alzandosi baciò la guancia sinistra di Antonia e poi la destra. "Datemi la cattiva notizia: di chi si tratta, di Dair o di mio padre? Ma, per favore, vi prego, non ditemi che si tratta di entrambi!"

"Stai benissimo nei miei vestiti, *ma petite*," disse tranquillamente Antonia, guardando attentamente Mary con approvazione. "Dovresti indossare più spesso quella tonalità di lavanda. Si intona ai tuoi occhi e ai tuoi capelli. Milady, non è vero che mia cugina ha la stessa tonalità di capelli rossi di nostra nonna?"

Aveva cominciato quella sciocca conversazione sperando di dare allo Squire qualche momento per riguadagnare il suo senso del tempo e dello spazio. Perché appena Mary era entrata nella stanza lo sguardo di Christopher si era fissato su di lei e lì era rimasto, come se lei fosse l'unica persona nella stanza. Antonia conosceva l'espressione di un uomo profondamente innamorato, ed eccolo lì, scritto in grande perché tutto il mondo potesse vederlo. Si sarebbe presa a calci da sola per non aver capito subito gli accenni di Kate riguardo l'identità della donna di cui suo figlio era innamorato e che voleva sposare. Bene! Era un bel colpo di scena che perfino lei non avrebbe potuto predire. Ora restavano da scoprire i sentimenti di sua cugina e non dovette aspettare molto perché diventassero evidenti.

"In effetti ha ereditato i capelli di vostra nonna, *Madame la Duchesse*," disse Kate, concordando. "E quanto avrebbe odiato la concorrenza Augusta, pensando che c'era un'altra bellezza, molto più giovane, con la stessa fiammeggiante chioma rossa." Si rivolse direttamente a Mary. "Non intendo mancare di rispetto a vostra nonna, milady, ma ero la migliore, forse l'unica amica di Augusta Fitzstuart, quindi la conoscevo meglio di chiunque altro."

"Verissimo," ammise Antonia. "E quella donna non meritava la vostra amicizia."

Mary passò lo sguardo da Antonia alla donna seduta accanto a lei e fece una scoperta sconcertante. Rimase così sorpresa che si voltò a guardare Christopher prima di tornare a guardare Kate dicendo: "Oh! Come state, milady? Vi avrei riconosciuto ovunque. Assomigliate moltissimo a vostro nipote. O dovrei dire che Chris… il signor Bryce, assomiglia moltissimo a voi. Sono lieta di fare finalmente la vostra conoscenza."

"Perdonatemi, milady," disse Christopher facendosi avanti. "Avrei dovuto presentarvi immediatamente. Questa è mia…"

"Non ancora. Non è il momento," sibilò Kate afferrando il polso di Christopher.

"Questa è Kate, Lady Paget. Mia… zia," dichiarò Christopher, dando una lieve stretta alla mano di Kate. "Lasciate che vi porti una sedia," continuò affabilmente e si allontanò per prendere una sedia per Mary.

Inconsciamente, Mary lo seguì con lo sguardo e nonostante la sua apprensione e la sua preoccupazione riguardo al motivo per cui sua cugina era venuta fino nel Gloucestershire per vederla, i suoi pensieri tornarono al capanno, dove avrebbe voluto ancora essere, da sola con Christopher. Nei suoi occhi c'era vero rimpianto. Il loro tempo insieme era stato fin troppo breve e lei non aveva nessuna voglia di lasciare quel mondo per rientrare in quello reale. Eppure erano entrambi lì, lavati e profumati, con i capelli puliti, lei con uno dei meravigliosi abiti di sua cugina, mentre lui con i suoi semplici calzoni beige e una redingote di lana scura con i bottoni d'argento era l'epitome del prospero Squire. Oh, perché non avevano avuto ancora qualche settimana insieme, per godere della reciproca compagnia e dei loro corpi…

"Mary? Mary!? Riguardo tuo fratello e tuo padre…" Disse piano Antonia e lasciò in sospeso la frase, guardando attentamente sua cugina.

Ed eccola, *quell'espressione*; Mary era altrettanto innamorata dello Squire; perché aveva pensato che potesse essere diverso? Aspettò che Mary riportasse l'attenzione su di lei e non si allarmò quando la vide battere gli occhi, come se si stesse risvegliando da un sogno.

"Non ci sono notizie da quella parte. Julian ha ricevuto la lettera di Alisdair che informava ufficialmente la famiglia della morte di tuo padre. E, come me, che l'ho fatto per uno zio carissimo, sono sicura che tu abbia sparso tutte le tue lacrime per il tuo papà. Ma dopo tutti questi mesi di attesa la notizia non può essere stata un colpo. E hai letto la lettera del duca che ti faceva le sue condoglianze, sì?"

"No, cugina duchessa. Non ho ricevuto nessuna lettera quest'ultima settimana," rispose sinceramente Mary prima di riflettere sulle implicazioni della sua sincerità.

"Una settimana?" Antonia rivolse un'occhiata maliziosa a Christopher, che aveva portato una sedia per Mary. "Non hai ricevuto lettere per una settimana?"

"Io… Io… Cioè… Potrei aver ricevuto delle lettere, solo che non le ho lette." Mary si lasciò cadere sulla sedia senza rendersi conto che Christopher l'aveva messa lì e si mise le mani in grembo. "Quindi papà è morto e Dair ha le prove della sua morte?"

"Sì, *ma petite*. È come temevamo. E ora tuo fratello sta tornando a casa."

Mary annuì. Era stordita. Ma non le restavano più lacrime per un padre che non vedeva da quando aveva dodici anni e che aveva abbandonato la sua famiglia. "Mi fa piacere. Non che sia morto. Ma che Dair ora possa ricevere la sua eredità. E che stia tornando. Deve essere qui per sua moglie. Rory è stata informata?"

"*M'sieur le Duc* le ha scritto e ha allegato una lettera di tuo fratello. Quindi sì, sono sicura che sia al corrente." Antonia si risistemò sul sedile, con la schiena eretta, e si mise leggermente una mano sulla pancia rotonda. Diede un'altra occhiata a Christopher, che era rimasto in piedi dietro la sedia di Mary, poi disse con una smorfia: "Non è da te non aver letto le lettere. In particolare quelle di mio figlio e di tua madre… Non stai bene, *ma petite*?"

"No. Sto bene. Solo che recentemente ho camminato e pensato molto."

"Camminato e *pensato*?" Ripeté Antonia incredula. "E questo camminare e pensare era nei boschi, sì?"

Antonia guardò di nuovo Christopher e questa volta lo colse a fissarla con quello sguardo Cavendish di cui Kate aveva riso. Ma non c'era niente di fiero o compiaciuto in quello sguardo e lei lo sapeva bene. Sua nuora aveva gli stessi occhi castani e quando rivolgeva quello sguardo, lo sguardo dei Cavendish, a qualcuno significava semplicemente che sapevano che la persona che stavano fissando si stava comportando in modo tutt'altro che corretto, e che loro non approvavano; e che quella persona avrebbe dovuto modificare il suo comportamento o subirne le conseguenze. Deb lo usava con grande efficacia con i suoi figli; una volta lo aveva usato perfino con suo marito, e vedere Julian sulle spine sotto lo sguardo di sua moglie aveva fatto scoppiare Antonia in un uragano di risatine, cosa che non aveva fatto per niente piacere né a sua nuora né a suo figlio.

E ora lì c'era Christopher Bryce che la stava silenziosamente rimproverando perché si stava comportando men che correttamente con Mary. E aveva ragione, ovviamente. La stava prendendo in giro e non era quello il momento né il luogo per scherzare. Tutt'altro che offesa dall'ammonimento visivo di Christopher, ad Antonia piacque solo di più. La romantica in lei aveva visto che lo stava facendo per proteggere Mary ma, poiché non era nella posizione di poterlo fare apertamente, lo faceva nell'unico modo in cui poteva senza essere maleducato. Che peccato che Kate non potesse vederlo!

"Avete ragione, signor Bryce," disse Antonia sostenendo il suo sguardo e inclinando la testa come a riconoscere il suo avvertimento. E quando lui le rivolse un piccolo inchino e abbassò rispettosamente gli occhi, con le guance che si arrossavano, Antonia continuò, con un tono della voce privo di ogni giocosità. "Questo camminare e pensare non è rilevante riguardo al motivo per cui sono qui. Se non hai letto la tua corrispondenza più recente, allora non avrai nemmeno letto la lettera di tua madre ed è ciò che temevo. Ed è il motivo per cui dovevo venire per poterti raccontare come stanno esattamente le cose, o, se ancora non avessi saputo che cos'era successo, che almeno ricevessi la notizia da una parente prossima e non per lettera. Ma promettimi una cosa, Mary."

"Sì, cugina duchessa, certamente."

"Che ascolterai attentamente tutto ciò che ho da dirti, ma sapendo, in fondo alla mente, che non ha corso alcun pericolo reale. Che è sana e salva e curata, e che sa che sono venuta a prenderti e..."

Mary si alzò a metà dalla sedia. "È-è successo qualcosa a mia madre?"

"Tua madre?" Antonia scosse la testa e Mary si sedette di nuovo. "No, Mary. Tua madre gode di eccellente salute, nonostante le sue continue lamentele. Ma ha fatto una cosa molto stupida, alcuni direbbero, *noi diremmo*, una cosa cattiva, che ora richiede che tutti noi facciamo del nostro meglio per raddrizzare. E includo *M'sieur* Bryce e Lady Paget, perché Teddy ha chiesto di loro in particolare. *Naturellement* è la sua mamma che vuole di più."

"Teddy? È successo qualcosa a Teddy?" Questa volta fu Lady Paget a esclamare, afferrando il braccio di Antonia. "Non riesco a vedere che cosa state pensando tutti, quindi me lo devi dire, Antonia. Dimmi che non è successo niente a quella dolce bambina!"

"Non è malata, Kate," rispose Antonia, accarezzando la mano della donna più anziana. Poi si rivolse a Mary che era seduta rigida sulla sedia, con le mani strette in grembo, sapendo che sua cugina stava facendo tutto il possibile per mantenere il controllo. "Mary, mia cara, è la verità. Teddy non è malata, né si è fatta male. Ma tua figlia è un po' spaventata perché si trova in un posto sconosciuto e chiede di te, la sua mamma. E di voi," aggiunse rivolgendosi a Christopher. "Teddy vuole che suo zio Bryce venga a prenderla per portarla a casa. E io le ho dato la mia parola che è ciò che succederà. E io non manco alla parola data, e mai con un bambino. Quindi partiremo tutti domani alle prime luci dell'alba per poterlo fare il più presto possibile."

"Dov'è mia figlia, cugina duchessa?" Domandò Mary in un sussurro roco. "Che cosa le ha fatto mia madre?"

"Per prima cosa ti dirò dov'è Teddy. È nella mia casa sull'albero…"

"*Casa sull'albero?*" Esclamarono Christopher, Mary e Kate all'unisono.

"Esattamente. La nave dei pirati dei miei nipoti, costruita su un albero. Ora lasciate che vi spieghi com'è finita lì, in modo da non preoccuparvi troppo."

"Com'è possibile che non mi preoccupi quando dite che Teddy è spaventata ed è nella vostra casa sull'albero e chiede di me e-e di suo zio Bryce?" Le domandò Mary, senza più una parvenza di controllo. "Oh, Dio, avrei dovuto insistere per andare a Cheltenham con lei. Non avrei dovuto accettare che andasse a trovare mia madre da sola. Avrei dovuto…"

"Mary, il momento per gli 'avrei dovuto' è passato," disse Antonia dolcemente ma con fermezza. "Non servono a niente. Mi devi lasciar…"

"Sapevo che mia madre stava complottando qualcosa. Avevo una sensazione, un presentimento che questa visita non sarebbe andata bene. Aveva insistito tanto che io restassi a casa, che la mia presenza sarebbe solo stata un'inutile interferenza nel benessere di Teddy. *Interferenza?* Come può dire che una madre… io… è un'inutile interferenza nella vita di sua figlia?"

"Penso che tu possa rispondere facilmente alla tua stessa domanda, *ma petite*, dalle esperienze della tua infanzia. Tua madre si è sempre comportata pensando, nella sua ignoranza, che le sue intenzioni fossero per il meglio, quando in effetti permetteva a un falso senso di orgoglio e di autostima di governare le sue azioni. Questo ha portato, come ben sai, a conseguenze disastrose per te e i tuoi fratelli. Tua madre *è stata* un'inutile interferenza nelle vostre vite, un'interferenza di cui avreste potuto fare tutti a meno, ed è una grande tragedia, per lei e per voi. Ha tentato di fare la stessa cosa con Teddy, e ora noi dobbiamo fare fronte comune per rimediare alle conseguenze delle sue azioni. Non sei d'accordo?"

Mary fissò Antonia e la tristezza negli occhi di sua cugina le fece riempire gli occhi di lacrime, perché la verità delle sue parole l'aveva colpita come una freccia, tanto che dovette portarsi una mano alla bocca per non lasciarsi scappare un singhiozzo. Si voltò nella sedia e alzò gli occhi su Christopher, tendendogli una mano tremante, che lui prese prontamente, stringendola.

"Avrei dovuto insistere che accompagnaste voi la carrozza a Cheltenham. Forse, se foste stato là, avreste potuto mettere un freno alla stupidità di mia madre."

"Forse, ma ne dubito," le disse gentilmente Christopher. Avrebbe voluto baciarle la mano, premerle le labbra sulla fronte per rassicurarla. Ma non lo fece. La lasciò andare con riluttanza, acutamente conscio dello sguardo della duchessa su di loro. Eppure non riuscì a fare a meno di offrire un po' di conforto a Mary appoggiandole una mano sulla spalla e aggiungendo, con un sorriso di incoraggiamento: "Non sappiamo ancora come abbia interferito vostra madre. Né sappiamo cos'è stato fatto per porvi rimedio. Anche se sono sicurissimo che *Madame la Duchesse* abbia fatto tutto ciò che era in suo potere per assicurarsi che Teddy stia più comoda possibile fino al nostro arrivo."

"Sì. Sì certo. Sono una sciocca…"

"No. Mai una sciocca. L'amore incondizionato di una madre non è mai sciocco, Ma… Milady," le assicurò Christopher. "Kate è d'accordo con me. Non è vero, Kate?"

"Stai cercando di farci piangere tutte, uomo orribile!?" Gli chiese Kate e frugò tra gli strati delle sottane cercando la tasca che conteneva il suo fazzoletto. Antonia le diede il proprio. "Ora renditi utile e chiedi a Fran un'altra tazza di tè e di caffè! E lascia che la duchessa continui a raccontarci ciò che è accaduto a Teddy… Oh, e prima che mi dimentichi di dirvelo, quella dolce bambina mi ricorda voi, mia cara," disse ad Antonia. "Non i suoi capelli rossi o le lentiggini, che trovo deliziose, ma la sua esuberanza per la vita e il modo in cui vede il buono in tutto e tutti! È un tale turbine di gioia… Oh, povera me," aggiunse quando ci fu una nuova esplosione di lacrime che poté solo presumere venisse da Mary. "Perdonatemi, mia cara. Christopher vi dirà che tendo a dire a voce alta ciò che mi passa per la testa. Ed è cominciato solo con la mia cecità, quando non sono stata più in grado di percepire gli indizi visivi da quelli intorno a me. Vi chiedo scusa…"

"Le lacrime questa volta sono di felicità, Kate," rispose Antonia. "E la vostra idea di avere ancora un po' di tè e di caffè è buona. Temo che la mia piccolina si stia muovendo e forse è perché ho bisogno di un rinfresco. Signor Bryce," aggiunse fissando significativamente la sua mano sulla spalla di Mary e poi alzando gli occhi su di lui, "per favore, portate a Mary una tazza di tè." Sorrise a Mary che si stava asciugando gli occhi, le tese la mano e fu lieta quando Mary la prese e la tenne. "E mentre bevi il tè, *ma chérie*, io ti dirò di Teddy, sì?"

E con l'attenzione di tutti concentrata su di lei, Antonia raccontò loro la storia di come Teddy era finita a vivere nella casa sull'albero in fondo al suo giardino a Crecy Hall.

"LADY FITZSTUART, LEI AVEVA CONSEGNATO TEDDY ALLE CURE DI sua nonna nella sua casa di Cheltenham, promettendo di andarle a trovare dopo un giorno o due per il tè," disse loro Antonia. "Ma quando era tornata all'alloggio della contessa due giorni dopo, la casa era stata chiusa e informarono Rory che la contessa e sua nipote avevano lasciato Cheltenham dirette nello Hampshire."

"La contessa disse a Teddy che aveva in programma una sorpresa speciale per lei, che le avrebbe finalmente permesso di prendere il suo posto tra i suoi nobili parenti. Sarebbero andate a stare in un posto molto più grande di qualunque altro posseduto dal re. Era pieno di meravigliose stanze di marmo, oro e specchi. C'erano candelieri che bruciavano brillanti come il sole e un teatro dove i bambini recitavano commedie per i loro genitori, e c'era un salone da ballo così grande che anche se si urlava non si potevano sentire le parole dall'altra parte della stanza. E intorno a quel palazzo c'erano centinaia di acri di parco, pieno di cervi e punteggiato di laghetti ricchi di pesce, fontane che schizzavano l'acqua in alto e pavoni che mostravano il loro piumaggio sui prati terrazzati.

"Charlotte è stata categorica sul fatto che Teddy desiderava quanto lei visitare questo palazzo e che le aveva fatto un mucchio di domande. Non una volta la bambina si era agitata o aveva chiesto di tornare a casa. Quindi Charlotte era sicura che ciò che stava facendo fosse nell'interesse di sua nipote. Disse che il suo unico desiderio era presentare Teddy ai suoi cugini e i suoi cugini a Teddy. Non poteva prevedere le conseguenze catastrofiche delle sue azioni, altrimenti non avrebbe mai, per dirla con le sue parole, *in mille lune piene, portato Teddy a Treat.*"

"Contro i desideri di sua madre e del suo tutore," ribatté Mary. "Sono sicurissima che mia madre non lo abbia aggiunto alla fine della sua frase!"

"No. Sapeva che il tutore di Teddy non avrebbe mai dato il suo consenso a che Teddy visitasse Treat," rispose Antonia, con lo sguardo fisso su Christopher che era ancora accanto alla sedia di Mary. "Ed è quello il motivo per cui aveva portato Teddy senza il vostro permesso."

"Cugina duchessa, c'è un buon motivo per cui il signor Bryce pensava fosse meglio che Teddy rimanesse ad Abbeywood…"

"Non dubito che il motivo fosse valido," la interruppe imperiosamente Antonia, con gli occhi verdi ancora fissi sullo Squire. "Ma permettimi gentilmente di finire di raccontarvi come Teddy sia finita nella mia casa sull'albero. Il signor Bryce poi avrà tutto il tempo del mondo per spiegarmi alcuni fatti inquietanti su questo episodio, non da ultimo perché si dovesse impedire a una bambina di conoscere i suoi cugini più prossimi."

"Sono a vostra disposizione per rispondere a ogni domanda riguardo la tutela di Teddy, *Madame la Duchesse*," rispose molto educatamente Christopher.

"Per continuare con la storia... e questa parte, Mary, è quella più penosa, quindi appoggia la tua tazza..."

Mary tese la tazza sul suo piattino aspettandosi che la prendesse una cameriera, ma fu Christopher che la prese. Facendolo, si mise tra la sua sedia e il sedile sotto la finestra, impedendo in quel modo ad Antonia di vederla. E con le spalle rivolte alla duchessa, si fermò mentre prendeva la tazza dalle mani di Mary, il che le fece alzare gli occhi. E così, con quell'unico movimento, lui la guardò negli occhi e le sorrise rassicurante, con un dito che le accarezzava il polso. Mary gli restituì il sorriso, coprendo per un istante la mano di Christopher con la propria e facendogli sapere che capiva e apprezzava il gesto che le indicava la sua devozione, poi abbassò le palpebre, si sedette con la schiena diritta e le mani tornarono in grembo.

Se Antonia si era offesa perché lo Squire le aveva rudemente voltato le spalle, non lo diede a vedere. E aspettò che lui tornasse a stare accanto alla sedia di Mary prima di continuare a raccontare gli eventi accaduti a Treat quando Teddy era arrivata con sua nonna.

"Charlotte aveva mandato un postiglione ad avvisare il personale di *M'sieur le Duc* del suo arrivo, e quindi quando la carrozza arrivò, lei e Teddy furono portate direttamente dalla duchessa, che era con i suoi figli nel salone da ballo. Pioveva e non potevano correre nei giardini, quindi, com'era loro abitudine nei giorni di pioggia, passavano lì il tempo dedicato ai giochi con i loro balocchi e i loro carrettini.

"Come potete immaginare, con quattro ragazzini vivaci e uno piccolo e le loro varie bambinaie e tutori c'era un gran baccano, che smise immediatamente per i nuovi arrivati. E come vi dirà Charlotte, tutto andava splendidamente e Teddy era stata ricevuta a braccia aperte da Deborah e dai suoi figli, e tutti le facevano una gran festa. Charlotte e mia nuora si erano sedute a prendere il tè. Come racconta Deborah, Charlotte si stava congratulando con se stessa per la riuscita del suo piano di far conoscere sua nipote ai suoi parenti Roxton e dicendosi che avrebbe dovuto metterlo in atto anni prima, quando arrivò *M'sieur le Duc*. Com'è sua abitudine, mio figlio passa ogni giorno l'ora prima della cena con i suoi figli. Fu con l'arrivo di mio figlio che questo incontro orchestrato tra cugini prese una brutta piega."

Antonia si fermò e fissò Christopher, perché a quella rivelazione lui aveva tirato il fiato e si era passato una mano sulla bocca, come se capisse perfettamente che cosa sarebbe successo.

"*M'sieur*, lasciate che vi dica che anche se è il benessere di Teddy che ci preoccupa più di tutto, lei non è l'unica interessata," disse severamente Antonia, rivolgendosi direttamente a Christopher. "I miei nipoti sono angosciati e spaventati. Mia nuora è scossa e perplessa. E mio figlio, beh," disse scrollando le spalle irritata e furiosa, "non dubito che voi, tra tutti, possiate immaginare quanto sia preoccupato; si chiede che cosa abbia fatto per meritarsi un'accoglienza così negativa da parte di una bambina che non ha mai incontrato in vita sua."

"Cugina duchessa, non potete assolutamente incolpare Chris... il signor Bryce per..."

"Per favore, Mary. No. Permettimi di finire e poi potrai parlare."

"Antonia, spero che sappiate che cosa state dicendo," la avvertì dolcemente Kate. "Perché sembra che siate pericolosamente vicina a dire che Christopher è in qualche modo colpevole, non solo per la difficile situazione di quella dolce bambina, ma per il torto fatto a vostro figlio. E se è quello il caso, obbietto nei termini più decisi al vostro tono e a una simile asserzione!"

"Kate, *Madame la Duchesse* ha tutte le ragioni di essere arrabbiata," disse con calma Christopher. "E anche se non dirò di più a questo punto, in modo che lei possa continuare a raccontarci il resto, c'è un granello di verità in ciò di cui mi accusa."

"No! Non crederò mai..."

Kate e Mary lo esclamarono insieme e fu tale la loro sorpresa, seguita dall'imbarazzo da parte di Mary, e la gioia segreta di Kate che Lady Mary fosse pronta a difendere apertamente suo figlio, che si zittirono immediatamente e abbassarono gli occhi, permettendo ad Antonia di fingere di non aver sentito la loro esclamazione e continuare.

"È da questo punto in poi nella storia che Charlotte non è riuscita a dirmi in modo razionale che cos'è successo. Era troppo angosciata, lo è ancora, per parlarne e si è ritirata nella sua stanza a Treat e non ne è ancora uscita. Se dovessi pensar male, potrei dire che la sua angoscia non è completamente per conto di Teddy..."

"La sua angoscia è egocentrica, come sempre," affermò semplicemente Mary. "Teddy l'ha messa in imbarazzo e ciò che la preoccupa di più adesso è la sua posizione e che cosa Roxton e gli altri penseranno di lei. Non sta certamente pensando a che cosa prova sua nipote."

"Proprio così, Mary," rispose Antonia alzando leggermente le sopracciglia, perché non era abituata a vedere Mary così diretta o così apertamente sleale nei confronti di sua madre. Quando Mary non aggiunse altro, continuò, rivolgendosi direttamente a lei. "Deborah mi dice che quando presentarono mio figlio a Teddy, tua madre le diede un colpetto sulla schiena, dicendole di fare la riverenza, ma la bambina non riusciva a muoversi o a parlare, per quante volte Charlotte insistesse che doveva dimostrare a *M'sieur le Duc* il giusto rispetto. Teddy non riusciva a muoversi. Teddy era sopraffatta e, come ha detto Deborah?, ebbe una specie di attacco…"

"Oh mio Dio, no," la interruppe Mary con un sussurro angosciato, portandosi un pugno alla bocca.

"Sì, un attacco. Cominciò a tremare in modo incontrollato e c'era un'espressione nei suoi occhi che Deborah ha descritto come *puro terrore*. Sì. Sono le parole che ha usato," continuò Antonia con calma. "Tutti si chiesero che cosa stesse succedendo, non da ultimo mio figlio, che, come sai, è un papà amorevole. Lui cercò di calmarla, di chiederle quale fosse il problema. Ma più lui tentava di parlare con lei, di farla ragionare, avvicinandosi a lei, più Teddy si allontanava e diventava agitata. Evitava di guardarlo, tenendo gli occhi fissi sul pavimento e l'unica volta in cui mio figlio le mise la mano sul braccio, chiedendole di guardarlo, Teddy urlò. Deb non riusciva a dare un senso a ciò che stava dicendo, ma la bambina continuava a ripetere che non avrebbe permesso che la rinchiudessero."

"La mia povera bambina," mormorò Mary con le lacrime che le rigavano le guance.

"Ovviamente, appena Teddy cominciò a urlare, i miei nipoti cominciarono tutti a piangere e anche il piccolino. Nel salone c'era il pandemonio. Tanto che mentre mio figlio e mia nuora e le bambinaie stavano facendo del loro meglio per calmare i piccoli, Teddy scappò, con parecchi dei servitori che la inseguivano."

"L'avrà sicuramente spaventata ancora di più, avere servitori in livrea che la inseguivano," la interruppe Mary. "Era già terrorizzata così. È stato sconsiderato…"

"Sono sicura che ti renderai conto che mio figlio e sua moglie non stavano pensando chiaramente a quel punto, con quattro bambini terrorizzati e un neonato tra le mani. Inoltre, tu più di chiunque altro qui, puoi capire che una volta che un bambino, chiunque, vuole nascondersi in un posto come Treat, è quasi impossibile trovarlo. Quindi Teddy evitò facilmente di essere catturata."

"Ricordo quando eravamo ragazzi, Julian ed Evelyn, loro scappavano e giocavano a nascondino e si aspettavano che li trovassi. E non li trovavo mai. C'erano troppe stanze e talmente tanti posti in cui nascondersi perché potessi cercare dappertutto. Rinunciavo dopo un'ora."

"Un'ora? Io non mi sarei scomodata affatto e avrei aspettato che loro trovassero me!" Ribatté Antonia, quando le venne in mente un ricordo dei primi giorni del suo primo matrimonio quando aveva giocato a nascondino con *Monseigneur*. Lei era semplicemente andata in biblioteca e si era acciambellata con un libro. Lui l'aveva trovata non più di mezz'ora dopo, e per averla trovata così in fretta lei lo aveva premiato immediatamente e poco dopo stavano facendo l'amore sul tavolo delle mappe...

"I passaggi sono tutti uguali," continuò Mary. "Sarebbe facile perdersi e non avere idea di dove andare, o sapere quale porta o finestra è aperta e può portarti fuori all'aria fresca e alla libertà. Per una bambina, per Teddy, essere in una casa simile sarebbe come essere intrappolata in un labirinto di siepi. Ma Teddy ha trovato una porta aperta e la libertà, vero, cugina duchessa?" Chiese Mary ansiosamente. "Perché adesso è al sicuro nella nave dei pirati sull'albero, giusto?"

Antonia si riscosse dai suoi ricordi nostalgici e sorrise rassicurante.

"Sì, *ma chérie*. È così. Teddy è una bambina piena di risorse e tenace. Dubito che molti bambini, forse nessuno, avrebbero avuto le risorse e il coraggio di trovare la strada in un posto sconosciuto. È arrivata al lago e uno dei barcaioli l'ha accontentata e portata fino al padiglione. E una volta a Crecy, ha trovato la casa sull'albero. Ovviamente mio figlio aveva informato tutti i servitori, sia dentro sia fuori la casa, che Teddy era sparita e *M'sieur le Duc de Kinross* aveva fatto lo stesso a Crecy. I servitori avevano avuto ordine di non avvicinarla e di non spaventarla e di darle il loro aiuto se richiesto, e poi riferire. È così che abbiamo scoperto che aveva attraversato il lago fino a Crecy, e come l'abbiamo poi trovata nella casetta sull'albero. Non sappiamo ancora come sapesse del padiglione, men che meno che c'era una casa sull'albero in fondo al mio giardino."

"Gliel'ho detto io," ammise Mary. "Era una delle nostre molte favole della buonanotte. Mi chiedeva di raccontarle delle storie sulle persone e i posti che preferivo. E uno dei racconti che mi faceva ripetere spesso riguardava la mia madrina, che le dicevo essere una regina delle fate che viveva in una meravigliosa vecchia casa vicino a un lago, costruita per lei dal re delle fate. Questo re delle fate aveva costruito alla sua regina anche un bel padiglione dove lei poteva ricevere gli ospiti per il tè e guardare i cigni che passavano, ma, più di tutto, dove lei poteva leggere tutti i libri che amava. Raccontavo a Teddy che la casa della regina delle fate era un posto felice dove i bambini erano sempre benvenuti, talmente benvenuti, in effetti, che in fondo al suo giardino la regina delle fate aveva fatto costruire una casa sull'albero a forma di nave pirata. E che i bambini veleggiavano tra le nuvole fingendo di essere pirati in alto mare. Era desiderio di Teddy visitare un giorno quella casa sull'albero."

"Che magnifica storia, milady," esclamò Kate sospirando e tirando su col naso. Quando nessuno parlò, aggiunse: "Non un occhio asciutto in tutta la stanza...? È così, ragazzo mio?"

"Proprio così, Kate," rispose piano Christopher.

Antonia batté gli occhi per liberare le ciglia dalle lacrime e sorrise a Mary.

"Sono lieta che tu abbia raccontato a Teddy di Crecy, *ma chérie*, perché sembra che lei si senta al sicuro lì. E con me, la fata madrina di sua madre, parla."

"Ma come fate a conversare con la bambina se lei è in cima all'albero e voi troppo incinta per arrampicarvi su una scala a pioli?" Chiese bruscamente Kate.

Antonia sorrise, mettendo in mostra le fossette. "Ho trovato una soluzione molto brillante. Ho permesso a Teddy di vivere nella mia casa sull'albero a una condizione: che scendesse tutte le sere per dormire al coperto."

"E lo fa?" Chiese Mary, sorpresa.

"Certamente. Le ho dato la mia parola che può tornare sulla casa sull'albero ogni volta che lo desidera. E io non mi rimangio mai la parola. Ogni sera al tramonto lei viene in casa per la cena e per dormire in un letto caldo. E ogni mattina all'alba ritorna sull'albero. Le ho dato l'ulteriore incentivo di curare i piccoli di Scipio e Cordelia. Quindi, vedete, sono un genio, sì?"

"Scipio? Cordelia?" Chiese Christopher, alzando un sopracciglio. "Piccoli?"

"Oh, sì! Siete un genio, cugina duchessa! Che meraviglioso stratagemma," dichiarò Mary, sentendosi molto meno apprensiva di quando aveva saputo che sua madre era andata di nascosto a Treat con Teddy. "Teddy adora gli animali, i cani in particolare." Si voltò sulla sedia per guardare Christopher, con una mano sul davanti del suo panciotto, e gli sorrise. "Scipio e Cordelia sono gli whippet di *Madame la Duchesse*. Teddy non poteva resistere a tener d'occhio i cuccioli. Sapete quanto desideri avere un cane tutto suo."

"Ah! Se lo so? È una supplica quotidiana," rispose Christopher coprendo la mano di Mary e sorridendo al suo volto alzato. "Ma lei sa anche dell'avversione della sua mamma per quei demoni a quattro zampe..."

"Non ho mai chiamato demone Lorenzo, e voi lo sapete!" Ribatté amorevolmente Mary.

"Solo perché siete talmente pietrificata quando il povero Lorenzo si avvicina che non riuscite a proferire parola," le rispose Christopher con un sogghigno.

"Povero Lorenzo? Oh! Non è giusto. Inoltre non potete avere idea di che cosa sto pensando!?"

"Lo credete davvero?"

"Ciò che penso io è che voi due continuerete questa conversazione più tardi e da un'altra parte," li interruppe decisa Antonia, sperando che si rendessero conto di non essere soli. E in modo da non metterli ulteriormente in imbarazzo, continuò tranquillamente: "E mi dispiace dirtelo, Mary, ma ho promesso a Teddy che potrà scegliere per sé uno dei sei cuccioli. Quindi dovrai superare la tua paura dei cani perché lei avrà il cucciolo, per quanto tu possa obiettare."

"Sì, *Madame la Duchesse*," rispose rispettosa Mary, mortificata, perché si era resa conto di aver superato abbondantemente il segno con Christopher alla presenza di sua cugina e ora avrebbe dovuto rendere conto del proprio comportamento. "Se un cucciolo potrà aiutare Teddy a superare la sua paura, è solo giusto che io superi la mia."

"*Bon*. Il cucciolo le distoglierà la mente dalla paura, *ma petite*, ma non potrà superarla finché non sapremo innanzitutto che cosa ha causato questo inutile e irragionevole timore di *M'sieur le Duc*, sì? Che resta ancora un mistero per me e per tutti noi. Eppure credo che forse tu Mary, o voi, *M'sieur* Bryce siate i soli che possono fornire la risposta."

Mary fece per rispondere, ma quando Christopher le strinse gentilmente la spalla, restò zitta e lo lasciò parlare.

"Sono io la persona più adatta a rispondervi, *Madame la Duchesse*," disse con fermezza, con lo sguardo fisso su Antonia. "Mentre Lady Mary raccontava a sua figlia storie di fate, di posti e gente felice, Sir Gerald offriva a sua figlia una storia molto più cupa, una favola su un orco che aveva assunto le sembianze di un attraente duca. Le ripetè spesso questa storia e fin dalla più tenera età. E l'avvertì che sua madre era sotto l'incantesimo di questo orco, come il resto della sua famiglia, così che loro non lo vedevano com'era veramente, un mostro, parte orso, parte lupo, con le zanne da cinghiale e il cuore nero. Sir Gerald avvertì Teddy che se mai avesse visitato la sua casa, una casa che era sotto il suo magico incantesimo in modo da apparire un palazzo splendente, ma che in realtà era un castello buio pieno di indicibili orrori, lei sarebbe stata rinchiusa in una delle torri e lì sarebbe rimasta a marcire finché fosse stata una vecchia zitella, senza mai più vedere sua madre o la sua casa."

"Oh, quella povera cara bambina," disse Kate sottovoce, tremante. "Non mi meraviglia che sia terrorizzata!"

"Sapevi di questa assurda favola, Mary?" Le chiese Antonia.

"Sì, cugina duchessa," ammise Mary, "ma solo da pochissimo. Non avevo idea che Sir Gerald stesse riempiendo la testa di Teddy con tali scempiaggini crudeli."

"E voi, *M'sieur* Bryce, quando avete scoperto che Sir Gerald stava raccontando a sua figlia quelle dannose idiozie?"

"Quando Teddy si ammalò nel Buckinghamshire e sua madre andò a Treat per il matrimonio di Lord Fitzstuart. Era apprensiva, temeva che sua madre non tornasse, e quando le chiesi il perché, mi confidò la favola dell'orco."

"Capisco. Ora diventa chiaro perché una bambina di dieci anni, che non ha mai visto mio figlio in vita sua, urli a squarciagola e scappi a nascondersi in una casa sull'albero e non voglia scendere per niente e nessuno! Perché non avete fatto niente per sfatare quelle orribili bugie su *M'sieur le Duc*?!"

"*Madame la Duchesse*, le favole, sui buoni o sui cattivi, non sono bugie per coloro che ci credono," disse pazientemente Christopher. "Sono molto reali per i bambini e anche per gli adulti. Sono in molti ad accettare come veritiera l'esistenza di fate, gnomi, folletti e fantasmi. La valle è piena di questi spiriti e di queste favole. Lady Mary ha raccontato a Teddy storie felici di una fata madrina e suo padre le ha raccontato la favola di un orco mascherato da bel duca. Non potete liquidare una favola come una completa stupidaggine senza liquidare anche l'altra come scempiaggine. Allora che cosa dite a una bambina? Che i suoi genitori le stanno mentendo? Che non esistono le fate madrine e gli orchi…"

"È esattamente ciò che avreste dovuto dirle!"

"Io non credo che il duca sia un orco, ma che cosa potevo dire a Teddy, non avendo mai conosciuto vostro figlio? Teddy è una bambina intelligente. Se avessi respinto la favola di suo padre di primo acchito, mi avrebbe immediatamente chiesto come potevo farlo quando io non avevo mai visto personalmente il duca. Avrei potuto offrirle tutte le rassicurazioni del mondo, ma non potevo offrirle le prove che dimostrassero il contrario."

Antonia era seduta eretta, per scomodo che fosse vista la gravidanza, con gli occhi verdi brillanti di rabbia.

"*Mon Dieu! Je suis incroyablement furieuse*. Quindi quella bambina ha continuato a credere che mio figlio, un uomo di altissima moralità, un marito e padre amorevole, fosse un orco. Lui è amato dalla sua famiglia, dai suoi affittuari, dai suoi servitori e nessuno ha una parola cattiva da dire su di lui. Eppure Teddy crede che sia un mostro che si nasconde sotto la pelle di un duca e nessuno ha fatto niente per dissuaderla da questa convinzione?! *Incroyable. Et vous le lui avez laissé croire.*"

"Non ho fatto niente per rafforzare quell'idea," dichiarò Christopher, educatamente ma fermamente. "Ma come ho detto, non potevo dirle che quella favola era una scempiaggine, perché avrebbe significato mettere in dubbio la realtà dietro la favola di Lady Mary su una fata madrina buona e gentile che viveva in un posto felice. E, se ci pensate, non è lontano dalla verità, e poiché Teddy credeva nella favola di sua madre, è stata in grado di trovare rifugio da voi."

"Ma se aveste respinto entrambe le favole, dichiarandole appunto, solo racconti fantastici, allora forse non ci troveremmo adesso in questa situazione, *hein*? Teddy avrebbe messo in dubbio l'esistenza di un orco e di una fata madrina. Ma non avrebbe avuto bisogno di quest'ultima se non avesse creduto al primo! Il che mi porta a pensare che voi, signor Bryce, crediate che ci sia un granello di verità nella favola di Sir Gerald su mio figlio, che, in qualche modo, lui sia un orco?"

"*Madame la Duchesse...*" Fece per dire Christopher, ma fu interrotto.

"Cugina duchessa, siete arrabbiata ed è giustificabile, perché è vostro figlio che è stato calunniato da Sir Gerald," interruppe Mary con insolita franchezza. "Ma se poteste ponderare la situazione a mente fredda, certamente non vi sorprenderebbe che suo padre abbia potuto piantare un seme così nero nella mente di Teddy su Roxton? Vostro figlio aveva bandito Sir Gerald dall'alta società; l'unica cosa rilevante per lui era essere un Cavendish e la sua posizione tra i suoi pari come cugino del duca di Devonshire, e fratello della duchessa di Roxton, e quindi cognato del suo duca. Mi aveva sposato solo perché sono vostra cugina. La posizione sociale e i salamelecchi ai suoi parenti titolati erano ciò per cui viveva, e Roxton glielo aveva tolto. Perfino in esilio qui nelle remote Cotswold, passava le sue giornate a scrivere ai suoi amici e ai suoi parenti titolati, la sua mente era lontana, nei salotti della società londinese. Era amareggiato e furioso e non ha mai perdonato vostro figlio. Rifiutarsi di permettere alla sua unica figlia di visitare i suoi parenti faceva parte della sua vendetta, e lo stesso era metterle in testa la sua favola oscura così che sua figlia avesse per sempre timore di Roxton. Che abbia usato Teddy per compiere la sua vendetta è terribile, ma non ne sono sorpresa, e non dovreste esserlo nemmeno voi."

Antonia si prese un momento per rispondere a Mary, mentre si fissavano con un'espressione ferma, e poi sorrise sconsolata, non più arrabbiata.

"Mary, non te l'ho mai detto prima ma ho sempre rimpianto di aver ceduto ai desideri di tua madre e averti lasciato indietro quando *Monseigneur* e io abbiamo portato Henri-Antoine a Costantinopoli a incontrare suo fratello. Se fossi stata con noi, non avresti mai sposato quell'uomo. Ma l'hai fatto e abbiamo dovuto sopportarne le conseguenze. Ma tu… tu hai dovuto vivere con lui e noi non ci abbiamo mai pensato abbastanza, vero? *S'il te plaît, pardonne-moi, ma chérie.*"

Guardò Christopher ma disse a Mary: "E hai ragione, mio figlio ha agito impulsivamente, come spesso sono usi fare gli uomini giovani. A quel tempo, l'aveva fatto per affermare la sua autorità, senza pensare alle conseguenze delle sue azioni per te e la tua bambina. Sono sicurissima che sarebbe d'accordo con me e aggiungerebbe le sue scuse alle mie. E ora, eccoci qui, arrivati a una situazione che richiede la più grande delicatezza per essere risolta. Offro anche a voi le mie scuse, *M'sieur* Bryce. Perché anche se vi ho appena conosciuto, mi rendo conto che avete a cuore gli interessi di Teddy. Quella bambina vi vuole bene e si fida di voi quanto di sua madre, quindi anch'io devo fidarmi. Pertanto devo sperare che voi possiate trovare un modo per togliere Teddy e la famiglia da questa penosa situazione, sì?"

Christopher chinò la testa accettando le scuse di Antonia e sorrise.

"Ho il germe di un'idea, *Madame la Duchesse*. Ma vorrei consultarmi con Lady Mary per assicurarmi che sia d'accordo. Spero che possa infrangere la maledizione che tiene il duca prigioniero agli occhi di Teddy."

Mary si girò sulla sedia e alzò gli occhi su Christopher. "Oh, sì! Se Teddy crederà che la maledizione sia stata tolta non avrà più paura di Roxton. Siete astuto!"

"Non mi sorprende che tu la pensi così," disse scherzosamente Antonia, maliziosa, aggiungendo, in tono più alto: "Avete un viaggio di due giorni fino a Treat per formulare un buon piano. Ora io devo riposare. E voi, milady," disse dolcemente a Kate, stringendole la mano, "vi rimprovererò in carrozza. Senza dubbio questa conversazione, anche se non il suo contenuto, è stata musica per le vostre orecchie. E sapete benissimo perché, e ora lo so anch'io!"

VENTISETTE

Proprio quando Antonia si stava abituando all'idea che Mary era innamorata di uno Squire delle Cotswold, e lo aveva confidato a Jonathon, chiedendogli di farsi un'idea su Christopher durante il loro viaggio di ritorno a Treat, sua cugina la confuse con una rivelazione che era talmente sorprendente da lasciarla momentaneamente senza parole.

Erano al secondo giorno di viaggio e i duchi di Kinross, i loro ospiti e il loro entourage erano per strada da un'ora, essendo partiti dopo colazione dalla *Castle Inn* a Marlborough, dove avevano passato una notte tranquilla. La duchessa, Lady Mary, Lady Paget, la cameriera personale di Antonia, Michelle, e la dama di compagnia di Lady Paget, Fran, occupavano la prima carrozza, mentre il maggiordomo dei Kinross, la cameriera di Lady Mary, le due cameriste di Antonia e, con suo sommo sdegno, il medico del duca di Roxton, occupavano la seconda. Jonathon, Christopher e il valletto di Jonathon cavalcavano di fianco alle carrozze, con gli uomini in livrea della scorta davanti e dietro.

Su un particolare tratto di strada, Jonathon e Christopher cavalcavano fianco a fianco e stavano conversando, e mentre superavano la carrozza di Antonia, lo sguardo di Mary si soffermò sui due uomini. Antonia, che era seduta di fronte e la osservava, sapeva su quale dei due uomini era fissata l'attenzione di Mary. Ma non disse niente e attese, sapendo, dal modo in cui Mary giocherellava con il ventaglio che aveva in grembo, che la sua mente era in subbuglio e che molto presto avrebbe posto fine alle sue riflessioni e avrebbe voluto confidare i suoi pensieri.

Proprio come previsto, Mary distolse lo sguardo dal finestrino e guardò l'interno della carrozza tappezzata di seta, nel punto in cui Lady Paget era seduta nell'angolo più lontano e fissava fuori dal finestrino. Accanto a Mary c'era la cameriera personale di Antonia, con la testa appoggiata contro i cuscini imbottiti, gli occhi chiusi e, accanto a lei, Fran, la dama di compagnia della signora anziana, che aveva la testa sepolta in un piccolo volume di poesie che le aveva prestato Antonia. E c'era sua cugina, con le dita intrecciate sotto il ventre, come per sostenere il bambino contro ogni buca e ogni solco nella strada. Ma il suo sguardo era fisso su Mary.

"Evelyn è vivo, *Madame la Duchesse*."

Antonia fu più sorpresa che Mary si rivolgesse a lei formalmente che dalla rivelazione in sé. Immaginò che forse in quel modo era più facile per Mary confessare le sue emozioni disordinate.

"Sì. *Ma chérie*. Me l'ha riferito tuo fratello Alisdair."

"Sapevate anche che è una spia?" Quando Antonia annuì, Mary continuò. "È venuto ad Abbeywood. Resterete sbalordita quando lo vedrete. Il suo aspetto, se non la sua mente, è molto diverso, ha i capelli grigi prima del tempo ed è pelle e ossa. Gli manca parte di due dita, il che mi porta a chiedermi se possa ancora suonare la viola. Ma per il resto è lo stesso Evelyn che ricordo, con la stessa eccentrica visione della vita."

"Sono molto felice che sia vivo, che sia finalmente a casa e che sia ancora Evelyn. Spero che venga a Treat e faccia pace con mio figlio, e che venga a trovarmi e visitare i suoi genitori."

Mary guardò i chiari occhi verdi di Antonia e si chinò verso di lei per dire in fretta, sussurrando forte: "Intende chiedermi di sposarlo."

Le sopracciglia arcuate di Antonia si sollevarono un po'. "Davvero? Che cosa significa *intende chiedere*… Non l'ha già fatto?"

"Mi ha dato un mese per pensare al mio futuro e poi me lo chiederà."

"Una decisione saggia. Sembra che tu abbia parecchio cui pensare, *ma petite*."

Mary guardò nuovamente fuori dal finestrino, la campagna con le siepi divisorie e alberi autunnali che a quel punto erano un'immagine sfocata. Respirò a fondo e si voltò a guardare Antonia, che la fissava calma.

"So che cosa state pensando…"

"Non credo che sia possibile perché non sto pensando niente. Sono i tuoi pensieri e le tue azioni che decideranno ciò che penso."

"Ma riesco a immaginare ciò che dovete pensare di me dopo che Sua Grazia vi avrà detto..." Diede un'occhiata a Lady Paget, che aveva ancora la faccia voltata verso il finestrino e sembrava sonnecchiare, poi tornò a guardare Antonia e aggiunse in un sussurro abbastanza forte da superare il rumore delle ruote della carrozza: "... di averci trovato da soli nel capanno, e..."

"Mary, *M'sieur le Duc* non mi ha detto niente riguardo il capanno. Ed è la verità." Antonia si permise un sorriso. "Ma non è necessario che io sappia, no? Perché è evidente per me, e forse per tutti quelli intorno a noi, che tu e *M'sieur* Bryce avete più di un... uhm... reciproco interesse passeggero."

Mary arrossì. "Non era programmato. È solo successo. Non riesco a spiegarlo. Io sono... lui è... Oh! Non lo so! Non lo so!"

"Tutto ciò che so, Mary, è che è ora che tu pensi a che cosa vuoi *tu*. E sarà difficile. Non perché tu non abbia un cervello od opinioni o desideri segreti per conto tuo, ma perché devi pensare a che cosa vuoi per il resto della tua vita."

"Sarebbe facile sposare Evelyn perché ci vogliamo bene, veramente," dichiarò Mary, come cercando di auto-convincersi. "Un matrimonio simile sarebbe la cosa giusta e ragionevole da fare per me perché diventerei una contessa, e Teddy avrebbe un conte come patrigno, e lui si prenderebbe veramente cura di entrambe. Un'unione simile sarebbe ben accetta da tutti quelli che conosciamo."

"Vero. Saresti la contessa di Stretham-Ely, e la società ti accoglierebbe a braccia aperte. Sarebbe il matrimonio della stagione."

Mary aggrottò la fronte. "Volete che sposi Evelyn? Renderebbe sicuramente molto felice mia madre vedermi finalmente elevata alla condizione sociale che lei ritiene adeguata alla figlia di un conte, e ora sorella del nuovo conte di Strathsay."

"Ciò che voglio io non è importante. E tu non farai mai felice tua madre, qualunque sarà la tua scelta. C'è chi nasce miserabile. Chi non vede mai la gioia davanti ai propri occhi e non lo farà mai. In effetti, a loro piace essere miserabili. Tua madre è così. Il mio solo consiglio è che tu ti renda conto che hai un'opportunità unica, rara tra le donne della nostra classe sociale: puoi scegliere. Puoi scegliere il modo in cui desideri vivere la tua vita. Ma ovviamente, ci sono conseguenze che devi essere pronta ad accettare. E prima di fare la tua scelta, accertati di sapere tutto ciò che c'è da sapere su..."

"Mi ha detto tutto della sua vita a Lucca," la interruppe Mary, e quando Antonia sorrise si rese conto che sua cugina stava parlando in senso generale e non di Christopher. Rimase così confusa che non riuscì a parlare.

"Mi fa piacere sentirlo," dichiarò Antonia. "Sono più sicura dei suoi sentimenti per te di quanto lo sia dei tuoi per lui. È naturale che volesse confidarti tutto. Ma..."

Diede un'occhiata a Kate, seduta accanto a lei, vide che aveva gli occhi chiusi e la bocca leggermente aperta, quindi immaginò che stesse dormendo e continuò: "...sarebbe saggio chiedergli se è tutto ciò che desidera confidarti o se ci sono altri particolari..."

"Altri particolari? Quali altri particolari, cugina duchessa? Siete a conoscenza di qualcosa che dovrebbe dirmi..."

"... cioè, presumendo che la tua scelta ricada su di lui," finì con calma Antonia, ignorando l'interruzione di Mary. Il suo sorriso si fece più ampio e sventolò graziosamente il ventaglio, dicendo, con una scintilla negli occhi verdi: "Penso, Mary, che sia arrivato il momento per te di essere meno la figlia diligente e più la Mary che sa di che cosa ha bisogno per essere felice. E quando lo saprai, vieni a dirmelo, e allora ti dirò che cosa penso."

La carrozza non procedette verso Crecy Hall, ma svoltò attraverso i cancelli neri di ferro battuto nero e oro che segnavano l'ingresso nella tenuta ducale di Treat. Dato che era quasi ora di pranzo, Antonia pensò fosse meglio che vedessero prima il duca, che li avrebbe invitati a condividere il pasto, per discutere su che cos'era meglio fare per porre fine alla paura di Teddy e vederla scendere una volta per tutte dal suo rifugio nella casa sull'albero.

Con tutti in casa e senza mantelli, cappelli, guanti e manicotti, gli ospiti furono accompagnati nel salotto fuori dalla sala da pranzo, dove servirono loro dei rinfreschi, aspettando l'arrivo dei duchi. Era troppo tardi per cambiarsi prima di pranzo. Ma dato che erano presenti solo i membri della famiglia, Antonia era sicura che a suo figlio e Deborah non sarebbe assolutamente importato che fossero un po' in disordine per il viaggio, e stanchi, ma che sarebbero stati solo felici e sollevati di vederli tornare a casa.

"E che voi e la bambina siate tornate a casa sane e salve, soprattutto, tesoro," aggiunse Jonathon, baciando la fronte di sua moglie. Prese un bicchiere da un vassoio tenuto da un servitore in livrea che aspettava lì accanto e lo porse a Christopher. "Bevete, sembra che abbiate bisogno di una bottiglia intera, non di un solo bicchiere. Sono le dimensioni di questo posto, vero? La prima volta che sono venuto qua mi hanno fatto barcollare. Questo nobile tugurio è il palazzo di proprietà privata più grande d'Inghilterra, se non del continente." Si chinò verso Christopher e disse confidenzialmente: "È un bene che i membri di questa famiglia vedano il loro regno d'oro e marmo come un gran peso e una responsabilità e non come una vetrina per la loro vanità. Mi risparmia il disturbo di dover pungere qualche pallone gonfiato e prendere a pugni qualche mento un po' troppo sollevato. Non si può dire lo stesso per i leccapiedi che li circondano. Ma la cosa principale è che il duca, nonostante tutto il suo pomposo moralismo, è una persona perbene. Penso che vi piacerà."

"Ma io piacerò a lui, Vostra Grazia?" Chiese seriamente Christopher, anche se il sorrisetto sghembo negava la serietà della sua domanda.

"*Naturellement, M'sieur* Bryce," rispose Antonia per suo marito. "È il figlio di sua madre e quindi a mio figlio piacciono tutti. Kate, volete passeggiare un pochino con me?" Chiese a Lady Paget, che era ancora saldamente aggrappata al braccio di Christopher da quando l'aveva aiutata a scendere dalla carrozza.

Antonia prese il braccio di Kate e lo avvolse intorno al proprio e le due donne si allontanarono un po' dal gruppo.

"Questa è la prima volta che tornate qui dopo il vostro soggiorno appena prima del mio matrimonio con *Monseigneur*, sì?" Quando la donna annuì, troppo sopraffatta dalle emozioni per parlare, Antonia la capì. "Ricordo quel giorno come se fosse ieri. Voi eravate seduta con *Monseigneur* a capotavola e davanti a voi c'era una stupida ragazza che faceva del suo meglio per catturare lo sguardo di *Monseigneur*…"

"Ma lui aveva occhi solo per voi. Era come se voi due foste gli unici due a quel tavolo!"

Antonia sospirò. "Sì. Era sempre così, anche con la famiglia. Eravamo piuttosto maleducati a volte, penso."

Kate le batté la mano. "Ma mi piace questo vostro nuovo duca. Sospetto che sia bello come suggerisce la sua voce, e altrettanto sicuro di sé. Nonostante le sue maniere apparentemente accomodanti, non credo che sopporti gli sciocchi. E vi ama moltissimo. Lo sento dalla sua voce, mia cara. Siete stata benedetta due volte."

"Sì, lo so e non lo do mai per scontato. Noi tre andiamo veramente d'accordo."

"Tre?"

"*Monseigneur*, Kinross e io. Saremo sempre in tre."

Kate sorrise e capì. "Certo. Ne sono lieta." Strinse la mano di Antonia e aggiunse sussurrando piano: "Sapete, mia cara, stavo calcolandolo mentalmente in carrozza, e sono sicurissima che il vostro nuovo duca sia più giovane di mio figlio!"

Antonia ridacchiò dietro il ventaglio. "Sì, è così. Sono incredibilmente scandalosa, come sempre, vero?"

Kate scoppiò a ridere e le due donne continuarono a camminare per la stanza, con le teste vicine, assorte in conversazione.

Christopher continuava a guardarle, sollevato e lieto di vedere Kate più felice di quanto fosse stata per anni, senza dubbio perché la duchessa l'aveva messa a suo agio e l'aveva fatta sentire benvenuta. Ma sapeva anche che era dovuto in gran parte al fatto che Kate era tornata in quell'ambiente rarefatto e tra i membri dell'élite, dove aveva vissuto per la maggior parte della sua vita. Era così distratto che non si rese conto che Mary era venuta a mettersi accanto a lui. E quando alla fine la notò, le sorrise e disse: "Vorreste, come me, che fossimo andati direttamente alla casa sull'albero?"

"Sì. So che Teddy è al sicuro, ma sono più in ansia qui, così vicino a lei, di quanto lo fossi prima di partire da Brycecomb."

"Eppure c'è qualcosa di più immediato che vi turba…"

"Come avete fatto a indovinare?"

"Non ho indovinato. Riesco sempre a capire quando siete inquieta da come tenete le mani davanti a voi, con la mano destra che stringe le dita di quella sinistra. È particolarmente evidente quando vorreste dirmi qualcosa che pensate possa offendermi, e quindi c'è questa lotta interiore per trovare le parole giuste. Non mi offenderete, sapete."

"Povera me! Avete studiato bene le mie abitudini!" Mary si guardò le mani, anche se sapeva che Christopher aveva ragione. Quando staccò le mani e se le mise dietro la schiena, Christopher ridacchiò. Lei fece il broncio e gli diede uno spintone affettuoso con la spalla. "Va bene! Lo ammetto," confessò a voce bassa, per evitare che la sentissero. Continuò ad appoggiarsi al suo braccio. "Sono preoccupata per voi… qui tra i miei parenti."

"Sono commosso. Ma spero che non sia perché pensate che non sia all'altezza, in questa eccelsa atmosfera?"

"No. Assolutamente no. È perché siete qui non perché lo volevate, ma perché obbligato dalle circostanze. Se non fosse per Teddy nascosta in una casa sull'albero, forse non sareste mai venuto. E, per essere completamente sincera, io spesso mi sento spaesata tra i miei parenti Roxton, e sono una loro consanguinea! Ora avete conosciuto mia cugina e suo marito e avete visto come si comportano. Io non possiedo nemmeno un decimo del loro aplomb."

"Non invidio il loro status e non ne sono impressionato. Mi piace vostra cugina la duchessa e ancora di più suo marito. Potrà essere un duca, ma togliamogli l'ermellino ed è un uomo che parla chiaro, in modo pragmatico e conosce il valore di un acro e quello di un uomo che lavora la terra per lui. Lo rispetto più per quello che perché gli è caduto addosso un antico titolo scozzese. Spero di poter provare lo stesso rispetto per vostro cugino Roxton, nonostante il fatto che possieda questo vanaglorioso simbolo della *noblesse oblige*. Ma alla fin fine, ciò che mi importa di più è come trattano voi."

"Me?"

Christopher la guardò per un momento, senza che l'espressione del suo viso rivelasse niente dei suoi pensieri, poi la stupì dicendo con un sorriso ironico: "Penso che oramai sappiate che entrerei volentieri nella tana di un leone, o starei qui in questo ambiente eccelso, per voi e per Teddy, se fosse necessario."

Mary gli credette e ne fu sopraffatta. Non sapeva che cosa dire. Inconsciamente, riportò le mani davanti a sé, con la destra che stringeva le dita della sinistra.

Christopher le lasciò un attimo per digerire le sue parole sincere, svuotò il suo bicchiere di vino e lo consegnò a un cameriere. Diede un'occhiata tutt'intorno alla stanza opulenta, con le sue dorature, i candelieri di cristallo e le poltrone rivestite di seta contro le pareti affrescate e la trovò un po' opprimente, perfino per uno che aveva passato una decade ad adulare le mogli di aristocratici italiani nei loro dorati palazzi del piacere. Quegli edifici così simili a una torta a più piani erano catapecchie al confronto della mostruosità di marmo e mattoni in cui erano. Si chiese che cosa stesse trattenendo il suo illustre proprietario, ansioso di farla finita con i convenevoli e il pranzo, per poter mettere in atto il suo piano per liberare Teddy dalle sue paure.

"Vorrei che avessimo avuto più tempo insieme nel capanno," gli confessò Mary, riportandolo al presente. "Vorrei riuscire a dirvi come mi fate sentire."

"Non avete bisogno di dirmelo, Mary. So come vi faccio sentire. Esattamente come voi sapete come fate sentire me. Ma non voglio passare più tempo con voi nel capanno."

"N-No?" Gli chiese Mary, di colpo sconsolata.

"No. Né voglio continuare a essere il vostro sovraintendente o il vostro vicino."

Il cuore di Mary sprofondò ancora di più nella desolazione nel sentirsi respinta. Annuì e sospirò e cercò di riprendere il controllo. Dopo tutto, a voler essere sincera con se stessa, sapeva fin dal momento in cui aveva messo piede nel capanno che il suo tempo lì era limitato. Ma era molto più difficile accettare che la loro relazione, per mancanza di una parola più adatta, fosse alla fine, sentendoselo dire. Comunque cercò di riprendersi, dato che quello non era né il momento né il luogo per andare in pezzi.

"Ammetto che non è stato facile avervi in casa come sovraintendente un momento prima e quindi un mio servitore, e poi come Squire, quindi come un mio vicino. Simili dilemmi sociali mi hanno sempre fatto venire il mal di testa."

Christopher si chinò verso di lei e disse, con una luce negli occhi: "Potrei guarirvi."

Mary lo fissò a occhi sgranati. "Sì?"

Christopher capì che Mary non sapeva a che cosa alludesse e quindi non fu sorpreso della sua incredulità. Ma fu la reazione di Mary a ciò che disse dopo che lo interessava di più e che gli fece battere forte il cuore.

"Sì. Sposatemi."

La sua semplice dichiarazione fu punteggiata da una risata che arrivava da qualche parte in fondo alla stanza. Ma la coppia, Christopher e Mary, loro avrebbero potuto essere in cima a una montagna isolata nelle lande selvagge della Snowdonia, perché non sentivano e non vedevano nessuno eccetto loro stessi. Christopher mantenne un'espressione neutra, guardandola negli occhi. Mary lo fissava, con il volto cereo e le labbra che tremavano. Alla fine deglutì e sibilò: "Non potete chiedermelo! Non qui! Non adesso! Non è poss…"

"Perché non è possibile? Perché io sono un infimo Squire e voi siete la figlia di un conte e quindi non ho il diritto di chiedervi di diventare mia moglie?"

"Sì! No! Io non vi considero un-un infimo… niente!"

"Che cosa allora? Avreste risposto in modo diverso se ve l'avessi chiesto mentre eravamo nudi insieme a letto …"

Il volto di Mary divenne scarlatto. "È ingiusto!"

"Perché? Almeno a letto eravamo uguali e non accetterei niente di diverso. E voi?"

Mary scosse la testa. Mentre erano nel capanno, mentre erano a letto insieme, mentre facevano l'amore, c'era sempre e solo stato mutuo rispetto e soddisfazione. Fare l'amore con Christopher era un altro mondo rispetto al trattamento che aveva ricevuto dal suo arrogante marito, socialmente un suo uguale. Christopher era la luce, opposta all'oscurità di Sir Gerald. E aveva ragione. Lei non avrebbe accettato niente di diverso.

E lì in quel salone dorato non lo vedeva in modo diverso. Solo perché erano vestiti ed erano soggetti a intangibili dettami sociali che pretendevano che lo status di Christopher fosse inferiore a quello di lei, e che il proprio rango comportava non potersi sposare al di sotto. Al di sotto? Che cosa significava esattamente? E perché lei avrebbe dovuto rinunciare alla felicità personale e alla scelta di un compagno, quando suo fratello poteva sposare la figlia di un mercante ed elevarla al proprio livello, e nessuno dei due avrebbe patito l'ostracismo? Perché toccava alle donne essere obbligate a sposare solo qualcuno di rango superiore, mai inferiore? Dove aveva portato sua madre quell'arrampicata sociale? Certamente non le aveva assicurato la felicità, un matrimonio felice o una vita felice. E la stessa cosa si poteva dire del matrimonio di Mary con Sir Gerald.

E poi, proprio mentre lei stava per riguadagnare un certo equilibrio con la forza delle sue stesse argomentazioni, e stava per dirsi d'accordo con lui, Christopher le fermò le parole in gola chiedendole semplicemente: "Forse non desiderate sposarmi perché non mi amate?"

"Non vi amo?" Ripeté Mary, incredula, come se ci potesse essere qualche dubbio sui suoi sentimenti per lui o come se lei non avesse mai avuto, nemmeno per un minuto, un'idea simile. Glielo aveva anche detto, nel capanno, quindi perché glielo stava chiedendo lì e proprio in quel momento?

"Io vi amo e vi ho sempre amato, fin dal primo giorno in cui ci hanno presentati ad Abbeywood Farm," disse Christopher semplicemente. Poi la stuzzicò. "Ma forse amarvi deve essere limitato al nostro tempo nel capanno?"

"Conoscete i miei sentimenti, eppure avete l'impudenza e la faccia tosta di chiedermi qui in pubblico se vi amo?" Mary si eresse in tutta la sua statura, indignata. "Il mio cuore non è volubile e voi lo sapete, meglio di chiunque altro, signor Bryce di Brycecomb Hall."

Christopher si inchinò rivolto a lei facendo mostra di esagerate buone maniere, ma, quando si raddrizzò, si rese conto che nella stanza era sceso il silenzio e che la loro conversazione, prima educata e a bassa voce era diventata, con ogni drammatica dichiarazione, un'accesa discussione sentita da tutti. E quindi non le rispose immediatamente ma strinse le labbra. Ma c'era un'altra ragione, più pressante, per il suo silenzio. Alle spalle di Mary c'era uno sconosciuto che Christopher capì, per la familiarità dei suoi occhi verdi, un tratto che condivideva con sua madre, essere Sua Grazia, il nobilissimo sesto duca di Roxton.

"Povero me, Mary. Non riesco a ricordare l'ultima volta in cui hai detto qualcosa con tale forza e convinzione," disse il duca. "Un discorso così appassionato merita una risposta. Ma oso dire che il signor Bryce di Brycecomb Hall preferirebbe farlo in privato, non con tutta la tua famiglia e parenti vari come testimoni."

Mary si voltò in fretta in un fruscio di sottane imbottite e sprofondò in una riverenza di benvenuto, con gli occhi fissi sul pavimento, lasciando Christopher a faccia a faccia con Julian, duca di Roxton, un nobiluomo molto calunniato, perfino odiato, da Sir Gerald Cavendish, e con il quale, oramai da oltre due anni, Christopher scambiava abbastanza corrispondenza con tante frasi laconiche che pensava di aver capito che uomo fosse.

Ma Christopher ricevette un duro colpo. Non capì perché e anche tempo dopo non sarebbe riuscito a esprimere a parole come avesse fatto ad arrivare a quella valutazione immediata, era stata solo una sensazione, un'intuizione, un certo indefinibile qualcosa che aveva visto in quegli occhi, che gli avevano detto che lì c'era un uomo buono e sincero, di cui poteva fidarsi ciecamente.

Fece un rispettoso inchino al duca e disse con franchezza, con le parole che gli uscirono di bocca senza doverci pensare molto, e quindi molto più potenti per la loro sincerità: "Vorrei che ci fossimo incontrati anni fa, Vostra Grazia."

Roxton gli tese la mano con un sorriso. "Anch'io, signor Bryce."

VENTOTTO

Il pranzo era quasi finito, il pudding in tavola insieme a vassoi di frutta di stagione e noci, quando la duchessa finalmente si unì alla sua famiglia.

C'era un silenzio generale tra i commensali perché Christopher aveva appena delineato la sua idea per liberare Teddy dalla sua paura del duca e tutti stavano aspettando la risposta di Roxton. Il duca pensò che fosse uno stratagemma eccellente per aiutare una bambina a superare la paura che le era stata inculcata, tanto che si chiese a voce alta come fosse possibile che lo Squire, che non aveva figli, fosse così in sintonia con le paure di una bambina, e che forse aveva una mezza dozzina di figli suoi nascosti da qualche parte?

Tutti capirono che era una battuta, ma visto l'acceso diverbio di poco prima tra Mary e lo Squire, nessuno osò ridere e quindi lo scherzo cadde nel vuoto e tutti tornarono a mangiare quello che restava nei loro piatti. Tutti eccetto Mary, che si rivolse a Christopher per la prima volta da quando si erano seduti a tavola e lo prese in giro con la domanda di cui conosceva la risposta, ma alla quale voleva che desse una risposta diversa: "Allora è questo il segreto che mi state nascondendo, signor Bryce. Avete una nidiata di marmocchi nascosti in casa vostra, di estrazione italiana, senza dubbio?"

"Non c'è niente del genere, milady," dichiarò con calma Christopher, anche se Mary sentì il guscio della noce rompersi nella sua mano e lui continuò a tenere il pugno chiuso. "Mi domando perché lo stiate chiedendo?"

"Perché mi state nascondendo qualcosa, una cosa che la cugina duchessa dice che dovrei sapere prima di prendere una decisione sul mio futuro."

Christopher guardò il tavolo, dove la duchessa di Kinross era assorta in conversazione con Kate e il duca di Kinross. Vide Kate ridere forte a un commento del duca e poi mettersi il ventaglio davanti alla bocca come se ciò che le aveva detto fosse in egual parte malizioso e umoristico. La scena lo rimandò di colpo a quando aveva quindici anni e aveva visto Kate per la prima volta, senza sapere nulla della sua identità. E a come era rimasto sconvolto, furioso e incredulo quando gli avevano detto che era sua madre. Si chiese se Mary avrebbe avuto una reazione simile e decise che quello era il momento migliore per scoprirlo.

"Volete saperlo adesso o può aspettare finché libereremo Teddy dalla casa sull'albero?"

"Adesso."

"Perché non mi sorprende?" Borbottò Christopher e poi sospirò di sollievo quando il duca interruppe il loro *tête-à-tête*.

"Mary, mia cara, devo dirti di non preoccuparti per Teddy," li interruppe Roxton, senza rendersi conto che i due stavano conversando sottovoce. "Ci sono Jack e Harry con lei, ed è il motivo per cui non sono qui a pranzo con noi."

"Jack e Harry sono nella casa sull'albero con Teddy?"

"Sembra che Jack e Teddy abbiano fatto amicizia, quando lei ha saputo chi era, e lui le ha chiesto di Abbeywood. Teddy gli sta raccontando tutto sulla sua eredità e lui, in cambio, suona la viola per lei." Roxton sorrise e scosse la testa. "È stata un'idea di Harry che Jack suonasse la viola ai piedi della quercia, nella speranza che Teddy lo trovasse abbastanza irritante da voler abbandonare la casa sull'albero."

"Oh, ma a Teddy piace la musica," lo interruppe Mary. "E Jack è un bravissimo musicista."

"Proprio così. O Harry non apprezza la musica o proprio non ha orecchio! Non importa. Ciò che conta è che Teddy ha compagnia. Tra le visite di Jack e Harry durante la giornata e le notti passate con la cucciolata di Scipio e Cordelia, è sistemata bene. Talmente bene, in effetti, che Frederick e i gemelli pretendono che la ragazza che vive sul loro albero sia immediatamente sfrattata. Ah! Eccovi qui finalmente, mia cara," aggiunse, spingendo indietro la sedia e alzandosi in piedi quando entrò la sua duchessa.

Si alzarono tutti, eccetto Antonia, che fu la prima a essere salutata dalla nuora e a ricevere un bacio sulla fronte. La duchessa poi le chiese della salute sua e del bambino, e solo quando fu soddisfatta riguardo lo stato di sua suocera sorrise al resto della compagnia e disse loro di non fare cerimonie e rimettersi seduti. Poi andò a capotavola, dove il duca era ancora in piedi e disse, dopo averlo baciato sulla guancia: "Perdonate il mio ritardo. Avevo appeno finito di allattare Otto che ho dovuto rimettere a letto i ragazzi e Julie perché avevano sentito una delle cameriere della nursery dire alla bambinaia che Sua Grazia di Kinross era tornata. Ovviamente volevano scendere e vedere Mema per conto loro, convinti che il bambino dovesse essere arrivato mentre era via." La duchessa prese una fetta di mela dal piatto di suo marito e la mordicchiò, aggiungendo con un sorriso: "Meno male che il povero Otto non ha idea di quanto sia trascurato dai suoi fratelli e da sua sorella, che pensano che l'unico bambino che esiste al mondo sia quello di Mema! Oh, e prima che lo dimentichi, Charlotte manda le sue scuse per non essere scesa a pranzo. A quanto pare soffre ancora di un nauseante mal di testa. Forse riuscirà a trovare l'energia di scendere dal letto in tempo per la cena," aggiunse, voltandosi per rivolgersi a Mary, "ora che sa che siete arrivata, Mary cara."

"Se aspetterà fino all'ora di cena troverà il posto deserto," rispose Roxton. "Siamo tutti attesi al padiglione a Crecy, dove io sarò magicamente trasformato da orco in un bel… sì, proprio così… un bel duca con l'aiuto del signor Bryce. Permettetemi di presentarvelo… Che c'è Deb?" Chiese il duca, preoccupato quando la sua risoluta duchessa barcollò e si aggrappò al suo braccio. "Cara, siete bianca come un lenzuolo! Qui, sedetevi e…"

"Otto?! Mio Dio…!"

"Vi avevo detto che con questo bambino avreste dovuto assumere prima una balia…"

Deb scosse la testa. "Non il bambino. Mio fratello Otto…"

"Deb, tesoro, vostro fratello non c'è più da oltre dieci anni oramai," disse pazientemente il duca, ma fu interrotto bruscamente.

"Chi siete, signore?" Domandò Deb a Christopher, con un'occhiata in fondo al tavolo dov'era seduta Antonia che fece capire con un sorrisino segreto che aveva visto anche lei ciò che aveva visto Deb: una rassomiglianza famigliare impressionante tra sua nuora e lo Squire.

Christopher si inchinò alla duchessa, che ora si era portata una mano tremante alla bocca, ma fu a Mary che parlò prima di tutto e con una voce chiara e forte che permise a tutti quelli intorno al tavolo di sentire ciò che aveva da dire.

"Volevo dirvelo al capanno, e l'avrei fatto se avessimo avuto più tempo. Dato che vi avevo già confessato la mia vita a Lucca, pensavo fosse abbastanza da gestire in quei primi giorni. E poi Kate mi ha chiesto di aspettare ancora un po'. Ho un segreto da rivelarvi. Riguarda anche Kate, che non vorrei ferire per tutto lo zucchero delle Indie, e ci sono anche altre persone, voi, Vostra Grazia," disse a Deb, "e voi, Vostra Grazia," disse a Roxton, "che potreste non accettare questo legame, e io capisco perfettamente che sia nel vostro diritto. Ma devo dirlo a voi," disse a Mary, "perché voi dovete saperlo, e confido che capirete che è una circostanza completamente fuori dal mio controllo. E anche se non definisce chi sono, e io ho imparato ad accettarlo, è comunque una macchia che non potrà mai essere rimossa. L'onta della mia nascita resterà con me per il resto della mia vita."

"Macchia? Onta della vostra nascita?" Rispose Mary a voce bassa, alzandosi in piedi accanto a lui. Diede un'occhiata a Deb e vide che aveva ancora una mano davanti alla bocca. Poi guardò Christopher, guardò i suoi occhi, e poi diede un'altra occhiata a Deb. Fu allora che capì, e si sentì piuttosto stupida per essere stata così cieca. Con i suoi occhi viola sgranati, fissò Christopher negli occhi e disse: "Una volta mi avete detto che il vostro nome di battesimo era Cavendish. Che avevate sangue Cavendish e che il legame era *complicato*. Ma non lo è, vero? È veramente molto semplice, una volta che si sa. Una volta che *si vede* la rassomiglianza…" Si impedì di dirlo. Voleva sentirlo dire da lui.

Christopher guardò dall'altra parte del tavolo, dove c'era Kate con Antonia che le teneva la mano.

"Kate…?"

"Non mi vergogno. Non mi sono mai vergognata," rispose Lady Paget. "Ma ho dei rimpianti. Ho permesso ad altri di convincermi a rinunciare a te. Rimpiango di non aver mai fatto parte della tua fanciullezza. A parte quello, sei cresciuto per diventare un brav'uomo, un uomo d'onore, degno di essere chiamato gentiluomo e questo è tutto ciò che conta. Nessuna madre potrebbe essere più fiera."

La duchessa fece per parlare, ma poi si rese conto che Christopher aveva ancora qualcosa da dire, quindi rimase in silenzio aggrappata al braccio del marito, con il duca che la teneva vicina. Christopher si rivolse a Mary ma, di nuovo, la sua voce era ferma e abbastanza forte da permettere a tutti di capire che parlava sinceramente e che le parole erano sentite.

"Mary, milady, sono davanti a voi come Squire Bryce, perché è chi sono. Ma ciò che non ero riuscito a dirvi e che dovreste sapere, è che sono il figlio naturale di Sir George Cavendish e Kate, Lady Paget. Sono nato a Brycecomb Hall e mi hanno chiamato Cavendish Christopher Bryce. La sorella di mia madre, Sophie e suo marito, Henry Bryce, mi adottarono quando avevo tre mesi e mi hanno cresciuto come loro figlio ed erede. E quelle due brave e lodevoli persone sono stati i miei genitori in ogni senso. Quando da giovanotto mi fu rivelato chi erano i miei veri genitori, che Sir George era mio padre, e suo figlio Gerald mio fratello, fu solo naturale che rifiutassi di crederlo. Per moltissimo tempo ho vissuto in una condizione di rifiuto, incapace di accettare che il mio sangue era contaminato e che non ero chi pensavo di essere. La mia vita divenne desolata, e per un po' di tempo, dissoluta. Quella parte ve l'ho già confessata e non c'è bisogno che la ripeta qui. E poi Kate, mia madre, mi trovò e io... e io... *divenni un adulto...*"

Guardò Kate, che aveva la testa girata verso di lui, sapendo che non poteva vedere il sorriso tenero che le stava rivolgendo. "Ecco! L'ho detto a voce alta, Kate. Mia madre. Perché è chi siete, mia madre, e lo siete sempre stata. E vostro figlio vi vuole bene. Era ora che il mondo lo sapesse, no?"

E poi guardò intorno al tavolo e al suo pubblico rapito e silenzioso e il sorriso ironico sparì, quando si rese conto che non c'era un occhio asciutto tra le donne e che il duca di Roxton e il duca di Kinross avevano del colore sulle guance. Fece un respiro profondo e continuò, deciso a finire la confessione che aveva cominciato, se non altro per non doverla ripetere. Riportò lo sguardo su Mary, che si stava asciugando in fretta gli occhi, e quando lei finalmente lo guardò, con il fazzoletto stretto in mano, le disse: "Se posso essere esageratamente franco, sottolineerò l'ovvio, in modo che non ci possano essere dubbi e poi voi potrete fare di questa confessione ciò che vorrete. Tramite i miei genitori naturali, sono il fratello bastardo della duchessa di Roxton e, tramite lei, lo zio dei suoi figli, anche se non ho intenzione di rivendicare questa parentela perché tocca solo ai loro genitori decidere. Sono anche lo zio di Sir John, Jack, Cavendish e dell'onorevole Theodora Charlotte Cavendish. E, se mi fosse permesso, desidererei moltissimo rivendicare la mia parentela con mio nipote e in particolare con Teddy, del cui benessere mi sono occupato con il massimo della cura e dell'affetto.

"Ci sono altri parenti Cavendish, troppo numerosi per menzionarli, e non mi interessa se vorranno o meno riconoscermi. Gli unici parenti, le uniche persone, cui tengo sono qui tra queste pareti di marmo, o su una quercia in una nave dei pirati. Ma, più di tutto, spero che questa rivelazione non cambi di una briciola il modo in cui *voi* considerate *me...*"

Ci fu un silenzio sbigottito e quali che fossero i loro sentimenti privati riguardo alla paternità di Christopher Bryce, tutti gli occhi si rivolsero al duca, come capo della famiglia, e perché erano a casa sua. Ma fu Mary che interruppe quel momento di immobilità. Fece una serie di corti respiri e crollò sulla sedia, con il fazzoletto premuto sulla bocca. Christopher le versò immediatamente un bicchiere di vino, glielo mise in mano e le disse di berlo a piccoli sorsi, cosa che lei fece.

Poi gli restituì il bicchiere e lo fissò attraverso le ciglia, facendo il broncio.

"Vi renderete conto che il mio mal di testa ora è peggiorato cento volte!"

Christopher sorrise imbarazzato. "Non ne dubito."

"E che completa sciocca sono stata a non vedere ciò che avevo davanti agli occhi... i vostri occhi in effetti! E oltre a tutto sono uno dei vostri tratti migliori."

"Uno dei...? Mi direte quali sono gli altri...?"

"No! Beh... non adesso. *Non qui*. Perché? Oh, perché?" Aggiunse in un tono di voce completamente diverso, e abbastanza forte perché tutti la sentissero, anche se non era stata sua intenzione: "Perché dovreste stupidamente credere che avrei un'opinione diversa a causa di quest'onta, questa macchia di cui non siete responsabile, uomo assurdo?! Pensavo che mi accreditaste maggiore buonsenso, che *noi* avessimo troppo buonsenso per considerare una simile rivelazione un impedimento non più del fatto che siete uno Squire delle Cotswold! E potete credermi quando vi dico che per mia madre il vostro sangue impuro non sarà niente a confronto delle vostre radici rustiche! E per quanto riguarda la mia famiglia, questa famiglia, e i miei fratelli e Sua Grazia e la cugina duchessa, sono il vostro carattere e la vostra devozione che sono importanti. Non è così, *Madame la Duchesse*?"

"Esattamente, *ma petite*," rispose gentilmente Antonia.

Mary rilassò le spalle e, sopraffatta, si prese il volto tra le mani. Eppure si asciugò il viso altrettanto in fretta e si mise diritta, tirando su col naso. Diede una rapida occhiata intorno al tavolo e vide che la sua famiglia si era messa comoda e stavano tutti fingendo di fare qualunque cosa salvo origliare, ma in effetti ascoltavano tutti attentamente e osservavano lei e Christopher. Fece per alzarsi in piedi e Christopher le tirò indietro la sedia prima che uno dei camerieri in livrea sull'attenti contro la parete potesse arrivare a lei.

"Roxton," disse Mary, facendo ricorso a tutta la sua dignità. "Se dobbiamo mettere in atto il piano del signor Bryce per liberare Teddy oggi, dobbiamo farlo entro la prossima ora, altrimenti non ci sarà abbastanza luce o tempo per preparare il padiglione..."

"Hai perfettamente ragione, Mary," confermò il duca, riprendendosi. "Ve ne parlerò mentre andiamo a Crecy," disse a bassa voce alla duchessa. La guardò preoccupato quando non la vide reagire. "State bene, Deb?"

"Penso di sì... Sì! Sto veramente bene. Anche se non so che cosa mi sorprenda di più," sussurrò all'orecchio del marito. "Di aver guadagnato un fratello, o che la cugina Mary e il mio nuovo fratello siano profondamente innamorati."

Il resto dei commensali aveva scartato il tovagliolo e stava per muoversi, quando Mary li stupì, lasciandoli pietrificati: "C'è qualcosa che desiderate dire al signor Bryce, Vostra Grazia? O meglio, qualcuno di voi ha qualcosa da dire? O devo presumere dal vostro silenzio, e lo faranno anche lui e Lady Paget, che accettate la sua confessione e che non sarà più necessario parlarne? Continueremo come prima. Anche se, nel mio caso, anche se vorrei con tutto il cuore che Teddy sapesse che ha uno zio, sarà meglio lasciar perdere finché avrà un'età per capire che non tutte le famiglie nascono allo stesso modo."

"Udite! Udite!" Esclamò Jonathon, applaudendo Mary e ammiccando a Christopher. "Ben detto, milady. Ben detto."

Aspettarono tutti per vedere che cosa avrebbe detto e fatto Roxton in risposta. Lui guardò sua moglie e quando la duchessa gli sorrise e gli strinse il braccio e poi sorrise a Mary e Christopher, vide confermata la sua supposizione. Fece un passo avanti e per la seconda volta quel giorno tese la mano a Christopher Bryce.

"Benvenuto in famiglia!"

VENTINOVE

Mary camminava avanti e indietro alla base della vecchia quercia mentre Christopher si arrampicava sulla scala a pioli che portava alla casa sull'albero. Tutto e tutti erano pronti nel padiglione. Ora restava solo che Christopher persuadesse Teddy ad unirsi a loro.

Christopher infilò la testa nella casetta e chiamò: "Salve, posso salire a bordo?"

Si sentì rumore di stivali sulle tavole di legno sopra la sua testa, e voci, e poi Teddy apparve sulla scala che univa i due livelli, con le trecce disordinate che le incorniciavano il viso. Spalancò gli occhi. Le sue orecchie non l'avevano tradita! Era la voce del suo amatissimo zio Bryce. Mentre scendeva in fretta la scaletta, Christopher si issò attraverso la botola ed entrò nella casetta. Non ebbe il tempo di mettersi in piedi. Teddy gli si lanciò contro con tutta la sua forza, mettendogli le braccia attorno e aggrappandosi disperatamente a lui, come se fosse caduta fuori bordo in alto mare e avesse trovato l'unica zattera in grado di salvarla dall'annegamento.

"Oh, *questo* è un saluto!" Disse Christopher con una risata e tese una mano per evitare di ricadere dentro la botola, con un braccio intorno a Teddy. Riuscì a tenere in piedi entrambi e si lasciò scivolare sulle tavole per sedersi a gambe incrociate contro la ringhiera. "Come sta il mio raggio di sole? La tua mamma e io abbiamo sentito la tua mancanza."

Teddy borbottò qualcosa contro il suo panciotto, dove aveva sepolto la faccia. Christopher tentò di staccarla, di parlarle. Ma poi si rese conto che la bambina stava piangendo. Grandi dolorosi singulti di sollievo che scuotevano il piccolo corpo magro, e sapendo che era agitata, Christopher la lasciò piangere. Le accarezzò lentamente i capelli, continuando a ripeterle che era al sicuro, che lui l'avrebbe sempre protetta e che sua madre era alla base della quercia e aspettava di poterla abbracciare.

Rimase sul pavimento con Teddy in grembo, con la bambina che aveva smesso di piangere ma era ancora abbastanza angosciata da tenere la faccia nascosta, quando due ragazzi scesero la scaletta dal secondo livello. Jack Cavendish e Henri-Antoine erano facilmente distinguibili. Jack aveva gli occhi castani e la criniera di capelli color tiziano dei Cavendish, mentre il suo miglior amico, Harry, era più alto, aveva il naso ancora troppo forte per la sua giovane faccia e il suo aspetto era meticolosamente ordinato per un ragazzo di sedici anni.

Entrambi trovarono imbarazzante essere testimoni di quella riunione piena di emozioni tra Teddy e un gentiluomo che non avevano mai incontrato ma che sapevano essere suo zio Bryce perché Teddy si era lasciata sfuggire il suo nome prima di scendere dalla scaletta, e avevano sentito parlare di lui abbastanza da far sembrare che lo conoscessero già. Rimasero rispettosamente in silenzio e restituirono il cenno di saluto di Christopher.

"Vorreste gentilmente informare Lady Mary che scenderemo tra qualche minuto? Troverete la famiglia riunita nel padiglione."

Henri-Antoine non ebbe bisogno di altro incoraggiamento per lasciare la casa sull'albero. Ma Jack restò indietro. Dopo aver preso la viola con la sua custodia da dove l'aveva lasciata in un angolo, si avvicinò a Christopher, con la fronte aggrottata e un'occhiata a Teddy, che aveva ancora la faccia sepolta nel panciotto di Christopher.

"Andrà tutto bene, signore? Voglio dire, veramente tutto bene, se capite che cosa voglio dire..."

Christopher capiva e sorrise al ragazzo, annuendo.

"Sì. Grazie. Un pizzico di magia e Teddy e tutto e tutti a Treat torneranno com'erano."

"Magia, signore?"

Jack era incuriosito. Christopher sperava che lo sarebbe stata anche Teddy. Non Henri-Antoine. Dalla botola, dove aveva cominciato a scendere la scala a pioli, ma aveva aspettato che Jack lo seguisse, fece una smorfia alla dichiarazione di Christopher e fece segno a Jack di affrettarsi, muovendo di scatto la testa. Ma quando Jack lo ignorò, Henri-Antoine sospirò e sparì giù per la scala senza un'altra parola.

Christopher fu solo grato che il ragazzo non avesse espresso a voce alta il suo scetticismo.

Quando Christopher non gli rispose immediatamente, Jack pensò bene di spiegarsi, in modo che il gentiluomo capisse che era sincero e, cosa ancora più importante, che Teddy non pensasse male di lui.

"Non ho mai avuto la fortuna di conoscere la magia di persona. So che la gente del posto dice che Swan Island è un'isola magica, dove vivono il re e la regina delle fate, protetti dal fantasma di un vecchio eremita. L'accesso all'isola è vietato, quindi non ho mai visto queste fate né il fantasma."

"Non vederli non ha impedito alla gente del posto di credere che esistano."

"Vero, signore. Ma Harry dice che c'è più verità nell'adagio 'Vedere è credere'."

"Presumo che Harry frequenti la chiesa tutte le domeniche?"

Jack sorrise. "Sì, signore, in effetti sì. Avrei dovuto dirlo fin dall'inizio, io sono Jack. So chi siete voi, siete il signor Bryce e ho parecchio per cui ringraziarvi, per esservi occupato della mia eredità."

"Sono lieto di conoscervi, finalmente, Jack. E potete venire a visitare Abbeywood Farm quando volete. So che a Teddy piacerebbe portarvi in giro e forse anche fare una corsa a cavallo con voi fino a Puzzlewood. Se siete fortunato potreste perfino intravedere una fata o due. Che ne pensi, Teddy?"

Quando Teddy non rispose immediatamente, ma si rannicchiò più vicino, per riempire il silenzio Jack disse: "Mi piacerebbe. E mi piacerebbe visitare il Puzzlewood. Teddy ci ha parlato delle fate che vivono lì fin da prima dei tempi di re Artù, che impediscono ai viaggiatori di perdersi. E degli eserciti fantasma di Cavalieri e Teste Rotonde che escono dalla nebbia ogni anno per combattere sul vecchio campo di battaglia accanto al prato del villaggio. E poi c'è il capitano dei Cavalieri che infesta il frantoio per il sidro di Tanner, ucciso da uno dei soldati di Cromwell mentre dormiva, quando avrebbe dovuto fare la guardia al frantoio. L'intera famiglia Tanner fu uccisa, eccetto il figlio minore che si era nascosto nel camino…"

"Teddy vi ha intrattenuto con le storie di casa. Tanti posti magici nel nostro piccolo angolo di paese, vero, Teddy?" Christopher sorrise al ragazzo e disse con una strizzatina d'occhi: "E grazie per aver tenuto compagnia a Teddy fino al mio arrivo e per averle regalato un po' di intrattenimento musicale. Senza dubbio Teddy vi avrà detto che sono un musicista orribile, quindi sarà sicuramente stato un cambiamento piacevole per lei ascoltare un musicista con tanto talento."

"È una bugia, zio Bryce! Non siete or-orribile. Suonate la mandola meglio di chiunque altro." Teddy si raddrizzò, togliendosi i capelli dagli occhi e si asciugò in fretta la faccia. Si guardò diffidente alle spalle, imbarazzata che Jack la considerasse infantile e piagnucolona. "Jack suona la viola, che è tutta un'altra cosa, ma la suona molto bene."

"Allora spero che la porti con sé quando verrà a trovarci."

"Sicuramente, signore." Jack guardò Teddy. "Verrò ad Abbeywood Farm un giorno... È una promessa. Ma voglio che tu sia lì per mostrarmi tutti i posti di cui mi hai parlato. Vi vedrò entrambi al padiglione." Fece un piccolo elegante inchino a Christopher e si congedò, con la viola nella sua custodia a tracolla e appoggiata sulla schiena mentre scendeva la scaletta.

Nel silenzio che seguì, si sentirono delle voci salire attraverso la botola. Era Mary che parlava con Jack. Sia Christopher sia Teddy riconobbero la sua voce e diede a entrambi un senso di conforto e anche il desiderio di raggiungerla. Ma prima Christopher doveva rassicurare Teddy che tutto andava bene nel suo mondo e assicurarsi la sua fiducia riguardo all'orco che lei riteneva fosse la vera forma del duca di Roxton.

La guardò e le tolse dalla faccia i capelli in disordine per dirle gentilmente: "Teddy, sai che la tua mamma e io ti vogliamo molto bene e che non permetteremmo mai che ti succeda qualcosa di brutto, vero?" Quando Teddy annuì, Christopher sorrise e disse in tono grave: "L'unica cosa che voleva tua nonna nel portarti qui era farti incontrare i tuoi cugini. Non sapeva che il tuo papà ti avesse parlato di questo posto e del duca, altrimenti non ti avrebbe mai portato qua."

"Ma *voi* mi credete, vero, zio Bryce?"

"Sì, e anche la tua mamma."

"Lo avete detto alla mamma? Ma lei è sotto l'incantesimo del duca e non può sapere la verità!"

"È quello che credeva il tuo papà. Ma ti sorprenderebbe sapere che la tua mamma ha sempre saputo la verità sul duca?"

"La *verità*?"

"Sì, la verità... Ti va bene se parliamo dell'orco?"

Teddy annuì, ma aggiunse con una smorfia. "Jack mi crede. Harry no."

"Questo perché Jack vuole credere nella magia e Harry no. Se non credi nella magia, allora non puoi credere che ci siano esseri come le fate, gli gnomi, gli orchi e gli incantesimi, no?"

"Tutti ad Abbeywood sanno che la magia esiste, perfino il vicario. Jack ha ragione. Harry dice che se non puoi vederlo, allora non può essere reale. È arrabbiato perché ho detto che il duca è un orco. Ma non l'ho inventato. È ciò che mi ha detto il mio papà."

"Sì. Ma la rabbia di Harry è comprensibile. Lui vuole bene a suo fratello. Io sarei furioso se qualcuno mi dicesse che tu o la tua mamma siete delle streghe, perché so che non è vero. Forse anche Harry sa che non è vero? Dopo tutto ha vissuto con suo fratello per tutta la sua vita, quindi lo conosce meglio di chiunque altro, meglio di noi, e meglio di quanto lo conoscesse il tuo papà. Mi chiedo solo, perché ci ho riflettuto parecchio anch'io, mi chiedo se forse il tuo papà non possa aver capito male… che il duca possa non essere l'orco che credi tu?"

Teddy lo guardò con una ruga profonda tra le sopracciglia.

"Ma… ma perché papà avrebbe dovuto mentirmi? Diceva che il duca era un orco che nella sua vera forma ha grandi occhi neri e una coda lunga come il diavolo. Papà diceva che una sola occhiata ai suoi occhi e sarei stata in suo potere per sempre e mi avrebbe rinchiuso. Non avrei più rivisto Abbeywood!"

Christopher le strinse la mano. "Non permetterei mai che succedesse, Teddy. Tu sarai sempre libera," aggiunse in tono misurato. "Forse il tuo papà non ti ha mentito. Forse era quello che credeva *lui*. Mi chiedo se prenderesti in considerazione un'altra possibilità. Vuoi ascoltarmi?" Quando Teddy annuì, continuò. "Mi chiedo se forse il tuo papà non credesse che il duca era un orco perché era il tuo papà, non il duca, che era sotto l'incantesimo di questo orco. Che questo orco avesse fatto un incantesimo sul tuo papà per far credere a *lui* che il cugino della tua mamma era un orco sotto mentite spoglie? Credi che possa essere quello che è successo?"

Teddy fece un respiro profondo mentre pensava a ciò che le aveva detto Christopher. Alzò le spalle. "Forse," ammise, riluttante.

"Spiegherebbe il motivo per cui il tuo papà non veniva mai qui e perché il tuo papà, e solo lui, credeva che il duca fosse un orco. Dopo tutto la tua mamma, tua nonna, Jack, tuo zio Dair, che si è sposato qui con tua zia Rory, e lei è così dolce che è praticamente una fata, e *Madame la Duchesse*, che è la mamma del duca, nessuna di queste persone crede che il duca sia un orco, vero?"

Quando Teddy scosse la testa, aggiunse nello stesso tono tranquillo: "E sua moglie e i suoi figli gli vogliono molto bene. Mi dicono che eri lì quando i bambini hanno salutato il loro papà nel salone da ballo. Pioveva fuori e tutti stavano giocando in casa… Sono stati felici di vedere il loro papà?"

"Stavano ridendo tutti e Juliet, lei è l'unica bambina, è corsa da lui e lui l'ha presa in braccio e l'ha fatta roteare, come facevate voi con me quando ero piccola. Ricordate?"

"Sì."

Rimasero seduti fermi e zitti per un momento e poi Teddy disse:

"*Madame la Duchesse* mi ha promesso un cucciolo tutto mio. Credete che la mamma mi permetterà di portarlo a casa con me?"

"La tua mamma ha già accettato."

Teddy si spostò per sedersi davanti a Christopher, con gli occhi sgranati e sorridendo per la prima volta da quando lui era salito nella casa sull'albero.

"Davvero? Oh! Non vedo l'ora di mostrarvelo! Verrete a vedere i cuccioli con me? Ce ne sono sei e sono tutti i cani più carini al mondo e *Madame la Duchesse* ha detto che potevo scegliere quello che volevo."

"Deve essere stata una scelta veramente difficile."

"Sì. Non credo di aver mai dovuto decidere una cosa così difficile, *mai*. Ma alla fine ho scelto una cagnolina nera perché è la più piccola della cucciolata e, visto che è piccola, pensavo che alla mamma non avrebbe dato troppo fastidio e sarebbe stata meno spaventata."

"Premuroso da parte tua. Hai scelto un nome?"

"*Madame la Duchesse* dice che tutti i suoi cani hanno nomi latini e ha preparato una lista per me. Ho scelto Nera. Jack ha un cane che si chiama Nero. Anche lui è uno whippet, e ha sette anni. *Madame la Duchesse* ha detto che Nera è un bel nome per il mio cucciolo. Che ne pensate, zio Bryce?"

"Sono d'accordo, è un bel nome e lo penseranno anche Silvia e Carlo. Oh! Quasi dimenticavo di dirtelo. Kate è qui…"

"Qui a Treat?" Teddy non riuscì a nascondere l'eccitazione, le mancava il fiato. "Davvero?"

"Davvero. È venuta a trovare te ed è stata invitata a restare per Natale. Noi, tua madre, tu, Kate e io, siamo stati tutti invitati a restare come ospiti di *Madame la Duchesse* e del duca di Kinross qui a Crecy Hall. Ma ci saranno delle occasioni in cui andremo nella casa grande, per andare in chiesa e per tutti i festeggiamenti che ci saranno a Natale per i bambini e il resto della famiglia. Ma solo se tu ti sentirai a tuo agio. Ovviamente al duca piacerebbe veramente molto che tutti noi facessimo parte delle riunioni di famiglia, ma se desideri restare qui, beh, deciderai tu."

"A voi piace, zio Bryce? Vi piace il duca?"

"Vuoi veramente sapere che cosa penso?" Quando Teddy annuì, Christopher sorrise. "Mi piace il duca, Teddy. Credo che sia una brava persona e abbia un cuore buono."

"Allora perché un orco avrebbe dovuto fare un incantesimo a papà per fargli credere che il duca fosse una persona cattiva che voleva rinchiudermi?"

"Mi piacerebbe poterti rispondere, ma non ti posso dire con

certezza il perché. Forse il tuo papà aveva offeso l'orco, in qualche modo? Quello che so è che gli orchi sono cattivi solo per il gusto di esserlo. Hanno tutti i tratti peggiori della razza umana: gelosia, orgoglio, vanità, avidità, infingardaggine e sono miserabili perché a loro piace esserlo. Certamente non desiderano che la gente sia felice. In effetti, come carattere sono tutto l'opposto delle fate buone, che sono gentili, amorevoli e generose e vogliono che tutti siano felici…"

"Proprio come la zia Rory e *Madame la Duchesse* e la mamma!"

"E tu."

"*Io?*" Teddy fece sporgere il labbro inferiore e fece un verso che indicava la sua incredulità, un verso che sua madre non avrebbe approvato, ma che fece sorridere Christopher. "Zio Bryce, non posso essere una fata buona, non sono abbastanza carina. Tutti sanno che le fate hanno i capelli colore dell'oro filato e grandi occhi azzurri e la pelle liscia e bianca come panna montata."

"Non le fate che ho visto io," dichiarò enfaticamente Christopher, facendo sedere Teddy diritta e attenta. "Le fate che conosco io hanno baci di rubini sulle guance e a volte anche sul naso, e i loro capelli sono del colore del rame filato o, a volte, lo stesso rosso ricco e scuro delle ciliegie mature. E i loro occhi sono grandi, ma non azzurri. Sono del colore delle campanule che sono più viola che azzurre. Quelle fate non sono molto comuni e sono le più belle di tutte."

"Devono essere proprio come la mamma."

Christopher si batté il naso, con aria saputa. "Proprio come la tua mamma."

Teddy sorrise, stringendosi nelle spalle e Christopher le restituì il sorriso. E poi entrambi sobbalzarono quando un'amatissima voce disse in tono leggero, attraverso la botola: "Avete dimenticato di dire che le fate hanno le ali. Ma io non le ho, e mi piacerebbe veramente averle perché non mi ero mai arrampicata così in alto prima d'ora e sono sicurissima che cadrò se non mi aiutate a salire o non mi portate giù immediatamente!"

QUANDO FU DI NUOVO SULLA TERRA FERMA ALLA BASE DELLA quercia, Mary si strinse lo scialle di lana intorno alle spalle per proteggersi dalla fredda aria notturna, ora che il sole era basso sull'orizzonte e alzò gli occhi sull'albero, aspettando ansiosamente che Teddy raggiungesse lei e Christopher. Teddy si precipitò giù dalla scala a pioli come qualcuno abituato a salire e scendere tutto il giorno e cadde felice tra le braccia aperte di sua madre.

La riunione di Mary con sua figlia non era stata gravida di emozione come quella con Christopher e sua figlia sembrava essere di umore più tranquillo di quanto si fosse aspettata da una bambina spaventata a morte dalle vili bugie di suo padre su suo cugino Roxton. Sapeva che era dovuto all'attenta gestione della situazione da parte di Christopher. Avrebbe voluto abbracciarlo e baciarlo per ringraziarlo solo per aver riportato il sorriso sul volto di Teddy, senza tener conto che sembrava averla persuasa che dopo tutto Roxton non era un mostro che voleva rinchiuderla. Teddy saltellava accanto a sua madre, che aveva timidamente accettato il braccio che le porgeva Christopher, mentre le raccontava tutto sulla cucciolata di Cordelia e Scipio, e che allo zio Bryce piaceva il nome Nera per il suo cucciolo, come piaceva a *Madame la Duchesse*, e la mamma voleva andare con lei a trovare i cuccioli e vedere Nera quella sera?

Arrivarono al padiglione in tempo per vedere parecchi giardinieri che armeggiavano per dare i tocchi finali a un falò in mezzo al prato tra il padiglione e il lago. Sotto la supervisione delle bambinaie e dei tutori, i figli dei Roxton stavano aspettando impazienti che accendessero il falò, insieme a una mezza dozzina di figli dei servitori che erano stati invitati a unirsi ai festeggiamenti del solstizio d'inverno. Tutti gli adulti erano riuniti sui gradini del padiglione, con mantelli, cappucci, manicotti di pelliccia e guanti. Betsy si staccò dal gruppo dei servitori dei piani alti con il mantello foderato di pelliccia di Mary. Christopher glielo mise sulle spalle e chiuse il gancio e poi proseguirono per unirsi al resto della famiglia.

Christopher notò che Teddy era rimasta indietro. Quindi le tese la mano guantata con un sorriso e lei la prese in fretta, ma lui non salì i gradini con lei per raggiungere Mary.

"Vuoi venire nel padiglione o preferiresti restare con i bambini accanto al falò? Vedo che ci sono anche Jack e Harry con loro."

"Dov'è Kate?"

"Seduta là accanto a *Madame la Duchesse*. Vuoi andare a sederti con loro?"

Teddy scosse la testa. Christopher vide che stava controllando le facce degli adulti e immaginò chi stesse cercando perché all'improvviso rimase immobile e zitta e Teddy non stava mai ferma, a meno di essere malata o sconvolta o nervosa.

"Là c'è il duca. Sta parlando con l'altro duca. Non avevo mai incontrato un duca prima di venire qua e ora ne conosco due. Ci sono altri duchi in famiglia che devo ancora incontrare?"

"Non credo. Vuoi che andiamo da lui insieme? L'altro è il duca di Kinross…"

"È sposato con *Madame la Duchesse*. Mi piace. Sapete, zio Bryce, che ha vissuto in India ed è per quello che la sua pelle è marrone? Ha cavalcato gli elefanti e aveva delle scimmie, e ha una figlia che ha i capelli dello stesso colore dei miei! E quando *Madame la Duchesse* non è nei paraggi fuma i si-sigari. Mi ha mostrato l'acciarino e come accende i sigari per poterli fumare. Ma ha detto che deve restare un segreto tra di noi perché *Madame la Duchesse* non sarebbe contenta di lui." Teddy piegò di lato la testa. "Ma io penso che *Madame la Duchesse* sappia dei sigari, zio Bryce, non credete? E non penso che sia scontenta di lui, assolutamente. Penso che lui mi stesse prendendo in giro."

"Potresti avere ragione."

Teddy tirò il fiato, annuì e disse risoluta: "Voglio vedere il duca di Roxton e voglio che veniate con me."

"Certamente."

Attraversarono mano nella mano la parte anteriore del padiglione verso i gradini, fino ad arrivare dove il duca di Roxton e il duca di Kinross stavano conversando, ed entrarono nel cerchio di luce morbida gettata dalle candele accese e aspettarono di essere notati. Fu Deb Roxton che li vide per prima e sussurrò qualcosa in fretta all'orecchio di suo marito. Le conversazioni tra gli adulti si fermarono e l'unico rumore proveniva dai bambini che stavano diventando irrequieti accanto al falò. Kinross si fece indietro e Roxton, vedendo Teddy e Christopher, scese lentamente i gradini per andar loro incontro. Alzò le falde della giacca di velluto e si sedette su un gradino basso, per avere la faccia allo stesso livello di quella di Teddy, che aveva salito un gradino ed era ora in piedi davanti a lui.

Teddy lasciò andare la mano di Christopher e dopo averlo guardato e aver ricevuto un cenno di assenso da parte sua, andò avanti e fece una riverenza, alzando coraggiosamente gli occhi per incrociare lo sguardo del duca. E fu allora che notò ciò che non aveva visto nel salone da ballo, e tutto perché era stata troppo spaventata e sconvolta per notare qualcosa, eccetto che il duca era alto e grande e torreggiava su di lei. Ma ora, guardandolo in volto, vide che aveva un sorriso amichevole e occhi gentili, occhi che erano del colore degli smeraldi. Gli stessi dolci occhi verdi di sua madre, *Madame la Duchesse*, che, secondo Teddy, se qualcuno era la regina delle fate era proprio lei.

Quindi, quando il duca sorrise e le tese la mano, lei ricambiò il sorriso e gli prese un po' incerta le dita. Lui non fece altro e restò immobile. Ma bastò perché Teddy emettesse un piccolo sospiro di sollievo. Perché anche se si fidava della parola di zio Bryce, che il duca non era l'orco che suo padre le aveva detto essere, c'era qualcosa nel potere del tocco, che se doveva succedere qualcosa per trasformare il duca in un orco, era proprio quello e lei lo avrebbe visto cambiare davanti ai suoi occhi.

Ma quando lui rimase com'era, il suo cuore smise di battere così forte. E quando il duca si chinò sulla sua mano, le spalle di Teddy si rilassarono. Si diede un'altra occhiata alle spalle, per assicurarsi che Christopher fosse ancora lì e si chinò coraggiosamente verso il duca e gli appoggiò la guancia sulla spalla. Lui la abbracciò senza stringerla, non volendo spaventarla né metterla a disagio, e restarono in quel modo per qualche momento, prima che Teddy si raddrizzasse e guardasse tutti gli adulti in silenzio alle spalle del duca. Vide sua madre che si asciugava una lacrima, poi le sorrise luminosa, e ricambiò il sorriso.

Non c'era un occhio asciutto in tutto il padiglione.

"Sono così contento che tu, tua madre e tuo zio abbiate potuto essere qui con tutta la famiglia stasera, Teddy," disse il duca a bassa voce, dando un'occhiata a Christopher che era di nuovo di fianco a Teddy. "Perché sai che giorno speciale è oggi?" Quando Teddy scosse la testa, le disse: "Oggi è il solstizio d'inverno. Una notte molto speciale che *Madame la Duchesse*, mia madre, ha cominciato a festeggiare quando ero un ragazzino, molto più giovane di te... ed era moltissimo tempo fa."

"Il solstizio d'inverno? È la notte più lunga dell'anno, vero?"

"Proprio così."

"Allora ne so qualcosa perché la cuoca dice che accendere un fuoco nel solstizio d'inverno aiuta a liberare la casa dagli spiriti maligni che si annidano nei posti bui. E dice che da adesso fino alla primavera i giorni diventano più lunghi finché è primavera e c'è il sole e gli spiriti maligni non hanno nessun posto dove nascondersi; è a quel punto che arrivano gli spiriti buoni." Voltò la testa verso il falò ancora spento. "È per questo che anche voi avete un falò?"

"Qualcosa del genere, sì. *Madame la Duchesse* aveva in mente l'antica festività romana dei Saturnalia, ma mi piace la spiegazione della cuoca," rispose Roxton. "Sei molto intelligente, Teddy. Alla tua età non credo che Jack o Harry avessero idea della ragione per cui accendiamo un fuoco proprio questa notte, né hanno mai pensato a chiederlo. A loro piaceva semplicemente correre in giro e guardare una gigantesca palla di fuoco."

"È perché sono ragazzi. Lo zio Bryce potrà dirvi che le ragazze sono più sveglie dei ragazzi. Non è vero, zio Bryce?"

Il duca ridacchiò, insieme al resto degli adulti, e poi Roxton aggiunse: "Sono d'accordo con te e tuo zio. E lo sono anche tutti gli altri qui. Le donne della nostra famiglia sono sempre state molto più intelligenti di noi maschi." Fece un cenno a un servitore in livrea, in piedi come una sentinella alla base delle scale con una torcia accesa, e poi disse a Teddy, includendo Christopher nella conversazione: "Mi stavo chiedendo, Teddy, se tu e tuo zio Bryce potreste farci l'onore di accendere il falò."

"Può venire anche la mamma con noi?"

"Certamente, è una magnifica idea."

Raggiunti gli adulti sul gradino più alto del padiglione, Roxton rimase con sua moglie dietro la *dormeuse* dov'erano sedute sua madre e Lady Paget e guardò Teddy andare verso il falò, tenendo in alto la torcia accesa, con sua madre e Christopher un passo dietro di lei. E mentre tutti, dagli adulti nel padiglione ai bambini che correvano in giro sul prato nella luce morente, guardavano ipnotizzati Teddy che immergeva la fiamma nel falò, lo sguardo di Antonia era fisso sulla coppia che l'affiancava e specialmente sullo Squire Bryce che aveva le mani strette dietro la schiena. Nonostante l'apparente elegante calma esteriore, i pollici non restavano fermi, e quel segno rivelatore fece sorridere Antonia.

Voltò la testa, guardando suo figlio e alzò una mano, che lui prese, e poi gli diede un piccolo strattone in modo che lui si chinasse ad ascoltare ciò che aveva da dirgli.

"Julian, è ora di scrivere a Cornwallis."

Il duca sapeva a che cosa stava alludendo, ma lo disse comunque a voce alta, e sorpresa, anche se in realtà non era per niente sorpreso dalla sua richiesta o dal motivo sottostante. "Vi rendete conto che questa sarà la terza licenza speciale che gli chiedo in otto mesi?"

Antonia fece spallucce. "Non importa. Ciò che importa è che la tua famiglia sia felice, sì?"

"Sono d'accordo."

"E Mary merita di essere felice."

"Sono d'accordo anche su questo." Esitò, dando un'occhiata a Lady Paget sopra la testa di sua madre. Ma dato che quella dama e Deb stavano conversando, si sentì in grado di continuare. Quindi si accucciò accanto alla *dormeuse* e disse, accigliato: "Se lo sposerà, ci saranno conseguenze che saranno al di là della mia… della nostra… capacità di controllo. Ci sarà gente che le volterà le spalle nonostante il nostro pubblico sostegno al matrimonio…"

"Julian…"

"*Maman*, io… noi… potremo arrivare solo fino a un certo punto. Ci saranno case, riunioni, occasioni sociali alle quali lei non sarà invitata, men che meno benvenuta, come moglie di uno Squire, tanto meno come coppia. E chi sa se sarà mai ricevuta di nuovo a corte."

"Julian, lo so, ma..."

"E parleranno di loro e non in modo positivo. Non mi sorprenderebbe se la notizia del loro matrimonio finisse sui giornali per diventare fonte di pettegolezzo per le masse. Orribili meschini scribacchini! E che Dio li aiuti se mai si venisse a sapere della sua nascita vile..."

"*Assez*! Julian! Tutto questo lo so fin troppo bene, *mon chou*. Ti preoccupi troppo, come sempre. Pensi che a lei interessi? O a lui? Forse dimentichi che i tuoi stessi nonni, i genitori di tuo padre, erano stati ripudiati dalle loro famiglie. Alla mamma del tuo papà, la tua *grandmère* francese, fu proibito di frequentare la corte da Luigi in persona. Non andò mai più a Versailles. *Monseigneur* era già un ragazzo prima che i genitori della sua mamma ammettessero che c'era stato un matrimonio e che tuo padre non era il prodotto di una relazione, e che non era in effetti un bastardo. *Mon Dieu*. Puoi credere a una cosa del genere? È stato orribile per loro e veramente orribile per il tuo papà, che ne fu profondamente toccato. Vedeva quotidianamente l'angoscia di sua madre che soffriva nel vedersi negati il conforto e la compagnia della madre e delle sorelle. Ma noi, Julian, non siamo così. Noi sosteniamo la famiglia e le loro scelte. E finché Mary avrà la sua famiglia, e noi l'accoglieremo e loro si ameranno e saranno felici, allora quello è tutto ciò che conta, *hein*?"

"Non sono in disaccordo con voi, *ma mère*. E darò la mia benedizione al matrimonio se Mary vuole veramente sposare lo Squire. Ma perché la loro unione non può aspettare le pubblicazioni? Metterebbe una distanza più rispettabile tra la morte di suo padre e il matrimonio. Ci deve essere un periodo di lutto per sua signoria, qualunque cosa noi pensiamo di Strathsay come uomo. In effetti, preferirei che aspettassero fin dopo il vostro lieto evento e il battesimo. Dair a quel punto sarà tornato e potrà partecipare alla cerimonia di nozze di sua sorella. Allora perché hanno bisogno di una licenza speciale?"

Quando sua madre ridacchiò dietro il ventaglio, con gli occhi che brillavano, Julian sentì le guance scottare e capì a che cosa stava alludendo, ma non riusciva quasi a crederci. Guardò il falò fiammeggiante in mezzo al prato e le silhouette degli adulti e dei bambini raccolti intorno alle ardenti fiamme arancio, ma non riuscì a capire quali fossero sua cugina Mary e lo Squire. Tornò a guardare sua madre, che lo guardava ancora divertita.

"Buon... Dio! Come... Non so come facciate a sapere queste cose... Ne siete sicura?" Quando Antonia, come tutta risposta, alzò le sopracciglia senza parlare, lui si passò una mano sulla bocca. "È di Mary che stiamo parlando e lui mi sembra un tipo ligio alla correttezza almeno quanto me. Da quanto ho letto nelle sue lettere negli ultimi due anni, ha tutti i tratti di un pedante che spacca il capello!"

"Non dubito che diverrete grandi amici," replicò scherzosa Antonia, con la fossetta in mostra. Chiuse il ventaglio con uno scatto e strinse il polso del figlio. "Non sto parlando di lui come Squire, o di te come duca, *mon chou*, o del fatto che voi due siete entrambi portati a fare il vostro dovere. Sto parlando di voi come *uomini*. Sono sicurissima che lui assomigli a te anche in quel senso. Proprio come *Monseigneur* aveva un forte appetito fisico, anche tu ce l'hai, e anche *M'sieur* Bryce. Uomini simili quando si innamorano, non pensano alle conseguenze quando hanno bisogno di soddisfare…"

"Va bene, *Maman*. Mi avete convinto," la interruppe bruscamente Roxton, balzando in piedi. "E licenza speciale sia. Scriverò domani a Cornwallis."

"*Mon Dieu*! Non adesso… *Julian*!"

"Ma avete appena detto che hanno bisogno di licenza…*Mon Dieu*!" Fu solo in quel momento che si rese conto che Antonia si stava tenendo la pancia rotonda e aveva gli occhi chiusi strettamente. "*Maman*!? *Maman*, state…"

"Jonathon! *Jonathon*. Dov'è Jonathon?"

Quelli vicini a lei sentirono il tono angosciato di Antonia, videro il duca che si guardava intorno freneticamente come se avesse perso qualcosa e dimenticarono il falò in un istante. Tutti si affollarono intorno a lei.

"State indietro! State indietro! Lasciatela respirare!"

Era Kinross, e si fece strada a spallate verso sua moglie, cadendo in ginocchio accanto a lei. Vedeva che stava soffrendo molto. Una mano con le nocche sbiancate teneva stretta la *dormeuse*, l'altra, tesa fuori, aveva afferrato la mano di Lady Paget: aveva bisogno di contatto umano e rassicurazione.

Antonia respirò a fondo un paio di volte e aprì gli occhi.

"Jonathon, ho bisogno… ho bisogno… di Gabrielle. Per favore, mandala a prendere. *Immédiatement*!"

"È qui, tesoro," disse Jonathon in tono rassicurante e un sorriso tremulo, prendendole la mano e baciandole le dita. "Gabrielle è qui. Lei lo sapeva. Ha detto che eravate in anticipo con i vostri figli e che quindi sareste stata in anticipo anche questa volta. È arrivata un'ora fa e si sta sistemando." Fissò il volto di Antonia, con gli occhi preoccupati e la fronte aggrottata. "Ma… *è* troppo presto, no?"

Antonia respirò di sollievo sapendo che la sua precedente cameriera personale, che aveva assistito alla nascita di entrambi i suoi figli, era arrivata in tempo per questa nascita. Vedendo l'apprensione negli occhi di Jonathon, si sforzò di sorridere, ma poi trattenne ancora il fiato quando un'altra contrazione le rubò la parola. Quando fu in grado di parlare, disse, senza fiato: "Non decidiamo noi queste cose, *mon chéri*. La piccolina ha deciso lei… È ora."

TRENTA

KINROSS, ROXTON, LORD HENRI-ANTOINE E CHRISTOPHER Bryce erano seduti in fila, appollaiati sul bordo del divano su un lato del salotto, con le schiene diritte, i pugni sulle ginocchia e fissavano nel vuoto, in silenzio. Dall'altra parte della stanza Lady Paget era seduta accanto al camino, beveva tè e parlava in tono sommesso con Deb Roxton, che stava allattando il figlioletto di sette settimane. Accanto alla finestra chiusa c'erano la bambinaia della piccola signoria e un'assistente della nursery con la culla di Lord Otto.

Lady Mary era andata e venuta parecchie volte dal salotto, ma senza niente da riferire, oltre al fatto che il travaglio della duchessa stava procedendo bene quanto ci si poteva aspettare. Le due donne ricevettero questa informazione senza battere ciglio, ma gli uomini divennero ancora più ansiosi, dato che tutto era fuori dal loro controllo. Quando Mary sparì di nuovo nel corridoio verso la camera di Antonia per quella che sembrava l'ennesima volta, Jonathon non riuscì più a trattenere i suoi pensieri ed esclamò, irritato: "Perché stiamo aspettando qui e non là... dovremmo almeno essere nel suo salottino, accanto alla sua camera, dannazione! Non sento niente da qui!"

"Penso che sia quello lo scopo," rispose Roxton. "In modo che non possiamo sapere che cosa sta succedendo."

"Perché no? Perché non posso stare là, adesso? Io dovrei essere là con lei, non seduto qui come un fagiano impagliato!"

"Sarete là abbastanza presto..."

"Sì? Mi permetteranno di entrare, credete, eh? Voi eravate là fin dall'inizio, vero? Un medico fastidioso e un branco di donne non vi avrebbero impedito di stare con vostra moglie in un momento simile."

"Mi rendo conto che non sono affari miei, Vostra Grazia..." Fece per dire Christopher, ma fu interrotto.

"Sembra che siano gli affari di tutti, meno che i miei, quindi parlate!"

"Anche se la conosco da poco tempo, posso supporre che sia *Madame la Duchesse* a prendere le decisioni e che quindi sarà lei e non chi l'assiste che deciderà quando potrete raggiungerla... o no."

"Ah! Sapete, avete dannatamente ragione, Bryce. Non ci avevo pensato. Grazie."

Jonathon era di colpo meno apprensivo di quanto lo fosse stato nell'ultima ora. Ma poi Roxton vanificò il calmante verbale di Christopher con un'osservazione incauta.

"So che dovrei dirvi di non preoccuparvi, che andrà tutto bene. E sono sicuro che sarà così. Ma posso dirvi per esperienza che anche dopo cinque figli, essere tra le quinte e non sul palcoscenico non diventa mai più facile. Ogni nascita è diversa, ogni neonato anche. Quindi, anche se ero là con Deb, non sono stato meno apprensivo con la quinta nascita di quanto lo fossi quando il primogenito ha salutato il mondo. Faccenda maledettamente snervante... e questa nascita deve essere la più difficile di tutte."

"Perché? Perché questa è più difficile?" Chiese Jonathon, voltandosi a fissare Roxton. "Perché lo state dicendo? Il medico ha detto a voi qualcosa che non ha detto a me? O lei forse?"

"No. È perché c'è mia madre là dentro, ecco perché. Cambia tutto. Deb ha messo al mondo cinque bambini sani, con il minor dramma possibile. Mentre mia madre ha avuto due parti e nessuno dei due particolarmente facile. Ed eccola qui, all'età di cinquant'anni, sul punto di partorire di nuovo. Dire che la prospettiva mi spaventa a morte è dir poco."

Jonathon scattò in piedi. "Gesù... mi sento maledettamente inutile."

"È anche mia madre," disse Henri-Antoine a denti stretti, con le dita aggrappate al bordo del divano.

Tutti e tre gli uomini guardarono il giovane, che non aveva ancora parlato da quando erano cominciate le doglie di Antonia nel padiglione, un paio di ore prima. Era più pallido del solito, e si mordeva il labbro inferiore come per riuscire a controllarsi. Roxton si sentì immediatamente contrito, tirò affettuosamente a sé il fratello e gli diede un bacio sulla tempia.

"Mi dispiace, Harry. Certo che lo è," gli mormorò Roxton all'orecchio. "E non perderemo anche lei, lo sai, vero?"

Henri-Antoine annuì in fretta, poi si staccò dalle braccia del fratello e si alzò in piedi.

"Vado a vedere che cosa sta trattenendo Jack e Teddy."

"Ottima idea. Dì loro di unirsi a noi per la cena e se Teddy vuole portare il suo cucciolo per mostrarlo a suo zio Bryce, può farlo senza problemi."

Henri-Antoine annuì, e in una rara dimostrazione di emozione, afferrò la spalla di Jonathon.

"Starà bene, signore. Deve star bene. Penso che il signor Bryce abbia ragione. La mamma vi farà chiamare quando sarà pronta."

Jonathon ricambiò il gesto affettuoso del ragazzo dandogli un colpetto sulla mano e sorridendo.

"Grazie, Harry, tua madre sa sempre cos'è meglio... specialmente cos'è meglio per me."

Nel silenzio che seguì l'uscita di Henri-Antoine, Roxton disse, per riempire il vuoto e distrarli: "Ho mandato una lettera a Martin. Sarà qui per domani sera. L'avevo già fatta scrivere ed era pronta da spedire al momento giusto prima che Audley se ne andasse. Bryce! Una lettera di Shrewsbury mi informa che il mio segretario lo sta aiutando con le sue inchieste e che me ne parlerà quando verrà a trovarci subito dopo Natale. Non è che voi ne sapete qualcosa, vero?"

"Vostra Grazia...? Riguardo a Philip Audley o alla visita di Lord Shrewsbury?"

"Entrambe le cose. Sono sconcertato."

Christopher sorrise suo malgrado.

"Ciò che so, Vostra Grazia è che siete un tipo molto più cordiale del vostro segretario."

"Davvero? Lo prenderò come un complimento."

"Così era inteso. Bryce cercava di essere diplomatico riguardo al vostro segretario. Io no. Audley è un verme," dichiarò Jonathon senza mezzi termini, andando avanti e indietro davanti a loro. Quando Christopher scoppiò in una risata, aggiunse: "Ecco. Lui è d'accordo con me." Si tastò le tasche della giacca e tirò un sospiro di sollievo quando sentì il rilievo dell'astuccio dei sigari. "Ho bisogno di fumare... Pensate che alle signore darà fastidio?"

"In queste circostanze? Nemmeno per sogno," rispose Roxton.

Quando si spostò verso il camino per accendere il sigaro, Jonathon diede a Roxton e Christopher la scusa per seguirlo e unirsi alle signore. La duchessa aveva finito di allattare, e il duca colse l'occasione per prendere in braccio il neonato e camminare avanti e indietro nella stanza con lui sulla spalla, e massaggiargli la piccola schiena per sistemargli il pancino. Questo diede a Deb la possibilità di parlare con Christopher che era tornato dal carrello del tè con una tazza per lei, una per Kate e una per sé.

Come sempre, Deb arrivò diritta al punto.

"Sareste mai venuto a Treat se non fosse stato per il problema di Teddy?"

"Forse..." Christopher sorrise sopra la tazza. "Se fossi stato convocato per rendere conto del mio operato."

Deb ridacchiò. "No, non sareste venuto! Avreste trovato una scusa per non farlo. Ovviamente avreste scritto a Julian una lunga lettera dettagliata con un educato rifiuto come post-scriptum."

"Ah! Ah! Quindi leggete la corrispondenza di vostro marito, Vostra Grazia?" Chiese Kate con un sogghigno.

Deb sorrise maliziosa. "Solo quando me la pianta sotto il naso, chiedendomi di confermare che il corrispondente è l'oscurantista più frustrante e irritante che Sua Grazia non abbia ancora avuto il piacere di incontrare. Naturalmente io concordo con lui, ma se avessi saputo che il corrispondente era mio fratello, non sarei stata così pronta a farlo. È vero che suonate il liuto?" Aggiunse in fretta, vedendo che Christopher era a disagio con quell'appellativo famigliare.

"Una mandola, Vostra Grazia."

"Il talento musicale deve essere un tratto di famiglia. E sono Deborah. Deb. Mi piacerebbe che mi chiamaste con il mio nome di battesimo. Siamo fratello e sorella, dopo tutto."

Christopher diede un'occhiata a Kate. "Fratellastro e sorellastra. Ma grazie."

"Otto e Gerald erano fratelli, ma erano i miei fratellastri. Abbiamo tutti lo stesso padre, ma madri diverse. Quindi, a parte il fatto che Sir George era sposato con la loro madre, voi e io abbiamo lo stesso legame di sangue che avevo con Otto e Gerald, e voi con loro." Deb guardò Kate. "Ha senso?"

"Perfettamente, mia cara."

"È molto generoso da parte vostra dirlo, Vostra Grazia..."

"Christopher! La duchessa non vuole essere generosa, sta solo dichiarando un fatto," ribatté Kate irritata, poi si rivolse a Deb e disse con un sorriso, tendendo la mano attraverso il divano. "Grazie. Sento la sincerità nella vostra voce. Ma dovete capire che ci vorrà più tempo al mio ostinato figliolo per accettare il vostro benvenuto che a voi per accettarlo in seno alla famiglia."

"Ostinato? Kate! Non sarei mai così presuntuoso..."

"No? Non sei credibile, ragazzo mio," lo interruppe Kate, tranquilla. "Come puoi dire di non essere presuntuoso quando il tuo più grande desiderio è sposare un membro della famiglia?" Si rivolse a Deb e chiese allegramente: "Sta arrossendo per l'imbarazzo o la rabbia?"

Deb ridacchiò. "Temo sia un po' per entrambe le cose, milady." Quando Christopher voltò la testa, con la mascella contratta, gli chiese gentilmente: "Glielo avete chiesto?"

Christopher la guardò negli occhi.

"Sì."

"E lei non vi ha ancora dato una risposta?"

"In questo momento è occupata in cose di più immediata importanza, Vostra Grazia. Se volete scusarmi. Sarà meglio che vada a vedere come se la sta cavando Kinross."

Si inchinò e si allontanò, appoggiando la tazza e il piattino prima di andare verso Jonathon proprio mentre la porta dall'altra parte della stanza si apriva ed entrava il medico; dietro di lui c'era Lady Mary. Entrambi sembravano esausti ed entrambi erano preoccupati, anche se Mary faceva del suo meglio per nascondere la sua apprensione per paura di turbare tutte le persone coinvolte. Il medico non si faceva gli stessi scrupoli.

Jonathon lanciò il sigaro nel camino e andò dal medico; Roxton consegnò il bambino alla balia e lo raggiunse dall'altra parte della stanza.

"Beh? Posso vederla adesso?" Quando il medico ci mise un momento più di quanto Jonathon ritenesse necessario per rispondere di sì, il suo respiro accelerò ed esclamò, roco: "Che c'è? Che c'è?! Parlate!"

"Tutto sta procedendo come dovrebbe, Vostra Grazia."

Jonathon si passò una mano sulla bocca ed emise un lungo sospiro che gli fece abbassare le spalle.

"Grazie al cielo."

"Allora, mentre Sua Grazia sta avendo un attimo di respiro, ho ritenuto prudente chiedervi nuovamente, se dovessero sorgere delle circostanze per cui ci sia causa di allarme…"

"Allarme? Che allarme?"

"Quale sarebbe il vostro desiderio se si dovesse arrivare all'indicibile…"

Jonathon si guardò attorno, ma non vide niente. "Indicibile? Di che cosa state blaterando, Pratt?"

"Salverete mia madre, ecco che cosa farete, Pratt!" Ringhiò il duca di Roxton.

Il medico fece un passo indietro ma riuscì a dire, altezzoso: "Vostra Grazia, la mia domanda era diretta a Sua Grazia di Kinross. Lui è il marito della duchessa e quindi il tutore legale e quindi tocca a lui..."

"Non siate ridicolo! Salverete la vita di mia madre, e questo è tutto!"

Jonathon si voltò a guardare Roxton.

"Io non interferisco con il vostro matrimonio, quindi state fuori dal mio!" Fece un passo verso il medico, torreggiando sull'ometto con la sua parrucca castana, che dovette chinarsi all'indietro per guardare la sua faccia abbronzata. "Siete un idiota, Pratt? Abbiamo già avuto questa discussione. Conoscete i miei desideri. Salverete la vita della duchessa. Se c'è qualche rischio... qualunque rischio... voi salverete lei. Lei è tutto ciò che conta."

"Solo per essere chiari..."

"Oh, per l'amor di Dio!"

"... dopo tutto, devo sottolineare che ha in grembo il vostro erede e avere un erede è la cosa più importante per la maggior parte degli uomini."

"Bene, io non sono la maggior parte degli uomini, *sapientone*. La vita della duchessa è ciò che importa... *a tutti noi*. Capito?"

"Capito, Pratt?" Aggiunse minacciosamente il duca di Roxton, spalla a spalla con Jonathon.

Il medico passò lo sguardo da una faccia ducale furiosa all'altra e annuì.

"Perfettamente."

"Allora, posso vederla, adesso?"

"Presto, Vostra Grazia. Permettetemi di tornare nella sua camera a parlare con Sua Grazia. Manderò fuori una delle sue donne..."

Jonathon alzò violentemente le braccia, frustrato e si voltò, tirando i capelli color tiziano come se intendesse strapparseli.

Il medico se ne andò, ma Mary restò, si avvicinò a Jonathon e gli mise una mano sul braccio, facendolo voltare a guardarla. Gli sorrise, alzando il volto, rassicurante, dando un'occhiata a Roxton per includerlo nella loro conversazione.

"È a suo agio quanto ci si può aspettare per una donna in travaglio. Gabrielle e le sue donne le offrono tutta la sicurezza di cui ha bisogno per superare questo momento. E ha chiesto che voi..."

"Vada da lei?" La interruppe Jonathon, speranzoso.

"... siate condannato all'inferno perché le fate sopportare tutto questo," replicò Mary, e sorrise ancora di più quando vide la smorfia di Jonathon. "Almeno è ciò che credo abbia detto... Il suo francese diventa ancora più rapido quando è agitata. Credo ci fossero alcune altre parole *più colorite*, inframmezzate, per buona misura, perché le sue donne si sono tappate le orecchie. La reazione di Gabrielle è stata di ridere e incoraggiare la duchessa a urlare quelle parole forte come voleva, e già che c'era doveva aggiungere qualcuna delle *frasi più interessanti* raccolte nelle fogne parigine che le aveva insegnato *Monseigneur* e che lei gli aveva urlato contro mentre era in travaglio con il loro primogenito."

"Davvero, per Giove?" Disse Jonathon con una risata e scosse la testa. "Mi sarebbe piaciuto essere là per ascoltare quella sfilza di ingiurie."

Roxton era stupito. "Non riesco a immaginare che *mon père* le insegnasse un linguaggio simile…"

"Certo che non potete! Lei è vostra madre." Jonathon afferrò il braccio di Mary. "Camminate con me, Mary." La condusse via, lungo la stanza, per scambiare una parola in privato e si fermò una volta fuori dalla portata d'orecchi di tutti gli altri, arrivando direttamente al punto. "Voi siete nelle condizioni di saperlo meglio di tutti… Che cosa non mi sta dicendo quell'idiota di medico, eh? E che cosa pensate che dovrei farci?"

Mary si prese un attimo per formulare una risposta ponderata e fu quasi un momento di troppo per Jonathon, che era così teso che avrebbe voluto andare al camino e accendersi un altro sigaro, giusto per avere qualcosa da fare. Ma poi Mary parlò e le sue frasi tranquille, unite al suo consiglio ragionevole, furono sufficienti ad allentare la tensione, e Jonathon rilassò la stretta mortale che aveva sull'astuccio d'argento dei sigari.

"La cugina duchessa sa che cosa avete passato con la vostra prima moglie," disse con calma. "E anche se non l'ha detto apertamente, sento che l'esperienza traumatica di perdere vostra moglie e vostro figlio è per lei un peso enorme. Credo sia questo il motivo per cui non ha voluto chiedervi di restare al suo fianco fino agli ultimi momenti del parto. Per essere perfettamente franca, e non vi dovrebbe sorprendere," aggiunse, guardando i suoi occhi preoccupati, "la cugina duchessa è spaventata. Teme per la propria vita e per quella del suo bambino, e ha paura per voi. E chi potrebbe biasimarla? Il parto è un'esperienza terrificante per la maggior parte delle donne. Sono passati sedici anni da quando ha partorito Harry. E fu in circostanze *difficili*…"

"So tutto di quell'episodio," la interruppe bruscamente Jonathon.

Mary annuì, lieta di non dover spiegare.

"Allora saprete che, con Harry, il travaglio fu molto breve. Era finito quasi prima di cominciare e lei stette così male, dopo, che non ricorda quasi niente. E poi aveva solo diciotto anni quando è nato Julian, tantissimo tempo fa... Quindi è come se questo per lei fosse il primo parto. Meraviglia forse che sia spaventata?" Mary gli strinse il braccio. "In questo momento ha bisogno di *voi*. Ora più che mai dovete essere coraggioso, per lei e per il vostro bambino."

Gli occhi scuri di Jonathon scintillarono. "Quindi dovrei prendere d'assalto la stanza di milady, e al diavolo il medico e tutti gli altri?"

Mary sorrise e annuì. "Al diavolo tutti, Vostra Grazia. Ma mettetevi l'armatura. Ne avrete bisogno contro la violenza verbale che lei vi lancerà inevitabilmente contro."

Jonathon sorrise e si fregò allegramente le mani. "Bene. Non vedo l'ora. Grazie mia cara."

Diede a Mary un bacio d'impeto sulla testa, voltò sui tacchi e se ne andò. Senza una parola a nessuno, ma salutando con la mano, seguì il medico lungo il corridoio che portava alla stanza che divideva con sua moglie. Arrivato all'appartamento, spalancò la porta senza avvertimenti e cerimonie e andò ad affrontare la battaglia.

Mary non tornò immediatamente nella stanza, anche se avrebbe voluto essere una mosca sul muro per vedere le facce del medico, delle assistenti di sua cugina e di Gabrielle de Crespigny, per veder confermata la sua intuizione quando Antonia avrebbe urlato contro suo marito, solo per poi gettargli le braccia al collo e aggrapparsi a lui con tutte le sue forze, lieta che fosse finalmente lì al suo fianco e fargli promettere di non andarsene finché non fosse nato il bambino.

Mary sperava, se mai fosse stata benedetta con altri figli, che suo marito avrebbe voluto stare con lei, tenerle la mano durante il parto. Mettere al mondo Teddy era stata un'esperienza solitaria e terrificante che non era il caso di ripetere, e non sarebbe stato così con Christopher al suo fianco. Sicuramente avrebbe voluto essere con lei quando avesse messo al mondo loro figlio... *Loro figlio*... Stava già pensando ai bambini eppure non aveva ancora accettato la sua proposta. Ma sentiva il dovere di parlare prima con Evelyn, parlargli dei suoi veri sentimenti e dirgli per chi batteva il suo cuore. Amava Christopher... no, era *innamorata* di lui. Voleva bene a Evelyn, ma era sicura che il suo amore per il cugino non fosse lo stesso amore che provava per il suo vicino.

Si permise di lasciar vagare lo sguardo attraverso la stanza, dove Christopher aveva raggiunto il duca sul divano. Sorrise tra sé e sé vedendoli in tranquilla conversazione. Non avrebbe mai predetto che si sarebbero piaciuti a prima vista. Ma non avrebbe dovuto essere una sorpresa, perché erano entrambi ligi alle regole e alla verità, entrambi uomini d'onore e sinceri, ed entrambi potevano essere a volte pedanti in modo frustrante, e lei ammirava e stimava entrambi alla stessa maniera.

Perché, quando Christopher le aveva chiesto di sposarlo, non gli aveva gettato le braccia al collo, baciato e detto di sì, e che l'aveva resa la donna più felice al mondo? Era ciò che avrebbe fatto ogni donna anticonformista, dallo spirito libero. Era ciò che avrebbe dovuto fare lei, se non fosse stato per quell'autocontrollo così radicato. Quel bisogno costante di pensare a tutte le possibili conseguenze delle sue azioni le aveva sicuramente tolto tutta la spontaneità. Se solo si fosse permessa di essere chi voleva invece di chi le avevano detto e ripetuto che doveva essere...

"Mary! Chi è l'individuo che sta parlando con il duca?" Chiese una stridula voce femminile alle sue spalle.

Mary emise un piccolo sospiro soddisfatto, con lo sguardo ancora fisso su Christopher: "L'uomo che desidero sposare."

"Non biascicare, Mary! Hai detto Despart? Hai detto che si chiama Despart?"

Mary impallidì. Aveva espresso i suoi pensieri a voce alta e nientemeno che a sua madre… l'ultima persona con cui avrebbe voluto confidarsi. Agitata, arrossì per la sua inettitudine. Eppure, per forza di abitudine, tenne la sua agitazione sotto controllo. Raddrizzò la schiena, alzò la testa e abbassò le palpebre. Afferrando le sottane che alzò leggermente, fece una rispettosa riverenza alla contessa di Strathsay e poi chiese della sua salute, sperando che avrebbe distolto sua madre dal pretendere una risposta.

"Come state, mamma? Il vostro mal di testa è passato?"

"No, non è passato! Ma che cos'è un mal di testa, la mia salute, quando questa sera si sta facendo la storia? Si deve andare oltre i nostri bisogni e desideri in un'occasione come questa, per sapere che si è stati parte di qualcosa di più grande."

"Non capisco. Se non state ancora bene avreste dovuto restare a letto."

Charlotte Strathsay alzò gli occhi al cielo e fece un rumore con la lingua che fece immediatamente irrigidire la schiena a Mary, dandole il presentimento di ciò che stava per arrivare.

"La duchessa di Kinross sta per dare alla luce l'erede a un ducato scozzese, Mary," enunciò sua madre come si fa con un bambino quando si è indispettiti. "Sua Grazia ha già fornito un erede a un duca inglese. Certamente perfino tu riesci a capire che con questa nascita tua cugina sarà l'ava di non uno ma due diversi ducati di due diversi regni. Ora, *questa* è una cosa di cui vantarsi."

"Dubito che alla cugina duchessa interessi in questo momento, mamma. Tutto ciò che desidera è un bambino sano e di sopravvivere al parto, ed è anche ciò che desidera Sua Grazia il duca."

"E tu come fai a conoscere i loro desideri e i loro bisogni quando…"

"Perché è ciò che desidera ogni madre…"

"Smettila di dire stupidaggini. Non manchi mai di sorprendermi o deludermi con le tue osservazioni così ordinarie. A volte mi chiedo se sei veramente mia figlia. Riesci sempre a prendere qualcosa di grande rilevanza e ridurlo alla banalità. Tua cugina non è *una donna qualsiasi* che sta per partorire, lei è una duchessa."

"Lo so, mamma."

"E allora sai anche che nella sua illustre posizione lei deve pensare al bene del ducato. Anche se la carissima Antonia a volte dimentica chi è e non prende abbastanza sul serio la sua posizione. Dopo tutto, trascinarsi per il paese per venire a prendere *te* perché *tua figlia* ha avuto una specie di puerile crisi isterica, era un rischio non necessario per lei e il bambino e il motivo per cui, senza dubbio, è entrata prematuramente in travaglio. Sarà solo responsabilità tua, Mary, se dovesse succedere qualcosa all'erede del duca di Kinross."

"M-*Mia*?" Balbettò Mary, per un momento senza parole.

"Mi sembra che non stiate molto bene, milady," dichiarò cortesemente Deb Roxton, avvicinandosi a madre e figlia. Sorrise con gentilezza a Mary, poi disse a Lady Strathsay: "Forse una tazza di tè vi farebbe bene?"

"Sì. Credo che abbiate ragione, mia cara. Un'idea eccellente," concesse la contessa con un sorriso e un sospiro, e con una voce completamente diversa da quella usata con sua figlia, una voce che grondava ossequiosità. "Se foste così gentile, sono sicura che una tazza di tè terrebbe il pulsare nelle mie tempie entro i limiti del tollerabile."

Mary passò lo sguardo da sua madre a Deborah e poi diede un'occhiata a Roxton e Christopher, vedendo che entrambi gli uomini avevano smesso di parlare e stavano anche loro ascoltando la conversazione.

Abituata da sempre a cedere, a tirarsi indietro, a incassare le meschine critiche pubbliche di sua madre e a essere messa al suo posto perché con sua madre non vinceva mai, ed era molto più facile non dire niente che offrire una diversa opinione, quella sera Mary non ne voleva sapere. Non sapeva che cosa avesse indotto la sua ribellione, forse l'ansia per la cugina sul punto di partorire, o forse perché Christopher era testimone del comportamento deplorevole di sua madre, o forse perché aveva finalmente raggiunto il limite e non poteva più tollerare il modo in cui la sua famiglia accettava senza batter ciglio il modo in cui le parlava sua madre, per poi intervenire in suo favore come se lei fosse incapace di difendersi da sola. Qualunque cosa fosse, e lei sospettava che fosse un insieme di tutte e tre le cose, anche se avere Christopher testimone del comportamento umiliante di sua madre l'aveva spronata a sentirsi offesa, non aveva intenzione di lasciarsi denigrare.

Comunque, quella determinazione non le impedì di sentirsi stringere lo stomaco e tremare le ginocchia. In verità, sua madre la terrorizzava ora da adulta quanto l'aveva terrorizzata quando era ancora una scolaretta. Prevedere la sua reazione a ogni sfida alla sua autorità genitoriale era paralizzante quasi quanto la sfida stessa. Ma per una volta Mary non aveva intenzione di piegarsi e con la mano stretta sul polso, disse piano ma fermamente: "Mamma, se desiderate una tazza di tè, ve la prenderò io. Non dovrebbe essere Deb a servirvi. È un atto di presunzione e alimenta la vostra vanità averla a vostra disposizione. Deb ha appena allattato il suo bambino, quindi potrebbe gradire anche lei una tazza di tè, e gliela prenderò io."

"Mary, stavo solo cercando di…" Fece per dire la duchessa, poi si fermò e cambiò rotta sotto lo sguardo deciso di Mary. "Sarebbe gentile. Grazie, Mary. Vostra madre e io resteremo qui sedute accanto al fuoco a bere il tè."

La contessa si impuntò.

"Chiaramente non sei te stessa, Mary, per osare parlarmi in questo tono vergognoso, e anche alla duchessa. Ci devi delle scuse."

"No, mamma. Non ho niente di cui scusarmi. Restate seduta accanto al camino come suggerisce Deb e vi porterò il tè. Poi dovrò tornare dalla cugina duchessa."

La contessa di Strathsay fissò sua figlia come se fosse matta per averla interrotta due volte in altrettanti minuti, con il volto arrossato per l'imbarazzo. E poi vide il sorriso che si scambiarono la duchessa di Roxton e il suo duca, e si convinse che stessero ridendo di lei, che Mary, che lei non aveva mai considerato molto intelligente e che riteneva socialmente inetta, l'avesse smascherata, e in pubblico, con una sola inconsapevole frase.

A Charlotte piaceva veramente che la duchessa di Roxton la servisse. Rinforzava la sua autostima e corroborava l'illusione che lei fosse un membro importante della cerchia intima della famiglia Roxton. Ma che sua figlia attirasse l'attenzione su questa vanagloria era più di ciò che poteva tollerare. Momentaneamente stordita, non riuscì a

trovare una replica adatta, ma sapeva di dover fare qualcosa per rialli-
neare i pianeti alla sua visione del mondo.

"Mi siederò quando vorrò sedermi e non quando *tu* mi dici di
farlo," ribatté, con le mani guantate strette intorno alle bacchette del
ventaglio chiuso. La guardò dall'alto del suo lungo naso. "Questo è un
momento buono come un altro per dirti che poiché non hai fatto
niente per porre un freno ai voli di fantasia di tua figlia, che hanno
causato un episodio talmente imbarazzante che non riesco nemmeno a
ripeterlo, sono stata obbligata a interferire in suo favore. Se sua madre
non riesce a vedere ciò che è meglio per lei, allora devo intervenire io
come nonna della bambina e fare ciò che ritengo giusto."

"State parlando di Teddy?"

Charlotte guardò sua figlia con una smorfia sul viso, come se le
mancassero i livelli base di comprensione.

"Hai forse altri figli? No! Purtroppo. Ovviamente sto parlando di
tua figlia…"

"Allora, per favore, usate il suo nome. E io so ciò che è meglio per
lei, quindi le vostre preoccupazioni sono inutili."

"Inutili? Povera me, forse sei tu che vivi in un mondo di fantasia.
Quella bambina non è normale, nemmeno lontanamente. Ovviamente
non biasimo lei, biasimo i suoi genitori, suo padre per non averle
permesso di socializzare con i suoi cugini Roxton, e te per non curarti
minimamente che lei passi il suo tempo a spassarsela con i marmocchi
sporchi e trasandati degli allevatori di maiali e boscaioli e gente simile."

"Io ci tengo, moltissimo. E voi non siete mai stata ad Abbeywood,
quindi non potete sapere…"

"Conosco *lei*. Non voglio e non ho bisogno di conoscere *loro*.
Meno male che ho avuto la lungimiranza di corrispondere con una
rinomata scuola per giovinette a Cheltenham. La direttrice si è persuasa
ad accettare la bambina, in particolare grazie al mio rango e perché ha
dei parenti ducali. E puoi ringraziare me perché quella donna non ha
chiesto di controllare Theodora prima di accettarla, perché sarebbe
bastata un'occhiata e avrebbe pensato di stare per accettare la sorella di
Peter il ragazzo selvaggio!"

Mary era inorridita, ma tenne la rabbia sotto controllo.

"Non avreste dovuto darvi tanto da fare per Teddy senza prima
consultarvi con me, perché se e quando Teddy frequenterà una scuola
per giovani donne, sarà perché lo desidera lei e perché ha l'approvazione
del suo tutore legale, il signor Bryce."

"Oh, per l'amor del cielo, Mary! Come puoi essere così sciocca da
pensare che un impiccione delle lande desolate delle Cotswold abbia
una qualche autorità sulle persone civilizzate? Roxton si sta solo diver-

tendo con quello zotico arrogante e potrebbe, con uno schiocco di dita, annullare quella ridicola tutela. E dopo il barbaro spettacolo di tua figlia quando ha incontrato il duca, quando si è comportata come un animale selvatico fuggito dalla sua gabbia, penso che sia ora di mettere fine all'intollerabile influenza di quell'uomo. Se permetti a questa situazione di continuare nel suo corso attuale, sarà inadatta alla società... Buon Dio!" Continuò sbuffando e si guardò intorno per assicurarsi di avere un pubblico e che fossero tutti concentrati su di lei e che quindi sarebbero stati altrettanto scandalizzati. "Non sono mai stata più sconvolta di quando la bambina mi ha detto che porta i calzoni sotto le gonne per potersi arrampicare sugli alberi. Che perversione!"

"Li ho cuciti io per lei..."

"Povera sciocca! Questo mi dice che sei ancora più sventata di quanto pensassi possibile. Perché poi tu debba assecondarla..."

"Esattamente per il motivo che vi ha detto Teddy. In modo che possa arrampicarsi sugli alberi."

La contessa rabbrividì di disgusto. "Barbarico!"

"Devo dissentire. Non è barbarico. Ciò che *è* barbarico è obbligare una bambina a sedere diritta per ore con un libro pesante in equilibrio sulla testa per darle una postura..."

"Non è stato inutile. Il tuo portamento è ottimo."

"... e se il libro scivolava, ricevere una punizione con una bacchettata sulle spalle per l'infrazione. Quello, mamma, era barbaro."

"Non c'è niente di sbagliato nel punire un bambino, te lo dirà chiunque. E se continuerai ad accontentare i ridicoli capricci di *tua figlia*, non solo si dirà che lei ha il cervello debole, ma non riuscirai mai a maritarla. Te lo dico per il tuo bene, Mary, e per il bene della bambina. Si deve far qualcosa per il suo comportamento non convenzionale prima che sia troppo tardi e tu sia obbligata a nasconderla in quelle lande desolate delle Cotswold per il resto dei suoi giorni."

Mary fece un respiro profondo, e raddrizzò la schiena. Una cosa era che sua madre denigrasse lei... era diventata immune alle sue costanti offensive insinuazioni sulla sua intelligenza, il suo aspetto, il suo comportamento... ma prendere di mira Teddy era totalmente inaccettabile e oltre ciò che poteva e voleva tollerare.

"Teddy è solo una bambina, una bambina cui piace stare all'aperto. Dair non accettava di restare confinato tra quattro mura, e nemmeno Teddy."

"Sii ragionevole. Tuo fratello ha appena ereditato il titolo di conte. Lui può fare e dire e restare all'aperto quanto vuole. Teddy è solamente una femmina e quindi deve sapere che il suo posto è in salotto."

"No, mamma. Il suo posto è dove si sente a suo agio. E mi inorridisce che possiate insinuare che la vostra unica nipote sia mentalmente deficiente. Né avete il diritto di parlare in modo così denigratorio del suo tutore legale."

"Non avrei bisogno di parlare affatto di quell'individuo se tu avessi fatto il tuo dovere e ti fossi risposata, o almeno avessi ricevuto una richiesta di matrimonio da un corteggiatore adatto!"

"Vi sorprenderebbe chi si può incontrare in campagna," ribatté Mary e sorrise e, felice della sua battuta, si arrischiò a dare un'occhiata a Christopher.

La contessa vide l'occhiata e l'attraente sconosciuto contraccambiare il sorriso di sua figlia e farle un lieve inchino. Quello scambio la incuriosì, aumentando il suo desiderio di sapere chi fosse. Non era giovane e anche se il suo abbigliamento sobrio suggeriva un'indole seria, la qualità del tessuto e il taglio perfetto, la lucentezza delle sue scarpe e il candore della sua cravatta e della sua camicia lo proclamavano un uomo di mezzi. Che lui e il duca stessero chiacchierando amabilmente la portò a credere che fossero socialmente pari. Era evidente che era interessato a sua figlia, non le aveva tolto gli occhi di dosso da quando lei era entrata nella stanza. Quindi forse era un potenziale corteggiatore. Decise di mettere alla prova la sua ipotesi.

"Senza dubbio restando nel selvaggio Gloucestershire dopo la morte di Sir Gerald hai attirato tutti i tipi di gentaglia che non riconoscerebbe un baronetto da un barilaio. Ma ora che sei tra la gente come te," disse, picchiettandole il ventaglio sul braccio, "potresti ancora trovare un gentiluomo con un titolo e una fortuna all'altezza del tuo pedigree. Anche se non ci spero molto: il tuo aspetto insignificante e la tua età non giocano a tuo favore, quindi dovrai accontentarti di un corteggiatore oltre i cinquanta e con la gotta."

Completò quello che riteneva un commento spiritoso con un sorrisino compiaciuto indirizzato a Deb Roxton, come se la duchessa dovesse essere d'accordo con le sue deprimenti conclusioni sulle possibilità di sua figlia di trovare un nuovo marito. Non solo il commento fece fiasco, ci fu un lungo silenzio imbarazzato perché tutto ciò che aveva fatto la contessa era umiliarsi da sola.

Fece sì che Mary si lasciasse sfuggire un commento avventato che ebbe la conseguenza indesiderata di farla apparire volubile e inaffidabile e proprio davanti all'unico uomo che le importava. E quando, un po' di tempo dopo, se ne rese conto, ne rimase mortificata. Ma in quel momento era troppo furiosa per curarsi dei sentimenti che poteva ferire, pur di rimbeccare sua madre.

"Si dà il caso che stia aspettando di ricevere una proposta di matrimonio entro la fine del mese proprio da un nobile simile. Ma non è vecchio né ho visto prove che abbia la gotta. E se accetterò la sua proposta, sarò una contessa il prossimo anno. Quindi vedete, mamma, non sono così poco attraente o immeritevole come supponete.”

“Una contessa? Le meraviglie non finiscono mai! Come figlia del conte di Strathsay, vorrei sperare che non accetti niente di meno,” proclamò la contessa, contraddicendo la sua stessa precedente dichiarazione. “Sposare un nobile con il titolo di conte potrà fare molto per riabilitare te e Theodora davanti alla società. Naturalmente gli hai detto che accetterai la sua offerta quando la farà. Ma non succederà se scoprirà che ti rimetti a uno zotico riguardo al benessere di tua figlia, quindi spero che non sia al corrente degli accordi attuali…”

“Il signor Bryce è un gentiluomo di infinito buon senso, che ha profondamente a cuore Teddy. Quindi la smetterete di riferirvi a lui come a-a uno *zotico*. È stato educato ad Harrow e ha passato molti anni nel continente, quindi è un uomo di notevole talento e…”

“Oh, sono sicurissima che abbia un notevole talento e che ci tenga *moltissimo*. Che abbia trascorso molti anni all'estero tra gente straniera aumenta solo i miei sospetti. Sono la nonna della bambina e quindi ho il diritto di dare voce alle mie paure.”

“Sospetti? Paure? Che cosa volete dire?”

“La bambina mi dice che il suo tutore le sta insegnando il minuetto e che tu permetti che vada a trovarlo a casa sua senza uno chaperon.”

Mary la guardò interdetta. “Che cosa c'è di sospetto o di pauroso nel ballare e far visita? Teddy ne ricava un grande piacere.”

La contessa emise un trillo di riso forzato.

“Ah, la sempliciotta! Come sei ingenua. Non vedi che ha dei progetti su di lei…”

“*Progetti*?” Mary batté gli occhi, senza capire.

Sua madre si avvicinò e le sibilò in faccia: “È una bambina *adesso*, ma tra due anni avrà l'età legale. Hai mai pensato a questo? Ovviamente no! Questo bifolco signor nessuno potrebbe tranquillamente sposarla sotto il tuo naso e prendersi la sua notevole dote, beh, sarebbe una cifra notevole per i bisogni di un contadino bifolco. E avendo già cominciato ad addestrarla con lezioni di danza e visite senza supervisione, le farà girare facilmente la testa e lei cederà alle sue richieste. Ma se tu sposerai questo conte senza nome e Theodora andrà in collegio, i suoi piani verranno sventati e la bambina sarà al sicuro dalle sue subdole manovre.”

Mary fece un passo indietro, come se l'avessero colpita. Quando capì il significato dietro le luride insinuazioni di sua madre ne fu sconvolta. Ma si obbligò a trovare la voce, portandosi una mano alla base della gola che era stretta e bollente.

"Oh! Voi, donna maligna... meschina," esclamò. "Come... Come potete avere... Perché avete dei pensieri così sporchi? Che accuse orribili da fare nei confronti di un-un gentiluomo... sì, un *gentiluomo* che non conoscete minimamente! Se non foste mia madre, penserei che siete un demonio..."

"Oh, smettila con queste scene melodrammatiche, Mary! Sei ridicolmente ingenua," dichiarò freddamente la contessa, per niente toccata dall'angoscia di sua figlia, anche se quando gli altri nella stanza si affollarono intorno a loro, la sua arrogante sicurezza barcollò, ma non abbastanza da dissuaderla dal continuare e aggiungere, in tono sprezzante: "Sai bene come tutti qui che i matrimoni combinati tra bambini sono comuni."

"Tra bambini, sì. Ma ciò che voi state insinuando è..."

"... e non è raro che gli uomini siano molto più vecchi delle loro spose. Nessuno ha niente da ridire. Non devo ricordarti il tuo stesso matrimonio a diciotto anni..."

"No! Non avete bisogno di ricordarmelo!"

"... o il matrimonio di tua cugina con un uomo molto più vecchio."

"La cugina duchessa e io eravamo giovani donne, non bambine di dieci o dodici anni! Ma mentre io ero assurdamente ingenua, *Madame la Duchesse* sapeva benissimo che cosa stava facendo ed era istruita molto più di quanto dicessero i suoi anni o di come fosse solito per il nostro sesso. Era anche profondamente innamorata: io no, e non sono mai stata innamorata di Sir Gerald," disse chiaramente Mary ed era tale il suo furioso disgusto nei confronti di sua madre che osò alzare una mano verso il duca per impedirgli di commentare quando lui aprì la bocca per farlo, perché non aveva finito. "E sono sicura che ciò che vi disturba di più non è la differenza di età tra la cugina duchessa e *M'sieur le Duc*, ma il fatto che abbiano avuto un matrimonio felice, pieno d'amore, una cosa che a voi è stata negata, o che vi siete negata da sola, a dire la verità. E se volete tutta la verità, *M'sieur le duc de Roxton* è stato un genitore migliore per me nel breve tempo che ho passato qui, di voi in tutti gli anni che ho passato sotto il vostro tetto, signora!

"Né vi permetterò di fare delle insinuazioni scurrili e maligne sull'amore innocente tra mia figlia e il signor Bryce, un gentiluomo che ha amato Teddy come una figlia per tutta la sua vita, e che è stato per lei un padre migliore del suo! E se desiderate continuare ad avere contatti con lei e con me, sarà meglio che troviate in voi la capacità di cercare il buono che c'è nelle persone invece di insultarle sempre, come se quelle valutazioni odiose vi permettessero di apparire migliore e più decente di quanto siete. Ora vi lascerò con questi pensieri, dato che devo tornare dalla cugina duchessa e… oddio! Che stupida…" Mormorò quando si voltò troppo in fretta e sentì di colpo un capogiro.

Ignara fino a quel momento che il suo intenso stato emotivo l'aveva lasciata stordita, barcollò di lato, con le ginocchia che le cedevano. Ma Christopher l'aveva vista ondeggiare e le impedì di cadere prendendola per un braccio e tenendola vicina. Le sussurrò di appoggiarsi a lui e, sentendo la sua voce calma e profonda, Mary alzò gli occhi e si guardò attorno e quando lui ammiccò, tutta la combattività emotiva sparì e lei non si sentì più arrabbiata ma sollevata.

"Grazie… Mi-mi dispiace che abbiate dovuto ascoltare quelle supposizioni così *vili* e-e *assurde*, e nientemeno che dalla nonna di Teddy," disse e poi si guardò attorno e vide, come fosse la prima volta, che non solo Roxton si era avvicinato alla duchessa e che entrambi la stavano guardando preoccupati, ma che Lady Paget si era alzata e si appoggiava leggermente al suo bastone accanto alla coppia ducale. "Mi piacerebbe moltissimo trovare una scusa per mia madre, incolpando un'emicrania, o una febbre cerebrale, qualunque cosa eccetto dichiarare la triste verità che è un'egocentrica, *insensibile* miserabile…"

"Figlia ingrata! Stai su diritta e smettila con queste sceneggiate. E chi è quest'uomo che osa tenerti il braccio come se gli appartenessi?"

"*Basta*," sibilò Roxton in tono minaccioso, costringendo Lady Strathsay a fissarlo sorpresa e spaventata e a chiudere immediatamente la bocca. "Avete tormentato e rimproverato vostra figlia per l'ultimissima volta, Charlotte. Non è più una bambina, anche se sospetto che voi continuereste a importunarla con le vostre ridicole idee anche se avesse sessant'anni! Ma se volete continuare a far parte di questa famiglia troverete un po' di umiltà e circospezione, e lascerete in pace vostra figlia. Tocca a me rammentarvi che siete entrata a far parte di questa famiglia solo attraverso il matrimonio, non per sangue. Diversamente da Mary, la cui consanguineità le dà il diritto incondizionato alla mia protezione e munificenza, voi siete qui perché siamo costretti e vi tolleriamo appena. Buon Dio, perfino suo marito aveva più diritto di sedersi alla mia tavola, come fratellastro della duchessa, e non volevo Sir Gerald a meno di venti miglia da qui! Una parola da vostra figlia e sarò felice di non permettere più alla vostra carrozza di attraversare i miei cancelli. *Mi* avete capito, signora?"

La contessa guardò in fretta le facce mute e vide che erano tutti d'accordo con il duca. Capiva che era furioso con lei, ma non il motivo, perché incolpava Mary per la rabbia del duca. Proprio come la sua presunzione genitoriale le impediva di capire perché Roxton potesse preferire sua figlia a lei, quando lei credeva di essere nel giusto. Eppure sapeva quando piegarsi all'autorità ducale. Quindi fece una riverenza e disse docilmente, con la bocca tesa in una linea sottile: "Sì, Vostra Grazia."

"Bene, allora non vi sentirò più proferire affermazioni ridicole e completamente reprensibili sul gentiluomo che avete calunniato. E ora lascerò che parli per sé, perché sono sicuro che non vede l'ora di dirvi esattamente che cosa pensa e voi meritate tutto ciò che lui vorrà scagliarvi addosso, signora."

Quando il duca fece segno a Christopher, lui lasciò andare il braccio di Mary con un sorriso, aspettò per essere sicuro che fosse salda sui piedi e che non stesse più lottando contro i capogiri, poi si voltò a salutare la contessa. Fece un inchino estremamente educato e la grazia con cui si muoveva addolcì la linea dura della bocca della contessa. Ma un minuto dopo tornò a incresparsi e più duramente perché quando lui si raddrizzò e la guardò fisso, lei vide il disprezzo sul suo bel volto. Ma non fu niente rispetto all'imbarazzo che provò quando lui si rivolse a lei.

"Le vostre parole perfide e diffamatorie vi hanno fatto perdere il diritto a una presentazione civile, milady. Ma per il bene di vostra figlia e vostra nipote, le Loro Grazie, e mia madre, che hanno ascoltato con pazienza il fango che è uscito dalla vostra bocca, vi dirò precisamente chi e cosa sono. Come Squire Bryce, di Brycecomb Hall, nel Gloucestershire, con un introito di diecimila sterline l'anno, sono tutt'altro che un semplice bifolco. E intendo sposare vostra figlia, se lei mi vorrà."

"Bifolco? Gloucestershire? *Squire*?" La contessa batté le palpebre. "Dieci*mila* l'anno? Ma-ma voi non siete un conte."

"No. Né lo sarò mai." Christopher sorrise. "Ma devo essere io quello con la febbre cerebrale perché voglio ancora sposare vostra figlia, moltissimo, anche se significa avere voi come suocera."

Questa battuta fece ridacchiare tutti, e fu poi enfatizzata dal forte sbattere di una porta contro la modanatura dorata della parete tappezzata. Un servitore in livrea strillò e sobbalzò per la paura quando la porta lo mancò di un soffio. Anche tutti gli altri nella stanza rimasero colpiti e si voltarono tutti insieme a guardare la porta per vedere chi o che cosa aveva causato il trambusto.

E lì c'era Jonathon, duca di Kinross, che ondeggiava sulla soglia, con la faccia bianca, che li fissava senza battere le palpebre. Aveva gli occhi pieni di lacrime e le guance bagnate. Fece un passo nella stanza, barcollò e cadde in ginocchio. E quando si coprì il volto con le grandi mani nessuno osò respirare.

TRENTADUE

Mary fu la prima a correre avanti e anche lei cadde in ginocchio in una nuvola di sottane di seta imbottite, per premere in mano a Jonathon il suo fazzoletto e mettergli una mano sulla schiena per tranquillizzarlo. Tutti si affollarono intorno e li fissarono, eccetto il duca che era rimasto indietro e guardava attraverso la porta aperta. Se non fosse stato per Deb che lo teneva forte, sarebbe partito di corsa lungo il corridoio buio verso le stanze di sua madre per scoprire da solo perché suo marito era crollato in quel modo sul tappeto.

"Respirate, Julian," sussurrò Deb.

Era ciò che stava dicendo Mary a Jonathon. Christopher andò a lunghi passi verso il carrello del tè, trovò una caraffa di acqua al limone e la versò in un bicchiere. Lo porse a Mary che lo diede a Jonathon perché ne bevesse un sorso, per avere qualcosa da fare che gli calmasse i nervi e così parlare con loro. Jonathon bevve e Christopher gli prese il bicchiere, e poi Jonathon si asciugò in fretta il volto. E quando fece per alzarsi, fu Roxton che gli porse la mano mentre Christopher aiutava Mary.

E intanto nessuno parlava e tutti gli occhi restavano puntati su Jonathon, in attesa che desse loro notizie sulla duchessa, e nessuno voleva chiedere o parlare per timore che, facendolo, avrebbe sollecitato una risposta che nessuno di loro voleva sentire. E quando Jonathon si coprì nuovamente la faccia con la mano prima di asciugarsi gli occhi, fu troppo per il duca, che lo afferrò per il braccio e gli diede uno scossone.

"Per l'amor del cielo! Mettete fine a questa attesa straziante, in un modo o nell'altro!"

Jonathon annuì e fece un altro respiro profondo, ma poi la sua bocca cominciò a tremare e fu nuovamente troppo sopraffatto per parlare; alzò la mano e poi nascose il volto contro la manica. Il duca era giunto al limite. Si staccò da sua moglie e aveva fatto un passo verso la porta quando Mary parlò. Le sue parole e la sua calma sicurezza lo bloccarono e lui ritornò accanto alla duchessa.

"Aspettate, Roxton! Per favore. Il duca ha il diritto di darci lui le notizie su sua moglie e suo figlio. Per favore. Diamo a Kinross qualche momento per raccogliere le idee. È stata una giornata piena di emozioni per tutti, ma specialmente per lui e la cugina duchessa." Toccò la mano di Jonathon, gli sorrise e gli disse fiduciosa, anche se dentro di sé era una massa tremante di ansia: "Prendetevi il tempo necessario, Vostra Grazia… Non succede tutti i giorni che un uomo diventi padre, e per la seconda volta. Ogni nascita è una cosa meravigliosa, come confermerà Roxton, ma tutti noi sappiamo quanto è speciale questa nascita per voi, vero?"

A quel punto Jonathon si asciugò di nuovo la faccia, e questa volta, quando respirò a fondo, guardò le espressioni ansiose della gente intorno a lui e il suo volto si aprì in un enorme sorriso. E con quel sorriso tutti quanti si rilassarono e sorrisero a loro volta, perfino Lady Paget, alla quale Christopher aveva sussurrato la lieta notizia che Sua Grazia di Kinross stava sorridendo da un orecchio all'altro.

Jonathon poi fissò Roxton e gli afferrò la spalla, stringendola e poi gli strinse la mano. Ripeté il gesto con Christopher e poi baciò la guancia di Deb e quella di Mary. E dopo il bacio sulla guancia sollevò Mary e la fece roteare sul posto prima di rimetterla a terra, con lei che dovette fare un passo indietro, ridendo senza fiato e cadendo tra le braccia di Christopher.

"Devo tornare da lei… si starà chiedendo perché ci metto tanto… Ma dovevo venire a dirvelo," disse finalmente Jonathon, ritrovando la voce tra un respiro e l'altro. Poi rise e scosse la testa e continuò a parlare, come se avesse già detto loro ciò che stavano aspettando di sentire e stesse solo aggiungendo i particolari. "Quasi non ce la facevo! Gabrielle mi ha sgridato; e anche Michelle. E Antonia… Ah! Che divina creatura è mia moglie! Mary? Mary! È un bene che non foste là… le vostre povere orecchie sarebbero bruciate. Quelle ultime spinte l'hanno fatta imprecare come un marinaio francese! Tremendo! Ora, scusatemi… Mary, vi vogliono. Ha chiesto di voi. E, Roxton… Ha chiesto che i suoi figli aspettino solo ancora un po'." Sorrise imbarazzato. "Donne. Devono farsi lavare la faccia e intrecciare i capelli con i nastri. Le sue donne la stanno aiutando proprio adesso. Non vuole che la vediate finché non sarà nuovamente vostra madre, se per voi ha un senso…"

"Ha perfettamente senso," affermò Deb con un sorriso. "Vero, Julian?"

"Senso? Maledizione! Niente ha un senso per me!" Esplose il duca, passandosi una mano sul volto. "Per l'amor del cielo, Kinross! Non ci avete detto come sta. Che è la cosa più importante. Ditemi che sta bene. Che la mamma e il suo bambino hanno superato tutto e stanno bene!"

"Ah? Oh? Non l'avevo detto? Mille scuse. Sì! Devo farlo, ovviamente… Harry! Jack! Venite qua. Venite a sentire la notizia!" Jonathon chiamò e fece segno ai due ragazzi che stavano entrando nella stanza con Teddy che saltellava accanto a loro. Aspettò che raggiungessero il gruppo, poi guardò la faccia seria di Henri-Antoine con un sorriso rassicurante. "Va tutto bene, ragazzo mio," disse gentilmente. "Tua madre si è comportata egregiamente. Lei e il bebè ne sono usciti splendidamente…"

"Oh, grazie a Dio!" Esclamò Roxton con un pesante sospiro di sollievo e crollò prontamente sulla sedia più vicina.

"… e vuole vedervi. Manderò qualcuno a prendere te e tuo fratello appena sarà pronta."

"Grazie, signore," rispose Henri-Antoine espirando piano. Fece uno dei suoi rari sorrisi. "E il desiderio della mamma si è avverato? Ho una sorella?"

Jonathon guardò le facce ansiose e fu di nuovo sopraffatto. Diede gentilmente un colpetto sulla spalla a Henri-Antoine prima di schiarirsi la gola e ricomporsi mentalmente. Da sopra la testa del giovane, fissò Roxton, che restava ancora seduto e teneva la mano di sua moglie, poi si rivolse all'intera stanza.

"*Madame la Duchesse* mi ha dato una figlia. Il ducato di Kinross ha un'erede, ed è la creatura più bella che Dio abbia messo sulla terra."

A quel punto scoppiò un applauso.

I giorni successivi furono un susseguirsi di attività e di stanchezza per Mary, che sovraintese all'andirivieni dei visitatori nella stanza della duchessa, assicurandosi che la famiglia e gli ospiti potessero entusiasmarsi per l'infante ducale, ma che la neomamma non fosse esausta e che restasse tempo per Antonia e Jonathon per restare da soli per godersi la neonata e cominciare a conoscerla. Gabrielle de Crespigny si prendeva cura dei bisogni della neonata, della nursery e delle bambinaie, Michelle sovraintendeva le cameriere e il maggiordomo, il signor Gallet, riportò la casa alla normale routine in men che non si dica, nonostante la neonata.

Il giorno di Natale, due delle carrozze del duca di Roxton arrivarono dalla casa grande a prendere Mary, Christopher, Lady Paget, Teddy, *madame* de Crespigny, Marc Gallet e i servitori dei piani alti per la funzione nella cappella di Treat, cui sarebbe seguito un ricco banchetto natalizio con giochi e regali per i bambini. Era la prima volta che Antonia restava da sola con la sua bambina, con la sola compagnia di Michelle, che si era rifiutata di lasciarla, e senza Jonathon, che aveva mandato a passare la giornata con la famiglia, dato che non usciva dal loro appartamento dal parto e che, secondo lei, aveva bisogno di una buona dose di aria invernale per snebbiare il cervello, in modo da riuscire ad arrivare a una decisione definitiva, prima della cerimonia del battesimo, sui nomi da dare alla loro figlioletta. Oltre a ciò, ai suoi nipoti, specialmente a Frederick, mancava la compagnia di Jonathon e volevano notizie della loro Mema e della bambina da lui e da nessun altro.

Quindi i corridoi di Crecy Hall erano silenziosi per la prima volta da parecchio tempo, e Antonia poteva godersi la quiete e non fare altro che guardare meravigliata la sua bambina. Fu mentre sonnecchiava con la bambina annidata tra le braccia che sognò che suo nipote era seduto sul bordo del materasso e la guardava. Aveva le gambe incrociate e le sorrideva in quel suo modo particolare, con la testa piegata di lato, come un pappagallo curioso, con i brillanti occhi azzurri, così simili a quelli di suo padre, pieni di malcelata malizia. Solo che questa volta i suoi occhi erano inespressivi, ed era molto più vecchio e più macilento di quanto lo ricordasse. Aveva anche una cicatrice sul sopracciglio e la guancia sinistra. Non ricordava che i suoi capelli fossero striati di grigio, d'altronde aveva sempre portato una parrucca o erano incipriati.

Con un sorriso sonnacchioso, gli tese la mano attraverso la trapunta. Lui le sorrise e le prese le dita e, dopo averle baciato il dorso della mano, la tenne saldamente nella sua. Come sempre, zia e nipote parlarono in francese, la loro prima lingua.

"Maschio o femmina?"

"Una figlia."

"Non so niente di neonati, ma sembra bella e serena, proprio come voi."

"Sono felice che tu sia qui, *mon chou*. È passato troppo tempo."

"E io sono lieto che siate felice e abbiate una nuova famiglia. Non meritate niente di meno. Mary mi dice che il vostro nuovo duca è un brav'uomo e, alla sua maniera indomita e unica, non così diverso da *M'sieur le Duc Roxton*."

"Sì, è vero e io lo amo; tanto più perché accetta che io amerò sempre anche *Monseigneur*. E quando arriverà il mio momento, tornerò da lui. Fino ad allora, sono di Jonathon, e lui mi ha fatto questo preziosissimo regalo e siamo molto felici."

"Sono andato al mausoleo a porgere i miei rispetti. È il posto giusto per i miei genitori. È bello vederli far compagnia a *Monseigneur*. Ho chiesto il loro perdono… Vorrei che la mia vita fosse stata diversa… che *io* fossi stato diverso… per loro. Ma non serve a nulla desiderare l'impossibile, no? Porterebbe alla follia…"

"Vorresti aver detto loro che eri vivo?"

"Mio padre lo sapeva. L'ha sempre saputo. Dopo la mia… mhmm… *morte*, abbiamo continuato a scriverci. Gli avevo fatto giurare di non dirlo alla mamma."

"È stato saggio. Tua madre avrebbe tormentato a morte Vallentine per farsi dire dov'eri. Meglio che portasse il lutto e lo lasciasse in pace, invece di preoccuparsi per te."

"Ah! Quindi *mon père* si era confidato con *Monseigneur* e a sua volta lui ve l'aveva detto! Ovviamente. Eppure non avete mai detto niente a nessuno, nemmeno a vostro figlio?"

"Non toccava a me dirlo a qualcuno. Volevi essere morto. *Rien à dire*. Esattamente come non tocca a me dire a Mary che la tua proposta di matrimonio, anche se sincera, è stata fatta sperando che Christopher Bryce dichiarasse finalmente i suoi sentimenti, sì?"

"E noi tutti che pensavamo che fosse *Monseigneur* quello onnisciente!"

Antonia sorrise con le fossette.

"Io non so tutto. Ma conosco mio figlio, e il carattere del signor Bryce è molto simile a quello di Julian. Onore e dovere, e fare sempre la cosa giusta, anche se va a loro discapito, sono le cose più importanti per loro."

Evelyn sorrise un po' forzatamente.

"Non dubito che vadano meravigliosamente d'accordo. Una specie di società di mutua ammirazione."

"*Absolument*. Ma tu lo sapevi, vero, *mon chou*?"

"Era solo questione di riunirli nella stessa stanza… e lo Squire Worthy ha finalmente avuto le palle per dichiararsi a Mary?"

"*Est-ce-que tu peux en douter*? Sono innamorati e quindi sono amanti. E lui le ha chiesto di sposarlo. Ma non sono fidanzati… ancora."

"Perché no!?"

"Sei stato tu, vero, che hai detto a Mary che saresti tornato entro un mese per chiederle di sposarti? E quindi, da brava ragazza qual è, lei aspetta di incontrarsi con te, per parlarti di persona della proposta di matrimonio del suo Squire. La accetterà solo dopo aver rifiutato te. Anche lei può essere altrettanto caparbia. *Mon chou*, lei ti vuole bene, ma..."

"... in modo diverso rispetto al suo Squire. Lo so e ne sono lieto. Davvero. L'avrei sposata, avrei fatto di lei la mia contessa e mi sarei occupato di lei, se le cose con lui fossero andate diversamente. Avete sempre saputo di Mary e di me. Siamo cresciuti sotto il vostro naso. Il nostro solo e unico bacio è stato qui a Treat. Ma io sarei stato un marito scadente. E sapete anche questo. Oh, lei mi avrebbe sopportato, e amato e tollerato le mie egoistiche eccentricità, perché è una creatura dolce, una brava ragazza, come dite voi. Ma dopo il suo deplorevole primo matrimonio, Mary merita un uomo che non solo la ami profondamente, ma che la adori e che sia un marito fedele e un buon padre per i loro figli, e per sua figlia. Io sarei un misero sostituto dello Squire. Christopher Bryce è un uomo di valore, ed è degno di Mary."

"Tutto vero, *mon cher neveu*. Parli con il cuore, perché nonostante il modo in cui ti presenti al mondo, io so che anche tu sei un brav'uomo con un cuore buono."

"Solo nei confronti di coloro cui voglio bene. Per gli altri sono un vero demonio." Le baciò la mano di nuovo e le sorrise, guardandola negli occhi, poi diede un'occhiata alla bambina. "Spero un giorno di avere il privilegio di vederla adulta."

Antonia gli strinse le dita e i suoi occhi verdi si velarono di lacrime.

"Ci stai lasciando di nuovo." Quando Evelyn annuì ma non parlò, aggiunse: "Ti chiederei di scrivere, ma temo che non sarà possibile, sì?"

"Non posso prometterlo, ma farò del mio meglio, nel mio modo egoistico, di farvi sapere che sono vivo, almeno quello. Se avrete delle notizie per me, fatemele avere tramite Shrewsbury. Lui saprà dove sono."

Antonia fu sorpresa, e anche stranamente no, che fosse al servizio del capo dello spionaggio inglese. Non fece commenti, dicendo solo: "E Mary? Prenderai congedo da lei?"

"Non sarebbe saggio. Ma non sono un completo vigliacco. Le ho scritto una lettera." Prese un foglio di pergamena ripiegato dalla tasca della redingote e lo piazzò sul comodino. "Avrei potuto farla consegnare, ma volevo vedervi, *ma chère tante bien aimée*; per convincermi che state bene, siete felice e soddisfatta."

Antonia sorrise alla sua bambina, che cominciava ad agitarsi. "Come vedi, non ero così felice o così soddisfatta da molto tempo."

In quel momento Michelle apparve sulla porta e dietro a lei una delle domestiche della nursery. Vedendo uno sconosciuto seduto sul bordo del letto della duchessa, entrambe le donne corsero avanti, allarmate. Ma quando Evelyn saltò giù dal letto e rivolse loro un profondo inchino prima di portarsi un dito alle labbra, per zittirle, si fermarono di colpo e aspettarono. E siccome la bambina continuava ad agitarsi e la duchessa la stava cullando, mormorando paroline dolci, rimasero immobili, spaventate, senza capire le intenzioni dello sconosciuto.

E quando lo sconosciuto, ancora con il dito sulle labbra e gli occhi azzurri spalancati e fissi, andò verso di loro in punta di piedi e le superò, le due donne si voltarono a guardarlo, ipnotizzate. E mentre lo seguivano con gli occhi, lui si voltò, afferrò un bordo della *portière*, e con un sorriso e una schiacciatina d'occhio, tirò la tenda davanti alle loro facce.

Lo sconosciuto scomparve com'era arrivato, senza dire una parola ed emettere un suono, quasi fosse un'apparizione.

Entrambe le donne emisero un sospiro di sollievo quando se ne fu andato, e la domestica osò dare un'occhiata dietro la tenda per assicurarsi che lo sconosciuto non ci fosse veramente più. Poi sussurrò forte a Michelle che *Madame la Duchesse* aveva ricevuto la visita di un fantasma. Al che Michelle, che stava tremando dentro di sé e aveva avuto la stessa idea, disse alla ragazza, sibilando, che era ridicola e di continuare a fare il suo lavoro.

A quel punto Antonia alzò gli occhi e scoprì che solo Michelle e la domestica erano lì con lei, e si chiese se avesse in effetti solo sognato l'intera conversazione con suo nipote. La lettera sul comodino, indirizzata a Lady Mary Cavendish fu dimenticata per molte ore, nel trambusto che comporta occuparsi di una neonata.

TRENTATRÉ

Due giorni dopo Natale, in una fredda e silenziosa mattina d'inverno, i servitori, i padroni, i bambini, gli ospiti prediletti e gli onorati affittuari di entrambe le tenute, Treat e Crecy Hall, erano al lavoro per approntare tutto per il battesimo e i festeggiamenti per la nascita dell'erede di un ducato scozzese, Elspeth Henrietta Jane Strang-Leven: Elspeth, la forma scozzese di Elizabeth, per la quarta duchessa di Roxton; Henrietta per Henry, il quarto duca, gli antenati che Jonathon e Antonia avevano in comune; e Jane per la madre di Antonia. La piccola sarebbe stata formalmente conosciuta con il titolo di cortesia di marchesa di Leven e dai suoi adoranti genitori, fratellastri e stretti famigliari semplicemente come Elsie.

Il battesimo avrebbe avuto luogo nella cappella di famiglia dei Roxton, seguito da un banchetto offerto dai duchi di Kinross a Crecy Hall. E dopo si sarebbe ballato. Teddy aveva chiesto il permesso di ballare il minuetto in onore della cuginetta. Come avrebbero potuto Antonia e Jonathon rifiutarglielo, specialmente quando avrebbe ballato questo minuetto con suo zio Bryce che, assicurò loro Teddy, era il miglior ballerino di tutta l'Inghilterra, se non del mondo.

Teddy era perfino stata disposta a vestirsi per l'occasione, sopportando di indossare il corsetto e il suo abito invernale migliore di velluto verde, con le calze bianche e le scarpe di velluto ricamate, che avevano i tacchi e le fibbie di diamanti finti. Si era lasciata spazzolare i capelli rossi lunghi fino alla vita finché avevano brillato e poi erano stati raccolti in una treccia e legati con un nastro di seta verde in tinta. Poi aveva promesso a sua madre che non avrebbe assolutamente stropicciato i vestiti in modo che quando fosse arrivato il momento per Christopher di condurla sulla pista da ballo, lui avrebbe ballato con lei come una damigella.

E fu come una damigella che Teddy scese le scale con sua madre per salire sulla carrozza che le aspettava per portarle a Treat, oltre il ponte. Christopher e Kate le stavano già aspettando nel foyer. Vedendo Mary e Teddy sul pianerottolo del primo piano, Christopher condusse sua madre verso di loro per salutarle, e notò che Mary indossava un vestito di velluto dello stesso tono di color lavanda che aveva indossato a Brycecomb Hall, il giorno dell'arrivo della duchessa di Kinross. Il colore si intonava agli occhi di Mary e al rosso vibrante dei suoi capelli. Avrebbe voluto dirle come la trovava bella, ma fu a Teddy che indirizzò la sua ammirazione e la sua meraviglia, perché vedeva che la ragazzina si era data parecchio da fare per apparire al meglio. Le rivolse un inchino e lei sorrise e fece una riverenza, facendo sorridere sua madre. Anche Kate fece i complimenti a Teddy e con un'abile mossa che non sfuggì alla coppia, prese la mano di Teddy e andò con lei verso il camino, chiedendole del suo nuovo cucciolo, Nera, e quando avrebbe potuto portarlo a casa; era già svezzato?

E così Christopher e Mary poterono avere qualche minuto insieme prima che il duca e la duchessa con la loro bambina, Gabrielle de Crespigny, Michelle e la bambinaia finalmente scendessero e li raggiungessero per andare in cappella.

Era la prima volta che restavano da soli in una settimana, se per *da soli* significava ignorare Kate e Teddy accanto al camino e il gruppetto di servitori allineati accanto alla porta d'ingresso, pronti ad aiutarli a infilarsi mantelli foderati di pelliccia, guanti, manicotti e cappelli. Si erano visti poco dopo la nascita di Elsie, nemmeno ai pasti, perché Mary passava il suo tempo nell'appartamento della duchessa. Le poche ore che aveva per sé erano dedicate a Teddy, e alla famiglia della casa grande quando venivano in visita.

Anche Christopher era raramente da solo. Passava il suo tempo alla casa grande con Kate, che era stata invitata dalla duchessa a riprendere confidenza con la casa. La lasciava a chiacchierare con il valletto del precedente duca di Roxton e padrino dell'attuale duca, Martin Ellicott. Il vecchio era fin troppo felice di restare seduto con Kate davanti a una tazza di tè e una fetta di torta e parlare dei tempi gloriosi di *Monseigneur*, delle vite dei loro comuni conoscenti e, cosa ancora più importante, scambiarsi aneddoti su *M'sieur le Duc d'Roxton* e i suoi molti aforismi pungenti, che facevano ridere e scuotere la testa a entrambi.

E mentre il vivace vecchio gentiluomo, che aveva la cadenza e il manierismo di un antico aristocratico, intratteneva Kate, Christopher andava con il duca a cavalcare nel parco, giocava a biliardo con lui e passava parecchie ore chiuso nella sua biblioteca. Lì, circondati da migliaia di volumi rilegati in cuoio, seduti in comode poltrone accanto a uno dei camini, avevano discusso del sorprendente smascheramento di Philip Audley come traditore, entrambi d'accordo che se il segretario era effettivamente colpevole di tradimento, era puramente per ragioni pecuniarie; quell'uomo non aveva in sé un briciolo di idealismo. Una vocina interiore aveva avvertito Christopher che sarebbe stato imprudente menzionare il coinvolgimento di Evelyn Fflokes nella rete di spie di Shrewsbury, o che quell'uomo era ritornato dal mondo dei morti; avrebbe lasciato ad altri il compito di rivelarlo. Ma era ansioso di far capire al duca la sincerità del suo desiderio di sposare Lady Mary. Avevano discusso del futuro di Mary e di sua figlia, gli accordi matrimoniali, la situazione finanziaria di Christopher e il futuro di Abbeywood Farm e tale era stata la loro concordanza di opinioni che erano rimasti con la sensazione di conoscersi da anni, non da giorni.

Christopher aveva ricevuto la benedizione del duca per il matrimonio, anche se Roxton si era sentito in dovere di avvertirlo che un matrimonio così sbilanciato non sarebbe stato accettato dai membri più rigidi dell'alta società, che avrebbero sempre scansato una di loro che si fosse sposata con un *inferiore*. Ma, e questa era la cosa più importante per lui, voleva che Mary fosse felice e se la sua felicità dipendeva dallo sposare Christopher, allora andava bene così. La coppia sarebbe sempre stata benvenuta a Treat. E poi il duca gli aveva dato la sconvolgente notizia di aver chiesto all'arcivescovo una licenza di matrimonio speciale.

Roxton aveva suggerito che il matrimonio avesse luogo appena possibile dopo il battesimo. La famiglia era tutta riunita, quindi perché rimandare? Nemmeno la conferma della morte del padre di Mary, il conte di Strathsay, era un motivo sufficiente per rimandare finché fosse passato un adeguato periodo di lutto. Secondo il duca, e lui aveva ammesso di essere puntiglioso nel rispettare il protocollo, il conte aveva rinunciato a un adeguato periodo di lutto, avendo abbandonato sua moglie e i suoi figli, e c'era il fatto che era morto quasi da sei mesi oramai. Dair, il fratello di Mary e conte presuntivo, sarebbe stato d'accordo. E con un po' di fortuna e il vento a favore, il maggiore Lord Fitzstuart sarebbe tornato in tempo per dare la sua benedizione e partecipare alla cerimonia.

Così Christopher era uscito dalla biblioteca di ottimo umore, sapendo di avere l'approvazione del duca al suo matrimonio e che la cerimonia era praticamente organizzata. Tutto ciò che mancava era che la potenziale sposa fosse d'accordo a dividere il futuro con lui. Era quel futuro che aveva soprattutto in mente mentre lui e Mary erano in fondo alle scale e si guardavano. E anche se la sua testa gli ricordava di averle più volte ripetuto che la amava in quella settimana passata nel capanno, e non solo quando le loro membra nude erano intrecciate sotto le coperte, e che era fiducioso che gli avrebbe risposto di sì, il suo cuore, che in quel momento stava battendo fortissimo e in modo disordinato, voleva ancora sentirla dire forte, lì, in quel momento, che *sì*, sarebbe diventata sua moglie.

Ma era tale l'ansia nervosa di entrambi che nessuno dei due parlò, aspettando che lo facesse l'altro per primo. Infine Mary voltò le spalle alla stanza e si avvicinò a lui. Alzò la testa e disse con un sorriso tremulo e una mano guantata appoggiata leggermente sul davanti del suo panciotto ricamato di lana: "Non so proprio da dove cominciare... C'è tanto che vorrei e ho bisogno di dirvi... E ve lo dirò *adesso* perché vi ho fatto aspettare la mia risposta alla vostra proposta già per troppo tempo, anche se gli eventi, l'arrivo prematuro della piccola Elsie, hanno cospirato contro di me. Siete stato così paziente e..."

"Mary, ho aspettato otto anni per arrivare finalmente qui, a questo momento, con voi, che qualche giorno o perfino settimane in più hanno poca importanza. Ciò che importa e che mi interessa è la vostra risposta. E ammetto che penso a ben poco d'altro..."

"Ma ovviamente sapete qual è!?"

"Posso supporre e posso desiderare, ma dovete dirmelo perché lo sappia." Le sorrise quando lei parve confusa e si chinò verso di lei per dirle gentilmente: "Sì, sono pedante, ma per un buon motivo. Avete detto a vostra madre che stavate aspettando una proposta di matrimonio da un conte..."

"Oh, *quello*! Non avrei dovuto lasciare che il mio stupido e malriposto orgoglio avesse la meglio su di me e mi facesse fare quell'annuncio," lo interruppe con un broncio e arrossendo colpevolmente. "Ma mia madre ha un modo di farmi saltare i nervi, come un sassolino nella scarpa. Ci cammino sopra, cercando di ignorare l'irritazione, ma poi diventa troppo fastidioso da sopportare e io mi devo togliere la scarpa e scuoterla per liberarmene. O, nel caso di mia madre, lasciarmi sfuggire una risposta, sperando almeno di farla smettere per un po'." Sospirò. "Funziona raramente..."

"Non siate così dura con voi stessa. Sospetto che abbia lo stesso effetto sulla maggior parte della gente. Mi vergogno di ammettere di aver usato la stessa tattica anch'io con lei, rendendo pubblico un argomento che non viene discusso apertamente tra la gente educata e che dovrebbe essere menzionato solo in due occasioni: quando si discute un contratto matrimoniale e alla lettura di un testamento. Sono stato tanto

maleducato da annunciare il mio reddito annuo. È stata una manifesta-
zione volgare e la mia sola scusa è che era anche un tentativo di togliere
a vostra madre qualche pregiudizio nei confronti della piccola nobiltà e
della borghesia. Non ci mescoliamo con i membri delle classi superiori,
ma ci sono molti di noi che hanno redditi uguali se non superiori a
quelli dei nobili."

"Vi sorprenderebbe sapere che non avevo idea della vostra
ricchezza, e che non mi sono mai posta la domanda?"

Christopher sorrise. "No. Come avreste potuto? La vostra prima
visita oltre il crinale, nel mio piccolo angolo di mondo è stata in occasione del picnic alla mia fabbrica. Anche se Brycecomb Hall deve avervi
dato l'idea che ero un uomo di mezzi."

"Sì," rispose sinceramente Mary. "Ma il mio primo pensiero
vedendo la vostra bella casa non è stato così venale. Mi sono chiesta
come fosse possibile che un uomo con la vostra ricchezza, che ha delle
manifatture oltre a una tenuta, con tutto il tempo e l'energia che
servono per tali imprese, avesse accettato di fare da sovraintendente ad
Abbeywood Farm. Perché passare due giorni ogni due settimane
lontano dai vostri interessi, dalla vostra casa… e da vostra madre?"

"Sicuramente sapete il perché? Ho accettato di fare il sovraintendente, non perché Sir Gerald me l'avesse chiesto, anche se quello mi ha
imposto un obbligo ed ero sincero nel volere che Jack avesse una
proprietà che valeva la pena di ereditare… ma perché volevo stare
vicino a voi."

"Oh, carissimo!"

"Mi dava una scusa legittima per stare ad Abbeywood. Non mi
importava se passavo quei giorni rinchiuso con il signor Deed, a strap-
parmi i capelli sullo stato deplorevole dei conti, o avendo a che fare con
una quantità incredibile di servitori risentiti e dal brutto carattere. Ciò
che importava era che voi eravate da qualche parte in quella casa, e
saperlo era sufficiente. Io ero lì e c'eravate anche voi, e osavo sognare
che un giorno avremmo vissuto sotto lo stesso tetto, ma in maniera
diversa, nell'unico modo che mi importava, come marito e moglie."

Mary era così sopraffatta che distolse gli occhi, portandosi una
mano tremante alla bocca e ringoiando un singhiozzo. Non sapeva se
piangere o ridere o fare entrambe le cose, tanto era piena di gioia. Era lo
stesso tipo di straordinaria felicità che aveva provato al capanno. Ma
una gioia come quella non proveniva da un'occasione o da un posto, o
perfino dall'esperienza meravigliosa di fare l'amore con quell'uomo, ma
veniva da dentro di lei, perché lo amava con tutta se stessa e, cosa
importantissima per lei, sapeva che l'amore di Christopher per lei era
altrettanto profondo e duraturo. Non aveva mai sperimentato niente di

simile e voleva tenerlo stretto; era la cosa più preziosa al mondo per lei. Doveva dirglielo, farglielo sapere, ma era talmente piena di emozione che non sapeva come o da dove cominciare.

Christopher capì la sua angoscia per l'incapacità di spiegarsi e la calmò dichiarando: "Sono al corrente dell'imminente proposta di matrimonio di vostro cugino."

Quella frase tolse Mary dallo stato di affanno e lo guardò meravigliata: "Davvero?"

"A parte il fatto che dovrei avere il cervello di una gallina per non rendermi conto che il conte di cui avete parlatoe a vostra madre era vostro cugino, c'è il piccolo particolare che me ne ha parlato."

"Evelyn ve lo ha detto? Perché?"

"Solo lui può rispondere a quella domanda con una qualche certezza, ma se dovessi azzardare un'ipotesi, potrei offrire un duplice motivo. È competitivo, e può essere malizioso solo per il gusto di esserlo. Eppure sospetto che avesse le migliori intenzioni. Ma non mi interessa che intenda chiedervelo. Mi interessa solo la vostra risposta, a lui e a me."

"Mi ha mandato una lettera e gli ho scritto in risposta. Penso che abbia sempre saputo quale sarebbe stata la mia risposta. Nonostante il suo carattere distratto ed egocentrico, è un fine osservatore della natura umana." Gli sorrise. "Mi avrebbe anche sposato, se il suo intuito in questa occasione si fosse rivelato errato. Ma non è così, vero? Io vi amo con tutto il cuore e…"

"… e io amo voi con tutto il mio cuore." Le prese la mano e dopo essersela premuta al petto, Christopher la baciò, dicendo in fretta: "Dio sa che voglio sentirvi dire sì, che mi sposerete, ma mancherei al mio dovere se non vi ricordassi che sposerete un uomo con un pedigree macchiato, così lontano dal *beau monde* che ci saranno posti dove non sarete più la benvenuta, eventi cui non potrete più partecipare e gente che non parlerà più con voi. Ho dato la mia parola al duca che vi avrei rammentato ciò che mi ha detto lui, che, sposando me, un agricoltore di nascita bastarda, voi manterrete il vostro titolo ma rinuncerete alla vostra condizione sociale tra i vostri pari. E che sposando voi, la figlia di un conte, io sarò per sempre marchiato come un arrampicatore sociale che ha osato puntare troppo in alto nel loro mondo cercando moglie. Facendolo, vi ho tirato giù nel mio, non diversamente dal rapimento di Persefone da parte di Ade. Ma mentre lei aveva il permesso di uscire dall'oltretomba per parte dell'anno, voi non avrete quella possibilità. Non vi sarà più possibile arrampicarvi per riunirvi a loro, Mary."

"E la mia famiglia? Che cosa ha detto Roxton di loro? Ci volteranno le spalle? Lo faranno?"

Christopher scosse la testa. "Assolutamente no, lui e loro vi sosterranno, ci sosterranno." Sorrise timidamente e arrossì. "Sembra che alla duchessa piaccia avere un fratello, anche se il legame non ha radici pulite. Ma nonostante il sostegno delle Loro Grazie e il potere e l'influenza del duca sui suoi pari, non possiamo aspettarci che faccia qualcosa che comprometta la sua posizione e la sua autorità."

"Non me lo aspetto. Apprezzo il loro sostegno perché la mia famiglia significa tutto per me e sarei molto triste se dovessi rinunciare a loro. Ma lo farei, rinuncerei a loro, per passare la mia vita con voi."

Christopher le strinse la mano. "Mia cara, non mi aspetterei mai né vi chiederei mai di fare un sacrificio simile… mai."

"Lo so. Ma non dimenticate che l'ho già fatto una volta, e non per mia scelta. Vivere in esilio con Sir Gerald è stato tedioso, ma non per via di dove vivevo, bensì per la persona con cui vivevo. Direi che, da quando sono vedova, mi sono resa conto che gli eventi sociali della stagione, i biglietti di invito, e gli ultimi pettegolezzi e lo stile delle acconciature di Londra sono modi piuttosto insignificanti di riempire le mie giornate. Sapete quanto mi piaccia la gestione quotidiana della casa e i suoi mille compiti, e quanto ami vivere in quell'angolo d'Inghilterra. Non potrei pensare a un modo migliore di vivere una vita piena che esservi di aiuto nel dare forma ai vostri sogni per le manifatture e la vostra tenuta. State creando qualcosa di valore e meraviglioso per la gente della valle, e sono così fiera di voi. La vita nelle Cotswold è perfetta per me… per noi… e non vedo l'ora di tornare."

"Come mia moglie?"

Mary si chinò verso di lui, si alzò sulla punta dei piedi e lo baciò. "Come vostra moglie."

"Allora la vostra risposta è *sì*," chiese retoricamente Christopher, mettendole le mani intorno alla vita e tirandola verso di sé, "mi sposerete."

"Non dobbiamo dimenticare l'approvazione delle persone che sono importanti per la nostra futura felicità."

"Se vi riferite a Kate, mia madre, la verità è che aveva quasi perso le speranze che ve lo chiedessi. Sarà al settimo cielo per la felicità. Quanto a Teddy…" Christopher fece una smorfia. "Mi sono chiesto come si sentirebbe ad avermi come patrigno. Una cosa è essere lo zio Bryce, ma sposando sua madre diventerò qualcosa di completamente diverso."

"Bene. Sono contenta riguardo a Lady Paget perché lei mi piace molto. E non dovete preoccuparvi per Teddy. Ho pensato bene di scoprire che cosa ne pensava prima di darvi la mia risposta perché, se avesse obiettato, avrebbe ritardato le cose, anche se il risultato finale sarebbe prima o poi stato lo stesso. Ma sono felice di riferire che aveva solo cose belle da dire riguardo a voi come possibile padre, ed era prevedibilmente eccitata all'idea, e felice quasi quanto me perché vivremo tutti sotto lo stesso tetto come una famiglia."

Christopher guardò sopra la testa di Mary verso l'altra parte della stanza dove c'erano Kate e Teddy accanto al camino. Prevedibilmente, Teddy non stava ferma, ma stava mostrando a Kate i passi del minuetto. Christopher tornò a guardare Mary, ancora con un'espressione preoccupata.

"Non le dispiacerà vivere a Brycecomb Hall?"

Mary scosse la testa, con l'allegria che le faceva brillare gli occhi. "Sembrerebbe di no. Mi dice che sarà solo per poco tempo, perché ha intenzione di tornare a vivere ad Abbeywood Farm quando sposerà Jack. Dice che è la conclusione migliore per tutti."

"Buon… Dio! Che piccola intrigante! E lui lo sa?"

Mary scosse la testa. "Non ancora. Ed è meglio che non lo sappia finché Teddy avrà *almeno* diciotto anni."

Christopher cominciò a ridacchiare, poi l'espressione preoccupata tornò quando Mary aggiunse: "C'è un'altra faccenda di cui Teddy dice che devo tener conto prima di accettare di sposarvi e che ci trasferiamo con voi a Brycecomb Hall. La capisco. Ci potrebbe volere un po' di tempo perché mi abitui, specialmente quando c'è un così forte attaccamento. In effetti, potrebbe essere necessario rimandare il matrimonio perché…"

"No! Ditemi di che cosa si tratta e me ne occuperò immediatamente."

Fu la volta di Mary di fare un risolino, tale era stata la disperazione di Christopher, e gli appoggiò brevemente la fronte sul petto per controllare la propria risata, prima di alzare la testa e fingere sorpresa.

"Ma come potete essere così spietato da mettere da parte una simile devozione? Non vi permetterò di farlo. Sarebbe inumano!"

Le rughe sulla fronte di Christopher divennero più profonde mentre cercava disperatamente di capire di chi o di che cosa stesse parlando Mary. Non dovette aspettare molto perché la presa in giro di Mary fu bruscamente interrotta da sua figlia, che saltellò fino a loro e, volendo essere notata, si schiarì rumorosamente la gola, poi rovinò l'effetto con un risolino dietro la mano guantata. La coppia si separò in fretta, tornando a rendersi conto di dov'erano, entrambi arrossendo imbarazzati. Teddy non si accorse di niente, tale era la sua eccitazione e il bisogno di sapere.

"Avete detto sì allo zio Bryce, mamma? Kate e io siamo ansiose. E gli avete promesso che farete del vostro meglio per non farvi spaventare da Lorenzo, vero?" Prima che sua madre potesse rispondere, si rivolse a

Christopher aggiungendo con fervore: "La mamma sta migliorando sempre di più con i cani. Ieri ha tenuto Nera e le ha permesso di sedersi in grembo per un tempo *lunghissimo*. Quindi sono sicurissima che se la presenterete a Lorenzo *nel modo giusto*, lei capirà che è un animale molto gentile e si abituerà ad averlo intorno. Guardate! Ecco la cugina duchessa e la bambina!"

Si voltarono tutti verso la scala. Sul pianerottolo c'era Antonia, duchessa di Kinross, in una nuvola di sottane di seta bianca trapuntate e ricamate, e dietro a lei il duca, che sorrideva da un orecchio all'altro, con la sua bambina in braccio, avvolta in morbide coperte, il ciuffetto di morbidi capelli scuri coperto da una cuffietta battesimale di seta rosa dagli splendidi ricami.

Teddy diede uno strattone al braccio di sua madre e quando lei si girò a guardarla, sussurrò forte: "Avete detto sì, mamma? Avete detto sì, sposerete lo zio Bryce?"

Christopher abbassò gli occhi su di lei, e poi guardò Mary alzando un sopracciglio, senza parlare.

Mary sorrise e gli mise una mano sul braccio: "Signor Bryce, non c'è niente al mondo che desideri più di diventare vostra moglie, quindi la mia risposta è… sì!"

Sorrise a Teddy che stava battendo le mani e saltellando sul posto, e un attimo dopo, Christopher la sollevò da terra, tali erano la sua felicità e il sollievo da fargli perdere ogni senso del decoro. Fece roteare Mary prima di rimetterla a terra. Ma non la lasciò andare. E lei non voleva che lo facesse. Gli mise le braccia al collo e lo tenne stretto. Assaporarono quel momento, tanto atteso, e il mondo intorno a loro svanì mentre si abbandonavano a un lungo, lento bacio.

"*Bon*. Vedete ora, Jonathon, perché avevo detto che questo battesimo non sarebbe stato l'unico avvenimento questa settimana," disse Antonia con calma, mentre raggiungeva la coppia che si stava baciando alla base delle scale. "La madrina di Elsie si sposerà, e con un gentiluomo che approvo e la cosa mi piace moltissimo."

Il battesimo nella cappella di famiglia dei Roxton fu una cerimonia intima, cui parteciparono la famiglia e i servitori di rango più alto. Elspeth, marchesa di Leven, si comportò benissimo e dormì tra le braccia di suo padre per tutta la cerimonia. Quando protestò, aveva tutti i diritti di farlo, perché le stavano spruzzando la fronte con l'acqua benedetta. Il padrino e la madrina giurarono solennemente di vigilare su di lei e di allevarla secondo le regole della Chiesa d'Inghilterra, e

Lord Henri-Antoine deglutì forte, con un'espressione ancora più severa, se possibile. Ma sua madre vide quanto era fiero di avere quell'onore e di condividerlo con sua cugina Lady Mary, e le si riempirono gli occhi di lacrime pensando quanto sarebbe stato ugualmente fiero di loro figlio il suo amatissimo *Monseigneur* e ancora più compiaciuto perché gli assomigliava tanto.

Alla fine della cerimonia, tutti si infagottarono nei loro mantelli e pastrani e salirono sulle carrozze che avevano mattoni caldi avvolti in panni sul pavimento per tenere lontano il freddo dell'inverno. Il breve viaggio attraverso il ponte verso Crecy Hall fu tranquillo, e agli ospiti venne servito punch bollente al caldo del salone, con l'accompagnamento del quartetto d'archi del duca di Roxton, mentre aspettavano che cominciasse il banchetto.

Fu ritardato di mezz'ora perché due carrozze, una con i duchi di Kinross e il loro prezioso fagottino e l'altra con i servitori più intimi, avevano fatto una deviazione al mausoleo di famiglia. Solo Antonia e Jonathon con Elsie entrarono nella tomba. Rimasero lì per parecchi minuti prima che Jonathon e la bambina ne uscissero per primi, e Antonia li seguisse qualche minuto più tardi. Non dissero niente. Non serviva dire niente. E il gruppo proseguì verso Crecy Hall.

Dopo cena, Teddy danzò il minuetto con Christopher e tutti applaudirono non solo perché la bambina ballò bene, ma anche perché Christopher Bryce era uno splendido, elegantissimo esperto dell'arte del ballo. Kate sorrise consapevole, con Martin Ellicott che le forniva la cronaca momento per momento delle reazioni dei vari membri della famiglia, che andavano dalla meraviglia alla sorpresa attonita, per l'abilità di suo figlio su una pista da ballo.

Poi toccò ai novelli fidanzati ballare il minuetto, e Mary era troppo felice per sentirsi apprensiva all'idea di ballare davanti alla sua famiglia. Il suo unico rimpianto era che suo fratello e sua moglie non fossero lì a condividere la sua felicità. Lo disse a Christopher mentre la conduceva in mezzo alla stanza, proprio quando un trambusto alla porta dall'altra parte del salone fece fermare la musica e il ballo prima che cominciassero.

Si voltarono tutti contemporaneamente, in un silenzio attonito, quando un uomo grande e grosso, con una barba che gli copriva il volto, che aveva in braccio una ninfa dai capelli biondo platino, attraversò la soglia e andò verso di loro. Mary raccolse le sottane e si affrettò ad andare loro incontro.

"Ci scusiamo per il ritardo. Un albero caduto proprio di fronte ai cancelli. Rory diceva che avrei dovuto proseguire a cavallo, ma non avevo intenzione di lasciarla indietro, vero?"

"Dair! Dair, oh, grazie al cielo, sei finalmente a casa!"

Alisdair, il maggiore Lord Fitzstuart, erede presuntivo del titolo di conte di Strathsay, mostrò un sorriso pieno di denti bianchi tra la barba nera. "Sì, Mary. E per sempre." Rimise gentilmente a terra sua moglie, ma le tenne un braccio intorno alla vita mentre ispezionava con gli occhi le facce sorridenti della sua famiglia. Si chinò a parlare all'orecchio della sorella: "Rory mi dice che sai già la magnifica notizia…"

"Sono così felice per entrambi," rispose Mary senza fiato e impulsivamente gli baciò la guancia. Fece una smorfia senza rendersene conto. "Oh, mio caro, penso proprio che dovresti liberarti di questa barba prima che arrivi il bambino."

Rory rise nascondendo la bocca con la mano davanti alla reazione di Mary alla barba del suo amato. "Non preoccuparti, Mary. Il nuovo conte di Strathsay sarà perfettamente rasato prima che l'inchiostro si asciughi sulla sua lettera di patente." Guardò suo marito. "Anche se mi piacete come pirata…"

Dair ammiccò a sua moglie, poi disse a Mary, tutto serio: "Mi piacerebbe dare a tutti la nostra bella notizia, e poi incontrare il più recente membro della famiglia, ma Rory mi dice che prima c'è un tizio che devo conoscere, e che dovrebbe essere qui. Dice che è innamorato di te. E che tu provi gli stessi sentimenti per lui."

Mary guardò Rory, non poco sorpresa che fosse stata in grado di fare quella valutazione durante il suo brevissimo soggiorno nelle Cotswold. Sorrise e arrossì. "Sembra che io sia l'ultima a conoscere i miei stessi sentimenti!" E prima che sua cognata potesse reagire, si guardò alle spalle, sentendo una presenza, è lì c'era Christopher con Teddy.

Teddy si staccò da Christopher e corse da suo zio gettandogli le braccia intorno. Dair la sollevò e la baciò, poi la rimise a terra, tenendole la mano. Rise quando lei fece una smorfia.

"Non dirmi che non ti piace la mia barba da pirata!"

"Mi piace, zio Dair, ma non voglio baciarla! Ma voi siete proprio il capitano della nave pirata sull'albero che stavamo cercando. Vero, zio Bryce?"

"Dair, posso presentarti il signor Christopher Bryce di Brycecomb Hall, nel Gloucestershire, l'uomo che sposerò tra due giorni? Signor Bryce, questo è il maggiore dei miei fratelli, il maggiore Lord Fitzstuart."

Dair tese la mano. "Congratulazioni! Lieto di fare la vostra conoscenza e di accogliervi come membro della famiglia."

"È molto generoso da parte vostra, milord. E, posso aggiungere, sorprendentemente senza riserve."

"Generoso? Forse. Ma senza riserve? Ah! Mary è mia sorella maggiore. Non ho mai messo in dubbio il suo giudizio né le ho mai offerto i miei consigli. Non ho intenzione di cominciare adesso. Che lei voglia sposarvi, signor Christopher Bryce di Brycecomb Hall nel Gloucestershire, è una raccomandazione sufficiente per me. Inoltre," aggiunse, guardando Rory e sorridendo, "voi piacete a mia moglie. E quindi piacerete anche a me." Tornò a guardare Christopher e all'improvviso esitò, perdendo il filo dei suoi pensieri; tanto che si guardò attorno, dato che il resto della famiglia che si era avvicinata per dargli il benvenuto a casa, per cercare la duchessa di Roxton. Trovandola, sbatté gli occhi, poi guardò nuovamente Christopher. "Buon... Dio! Buon. Dio! È... è *incredibile*! Qualcuno vi ha mai detto quanto... quanto assom..."

"Sì, milord, me l'hanno detto," lo interruppe Christopher con un sorriso e una strizzatina d'occhio a Mary. Le prese la mano. "Ma questa è una storia per un altro giorno..."

EPILOGO

"Io continuo a dire che le probabilità sono a mio favore!" Esclamò il duca di Kinross.

Antonia alzò gli occhi dal libro che stava leggendo e sorrise.

"È quello che avete detto più di due volte in altrettanti minuti, *mon chéri*," gli disse tranquillamente e mise da parte *Storia Romana* di Cassio Dione. "Ma vi ho detto come stanno le cose. E io raramente mi sbaglio in queste cose, vero Martin?"

Martin Ellicott mise uno dei pezzi degli scacchi sulla scacchiera e annuì solennemente anche se c'era una scintilla nei suoi occhi. "Credo abbiate avuto ragione tutte le volte che c'è stata una nascita in famiglia, *Madame la Duchesse*."

Antonia sorrise e si accoccolò contro i cuscini che aveva dietro la schiena. Si allungò sulla *dormeuse* nel bel padiglione sul lago, le scarpine scalciate via sul pavimento di marmo e i piedi nelle calze sui cuscini di seta. Con il libro chiuso e un nastro di seta come segnalibro, si prese un momento per guardare il panorama di prati verdi e il lago tranquillo, dove le anatre con gli anatroccoli zigzagavano tra le acque della riva coperta dalle canne. Il sole era alto in un cielo senza nubi e una brezza fresca smuoveva i lunghi tralci del salice piangente. Era una magnifica giornata estiva, resa ancora più felice dai suoni distanti dei suoi nipoti che scorrazzavano sulla loro nave pirata sull'albero e il rumore più vicino della sua bambina che gorgogliava felice mentre suo padre la portava in giro annidata nell'incavo del braccio mentre andava avanti e indietro sui gradini davanti alla *dormeuse* della sua mamma.

"Che ne pensate, Deborah?" Chiese Jonathon alla duchessa di Roxton.

Deb Roxton era seduta su una poltrona, con il figlioletto più piccolo addormentato, sdraiato di traverso sulla leggera sottana di seta, con le guance piene accese del rosso che denotava la soddisfazione di un sonno profondo. Era seduta di fronte al padrino di suo marito, con una scacchiera sul tavolo tra di loro. Era sicura che Martin le stesse per dare scacco matto, quindi, quando alzò gli occhi, fu con un'espressione concentrata e una ruga tra le sopracciglia.

"Francamente non lo so, ma Julian pensa che sarà un maschio."

Il duca, che era seduto accanto a loro sulla superficie fresca di marmo tra due grandi colonne, con i capelli che gli ricadevano sugli occhi, stava lottando con un nodo nei fili di un aquilone che apparteneva a suo figlio Gus, uno dei gemelli, e non alzò gli occhi. "Ci ho scommesso dieci sterline."

"Dieci sterline che perderete!" Dichiarò Jonathon allegramente. "Tuo fratello," disse con una voce diversa, spalancando gli occhi e sorridendo, rivolto alla bambina e solleticandola sotto il mento, "sta per rendere tuo padre più ricco di dieci sterline."

"No, assolutamente no," dichiarò Roxton, raddrizzandosi. Tirò indietro i capelli ed emise un sospiro soddisfatto. "Ecco. Nodo disfatto e l'aquilone adesso funziona di nuovo perfettamente." Lo consegnò a uno dei camerieri che stava aspettando per riportarlo a Lord Augustus nella casa sull'albero. "Dite al mio terzo figlio che se vuole che suo padre gli sistemi qualcos'altro, dovrà portarmelo lui e non costringere voi a servirlo, Peter."

"Perché siete così sicuro, Julian?" Chiese Martin, curioso. "Ammetto che non vi siete ancora mai sbagliato, predicendo il sesso dei vostri figli, ma qui stiamo parlando della progenie di Lady Mary e del signor Bryce."

"Potrà aver predetto il sesso dei nostri figli, *mon parrain*, ma le sue predizioni hanno miseramente fallito con i bambini di Rory e Dair."

"Siete una sciagurata traditrice, Deb!" La rimproverò amorevolmente Roxton. Si alzò e stiracchiò le lunghe gambe, con le mani sui fianchi snelli. "Gemelli! Chi mai avrebbe potuto prevedere dei *gemelli*? Lei è una tale silfide. E un maschio e una femmina, oltre a tutto."

"E hai perso venti sterline…" Disse spensieratamente Antonia.

"È tutta colpa dello zio Lucian!" Dichiarò Roxton, senza scaldarsi. "Ha cominciato questa faccenda delle scommesse con la nascita di Julie e da quanto ricordo non è mai riuscito a vincere una volta."

Antonia ridacchiò. "Mai una volta. E sarebbe parecchio più povero oggi."

"Se posso correggere la vostra ipotesi, Julian," si inserì Martin, mettendosi comodo dopo aver dato scacco matto a Deb. "La tradizione di scommettere dieci sterline non è cominciata con la nascita di Julie, ma con la vostra. Lord Vallentine osò scommettere una sterlina con *Monseigneur* che voi, *Madame la Duchesse*, avreste dato alla luce un maschio. *M'sieur le Duc* si sentì offeso per l'importo e suggerì dieci. E sua signoria accettò prontamente. Ma, facendolo, si ritrovò battuto in astuzia perché vostro padre aveva scommesso dieci sterline che vostra madre gli avrebbe dato un figlio maschio ed erede, e sua signoria aveva accettato. Fu solo dopo la stretta di mano che Lord Vallentine si rese conto di che cos'era successo. Con la vostra nascita, e la conseguente perdita di dieci sterline, Lord Vallentine era deciso a riprenderle a vostro padre; non ci riuscì mai."

"*Naturellement. Monseigneur* non ha mai perso una scommessa in vita sua."

Martin inclinò la testa. "Verissimo, *Madame la Duchesse*."

Jonathon salì i gradini e mise Elsie tra le braccia della madre, poi si sdraiò accanto a lei. "Bene, avrò qualcosa da dire a Vallentine la prossima volta che lo vedo!"

Nessuno fece commenti ma nessuno lo trovò strano. Era risaputo che Kinross accompagnava spesso sua moglie nelle sue visite al mausoleo di famiglia.

Si chinò verso Antonia e le chiese a bassa voce: "E voi su che cosa avete scommesso le vostre dieci sterline, tesoro?"

Antonia sorrise al bel visino di Elsie, con i grandi occhi azzurri e la zazzera di capelli scuri, e baciò le guance grassocce prima di sistemarsela in grembo, con la testolina sostenuta contro le ginocchia alzate. Tenne le mani della figlia e si rivolse a suo marito. "Ma voi sapete già su cosa ho scommesso le mie sterline, Jonathon. Mary e Christopher avranno un maschietto. E so anche i suoi nomi: David Henry Renard Bryce. Me lo ha detto Mary."

"Cosa?! Vi ha scritto e detto come si chiama suo figlio?" Jonathon era sbigottito. "Allora perché c'è questa scommessa se sapete già che è un maschio e ne conoscete addirittura il nome?"

"Perché non lo sappiamo. Aspettiamo che Jack e Henri-Antoine arrivino dalla casa grande con la notizia."

"Almeno non sono troppo lontani, e per fortuna non vicino alla partoriente!" Esclamò Roxton. "Ma si trovano ancora una volta nel posto giusto e al momento giusto per dare la notizia."

"È vero, *mon fils*. Erano con voi quando è nata Julie. E poi sono venuti qui con la notizia." Antonia sorrise, nostalgica, e si chinò a baciare le dita della sua bambina. "Ricordo quel giorno come fosse ieri, *mon petit chou*." Guardò maliziosa Deb e Martin e alzò le sopracciglia prima di dire con un sospiro, che contrastava con la luce nei suoi occhi verdi: "Vallentine perse dieci sterline anche quel giorno, e oggi, Elsie, il tuo papà perderà anche lui dieci sterline."

Jonathon aggrottò la fronte. "Come? Come fate a saperlo?"

"Perché, amore mio, lo so. Ed ecco mio figlio e Jack che arrivano dal pontile. Significa che sono venuti in barca per fare più presto."

Jack e Henri-Antoine stavano in effetti attraversando il prato, Henri-Antoine con un foglio di carta tra le dita, che alzò e sventolò agli occupanti del padiglione. Sembrò avvalorare la predizione di Antonia che avessero notizie sulla nascita del primo figlio di Lady Mary e del signor Christopher Bryce.

Roxton si mise dietro la sedia di sua moglie con la mano leggermente appoggiata sulla sua spalla e fissò il loro quarto figlio maschio che dormiva. "Tutto ciò che mi importa è che Mary abbia superato il parto, e anche il bambino."

"Non ha avuto difficoltà con Teddy… Sono sicura che sia andato tutto bene. E a giudicare dai sorrisi dei ragazzi è così. Allora," chiese Deb a Jack e Harry, "avete notizie da Brycecomb Hall?"

Lord Henri-Antoine consegnò la lettera a sua madre. "Sì, ma non sappiamo che cos'è… ancora."

Antonia ruppe il sigillo e lesse la breve lettera, scritta nella forte grafia di Christopher. Poi ripiegò il foglio e lo tenne tra le dita, senza parlare.

Jonathon si chinò in avanti. "Tesoro? Allora?"

Antonia lo stuzzicò. "Quanto mi paghereste per le notizie contenute in questa lettera?"

Jonathon si rimise sdraiato sulla *dormeuse* sbuffando. "Oh, no. Questo no. Se avete intenzione di giocare a questo gioco, va tutto a monte!"

Antonia rise. "In questo caso risparmierete dieci sterline." Consegnò la lettera a suo figlio e annunciò a tutti i presenti: "Mary ha dato alla luce un figlio. Un maschietto che gode di ottima salute, e madre e figlio stanno benissimo."

"Ah! Lo sapevo che sarebbe stato un maschio!" Roxton non riuscì a nascondere l'allegria. "Vostra Grazia deve a Sua Grazia dieci sterline."

Consegnò la breve missiva a sua moglie, che la lesse e poi la passò a Martin, che si frugò nella tasca della giacca cercando gli occhiali, e li mise sulla punta del naso. Guardò oltre le lenti, con il biglietto ancora in mano, in tempo per vedere il duca di Kinross passarsi una mano sul

volto, sconfitto, e poi tendere una mano a palmo in su verso la sua
duchessa con un sorriso imbarazzato.

"Antonia... tesoro... mi servono dieci sterline."

La saga della famiglia Roxton continua nel sesto volume,
Il figlio del satiro, la storia di Lord Henri-Antoine (Harry), secondo
figlio di *M'sieur le duc d'Roxton*, e dell'orfana amanuense Lisa Crisp.

Andate dietro le quinte di Proud Mary—*esplorate i posti, gli oggetti e la storia del periodo su Pinterest.*
www.pinterest.com/lucindabrant

Dall'idea alla copertina: i costumi, i gioielli e il servizio fotografico.
La realizzazione dall'inizio alla fine:
www.youtube.com/lucindabrantauthor
www.lucindabrant.com/blog/proud-mary-cover-reveal